Maurizio de Giovanni
Nacht über Neapel

Maurizio de Giovanni

Nacht über Neapel

Ein Fall für
Commissario Ricciardi

Aus dem Italienischen
von Judith Schwaab

GOLDMANN

Die Originalausgabe erschien 2015 unter dem Titel
»Anime di vetro« bei Einaudi, Turin.

Der Verlag weist ausdrücklich darauf hin, dass im Text
enthaltene externe Links vom Verlag nur bis zum Zeitpunkt
der Buchveröffentlichung eingesehen werden konnten.
Auf spätere Veränderungen hat der Verlag keinerlei Einfluss.
Eine Haftung des Verlags ist daher ausgeschlossen.

Dieses Buch ist auch als E-Book erhältlich.

Verlagsgruppe Random House FSC® N001967

1. Auflage
Copyright © der Originalausgabe 2015
by Giulio Einaudi editore S.p.A., Torino
This edition published by arrangement with Théses Contents srl
in cooperation with book@
Copyright © der deutschsprachigen Ausgabe 2016
by Wilhelm Goldmann Verlag, München,
in der Verlagsgruppe Random House GmbH,
Neumarkter Str. 28, 81673 München
Umschlaggestaltung: UNO Werbeagentur München
Umschlagfoto: © Getty Images / Fred Stein Archive
FinePic®, München
Redaktion: Christina Neiske
Satz: Uhl + Massopust, Aalen
Druck und Bindung: GGP Media GmbH, Pößneck
Printed in Germany
ISBN 978-3-442-31436-2
www.goldmann-verlag.de

Besuchen Sie den Goldmann Verlag im Netz

*Für Mamma Edda, für ihr Lied
und für alle Lieder.
Für Patrizia,
Zauber im Zauber.*

Prolog

Der Junge kneift die Augen zusammen, um sie an das Halbdunkel des Zimmers zu gewöhnen. Die glutheiße Sonne des Nachmittags streckt ihre flammenden Finger durch die geschlossenen Fensterläden, und der Staub tanzt im Licht. Die alterslose Frau, die ihn hereingelassen hat, geht schweigend hinaus und schließt die Tür mit einem leisen Klicken hinter sich.

Der Junge bleibt stehen. Er erahnt sie mehr, als dass er sie sieht – die Umrisse der Möbel, die Bücherschränke und ein unförmiges Etwas, vielleicht ein Sessel, aus dem jetzt ein tiefer Seufzer zu hören ist. Er wartet. Tritt von einem Fuß auf den anderen. Vielleicht schläft er, denkt er; die Frau hat nichts gesagt. Wer das wohl war? Eine Hausangestellte? Die Tochter. Eine Verwandte.

Er beschließt, ein »Guten Tag« zu flüstern.

»Herzlich willkommen«, sagt der Sessel. »Mach doch bitte das Fenster auf.«

Die Stimme klingt rau, belegt. Bestimmt hat er geschlafen, denkt der Junge, und er fühlt sich wie ein ungehobelter Klotz. »Bitte entschuldigen Sie«, murmelt er, »Sie hatten gesagt, um drei, und ich …«

»Ich weiß«, sagt der Sessel, kurz angebunden. »Mach das Fenster auf, wenigstens einen der Läden. Bitte.«

Mit behutsamen Schritten, weil er Angst hat, etwas umzustoßen oder über etwas zu stolpern, geht der Junge zum Fenster und öffnet einen Laden. Grelles Licht fällt herein, er muss blinzeln. Er wirft einen Blick auf die herrliche Aussicht, die ihn allerdings nicht mehr ganz so überrascht, nachdem er sie eine geschlagene Stunde bewundert hat, während er unten auf der Mauer saß und auf die verabredete Zeit wartete. Glitzernd liegt das Meer vor ihm, und die Insel scheint zum Greifen nah.

Er dreht sich um. Das Licht liegt schimmernd auf einem staubigen Bücherschrank, der vor Büchern, Schallplatten und allerlei Schnickschnack überquillt. Groß ist das Zimmer nicht, aber vielleicht wirkt es auch nur so klein, weil so unendlich viele Dinge darin sind. Jetzt wird in dem Sessel, der etwas schäbig wirkt inmitten des gleißenden Lichts, das durchs Fenster hereinfällt, sein Gastgeber sichtbar.

»Ich weiß, was du suchst«, sagt der alte Mann. »Es ist direkt hinter dir.«

Der Junge dreht sich um und sieht es; oder, besser, er sieht das Gehäuse. Er macht einen Schritt zur Seite, entfernt sich ein Stück, als Geste des Respekts und der Demut. Der Alte kichert.

»Bring sie mir her«, sagt er. »Und setz dich da hin, neben mich.«

Er nimmt ein Bündel Papier von einer Art Schemel, etwa einen halben Meter vom Sessel entfernt. Mittlerweile sieht man gut, und der Junge erkennt die Notenlinien, die Noten auf dem obersten Blatt. Draußen gurrt eine Taube, ein paar Sekunden lang, und fliegt dann davon.

»Du spielst gut Gitarre«, sagt der Alte. »Du hast Talent. Wirklich.«

Der Junge möchte ihn fragen, woher er das weiß und wo er es gehört hat. Aber man hat ihm keine Frage gestellt, und er antwortet nur, wenn er gefragt wird.

Der Alte fährt fort: »Ich hab dich spielen hören. Man hatte mir von dir erzählt, und als du darum gebeten hast, mich zu treffen, bin ich neugierig geworden. Du bist gut. Und eine schöne Stimme hast du auch.«

Er schweigt einen Moment, und der Junge kann nicht widerstehen, ihn zu fragen: »Sie sind wirklich gekommen, um mich spielen zu hören? Und warum haben Sie sich nicht zu erkennen gegeben? Ich… Es wäre mir eine so große Ehre gewesen. Es… war eine große Ehre. Und ich hätte Sie… na ja, ich hätte Sie gebührend willkommen geheißen.«

Wieder kichert der alte Mann. »Genau deshalb habe ich mich ja nicht zu erkennen gegeben. Ich wollte dich so hören, wie du bist. Gib her.«

Er nimmt den Instrumentenkoffer in die Hand. Er kann nicht spielen, denkt der Junge. Seine Hände sind von der Gicht verformt, und mir scheint auch, dass sie zittern. Er ist ein alter Mann. Es war ein Fehler hierherzukommen, er kann mir gar nichts beibringen. Er ist ein alter Mann.

»Du wirst denken, ich bin alt«, sagt der Alte. »Ein armer alter Mann. Und du schaust dir meine verkrüppelten Hände an. Sie zittern. Du wirst dir denken: Und der will spielen?«

»Nein, nein«, sagt der Junge, »wie kommen Sie darauf? Sie… Ihr Name ist eine Legende, für uns alle, das würde ich mir nie erlauben.«

Der Alte nickt.

»Es stimmt, ich bin alt. Und ich könnte wirklich nicht spielen, wenn man nur mit den Händen spielen würde. So wie du, der du nur mit den Händen spielst.«

Was für eine Härte in der Stimme des Alten. Wie ein Vorwurf. Doch sein Ton hat sich nicht geändert, leise und trocken. Den Jungen überläuft ein Schauder, dann fragt er: »Warum sagen Sie das? Was bedeutet es?«

Der Alte antwortet nicht gleich. Er schaut in das Licht, das durchs Fenster hereinkommt, doch von der Stelle aus, wo er sitzt, kann er das Meer nicht sehen, sondern nur ein Stückchen Himmel mit einer Wolke, die halb weiß und halb rosa ist, beschienen von den schrägen Strahlen der sinkenden Sonne.

»Es bedeutet, dass es mehr als eine Art gibt zu spielen. Es gibt unendlich viele. Du spielst gut Gitarre und hast eine schöne Stimme, du triffst die richtigen Töne und hast dabei einen beachtlichen Stimmumfang. Das ist eine gute Voraussetzung.«

Voraussetzung wofür?, möchte der Junge gerne fragen. Doch er verkneift es sich. Dieser alte Mann hat etwas an sich, das ihn sprachlos macht. Verwirrt denkt er, dass eigentlich er Fragen stellen und sich erklären müsste. Schließlich hat er ihn doch um dieses Treffen gebeten, oder? Er wird mich für einen Dummkopf halten, sagt er sich.

Er räuspert sich. »Ich, na ja, ich bin gekommen, weil … also, mit der Gitarre geht es gut. Aber ich möchte auch … Ich weiß, dass ich gut bin. Das sagt man mir, und die Leute kommen, um mich zu hören. Aber ich denke, es braucht noch ein bisschen mehr, oder? Ich habe einen Lehrer, nehme immer noch Unterricht, und auch einen Abschluss habe ich bereits, aber ich weiß, ich muss immer weiter lernen. Und deshalb bin ich zu Ihnen gekommen.«

Der Alte hustet in ein Taschentuch, es ist ein feuchter, schmerzhafter Husten. Er streckt eine Hand nach dem Tischchen aus, und der Junge springt auf und bringt ihm ein Glas, das halb voll mit Wasser ist. Der alte Mann trinkt, dankt ihm mit einem Nicken und steckt das Taschentuch in eine Tasche seiner Hausjacke. In diesem Moment nimmt der Junge zum ersten Mal bewusst wahr, dass es in dem Zimmer nach alten Menschen riecht: wie ein säuerlicher Hauch unter dem Geruch nach altem Papier, nach Staub, nach Zeit.

Der alte Mann öffnet mit den Daumen die Verschlüsse des

Gehäuses, das er, seit der Junge es ihm gereicht hat, auf dem Schoß gehalten hat wie ein Kind.

Das Geräusch ist vollkommen synchron, als wäre es nur ein einziger Verschluss. Wie ein trockenes Klicken, ein Schuss.

Die knochigen und verkrümmten Hände ziehen das kleine bauchige Instrument hervor. Begehrlich wandert der Blick des Jungen über den sanft geschwungenen Korpus, über den Hals mit den Einlegearbeiten aus Elfenbein und Perlmutt, über die vier Paar Saiten. Ihm wird bewusst, dass er den Atem anhält, und er stößt ihn ein wenig zu geräuschvoll aus. Vor ihm sitzt eine Legende.

Der Alte rutscht auf dem Sessel ein Stück nach vorn, winkelt ein Bein leicht ab und legt das Gehäuse behutsam auf dem Boden ab. Zitternd streichen seine Finger über das Instrument, bis sie bei den Wirbeln angelangt sind.

Gebannt beobachtet der Junge, wie der alte Mann aus dem Gedächtnis die Spannung der Saiten reguliert und das Instrument stimmt, ohne einen Ton anzuschlagen. Unmöglich, denkt der Junge. Das ist unmöglich.

Der Alte hebt den Blick zu dem Jungen. Jetzt ist sein Gesicht in Licht gebadet, und der junge Mann sieht das Netz aus tiefen Falten, die dunkle, wie gegerbte Haut, die wenigen, zu langen weißen Haare, die schmalen Lippen. Und die Augen, milchig vom grauen Star, die doch so neugierig und intensiv blicken.

In seiner rechten Hand ist ein Plektrum aufgetaucht. Der Junge fragt sich, woher es kommt, denn er hat nicht gesehen, wie der alte Mann es aus dem Gehäuse oder seiner Tasche gezogen hat; vielleicht, so denkt er, hat es zwischen den Saiten gesteckt. Der Alte schlägt einen harmonischen Akkord an, der zeigt, dass er das Instrument unglaublicherweise perfekt gestimmt hat. Ein paar Sekunden lang hallt der tiefe Ton noch nach.

Der Junge versucht, die unerklärliche Anspannung, die sich seiner bemächtigt hat, zu lösen. Er sagt: »Maestro, ich wollte Sie bitten, mir ein paar Stunden zu geben. Ich weiß, dass Sie niemanden unterrichten, dass Sie sagen, es gebe niemanden, der einer solchen Unterweisung würdig wäre ... und dass keiner mehr weiß, was es wirklich bedeutet, das Instrument zu spielen. Aber wissen Sie, ich habe mein Herz an diese Musik verloren, und ich möchte ... ich möchte lernen. Ich suche keinen Erfolg, das haben Sie gesehen, man hat Ihnen gesagt, dass schon so viele kommen, um mich zu hören. Die Leute sind es zufrieden. Ich bin es, der ... der nicht zufrieden ist, Maestro. Ich übe und übe, spiele und spiele, doch das, was dabei herauskommt, gefällt mir nie. Ich möchte wirklich lernen, Maestro. Ich bitte Sie.«

Der alte Mann hat den Blick auf das Wunderding aus Holz und Saiten gesenkt, das er in Händen hält. Er liebkost es, als wären die Worte des Jungen nur ein Windhauch, der zum Fenster hereinkommt und die Blätter auf dem Schreibtisch zum Rascheln bringt.

»Eine Geschichte«, sagt der alte Mann.

»Wie bitte?«, fragt der Junge, aus dem Konzept gebracht.

»Eine Geschichte. Jedes Lied ist eine Geschichte.«

Der Junge denkt, der Alte habe ihm überhaupt nicht zugehört und folge nur dem Lauf seiner eigenen Gedanken. Schließlich ist er ein alter Mann, denkt er. Ein armer alter Mann, der langsam wieder zum Kind wird. Der kann mir gar nichts beibringen, ich verliere nur meine Zeit. Am liebsten würde er einfach hinausgehen aus dieser muffigen Kammer voller altem Zeug.

Während er Anstalten macht, sich zu erheben, beginnt der alte Mann zu spielen.

Es sind die ersten Strophen eines berühmten Liedes, einer

Canzone, die er, der Junge, jeden Abend zum Besten gibt und für die er stets frenetischen Applaus aus dem Publikum bekommt. Und doch dünkt es den jungen Mann, als hörte er dieses Lied zum allerersten Mal. Auf einmal sind diese verkrümmten Krallen zu den Flügeln eines Vogels geworden, die mit der Leichtigkeit von Luft und der Kraft des Wassers über den kurzen Hals des Instruments huschen.

Am Ende der Einleitung hält der Alte inne und hebt den Blick zum Gesicht des Jungen.

»Du spielst gut. Aber du bist unzufrieden, und du bist es zu Recht, denn du bist noch weit, weit weg von dem, was du erreichen musst. Du singst zwar, aber du erzählst nicht.«

»Was wollen Sie damit sagen, Maestro? Sie meinen den Text? Ich muss an meinem Ausdruck arbeiten, muss...«

Der Alte lacht, es klingt wie Schmirgelpapier auf Holz.

»Nein, es geht nicht nur um den Text. Das Instrument, siehst du? Auch dein Instrument erzählt, und es soll das sagen, was die Worte des Liedes sagen. Es soll dich nicht begleiten, das Instrument; es soll ebenfalls erzählen. Es hat seine eigene Sprache, es erläutert das, was du sagst, und unterstreicht es. Und es singt selbst.«

Der Junge hat sogar Angst zu atmen, seine Miene ist ein einziges Fragezeichen. Der Alte lacht und lacht.

»Kennst du ›Palomma 'e notte‹ überhaupt? Weißt du, was es eigentlich aussagt?«

Das Lied, das er jeden Abend spielt, der Applaus, die Unzufriedenheit in ihm drinnen.

»Vielleicht nicht, Maestro. Vielleicht weiß ich es nicht.«

Der Alte nickt. »Bravo, sehr gut. So sollst du sein: demütig. Du bist ein Teil des Instruments, genau wie die Saiten, wie der Korpus aus Fichtenholz. Vielleicht weiß ich es nicht, hat er gesagt. Hast du das gehört?«

Er spricht mit dem Instrument, denkt der Junge. Aber was mache ich eigentlich hier? Dann fällt ihm das ein, was er gerade gehört hat, und er beschließt, auf dem Schemel sitzen zu bleiben.

Der alte Mann redet, als würde er einem Kind ein Märchen erzählen.

»Er zählt fünfundvierzig Lenze, sie sechsundzwanzig. Sie schreibt ihm einen Brief, sagt ihm, sie habe sich in ihn verliebt, unsterblich in ihn verliebt. Er weiß nicht, was er tun soll: Sie ist schön, groß. Sanft. Sie gefällt ihm gut. Doch er, er glaubt, ein alter Mann zu sein. Und er denkt: Sie ist nicht gut für sie, diese Liebe. ›Ich‹ bin nicht gut für sie.

Er sagt es ihr, doch sie erwidert: Ich entscheide selbst für mich. Wenn Sie mich nicht wollen, dann sagen Sie: Ich will dich nicht. Doch er will sie, und wie er sie will; deshalb kann er ihr das auch nicht guten Gewissens sagen. Er denkt darüber nach: Was soll er tun? Es ist Abend, und am Fenster, durch das heiße, duftende Luft hereinströmt, so wie jetzt, kommt ein Falter dahergeflattert, ein Nachtfalter, angezogen von der Kerzenflamme des Mannes, der keinen Schlaf findet ...

Dazu ist ein Lied gut. Ein Lied erzählt eine Geschichte. Ein Lied dringt in eine Geschichte ein und verändert sie. Der Mann schreibt ein Gedicht, geht zu einem Freund, der Musiker ist. Und sagt es ihm, genau so.«

Der Alte senkt den Blick, streichelt sein Instrument.

Und er singt, mit der Stimme eines jungen Mannes. Der Junge hört ihm zu und denkt: Nein, das ist nicht die Stimme eines jungen Mannes, sondern die eines erwachsenen Mannes. Eines Mannes von fünfundvierzig Jahren, der von einem Mädchen erzählt.

Tiene mente 'sta palomma,
Comme ggira, comm'avota,
Comme torna 'n'ata vota
'Sta ceroggena a tentà!

Palummè, chist'è 'nu lume,
Nun è rosa o giesummino,
E tu a fforza ccà vvicino
Te vuò mettere a vulà!

Vattenn' 'a lloco!
Vattenne, pazzarella!
Va', palummella, e torna,
E torna a 'st'aria
Accussì fresca e bella!
'O bbí ca i' pure
Mm'abbaglio chianu chiano,
E ca mm'abbrucio 'a mano
Pe' te ne vulè caccià?

Sieh nur, dieser Falter,
Wie er sich dreht, wie er flattert,
Und wiederkehrt,
Und sich von dieser Flamme in Versuchung führen
    lässt!

O kleines Flatterwesen,
Das ist ein Licht,
Keine Rose und auch kein Jasmin.
Und trotzdem kommst du hierher geflogen,
Ganz nah.

Fort, flieg davon!
Fort, verrücktes Wesen!
Flieg, Falter, und komm dann zurück
In diese Luft, so frisch und rein!
Du siehst, auch ich
Lasse mich anlocken
Und verbrenne mir die Hand,
Wenn ich versuche, dich zu verscheuchen.

I

Im Angesicht dieser Septembernacht grübelte Ricciardi über seine neue Einsamkeit.

Sie war ihm eine andere Gefährtin als die, die er immer gekannt hatte. Früher war die Einsamkeit das Bewusstsein gewesen, in einem Grenzland zu leben; einem Ort des Wahnsinns und der Verzweiflung, voller Schreie des Todes und des Lebens, die doch nur von seinen unglückseligen Sinnen wahrgenommen wurden. Die Einsamkeit, die er seit seiner Kindheit kannte, war wie ein zartes und doch immerwährendes Unbehagen gewesen, eine Erinnerung an den Schmerz, der immer wieder von Neuem erblühte, um die Oberfläche einer Existenz zu zerstören, die niemals normal sein konnte.

Durch das angelehnte Fenster kam ein Windhauch herein, der im Dunkeln die Vorhänge bauschte. Weit weg, doch begünstigt durch die Stille, war eine Stimme zu hören, die irgendein Lied sang, unverständliche Laute, die durch die Entfernung ihrer Harmonie beraubt waren. September. Die Erinnerung an Hitze, die Verheißung von Kühle. Offene Fenster, geschlossene Fenster.

Und doch, so dachte Ricciardi, war diese neue Gefährtin namens Einsamkeit im Vergleich zur vorigen wie das Meer im Vergleich zu einem See.

Mittlerweile schlief er des Nachts nie mehr als ein paar Stunden. Er, der in einem tiefen, guten Schlaf immer Trost und Zuflucht vor den stummen Schreien gefunden hatte, die in seinem Kopf widerhallten, wenn er zwischen Lebenden und Toten seiner Wege ging, welche seine Sinne belagerten und in Verwirrung stürzten. Er, der immer nur wenige Minuten gebraucht hatte, um einzuschlafen, und der seine Wahrnehmungen einfach abschalten konnte wie eine Lampe, um wenigstens bei Nacht Ruhe zu finden.

Die Augen weit aufgerissen, blickte er an die Decke und hoffte, dies alles sei nur ein böser Traum, aus dem er aufwachen könne, um wieder in jener Welt zu leben, die zwar die Hölle gewesen war, aber, wie ihm jetzt klar wurde, sogar noch schlimmer werden konnte.

Rosa.

Rosa, die ihm zulächelt, während sie ihm ein Kinderlied vorsingt, unverständlich, weil es in einem so uralten Dialekt geschrieben wurde, dass er längst in Vergessenheit geraten ist.

Rosa, die ihm die Lippen auf die Stirn drückt, um Fieber zu messen, und ihm dann rasch einen Aufguss aus Sauerklee, Kerbel und Lattich zubereitet, welcher noch viel schlimmer ist als Halsweh.

Rosa, die sich brummelnd im Haus zu schaffen macht, bis man sie irgendwann nicht mehr hört, weil ihr Brummeln zum angenehmen Hintergrundgeräusch geworden ist.

Rosa, die immer noch Salz ins Waschwasser gibt, damit die Wäsche nicht einfriert, wenn sie sie zum Trocknen aufhängt, als wüsste sie nicht, dass hier in der Stadt die Temperatur niemals unter den Gefrierpunkt sinkt, nicht einmal mitten im Winter.

Rosa, die ihn bittet und ihm droht, die ihn anfleht und ihm befiehlt, dass er sich endlich, endlich eine Frau suchen soll, die sich um ihn kümmert, wenn sie selbst nicht mehr da sein wird.

Erst jetzt entdeckte Ricciardi mit gewaltiger Bitterkeit, dass er daran nie geglaubt hatte. Niemals hatte er sich vorstellen können, dass seine alte Tata, seine Kinderfrau, die einzige Mutter in Fleisch und Blut, die er je gehabt hatte, eine Frau, die ihn warm hielt und ihm zu essen gab, tatsächlich eines Abends im Juli von ihm gehen könnte, in ebendiesem Sommer, der sich auch dieses Jahr wieder mit Händen und Füßen dagegen sträubte, das Zepter der Jahreszeiten an den Herbst abzugeben.

Warum hast du mir nicht gesagt, dass du wirklich gehen würdest? Warum hast du mir nicht begreiflich gemacht, dass sich hinter all diesen Drohungen ein Leiden verbarg, etwas, das über all die kleinen und nutzlosen Zipperlein hinausging, über die du dich von morgens bis abends beklagtest, nur damit man dir sagte, nein, du seist doch in Wirklichkeit gar nicht alt?

Und ich sehe dich jetzt auch nicht hier an meinem Bett sitzen. Wie du mir wieder und wieder eine Botschaft des Abschieds zuflüsterst, so wie viele der toten Seelen, denen ich auf der Straße begegne, in den Parks, in Zimmern und Gassen, wie sie schreien und den letzten halben Gedanken flüstern, den der Tod ihnen zerrissen hat, wie sie ihr schmerzliches Lied singen. Ein riesiger Chor, der nur einen einzigen Zuschauer hat: meinen Wahnsinn.

Du bist einfach gegangen, und das war's.

Die offene Wunde, die Rosas Tod in seinem Leben hinterlassen hatte, dachte Ricciardi, würde sich niemals wieder schließen. Nein, sie würde eine zerklüftete Narbe hinterlassen, die jedes Mal wieder zu bluten begänne, wenn ein Wort, ein Geräusch oder ein Blick ihm seine Kindheit und Jugend in Erinnerung brachte. Ein dumpfer und pulsierender Schmerz, der nur darauf wartete, wieder und wieder zum Leben erweckt zu werden. Erst jetzt begriff er, der doch seit Kindertagen mit dem Leiden vertraut war, wie schrecklich es war, einen solchen Verlust zu ertragen.

Ein wenig half ihm dabei die Anwesenheit von Nelide, der Nichte Rosas, die ihr so ähnlich war. Rosa hatte es gerade noch geschafft, sie auf alles vorzubereiten; ein letztes, außergewöhnliches Geschenk, damit Ricciardi ihre Abwesenheit weniger spürte. Manchmal, wenn er in Gedanken eigentlich woanders war, überkam ihn das Gefühl, seine geliebte Tata selbst sei im Raum, denn sowohl äußerlich als auch im Verhalten ähnelte die junge Frau ihr sehr; und alles im Hause Ricciardi sei wie gehabt, als wäre die Haushaltsführung eine wohlbekannte Partitur, die man einfach weiterspielte.

Doch da war noch etwas, überlegte Ricciardi, während er dabei zusah, wie sich die Septembernacht allmählich ihrem Ende zuneigte und der Morgen graute. Er war jetzt allein. Auch in den absurdesten Träumen, die er sich selbst gestattete, im abgelegensten Winkel seiner gequälten Seele.

Durch das Dunkel hindurch und ohne sie zu sehen, wanderten seine Augen zu dem Fenster im Haus nebenan. Es war nur wenige Meter entfernt und lag ein halbes Stockwerk unter ihm. Soweit er erkennen konnte, war es ein Küchenfenster; eine geräumige Küche, in der sich eine vielköpfige Familie zusammenfand, um zu essen, und wo, nachdem sie abgespült hatte, eine großgewachsene junge Frau mit Brille und einem wunderschönen Lächeln, das sich ganz unerwartet zeigte, am Tisch Platz nahm, um mit der linken Hand zu sticken.

Monat für Monat hatte er diesen langsamen und methodischen Bewegungen zugeschaut; Jahreszeit um Jahreszeit hatte er sie beobachtet, durch den Regen, der ans Fenster prasselte, und an glühend heißen Sommerabenden, hatte sich verzaubern lassen von der Bewegung ihrer Hand, der Neigung des Kopfes, dem Schein der Lampe auf ihren Brillengläsern. Im Schutze der Dunkelheit und in der Gewissheit, nicht von ihr gesehen zu werden, hatte er sich in ein Leben verliebt, von dem er wusste, dass er es nicht haben konnte. Und er hatte jenes heitere und liebenswerte Mädchen mit der absurden Hoffnung auf sein eigenes Glück gleichgesetzt.

Ganz allmählich hatte der Keim jenes Traumes in ihm Wurzeln geschlagen.

Wer weiß, vielleicht würde er ja doch eines Tages die Kraft aufbringen, die schrecklichen Bedingungen seines seelischen Leidens mit jemandem zu teilen. Vielleicht würde ja die Liebe, die Notwendigkeit, sich eines anderen Menschen anzunehmen, die Schreie der Toten zum Verstummen bringen, denen er an jeder Straßenecke begegnete. Und jene Wüste, in der er sich zwang zu leben, wäre vielleicht doch keine endgültige Verdammnis.

Angesichts Rosas drohendem Ableben hatte er sich zu einer verzweifelten Geste hinreißen lassen. Er war zu Enrica gefahren, die vor ihm geflohen war, um jenseits jener unmöglichen Liebe wieder ins Lot zu kommen. Er hatte sie aufgesucht, weil ihr Vater aus reiner Liebe zu seiner Tochter seine von Erziehung und Charakter auferlegte Zurückhaltung überwunden und Ricciardi verraten hatte, wo sie sich aufhielt und wie es um ihr Herz bestellt war.

Mittlerweile war die Nacht an jenem bangen Moment angelangt, wenn das erste Licht sich an den Himmel stiehlt. Es war der Moment, in dem Ricciardi, hellwach und wie gerädert, wusste, dass er schutzlos seiner Einsamkeit ins Auge blicken musste. Der Moment, in dem er ehrlich zu sich selbst sein musste. Durch das Fenster wehten erneut die Klänge jenes Liedes herein, auf einmal viel klarer durch den Wind, der die Töne mit sich trug. Er konnte einige Worte verstehen; es war die Stimme eines Mannes, in Dialekt und doch verständlich. *Vattenne, pazzarella! Va', palummella, e torna, e torna 'st'aria accussì fresca e bella!* Fort, verrücktes Wesen! Flieg, Falter, und komm dann zurück, in diese Luft, so frisch und rein!

Er hatte sie gefunden, Enrica. Dort im Mondlicht hatte er sie gesehen, unter dem Sternenhimmel. Er hatte sie gesehen in ihrem weißen Kleid, noch schöner und lieblicher, als er sie in Erinnerung hatte. Wenn sie denn allein gewesen wäre, hätte er ihr so gern gesagt, dass Rosa im Begriff war, ihn zu verlassen. Hätte ihr gesagt, dass es ihm leidtue, alles. Und dass er so gerne einen gemeinsamen Freund gefunden hätte, der sie einander vorstellte. Dass er ihr dann Briefe geschrieben hätte, die immer leidenschaftlicher geworden wären, dass er ihren Vater um die Ehre und die Erlaubnis gebeten hätte, sie ins Lichtspielhaus einzuladen oder zum Tanzen. Wäre sie nur allein gewesen, dann hätte er ihre Hand genommen und ihr vielleicht, unter Tränen, von seinem ewigen Schmerz erzählen können.

Doch sie war nicht allein gewesen.

Durch das Dunkel hindurch hatten seine grünen, hungrigen Augen das blonde Haar eines Mannes gesehen, seine breiten Schultern, sein Profil, das sich ihrem Gesicht näherte. Um sie zu küssen.

'O bbí ca i' pure mm'abbaglio chianu chiano, e ca mm'abbrucio 'a mano pe' te ne vulè caccià?, hieß es in dem Lied. Du siehst, auch ich lasse mich anlocken und verbrenne mir die Hand, wenn ich versuche, dich zu verscheuchen.

Allein, dachte Ricciardi. Allein, ohne auch nur einen verrückten Traum, der mir Gesellschaft leisten könnte. Doch wenigstens du wirst glücklich sein, meine Geliebte. Du wirst einen Ehemann haben, der dich von ganzem Herzen und bei hellem Tageslicht lieben wird, ohne Leichen zu sehen,

die rätselhafte Dinge sagen und denen das Blut aus den ver-
zerrten Mündern quillt. Und du wirst Kinder haben, die so
rein und unbeschwert sind, wie es die meinen nie gewesen
wären.

Ihm wurde bewusst, dass er jetzt die Umrisse der Dinge
um ihn herum erkennen konnte. Wieder einmal hatte die
Nacht ihre Schlacht verloren.

Leise erhob er sich und ging erneut jenem schrecklichen
Feind entgegen, der sich Leben nannte.

II

Sie singen. Wer weiß, was sie zu singen haben. Vielleicht singen sie, um nicht verrückt zu werden, und machen damit die anderen verrückt.

Und diese Luft, die gleiche Luft wie draußen. Unfassbar. Ich erinnere mich an diese Zeit, im September, wenn wir aus der Sommerfrische zurückkehrten und Papa mich tröstete, weil ich Bianchino, mein Lieblingsfohlen, so lange nicht mehr sehen würde, bis sie wieder mit mir dorthin fahren würden. Verfluchter Bianchino. Verflucht deshalb, weil ich deinetwegen diese Leidenschaft für Pferde habe.

Nacht, milde Luft und Lieder. Das hat mir einmal genügt, um glücklich zu sein. Nein, das stimmt nicht, es hat mir nicht genügt: Ich brauchte auch noch diese angespannte Unruhe, diesen Moment schmerzlichen Wartens. Denn genau das macht das Glücksspiel aus: der Augenblick des Wartens. Besser als Wein, besser als Opium, besser als zwei Huren auf einmal. Wenn vier Pferde in die letzte Kurve preschen und über die Zielgerade gehen, Kopf an Kopf, mit Schaum vor dem Mund und Schweiß auf den Flanken. Oder wenn die Würfel unregelmäßig rollen, wenn sie springen und von der Bahn abkommen: Auf der einen Seite gewinnst du, und auf der anderen verlierst du. Wenn die Kugel sich dreht und nach der richtigen Nummer sucht, wenn sie darüber hinwegrollt und im falschen Fach liegen bleibt. Wenn man dir beim Kartenspiel ein Blatt gibt, du vorsichtig eine Ecke umbiegst und dir das Herz bis zum Halse schlägt.

Vier mal zwei Schritt, und wie hoch mögen die Wände

wohl sein? Drei Meter, vielleicht nicht einmal. Und dieses niedrigste aller Fenster, mit einer Mauer gegenüber und einem sternenlosen Stück Himmel darüber. Selbst die Sterne zeigen sich nicht vor Scham. Auch sie haben Angst, verrückt zu werden, hier hereinzuschauen. Und der da drüben singt und singt, und niemand schreit ihn an: Halt die Klappe!

Liebe, Liebe. Meine große, meine so zärtliche Liebe. Wer weiß, ob du in diesem Moment wach bist. Wer weiß, ob du an mich denkst, ob du begreifst, was ich für dich getan habe. Wer weiß, ob der Mond dein Profil liebkost, ob er von deiner Haut kostet.

Ich habe einen Fehler gemacht und bezahle dafür. So ist es doch, oder nicht? Jedes Mal, wenn ich verloren habe, habe ich bezahlt. Mit Geld, mit Häusern, mit Vermögen. Ich habe Bedienstete bezahlt, die Kutsche, das Automobil. Ich habe mit Respekt bezahlt, mit Ehre. Habe sogar meinen Namen hingegeben. Ich habe Schmerzen bereitet, ich bereite sie immer noch und werde sie immer bereiten. Meine Mutter ist gestorben, weil sie sich schämte. Und doch weiß ich, wenn sich mir die Gelegenheit noch einmal bieten würde, ließe ich erneut die Würfel rollen, würde erneut setzen, würde zehn gewinnen und tausend verlieren.

Nacht, Septembernacht. Wann gehst du endlich vorbei? Und wann hört dieser arme Tropf endlich auf zu singen?

Gitter. Gitter vor dem Fenster, Gitter an der Tür. Gitter, durch die Luft hereinkommt, aber keine Menschen. Gitter, die die Freiheit in weite Ferne rücken.

Schlafen müsste ich. Schlafen, ohne zu träumen. Hätte ich die Kraft gehabt, dann wäre ich jetzt tot, in dem Moment, als ich begriff, dass es keinen Weg zurück gibt. Statt selbst jemandem den Tod zu bringen. Sei verflucht, ich hasse dich noch immer. Ich will noch immer deinen Tod, noch Hunderte von

Malen, und Hunderte von Malen würde ich dir sagen, dass ich deinen Tod will, du gemeiner Schuft, du Hurensohn aus der Gosse. Aber es wäre besser gewesen, wenn ich den Tod gefunden hätte, an deiner Stelle und viel früher.

Denn Menschen wie ich, weißt du, sind für das Leben nicht geschaffen. Wir sind Menschen, die nicht auf den Ruin vorbereitet sind. Du hingegen, Verfluchter, hättest gewusst, wie man sich in der Gosse bewegt, aus der du kommst, du, der du niemandes Sohn oder Enkel bist, während ich auf zehn Generationen einer Familie zurückblicken kann. Und heute Nacht sehe ich sie alle, meine Vorfahren, die auf mich warten, um mir ins Gesicht zu sagen, was sie von mir halten, weil ich ihren Namen verraten und verkauft habe. In dieser Nacht, in der ich nichts zu trinken habe hier drinnen, in der ich mich nicht besaufen kann, um zu schlafen und nicht mehr nachzudenken, oder auch nur, um dieses verfluchte Lied nicht mehr hören zu müssen.

Ich, Conte Romualdo Palmieri di Roccaspina. Ich, der ich Ländereien mein Eigen nannte wie ein König. Ich, der ich bei meiner Geburt drei Tage lang ununterbrochen Besuch hatte und mehr Gold und Silber geschenkt bekam als ein Fürst, und das alles habe ich verspielt, bis zur letzten Unze, ohne mit der Wimper zu zucken.

Besser, ich wäre damals gestorben, als ich noch in den Windeln lag. Vor dir, verfluchter Beutelschneider und Dreckskerl, der du niemals das Schicksal herausfordern musstest, weil du es immer dazu gebracht hast, das zu tun, was du wolltest. Und doch kann ich mir auch heute Nacht, während dieser sternenlose Himmel langsam nicht mehr schwarz ist, sondern die Farbe von Milch annimmt, kurz bevor ein neuer Tag mit seinem Licht auf mein verpfuschtes Leben scheint, nicht wünschen, dich niemals getroffen zu haben.

Herrgott, wann hört es endlich auf, dieses Lied? Dieses Liebeslied gibt mir den Rest.

Die letzte Nacht. Sie hat beschlossen, dass dies die letzte Nacht ist, die sie schlaflos durchwacht, bis der Morgen graut. Die letzte Nacht, ohne zu wissen, warum.

In den vergangenen drei Monaten hat sie es sich tausend Mal gefragt, vielleicht zehntausend Mal. Warum hat er das getan? Aus welchem Grund?

Zugegeben, er ist krank; er ist labil, unausgeglichen. So viele Nächte hat sie damit verbracht, in dunklen Gassen umherzu-streifen und ihn zu suchen, bei Adressen, die ihr jemand auf die Rückseite eines Lottoscheins geschrieben hatte, mit Tinte, die von Tränen und Regen verwischt war. So viele Nächte hat sie sich im Halbdunkel die Beine in den Bauch gestanden, sich vor schmutzigen, sabbernden Zeitgenossen verborgen, um sich zu vergewissern, dass er nicht mit einem Messer im Bauch aus dem Leben befördert wurde, weil er in einen Streit unter Betrunkenen verwickelt war. Schreckliche Nächte, in deren Gedenken immer noch ein Schauder der Angst sie durchläuft, wie Fieber, und die doch viel weniger schlimm waren als die von Zweifel gequälten Nächte, die sie jetzt durchlebt.

Denn sie weiß, dass er unschuldig ist.

Sie weiß, dass er in jener Nacht in seinem Bett schlief, in dem anderen Zimmer, nur wenige Meter von ihrem entfernt. Wie immer in einen unruhigen Schlaf der Hirngespinste und des Weins versunken, in dem er sich hin und her wälzte, Beute von allerlei Ungeheuern, die sein Gewissen ebenso in ihm gebar wie die Angst vor der Sonne, die am nächsten Tag wieder am Himmel stehen würde.

Sie weiß, wenn in jener Nacht Blut vergossen wurde, dann nicht durch seine Hand.

Sie weiß, dass ein Mann, so verrückt, so krank, so feig und so verloren er auch sein mag, nicht der Teufel in Person ist und sich folglich auch nicht an zwei Orten gleichzeitig befinden kann.

Und so hat sie beschlossen, dass dies die letzte Nacht ist, die sie tatenlos verbringt, ohne zu versuchen, der Wahrheit auf die Spur zu kommen. Und herauszufinden, warum er gesagt hat, er habe es getan.

Erneut wendet sie sich der halb geschlossenen Balkontür zu. Die Vorhänge bewegen sich leicht, im letzten Windstoß der Nacht. Bald wird der Morgen grauen.

Sie weiß genau, was sie tun wird. Sie hat es schon vor Tagen beschlossen, vor Wochen. Es ging nur darum, noch etwas mehr Mut zu fassen, und die vergangene schlaflose Nacht hat ihr endlich diesen Mut geschenkt.

Sie erinnert sich gut an den Namen des Mannes. Seltsam, denn gewöhnlich hat sie kein sehr gutes Namensgedächtnis. Und doch ist dieser hier ihr in Erinnerung geblieben, auch wenn das dazugehörige Gesicht mit einem anderen Moment der Angst und der Wut verknüpft ist.

Doch vor allem erinnert sie sich an den Blick dieses Mannes.

Und an das Mitgefühl, das sie am Grunde dieser unglaublichen grünen Augen gelesen hatte.

III

Brigadiere Raffaele Maione war besorgt.

Als er es am Abend zuvor im Bett seiner Frau Lucia gesagt hatte, hatte sie ihm mit einem Lächeln auf dem Gesicht geantwortet: »Du machst dir immer viel zu viele Sorgen. Wenn nicht darum, ob das Geld bis zum Ende des Monats reicht, dann um die Arbeit. Oder um das eine Kind oder das andere, oder um mich. Immer sorgst du dich, und wenn dir gerade nichts Sorgen bereitet, dann bereitet dir eben genau das Sorgen. Das ist deine Natur, du bist einfach so.«

Und tatsächlich musste der Brigadiere zugeben, dass er ein eher ängstlicher Charakter war; allerdings hätte er gerne gewusst, wie man das auf seinem Posten nicht sein konnte, bei all den Gefahren, denen er durch seinen Beruf tagtäglich ins Auge blicken musste, und das mit ganzen fünf Kindern verschiedensten Alters zu Hause, plus Benedetta, die ihnen längst wie ihr eigenes Kind ans Herz gewachsen war und schon fast ein ganzes Jahr bei ihnen lebte. Die Welt war kein sicherer Ort, und noch weniger war es diese Stadt.

Manchmal wollte er es einfach nicht begreifen, wie Lucia das schaffte, in Zeiten wie diesen so ruhig zu bleiben, wo doch die Faschisten keine Gelegenheit ausließen, den Leuten zu zeigen, wer im Land das Sagen hatte, und das am liebsten mit Knüppelschlägen und Tritten ihrer schrecklichen Stiefel. Nicht zuletzt hätte doch auch der schlimme Verlust ihres Sohnes Luca, des Erstgeborenen, ihre Angst vermehren müssen. Und doch zog Lucia ihn oft mit seinen Ängsten auf und sagte, er könne ihre Kinder nicht einsperren und ihnen verbieten, Freundschaften zu schließen. Schließlich, so rief sie ihm gerne ins Gedächtnis, hätten doch auch sie beide sich damals auf der Straße kennengelernt, oder nicht?

Doch Maione wollte es einfach nicht gelingen, ruhig und gelassen zu bleiben. Wenn er jemanden gernhatte und sich vorstellte, dass es diesem geliebten Menschen schlecht gehen oder er in Gefahr geraten könnte, regte er sich auf und tat alles, um ihn zu beschützen. Das lag in seiner Natur als Mann und als Vater.

Und jetzt machte er sich Sorgen, große Sorgen.

Er machte sich Sorgen um Ricciardi.

Auf dem Polizeipräsidium teilte niemand seine Beunruhigung, das wusste er. Der Commissario war nicht wirklich wohlgelitten, weder bei seinen Kollegen noch bei seinen Vorgesetzten oder Untergebenen. Nicht etwa, weil er arrogant oder anmaßend wäre oder weil er die Neigung gehabt hätte, sich nicht unterzuordnen oder umgekehrt allzu sehr zu kuschen. Ricciardi war nicht undiszipliniert, und er war alles andere als arbeitsscheu; und doch gab es da etwas an seinem Charakter, das ihn bei allen unbeliebt machte. Allzu zurückhaltend und still, seltenst gut gelaunt, ein Mensch, der sich niemandem wirklich anvertraute; so war in dieser rückwärtsgewandten und abergläubischen Stadt die Idee aufgekommen, auf ihm liege eine Art Fluch, und deshalb mieden ihn die Leute wie die Pest.

Ricciardis Vorzüge – dass er selbst die vertracktesten Fälle löste, dass er nie auch nur einen Tag bei der Arbeit gefehlt hatte, dass er selbst die beschwerlichsten Aufgaben klaglos auf sich nahm und sich selbst über die unangenehmsten Arbeitszeiten niemals beschwerte – hatten ihm doch nie das Wohlwollen der anderen eingebracht, sondern vielmehr den Ruf, ein wenig menschliches Wesen zu sein, das prinzipiell auf Distanz zu seinen Kollegen ging. Nur Maione war ihm vollkommen ergeben und brachte ihm eine verlegene, herzlich-raue Zuneigung entgegen. Unter Ricciardis harter Schale und jenseits seiner ewig fortdauernden Schweigsamkeit hatte der Brigadiere immer schon ein tiefes Einfühlungsvermögen und den Ausdruck eines dumpfen und dabei steten und allzu menschlichen Schmerzes erspürt. Es war Ricciardi gewesen, der selbstlos, als hätte es sich um einen eigenen Verlust gehandelt, die Ermittlungen zum Mord an Maiones Sohn Luca geleitet hatte, und das würde ihm der Brigadiere niemals vergessen; auch wenn ihm erst hinterher bewusst geworden war, dass der Commissario einen jeden gewaltsamen Tod als persönliche und unauslöschliche Wunde empfand.

Das gefiel Maione mehr als alles andere an dem mageren Mann mit den grünen Augen, der niemals einen Hut trug: eine verschwiegene Menschlichkeit, die kein Heulen und Zähneklappern, keine übertriebenen Gefühlsbezeugungen nötig hatte, wie sie in dieser Stadt so üblich waren. Ricciardi wusste zu leiden, und er richtete die Kraft seines eigenen Leids auf seine ebenso hartnäckig wie gründlich betriebenen Ermittlungen, die ihn unweigerlich immer zur Lösung der Fälle führten; stets in dem Bewusstsein – das im Übrigen von Maione voll und ganz geteilt wurde –, dass das Aufspüren eines Mörders leider nicht bedeutete, das Opfer ins Leben zurückzurufen.

Doch jetzt, das war offensichtlich, war etwas in Ricciardi zerbrochen. Der Tod der Signora Rosa, seiner Kinderfrau, die ihm schon immer seine ganze Familie gewesen war, stellte einen verheerenden Verlust dar, was in den Augen des Brigadiere durchaus verständlich war. Keiner wusste besser als er, welche Bedeutung die Familie im Leben eines Mannes besaß, mochte er auch so verschlossen und zurückhaltend sein wie der Commissario.

Maione hatte ihm beigestanden, als es darum ging, die Formalitäten für die Überführung der sterblichen Hülle der alten Dame nach Fortino zu erledigen, jenem Dorf im Cilento, aus dem sowohl Rosa als auch Ricciardi selbst stammten, und hatte ihn zum Zug begleitet, als er dorthin aufbrach. Es war eine seltsam kleine Trauergemeinde gewesen, zu der auch Rosas Nichte Nelide gehörte, die der Tante so sehr ähnelte, außerdem Dottor Modo, wie immer unzertrennlich von seinem Hund, der niemals eine Leine trug und ihm wie ein Schatten folgte, sowie der schwarze Umriss der Limousine der Witwe Vezzi. Maione erinnerte sich gut an jenen sengend heißen Tag, an dem eine höllische Sonne unerbittlich auf sie herabgeschienen hatte. Die glühende Luft stand still, und sogar das Atmen war schwergefallen.

Dottor Modo hatte Ricciardi versichert, Rosa habe nicht gelitten und sei selig vom Schlaf in den Tod hinübergeglitten, bewacht von Nelide, die die ganze Zeit über keinen Zoll vom Krankenbett der alten Dame gewichen war. Der Arzt war fasziniert von der stillen Kraft dieser stämmigen und eher unansehnlichen jungen Frau mit der unablässig finsteren Miene und der großen Nase über dem dunklen Haarflaum auf den Lippen. Nelide drückte sich nur in Sprichwörtern aus, die sie trocken durch die Zähne presste, doch sie legte eine unverbrüchliche Ergebenheit an den Tag, die sich beim Tod der Tante gänzlich auf Ricciardi übertragen hatte.

Auch der Commissario war seiner alten Tata am Krankenbett kaum von der Seite gewichen, bis auf eine kurze Abwesenheit am Abend ihres Todes, und hatte dennoch niemals die Ausübung seiner beruflichen Pflichten vernachlässigt. Maione hatte ihm bei der Lösung des Falles geholfen, bei dem es um den mysteriösen Sturz eines Professors aus dem Fenster seines Arbeitszimmers in der Poliklinik ging, und dabei keinerlei Brüche in der sprichwörtlichen Aufmerksamkeit entdecken können, mit der sich Ricciardi stets seinen Ermittlungen widmete, obwohl deutlich zu spüren war, wie sehr die Sorge um Rosa auf seinem Herzen lastete.

Als Ricciardi zusammen mit Nelide aus dem Cilento zurückgekehrt war, hatte er auf die höflichen Nachfragen des Brigadiere kurz angebunden reagiert und nur gesagt, Rosa ruhe nun an der Seite seiner Mutter und alles sei auf dem rechten Wege, doch Maione spürte, dass sich etwas in ihm verändert hatte.

Ricciardi war immer ein finsterer, wortkarger Mann gewesen, der sich höchstens gelegentlich und für seine Mitmenschen überraschend zu einer schneidend ironischen Bemerkung hinreißen ließ. Doch jetzt lag in diesen oft ins Leere gerichteten Augen und dem unergründlichen Ausdruck seines Gesichts eine neue Art von Einsamkeit; eine Stille, in der es keine Hoffnung gab. Wenn man Ricciardi so sah, seit er seine Arbeit wieder aufgenommen hatte, lief einem ein Schauder über den Rücken.

Auch die Arbeit war ihm derzeit keine Hilfe. Abgesehen von einigen Diebstählen, mehreren Raubüberfällen mit Körperverletzung sowie einer Schlägerei am Hafen, nach der zwei Männer im Krankenhaus gelandet waren, war im Grunde nichts von Bedeutung geschehen, und Maiones Hoffnung auf einen kniffligen Fall, der den Commissario ablenken könnte, war bislang enttäuscht worden.

Ohne recht zu wissen, warum, fürchtete der Brigadiere um Ricciardis geistige Gesundheit und fragte sich sogar, ob es möglich sei, dass dieser sich etwas antun könne. Und so fand er immer wieder Ausreden, Ricciardis Büro zu betreten;

einmal brachte er ihm das schreckliche Gebräu, das man hier als Kaffee bezeichnete und das im Dienstzimmer der Polizeiwache zubereitet wurde, ein anderes Mal allerlei Klatsch und Tratsch, den sein Vorgesetzter jedoch bestenfalls mit einem zerstreuten kleinen Lächeln quittierte.

Maione hatte auch bemerkt, dass Ricciardi nicht einmal mehr in der Mittagspause zu einer hastig verzehrten Mahlzeit in das Restaurant Gambrinus ging, wie es früher seine Gewohnheit gewesen war, und dass er am Abend lange herumtrödelte, bis er nach Hause ging. Ein schlechtes Zeichen, hatte Maione zu Lucia gesagt, ein ausgesprochen schlechtes Zeichen. Sie jedoch hatte versucht, ihn zu beruhigen. Es sei eine besondere Zeit für den Commissario. Das würde sich geben. Es gebe sich immer. Seine Frau hatte nie darüber gesprochen, doch das Gespenst jener zwei Jahre nach dem Tode Lucas, als die beiden kaum mehr miteinander geredet hatten, schien das Paar in diesem Moment kurz mit seinen eisigen Schwingen zu streifen.

Aus all diesen Gründen hatte Maione es heute eilig, die Treppe hochzukommen, kaum war er im Polizeipräsidium eingetroffen; er wollte sich sogleich versichern, dass der Commissario an seinem Schreibtisch saß und dass es ihm gut ging.

Doch zu seiner Überraschung musste er feststellen, dass trotz der frühen Stunde bereits jemand auf der Bank im Flur saß und darauf wartete, vorgelassen zu werden.

IV

Ricciardi hörte, wie es an die Tür seines Büros klopfte. Zu dieser frühen Stunde konnte das nur Maione sein. Seufzend rief er: »Herein!«

In den vergangenen Tagen war ihm der Brigadiere ein wenig auf die Nerven gegangen. Die Ausreden, die Maione sich ausdachte, um zu kontrollieren, ob es ihm gut ging, waren leicht zu durchschauen, und Ricciardi spürte, dass ihm allmählich der Geduldsfaden riss. Natürlich war er sich der Zuneigung, die Maione ihm entgegenbrachte, bewusst und erwiderte diese auf seine Weise von ganzem Herzen, doch er hatte das Bedürfnis, allein zu sein, um nachzudenken. Um sich zu erinnern. In der Arbeit fand er keinen Trost, und die Anwescnheit anderer Menschen, selbst der wenigen, denen er freundschaftlich gesinnt war, störte ihn dabei nur. Ricciardi wusste nicht, wie er dies jemandem begreiflich machen konnte, ohne ihm auf den Schlips zu treten, doch wenn der Brigadiere so weitermachte, würde er trotz allen Wohlwollens ein klares Wort mit ihm sprechen müssen.

Maione trat ein und machte die Tür hinter sich zu.

»Commissario, guten Morgen. Wie geht es Ihnen heute? Sie haben doch etwas gegessen, oder?«

Ricciardi hob den Blick von seinem Bericht über die Schlägerei am Hafen.

»Ja, ja, Maione, mach dir keine Sorgen. Nelide denkt an alles, heute Morgen hatte sie das Frühstück schon um fünf Uhr bereit. *Magnanno ven' a famm* hat sie gesagt. Bei mir ist das allerdings nicht so, dass der Hunger beim Essen kommt.«

Maione lachte und schüttelte den Kopf. »Volksweisheiten, Commissario. Dieses Mädchen ist schon eine Nummer.«

Ricciardi nickte. »Deshalb musst du dir auch keine Sorgen machen, mein Magen ist in guten Händen.«

»Wie Sie meinen, Commissario. Allerdings sind Sie heute Morgen schon sehr früh gekommen, denn draußen sitzt eine Frau, die behauptet, sie sei schon eine Dreiviertelstunde hier und warte immer noch auf Sie. Und da es mittlerweile acht ist und Sie ihr noch nicht über den Weg gelaufen sind, bedeutet das, dass Sie schon seit mindestens sieben im Büro sind.«

Ricciardi schnaufte. »Gut kombiniert, Raffaele. Manchmal könnte man dich glatt für einen Polizisten halten. Und wer ist diese Person?«

Maione breitete die Arme aus. »Eine Dame, Commissario. Sie trägt einen Schleier und hat mir ihren Namen nicht gesagt. Sie will nur mit Ihnen sprechen. Soll ich sie reinlassen?«

Ricciardi zuckte mit den Achseln. »Was sollen wir denn sonst machen – sie als Türsteherin anstellen? Natürlich, lass sie herein.«

Maione ging kurz hinaus und kam dann mit einer verschleierten Frau zurück. Sie war groß und schmal, hielt eine Handtasche in den behandschuhten Händen und war ganz in Schwarz gekleidet. Über einem langen Kleid, das etwas aus der Mode war, trug sie einen gut geschnittenen, allerdings zu kurzen Mantel.

Unsicher machte sie einen Schritt vorwärts und verharrte direkt hinter der Schwelle.

Ricciardi erhob sich, blieb hinter dem Schreibtisch stehen und wies dann mit der Hand auf einen der Stühle vor dem Tisch.

»Bitte. Nehmen Sie doch Platz. Wie mir scheint, wollten Sie zu mir.«

Sein Ton fiel etwas brüsk aus; Leute, die ihr Gesicht verbargen, mochte er nicht. Die Frau straffte die Schultern und näherte sich, ohne sich allerdings zu setzen. Ganz leicht drehte sie den Kopf zu Maione, der etwas beiseite stehen geblieben war und darauf wartete, hinausgebeten zu werden, doch Ricciardi wollte den diskret angedeuteten Wunsch seines Gastes, mit ihm allein zu sein, nicht befolgen.

»Brigadiere Maione, den Sie bereits kennengelernt haben, arbeitet hier mit mir zusammen. Sie können vor ihm sprechen.«

Ein Moment des Zögerns trat ein. Offenbar überlegte die Frau, ob sie wieder gehen solle, fasste dann jedoch einen Entschluss und setzte sich. Sie stellte die Tasche auf ihren Schoß und lüftete ihren Schleier, sodass man endlich ihr Gesicht sehen konnte.

Ricciardi hatte sofort das deutliche Gefühl, sie schon einmal gesehen zu haben. Die feinen Gesichtszüge, das winzige Stupsnäschen und die leicht vorstehende Oberlippe über schneeweißen Zähnen. Ihre schmalen Augen blickten stolz, ruhig und entschlossen unter dichten Wimpern hervor. Auffallend und bemerkenswert war die Farbe der Iris, ein leuchtendes Blau, fast Veilchenblau. Ricciardi schätzte sie auf knapp dreißig, auch wenn aus dem Antlitz der Frau ein Leid sprach, das sie älter wirken ließ. Und obwohl sie bleich und gänzlich ungeschminkt war, konnte man sie nur als bildschön bezeichnen.

Da die Besucherin keine Anstalten machte, das Schweigen zu durchbrechen, sagte Maione: »Signora, das hier ist nun Commissario Ricciardi, nach dem Sie gefragt haben. Und mit wem haben wir die Ehre?«

Die Frau antwortete, ohne den Blick von Ricciardi zu wenden, der noch immer stand: »Ich bin Bianca Palmieri di Roccaspina. Die Contessa von Roccaspina.«

Unwillkürlich warf der Commissario einen Blick auf die zerschlissenen und fadenscheinigen Handschuhe der Dame und das Samttäschchen, das an der Unterseite geflickt war. Auch das Kleid und die Schuhe hatten schon bessere Zeiten gesehen. Als die Contessa seinen Blick bemerkte, biss sie sich, wider Willen gekränkt, auf die Lippen. Kurz schimmerte in ihren veilchenblauen Augen eine Mischung aus Stolz und Melancholie auf.

Ricciardi setzte sich. »Sprechen Sie nur, Contessa. Was verschafft mir die Ehre Ihres Besuches?«

Bianca flüsterte: »Erinnern Sie sich nicht, Commissario? Wir sind uns schon einmal begegnet. Vor zwei Jahren.«

Ricciardi runzelte die Stirn und forschte in seinem Gedächtnis nach den Umständen jenes Zusammentreffens, doch etwas Genaueres wollte ihm nicht einfallen. Dann hatte er plötzlich doch einen Geistesblitz. »Ach, gewiss, jetzt erinnere ich mich. Der Mordfall Rummolo. Der Seher. Ich war Ihres Gatten wegen bei Ihnen zu Hause. Stimmt's?«

»Aber natürlich, der Blinde«, mischte sich Maione ein. »Sie sind allein hingegangen, um den Conte zu vernehmen, Commissario. Es war an einem Sonntag, erinnern Sie sich? Großer Aufruhr im Viertel.«

Es war ein Blinder ermordet worden, ein Mann, von dem es hieß, er habe »die Gabe«, und der die Lottozahlen voraussagte. Der Conte von Roccaspina war der Letzte gewesen, der ihn aufgesucht hatte, und gehörte deshalb zu den Verdächtigen. Doch damals hatte sich herausgestellt, dass es nicht um Geld gegangen war, sondern um Liebe. Ein Fall, der schnell gelöst worden war, noch am selben Tag und vor

Ort. Ach, wäre das doch nur immer so, dachte Ricciardi, und ihm kam wieder das Bild des Conte in den Sinn, eines jungen Mannes mit geröteten Augen und zerzaustem Haar, der vollkommen dem Glücksspiel verfallen war und der sich an einen Spazierstock klammerte wie ein Schiffbrüchiger an eine Holzplanke auf offenem Meer. Und er sah seine schäbige und heruntergekommene Gestalt vor sich, ganz ähnlich der Frau, die er jetzt vor sich hatte, doch ohne deren Entschlossenheit, deren wilden Stolz.

Die Contessa nickte ruhig. »Ja, Commissario. Genau so war es. Ein Ort, den mein Gatte oft aufsuchte, würde ich sagen. Ein herber Verlust, meinen Sie nicht? Doch der Mann wurde sogleich ersetzt, so viel ist klar; zuerst durch einen Buckligen, dann durch ein weibliches Hinkebein. Davor hatte es sogar ein kleines Mädchen mit Blattern gegeben. Was für eine verrückte Stadt.«

Die Contessa sprach wohlmoduliert, ohne jeglichen Akzent, doch unterschwellig war dennoch deutlich Unmut zu spüren, eine Missgunst, die in ihr zu wüten schien wie Wundbrand. Langsam erinnerte sich Ricciardi wieder genauer an ihre damalige Begegnung: Der Conte war nicht da gewesen, sondern erst später gekommen, und die Frau hatte den Commissario im spärlich möblierten Salon eines heruntergekommenen Palazzos empfangen.

Und zwar in genau diesem Kleid, wie er mit einem vagen Gefühl des Unbehagens bemerkte.

»Nun, da wir uns wiedererkannt haben, Contessa, wollen Sie mir nicht sagen, was ich für Sie tun kann?«

Bianca schwieg und starrte Ricciardi nur stumm an. Es gab nicht viele Menschen, die dem Blick der grünen Augen des Commissario standhalten konnten, ohne den eigenen zu senken, doch ihr schien das keine Schwierigkeiten zu bereiten.

Mit einer langsamen Geste und beiden Händen nahm sie den Hut ab. Ihre Haare, die sie in einem Knoten zusammengesteckt hatte, waren von einem leuchtenden Blond mit kupferfarbenen Reflexen. An ihrem weißen, langen Hals hing als einziger Schmuck ein schwarzes Samtbändchen, mit einer Schließe zusammengehalten, die nach Silber aussah. Ohrringe trug sie keine.

Maione fühlte sich sichtlich unwohl. Mit einem Hüsteln sagte er: »Commissario, wenn Sie erlauben, schaue ich mal, wie es um den Dienstplan bestellt ist. Dann können wir alle unser Tagwerk beginnen.«

»Nein, Maione«, sagte Ricciardi, ohne ihn anzusehen. »Du kannst später gehen. Jetzt hören wir erst mal, was uns die Contessa zu sagen hat.«

Er wollte der Frau nicht die Genugtuung eines Gesprächs unter vier Augen verschaffen. Viele in dieser Stadt hielten es für selbstverständlich, dass ein Adelstitel sie dazu ermächtigte, Befehle zu erteilen, und diese auch anstandslos befolgt wurden, und genau das war für Ricciardi, den Baron von Malomonte, Grund genug, niemandem dieses Vorrecht einzuräumen.

Die Contessa von Roccaspina biss sich in einem Anflug kaum verhohlenen Unmuts auf die Lippen, fügte sich dann jedoch ins Unvermeidliche. »Ich bin wegen meines Mannes hier. Er wurde verhaftet.«

Ricciardi hob die Augenbrauen. »Ach ja? Und warum? Kommt das bei Anhängern des Glücksspiels nicht öfter vor?«

Maione fragte sich, was Ricciardi mit seinem unnötig barschen Auftreten bezwecken wollte. Allerdings ging ihre Besucherin auf die Ironie des Gesagten nicht ein. Der Ton, in dem sie antwortete, war zumindest dem Anschein nach trocken und nüchtern.

40

»Nein. Mord.«

Das Wort plumpste in den Raum wie ein Stein in einen Tümpel. Einen Augenblick lang herrschte Stille, doch als Ricciardi antwortete, war sein Ton deutlich freundlicher. »Das tut mir leid, Contessa. Aber dann müssen Sie sich im Zimmer geirrt haben, denn ich beschäftige mich derzeit mit keinem Fall, der…«

Die Dame hob die behandschuhte Hand, um ihn zu unterbrechen.

»Es geht nicht um eine Angelegenheit aus jüngster Zeit. Mein Mann wurde Anfang Juni festgenommen. Vor mehr als drei Monaten.«

Ricciardi tauschte einen Blick mit Maione, der mit den Achseln zuckte.

»Contessa, ich denke, wenn schon so viel Zeit vergangen ist, ist das eher ein Fall für die Anwälte und nicht mehr für die Polizei. Die Ermittlungen…«

Bianca zeigte ein trauriges Lächeln und schüttelte den Kopf. »Ermittlungen hat es praktisch gar nicht gegeben, Commissario. Mein Mann wurde auf der Stelle verhaftet, obwohl er sich nicht am Tatort aufgehalten hatte.«

»Aber das ist nicht möglich, Contessa! Ermittlungen gibt es immer, ich bin mir sicher, dass…«

»Ich sage Ihnen, es hat keinerlei Ermittlungen gegeben. Und das aus dem einfachen Grund, weil mein Mann das Verbrechen gestanden hat.«

V

Livia beugte sich vor und sagte ihrem Chauffeur Arturo, er möge an der Ecke anhalten und sie herauslassen. Sie habe Lust, ein paar Schritte zu gehen, es sei ein so schöner Tag.

Der Mann zögerte und legte schwachen Protest ein, womit er die Frau zum Lachen brachte. Es amüsierte sie kolossal, wie sehr sich die Vorstellung, die die hiesigen Bewohner von ihrer Stadt hatten, von der Wirklichkeit unterschied. Wenn man Arturo und Clara, ihr Hausmädchen, so hörte, hätte Livia keinen Schritt ohne Begleitung machen dürfen angesichts all der finsteren Gesellen, ob nun Räubern, Taschendieben oder anderer Übeltäter, die ihr auf ihrem Weg gefährlich werden könnten, selbst bei helllichtem Tage und auf Straßen wie dieser, auf denen so viele Menschen unterwegs waren.

In Wirklichkeit hatte sich Livia nur selten so sicher gefühlt wie gerade hier in dieser Stadt. Gewiss, die Leute waren ein wenig aufdringlich und steckten ihre Nase in Dinge, die sie nichts angingen, doch sie waren auch nett, herzlich, und es war schier unmöglich, sich einsam zu fühlen.

Und das bedeutete Livia sehr viel – sich nicht einsam zu fühlen. Die Einsamkeit war für viele Jahre das Markenzeichen ihres Lebens gewesen, sogar als ihr Mann noch am Leben gewesen war. Ja, *vor allem* als ihr Mann noch am Leben gewesen war: der große Arnaldo Vezzi, Lieblingstenor des Duce; der Sänger, den ein berühmter amerikanischer Musikkritiker nach einem denkwürdigen Konzert in New York einmal als Stimme Gottes bezeichnet hatte; und der verma-

ledeite Ehebrecher, der in einer Garderobe des *San Carlo*
ermordet worden war, von einer Frau, die er verführt und
dann verlassen hatte.

Und allein war Livia auch hinterher gewesen, inmitten
eines eitlen und sinnentleerten Lebens in Rom, ehe sie dann
beschlossen hatte, dem Ruf ihres Herzens zu folgen und in
diese fremde, sangesfrohe Stadt aus Licht und Schatten um-
zusiedeln.

Livia blieb einen Moment lang stehen und sog tief die
duftende Brise vom Meer in ihre Lunge. Mittlerweile war
es Ende September, doch das Wetter machte keinerlei Anstalten, schlechter zu werden. Am Telefon hatte ihre Mutter
ihr gesagt, in den Marken regne es wie aus Kübeln. Und am
Abend zuvor hatte Livia in der Wochenschau einen Bericht
über einen Aufmarsch der Faschisten in der Hauptstadt gesehen, bei dem die Damen bereits Mäntel trugen. Hier hingegen konnte man selbst in aller Herrgottsfrühe die Strahlen
der warmen Sonne genießen, die zärtlich die Haut liebkos-
ten.

Am Straßenrand stand ein Junge neben zwei vollen Markt-
taschen und bot Passanten und den Frauen, die in den nahe
gelegenen Mietshäusern wohnten, seine Ware feil: üppige
Büschel Trauben mit den herrlichsten Beeren, die man sich
vorstellen konnte. »*È oro e nun è uva, chesta!*«, schrie er aus
voller Kehle. Schaut nur, die sind wie pures Gold, meine
Trauben!

Es war ein bildschöner Junge, wie auf einem dieser alten
Gouachegemälde, die Livia an den Wänden der Salons bewunderte, welche sie gelegentlich besuchte. Die schwarzen Locken, das offene Hemd über einer gebräunten und
haarigen Brust, die halblange Hose und die bloßen Füße;
und dazu lachende Augen, eine kräftige, laute Stimme. Auf

viele Balkons waren Dienstmädchen getreten, die vorgaben, Wäsche zu falten, und den Jungen verzückt betrachteten.

Livia trat in sein Gesichtsfeld, als er gerade eine Traube in die Höhe hielt, um ihre Farbe zu zeigen. Der Junge hielt mitten in seinem Rufen und Zeigen inne und legte eine Hand theatralisch an seine Brust, als wäre er von so viel Schönheit wie vom Blitz getroffen.

»O heilige Muttergottes, Signora, sind Sie echt oder träume ich? Denn wenn es so ist, dann will ich nie mehr aufwachen!«

Ohne es zu wollen, lächelte Livia ob des so unverblümt hervorgebrachten Kompliments. Sie war es gewohnt, die Blicke der Männer anzuziehen, doch es kam nicht oft vor, dass sich jemand zu einer so impulsiven Galanterie hinreißen ließ.

»Warten Sie, Signora, bleiben Sie doch einen Moment stehen. Sie strahlen so sehr, dass neben Ihnen meine Trauben wie richtiges Gold aussehen. Wenn Sie hierbleiben, muss ich heute Morgen gar nicht mehr dem Lauf der Sonne folgen!«

Ein paar Passanten brachen in Gelächter aus, und Livia stimmte mit ein. Sie klaubte ein paar Münzen aus ihrer Börse und reichte sie dem Jungen, der dafür in seine Markttasche griff und eine besonders üppige Traube hervorzog.

»Signora, ich bitte Sie, probieren Sie doch! So vermischt sich Ihre Schönheit mit dem Rest der Trauben, ich hab sie in zehn Minuten verkauft und geh zu meiner Rosa, um für den Rest des Tages der Liebe zu frönen!«

Ein älterer Herr, der einige Meter entfernt stand, klemmte sich entrüstet sein Monokel ins Auge und rügte den jungen Mann. »He, du da mit den Trauben! Jetzt reicht's aber mit deinen Frechheiten! Signora, bitte entschuldigen Sie, bestimmt kommen Sie von auswärts und sind nicht daran gewöhnt, dass die jungen Männer hier manchmal das Herz auf der Zunge tragen!«

Sie jedoch lachte nur, weil sie einfach nicht anders konnte, pflückte eine einzelne Beere von dem Traubenbüschel, das der Junge ihr hinhielt, und warf sie sich mit einer gewissen Koketterie in den Mund; dann verabschiedete sie sich mit einem Winken der behandschuhten Hand und ging ihres Weges, wobei ihr durchaus bewusst war, dass so manches Augenpaar ihr folgte. Der Verkäufer spielte gekonnt den der Ohnmacht Nahen und ließ sich zu Boden sinken, was mit leicht neidischem Gelächter von den auf den Balkons versammelten Dienstmädchen quittiert wurde, während der alte Sittenwächter sich offenbar an seine eigene, längst dahingeschwundene Jugend erinnerte und Livias wogenden Hüften einen verzückten Seufzer hinterherschickte.

Als sie um die Ecke gebogen war, lenkte die Frau ihre Schritte zu einem kleinen Café. Seit Kurzem hatten sich die Modalitäten ihrer Treffen mit Falco geändert. Bis vor drei Monaten hatte Livia ein weißes Blatt Papier in einen Umschlag gesteckt und dieses anonym bei einer Adresse, nicht weit von zu Hause, deponiert, bei einem Pförtner mit stets versteinerter Miene, der nie ein einziges Wort sagte; dann stand nur wenige Stunden später der Mann, der es sich zur Aufgabe gemacht hatte, sie zu beschützen, vor ihr, als hätte er die ganze Zeit auf ein Zeichen von ihr gewartet. Mittlerweile jedoch hinterließ Livia stattdessen eine Visitenkarte an der Kasse besagten Cafés, setzte sich am darauffolgenden Morgen an eines der dortigen Tischchen und wusste, dass sie ihn nur wenige Augenblicke später vor sich stehen sehen würde.

Livia nahm im Inneren des Lokals Platz. Zwar hätte man beim jetzigen Stand der Sonne durchaus auch draußen sitzen können, doch die Umstände geboten Diskretion. Noch bevor sie bestellen konnte und ohne dass sie auch nur das kleinste Geräusch gehört hatte, spürte sie Falcos Anwesenheit, der direkt hinter ihr stand. Sie lächelte und bedeutete ihm mit einem Nicken, sich den freien Stuhl zu nehmen.

Der Mann setzte sich, wie gewohnt schweigend und ohne eine Regung zu zeigen. Livia unterzog ihn einer aufmerksamen Prüfung. Falco war von mittlerer Statur, hatte sein schütteres, grau meliertes Haar nach hinten gekämmt und trug einen grauen Nadelstreifenzweireiher mit passendem Hut. Den sandfarbenen leichten Mantel hatte er sich über den Arm gelegt, dazu trug er farbig abgesetzte Schuhe, weiße Socken sowie einen feinen Spazierstock. Er war ein Mann, der sich beinahe unsichtbar machen konnte, wodurch er sich in nichts von all den Rentiers, Freischaffenden und anderen Tunichtguten unterschied, die zu dieser Uhrzeit keinem Tagwerk nachgingen, sondern müßig in der Sonne saßen, in den Schneidereien Stoffe für ihre maßgeschneiderten Hemden aussuchten, vor den Theatern auf den Beginn der Matinee oder in den Vorzimmern der edleren Bordelle auf ihr bevorzugtes Liebesmädchen warteten.

Falco jedoch war etwas anderes. Etwas ganz anderes.

»Guten Morgen, Signora. Heute früh sind Sie noch schöner als gewöhnlich, dabei sind Sie immer wunderschön. Was verschafft mir die Ehre unseres Zusammentreffens?«

Livia lächelte ernst. Es war jedes Mal so, dass Falco in ihr ein leichtes Unbehagen verursachte. Gewiss, er war immer ehrerbietig und galant; außerdem hatte sie festgestellt, dass er ein ausgeprägtes künstlerisches und kulturelles Einfühlungsvermögen besaß. Es war noch gar nicht lange her, als sie beschlossen hatte, wieder einmal vor Publikum zu singen, und ihn in der Zuschauermenge gesehen hatte, wie er ihr vollkommen entrückt und mit tief bewegter Miene applaudierte; allerdings war er dann so blitzschnell wieder verschwunden, dass sie hinterher Zweifel gehegt hatte, ihn wirklich gesehen zu haben.

Was Livias Unbehagen begründete, war die Tatsache, dass Falco (von dem sie nicht einmal wusste, ob dies sein richtiger Name, Vorname oder keins von beiden war) einer Regierungsbehörde angehörte, die offiziell nicht nur unbekannt, sondern sehr, sehr geheim war. Dass ihm die Aufgabe anvertraut worden war, sie zu beschützen und ihr beizustehen, und zwar von jemandem ganz oben, in den höchsten Parteikreisen, als Freundin der Tochter des Duce. Und dass der Mann diese Aufgabe mit übertriebenem Eifer erfüllte, so sehr, dass sie nicht selten glaubte, seine Gestalt auf der Straße, im Theater oder im Lichtspielhaus zu erspähen, ganz zu schweigen von den Salons, wo die exklusiveren Empfänge stattfanden, an denen sie teilnahm.

Allerdings musste Livia anerkennen, dass Falco dafür allergrößte Diskretion walten ließ, abgesehen von seiner Unsichtbarkeit; Falco blieb stets unbemerkt.

Livia wartete, bis der Kellner die Bestellung entgegengenommen hatte, und sagte dann: »Ich habe Sie schon eine Weile nicht mehr gesehen, Falco. Oder vielmehr glaube ich, Sie nicht gesehen zu haben. Offenbar bin ich also ein braves Mädchen gewesen.«

Der Mann schenkte ihr ein flüchtiges Lächeln. »Nicht ganz, Signora. Im Übrigen wären Sie nicht Sie und ich hätte nicht die überaus angenehme Aufgabe, Sie zu observieren, wenn Sie allzu brav wären. Aber wie Sie wissen, halten wir uns gekonnt im Hintergrund.«

Livia biss sich auf die Lippen. »Wenn es nach mir ginge, brüsten Sie sich einer Aufgabe, die überflüssig ist. Ich wüsste nicht, wovor Sie mich beschützen müssten.«

Falco richtete den Blick auf die Straße; ein kleiner Trupp barfüßiger Straßenjungen machte sich einen Spaß daraus, die Frauen, die vorbeikamen, an den Röcken zu ziehen und dann schreiend ihren Klapsen auszuweichen.

»Sie fragen mich, wovor ich Sie schützen soll. Diese Frage verdiente eine genauere Antwort, die ich Ihnen zur Gänze gar nicht geben könnte. Vor allem jedoch – vor dieser Stadt. Die ein ziemlich gefährlicher Ort ist.«

Die Frau gab ein Schnauben von sich. »Jetzt kommen Sie mir auch noch mit dieser Mär von der gefährlichen Stadt! Manchmal denke ich mir, das ist nur eine etwas banale Ausrede dafür, dass man sich das Recht herausnimmt, sich um Dinge zu kümmern, die einen nichts angehen. Ich bin mittlerweile seit einem Jahr hier und glaube nicht, dass ich mehr riskiert habe, als dass mir ein paar Jünglinge hinterherpfeifen.«

Falco schwieg eine Weile. Dann, ohne den Blick von den Gassenjungen zu lösen, sagte er mit gesenkter Stimme: »Vorgestern Abend sind Sie um zweiundzwanzig Uhr vierzehn aus dem Theater gekommen. Wie üblich wartete Ihr Wagen mit dem Fahrer an der Ecke Via Madonna delle Grazie auf Sie, nur wenige Meter vom Eingang entfernt, doch Sie sagten zu Arturo, sie wollten lieber zu Fuß gehen, weil es ein so schöner Abend sei.«

Livia verspürte wie so oft, dass ihr die Kehle eng wurde, als würde jemand sie ganz langsam zudrücken. »Diese Protzerei mit Informationen sagt mir nur, dass Sie mich auf geradezu manische Weise verfolgen«, zischte sie. »Langsam gewinne ich den Eindruck, die größte Gefahr kommt von Ihrer Seite!«

Als hätte er das Gesagte nicht gehört, fuhr Falco im gleichen Ton fort: »Man hat begonnen, Sie zu verfolgen, als klar wurde, dass Sie nicht den Wagen nehmen. Sie waren zu zweit, Leute, die wir kennen. Einer nähert sich mit dem Messer, der andere greift nach der Handtasche, nach Schmuck. Sie sind sehr schnell, doch manchmal steht ihnen der Sinn nach noch mehr, und sie zerren die Dame in einen Hauseingang und vergehen sich an ihr. Der eine hält dem Opfer den Mund zu, und der andere ... tut, was er nicht lassen kann. Ich war nicht im Dienst, sonst wäre ich schon früher eingeschritten. Meine ... meine Freunde hingegen haben gewartet, bis sich die beiden in Bewegung setzten, um Gewissheit zu haben, was sie im Schilde führten. Wir sind keine Scharfrichter.«

Auf der Straße waren die Gassenjungen wie ein Schwarm Spatzen auseinandergestoben und hatten sich in alle Himmelsrichtungen zerstreut. Nur einen Augenblick später tauchten zwei Polizisten auf, die mit den Händen in den Taschen und gelockerten Krawatten plaudernd die Straße entlangspazierten.

»Warum sollte ich Ihnen glauben?«, murmelte Livia. »Ich habe nichts mitbekommen, niemand hat sich mir während des Spaziergangs genähert, und ich kam unversehrt und unbelästigt zu Hause an.«

Falco verzog das Gesicht. »Sie müssen mir nicht zwangsweise glauben. Mir genügt es schon, dass diese beiden Halunken Sie nie mehr belästigen und sich wahrscheinlich – wenn und falls sie wieder auf den Beinen sind – einen anderen Lebensunterhalt suchen. Aber es sind nicht die Einzigen, vertrauen Sie mir. Vertrauen Sie mir wenigstens in dieser Sache.«

Livia erschauderte, und ihr Ton wurde weicher. »Ich weiß, dass Sie Ihre Pflicht tun, das ziehe ich gar nicht in Zweifel. Und ich danke Ihnen dafür.«

Falco wandte ihr wieder seine ganze Aufmerksamkeit zu, und einen Moment lang leuchteten seine Augen. Ein Sonnenstrahl fiel durch die Tür des Cafés und auf Livias Kleidung, deren besondere Eleganz Falco wie immer bewunderte. Livia trug ein leuchtend blaues Kostüm, schmal in der Taille, die durch einen feinen Gürtel aus Kalbsleder betont wurde, dazu durchbrochene Handschuhe in der gleichen Farbe sowie eine aprikosenfarbene Bluse mit einem breiten Schalkragen, welcher sich weich an die Jacke schmiegte. Eine große Kamelie – farblicher Anklang an die Bluse – schmückte das kleine blaue Samthütchen.

Der Mann dachte daran, wie bezaubernd diese Frau doch war und wie schwer es ihn dünkte, die berufliche Distanz zu ihr zu wahren, welche seine Stellung erforderte. Er nickte, als hätte er den Angriff von zuvor schon wieder vergessen.

»Was kann ich denn für Sie tun, Signora? Gewöhnlich bin ich durch Ihre Nachricht einerseits entzückt, andererseits aber auch beunruhigt. Haben Sie etwas Bestimmtes im Sinn?«

Livia brach in schallendes Gelächter aus, wodurch sie die neugierigen Blicke einiger Damen auf sich lenkte, die an einem nicht weit entfernten Tischchen Tee tranken. Sie fasste sich und sagte: »Ich kann mir Ihre Besorgnis lebhaft vorstellen, Falco. Tatsächlich habe ich etwas im Sinn, und es fällt mir nicht leicht, es auszusprechen, denn es handelt sich um eine Bitte, die Ihnen vielleicht … bizarr erscheinen wird. Ich habe lange darüber nachgedacht, ob es angebracht ist, Sie damit zu behelligen. Doch Sie können kraft Ihres Amtes innerhalb kürzester Zeit die Informationen einholen, die ich brauche, während ich mir, wenn ich die Menschen in meiner Umgebung befragen würde, also Hausangestellte, Pförtner, Lieferanten, des Ergebnisses nicht sicher sein könnte; vor allem jedoch würde es mich viel Zeit kosten. Und bekanntermaßen haben wir Frauen es nicht so mit der Geduld.«

Falco nickte mit ernster Miene. »Verstehe. Und die Tatsache, dass Sie diese Andeutungen machen, beunruhigt mich sogar noch mehr. Doch ich habe die Anweisung, stets zu Ihren Diensten zu sein, das wissen Sie. Sprechen Sie ruhig.«

Livia nahm einen Schluck Kaffee, als suchte sie noch nach den rechten Worten. Falco hingegen sog den Duft ein, den sie verströmte, einen würzigen und zugleich frischen Duft. Er hatte Nachforschungen angestellt und herausgefunden, dass Livia ihr Parfüm bei einer kleinen römischen Destillerie herstellen ließ; eine kostspielige Angelegenheit. Aber gut angelegtes Geld, fand er.

Endlich hub die Dame an zu sprechen. »Sie wissen von ihm. Wir haben viele Male über ihn gesprochen, und Sie haben mir nie verborgen, dass Sie mein Interesse an ihm nicht gutheißen. Aus beruflichen Gründen, wie ich vermute. Doch Sie wissen auch, dass er der Grund dafür ist, dass ich hierhergezogen bin.«

Falco schwieg, ausdruckslos wie eine Sphinx.

Livia fuhr fort: »Ich weiß, dass ich ihm gefalle. Ich weiß es. Ich spüre es. Und glauben Sie mir, ich verstehe etwas davon, ob ich einem Mann gefalle oder nicht. Und doch gibt es da etwas, das ihn daran hindert, sich mir zu öffnen, zu mir zu kommen. Etwas, das ihn abhält. Etwas. Oder jemanden.«

Ein winziger Muskel an Falcos Kinnlade zuckte, doch nichts an ihm verriet, dass er irgendwelche Kenntnisse besaß.

Livia fuhr fort: »Vergangenen Herbst, Sie erinnern sich, hatte er einen Unfall. Wie durch ein Wunder kam er mit dem Leben davon. Ich lief zu ihm ins Krankenhaus, um mich zu vergewissern, dass es ihm gut geht. Ich besuchte ihn jeden

Tag, und an seinem Krankenbett wechselten sich seine Tata, die ältere Dame, die kürzlich verstorben ist, und der Brigadiere Maione ab. Nur die beiden. Doch beim allerersten Mal, als ich gerade dort ankam, war da noch eine andere Person, die auf Nachricht wartete. Ich sah sie nur dieses eine Mal, danach tauchte sie nie wieder auf. Erst später ist es mir wieder eingefallen. Sie stand neben Rosa, der Kinderfrau, und trug einen Ausdruck tiefster Angst auf dem Gesicht. Ich glaube, sie betete.«

Auf der Straße schlenderte ein Verkäufer von *franfellicchi* vorbei, kleinen bunten Süßigkeiten aus Honig, die vor allem bei Kindern beliebt waren. Auf einmal begann er gellend seine Ware anzupreisen, die es offenbar in fünf verschiedenen Farben und Geschmacksrichtungen gab. *Cinche culure e cinche sapure, ccà stanno 'e franfellicche!* Die Damen am Nachbartisch zuckten erschrocken zusammen und begannen dann zu lachen.

»Ich sehe sie noch vor mir«, fuhr Livia fort. »Eine große junge Frau mit Brille. Einfach gekleidet, ich glaube, noch nicht einmal geschminkt, doch mit schönen schmalen Händen. Jedenfalls keine Dienstbotin. Vielleicht eine Lehrerin, eine Angestellte. Ganz sicher jedoch war sie mit der Tata vertraut. Und ebenso offensichtlich war, dass sie Angst hatte, ihn zu verlieren. Zuerst dachte ich, es handele sich um eine Verwandte, doch dann habe ich meine Meinung geändert. Sie war vielleicht keine auffallende Erscheinung, keine Schönheit, aber eine von denen, die einem Mann Sicherheit geben. Jung.«

Das letzte Wort hatte Livia etwas widerwillig gesagt, als wäre dies ein Zugeständnis, das sie schmerzte.

»Die Art von Frau, in die sich die Männer verlieben, verstehen Sie. Nicht eine, die man nur für eine Nacht will oder im Theater oder in Gesellschaft herumzeigt. Eine von denen, die man irgendwann heiratet.«

Falco fragte sich, ob Livia eigentlich noch mit ihm redete oder ob sie mehr laut dachte. Doch dann richtete sie ihren Blick fest auf ihn und flüsterte entschlossen: »Ich möchte wissen, wer diese Frau ist. Ich möchte alles über sie wissen, wo sie wohnt, was sie macht. Ob er sie liebt und wie sehr und auf welche Art. Einmal hat er mir gesagt, sein Herz sei vergeben. Ist es dieses Mädchen, an das er sein Herz vergeben hat?«

Falco öffnete den Mund und machte ihn gleich wieder zu. Wie peinlich berührt wandte er den Blick ab. »Signora, ich weiß nicht, ob das nicht… nun, verstehen Sie, ob das nicht deutlich meine Kompetenzen überschreitet. Informationen in Herzensangelegenheiten einzuholen gehört nicht zu meinen Aufgaben, was Sie betrifft.«

Livia lachte höhnisch. »Sind Sie da sicher? Falco, alles, was mich betrifft, hat mit Herzensangelegenheiten zu tun, das wissen Sie sehr wohl. Die Sache ist ganz einfach: Entweder Sie bemühen sich darum, mir diese Informationen zu besorgen, oder Sie sehen mich nie mehr, es sei denn aus den Schatten heraus, in denen Sie leben. Und auch in dieser Hinsicht werde ich Ihnen das Leben sehr, sehr schwer machen. Verstanden?«

Falcos Blick wurde hart. »Wollen Sie mir etwa drohen, Signora? Ich glaube nicht, dass Sie dazu in der Lage sind.«

Livia holte tief Luft. Vielleicht hatte sie den Bogen überspannt, dachte sie. »Sie haben recht. Aber seltsamerweise habe ich das Gefühl, Sie und ich sind gerade dabei, Freunde zu werden. Oder etwas Ähnliches. Und wenn einen etwas schmerzt oder bekümmert, dann wendet man sich doch an seine Freunde, oder? Deshalb bitte ich Sie auch als Freundin: Können Sie mir helfen? Und vor allem: Wollen Sie es?«

Falco schaute sie noch einen Moment lang an. Dann nickte er langsam.

»Ja, Signora. Ich kann es tun, und ich will es tun. Aber Ihnen muss bewusst sein, dass dies außerhalb unserer beruflichen Beziehung stattfindet. Es handelt sich um eine sehr persönliche Angelegenheit. Sprechen Sie mit niemandem darüber, erst recht nicht mit… mit Ihren Freunden in Rom. Es bleibt unter uns. Nun bin es zur Abwechslung einmal ich, der Sie bittet, Stillschweigen zu bewahren.«

Livia lächelte ihn an und sah auf einmal aus wie eine Katze mit schwarzen Augen. »Ich verspreche es Ihnen. Es bleibt unser Geheimnis.«

VI

Die Ausdrucksweise der Frau hatte Ricciardi und Maione sprachlos gemacht.

Die beiden schauten sich mit offenem Munde an und dachten, dass die Contessa di Roccaspina wohl zu scherzen beliebte: ein Mörder, ein geständiger Verbrecher, der seit fast vier Monaten in Haft war – was konnte sie nur von ihnen wollen? Ricciardi kam das alles sehr seltsam vor. Eine Adlige, die er im Verlauf von kurzen Ermittlungen vor Jahren einmal getroffen und mit der er nur in Eile ein paar Worte gewechselt hatte. Eine Bekanntschaft, die man bestenfalls als flüchtig bezeichnen konnte. Gewiss, offenbar steckte die Dame in Schwierigkeiten und hatte schlechte Zeiten durchgemacht, doch konnte es wirklich sein, dass sie sonst niemanden hatte, an den sie sich wenden konnte?

Maione unterbrach seinen Gedankenfluss, indem er sich mit der flachen Hand vor die Stirn schlug.

»Ach, klar, jetzt kapiere ich's endlich! Es handelt sich um den Mord an diesem … diesem Anwalt aus Santa Lucia, stimmt's? Ich erinnere mich, es stand überall in der Zeitung und war ein ziemlicher Skandal. Ein Fall, mit dem dieser Hornochse Cozzolino zusammen mit Commissario De Blasio betraut war. Und wie haben die sich damit gebrüstet, die Sache so schnell abgeschlossen zu haben! Vielen Dank auch – wenn man einen hat, der zu einem kommt und sagt: Da bin ich, ich war's, was ist das dann für eine große Leistung …«

Als ihm plötzlich bewusst wurde, wie taktlos seine Bemer-

55

kung gewesen war, schlug sich der Brigadiere nochmals ins Gesicht, diesmal auf den Mund. »Ach herrje! Verzeihen Sie, Contessa! Ich wollte nicht…«

Bianca zeigte ein müdes Lächeln. »Aber ich bitte Sie, Brigadiere«, sagte sie, ohne sich dabei direkt an Maione zu wenden. »Ich empfinde es genauso. Die Schnelligkeit, mit der mein Mann gestanden hat, setzte jeder Art von Ermittlung sofort ein Ende. Der Schuldige war gefunden, was sollte man also noch lange suchen?«

Ricciardi stand der Sinn nicht nach Geplänkel. »Signora, verzeihen Sie mir, aber wir haben nicht viel Zeit, und es ist auch nicht in Ordnung, die Arbeit der Kollegen in den Schmutz zu ziehen. Es hat eine Untersuchung gegeben, sie wurde abgeschlossen, und es gibt einen Schuldigen, der im Übrigen auch gestanden hat. Ich verstehe also wirklich nicht…«

Biancas Nicken war traurig. »Ja, Sie verstehen nicht, was ich hier will. Sie haben recht. Vielleicht begreife ich es selber nicht.«

Sie stand auf und setzte ihren Hut wieder auf. Dabei biss sie sich auf die Lippen, als wollte sie sie daran hindern zu beben.

»Allerdings müssen Sie mir glauben, dass ich nicht zu diesen verarmten Dämchen gehöre, die herumlaufen und die Wirklichkeit nicht wahrhaben wollen, nur weil sie anders ist, als sie sie gerne hätten.«

Sie machte auf dem Absatz kehrt und wandte sich zur Tür. Als sie bereits die Hand an der Klinke hatte, wandte sie sich nochmals um und richtete einen stolzen Blick auf Ricciardi. Wieder konnte er nicht umhin zu bemerken, wie schön sie war.

»Sehen Sie, Commissario, ich weiß, dass das keine große

Rolle spielt. Aber ich bin mir ganz sicher, dass mein Mann unschuldig ist. Doch niemand hört mir zu. Einen schönen Tag noch.«

Sie ging hinaus.

Ein paar Sekunden schauten sich Maione und Ricciardi bestürzt an. Dann machte der Commissario eine knappe Bewegung mit dem Kinn in Richtung Tür, und der Brigadiere schoss hinaus wie ein Jagdhund, den man von der Leine lässt. Weniger als eine Minute später war er wieder da, mit der Contessa im Schlepptau.

Ricciardi erhob sich. »Signora, Sie haben gesagt, Sie seien sich sicher, dass sich Ihr Gatte keiner Verbrechen schuldig gemacht hat. Können Sie uns freundlicherweise erklären, woher Sie diese Gewissheit haben?«

Bianca hob erneut ihren Schleier an und bedachte Ricciardi mit einem ruhigen Blick. »Ich habe nicht behauptet, mein Mann habe keine Verbrechen begangen. Er liebt das Glücksspiel, hat weder seine Schulden beglichen noch Steuern gezahlt und damit auch Verwandte und Freunde betrogen, ganz abgesehen von mir. Er ist ein Mann mit Lastern, gegen die er nicht ankämpft. Doch Ludovico Piro hat er in jener Nacht nicht umgebracht.«

Ricciardi beugte sich vor und legte die Handflächen auf die Schreibtischplatte. »Und woher wissen Sie das, wenn ich fragen darf?«

»Ganz einfach. Er war zu Hause. Er war zu Hause und schlief, was nicht oft vorkam.«

Ricciardi schüttelte den Kopf. »Contessa, entschuldigen Sie, aber ich begreife immer noch nicht. Warum haben Sie das damals nicht gesagt?«

Der Wortwechsel hatte etwas Farbe auf Biancas Wangen gezaubert und ließ sie auf einmal viel jünger wirken.

»Aber ich habe es ja gesagt. Zuerst ganz ruhig, dann unter Tränen, ich habe es geschrien, habe es mit Entschlossenheit probiert, habe gefleht. Doch alles hat nichts genützt, niemand hat mich angehört. Und am Ende … na ja, deshalb bin ich hier.«

Maione verlagerte sein durchaus beträchtliches Gewicht von einem Fuß auf den anderen. »Ich meine, mich an etwas Derartiges erinnern zu können, so stand es in den Zeitungen. Wir, Commissario, waren damals mit den Ermittlungen zum Tode des Professors an der Poliklinik beschäftigt, und wenn Sie bis über beide Ohren zu tun haben, wollen Sie von nichts anderem hören; aber damals redete man in der Stadt von nichts anderem. Sie waren die Einzige, Contessa, die behauptete, es sei nicht Ihr Mann gewesen, richtig?«

Die Frau nickte. Auf einmal wirkte sie todmüde.

»Ja, die Einzige. Und auch die Einzige, die Einspruch erheben konnte, denn nur ich wusste, wo mein Mann in jener Nacht gewesen war.«

Ricciardi warf trocken ein: »Nicht die Einzige. Laut dem, was Sie gerade sagten, wusste es auch Ihr Mann. Und doch …«

»Und doch hat er ein Geständnis abgelegt«, kam ihm Bianca zuvor. »Und er schmückte dieses Geständnis mit vielen Einzelheiten aus. Der Gerichtsmediziner jedoch hat klar und deutlich gesagt, Piro sei während jener Nacht gestorben, und in der Nacht war mein Mann zu Hause und lag betrunken im Bett. Aber, ja, er hat gestanden, und auch nach mehr als drei Monaten im Zuchthaus hat er dieses Geständnis nicht widerrufen.«

»Warum nur sollte er das getan haben, Contessa? Warum sollte ein Mann, der, wie Sie selbst mir sagen, das Leben in vollen Zügen genießt, mit allen Lastern und allen Freuden, sich etwas ausdenken, das ihn dazu verdammt, bis ans Ende seiner Tage hinter Gittern zu versauern?«

Die beiden saßen da und verschränkten die Blicke – Veilchenblau und Grün, ohne mit der Wimper zu zucken – und sahen einander mit ihren kalten und harten Mienen sogar ein wenig ähnlich, ohne sich dessen bewusst zu sein.

»Ich weiß es nicht«, murmelte die Frau schließlich so leise, dass es kaum zu verstehen war. »Ich weiß es verdammt noch mal einfach nicht. Jede Stunde, jede Minute stelle ich mir diese Frage, aber eine Antwort finde ich nicht. Alle halten mich für verrückt. Meine Familie, die Freunde, sein Anwalt halten mich für verrückt und versuchen, mich davon zu überzeugen, endlich mit dieser Geschichte aufzuhören und stattdessen bei dem Prozess, der bald beginnen und ebenso schnell wieder mit vorhersehbarem Urteil enden wird, die Richter um Milde anzuflehen.«

Ricciardi fuhr sich mit einer Hand über die Stirn. »Schauen wir mal, ob ich das recht verstanden habe: Die Ermittlungen sind abgeschlossen, da ist ein Mann, dem in Kürze der Prozess gemacht wird und der seit geraumer Zeit im Gefängnis sitzt, der gestanden und sein Geständnis untermauert hat, indem er genaue Angaben zum Tathergang machen konnte. Alle sind sich einig, auch sein Anwalt, nur Sie ganz allein behaupten, die Sache sei ganz anders verlaufen. Und in all diesen Monaten haben Sie Ihre Version wiederholt vorgebracht, doch niemand hat Ihnen geglaubt. Stimmt das so?«

Bianca hob stolz das Gesicht. »Ja, so ist es. Und Sie haben vergessen zu sagen, Commissario, dass es die Wahrheit ist. Schlicht und einfach die Wahrheit.«

»Dürfte ich wissen, warum Sie sich an mich gewandt haben?«

»Weil Sie mir, als wir uns kennengelernt haben, wie ein

Mensch erschienen, der sich nicht mit Äußerlichkeiten aufhält. Der keine Vorurteile hat und sich nicht mit den bequemsten Lösungen abfindet. Und weil ich niemand anderen habe, zu dem ich gehen kann.«

Einen Moment lang, der wie eine Ewigkeit wirkte, schwiegen sie. Bianca umklammerte den Griff ihrer zerschlissenen Handtasche. Maione schaute verlegen auf seine Füße hinab. Ricciardi hörte die Stimme von Rosa, die ihm als Kind immer gesagt hatte, man müsse Hilfe leisten, wenn einen jemand darum bitte. Zumindest dürfe eine Bitte um Hilfe nicht ungehört bleiben.

Am Ende nickte er. »Ich werde Erkundigungen einziehen. Aber ich verspreche Ihnen nichts, damit das klar ist. Rein gar nichts.«

VII

Seit sie Ende August von der Ferienkolonie auf Ischia zurückgekehrt war, hatte sich Enrica vor einem einzigen Moment gefürchtet: dem Einkochen der Tomatensoße.

Bis zu diesem Zeitpunkt war sie recht zuversichtlich gewesen, der peinlichen Befragung durch ihre Mutter und die Schwester Susanna, flankiert von diesen vermaledeiten Klatschweibern aus der Nachbarschaft, entgehen zu können, doch nun führte wohl kein Weg mehr daran vorbei.

Mit der Zeit war sie äußerst findig darin geworden, die Vielbeschäftigte zu spielen und sich aus der Affäre zu ziehen, indem sie all die kleinen Betätigungen des Alltags als Vorwand herhalten ließ. So würde bald die Schule wieder beginnen, und die Hausarbeiten der jüngeren Geschwister über die Sommerferien müssten fertiggestellt werden – eine Aufgabe, die Enrica als ausgebildeter Lehrkraft zufiel und die es ihr ermöglichte, immer dann, wenn ein Gespräch in gefährliche Fahrwasser zu geraten schien, diesem aus dem Weg zu gehen, indem sie so tat, als müssten Luigino oder Francesca ausgerechnet in diesem Moment irgendeinen Aufsatz zu Ende schreiben oder ein kniffliges Rätsel in Geometrie lösen. Alles war ihr nützlich, um den prüfenden Blicken der Frauen der Familie zu entgehen, welche es nach Neuigkeiten über Enricas mysteriösen deutschen Verehrer dürstete, eine Gestalt, die allmählich wahrlich absurde fabelhafte Züge anzunehmen begann.

Vielleicht wäre es ihr gelungen, Manfreds Existenz weitgehend geheim zu halten, wäre da nicht der stete Strom von

Briefen gewesen, die bereits drei Tage nach ihrer Rückkehr von der Insel bei ihr eingetroffen waren, und zwar mit geradezu entmutigender Pünktlichkeit jeweils am Montag, Mittwoch und Freitag. Enrica fand dieses perfekte Funktionieren der Post eher ärgerlich und schickte insgeheim stille Verwünschungen an den armen Herrn Egidio, seines Zeichens Postbote des Viertels und ein plattfüßiger Mann mittleren Alters.

Im Übrigen hatte es sich auch als unmöglich herausgestellt, diese Sendschreiben vor ihrer Mutter zu verbergen, denn Maria besaß die geradezu unheimliche Gabe, das Eintreffen dieses Männleins vorauszuahnen und sich wie durch Zauber genau in diesem Moment bei den hölzernen Briefkästen im Eingangsbereich des Mietshauses einzufinden, um die Post dann höchstpersönlich entgegenzunehmen. *Bitte, bitte, Signor Egidio, machen Sie sich doch gar nicht erst die Mühe, Ihre Lesebrille aufzusetzen, ich schaue schon selber in Ihrer Tasche nach…*

Andererseits war Enrica nicht danach gewesen, Manfred zu bitten, die Korrespondenz woandershin zu schicken, zum Beispiel an das Geschäft ihres Vaters, denn dies erschien ihr als eine allzu übertriebene Vertraulichkeit und hätte sowohl bei ihm als auch ihrer Familie den Eindruck hinterlassen, es gebe etwas zu verbergen, und das wollte Enrica nicht. Außerdem war dies zurzeit nicht nötig, denn die Mutter konnte sich, wenn auch mit Mühe, gerade noch davon abhalten, jene ockerfarbenen Umschläge, die mit einer seltsam steilen, wie gotischen Schrift bedeckt waren und auf der Rückseite eine ausgesprochen exotische Absenderangabe trugen, gleich selbst zu öffnen.

Besonders nervtötend war dann die Zeremonie der Übergabe. Zu diesem Behufe lief Maria Colombo durch das ganze Haus, von der Wohnungstür bis zu dem Zimmer, in dem sich Enrica gerade aufhielt, wie ein Schiff, das mit lautem Sirengeheul den gesamten Golf durchquert, um in den Hafen einzufahren, wobei sie den Umschlag schwenkte wie eine Flagge. Während dieser Überfahrt sammelte sie stets ein kleines Publikum ein, das aus dem Dienstmädchen, der jüngeren Tochter mit dem Neffen auf dem Arm sowie Enricas kleineren Geschwistern bestand, um Enrica das Schreiben schließlich wie einen Orden zu überreichen und sich dann mit einem überaus ärgerlichen Lächeln auf den Lippen und verschränkten Armen vor ihr aufzubauen, als hoffte sie, Enrica würde den Brief auf der Stelle öffnen und vor versammelter Mannschaft ein paar Kostproben daraus zum Besten geben. Doch offensichtlich hütete sich das Mädchen genau davor, schob stattdessen den Brief beiläufig in die Tasche ihres Hauskleides und fuhr in aller Seelenruhe darin fort, das zu tun, womit sie eben gerade beschäftigt war, womöglich noch mit einem Liedchen auf den Lippen und einem aufreizend zur Schau getragenen Mangel an Dringlichkeit, sich die Neuigkeiten aus dem Dörfchen Prien in Bayern – so stand es auf der Rückseite des Kuverts – zu Gemüte zu führen.

Erst wenn sich die kleine Zuschauermenge, leicht enttäuscht, wieder zerstreut hatte und ihren eigenen Angelegenheiten nachging, zog sich Enrica in ihr Zimmer zurück, um den Brief zu lesen. Manfreds geschriebenes Italienisch war besser als das gesprochene, zumal hier weder seine etwas harte Aussprache noch die betont abgehackten Konsonanten zu hören waren. Seine häufigen Besuche auf der Insel Ischia und eine aufrichtige Zuneigung zur reichen Kultur Italiens, die so viel Kunst und Schönheit hervorbrachte, hatten ihn dazu veranlasst, die Sprache zu erlernen, und es schien ihm Freude zu bereiten, in ihr auch korrespondieren zu können. Und so berichtete Manfred ihr in seinen häufigen, wenngleich nicht allzu langen Schreiben von den tiefschürfenden Veränderungen, die zurzeit in seinem Alltagsleben vorgingen.

Die nationalsozialistische Partei hatte die Wahlen in Deutschland gewonnen, ein Ereignis, das für Manfred, einen glühenden Anhänger der ersten Stunde, eine ganze Reihe von neuen Möglichkeiten eröffnete. So erhoffte sich der Offizier eine Rolle beim Wiederaufbau der Reichswehr, also des Heeres, oder auch im diplomatischen Dienst, den Hitler gerade auf seine neue Politik einstimmte. Manfred fühlte sich angezogen von den klaren Ansichten dieses Mannes und seinem Vorhaben, den Nationalstolz des Landes wieder aufblühen zu lassen; beides kam in den leidenschaftlichen und überaus häufigen Reden zum Ausdruck, welche der Führer der Partei in der Öffentlichkeit hielt und an denen Manfred, seines Zeichens Major, oft teilnahm. Wenn er nicht darüber schrieb, schilderte er gern das Leben in dem Dorf am See, in dem er lebte, einem Ort voller Blumen, der oft von heftigen Gewittern heimgesucht wurde; oder er berichtete von Fahrradausflügen, Gymnastikübungen oder dem Mittagessen mit den bereits betagten Eltern. Immer jedoch bekräftigte er natürlich den Wunsch, Enrica wiederzusehen und die Magie ihrer Begegnung wieder aufleben zu lassen.

Wenn diese stets so akkurat geschriebenen Zeilen in Enrica die Erinnerung an jene Momente zurückbrachten, verspürte sie eine Art Kluft in ihrem Herzen, die ihr allmählich immer vertrauter wurde. Es war eine Mischung aus Unbehagen, schlechtem Gewissen, Erregung, Wohlgefallen und einem Hauch Schmerz: wie eine komplizierte geschichtete Torte, deren einzelne Ingredienzen man gerne erschmecken würde, die jedoch ein seltsames und mysteriöses Aroma hat, welches sich deutlich von der Summe der Teile unterscheidet.

Was wollte Enrica denn eigentlich? Sich selbst konnte sie

nicht belügen. Es hatte ihr gefallen, von jenen starken, festen Händen in die Arme gezogen zu werden, den Geschmack jener Lippen im Mondschein zu kosten, dort in jener glühend heißen Sommernacht voller Meer und Träume. Doch wenn sie an ihr Leben dachte, wenn sie sich einen Mann vorstellte, an dessen Seite sie durch die Straßen ging oder auf dessen Rückkehr sie sehnsüchtig am Fenster wartete, dann war es nicht Manfred, der ihr in den Sinn kam.

Enrica hatte das Gefühl, als fände in ihrem Körper ein innerer Streit statt. Jedes Mal, wenn sie das Haus verließ, begann ihr Herz kräftig zu schlagen bei dem Gedanken, jenen grünen Augen zu begegnen, und sie hatte auch von Rosas Tod erfahren, die sie sehr gerngehabt hatte und die ihre einzige Brücke zu ihm dargestellt hatte, das Bindeglied zu einem seltsamen und einsamen Mann, in den sie sich von ganzem Herzen verliebt hatte. Doch er, dessen war sie sich mittlerweile sicher, wollte sie nicht; sonst hätte er nach ihr gesucht, und sie wäre ohne Schwierigkeiten zu finden gewesen. Folglich musste sie sich selbst eine Antwort auf die entscheidende Frage geben: Was wollte sie eigentlich vom Leben?

Enrica wollte eine Familie. Kinder. Ein eigenes Zuhause. Jemanden, dessen sie sich annehmen könnte und der sich um sie kümmerte. Gar nichts Besonderes also und etwas, das sich wohl jede andere junge Frau gewünscht hätte. Und da war ein Mann, der ihr all dies vielleicht schenken konnte: Manfred, der Mann mit dem selbstsicheren Lächeln und den starken Händen; der Mann mit den vielen Gewissheiten im Leben; der Mann, der sie gemalt hatte, wenn sie mit den Kindern an den Strand ging; Manfred, der Witwer war, achtunddreißig Lenze zählte und folglich wusste, was eine Frau sich wünschte.

Und der sie von hier wegbringen würde – weit weg.

Es gab nur einen einzigen Menschen, der sich nicht ständig danach erkundigte, was er denn nun schreibe, der »deutsche Verlobte«, wie Enricas Geschwister ihn nannten, um sie zu ärgern. Einen Menschen, der sogar Gleichgültigkeit dem Thema gegenüber vorschützte, anstatt Fangfragen zu stellen, in der Hoffnung, Enrica würde sich verplappern. Und doch wusste genau dieser Mensch mehr über sie als alle zusammengenommen.

Giulio Colombo, Enricas Vater, hätte mit Recht behaupten können, über Wohl und Wehe seiner Tochter am besten Bescheid zu wissen. Er wusste von Ricciardi, und durch die langen Briefe von Enrica, welche ihn im vergangenen Sommer direkt in dem Hutgeschäft erreicht hatten, das er betrieb, hatte er auch die Entwicklung ihrer Beziehung zu Manfred mitverfolgt und wusste, welchen Platz der eine und der andere in ihrem Herzen einnahm. Doch eben weil er das wusste, hatte Giulio nicht den Mut, Enrica zu fragen, was sie denn nun vorhatte; aus dem einfachen Grunde, weil er nicht wusste, was besser für sie war.

Ich habe eine Seele aus Glas, dachte Enrica. Zerbrechlich und durchsichtig, jederzeit bereit, sich mit etwas Schönem und Buntem zu füllen und dann in tausend Stücke zu zerspringen. Ihr schien, als könnte jeder sehen, was in ihr vorging, und sie schämte sich dafür, als hätte sie sich schlimmer Vergehen schuldig gemacht. Und genau das war auch der Grund gewesen, warum sie mit der Mutter oder Schwester nicht über Manfred gesprochen hatte: aus Angst, diese könnten, durch die durchsichtige Oberfläche ihrer Augen hindurch, klar und deutlich sehen, dass er ihr gefiel, sehr sogar gefiel, doch dass sie nicht in ihn verliebt war. Und dass sie es nie sein würde, solange sie einen anderen liebte, der sie nicht wollte.

Der jüngste Brief jedoch hatte alles verändert, denn dieser letzte Brief enthielt eine überaus wichtige Neuigkeit, durch die Enrica nun an einem Scheideweg stand.

Mit einem gewissen Sinn fürs Dramatische und fatalerweise genau zum richtigen Zeitpunkt war dieser Brief ihr ausgerechnet an diesem schicksalsschweren Tag in die Hand gedrückt worden. Dem Tag, an dem sie mit dem Einkochen ihrer selbst gemachten Tomatensoße beginnen würden.

Dieses Vorhaben bezog den gesamten Kreis der Familie ein; im Falle der Familie Colombo zusätzlich noch die beiden Signorine Lapenna, zwei alte Jungfern, die im Nachbarhaus wohnten, die Barbatos, ein kinderloses Paar jüdischer Herkunft, und die Familie Greco, eine junge, verwitwete Mutter mit drei Kindern, der in der Nachbarschaft alle unter die Arme zu greifen versuchten.

Bei den Flaschen handelte es sich um Bier-, Wein- und Sprudelflaschen, die übers Jahr gesammelt und gehortet wurden, um nun mit höchster Sorgfalt ausgespült und getrocknet zu werden – eine Aufgabe, die den jüngeren Mädchen und Kindern vorbehalten war. Die Männer kümmerten sich um die Auswahl und den Kauf geeigneter Früchte bei den Bauern ihres Vertrauens oder Läden, die für ausgezeichnete Produkte garantierten. Der Transport der Kisten wurde Gelegenheitsarbeitern anvertraut, die bei ihrem Eintreffen mit der kostbaren Ware von den Kindern begeistert empfangen wurden, während die Hausfrauen argwöhnisch überprüften, ob nur ja nichts auf dem Weg »verloren gegangen« war. Daraufhin folgte der sogenannte *scarto*, die Auswahl der geeigneten Tomaten, während angeschlagene oder zu weiche Früchte aussortiert wurden; nur die allerbesten landeten schließlich im Wasserbad, um dann geschält und von den Strünken befreit zu werden. Diese vertrackte Arbeit war den kundigen Händen der Mütter und älteren Töchter vorbehalten. Erst nach dem Einkochen, dem Abseihen und dem Durchpressen kam die entscheidende Phase des Abfüllens in Flaschen.

Während des gesamten Vorbereitungsprozesses dieser Flaschen, die das Jahr über den Bedarf des gesamten Stockwerks deckten und aus denen die herrlichsten Fleischsoßen und die leckersten Auberginenaufläufe hergestellt wurden, blieben die Frauen stundenlang unter sich und vertrieben sich die Zeit mit allerlei Klatsch und Tratsch, dem niemand entkommen konnte, es sei denn, um seine Notdurft zu verrichten.

Enrica fühlte sich wie ein Mensch, dem der Prozess gemacht wurde, noch dazu einer, der schuldig war und unter einer gewaltigen Beweislast litt. Sie wusste, dass man sie dort unten einem unablässigen Sperrfeuer von Fragen unterziehen würde, und Lügen war noch nie ihre Sache gewesen. Diesmal gab es auch keine Fluchtmöglichkeit wie sonst, denn lächelnd zu schweigen und bei der ersten Gelegenheit das Weite zu suchen war ausgeschlossen.

Außerdem schlug Manfred ausgerechnet in seinem jüngsten Brief einen ganz anderen Ton an als zuvor. An die Stelle von Berichten über die Ereignisse in Deutschland war eine echte und ehrliche Vorfreude auf das getreten, was für ihn offenbar eine große Neuigkeit war.

Enrica stand vor dem Spiegel in ihrem Zimmer, während sich unten in der großen Küche der Wohnung bereits der gesamte Hofstaat, bewaffnet mit feuchten Lappen und passend zurechtgeschnitzten Korken, versammelt hatte und auf sie wartete, und fragte sich von Neuem, was sie denn nun eigentlich vorhatte. Wollte sie wirklich, dass ihr Fenster geschlossen blieb und sie nie wieder den Blick jener fiebrigen und schmerzerfüllten Augen auf sich spüren würde, die forschend in ihre gläserne Seele spähten?

Enrica biss sich fest auf die Lippen. Nein, sie wollte nicht weinen. Manfred würde in die Stadt kommen, vielleicht lange genug, um ihr einen Vorschlag bezüglich einer möglichen Zukunft zu machen, der ins Auge zu schauen sie noch nicht bereit war. Er verhieß ihr sonnige Spaziergänge an seinem Arm und hatte ihr auch versichert, sie würde an seiner Seite an einigen Empfängen teilnehmen, zu denen er als Vertreter des diplomatischen Korps einer – mehr noch als zuvor – befreundeten Nation ganz gewiss eingeladen würde.

Manfred ging felsenfest davon aus, dass dies zu Enricas Zufriedenheit war. Er glaubte, jener eine geraubte Kuss bei Mondenschein und inmitten von zirpenden Grillen könne nur bedeuten, dass sie sozusagen verlobt waren. Wer weiß, ob Manfred wirklich einen so guten Blick hatte, dass er in ihre Seele aus Glas schauen konnte, dachte Enrica. Und wer weiß auch, ob ihr dies ersparen würde, dass sie ihm vielleicht wehtun musste. Doch in diesem Moment spürte sie, dass sie nicht die Kraft haben würde, sich dem Willen ihrer Mutter zu widersetzen, die ganz gewiss nur allzu glücklich wäre, den lang ersehnten zukünftigen Gatten der Tochter in die Arme zu schließen, über die sie sich so viele Gedanken gemacht hatte. Vielleicht wäre es ja das Beste für sie alle.

Enrica schluckte ihre Tränen hinunter und ging in Richtung Küche, um Tomaten abzuseihen und in Flaschen abzufüllen.

Flaschen aus Glas. Wie ihre Seele.

VIII

Als Bianca gegangen war, sagte Maione: »Commissario, wenn Sie mich fragen, haben Sie sich da eine gewaltige Bürde aufgehalst. Sie wissen nicht, wie die Sache mit dem Ehemann eigentlich vor sich gegangen ist, denn Sie kümmern sich – vollkommen zu Recht – nur um Ihre eigenen Angelegenheiten und hören nicht, was man sich draußen auf dem Flur so alles erzählt.«

Ricciardi schaute ihn verblüfft an. »Was willst du damit sagen?«

Maione zuckte mit den Achseln. »Und auch Zeitung lesen Sie keine. Na, dann bringe ich Sie mal auf den Stand der Dinge. Der Mord an diesem Piro hat diesen Sommer ganz schön Staub aufgewirbelt. Ein Fall aus der besseren Gesellschaft, der Welt der Reichen und der Adligen. Sie wissen ja, wie das ist: Früher waren Reichtum und eine vornehme Herkunft immer miteinander gepaart, doch mittlerweile gibt es immer mehr Adlige, die arm werden, und Nichtadlige, die zu Reichtum kommen. Drücke ich mich verständlich aus?«

Ricciardi verzog das Gesicht. »Na ja, geht so. Aber nur weiter.«

»Jedenfalls war dieser Ludovico Piro Anwalt, aber wenn ich mich recht erinnere, verlieh er vor allem Geld an bedürftige Adlige. Man traf ihn überall in den Salons, er war bekannt wie ein bunter Hund. Eines frühen Morgens fand man ihn tot in seinem Arbeitszimmer, man hatte ihm die Kehle durchgeschnitten oder etwas Ähnliches. Unsere Leute waren gleich dort, doch noch bevor die Zeit war, mit den Fragen auch nur anzufangen, taucht der Conte von Roccaspina auf und sagt: Ich war's. Und damit fertig.«

»Ja, das hat uns ja auch schon die Contessa gesagt. Allerdings ist sie sich offenbar sicher, ihr Mann habe sich in der Tatnacht nicht von zu Hause wegbewegt.«

Maione nickte. »Genau. Tagelang war der Fall in aller Munde, es ging um bekannte Persönlichkeiten, und jeder gab seinen Senf dazu. Die Faschisten nutzten die Gelegenheit, den ausschweifenden Lebenswandel des Adels zu geißeln, dann schossen die Aristokraten zurück: Seht ihr, was passiert, wenn ihr Wucherer in die Salons lasst? Der Conte hatte Schulden bei dem Anwalt, war dem Spiel verfallen – Karten, Lotto, Pferderennen. Sie wissen doch, wie das funktioniert. Je mehr einer verliert, desto höhere Risiken geht er ein, und dann verliert er noch mehr. Und so weiter und so fort. Und dann kommen andere Delikte dazu, wie es so oft der Fall ist.«

Ricciardi erhob sich und ging mit den Händen in den Hosentaschen bis zum Fenster. Draußen entfaltete der Septembertag seine ganze Pracht.

»Du sagst, es ist eine heikle Sache, die wir uns da angelacht haben. Das verstehe ich. Die Lösung mit dem Conte als Mörder war bequem. Alles wie gehabt: ein Erpresser und Wucherer, sein verzweifeltes Opfer, das sich von seiner Frustration und Wut mitreißen lässt. Aber hinter allzu offenkundigen Lösungen verbergen sich oft andere Dinge. Diese Contessa ... eine seltsame Frau.«

»Ja, sehr eigen«, stimmte ihm Maione zu. »Mir kam sie sehr entschlossen und selbstbewusst vor. Aber sie wirkte auch ungerührt, ohne Schmerz.«

Ricciardi wandte sich ihm zu. »Genau. Ohne Schmerz. Dabei muss sie als Ehefrau doch verzweifelt gewesen sein. Sie hätte weinen sollen, Verwünschungen ausstoßen. Stattdessen wirkte sie ganz ruhig, fast kalt dem Ehemann gegenüber.«

»Und warum ist sie Ihrer Meinung nach hierhergekommen, Commissario? Was wollte sie von uns?«

Ricciardi blickte wieder aus dem Fenster. »Es ist genau das, was mich überzeugt hat, weißt du. Wäre sie gekommen und hätte gefleht und gebettelt, hätte ich keinerlei Grund gehabt, ihrer Schilderung Glauben zu schenken. Stattdessen hat sie mich nicht gebeten, dafür zu sorgen, dass ihr Mann freikommt, sondern nur ihre eigene Wahrheit gesagt. Ich denke, es lohnt sich, hier mal ein paar Nachforschungen anzustellen. Außerdem haben wir momentan nichts Dringliches auf dem Tisch, wie mir scheint.«

Maione dachte rasch nach. Das war genau das, was Ricciardi jetzt brauchte. Einen Fall, in den er sich verbeißen, eine Spur, der er folgen konnte. Um endlich nicht mehr Gefangener seiner eigenen Hölle zu sein.

»Rein gar nichts, Commissario. Am Ende haben die Faschisten noch recht, und das hier ist eine ruhige Stadt geworden.«

Ricciardi drehte sich um. »Nein, Raffaele. Das war sie nie und wird es nie sein. Wer, hat sie noch mal gesagt, war mit dem Fall betraut?«

Commissario Paolo De Blasio wirkte überrascht und unangenehm berührt, als er Ricciardi über die Schwelle seines Büros treten sah. Wie fast alle auf dem Präsidium hatte er nur wenig Kontakt zu dem schweigsamen und ein wenig sonderbaren Mann aus dem Cilento, wie fast alle war er der Ansicht, einem Mann, von dem nicht bekannt war, dass er Laster hatte, sei nicht zu trauen. Und wie fast alle fürchtete er sogar ein wenig, mit diesem Gesicht und diesen absurden

72

Augen könne der Mann ihm Pech bringen. Aus all diesen Gründen machte Commissario De Blasio, wie fast alle, einen großen Bogen um ihn.

De Blasio schaute sich um, als suchte er bei irgendjemandem Halt, und bat Ricciardi dann, Platz zu nehmen. Er war dicklich und sah nichtssagend aus, ein Mann um die fünfzig, der sich bestens in den wirren Gassen der Bürokratie zurechtfand und angeblich panische Angst davor hatte, irgendwo anzuecken. Wie viele kleine Männer hatte er Komplexe, was seine Statur anging – das einzige Thema, das ihn wirklich verärgern konnte –, weshalb er am liebsten hinter seinem Schreibtisch saß, mit einem hölzernen Schemel unter den Füßen und ein paar Kissen unter dem Gesäß, durch die er immerhin halbwegs normale Größe anzunehmen schien. Im Präsidium machte man sich gern einen Spaß daraus, ihn auf die eine oder andere Weise dazu zu bringen, von seinem selbst gebauten Podest herabzusteigen, und sich dann am Unbehagen des kleinen Mannes zu weiden, der selbst in Schuhen mit deutlich angehobenem Absatz seinem Gegenüber bestenfalls auf die Brust schauen konnte.

Ricciardi kam sofort zur Sache. »De Blasio, du hast dich doch im vergangenen Juni mit dem Mord an einem gewissen Piro befasst, richtig?«

De Blasio runzelte argwöhnisch die Stirn. »Ja, in der Tat war das mein Fall. Aber wir haben praktisch nichts machen müssen, weil sich auf der Stelle ein Schuldiger einfand – der Conte Romualdo di Roccaspina, bestimmt hast du in der Zeitung darüber gelesen. Aber setz dich doch.«

Ricciardi blieb jedoch vor dem Schreibtisch stehen, die Hände in den Taschen, die Augen fest auf das Gesicht seines Gesprächspartners gerichtet, der auf seinem doppelten Kissen hin und her rutschte.

73

»Ich lese keine Zeitungen. Dafür habe ich keine Zeit. Erzähl mir doch bitte einfach, wie das gelaufen ist.«

Der Mann hüstelte pikiert. »Hör mal, was willst du denn mit dieser Bemerkung über die Zeitungen sagen? Glaubst du, während du arbeitest, machen wir uns einen schönen Lenz? Sich zu informieren gehört zu unserer Arbeit. Und dann erklär mir mal, was diese Fragen zu bedeuten haben!«

»Jeder nutzt seine Zeit so, wie er es für richtig hält«, erwiderte Ricciardi trocken. »Ich verfolge einen Fall, der mit der Angelegenheit von damals zu tun haben könnte, das ist alles. Sollte es allerdings Dinge geben, die geheim oder vertraulich sind, kann ich auch den offiziellen Weg gehen. Wenn dir das lieber ist, lass ich dich durch Garzo befragen oder jemand noch Höheren.«

Bei den letzten Worten fuhr De Blasio merklich zusammen. Wenn es etwas gab, das er mit geradezu manischer Obsession zu vermeiden suchte, war es der Kontakt zu Vorgesetzten und insbesondere zu Garzo, dem stellvertretenden Polizeipräsidenten, der die Aufgabe hatte, die gesamten polizeilichen Ermittlungen zu überwachen – ein Bürohengst, dem jegliche Fantasie fehlte und der stets danach trachtete, seinen Untergebenen irgendwelche Verfehlungen und Mängel nachzuweisen.

De Blasio dachte kurz nach. »Aber wo denkst du hin, natürlich arbeiten wir als Kollegen zusammen. Tatsache ist jedoch, dass ich dir nicht viel sagen kann. Wir kamen dorthin, und dann…«

Ricciardi gebot ihm mit einer erhobenen Hand Einhalt. »Moment, warte. Fang ganz vorne an, und lass keine Einzelheit aus. Wann habt ihr den Anruf bekommen? Und von wem?«

De Blasio seufzte resigniert. Dann musste er eben doch

von seinem Podest herunter, um den Polizeibericht zu holen.

Mit einem kleinen Satz war er unten, wobei er bis zur Hälfte hinter dem Schreibtisch verschwand, und ging auf einen Aktenschrank aus Metall zu, der an der Wand stand. Hier stieg er auf einen kleinen Fußschemel, der zu genau diesem Zweck neben dem Möbelstück stand, und zog unter großem Brummeln die oberste Schublade heraus.

»Also, schauen wir mal … ich bewahre alles streng chronologisch geordnet auf … In letzter Zeit ist in der Stadt nicht viel passiert. Ah, da haben wir's: Siehst du, nur eine dünne Akte, praktisch nicht mehr als der Bericht über den Lokaltermin und das Geständnis.«

Er hüpfte von dem Schemel herunter und beeilte sich, wieder auf seinem erhöhten Sessel Platz zu nehmen, wo er sich offensichtlich wesentlich wohler fühlte.

»Also. Der Anruf kam gleich in der Früh, am Freitag, dem 3. Juni. Ein Telefonat direkt in die Zentrale. Ich bin zusammen mit Cozzolino hin sowie zwei einfachen Streifenpolizisten, Rinaldo und Mascarone. Dieser Dummkopf von Mascarone saß am Steuer und hat es nicht mal bis Santa Lucia geschafft; bis dann der Wagen gerichtet war, haben wir fast länger gebraucht, als wenn wir zu Fuß gegangen wären. Aber hier steht alles – Adresse, Telefonnummer …«

Ricciardi unterbrach ihn. »Wer hatte denn die Leiche gefunden? Und wer war noch dort?«

De Blasio fuhr mit dem Finger über das Blatt. »Alles, da steht alles. Ich bin da ganz genau, wie du wohl weißt. Die Leiche lag im Arbeitszimmer, und das Dienstmädchen hat sie gefunden, als es Piro das Frühstück bringen wollte. Die Kleine war vollkommen verängstigt, so sehr, dass sie stotterte; wir haben eine halbe Stunde gebraucht, um sie dazu zu bringen, ein paar Worte zu sagen; ein Mädchen aus der Nähe von Avellino. Im Haus waren noch die Ehefrau, eine Xanthippe, der man jeden Wurm aus der Nase ziehen muss, kalt wie Marmor, und der Sohn, ein Junge von zwölf Jahren. Die Tochter ist sechzehn und war bereits in der Schule. Sie hat erst vom Tod des Vaters erfahren, als ihre Mutter sie mit dem Wagen von der Schule abholen ließ.«

»In welcher Position lag der Tote?«

Der Kollege kniff die Augen zusammen, um sich zu konzentrieren. »Warte. Abgesehen von dem, was im Bericht steht, möchte ich mich ganz genau erinnern. Er lag vornübergebeugt auf dem Schreibtisch, den Kopf nach links gedreht. Es war Blut auf der Schreibtischplatte, aber nicht besonders viel. Er trug Jackett und Krawatte, entweder war er gar nicht im Bett gewesen oder sehr früh aufgestanden. Aus der gerichtsmedizinischen Untersuchung ging hervor, dass der Tod zwischen Mitternacht und zwei Uhr morgens eingetreten war.«

»Und die Frau konnte nicht sagen, ob er schlafen gegangen war oder nicht?«

Das Männlein zuckte mit den Achseln. »Nun, sie sagte, sie sei früh zu Bett gegangen, als der Ehemann noch im Arbeitszimmer war, und da sie einen tiefen Schlaf habe, habe sie nichts gehört. Um es deutlich zu sagen: Ich hatte den Eindruck, dass der Typ nicht besonders oft bei seiner Frau schlief. Das Haus war ziemlich groß, die haben jede Menge Geld, vielleicht hatte der Anwalt ein eigenes Zimmer, und das wollte die Signora nicht sagen. Jedenfalls war der Tote voll angezogen, und auf dem Tisch lagen jede Menge Wechsel. Schätze, er hatte gerade die Abrechnung gemacht.«

»Und die Todesursache?«

»Er hatte einen ziemlich großen Schnitt an der Kehle, auf

der rechten Seite, wo es normalerweise schwierig ist zu treffen, es sei denn, man ist Linkshänder. Offenbar mit einem langen Messer oder etwas in der Art. Piro war fast auf der Stelle tot, und da der Schnitt den Kehlkopf durchtrennt hatte, konnte er auch nicht mehr schreien. Das war's.«

»Wer hat das medizinische Gutachten gemacht?«

Ein Lächeln huschte über De Blasios Gesicht. »Dein Freund, Dottor Modo. Ihr seid doch Freunde, oder?«

Ricciardi würdigte ihn keiner Antwort. »Wen habt ihr vernommen?«

»Die Familie, das Dienstmädchen. Und während wir noch dort waren, keine paar Stunden später, kam der Mörder und legte ein Geständnis ab.«

»Das heißt, er kam dorthin? Der Conte di Roccaspina?«

Das Männlein nickte. »Genau der. Er hat eine ausführliche spontane Erklärung abgegeben, hier auf dem Präsidium, wo wir ihn gleich hingebracht haben. Dort im Arbeitszimmer hat er nur gesagt: Ich war's. Bringt mich weg. Und das haben wir getan.«

Ricciardi schwieg, in Gedanken versunken. Dann fragte er: »Macht es dir was aus, wenn ich mir den Bericht genauer anschaue? Ich möchte sehen, ob es Überschneidungen mit dem Fall gibt, mit dem ich mich beschäftige.«

De Blasio wirkte plötzlich wie jemand, der auf der Hut ist. »Aber was ist das denn, womit du dich beschäftigst? Entschuldige, aber du weißt ja, dass Garzo immer auf dem Laufenden sein will, was die Ermittlungen angeht, und wenn ein Bericht von einem Büro ins andere wandert, dann muss es einen Grund dafür geben. Ich möchte keine Schwierigkeiten bekommen.«

Ricciardi gab ihm nur eine vage Antwort. »Es handelt sich um gewisse Daten und Ereignisse, einige Einbrüche dort in der Gegend. Vielleicht hat jemand zu einer bestimmten Uhrzeit verdächtige Personen ein oder aus gehen sehen. Wer weiß, möglicherweise kommt ja was dabei raus. Du willst doch bestimmt nicht, dass es hinterher heißt, die Ermittlungen seien nicht richtig verlaufen, weil es an der Zusammenarbeit zwischen zwei Büros mangelte, denn in dem Fall werde ich mich an deine Weigerung erinnern. Dazu werde ich gezwungen sein, ob ich nun will oder nicht.«

De Blasio schaute Ricciardi lange an. Ja, das würde er wirklich machen, dachte er, dieser Scheißkerl mit den Reptilienaugen. Da war er sich sicher.

Er wog die Akte in den Händen und sagte dann mit einem Seufzer: »Na gut. Aber eins muss klar sein: Ich überlasse sie dir nur für heute Nachmittag. Morgen gibst du sie mir zurück, es gefällt mir nicht, dass meine Polizeiberichte hier die Runde machen. Einverstanden?«

Ricciardi musste sich weit über den Schreibtisch beugen, um die geringe Reichweite der Arme seines Kollegen auszugleichen. Dabei bedachte er ihn mit einer Grimasse, die entfernt an ein Lächeln erinnerte.

»Einverstanden.«

IX

Ricciardi und Maione überflogen den Bericht, der im typischen Jargon der Polizeibürokratie verfasst war, und versuchten, zwischen den Zeilen auf etwas Relevantes zu stoßen.

Schließlich gab sich der Brigadiere, der hinter dem Sessel seines Vorgesetzten stand und ihm über die Schulter blickte, geschlagen. »Mir scheint, dass die nichts falsch gemacht haben, Commissario. Sicher, sie haben die Ermittlungen in aller Eile abgeschlossen, aber im Grunde ist es doch so: Wenn man einen vor sich hat, der ein Motiv und sowohl die Gelegenheit als auch die Veranlassung zur Tat hatte und haarklein erzählt, wie es gegangen ist, was will man da machen?«

Ricciardi tippte mit dem Finger auf die Stelle des Dokuments, wo die Gründe dafür aufgelistet waren, warum man den Fall abgeschlossen hatte.

»Ich könnte dir durchaus recht geben, aber ich finde hier keine abschließende Prüfung. Im Grunde hat es keine wirkliche Vernehmung des angeblich Geständigen gegeben, und niemand hat seine Erklärungen einer genaueren Prüfung nach objektiven Gesichtspunkten unterzogen. Man hat den Conte di Roccaspina einfach genommen, ihn ›unverzüglich ins Zuchthaus von Poggioreale überführt und der Aufsicht der Polizeibehörden unterstellt‹. Aus den Augen, aus dem Sinn, so einfach ist das.«

Maione schüttelte den Kopf. »Aber was hätten sie denn machen sollen, Commissario? Lesen Sie hier: Der Conte hat alles bis ins kleinste Detail erzählt. Während der Nacht, nachdem er reichlich getrunken und ziemlich viel im Glücksspiel verloren hat, kommt es ihm in den Sinn, zu Piro zu gehen und ihn um die Stundung einer Schuld, die er bei ihm hat, zu bitten. Der Anwalt, der offenbar nur wenig schläft, macht ihm persönlich auf und bittet ihn in sein Arbeitszimmer. Es kommt zu einer Auseinandersetzung, der Conte greift sich ein Objekt vom Schreibtisch, er erinnert sich nicht mehr, ob es sich um eine Feder oder ein Briefmesser handelte, und sticht auf ihn ein. Dann bekommt er es mit der Angst zu tun, verlässt das Haus und geht heim. Als er dort wieder aufwacht, ist er nüchtern und begibt sich zu Piro, um nachzusehen, ob er vielleicht geträumt hat, findet dort aber die Leiche und die Polizei vor, in diesem Fall vertreten von unseren beiden Meisterdetektiven De Blasio und Cozzolino. An diesem Punkt legt er ein Geständnis ab, und der Fall ist abgeschlossen. So, und was finden Sie daran jetzt seltsam?«

Ricciardi war immer noch mit dem Studium des Berichts beschäftigt. »Zuallererst fehlt die Tatwaffe. Der Conte erinnert sich nicht, was er benutzt hat, das stimmt, aber weder im Arbeitszimmer noch am Eingang hat sich etwas gefunden.«

Maione breitete die Arme aus. »Aber man hat ihn danach gefragt, sehen Sie das nicht? Der Conte hat doch geantwortet, er erinnere sich nicht; und dass er die Waffe vielleicht irgendwo auf der Straße losgeworden sei, während er nach Hause ging.«

»Jedenfalls gibt es keine Waffe. Dann sind auch die Uhrzeiten nicht gegengeprüft worden. Woher kam er, der Conte? Um welche Uhrzeit hatte er seine nächtliche Gesellschaft verlassen? Und ist es überhaupt möglich, dass ihn niemand an die Tür des Hauses Piro klopfen hörte?«

Der Brigadiere ging vor dem Schreibtisch auf und ab. »Commissario, ich sehe ja ein, dass einiges an dem Fall auf wackligen Füßen steht, und Sie wissen, dass ich sowohl De Blasio als auch diesen Hornochsen Cozzolino nicht ausstehen kann. Aber ehrlich gesagt verstehe ich nicht, was sie unter diesen Umständen hätten anders machen sollen. Man hat ihnen die Lösung des Falles auf einem Silbertablett präsentiert, und sie haben zugegriffen. So einfach ist das.«

Ricciardi nickte nachdenklich. Dann stand er auf. »Ja, aber einige Überprüfungen kann man auch hinterher noch anstellen. Und wenn wir auf die Contessa hören wollen – und mir scheint, dazu haben wir uns entschlossen –, muss man ja irgendwo anfangen. Ich bitte dich um einen Gefallen, Raffaele. Da wir bis morgen früh diesem Idioten De Blasio seinen Bericht zurückgeben müssen, schreib du ihn mir bitte komplett ab. In der Zwischenzeit mache ich einen kleinen Spaziergang zum Pellegrini-Krankenhaus und schaue, ob Bruno Modo sich noch an irgendetwas von der Leichenschau erinnert, die er an Piro vorgenommen hat.«

Maione schaute betrübt auf den kleinen Stapel Papiere in der Mappe. »*Mamma mia*, Commissario. Sie wissen doch, dass das Schreiben nicht so mein Ding ist; meine Finger sind viel zu dick. Haben Sie was dagegen, wenn ich Antonelli einspanne, den Mann aus dem Archiv? Er schreibt recht gern, angeblich hat er eine wunderschöne Schrift und im Schönschreiben auf der Schule immer die allerbesten Noten gehabt.«

Ricciardi verzog die Lippen zu dem, was man bei ihm als Lächeln bezeichnen konnte. »Wie du willst. Aber um eins bitte ich dich: absolute Diskretion. Ich habe keine Lust darauf, dass Garzo hier aufkreuzt und wissen will, was wir machen. Wir sind dabei, eine abgeschlossene Ermittlung wieder aufzunehmen, denk dran. Dann also an die Arbeit. Wir sehen uns später.«

Zurück über die Via Toledo, dachte Ricciardi, wenn der Mittag. allmählich in den Nachmittag übergeht. Weiter die Hauptstraße entlang, genau in dem Moment, wo die Leute nach Hause kommen oder zur Arbeit gehen, wenn sie sich etwas zu essen besorgen, ihren alltäglichen Kampf ums Überleben führen. Wenn alle auf der Straße sind und ein wenig frische Luft schnappen, diese herrliche Luft, die nach Meer und nach Pinien duftet, die man einfach einatmet und gleich spürt, dass man bessere Laune bekommt, ohne zu wissen, warum, und Gott weiß, wie nötig das ist.

Ricciardi legte die kurze Strecke zurück, die ihn zum Krankenhaus führen würde, und genoss den Moment der Einsamkeit, die man durchaus empfinden kann, wenn man inmitten einer geschäftigen Menge unterwegs ist. Dabei versuchte er, mit den Gedanken bei dem Fall zu sein, der gar keiner war, bei den Ermittlungen, die keine sein durften. Er fragte sich, warum und weshalb er sich mit dieser Frage beschäftigte – er, der die Arbeit doch immer nur als notwendiges Übel betrachtete, als etwas, bei dem man notgedrungen mit den Schattenseiten der menschlichen Seele zu tun hatte, jedoch niemals aus eigenem Willen.

Der Commissario gehörte nicht zu den Gesetzeshütern, die aus der Verbrecherjagd eine Art moralisches Gebot machten. Es war ihm bewusst, dass dies, von außen betrachtet, in den Augen der Kollegen aus dem Präsidium und auch der Justiz, durchaus so wirken konnte: Wie er sich in seine Fälle buchstäblich verbiss, wie er sich ihrer Lösung mit Körper und Seele verschrieb, ohne Pause, ohne Unterlass – all das mochte durchaus nach einer Mission aussehen, etwas, das weit über eine rein berufliche Herangehensweise hinausging. Im Übrigen wurde diese Meinung, die man von ihm haben mochte, auch durch die Tatsache bestätigt, dass er kein gesellschaftliches Leben führte, dass er weder eine Frau noch viele Freunde hatte, nie auf Feste oder Empfänge ging und keinem Klub angehörte.

Doch so war es nicht, grübelte er, während er etwas abseits des Trubels auf der Straße seines Weges ging. In Wirklichkeit hasste Ricciardi die finstere Seite der menschlichen Seele und fürchtete jenen bunten, stinkenden Strom des Lebens, der sich lachend, singend, schreiend, plappernd durch Straßen und Gassen ergoss und dabei all die Leidenschaften gebar, die diesen Strom weitertrieben, ob nun ins Glück oder, viel öfter, ins Verderben. Viel lieber hätte er nichts mit dem Verbrechen zu tun gehabt. Und er hätte gern alles gegeben, was er besaß, um ein ganz normaler Mensch sein zu können, mit dem einzigen Ziel, eine Familie zu gründen und für ihr Wohlergehen zu sorgen.

An der Straßenecke bot sich seinen Augen eine groteske und schreckliche Szene. Eine kleine Blumenhändlerin kauerte auf dem Boden, vor sich einen flachen Korb mit Lilien, Wildrosen und Anemonen. Lächelnd versuchte sie, die Aufmerksamkeit der Passanten mit einem kleinen Liedchen auf sich zu lenken: *ciure, ciure delicate, evere addirose, ma vuje vulite bbene a quacchedune?* Blumen, zarte Blumen, übersetzte Ricciardi für sich, und duftende Kräuter. Schenkt sie dem, den ihr liebt.

Vor dem kleinen Mädchen, weniger als einen Meter entfernt, nahm der Commissario den Leichnam eines Mannes mittleren Alters wahr. Die toten Augen des Verstorbenen, über dem schmerzverzerrten Mund, ruhten auf dem Mädchen, ohne es wirklich zu sehen: Der Körper war in der Mitte durchtrennt worden, von der Trambahn, vor die sich der Bedauernswerte geworfen hatte, und verschwand auf der Höhe des blutüberströmten Beckens, aus dem weißlich die Wirbel des Rückgrats und rosa die Gedärme ragten, aus Ricciardis Gesichtsfeld. Die Stimme des Toten, die für den Commissario mindestens genauso gut hörbar war wie der Singsang des Mädchens, verfluchte das Elend und die Verzweiflung, die den Mann dazu veranlasst hatten, seinem Leben ein so grausames Ende zu bereiten.

Ricciardi beschleunigte seine Schritte, ohne auf die Lockrufe des Blumenmädchens zu achten, zog ein parfümiertes Taschentuch hervor und presste es sich rasch auf den Mund, um gegen eine plötzliche Übelkeit anzukämpfen.

Und genau das ist der Grund, dachte er. Das ist sie, die Erklärung dafür, dass ich meiner Arbeit so ergeben bin, als bereitete es mir ein krankhaftes Vergnügen, in dem seelischen Morast herumzustochern, den Frauen wie Männer in den geheimsten Winkeln ihres Herzens mit sich herumtragen. Wie soll ich es bloß anstellen, all diesen Schmerz zu ignorieren? Wie könnte ich ihm entfliehen, ihm ausweichen, wenn er mir doch selbst an einem so herrlichen Septembertag an jeder Straßenecke auflauert?

Dann endlich hatte er die Kühle des Pellegrini-Krankenhauses erreicht und wurde eingehüllt von einer Stille, die ihn nach dem Trubel auf dem davor liegenden Platz, wo tagtäglich ein Markt abgehalten wurde, fast unwirklich dünkte.

Mit dem Krankenhaus war er wohlvertraut, und so stieg er rasch die Treppe hoch, die zu Dottor Modos Abteilung führte.

X

Der Doktor kam gerade aus dem Seziersaal und wischte sich die Hände am Kittel ab.

»Oh, was für eine wunderschöne Überraschung! Mein lieber Ricciardi, und ohne seine bessere Hälfte auf der Bühne des Verbrechens, den berühmten Brigadiere Maione? Was verschafft mir die Ehre? Mir scheint, wir haben momentan gar keine ermordeten Gäste hier in unserer Karawanserei.«

Obwohl Dottor Modo auch heute wieder voller Sarkasmus und Ironie sprach, wusste Ricciardi, wenn es einen Menschen gab, der sich ohne Wenn und Aber für die Bedürfnisse derjenigen einsetzte, um deren Leiden er sich von morgens bis abends aufopfernd kümmerte, dann war es Bruno Modo. Der Mann fuhr sich mit der Hand durch den dichten weißen Haarschopf und betrachtete den Commissario über den Rand seiner goldgefassten Brille hinweg.

»Nun, lass dich ein wenig anschauen. Hast ein bisschen abgenommen, hab ich recht? Mir scheint, dieses Mädchen vom Körperbau einer Kommode, das sich um dein leibliches Wohl kümmert, hat weniger zu sagen als Rosa, wenn es darum geht, dich zum Essen zu zwingen.«

Die Augen des Arztes wanderten zu dem Trauerflor, den Ricciardi über der Jacke am Arm trug. Da er der einzige Mensch war, mit dem der Commissario auf vertrautem Fuße stand, war ihm natürlich das starke Band bekannt, das diesen mit seiner alten Kinderfrau verknüpft hatte. Er hatte das gesamte Repertoire an Möglichkeiten, die die Wissenschaft ihm bot, eingesetzt, um Rosa das Leben zu retten, doch am Ende hatte eine Gehirnblutung die alte Dame dahingerafft.

»Ach, was sagst du da, Nelide ist noch schlimmer als ihre Tante«, antwortete ihm Ricciardi. »Die baut sich vor mir auf wie ein Gendarm, wenn ich esse, und räumt die Teller solange nicht ab, bis man wenigstens auf den Grund sehen kann. Aber sie kocht gut, sodass man fast den Eindruck bekommt, es habe sich nichts verändert. Rosa hat es auch in dieser Hinsicht perfekt gemacht. Sie hat ihr alles beigebracht.«

Modo, der die alte Dame noch sehr gut in Erinnerung hatte, schüttelte den Kopf. »Sie war außergewöhnlich. Eine außergewöhnliche Frau. Und sie hat dich ertragen, was sie zu einer wahren und echten Heldin machte. Komm, begleite mich nach draußen, dann können wir rauchen und ein bisschen Luft schnappen. Ich vermute, es ist schön draußen, aber hier in diesem Kerker bekomme ich kaum was davon mit.«

Sie traten auf den hinteren Innenhof hinaus, in dessen Mitte sich ein blühendes Beet mit zwei Bänken und einem einzelnen Baum befand. Im Schatten war es angenehm. Fast konnte man vergessen, dass nur wenige Meter entfernt, hinter der Umgebungsmauer, die Stadt lag, wuselnd wie ein Ameisenhaufen.

Kaum hatten sie Platz genommen, gesellte sich ein kleiner weißer Hund mit braunen Tupfen zu ihnen. Ein Ohr war ein Schlappohr, das andere stand in die Höhe, und der Kleine wedelte begeistert mit dem Schwanz und lief auf den Doktor zu, der ihm kumpelhaft über den Kopf strich und ein Stück Brot aus seinem Kittel zog.

»Da hast du, Hund. Wie war dein Tag? Nimm nur und friss, dann brauchst du denen in der Küche nicht auf den Wecker zu gehen. Glaubst du etwa, ich weiß nicht, dass du dort ständig auf der Lauer liegst, damit dir diese armen Kerle von Bediensteten alle Reste geben?«

Ricciardi lachte kurz auf. Er selbst war bei der allerersten Begegnung zwischen dem Doktor und dem Hund zugegen gewesen, welche mehr als ein Jahr zurücklag, und es gefiel ihm zu sehen, dass die beiden noch unzertrennlicher geworden waren.

»Aber hast du ihm denn immer noch keinen Namen gegeben?«

Modo zuckte mit den Achseln. »Warum sollte ich? Sind doch keine anderen Hunde da, die bei mir leben. Kein Name, keine Leine, mein Freund: Das Geheimnis von Beziehungen ist die Freiheit. Aber nun sag mir doch, was bringt dich hierher? Ich glaube kaum, dass du der Versuchung nicht widerstehen konntest, dir hier bei mir ein wenig Weisheit und Kultur anzueignen.«

Ricciardi streckte die Hand aus, um das Tier etwas zerstreut zu streicheln, welches ihn erkannt und ihm eine Pfote auf den Oberschenkel gelegt hatte.

»Ja, ich bin hier, um dich um ein paar Informationen zu bitten. Aber du wirst deine grauen Zellen ein bisschen anstrengen müssen, weil die Angelegenheit ein paar Monate zurückliegt.«

Modo zündete sich eine Zigarette an und inhalierte genüsslich. »Was glaubst du denn – ich erinnere mich an alles, bin doch noch nicht alt, so wie du. Das wird eine angenehme Abwechslung vom täglichen Einerlei sein; in letzter Zeit kriege ich hier vermaledeiterweise immer nur Selbstmörder rein. Gestern haben sie mir einen gebracht, der kam in zwei Hälften, stell dir das mal vor; er hatte sich gerade mal hundert Meter von hier vor die Trambahn geworfen. Trostlos.«

Ricciardi sah wieder den abgetrennten Rumpf des Mannes

vor sich, der dem ahnungslosen Blumenmädchen Verwünschungen zumurmelte.

»Anfang Juni hast du eine Leichenschau bei einem gewissen Ludovico Piro vorgenommen, einem Anwalt. Erinnerst
du dich daran?«

Modo zog die Stirn in Falten. »Gewiss erinnere ich mich,
ich hab dir ja gesagt, von uns zweien bist du derjenige, der
allmählich senil wird. Im Übrigen, wie könnte ich den vergessen? Bei diesem Piro war ein ständiges Kommen und Gehen von Kutschen und Automobilen mit Chauffeur – der
Mann hatte Geschäftsbeziehungen zu allen verlotterten
Nichtstuern aus der blutleeren Aristokratie dieser sterben-
den Stadt. Von meinem beruflichen Standpunkt gab es allerdings nichts Besonderes. Abgesehen von der tödlichen Stich-
wunde keinerlei Abschürfungen oder andere Kampfspuren.«

Ricciardi nickte und fuhr fort, den Hund zu streicheln.

»Ja, ich hab den Polizeibericht gelesen. Aber erzähl mir
was über die Leiche. Bist du dir sicher, dass du dich genau
erinnerst?«

Der Doktor blies den Rauch in die Luft. »Jetzt hör mir
mal zu. Du sitzt hier vor dem Mann mit dem klarsten Geist
der Nation, und tatsächlich bin ich der Einzige in diesem
Land, der weiß, auf welchen Abgrund wir hier zusteuern,
jetzt, wo auch Deutschland beschlossen hat, sich von Hans-
wursten regieren zu lassen. Also: Der Tote war um die fünfzig und körperlich nicht in allerbester Form. Die Arterien,
die Lunge, alle inneren Organe zeigten die üblichen Abnut-
zungserscheinungen von Leuten dieser Schicht. Aber solange es keine Komplikationen gegeben hätte, wäre uns auch
dieser Zeitgenosse noch ein paar Jährchen erhalten geblieben, wenn sein Gegenspieler nicht etwas anderes mit ihm
vorgehabt hätte.«

»Und gab es Hinweise auf einen Kampf? Was weiß ich, Hautpartikel unter den Nägeln, blaue Flecken…«

Modo schüttelte den Kopf. »Nein, ich hab dir ja schon gesagt, keine weiteren Verletzungen. Ich hab den Ortstermin selbst wahrgenommen: ein wunderschönes Haus in Santa Lucia, ein herrlicher Sommertag und das Meer so nah, als käme es gleich zum Fenster rein. Zu schade, an einem solchen Ort sterben zu müssen.«

Ricciardi richtete sich ein wenig auf. »Dann bist du also dort eingetroffen, als der Tote noch da war? In welcher Position lag er da? Hast du irgendetwas Besonderes gesehen, etwas, das deine Aufmerksamkeit geweckt hat?«

Modo schaute ihn neugierig an. »*Mamma mia*, was für ein Eifer! Darf man denn eigentlich mal erfahren, was los ist? Habt ihr den Fall wieder aufgerollt? Ich dachte, der Mörder habe gestanden. So habe ich es jedenfalls in der Zeitung gelesen.«

Der Commissario machte eine unbestimmte Handbewegung. »Nein, nein. Übrigens muss dieses Gespräch auch unter uns bleiben. Ich verfolge bestimmte Aspekte des Falles auf Bitte der… privat, jedenfalls. Also, sagst du mir, ob du dich an was erinnerst?«

Der Mediziner konzentrierte sich. »Dann schauen wir mal. Der Tote lag vornübergebeugt über der Schreibtischplatte. Überall Papier, Wechsel, Verträge. Viel Blut gab es nicht, woraus ich schloss, dass der Stich keine Arterien getroffen hatte, was sich dann bei der Untersuchung bestätigte.«

»Und sonst? Nichts weiter?«

»Nichts weiter. Nur der eine Messerstich. Als wäre er überrascht worden: *Zack,* und aus ist's. Ich erinnere mich noch an eine kleine Bronzestatue auf dem Tisch, ein Fischerjunge, die noch nicht mal runtergefallen war. Ein Tintenfass, fast voll. Ein Aufbewahrungsschränkchen für Briefe und andere Dokumente, das noch stand. Und er sah aus, als würde er nur schlafen.«

Der Hund rollte sich zu Ricciardis Füßen zusammen und begann zu dösen, doch ein Ohr blieb aufgerichtet, damit ihm auch das kleinste ungewohnte Geräusch nicht entging.

»Und was denkst du über diesen Brieföffner oder diese Feder, mit der Piro getötet worden sein soll?«

Modo schüttelte den Kopf. »Nein, nicht mit dem Papiermesser. Die Wunde war glatt, ein tiefes Loch von mindestens achtzehn Zentimetern Länge, aber ohne weitere seitliche Schnitte. Das war kein Messer und auch kein Brieföffner. Eine Feder ja, kann sein, nein, ist sogar wahrscheinlich. Allerdings trocken, denn es fanden sich keine Tintenspuren auf der Haut.«

Der Commissario schien seine ganze Aufmerksamkeit auf das ruhige, rhythmische Atmen des Hundes zu richten.

»Aber wie ist er dann genau gestorben?«

Der Doktor zeigte auf einen Punkt unterhalb seines rechten Ohres. »Der Stich verlief direkt hier, unter der Kinnlade, auf der rechten Seite, medizinisch gesprochen am Musculus sternocleidomastodeus. Die Spitze, ob es nun die der Feder war oder etwas anderes, drang in einem schiefen Winkel von etwa sechzig Grad ein, durchtrennte die Halsmuskeln und den Kehlkopf, wie ich es auch im Obduktionsbericht geschrieben habe. Das Opfer ist praktisch innerhalb von weniger als einer Minute an seinem eigenen Blut erstickt.«

Ricciardi war vollkommen fasziniert von der Schilderung.

»Rechts. Dann war es also ein Linkshänder.«

Modo zuckte die Achseln. »Das ist nicht gesagt. Um einen solchen Stich zu machen, kann man auch die andere

Hand benutzen, es ist ja keine Präzisionsarbeit. Aber wer diese Waffe geschwungen hat, war mit Sicherheit größer als das Opfer, das geht deutlich aus dem Winkel des Stichs hervor.«

»Und er hat nicht um Hilfe gerufen.«

»Hat er nicht, nein. Das konnte er nicht, nicht mit dieser Knorpelverletzung. Wenn er es gekonnt hätte, dann wäre es selbst zu dieser nächtlichen Uhrzeit nicht zu überhören gewesen. Es war warm, und das Fenster stand offen.«

Der Commissario schwieg lange. Dann sagte er: »Frau und Kinder, die direkt nebenan schlafen. Das offene Fenster. Einer, der mitten in der Nacht kommt, diskutiert, mit dem es wahrscheinlich Streit gibt, denn sonst würde man nicht verstehen, warum er umgebracht wurde, und der ihn ermordet. Dann geht der Mörder in aller Seelenruhe wieder hinaus, macht die Tür auf, steigt die Treppe hinunter, verlässt das Haus. Keiner sieht ihn. Keiner hört ihn.«

Modo breitete die Arme aus. »Oder vielleicht sieht ihn jemand und beschließt, sich nicht einzumischen, ganz einfach. Vielleicht schlafen auch alle, zu dieser Stunde, in einem feinen Viertel. Tatsache ist doch, dass dieser Conte Soundso gestanden hat, oder? Warum hätte er das tun sollen, wenn er es gar nicht war?«

Wieder Schweigen. Dann sagte Ricciardi mit gesenkter Stimme: »Ja – warum?«

Der Doktor stand auf. »Ich muss jetzt wieder los. Hab oben einen alten Mann mit einer furchtbaren Lungenentzündung, der meiner Meinung nach nicht bis morgen durchkommt. Hör mal, Ricciardi, ich habe gerade eine wichtige Entscheidung getroffen, die dich angeht. An einem der nächsten Abende überwindest du deine sprichwörtliche Knauserigkeit, setzt ein bisschen was von deinem nicht unbeträchtlichen Vermögen ein und führst mich zum Essen aus. Es gibt da eine neue Trattoria, von der es heißt, die hätten einen so grottenschlechten Wein, dass man schon von weniger als einem halben Liter betrunken ist. Einverstanden?«

Ricciardi legte schwach Protest ein. »Bruno, du weißt doch, mir ist nicht nach Ausgehen zumute. Ich bin zurzeit einfach ...«

Modo hob brüsk die Hand. »Vielleicht habe ich mich nicht klar genug ausgedrückt: Das ist eine medizinische Verordnung. Keine Ausreden. Übermorgen um acht hole ich dich auf dem Präsidium ab; morgen habe ich nämlich Nachtdienst.«

»Hat dir eigentlich schon mal jemand gesagt, dass deine Methoden an die der Faschisten erinnern?«

Der Doktor brach in so lautes Gelächter aus, dass der Hund erschrocken aufsprang. »Ach, jetzt hast du mich erwischt. In Wirklichkeit bin ich ein Spion, der vom Duce höchstpersönlich eingesetzt wird, um jeden auszukundschaften, der bereit ist, freundschaftliche Beziehungen zu einem Dissidenten zu unterhalten, den man dann ins Exil schicken kann. An meiner Stelle wird ein Dutzend Schwarzhemden kommen, die dir erst mal ordentlich das Fell gerben.«

Ricciardi hatte sich in sein Schicksal ergeben. »Na gut, ich bin dabei. Besser ein Dutzend Schwarzhemden, als einen ganzen Abend deinem politischen Seemannsgarn zu lauschen.«

Als er den Innenhof verließ, lachte Modo noch immer, und der Hund wedelte fröhlich mit dem Schwanz.

XI

Warum hatte er bloß beschlossen, sich mit dieser absurden Sache zu befassen? Ricciardi konnte nicht anders, als sich diese Frage zu stellen.

Mittlerweile war es später Nachmittag. Dem leisen Grummeln in seinem Magen konnte er entnehmen, dass er mal wieder das Mittagessen ausgelassen hatte; das war früher oft vorgekommen, jetzt jedoch nicht mehr, seit Ricciardi von Rosas Begräbnis aus dem Cilento zurückgekehrt war. Er blieb bei einem Straßenverkäufer stehen, der seine Pizza mit Gebäck aus den allerbesten Konditoreien verglich.

Während er rasch ein Stück Pizza verspeiste, weit nach vorn gebeugt, um zu vermeiden, dass Öl und Tomaten auf seiner Hose landeten, ging ihm noch immer die Frage im Kopf herum: Warum hatte er sich auf all das eingelassen?

Ein abgeschlossener Fall, wasserdichte Ermittlungen; ohne die Möglichkeit, mit eigenen Augen die Elemente des Falles zu betrachten, eventuell auf Beweismittel zu stoßen, die anderen entgangen waren, und vor allem ohne die Möglichkeit, den allerletzten Gedanken des Toten zu hören, durch jene grauenvolle und verrückte Gabe, die das Schicksal ihm aufgebürdet hatte.

Es war so, als würde man in einer leeren Schublade etwas suchen.

Allerdings hatte Ricciardi auch irgendwie das Gefühl, endlich wieder am Leben zu sein, weil er sich auf etwas konzentrierte, das nichts mit seiner angsterfüllten neuen Einsamkeit zu tun hatte. Allein das war ein großartiges Ergebnis, musste er zugeben.

Nachdem er den letzten Bissen Pizza verschlungen und den Pizzamann mit einem kleinen Trinkgeld belohnt hatte, worauf dieser mit kaum verhohlenem Berufsstolz fragte, ob denn seine Pizza nicht die allerbeste der ganzen Stadt sei, beschloss der Commissario, die letzte Stunde Tageslicht zu nutzen, um die Contessa di Roccaspina zu Hause aufzusuchen. Er erinnerte sich noch, wo sie wohnte, weil er die Adresse in De Blasios Polizeibericht gelesen hatte.

War es denn überhaupt denkbar, dass der Conte ausgegangen und dann wieder nach Hause gekommen war, ohne dass seine Frau es merkte? Das wollte er nachprüfen und auch noch einmal mit der Frau reden, um mit ihr die weiteren Schritte der Untersuchung abzusprechen. Er wusste, dass für seine Ermittlungen Vorsicht geboten war, denn sonst würden seine Vorgesetzten ihnen sofort einen Riegel vorschieben. Einen abgeschlossenen Fall wieder aufzurollen galt bei der Polizei als Todsünde, denn es war gleichbedeutend mit dem Eingeständnis, einen Unschuldigen hinter Gitter gebracht zu haben, auch wenn es sich um einen Geständigen handelte. Konsequenz würde eine postwendende Reaktion aus Rom und nachfolgend womöglich großer Aufruhr im Präsidium sein.

Außerdem wollte er Bianca wiedersehen, auch wenn er dies sich selbst gegenüber nicht gerne zugab. Er wollte verstehen, aus welchem Grund sie ihre Überzeugung von der Unschuld des Conte so sehr hegte und pflegte. Ricciardi spürte, dass es nicht Liebe, nicht eheliche Treue oder allgemein das Band des Ehegelübdes war, das als der wahre Motor hinter dieser Entschlossenheit steckte. Aber was war es dann?

Die Haustür stand offen, doch am Eingang war niemand, und Ricciardi ging sogleich in den Innenhof des Gebäudes weiter. In dessen Mitte befand sich ein großes Blumenbeet mit allerlei Wildwuchs um eine hohe Palme herum. Von Kutschen oder Automobilen keine Spur: Der Schuppen war leer bis auf ein paar übereinandergestapelte Kisten im Schatten. Alles verströmte die Aura längst vergangenen Prunks und den traurigen Mief der Vernachlässigung.

Der Commissario stieg eine breite Treppe bis in den ersten Stock hoch, wo sich eine einzige breite Tür aus dunklem Holz befand.

Es öffnete ihm eine ältere Frau mit fleckiger Schürze, die ihn mit unverhohlenem Argwohn von unten musterte. Als er nach der Contessa fragte, verschwand die Alte, ohne eine Antwort zu geben, im Inneren des Hauses und ließ ihn in dem geräumigen, aber unmöblierten Vestibül zurück.

Bianca erschien fast auf der Stelle. Obwohl sie keinerlei Schmuck oder dergleichen trug, strahlte sie große Eleganz und Raffinesse aus. Sie trug ein blaues, schlicht geschnittenes Kleid mit feinem weißen Muster, das kupferblonde Haar war zu einem Knoten aufgesteckt und wurde mit einer Spange festgehalten.

Mit ruhigem Blick schaute sie Ricciardi entgegen.

»Commissario, was für eine Überraschung. Ich habe nicht mit Besuch gerechnet, entschuldigen Sie bitte die Unordnung. Ist etwas passiert?«

Er neigte leicht den Kopf. »Bitte verzeihen Sie, Signora. Ich war im Krankenhaus, um den Arzt aufzusuchen, der damals die Leichenschau vorgenommen hat, und habe mit dem Kollegen geplaudert, der den Fall damals untersucht und dann abgeschlossen hat. Jetzt wollte ich auch einen Augenblick mit Ihnen sprechen, wenn Sie Zeit haben.«

Bianca nickte. »Aber gewiss. Nein, ich danke Ihnen für die Mühe. Offen gestanden hatte ich nicht darauf gehofft. Nehmen Sie doch bitte Platz.« Mit diesen Worten ging sie ihm in einen kleinen Salon voraus, der gleich neben dem Eingang lag.

Ricciardi erkannte das gleiche Ambiente, in das er damals zur Untersuchung des Mordes an jenem angeblichen Hellseher vorgelassen worden war. Alles strahlte eine gewisse Dekadenz aus, die er bereits beim vorigen Mal verspürt hatte, und rief ihm einen kurzen Wortwechsel zwischen dem Conte und seiner Frau ins Gedächtnis. Der Mann, erinnerte er sich, hatte den fiebrigen Blick eines verletzten und in die Enge getriebenen Tieres gehabt, während seine Frau eine Art Ruhelosigkeit verströmte, die gleiche, die er auch jetzt verspürte, wenn er in diese kalten und gelassenen, zugleich aber auch leidgeprüften und leidenschaftlichen Augen schaute. Es war, als würde man durch eine dicke Eisschicht auf ein loderndes Feuer blicken.

Bianca wies auf einen kleinen Sessel vor einer Ottomane.

»Kann ich Ihnen einen Rosenlikör anbieten? Ich befürchte, etwas anderes habe ich nicht. Wie Sie vielleicht bemerkt haben, sind wir ein bisschen knapp mit Dienstpersonal und Vorräten.«

Ricciardi gab vor, die bittere Ironie dieser Aussage nicht zu bemerken. »Nein danke. Ich habe gerade gegessen.«

»Dann verraten Sie mir doch, Commissario: Haben Sie bei diesen ersten Ermittlungen etwas herausgefunden?«

Ricciardi rückte mit einer zerstreuten Geste seine Haartolle auf der Stirn zurecht. »Ich muss gestehen, dass es mir schwerfällt, mir ein klares Bild von dem zu machen, was nach dem Verbrechen, für das Ihr Mann verhaftet wurde, geschehen ist. Jedenfalls könnte es durchaus sein, dass die Ermitt-

lungen ein wenig voreilig zum Abschluss gebracht wurden:
Zwischen den Zeilen des Polizeiberichts lässt sich deutlich
Erleichterung über das Geständnis ablesen.«

Kurz huschte ein Lächeln über Biancas schönes Gesicht.
»Ich teile Ihre Ansicht, Commissario. Im Übrigen liegt es
mir fern, Ihren Kollegen einen Vorwurf zu machen. Jemanden zu haben, der die Kastanien für dich aus dem Feuer holt,
erst recht, wenn ein Verbrechen einigen Staub aufwirbelt, ist
eine Fügung, der zu widerstehen wohl nicht leicht ist.«

Ricciardi nickte. »Sie zeigen große Ausgewogenheit, Signora. Nach meinem Dafürhalten wäre es allerdings durchaus
wünschenswert gewesen, wenn man von polizeilicher Seite
mehr Kontrolle ausgeübt hätte. Zum Glück wurde das medizinische Gutachten vom allerbesten Gerichtsmediziner ausgestellt, den wir in dieser Stadt haben, was uns in dieser Hinsicht einen gewissen Vorteil verschafft. Nun müssten wir nur
noch begreifen …«

Der letzte Sonnenstrahl kam durchs Fenster herein und
spielte mit dem Haar der Contessa, verstärkte den rötlichen
Schimmer. Auf einmal sah sie wie ein glückliches junges
Mädchen aus, dem man ein unerwartetes Geschenk gemacht
hat, und der Commissario spürte ihre Freude wie ein Streicheln auf seiner Seele.

»Dann haben Sie also beschlossen, sich der Sache anzunehmen!«, rief die Frau. »Wissen Sie, als wir uns damals begegnet sind, habe ich gespürt, dass Sie eine ganz besondere
Einfühlsamkeit besitzen. Auch damals wäre es leicht gewesen, Romualdo die Schuld zu geben; es war die einfachste
Lösung, und doch haben Sie es nicht getan.«

Auf einmal war Ricciardi auf der Hut. »Eins sollte allerdings klar sein: Ich kann diese Sache nur in die Hand nehmen, um nach Indizien zu suchen, die vielleicht in der Eile,

von der wir vorhin gesprochen haben, übersehen worden sind. Doch das bedeutet nicht, dass das große Ganze, so wie es sich heute darstellt, vollkommen auf den Kopf gestellt werden kann.«

»Natürlich. Aber sehen Sie, Commissario, ich weiß hundertprozentig, dass Romualdo sich in jener Nacht nicht aus dem Haus bewegt hat. Und wenn Piro in ebendieser Nacht umkam, dann habe ich nicht den geringsten Zweifel, dass er es nicht gewesen ist.«

Ricciardi verharrte einige Momente in Schweigen. Dann beschloss er, dass es an der Zeit war, seine Frage zu stellen. »Würden Sie mir erklären, wie Sie da so sicher sein können? Könnte er nicht zum Beispiel aufgestanden sein, während Sie schliefen? Und zurückgekehrt, bevor Sie aufwachten?«

Bianca errötete tief und biss sich auf die Lippen. Ricciardi registrierte überrascht den Wandel in ihrem Mienenspiel. Die Frau erhob sich. »Na gut. Einen schlechteren Eindruck könnten Sie sowieso nicht mehr haben. Kommen Sie doch bitte mit.«

Der Commissario folgte ihr eine lange Flucht von Zimmern entlang, die alle im Halbdunkel lagen, weil Vorhänge zugezogen oder Läden angelehnt waren. Alles wirkte unbewohnt, die zerschlissenen Tapeten, die verblichenen Fresken, die bis an die Decke reichten; es gab nur wenige Möbel, und auf allem lag eine Staubschicht, die die Aura der Tristesse eines großen Hauses betonte, von dessen einstigem Luxus nur noch eine vage Erinnerung geblieben war.

Bianca ging leichtfüßig dahin, ohne ein Wort zu sagen, den Blick geradeaus gerichtet. Offenbar schmerzte es sie, diesem Mann zu zeigen, in welchem Elend sie lebte, doch zugleich schien auch ein wütender Stolz in ihr zu wachsen. Gegensätzliche Empfindungen, die durchaus zu hinterfragen waren. Anscheinend hatte sie niemals so viel von sich offenbart, und jetzt tat sie es, um denjenigen zu retten, der sie überhaupt erst in diese Lage gebracht hatte. Eigentlich die pure Ironie, wenn man es recht bedachte.

Bianca blieb vor zwei geschlossenen Türen stehen, die nebeneinander lagen. Mit einem tiefen Seufzer wandte sie sich zu Ricciardi um. »Hören Sie mir gut zu, Commissario. Romualdo und ich sind seit zehn Jahren verheiratet. Kinder haben wir keine, und unsere Beziehung hat sich immer mehr abgekühlt. Ich schätze, das geschieht oft in einer Ehe, und gewöhnlich verbirgt man es hinter einer Fassade der Achtbarkeit und der gespielten Zuneigung. Mir will das leider nicht gelingen. Was ein gravierender Fehler bei einem Menschen meines Standes ist.«

Ricciardi schwieg, peinlich berührt, und fragte sich, was wohl der Grund für diese Vertraulichkeiten war.

Als hätte sie seine Gedanken gelesen, fügte Bianca hinzu: »Sie fragen sich sicher, warum ich Ihnen diese Dinge erzähle. Ich tue es nicht gern, doch ich glaube, es ist nötig, dass Sie die Situation kennen, um zu begreifen, woher ich die Sicherheit nehme, mit der ich meine Behauptungen vorbringe.«

Ohne auch nur die geringste Ahnung, warum, musste Ricciardi daran denken, wie Enrica und Livia lebten; und auch Rosa und Nelide kamen ihm in den Sinn. Bei Enrica war es das gemütliche, von Lärm und Unordnung geprägte Haus einer vielköpfigen Familie, das er hinter zwei Fenstern und einem Lächeln erahnte; bei Livia ein großzügig und schick eingerichtetes, aber auch ein wenig einsames Haus, von zwei Dienstmädchen und einer Küchenhilfe geführt und nach frischer Wäsche und Lavendel duftend; und bei Rosa und Nelide sein eigenes Zuhause, jene bequeme, sichere, nach außen abgeschirmte und stille Wohnstatt, die zuerst die Tante und nun die Nichte für ihn hegten und pflegten, als wäre sie ein Tempel. Jede dieser Behausungen hatte den Charakter der Frauen angenommen, die sie bewohnten, jede ähnelte den Menschen, die sich in ihrem Inneren bewegten. Diesem Haus hier hatte jedoch niemand einen Stempel aufgedrückt. Wenn man sich die Zimmer anschaute, war es unmöglich, von ihnen auf die Persönlichkeit der Menschen zu schließen, die darin lebten.

»Signora, ich bin nicht hier, um Ihnen einen Besuch abzustatten oder mir ein Urteil über Sie und Ihr Leben zu bilden. Sie haben mich aus einem bestimmten Motiv aufgesucht, und dieses Motiv ist auch der Grund dieser Begegnung.«

Ricciardi hatte diesen Satz zur Beruhigung der Contessa gesagt, spürte an ihrem verhärteten Gesichtsausdruck jedoch sofort, dass er das Gegenteil erreicht hatte.

Die Frau schien sich seine Worte durch den Kopf gehen zu lassen. »Nun, das ist mir bewusst. Und in der Tat wollte ich Ihnen nur das, was geschehen ist, besser begreiflich machen. Mein Eingeständnis, was den Charakter der Beziehungen zu meinem Mann angeht, ist eine notwendige Voraussetzung, denn, wissen Sie, Commissario, wir schlafen bereits seit einigen Jahren nicht mehr im selben Zimmer.«

Ricciardi blickte überrascht auf. »Aber… wie können Sie dann wissen, dass er in jener Nacht zu Hause war? Mit Verlaub, das verstehe ich nicht.«

»Aus diesem Grunde habe ich Sie hierhergeführt. Sehen Sie?« Bianca wies mit der Hand auf eine der Türen. »Das hier ist mein Zimmer und das da das Zimmer meines Mannes. Sie haben eine gemeinsame Wand. Ursprünglich war es ein großes Schlafzimmer. Vor langer Zeit.«

Dem Ton, in dem Bianca dies sagte, war keinerlei Wehmut zu entnehmen. Es war einfach eine Feststellung der Tatsachen.

»Und es ist genau diese Wand, die es mir ermöglicht, besser gesagt, ermöglicht hat, mit absoluter Genauigkeit zu wissen, wann mein Mann nach Hause kam oder wann er ausging. Ich habe einen sehr leichten Schlaf und lese vor dem Einschlafen lange. An jenem Abend ist er um neun nach Hause gekommen und hat am nächsten Morgen das Haus um halb acht wieder verlassen.«

Ricciardi war plötzlich wütend auf sich selbst. Diese Frau verschwendete seine Zeit.

»Signora, offen gestanden glaube ich, dass Sie unmöglich sicher sein können, dass Ihr Mann sich nicht aus dem Haus bewegt hat, wenn Sie nicht im selben Zimmer schlafen wie er. Sie begründen Ihre Gewissheit mit einem Eindruck, und ich fürchte, diese Behauptung ist zu vage, um dafür Ermittlungen wiederaufzunehmen, die längst abgeschlossen sind. Und nun entschuldigen Sie mich, ich muss gehen.«

Völlig unerwartet lächelte Bianca ihn an. »Das habe ich mir gedacht. Es ist so einfach, einen Fall für gelöst zu erklären, wenn man einen Geständigen hat. Ganz zu schweigen von der Tatsache, dass es eine Frau ist, die die Frage wieder aufwirft, noch dazu eine, die kein gemeinsames Schlafzimmer mit ihrem Ehemann hat.«

Ohne Ricciardi aus den Augen zu lassen, streckte Bianca die Hand nach einer der beiden Türklinken aus und machte die Tür auf. Der schwere Türflügel quietschte laut, und als er wieder ins Schloss fiel, tat er es mit einem deutlich vernehmbaren dumpfen Geräusch. Beide Geräusche waren selbst bei Tage und bei all dem Lärm, der von der Straße hereinkam, deutlich und quälend laut zu hören.

»Glauben Sie mir, Commissario: Ich kann Ihnen mit absoluter Genauigkeit sagen, wann diese Tür aufgeht und wann sie wieder ins Schloss fällt. Wie bereits gesagt schlafe ich wenig und wache bei Nacht oft auf.«

Ricciardi ließ sich das durch den Kopf gehen. »Gehen wir also, nur aus Freude am Diskutieren, davon aus, dass Sie gut gehört haben und Ihr Mann in jener Nacht nicht ausgegangen ist. Gehen wir auch davon aus, dass er irgendeinen mysteriösen Grund hatte, ein Verbrechen zu gestehen, das er nicht begangen hatte. Gehen wir ebenfalls davon aus, dass bei der Leichenschau keine Fehler passiert sind und Piro tatsächlich zwischen Mitternacht und zwei Uhr morgens zu Tode kam. Wie kann Ihr Mann erfahren haben, dass das Verbrechen geschehen war? Und welchen Beweggrund sollte ein Mann, der dem süßen Leben zugetan ist, gehabt haben, so früh aus dem Haus zu gehen?«

Bianca ließ Ricciardi keinen Moment lang aus den Augen. »Mein Mann war ein Spieler, Commissario. Für dieses vermaledeite Laster, für diese Krankheit hat er sein Leben und das meine ruiniert. Das soll allerdings nicht bedeuten, dass er ein mondänes Leben führte oder dass er sich gerne die Nächte um die Ohren schlug, um ins Theater zu gehen oder sich sonst zu amüsieren. Wenn er das Geld verspielt hatte, das er besaß, und ihm niemand mehr Kredit gab, kam er nach Hause und igelte sich hier ein. Es kam nicht selten vor, dass er früh wieder da war, manchmal blieb er auch ganz zu Hause. Und was das frühe Ausgehen am Morgen betrifft, so war dies eine Angewohnheit, die er sich erst seit einigen Monaten zugelegt hatte. Ich habe keine Ahnung, wo er hinging.«

»Und haben Sie ihn nie gefragt?«

Die Contessa lächelte traurig. »Commissario, Romualdo und ich redeten nur wenig miteinander. Sehr wenig. Manchmal habe ich mich gefragt, wie es nur möglich war, dass ich ihn überhaupt geheiratet hatte, und ich erinnere mich nicht einmal mehr an das letzte Mal, dass wir miteinander gelacht haben. Er hat... er hatte sein eigenes Leben, und ich habe alles getan, um die Scherben meines eigenen irgendwie zusammenzuhalten. Schon seit Jahren herrschte zwischen uns keine Vertrautheit mehr.« Ricciardi erinnerte sich daran zurück, wie er damals in den Palazzo gekommen war, um den Conte zu vernehmen, und die Contessa ihm sogleich gesagt hatte, wenn er ein Gläubiger sei, habe sie keine Ahnung, wo ihr Mann sich befinde. Auf einmal wurde ihm wie in einem Geistesblitz bewusst, zu welcher Hölle diese Frau durch ihre Ehe verdammt worden war.

»Signora, könnte ich das Zimmer Ihres Gatten sehen?«

Bianca öffnete von Neuem die Tür, die das gleiche laute Quietschen von sich gab.

Im Zimmer herrschte Unordnung. Stapelweise vergilbte Zeitungen und Zeitschriften sammelten Staub an. In einem großen, alten Schrank, dessen eine Tür halb offen stand, hingen wenige Anzüge sowie ein Mantel, der offenbar mehrfach gewendet worden war. Daneben stand eine klapprige Spiegelkommode, deren Spiegel blind geworden war, mit einer Wasserschüssel und Rasierutensilien. Eine Schublade mit Leibwäsche war zur Hälfte aufgezogen. Zwei Paar etwas abgewetzte Schuhe, ein ungemachtes Bett.

Bianca war jenseits der Schwelle stehen geblieben. Ihre Augen wanderten hierhin und dorthin, als wollten sie dem Anblick entfliehen.

»Er hat es nicht einmal erlaubt, dass wir zum Putzen reinkommen, das Dienstmädchen und ich. Alles ist so, wie er es hinterlassen hat, als er damals losging, um... An jenem Morgen eben.«

Ricciardi musterte die wenigen Gebrauchsartikel dieses Mannes, um sich ein Bild von der Person zu machen, die hier gelebt hatte. Ein Mann, der sich vollkommen gehen ließ und jede Würde verloren hatte: Das Zimmer ähnelte eher einem Stall oder dem Unterschlupf eines Landstreichers. Über allem lag ein Geruch nach Staub und Verwahrlosung, nur notdürftig von einem billigen Parfüm überdeckt. Er näherte sich der Spiegelkommode in der Hoffnung, irgendwelche Briefe oder persönliche Dokumente darin zu finden. Doch da war nichts.

Schließlich erwachte er wieder aus seiner Versunkenheit.

»Signora, ich möchte Sie um einen Gefallen bitten und entschuldige mich jetzt schon dafür, wenn dies zu aufdringlich sein sollte. Haben Sie etwas dagegen, wenn ich Ihr Zimmer betrete und Sie bitte, die Zimmertür Ihres Mannes zu öffnen und wieder zu schließen?«

Biancas Augen schienen bis in seine Seele hinabzuschauen, doch Ricciardi hielt ihrem Blick stand.

Am Ende kam Bewegung in sie. Sie öffnete die Tür nebenan und bedeutete dem Commissario mit einem Nicken einzutreten.

Ricciardi hielt den Blick gesenkt, um keinen Zweifel darüber aufkommen zu lassen, dass er nicht die geringste Absicht hatte, in den intimsten Bereich der Contessa einzudringen. Allerdings konnte er nicht umhin zu bemerken, wenngleich flüchtig, dass er sich in einem sauberen und wohlriechenden Zimmer mit zwei duftigen Gardinen und einem aufgeschlagenen Buch auf dem Nachttischchen befand.

Er kehrte dem Bett den Rücken zu und schloss die Tür. Einen Augenblick später hörte er, wie Bianca die Tür des Nachbarzimmers öffnete und wieder schloss. Die Frau hatte recht: Dieses Geräusch war mehr als ausreichend laut genug, um jeden zu wecken, es sei denn, er oder sie verfügte über einen sehr tiefen Schlaf.

Entschlossen ging er wieder nach draußen und sagte, an die Contessa gewandt: »In Ordnung. In Ordnung. Ich werde weitermachen. Aber dazu muss ich mich mit Ihrem Mann treffen und folglich vorher noch mit seinem Anwalt. Könnten Sie für mich eine Verabredung mit ihm arrangieren?«

»Aber natürlich, Commissario. Es ist ein lieber Freund der Familie. Ich hoffe, vielleicht morgen schon, wenn Sie wollen. Soll ich Sie begleiten?«

»Nein, das ist nicht nötig. Ohne Sie wird er möglicherweise auch freier sprechen. Dann erwarte ich also Ihre Nachricht, wo und wann der Termin stattfindet.«

Die Frau nickte erneut. »Morgen früh schicke ich das Dienstmädchen zu Ihnen aufs Präsidium. Und, Commissario …«

»Ja?«

»Danke. Sie sind der erste Mensch, der mir zuhört, seit … seit diese Sache passiert ist. Und ich muss es einfach wissen. Ich muss.«

Ricciardi machte eine unbestimmte Bewegung mit der Hand.

»Danken Sie mir nicht. Ich kann Ihnen versichern, dass es mir in diesem ganz besonderen Moment sehr hilft, etwas zu haben, auf das ich mich konzentrieren kann. Noch eine letzte Frage: Ist Ihr Mann Linkshänder?«

Bianca zeigte sich überrascht. »Nein, Commissario. Er benutzt die rechte Hand. Warum?«

Ricciardi zuckte mit den Achseln. »Man weiß nie, welche Informationen bei einer Ermittlung noch wichtig wer-

den. Besser, man trägt alles zusammen, was man bekommen
kann.«

Als sie an der Haustür angelangt waren, wandte sich die
Frau noch einmal zu ihm.

Ihre Worte waren gut gewählt, und sie sprach mit leiser
Stimme. »Ich muss mich befreien, Commissario. Ich werde
so lange nicht frei sein, bis ich den Grund weiß. Das verstehen Sie doch, oder?«

Ricciardi nickte und ging mit eiligen Schritten davon.

XII

Major Manfred Kaspar von Brauchitsch hob den Blick gen Himmel und holte tief Luft.

Augen und Nase, die an dem Vorgang beteiligt waren, gaben ihm unerwartete Antworten. Erstere konnten keine Sterne erkennen, obwohl es Abend war, was der Beleuchtung durch die nahen Laternen in dem engen Gässchen geschuldet war; und Letztere vermittelte ihm statt des süßen Aromas, das für den Übergang vom Spätsommer in den Herbst so typisch war, ein Duftgemisch aus Knoblauch, Zwiebeln und Gemüse, das aus einer kleinen Trattoria an der Straßenecke herüberwehte. Hätte er im Übrigen auch seine Ohren befragt, so hätten sie ihm bestätigt, dass er sich in der Nähe eines Ortes befand, an dem man eine Mahlzeit zu sich nehmen konnte, denn sie schickten ihm ein paar Fetzen Musik und das misstönende Grölen der Betrunkenen herüber, die vor der Trattoria standen, rauchten und lachten.

Amüsiert schüttelte der Major den Kopf und dachte wohl zum hundertsten Mal in den vergangenen zwei Tagen, wie sehr sich doch diese fremde, wilde und zugleich so lebensfrohe Stadt von seiner Heimatstadt Prien unterschied. Dabei lagen beide Orte im Süden, sinnierte er. Bayern und Süditalien, die sich dennoch ebenso sehr voneinander unterschieden wie seine Heimat Deutschland und die starke und hoffnungsvolle Nation, in der er sich in diesem Moment befand.

So vieles war geschehen seit dem vergangenen Juli, als er wie jeden Sommer zu seiner Thermalkur hierhergekommen war. Und voraussichtlich würde in Kürze noch viel mehr geschehen. Das Leben hielt oft gewaltige Überraschungen bereit und vermochte in nur wenigen Tagen Ereignisse mit sich zu bringen, die das Leben von gleich mehreren Menschen verändern können.

Pfeifend machte sich Manfred an den Aufstieg über die Via dei Mille zur Chiesa dell'Ascensione, wo die Pension lag, in der er abgestiegen war. Hätte ihm noch im Frühjahr jemand gesagt, dass sein Leben eine so grundlegende Wendung nehmen würde, hätte er wohl nur ein bitteres Lachen für ihn übrig gehabt.

Wieder kam ihm in den Sinn, was für ein Mensch er vor nur wenigen Monaten gewesen war. Ein verwundeter und verunsicherter Soldat ohne Perspektiven, das Herz erkaltet vor Einsamkeit und Zermürbung, an der Schwelle zum mittleren Mannesalter. Dazu noch Soldat eines Landes praktisch ohne Heer, das seit nunmehr fünfzehn Jahren für eine längst zurückliegende Niederlage büßen musste, eines Landes, das vor lauter Angst und Ungewissheit noch immer gekrümmt am Boden lag. Ein Mann von achtunddreißig Lenzen, der müde war und die Hoffnung längst verloren hatte, die Leere, welche der frühe Tod seiner Frau vor mehr als zehn Jahren hinterlassen hatte, wieder zu füllen; er, der sich doch so sehr eine Familie gewünscht hatte und Kinder, denen er die Zukunft schenken könnte, von der er immer geträumt und die zu erschaffen ihm bis zu diesem Moment nicht gelungen war.

Doch dann hatten gleich zwei Begegnungen alles verändert.

Die eine war auf den ersten Blick harmlos gewesen – eine Kundgebung, abgehalten von einem eher unscheinbaren Österreicher, die Manfred auf Anraten eines ehemaligen Kommilitonen, der den Mann bereits hatte reden hören, besucht hatte. Er war hingegangen, weil er seinem Freund vertraute, einem Mann, der sein Vaterland aufrichtig liebte und ebenso wie Manfred zutiefst erschüttert über den Zustand war, in den die anhaltende Wirtschaftskrise dieses gestürzt hatte.

Der kleine Mann aus Österreich hatte eine Art zu reden, die den Herzen ihrer Zuhörer jegliche Unsicherheit nahm und sie stattdessen mit wilder Hoffnung erfüllte. Er besaß eine starke und entschlossene Stimme, die jedoch zugleich gefühlvoll und fein abgestimmt war. Und er hielt für seine Zuhörer Träume und konkrete Vorschläge bereit, wie man die schreckliche Situation des Landes überwinden und Deutschland wieder die Führungsrolle zurückgeben könnte, die es doch immer auf dem Kontinent gespielt und die es zur ersten Nation unter allen gemacht hatte. So sei es von Gott gewollt, hatte der kleine Redner seinen lauschenden Heerscharen gesagt, und der Wille Gottes würde den Sieg davontragen.

Es hatte Manfred nicht überrascht, als er erfuhr, dass der Österreicher wie er ein Kriegsveteran war. Nur ein Soldat konnte wissen, mit welchen Worten man sich an Soldaten zu richten hatte. Nach der Kundgebung hatten die beiden sich kennengelernt und waren zusammen auf ein Bier gegangen. Manfred hatte schon oft feststellen müssen, dass ein Mensch, der auf gewisse Weise in der Öffentlichkeit auftrat, sich im Privaten ganz anders entpuppte, doch bei Adolf war das nicht der Fall gewesen. In ruhigerem Ton, doch mit gleicher Entschiedenheit hatte er dort an dem Tisch in der verrauchten Gastwirtschaft die Gedanken wiederholt, die er zuvor auf der Bühne vor seiner gebannt lauschenden Zuschauerschaft zum Ausdruck gebracht hatte. Adolf hatte die besondere Gabe, mit jedem, der ihm zuhörte, in sofortigen Einklang zu treten, wie ein perfekt gestimmtes Instrument, das plötzlich in einer Dorfkapelle mitspielt und diese wie durch Zauberhand in ein großes Orchester verwandelt.

Manfred hatte sich voller Freude und Überzeugung zuerst der Bewegung und dann der Partei angeschlossen. Er war ein Mann, der keine halben Sachen mochte, nein, das war er nicht. Entweder er trat aktiv für eine Sache ein, oder er schenkte ihr weiter keine Beachtung. Die Rolle des Mitläufers oder Sympathisanten lag ihm nicht.

In diesem Moment kreuzten zwei junge Frauen seinen Weg, flüsterten sich etwas zu und lächelten ihn an. Er erwiderte ihre Aufmerksamkeit mit einer galanten Verbeugung, lüpfte zum Gruß die Uniformmütze, ging dann jedoch ohne Zögern weiter seines Weges, offenkundig zum Verdruss der beiden Mädchen. Manfred wusste um seine Wirkung auf Frauen. Seine große und athletisch geformte Gestalt, der dichte blonde Haarschopf, die himmelblauen Augen und offensichtlich auch seine Uniform zogen unweigerlich die Blicke auf sich, woraus er in der Vergangenheit gelegentlich durchaus seinen Nutzen gezogen hatte, um anzubandeln und so manches angenehme und unverbindliche Techtelmechtel in die Wege zu leiten.

Nun jedoch durfte und konnte er auf derlei Blicke keine Taten mehr folgen lassen, denn er war verlobt.

Zwar war dies noch nicht offiziell, zumindest vorerst nicht, doch das würde es sehr bald werden, dessen war er sich gewiss.

Dies war einer der beiden Gründe, warum er in der Stadt war. Der andere war wesentlich vertraulicher und hatte ihn die vergangenen zwei Tage auf dem deutschen Konsulat beschäftigt, ohne Enrica mitteilen zu können, dass er bereits eingetroffen war. Gewiss wäre sie enttäuscht gewesen, dass er nicht sogleich zu ihr geeilt war.

Denn Major von Brauchitsch war in eine wichtige Position im kulturellen Bereich des diplomatischen Dienstes berufen worden. Aufgekommen war die Idee Anfang August, als er nach Berlin gefahren war, um Hitler persönlich zu seinem beachtlichen Sieg bei den Reichstagswahlen zu gratulieren. Dieser hatte ihn kurz umarmt und dann beiseitegenommen, weg von den Veteranen in Feierlaune, die ihn umgaben.

Das Gespräch war kurz und intensiv gewesen. Adolf hatte Manfred gefragt, ob er bereit sei, wieder in die Dienste seines Vaterlandes zu treten, und natürlich hatte Manfred voller Begeisterung zugesagt; der Schmerz in seiner Schulter hatte deutlich nachgelassen, auch dank der Kuren und der emsig durchgeführten Übungen, denen er sich unterzog, und er fühlte sich bereit. Doch sein Gegenüber hatte ihm erklärt, er wolle ihm nicht etwa einen Einsatz im Felde vorschlagen, sondern eine ganz andere Art von militärischer Tätigkeit, die für das Vaterland von wesentlich größerer Bedeutung sei.

Manfred hatte dem kleinen Österreicher ernst in die Augen geschaut und dort eine Entschlossenheit gesehen, die von größter Reinheit war.

Dieser Mann würde Deutschland wieder zu Größe verhelfen. Und er, Manfred, wollte seinen Beitrag zu diesem Vorhaben leisten. Das wollte er von ganzem Herzen und mit ganzer Kraft.

Adolf hatte für ihn den Kontakt zu einem Kommandanten der Kriegsmarine hergestellt, der mit ihm eine lange Unterredung geführt hatte. Man habe ihn wegen seiner tadellosen Pflichterfüllung ausgewählt, hatte man ihm gesagt, wegen seiner Zugehörigkeit zur Bewegung von der ersten Stunde an, und nicht zuletzt deshalb, weil er perfekt Italienisch spreche. Dann hatte der Marineoffizier ihm erklärt, es sei ein Programm zur Einholung von Informationen eingerichtet worden, und Italien sei ein befreundetes Land, das laut Ansicht der Partei zum Vorbild und Verbündeten werden könne und werden müsse. Von Vorbildern könne man lernen, und manchmal sei es nicht möglich, bestimmte Daten auf leichte und schnelle Weise über den Dienstweg zu bekommen, wie es jedoch für Deutschland wichtig und nützlich sei, wenn es schnell wachsen und wieder die Führungsrolle einnehmen wolle, die ihm zustehe. Summa summarum müsse man sich aus diesem Grund direkt an die Orte begeben, wo sich bereits militärische Einrichtungen befanden, und diese mit kundigem und diskretem Auge unter die Lupe nehmen. Um dann zeitnah darüber Bericht zu erstatten.

Manfred war nicht schwer von Begriff, und so wusste er sofort, worum es ging: Der Kommandant, ein junger und ehrgeiziger Militär, der sogleich begriffen hatte, woher neuerdings der Wind wehte, wollte ihn zum Spion machen. Doch Manfred war nicht irgendein dahergelaufener kleiner Rekrut mit Flausen im Kopf – er war Kavalleriemajor der Reichswehr, hatte so manche Schlacht erlebt und im Dienste und Namen seines Vaterlandes getötet. Er begriff, dass man seinem Land auf verschiedene Weise dienen konnte und dass jeder den Beitrag zu leisten hatte, den man ihm abverlangte. Und so dachte er kurz nach und willigte ohne Zögern ein.

Die darauffolgenden Wochen waren voll und ganz seiner Ausbildung gewidmet gewesen. Einerseits hatte man ihm erklärt, was er sehen und wonach er suchen solle, andererseits war er auch instruiert worden, was die eigentlichen Aufgaben eines Kulturattachés waren. Zu seiner Freude hatte Manfred feststellen können, dass unter den Schlüsselstädten für die Sammlung von Informationen, die seinem Lande nützlich sein könnten, auch die war, an der er persönlich ein besonderes Interesse hatte, denn in dieser Stadt, dem wichtigsten Seehafen des Landes und ganz in der Nähe seines geliebten Ischia, lebte Enrica, seine – von diesem Glück allerdings noch ahnungslose – Verlobte.

Es konnte doch nichts Schlechtes daran sein, wenn das Reich sich seiner bediente und er umgekehrt ebenso.

Ein zusätzlicher Glücksfall war es, dass ganz in der Nähe dieser Stadt archäologische Ausgrabungen im Gange waren, an denen auch eine Abordnung deutscher Gelehrter beteiligt war, woraus sich ein plausibler Grund herleiten ließ, die Unterstützung vonseiten des Konsulats zu verstärken. Dazu benötigte man einen weiteren kulturellen Beauftragten, und Manfreds eigentliche Aufgabe würde folglich keinerlei Verdacht wecken.

Erst im vorangegangenen Monat hatte die Reichsmarine ihre Kontakte zu ihrem italienischen Gegenstück intensiviert, und zwei weitere Offiziere namens Böhm und Ritter waren anlässlich der großen Manöver der Flotte an Bord des Kreuzers *Giovanni delle Bande* zu Gast gewesen. Dies war der allererste direkte Kontakt gewesen, und die beiden Militärs waren von der Effizienz der italienischen Ausrüstung und vor allem vom modernen Charakter der Hafenstrukturen durchaus beeindruckt gewesen. Manfreds Auftrag bestand darin, in Erfahrung zu bringen, welcher Aufwand nötig gewesen war, um die Mittel für eine derart beeindruckende Zurschaustellung von Macht aufzubringen.

Außerdem verfügte die Stadt auch über einen Flugplatz, und es lag im höchsten Interesse der neuen deutschen Regierung, den Wiederaufbau einer adäquaten Luftwaffe voranzutreiben, welcher nach der Schmach von Versailles ungerechterweise ebenfalls untersagt worden war. Auch zu dieser Thematik galt es Informationen einzuholen, weshalb im Anschluss an Manfred und unter seiner Befehlsgewalt, in der vorgeblichen Rolle eines logistischen Assistenten in Sachen Kultur, erst an diesem Nachmittag ein junger Pilot im Konsulat vorstellig geworden war. So bildete sich ganz allmählich ein Nukleus zur Einholung von Informationen heraus – beredtes Zeugnis dafür, welch große Bedeutung man an höchster Stelle in Deutschland der Mission beimaß. Darüber freute sich der Major und fühlte sich bestätigt.

Nun jedoch, da alle Vorkehrungen und Voraussetzungen für seine Arbeit getroffen waren, konnte er sich endlich dem zweiten wichtigen Grund widmen, aus dem er diese seine Bestimmung angenommen hatte. Dem persönlicheren Grund.

Gleich am nächsten Morgen, so dachte er, während er den kleinen Platz überquerte, an dem seine Pension lag, würde er Enrica eine Nachricht schicken. Er würde ihr schreiben, dass er gerade in der Stadt sei und sich freuen würde, wenn er sie aufsuchen dürfe. Er wolle endlich die Familie kennenlernen, von der ihm das Mädchen anlässlich jener herrlichen Tage unter der Sonne Ischias erzählt hatte, während Manfred ein Bild von Enrica malte, die dort jeden Tag ein ebenso lärmendes wie buntes Fähnlein Kinder um sich scharte. Er würde ihr sein Lächeln schenken und der Frau Mama ein Sträußlein Blumen mitbringen sowie dem Vater Tabak und eine bayrische Pfeife, die Manfred extra zu diesem Behufe im heimischen Prien für ihn ausgesucht hatte.

Man würde sich näher kennen- und schätzen lernen, und mit der Zeit würde sich auch die Liebe einstellen. Ohne Eile, aber mit Nachdruck und Hartnäckigkeit. Er hatte Enrica ausgewählt, um sie zu seiner Frau zu machen, und damit sie ihm die Kinder schenkte, die er sich wünschte. Deutschland und Italien würden in seinem Leben eins werden, sowohl in der Arbeit als auch in der Liebe.

Ohne besonderen Grund grüßte er vier Männer, die im Schein einer Lampe an einem wackligen Tischchen saßen und Karten spielten; einer von ihnen erwiderte seinen Gruß, indem er etwas unbeholfen salutierte, während die anderen lachten. Auch die Wirtin seiner Pension, eine dicke Frau, die sich gerade die Hände an einem Lappen abwischte und die Abendluft genoss, begrüßte er.

Pfeifend stieg er die Treppe hoch, voller Vorfreude auf die süßen Träume, die die prickelnde Septemberluft ihm in dieser Nacht gewiss bescheren würde.

Aus dem Dunkel eines Hauseingangs beobachteten ihn kalt zwei Augen.

XIII

Ausgerechnet jetzt, wo sie sich zum Schlafen bereit gemacht und mit einer Tasse heißer Milch ins Bett zurückgezogen hatte, hörte Livia, wie es leise an der Tür zu ihrem Zimmer klopfte.

»Herein!«, sagte sie.

Im Türspalt erschien Clara, ihr Dienstmädchen, mit vom Schlaf verquollenen Augen und im Nachthemd; ihr Haar, das sie bei Tage immer aufsteckte, hing offen über ihre Schultern. Livia war nie aufgefallen, wie lang es war.

»Signora, entschuldigen Sie bitte vielmals. Da ist… da ist dieser Herr, den Sie kennen und der ab und zu hierherkommt. Der immer sagt: Die Signora erwartet mich, lass sie einfach wissen, dass ich da bin. Jedenfalls steht er vor der Tür, und… Aber wenn Sie wollen, sage ich, dass Sie schon schlafen und dass er morgen wiederkommen soll.«

Livia hatte bereits einen Morgenrock übergezogen und bürstete sich das Haar.

»Danke, Clara. Sag ihm, dass ich gleich komme, und geh ruhig ins Bett.«

Das Mädchen wirkte unschlüssig; es war ihm offenbar nicht recht, seine Herrin zu dieser späten Stunde mit einem Mann allein zu lassen.

»Signora, und wenn Sie ihm etwas anbieten wollen? Ich warte in der Küche auf Sie, dann höre ich, wenn Sie mich rufen. Es ist schon reichlich spät, fast halb zwölf. Zu dieser Uhrzeit macht man doch keine Hausbesuche mehr bei einer Dame.«

Als Livia den Salon betrat, stand Falco, wie es seiner Gewohnheit entsprach, mit dem Hut in der Hand am Fenster und richtete den Blick auf die mittlerweile verlassene Straße. Trotz der schon fortgeschrittenen Stunde sah er so aus, als käme er frisch vom Barbier: das spärliche Haar säuberlich gekämmt und mit nicht einmal einem Hauch von Bartflaum im Gesicht. Und er verströmte den gewohnten leichten Duft nach Lavendel.

Ohne sich umzudrehen, als die Frau den Raum betrat, sagte er: »Nicht alle Nächte sind gleich, Signora. Im Sommer tendieren die Menschen dazu, sich auf der Straße aufzuhalten, um der Hitze zu entfliehen. In den Gassen stellen die Frauen Stühle hinaus, um ein wenig zu schwatzen, dann gehen sie schlafen, während die anderen, die Männer und Kinder, aufstehen, weil man in den Kellerwohnungen kaum atmen kann. Und man redet, man redet. In so einer Gasse werden alle zu einer großen Familie. Alle wissen über die anderen Bescheid.«

Livia zündete sich eine Zigarette an und blies den Rauch in die Luft, ein wenig entnervt, doch wider Willen auch besorgt.

»Falco, wieso kommen Sie zu dieser späten Stunde? Ist etwas Schlimmes passiert?«

Der Mann fuhr fort, als wäre er nicht unterbrochen worden. »Und im Winter, wissen Sie, ist es auch nicht viel anders. Man entzündet ein Feuer, um sich aufzuwärmen, doch in den engeren Gassen geht das nicht, weil es viel zu gefährlich wäre. Und so beginnt man eben zu plaudern und zu schwatzen, ganz wie im Sommer, und die Worte sprudeln nur so aus den Mündern. Die Seelen dort in den Gassen sind wie aus Glas, man kann durch sie hindurchsehen.«

»Falco, ich verstehe Sie nicht. Ich ...«

Er drehte sich um und kehrte endlich dem Fenster den Rücken zu.

»Im September hingegen nicht. Im September können die Türen geschlossen bleiben, und man kann schlafen, ohne zu reden. Man kann schlafen, vielleicht träumen. Zu unserem Glück gibt es Menschen, die im Schlafe sprechen. Nun, Sie hatten mich um gewisse Informationen gebeten, Signora. Und diese Informationen bringe ich Ihnen heute mit.«

Der flache und emotionslose Ton des Mannes stand deutlich im Kontrast zur feinen Empfindsamkeit seiner Worte, und ohne zu wissen, warum, fühlte sich Livia auf einmal unbehaglich.

»Aber eine solche Eile wäre gar nicht nötig gewesen. Ich hätte mich gerne auch morgen mit Ihnen getroffen, wenn Sie mir…«

»Sagen wir, ich bin es gewohnt, mir Mühe zu geben und pünktlich zu sein. Nun. Das Mädchen, das Sie anlässlich jenes Autounfalls gesehen haben, welcher der Person widerfuhr… für die Sie sich interessieren… hört auf den Namen Enrica Colombo. Sie wohnt in der Via Santa Teresa, so wie er. Es sind zwei benachbarte Mietshäuser, die Fenster gehen bei beiden auf eine kleine Gasse, den Vicolo Materdei, hinaus. Sie hat studiert und ist Lehrerin, aber sie hat keine Stelle an der Schule, sondern gibt Privatunterricht für Kinder.«

Jetzt war Livias Interesse geweckt, und vor Neugier sprudelten die Worte nur so aus ihr heraus. »Was… was für ein Mensch ist sie? Was macht sie? Sind sie ein Paar? Gar verlobt? Sind sie…«

Falco ging mit größter Ruhe vor, als läse er aus einem Rapport vor.

»Enrica lebt bei ihren Eltern und ist die Älteste von fünf Kindern. In einem Monat, am 24. Oktober, wird sie fünfundzwanzig. Die jüngere Schwester, Susanna, ist bereits Mutter eines kleinen Jungen und mit Marco Caruso verheiratet, der Parteimitglied ist und als guter Aktivist gilt. Der Vater, Giulio Colombo, führt ein Hut- und Handschuhgeschäft, ein recht bekanntes Etablissement im hinteren Teil der Via Toledo, in Richtung Piazza del Plebiscito. Er sympathisiert mit den Liberalen, ist aber nicht politisch aktiv.«

Livia reagierte nervös. »Falco, Sie geben mir keine Antwort. Sind sie verlobt?«

Der Mann schenkte ihr ein seltsames, trauriges Lächeln.

»Nein, Signora, das sind sie nicht. Eine Weile, etwa um Ostern herum, verkehrte die junge Frau mit der verstorbenen Haushälterin Rosa Vaglio; wie es scheint, hat sie sie ein paar Male zu Hause besucht, jedoch immer in Abwesenheit des gewissen Herrn.«

Die Frau schwieg ratlos.

»Aber dann … ich verstehe nicht, wieso war sie dann im Krankenhaus?«

Falco hob die Schultern. »Ich habe nicht gesagt, dass da nicht eine gewisse Sympathie zwischen den beiden herrscht. Vielleicht schauen sie einander durchs Fenster an; sein Schlafzimmer geht direkt auf die Küche und den Salon ihrer Wohnung hinaus. Gut möglich, dass sie sich kennen, doch niemand hat sie zusammen gesehen. Wir haben … nun, wir haben unter den Kaufleuten und Bewohnern der Gegend mehr als eine Quelle, und meine Leute haben gründliche Studien angestellt. Wir verfügten bereits über einen recht genauen Rapport, den ich nur mit den Informationen aus jüngster Zeit abgleichen musste.«

Livia blieb der Mund offen stehen. »Was soll das heißen, Sie hatten bereits einen Rapport? Stand sie etwa schon unter Überwachung? Warum denn, was hat sie angestellt?«

Der Mann setzte eine harte Miene auf. »Signora, ich muss Sie bitten, mir keine Fragen zu unseren Aktivitäten mehr zu stellen. Das sind Dinge, die Sie nichts angehen, und ich möchte Sie daran erinnern, dass ich in genau diesem Moment gegen verschiedenste Regeln der Geheimhaltung verstoße, um Ihnen einen Gefallen zu tun.«

Livias Lider flatterten wie bei einem kleinen Mädchen, das unerwartet getadelt wird. »Aber… gewiss, gewiss. Und, natürlich danke ich Ihnen sehr für die prompte Erledigung. Mir hatte es nur den Anschein, es handele sich um eine so… so gewöhnliche und normale Person. Ich konnte mir nicht vorstellen, dass ausgerechnet sie Ihre Aufmerksamkeit geweckt haben könnte, das ist alles. Nur das.«

Das schien Falco zu besänftigen. »Wissen Sie, manchmal ist es nicht die einzelne Person, die zählt, sondern ihre Beziehungen. Und das bringt mich auch auf den Grund, warum ich Sie noch zu so später Stunde gestört habe. Diesen Sommer hat die Signorina Colombo, während sie in einer Ferienkolonie auf Ischia unterrichtete, Freundschaft mit einem Mann geschlossen. Und dieser Mann hält sich seit einigen Tagen in der Stadt auf. Es handelt sich um einen deutschen Militär, genauer gesagt einen Offizier. Den Major Manfred von Brauchitsch.«

Livia wirkte verwirrt, jedoch auch erleichtert. »Na und? Kann denn ein Mann heutzutage nicht mehr eine Freundin besuchen?«

»Aber gewiss doch, Signora. Nur dass der besagte Offizier eine Stellung als Kulturattaché am deutschen Konsulat angetreten hat offenbar mit der Absicht, hier Wurzeln zu schlagen. Und es ist nicht ausgeschlossen, dass seine Freundschaft mit der Signorina Teil dieses Programms ist.«

Die Frau schien nicht zu verstehen. »Und das sollte mir

missfallen? Ich freue mich sehr darüber und wünsche beiden alles Glück der Welt.«

Falco schenkte der Ironie ihrer Antwort keine Beachtung und fuhr in überaus ernstem Ton fort: »Signora, dieser Mann ist für uns von höchstem Interesse. Von allerhöchstem Interesse. Wir wissen, dass er morgen Signorina Colombo aufsuchen wird, denn er hat den Portier des Konsulats, einen unserer Leute, nach dem Weg zu ihrer Adresse gefragt. Abgestiegen ist er in einer Pension in der Nähe der Chiesa dell'Ascensione. Die Angelegenheit könnte von höchster Bedeutung sein und eine ganze Reihe von Menschen betreffen. Ich muss Sie deshalb bitten, jedem aus dem Weg zu gehen, der mit diesem Offizier zu tun hat, wenigstens in der nächsten Zeit.«

»Was wollen Sie denn damit sagen, Falco? Befürchten Sie denn, dass ich irgendwelche Risiken eingehe? Führt der Mann Böses im Schilde, oder …«

»Nein, nein, ganz im Gegenteil. Keine Gefahr, um Himmels willen, nein. Aber wir haben ein Auge auf diese Person geworfen, und wenn in einem Bericht auch Ihr werter Name auftauchte, würde das zu einer Überschneidung der Funktionen kommen, die … nun, die für Sie eher unerquicklich wäre, das meine ich.«

»Ich verstehe zwar nicht, was Sie meinen, nehme aber Ihren Rat an. Und ich spüre irgendwie, dass Ihnen mein Wohlergehen wirklich am Herzen liegt. Aber die Sache betrifft doch das Mädchen, oder? Nicht Ricciardi, das meine ich. Sie haben gesagt, dass die beiden nicht miteinander verkehren; vielleicht sind sie einfach nur Bekannte, und im Zusammenhang mit Ricciardis Unfall wollte Enrica nur der alten Dame zur Seite stehen. Wie auch immer … Ich kenne diese Frau nicht, und es interessiert mich auch nicht, sie

121

kennenzulernen, da können wir also ganz beruhigt sein. Stimmt's?«

Falco nickte. »Gewiss. Aber sollte ein Kontakt zwischen besagtem Mädchen und Ihrem Commissario bestehen und zwischen dem Commissario und Ihnen, dann könnte daraus ein Problem für Sie entstehen, und das möchte ich Ihnen gerne ersparen. Das ist alles.«

»Und deshalb sind Sie zu mir gekommen, damit ich auf der Hut bin. Doch machen Sie sich keine Gedanken, Falco, Sie haben sich sehr deutlich ausgedrückt. Sollte Ihre Hoffnung allerdings darin bestehen, dass ich Ricciardi nicht mehr sehe, dann tut es mir leid, und Sie sollen wissen, dass ich erst recht die Absicht habe, ihn zu sehen. Und ihn immer öfter zu sehen. In Übrigen auch, um ihn vom Kontakt zu anderen Frauenzimmern abzuhalten.«

Die letzten Worte hatte sie lachend gesagt, doch Falco konnte ihre Erheiterung nicht teilen.

»Signora, diese Sache ist sehr, sehr ernst. Unterschätzen Sie bitte nicht die Reichweite dessen, was ich Ihnen angedeutet habe. Ich bitte Sie. Es war genau die Vorstellung, Ihre Impulsivität könnte Sie dazu verleiten, mit dieser Signorina das Gespräch zu suchen und vielleicht in genau dem Moment bei ihr zu sein, in dem auch von Brauchitsch sich dort aufhält, die mich dazu veranlasst hat, zu dieser späten Stunde hierherzukommen, was ich sonst nie getan hätte.«

Livia schenkte ihm ein nachsichtiges Lächeln. »Seien Sie ganz beruhigt, Falco. Es ist nicht meine Art, einer Rivalin in Liebesdingen auf der Straße aufzulauern oder sie gar zu Hause aufzusuchen. In meinem Leben war viel zu oft genau das Gegenteil der Fall.«

Falco wirkte deutlich erleichtert durch diese Beteuerungen. Er wandte sich zur Tür, und Livia bewunderte einmal mehr die Eleganz und geradezu höfische Geschmeidigkeit, mit der er sich bewegte. Einem Impuls folgend sagte sie: »Noch eines, Falco. Woher wissen Sie eigentlich all diese Dinge über das Leben in den Gassen?«

Der Mann lächelte. »Ganz einfach, Signora. Ich bin hier geboren und aufgewachsen. Und ich weiß, wenn es eines gibt, dem man in dieser seltsamen Stadt besondere Beachtung schenken muss, dann sind es die Septembernächte. Und die Träume, die die Septembernächte mit sich bringen. Gute Nacht, und bitte entschuldigen Sie diesen unzeitigen Besuch. Der im Übrigen natürlich, wie immer und wie Sie allzu gut wissen, niemals stattgefunden hat.«

XIV

September, September. Septembernacht.

Trügerische Nacht, immer noch gewärmt durch die Sonne des Tages, die die Erinnerung an den Sommer mit sich bringt und nach gemähtem Gras und schweren Blütendolden duftet – in einer solchen Nacht genügt es, die Tür einen Spalt breit offen zu lassen, und sie streichelt dich mit langen und eisigen Fingern, bis dir ein leiser Schauder über den Rücken läuft.

Doch irgendwann fallen dir die Augen vor Müdigkeit zu, und du schaffst es nicht mehr, das Fenster zu schließen, durch das das gewohnte traurige Lied hereinkommt. Und mit diesen Klängen kommt auch die Vorahnung der Kälte, von Nächten, in denen jene leichte Brise heranreift und zu einem Wind wird, der stürmt und durch die verlassenen Straßen heult, der durch die Balkons fegt, Körbe umkippt, Blätter aufwirbelt, und die Angst vor dem Draußen lehrt dich die Wärme schätzen und spendet dir Trost, wenn du dich unter die Decken kuschelst, den Geruch von Holzfeuer aus den Heizöfen in der Nase.

Doch das war eine andere Zeit. Das war der November des Regens oder der Januar vergessener Festtage oder das Aufbäumen der eisigen Bestie, die noch Mitte März nicht sterben will. Jetzt ist alles anders.

Jetzt ist es September, und der Duft besiegt jede Angst vor der Zukunft. Im September scheint es, die Zärtlichkeit dieser Stadt des Meeres, des Himmels und der Baumwipfel, die in der zarten Brise rascheln, könnte nie ein Ende haben.

Als könnten die Seelen weiter aus Glas bleiben und ohne Angst das zeigen, was in ihnen steckt. So scheint es. Denn der September liebt es, bei Nacht die Karten neu zu mischen und dir die erste Wahl zu lassen. Damit du eine Karte ziehst, die er bereits kennt.

Und so schlaft ruhig ein. Und träumt auch.

Denn ihr werdet nichts von dem träumen, mit dem ihr gerechnet habt, während sich eure Hände vergeblich im Schlaf nach einer Decke ausstrecken, die euch vor der Kälte schützen könnte. Klammheimlich dringt sie durch den Spalt ein, den ihr selbst offen gelassen habt, und wird eure Seele entblößen.

Eure Seele aus Glas.

Ricciardi hätte gern von Rosa geträumt, doch stattdessen träumte er von seiner Mutter.

Wenigstens im Traum hätte er gerne noch einmal gehört, wie die mürrische alte Dame sich über seine Einsamkeit und die eigenen Zipperlein beklagte, während sie in Pantoffeln durchs Haus schlurfte und ihre furchterregend mächtigen Gerichte aus der Heimat zubereitete, gewaltige Teller voll Pasta und Bohnen, mit denen sie ihn regelmäßig abgefüttert hatte, ob er nun wollte oder nicht.

Doch stattdessen stand nun jene schmale und gebrechliche Frau an seinem Kopfkissen, das dichte schwarze Haar mit grauen Fäden durchwirkt, das ausgezehrte Gesicht, das einst von so anmutiger Schönheit gewesen war, jetzt, an der Schwelle des Todes, nur noch ein Schädel mit straff gespannter Haut, mit zwei riesigen, wie besessenen grünen Augen, die ihn aus dem Dunkel anblickten.

Sie machte ihm Angst, seine Mutter. Genau so träumte er sie immer – sterbend und staunend, als würde sie sich jeden

Moment in einen Abgrund stürzen, dessen Tiefe sie noch nicht kannte. Wie jedes Mal näherte sie sich dem Bett und blieb stocksteif stehen, wartete, drehte den Kopf in seine Richtung, ohne den Rest des Körpers zu bewegen.

In vielen Träumen, an die er sich des Morgens erinnerte und die ihn über Tag stundenlang verfolgten, die ihn mit einem Gefühl verzweifelter Ohnmacht erfüllten, begann die Mutter dann zu weinen, ein langsames, stilles Weinen, bis zum Bersten erfüllt von ungekanntem Kummer und Reue. In anderen schenkte sie ihm ein schreckliches, zahnloses, schwarzes und wahnsinniges Lächeln, das ihn in eine so große Angst versetzte, dass er sich selbst im Wachzustand lange nicht daraus befreien konnte.

Heute jedoch sprach die Mutter.

Mit einer ausdruckslosen und krächzenden Stimme, die klang wie das Knistern von brennendem Holz, sagte sie zu ihm: »Allein. Jetzt bist du allein. Hattest du denn geglaubt, er würde nicht irgendwann eintreten, dieser Moment? Glaubtest du denn, du könntest auf ewig in deinem Kokon verschlossen bleiben?«

Als er antwortete, war seine Stimme nur ein Hauch, kaum mehr als die Luft, die man beim Atmen ausstößt: »Was hätte ich denn tun sollen? Du weißt es, Mama. Du kennst den Grund. Du selbst hast ihn mir gegeben, diesen Grund.«

Die Mutter hielt den Blick fest auf ihn gerichtet, sie richtete, ohne mit der Wimper zu zucken, diese riesigen grünen Augen auf ihn und lachte. Ein Lachen, das klang wie die Tür des Conte di Roccaspina, die laut vor der Hölle ins Schloss fällt. »Ja«, sagte sie ihm, »das weiß ich. Und wenn auch ich die Entscheidung getroffen hätte, allein zu bleiben? Und wenn ich dich weder gewollt noch an dich gedacht oder dich mir vorgestellt hätte? Wäre es dir lieber gewesen, gar nicht auf der Welt zu sein? Und nicht durch das Fenster jenes Mädchen zu sehen, nicht die raue Hand von Rosa zu spüren?«

Noch bevor er antworten konnte, verwandelte sich die Mutter in eine Frau mit kupferblondem Haar und mit einem langen, zarten Hals. Im Traum sagte Bianca zu ihm: »Hilf mir. Hilf mir.«

Ricciardi erschauderte bei der nächtlichen Brise, die an den Läden rüttelte, dann hatte der Traum Erbarmen und verschwand.

Nur wenige Meter entfernt und doch Millionen von Kilometern von ihm getrennt, hätte Enrica so gern von Manfred geträumt, doch sie träumte von Rosa.

In einer Zeitschrift für Frauenzimmer, die ihrer Mutter gehörte, hatte sie gelesen, dass man von dem träumte, was einen tagsüber am meisten beschäftigte. Ein Teil des Gehirns arbeite auch während des Schlafes weiter und forme den Gedanken in Bilder um. Ganz einfach.

Doch – das würde sie sich am Morgen gleich in der Frühe fragen, wenn sie versuchte, ihr Herz und ihre Seele von den Schatten der Nacht zu befreien – wie war es dann möglich, dass ein Gedanke, den sie niemals bewusst gehabt hatte, sich in so klaren Bildern abzeichnete, dreidimensional und in Farbe, während sie sich das Bettzeug bis zum Kinn hochzog, um der plötzlichen Kälte der Nacht zu entfliehen?

»Signorina«, hatte die alte Kinderfrau zu ihr gesagt und sie an der Schulter berührt, »Signorina, haben Sie doch keine Angst. Ich bin's.« – »Rosa«, hatte sie geantwortet, »wie geht es Ihnen?« Die alte Dame hatte ihr zugelächelt. »Wie soll es mir schon gehen, gut geht es mir. Die Beine tun mir nicht mehr weh, sehen Sie?« Und sie hatte sogar ein paar Tanz-

127

schrittchen angedeutet. Dann hatte sie ihr, ein wenig streng, ins Gesicht geblickt und gefragt: »Und Sie, Signorina? Wie geht es Ihnen? Gut sehen Sie nicht aus. Sie lächeln nicht. Erinnern Sie sich noch, was ich Ihnen gesagt habe, wie Sie kochen sollen? Erinnern Sie sich?«

»Rosa«, hatte Enrica im Traum gestammelt, »ich kann nicht so kochen, wie Sie es mir beigebracht haben. Sie wissen ja, es ist allerhand passiert. Jetzt ist da Manfred. Er schreibt mir Briefe, wissen Sie. Schöne, lange Briefe. Und er träumt von einer Familie, von Kindern. Jedenfalls kann ich nicht so kochen, wie Sie es mir beigebracht haben.«

Die alte Frau hatte ihr das Gesicht gestreichelt. »Meine Tochter, meine arme Tochter. Nur mit dem Herzen kann man kochen. Wissen Sie das denn nicht? Nur mit dem Herzen. Sehen Sie?« Sie schlug ihre Kittelschürze zurück, und Enrica sah durch das Hemd, das Unterhemd und die Haut der alten Frau hindurch das große rote Herz, wie es pulsierte und pochte. »Wenn Sie das nicht haben, können Sie auch nicht kochen. Sie füllen Tomatensoße in Flaschen ab, aber daraus ein Gericht zu kochen gelingt Ihnen nicht. Und so werden Sie ihn des Hungers sterben lassen, diesen armen Tropf... wie heißt er doch? Alfred?« – »Nein«, lachte Enrica, »Manfred. Und ein Herz habe ich schon, sehen Sie?« Auch sie zeigte ihr die Brust, doch es war nichts darunter. Rein gar nichts.

Im Traum erschreckte sich Enrica zu Tode. Wie konnte sie denn leben, ohne Herz? »Rosa, Rosa, wo ist mein Herz?«, schrie sie, und noch im Schlaf entwich ihren Lippen ein leises Wehklagen. »Signorina, fürchten Sie sich nicht«, sagte die Alte, »ein Herz haben Sie schon. Sie müssen es nur finden. Und wenn Sie es finden, so hören Sie bitte auch darauf. So wie ich es getan habe, mein ganzes Leben lang.«

Nicht einmal im Traum sprach Rosa von ihm, und auch Enrica erwähnte ihn nicht. Doch jemand beobachtete sie aus den Schatten bei ihrem träumerischen Gespräch. Enrica spürte ihn auf sich, den grünen Blick von Luigi Alfredo Ricciardi, dem Mann, den sie in ihren Träumen liebte und bei Tage aus ihrer Seele verscheuchte.

Zumindest versuchte sie es.

Livia hätte gern von Ricciardi geträumt, doch stattdessen hielt die Septemberbrise Falcos Gesicht für sie bereit.

Im Traum folgte sie auf der Straße einem Mann, der dem Commissario ähnlich sah. Es war schwierig, denn er ging schnell, und sie musste sich auf ihren hohen Absätzen sputen. Sie spürte, wie sie ins Schnaufen kam, es war heiß, viele Menschen waren unterwegs. Dann hatte sie ihn endlich eingeholt, legte ihm eine Hand auf die Schulter, er drehte sich um, und sie hatte Falco vor sich, mit seiner unergründlichen Miene, dem kantigen Kinn und dem sanften Lächeln.

Im Traum verspürte sie eine brennende Enttäuschung und machte daraus keinen Hehl. Der Mann jedoch schien es nicht zu bemerken und hängte sich bei ihr ein. Er sagte zu ihr: »Livia, du musst verstehen, dass ich das tue, was besser für dich ist.« Durch sein vertrauliches Gebaren verärgert, erwiderte sie: »Noch bestimme ich, was besser für mich ist.«

In diesem Moment küsste er sie. Einfach so, auf der Straße, vor allen Leuten. Die Passanten wandten den Blick ab, zeigten sich verstört. Livia wand sich, doch der Griff des Mannes war fest, und sie konnte sich nicht befreien. Die Angst lag wie ein schweres Gewicht auf ihrer Brust, und sie schreckte aus dem Schlaf hoch, erfüllt von einem großen Unbehagen.

Doch sie konnte sich nicht daran erinnern, was sie geträumt hatte.

Romualdo Palmieri di Roccaspina hätte so gern von seiner Liebe geträumt, doch stattdessen träumte er von seiner Frau.

Das war ihm nie passiert, seit er im Zuchthaus saß. Sein Schlaf war schwer, unruhig, niederdrückend und voller Ängste, und er war nur selten von einem schönen Gedanken begleitet; manchmal jedoch hatte er jene Haut unter den Händen gespürt, hatte ein Lächeln geküsst, bei dem ihm das Herz aufging. Es genügte, um ihn in seiner Überzeugung zu bestärken, dass er gut daran getan hatte, das zu tun, was er getan hatte.

In dieser Nacht jedoch war da die Septemberluft, die Lust darauf hatte, die Karten neu zu mischen, und so stand auf einmal Biancas Gesicht vor seinem inneren Auge.

Sie saß kerzengerade da, die Augen in diesem absurden Veilchenblau vor sich gerichtet, die Hände im Schoß gefaltet. Sie saß auf ihrem Lieblingssessel, zwischen den wenigen Möbeln, die von seinem Dämon verschont geblieben waren und die er nicht verspielt hatte, Überresten aus einer längst vergangenen Zeit und an den Mann gemahnend, der er hätte sein sollen und der er nie gewesen war.

»Bianca, verzeih mir«, hätte er ihr so gern gesagt. Doch wie sonst auch hatte er es weder geschafft, mit ihr zu reden, noch ihr ins Gesicht zu sehen. Nie war es ihm gelungen, ihr das zu sagen, was er auf dem Herzen hatte. Zu sehr hatte er ihr wehgetan, und der Grund dafür ebenso wie das Unrecht selbst waren viel zu klar umrissen, um Raum für Diskussionen zu lassen.

Dieses Mal jedoch fand der Conte im Schlaf die Kraft, seinen Gefühlen Luft zu machen. Es fehlte ihm die Kraft, Vergebung von ihr zu erflehen, doch stattdessen brach es aus ihm heraus, eine ganze Flut von wütenden Worten und unendlichem Groll. Und er sagte diesem bleichen und ungerührten Gesicht all das, wofür er bei Tage niemals den Mut aufgebracht hätte, es auch nur zu denken. Er schilderte die Einsamkeit eines Mannes mit Schwächen und Fehlern, der aus seiner wahren Natur jedoch nie einen Hehl gemacht hatte und sich für die Kinder, die sie nie gehabt hatten, weder schuldig fühlen konnte noch wollte; und er sagte ihr, dass sie es gewesen sei, die ihn nie verstanden hatte, die ihm mit diesem Gesichtsausdruck einer gequälten Muttergottes immer das Gefühl gegeben hatte, unzulänglich zu sein.

Er sagte ihr, dass sie es allein mit ihrer Anwesenheit, jener stummen, von Überdruss erfüllten Anwesenheit geschafft hatte, dass er nicht mehr atmen konnte und es ihm unmöglich wurde, in jenem Haus zu leben. Dass er selbst mit all seinen Fehlern, seiner mangelnden Moral dazu in der Lage gewesen sei, zarte Gefühle zu hegen und für jemanden anziehend zu sein, der einfach nur wundervoll, bildschön und herrlich war. Ein höheres Wesen, bezaubernd und hinreißend.

Und wenn ihn eine Schuld treffe, so sei es die, nicht sofort begriffen zu haben, dass er nicht länger an ihrer Seite, der Seite seiner Frau, sein konnte, keinen einzigen Moment mehr. Und dass es tausend Mal besser war, hier zu sein, in einer schmutzigen Gefängniszelle, mit der Aussicht, möglicherweise nie wieder herauszukommen, als im Zuchthaus der Konventionen und Gewohnheiten zu leben, in das er seit seiner Geburt eingesperrt gewesen war, in dem Kerker, zu dem sie, Bianca, den Schlüssel hütete, welchen sie nie benutzen würde, um ihn zu befreien.

Im Schlafe genoss er es, seiner Frau das alles endlich ins Gesicht zu sagen, es ihr ins Gesicht zu spucken, unverblümt, als müssten sie sich endlich nicht mehr verschanzen, sie hinter ihrem stummen Vorwurf und er hinter seinen Schuldgefühlen.

Doch als er erwachte, in einem düsteren Morgengrauen, war sein Gesicht tränenüberströmt.

Bianca hätte am liebsten gar nichts geträumt, doch die heimtückische Luft der Septembernacht schickte Ricciardi in ihre Träume.

Ausgerechnet hier saß er vor ihr, in ihrem Schlafzimmer; dem Raum, den er betreten hatte, um zu hören, wie laut die Tür von Romualdo war, wenn sie sich schloss. Den größten Teil des Abends, der gefolgt war, hatte sie, mit einem Buch in der Hand, zu begreifen versucht, wie es auf sie gewirkt hatte, diesen Mann dort inmitten ihrer Sachen zu sehen, so mittendrin in ihrem Leben.

Eigentlich hätte sie sich bedrängt fühlen müssen, hatte sie gedacht. Wie konnte er sich das nur erlauben, dieser Fremde, dieser Unbekannte, und was machte er dort? Wie konnte er es wagen, es ihr gegenüber so sehr an Respekt mangeln zu lassen? War es vielleicht ihr eigenes Elend, die Armseligkeit dieses Zimmers, die sie dazu veranlasst hatten, diesen Vertrauensbruch hinzunehmen?

Dann hatte sie sich jedoch eingestehen müssen, dass Ricciardi sich auf ihre eigene Bitte dort befunden hatte. Sie selbst hatte ihn gerufen, hatte ihn gebeten, ihn geradezu angefleht, sich des Falles von Romualdo anzunehmen. Was wie ein Eindringen wirken mochte, hatte doch eigentlich nur dazu gedient herauszufinden, ob sie, Bianca, eine zuverlässige Zeugin war oder eine Frau, die nur Flausen im Kopf hatte.

Und genau das war es, das hatte Bianca begriffen, was sie wirklich gekränkt hatte. Der Gedanke, Ricciardi könnte sie für eine Spinnerin halten, eine Frau, die so sehr erfüllt von dem Wunsch war, ihr Mann sei unschuldig, dass sie sich dazu hinreißen ließ, sich eine Lüge auszudenken.

Der Blick des Commissario auf ihre Habseligkeiten war bar jeder Neugier gewesen, das war sofort klar geworden. Er wollte nur begreifen, ob jenes Geräusch aus ihrem Zimmer deutlich zu hören war. Doch das war es gar nicht gewesen, was sie derart aufwühlte. Nicht dieser Gedanke war der Grund, dass sie sich jetzt in dieser Septembernacht unruhig im Bett herumwälzte und im Traum genau jenen Mann auf dem Stuhl vor dem Schminktisch sitzen sah, die Beine übereinandergeschlagen, die Hände vors Gesicht gelegt und die funkelnden Augen durch die Dunkelheit auf sie gerichtet.

Der Traum, das hätte sie sich gesagt, wenn sie denn die Kraft besessen hätte, sich selbst gegenüber ehrlich zu sein, ist schamlos, meine liebe Bianca. Er ist unschicklich, denn er hat es nicht nötig, sich um gute Sitten und Gepflogenheiten zu scheren. Der Traum lebt, er ist wahr und wurzelt tief im Dunkel unserer Wünsche und Begierden.

Hätte sie im wachen Zustand den Mut aufgebracht, sich selbst ins Gesicht zu schauen, dann hätte Bianca sich gefragt, wann sie zuletzt mit einem Mann eine Liebesnacht verbracht hatte. Wie lange es her war, dass sie die Hand eines Mannes auf sich gespürt hatte. Und wie sehr sie sich danach verzehrte.

Sie hätte sich gefragt, ob es denn der Wahrheit entsprach, dieses Bild der eiskalten Selbstsicherheit, der Wohlerzogenheit und der Zurückhaltung, das sie von sich selbst zeigte. Und ob sie sich noch daran erinnern konnte, wie schön es sein konnte zu lachen, tief den Duft einer Blume einzuatmen und zu küssen.

Denn er bedeutete genau das, dieser Traum, an den sie sich schon morgen nicht mehr würde erinnern können, vielleicht bis auf eine unbestimmte, unerklärliche Unruhe, die sie noch Stunden erfüllen würde. Der Traum von zwei grünen Augen, die forschend bis in ihr Inneres blickten, der Traum, den die duftende Septemberluft durch einen Spalt ihres Fensters zu ihr hereingebracht hatte.

Es gibt nichts Besseres als die Septemberluft, um Träume zu zerzausen wie einen Haarschopf und Unordnung in Gefühle zu bringen. Nichts Besseres als die Septemberluft, um jegliche Sicherheit infrage zu stellen.

Nichts Besseres.

Und nichts Schlimmeres.

XV

Als Maione vor der Tür zu Ricciardis Büro stand, in den Händen das unvermeidliche Tablett mit Malzkaffee, war der Commissario bereits dabei, die Abschriften der Polizeiberichte zu lesen, die in der großen und säuberlichen Handschrift des Brigadiere verfasst waren.

»Commissario, haben Sie gesehen, was ich mir für eine Mühe gemacht habe? Schließlich bin ich Ihrer Empfehlung gefolgt und hab Antonelli doch nicht mehr hinzugezogen, sondern mich um alles allein gekümmert. Sie werden Wort für Wort das darin finden, was in der Akte stand. Dieser De Blasio ist wirklich ein Hornochse, aber genau ist er schon, zu unserem Glück.«

Ricciardi nickte. »Ja, alles hat Hand und Fuß. Doch es wird auch klar und deutlich, dass Roccaspinas Geständnis jegliche Ermittlungsarbeit unterbunden hat. Jetzt kommt es darauf an, wie man nach ganzen vier Monaten mit Gewissheit rekonstruieren kann, was wirklich geschehen ist.«

Maione stellte das Tablett ab und goss die kochend heiße schwarze Flüssigkeit aus der kleinen Kaffeemaschine.

»Dann erklären Sie mir doch mal eines, Commissario: Beschäftigen wir uns nun mit dieser Sache oder nicht? Glauben wir der Contessa? Eigentlich hatte ich den Eindruck, bei Ihnen einen gewissen Argwohn zu bemerken.«

Ricciardi hob den Blick und schaute ihn an. »Ich bin bei ihr zu Hause gewesen. Ich habe die Plausibilität ihrer Angaben überprüft und mich umgesehen. Es ist möglich, ja sogar wahrscheinlich, dass das, was die Contessa sagt, stimmt:

135

Wäre der Ehemann ausgegangen, dann hätte sie es gehört. Außerdem ist die finanzielle Situation der Roccaspinas desperat, sie haben sogar schon ihre Möbel verkaufen müssen. Deshalb sehe ich auch kein Motiv, warum der Conte jemanden hätte umbringen sollen, der ihm helfen konnte, indem er ihm Geld lieh.«

Maione goss auch sich selbst Malzkaffee in ein kleines, feuerfestes Glas. Die Tasse mit dem nicht passenden und etwas ramponierten Unterteller war für den Commissario.

»In seinem Geständnis erklärt Conte Roccaspina, dass er Piro um eine Stundung der Rückzahlung gebeten hatte, die dieser jedoch zurückwies. De Blasio erwähnt auch, Piros Frau habe einen weiteren Streit erwähnt, der am Tag vorher stattgefunden habe. Die Schreie habe man bis außerhalb des Arbeitszimmers gehört.«

Ricciardi nahm einen Schluck und verzog angeekelt das Gesicht. »Meine Güte, ist dieser Muckefuck ekelhaft. Er wird immer schlimmer, aber ist das überhaupt möglich?«

Maione grinste. »Nein, Commissario, er wird nicht schlimmer, man vergisst es nur immer wieder. Unser Gedächtnis versucht, dem Magen zu helfen, und löscht sofort die Erinnerung an den Geschmack. Das ist erwiesen. Und denken Sie nur, Mistrangelo aus der Anzeigenabteilung ist auch noch stolz auf diese Brühe, die er macht. Er sagt immer: ›Brigadiere, heute Morgen ist der Kaffee ein Gedicht! Sie werden schon sehen, da werden sich dem Commissario die Schnurrbarthaare aufstellen!‹«

Ricciardi schüttelte betrübt den Kopf. »Und genau deshalb trage ich auch keinen Schnurrbart. Na ja, zurück zum Thema: Diesmal müssen wir anders herangehen, weil wir auf keine jüngeren Erkenntnisse zurückgreifen können. Und wir müssen äußerst diskret arbeiten, denn wenn sich jemand auf höherer Ebene beschwert, wirft uns Garzo Knüppel zwischen die Beine.«

Maione lüpfte seine Mütze, um sich am Kopf zu kratzen, so wie er es jedes Mal machte, wenn er im Zweifel war.

»Klar, der wird auf die Palme gehen, wenn er entdeckt, dass wir uns in eine bereits abgeschlossene Ermittlung einmischen. Und wir müssen wirklich auf der Hut sein, weil der Fall in der oberen Gesellschaft angesiedelt ist und Garzo, wie wir sehr gut wissen, alles daransetzt, sich mit den Mächtigen gut zu stellen, wenngleich ohne Erfolg. Andererseits lässt es sich wohl kaum vermeiden, dass wir ein paar Leute vernehmen, oder?«

Ricciardi erhob sich und stellte mit sichtlicher Erleichterung die Tasse aufs Tablett zurück.

»Das ist in der Tat eine heikle Angelegenheit. Deshalb wirst du mir auch den Gefallen tun und die ganze Sache vergessen, und ich kümmere mich ganz allein darum. Es ergibt keinen Sinn, dass wir beide ein Risiko eingehen, und du weißt ja, mich fasst Garzo mit Samthandschuhen an, während er es sich bei dir erlauben kann, den großen Zampano zu spielen.«

Maione lachte. »Commissario, Sie wissen doch, dass ich von Ihnen nur Befehle annehme, wenn das, worum Sie mich bitten, mit der Arbeit zusammenhängt. In meiner Freizeit hingegen kann ich immer noch machen, was mir beliebt. Schlagen Sie es sich folglich bitte aus dem Kopf, mich aus dieser Sache herauszuhalten. Ich habe vor, selbst Nachforschungen anzustellen, und da es dabei durchaus vorkommen kann, dass ich irgendwelchen Schlamassel anrichte, wenn ich es nach meinem Gutdünken mache, wäre es besser, wenn Sie mir vorher die nötigen Anweisungen geben.«

Ricciardi überlegte und schüttelte dann bekümmert den

Kopf. »Maione, du bist wirklich wie dieser Muckefuck hier: unerträglich, aber auch unverzichtbar. Doch es stimmt schon, deine Hilfe wird mir sehr nützlich sein. Lass uns eine Abmachung treffen. Um die Kontakte mit dem Adel kümmere ich mich allein, dann kann dir niemand etwas anhaben. Und du unterstützt mich bei den anderen Informationen. Einverstanden?«

Maione breitete die Arme aus. »Commissario, versprechen kann ich Ihnen gar nichts. Sagen wir es so: Ich nehme Ihre Anweisungen entgegen, aber ich habe trotzdem ein Auge auf Sie, damit Sie sich am Ende nicht noch selber reinreißen. Also, was soll ich machen? Wie gehen wir vor?«

Ricciardi tippte mit dem Finger auf die Abschriften der Berichte. »Also: Bei Modo war ich schon, und er bestätigt, was da drinsteht. Interessant ist, dass es sich bei der Tatwaffe nicht um ein Messer handeln kann, sondern um ein Objekt ohne Klinge, so etwas wie eine Ahle.«

Maione wirkte, wie immer, wenn er voll konzentriert war, als würde er jeden Moment einschlafen. »Aber der Conte hat in seinem Geständnis gesagt, er könne sich nicht daran erinnern, was er benutzt habe, um den Anwalt um die Ecke zu bringen, folglich kann es doch durchaus sein, dass er, was weiß ich, eine Schreibfeder mit vergoldeter Spitze genommen hat, wie sie solche Leute eben benutzen, oder irgendeinen anderen spitzen Gegenstand. So hat er es gesagt, oder? Ich erinnere mich, dass ich das gestern Abend abgeschrieben habe.«

»Ja, so hat er es gesagt. Doch hier, auf der Liste der Gegenstände, die aus dem Schreibtisch geborgen wurden, findet sich kein Brieföffner, dafür aber gleich zwei Schreibfedern. Und einen Brieföffner ohne Klinge habe ich noch nie gesehen.«

Maione zuckte mit den Achseln. »Na gut, Commissario. Die Tatwaffe ist nicht aufzufinden. Aber das reicht noch nicht aus, um das Problem mit dem Geständnis zu lösen.«

Ricciardi redete weiter und ging dabei im Zimmer auf und ab.

»Und dann ist da noch eine andere Sache, die mich ratlos macht. Die Wunde. Der Stich wurde dem Opfer an der rechten Halsseite zugefügt, doch der Conte ist, wie mir seine Frau bestätigt hat, Rechtshänder.«

Maione saß da wie ein Buddha, die Hände über dem Bauch verschränkt, die Augen halb geschlossen. In diesem Moment sah er so aus, als würde er jeden Moment zu schnarchen anfangen.

»Als er vor ihm stand, hätte der Mörder also die linke Hand benutzen müssen, um den Anwalt auf der rechten Seite zu treffen. Na und? In der Wut übt man doch keine so große Kontrolle über die Hand aus, die man benutzt. Und um einen solchen Stich auszuführen – wie groß muss da die Genauigkeit eigentlich sein, Commissario? Vielleicht war die rechte Hand beschäftigt, weil er etwas damit hielt.«

Maione war schon immer die Rolle des Advocatus Diaboli zugefallen; wenn es darum ging, Geschehnisse zu rekonstruieren, war es seine Spezialität, wacklige Theorien zu zerpflücken, worin ihn Ricciardi nur allzu gern walten ließ. Denn in der Tat war das sehr nützlich.

»Ja, aber wie passt das zu der Uhrzeit und den Umständen der Tat? Niemand hat etwas gesehen, niemand etwas gehört. Es war heiß, die Fenster standen offen, und dort in der Gegend kann es durchaus sein, dass noch Leute auf der Straße waren. Wie ist es eigentlich möglich, dass es weit und breit keinen Zeugen gibt?«

»Commissario, Zeugen gab es ja vielleicht, aber es bestand

keine Notwendigkeit, nach ihnen zu suchen, weil sich der Schuldige sogleich präsentierte wie auf dem Silbertablett. Außerdem – entschuldigen Sie, aber was macht das für einen Unterschied?«

»Was meinst du?«

Maione erklärte: »Jemand hat den Anwalt doch ermordet, oder? Gehen wir davon aus, wie die Signora Contessa sagt, dass ihr Mann zwar nichts damit zu tun hat, jedoch aus eigenen Gründen beschlossen hat, sich selbst des Verbrechens zu bezichtigen, wobei ich gern wüsste, welchen Grund jemand haben kann, aus freien Stücken für den Rest seiner Tage im Gefängnis zu verbringen. Wie auch immer, für den, der den Anwalt ermordet hat, würden sich genau die gleichen Probleme stellen wie für den Conte, oder?«

»Ich verstehe, was du sagen willst. Aber wir sind nicht die Anwälte des Conte und müssen folglich auch keinen Sündenbock auftreiben, um Roccaspina für unschuldig erklären zu können. Wir müssen nur begreifen, was geschehen ist, und damit hat sich der Fall. Wenn sich dann herausstellt, dass es doch der Conte war und die Signora nur nicht gehört hat, wie er aus dem Haus ging, haben wir immerhin unsere Pflicht und Schuldigkeit getan.«

Maione hatte immer noch keinen Muskel gerührt.

»Ich frage mich allerdings noch etwas anderes«, murmelte er.

»Und das wäre?«

Der Brigadiere stieß einen leisen Seufzer aus. »Da kommt einer zu mir und bittet um Stundung einer Zahlung. Wir diskutieren, ich erhebe die Stimme, man hört uns. Ich weigere mich, ihm Aufschub zu gewähren. Dann kommt er einen Abend später wieder, angetrunken und wahrscheinlich noch verzweifelter als am Tag zuvor. Was hat sich in der

Zwischenzeit verändert? Warum lasse ich ihn herein? Und diesmal gibt es keinen Streit, weil niemand etwas gehört hat. Denn wenn er einen Wutausbruch hat und mich umbringt, dann muss ich ihn doch auch irgendwie wütend gemacht haben, oder? Aber nein, absolute Stille. Und wie es scheint, war in dem Arbeitszimmer alles am Platz. Genau das kommt mir ein bisschen komisch vor.«

Ricciardi nickte. Die Argumentation überzeugte ihn.

»Genau! Und ich sag dir was: Mir scheint es geradezu absurd angesichts des Charakters des Conte, der ein sehr aufbrausender Mensch ist – so habe ich ihn jedenfalls erlebt, als ich ihn im Sommer kennenlernte. Wie auch immer, irgendwas passt da nicht zusammen.«

Maione schüttelte den Kopf. »Nein. Etwas passt nicht. Also, Commissario, wie gehen wir vor?«

»Ich warte darauf, dass das Dienstmädchen der Contessa kommt und mir sagt, wann ich den Anwalt ihres Gatten treffen kann. Vielleicht hat er noch Informationen, die wir nicht haben, vielleicht kann er uns Einzelheiten zu dem nennen, was sein Mandant beteuert. Du wirst in der Zwischenzeit versuchen, Informationen über das Leben des Conte einzuholen: welche Beziehungen er pflegte, wie sein Verhältnis zum Opfer war und so weiter. Jedenfalls, du müsstest also …«

Maione stieß noch einmal einen Seufzer aus, diesmal einen besonders langen.

»Ja, ich weiß, dass ich das muss. Ein langer Spaziergang in Richtung San Nicola da Tolentino. Hoffen wir nur, dass ich dabei niemandem begegne.«

XVI

Wohl schon zum zehnten Mal, seit er das Geschäft aufgemacht und die schweren Holztüren geöffnet hatte, spähte Cavalier Giulio Colombo in Richtung Eingang. Er wartete auf Enrica.

Die Arbeit war ihm nie schwergefallen. Er, ein Kaufmann, Sohn eines Kaufmanns und Enkel eines solchen, wusste ganz genau, dass er einem Moralkodex aus wenigen, aber wichtigen Prinzipien zu folgen hatte, und das oberste dieser Prinzipien war absolute Zuverlässigkeit. Die Kunden und vor allem die Kundinnen mussten wissen, dass sie ab einer gewissen Uhrzeit damit rechnen konnten, ihn dort in seinem Geschäft hinter dem Tresen aus Holz anzutreffen, mitten in dem weitläufigen Verkaufsraum und umgeben von den vielen Regalen, in denen Colombo seine beste Ware ausstellte. Alles hatte sauber und duftend zu sein, ein Ambiente, das Frische, Ehrlichkeit und stete Aufmerksamkeit dem Kunden gegenüber ausstrahlte. Sowohl von sich selbst als auch von jedem, der für ihn arbeitete, erwartete er eine von guter Laune durchwirkte Höflichkeit, die niemals ins Wanken geraten durfte, selbst wenn es sich um eine Kundin wie die Baronessa Raspigliosi handelte, eine alte Vettel, die sich zuerst Dutzende von Hüten und Handschuhen aus dem Regal holen ließ, um dann mit ihrer vom Rauchen krächzenden Stimme und ihrem üblen Atem zu sagen: »Ja, danke, ich überleg's mir noch mal.«

Wenn es ums Geschäft ging, standen Ehrerbietung und Höflichkeit für Giulio Colombo im Vordergrund, doch war

142

dies häufig Anlass zu Diskussionen mit seinem Schwiegersohn Marco, dem Gatten seiner zweitältesten Tochter Susanna. Marco war ein braver Junge, der schon seit Jahren bei ihm arbeitete, zugänglich, stets lächelnd und unermüdlich, doch leider mit einem gewissen Hang zur Aufmüpfigkeit. Schon des Öfteren hatte Giulio eingreifen müssen, um zu verhindern, dass Marco bei unschlüssigen Kunden eine Haltung einnahm, die man als ungeduldig hätte interpretieren können. Darauf hatte Giulio ihn in verschiedenen Situationen hingewiesen, manchmal war sogar ein Tadel angebracht gewesen, wohlgemerkt unter vier Augen, um nicht die Autorität zu untergraben, die Marco als Mitglied der Familie gegenüber den beiden anderen Angestellten zukam. Wenn er dereinst seinen Posten übernehmen wolle, hatte Giulio ihn ermahnt, müsse er lernen, sich stets wie ein vollendeter Gentleman zu benehmen. Ansonsten müsse sein Schwiegervater seine Entscheidung noch einmal überdenken.

Enrica ließ sich immer noch nicht blicken. In der Zwischenzeit jedoch stand, pünktlich wie ein Wechsel und ebenso willkommen geheißen, die Raspigliosi in der Tür, begleitet von einem ihrer Dienstmädchen, von denen sich eines stets in ihrem Schlepptau befand. In diesem Fall handelte es sich um eine stämmige junge Frau mit roten Backen, die man in eine schwarz-weiße Bluse gequetscht hatte, welche offenbar für jemanden mit deutlich kleineren Ausmaßen gekauft worden war. Das war durchaus verständlich, denn die Bediensteten der Baronessa unterlagen unwissentlich einem eher geringen Haltbarkeitsdatum, je nachdem, wie groß ihre Fähigkeit war, die Schikanen der Baronin zu ertragen.

Nur schwerlich einen Seufzer unterdrückend lächelte der Cavaliere der alten Hexe zu.

143

»Meine liebe Baronessa, wie blendend Sie heute Morgen wieder einmal aussehen! Womit können wir Ihnen denn dienen?«

Blendend aussehen – das bedeutete im Falle der Baronessa ein leichter, aber dennoch sichtbarer Haarflaum auf einem faltigen Gesicht, eine gewaltige Hakennase, auf der eine Warze mitsamt Haar thronte, und ein kantiges Kinn, das mit ebendieser Nase in deutlichem Wettbewerb um die größtmögliche Entfernung vom Gesicht stand, dies alles auf einem Körper, der deutlich breiter war als hoch.

Die Frau gab ein Grunzen von sich. »Handschuhe. Heute möchte ich mir ein Paar Handschuhe anschauen. Was für eine Farbe könnte ich denn brauchen?«

Das war eine der schönen Eigenheiten der Baronessa. Sie sagte nie, was sie wollte, sondern überließ es ihrem Gegenüber, dies zu erraten. Giulio griff zu seiner Brille und putzte sie in aller Seelenruhe mit einem Taschentuch, um sich eine Antwort auszudenken.

»Also: Wir gehen auf den Winter zu, deshalb würde ich nichts allzu Leichtes nehmen, aber ich möchte auch nicht, dass Sie für etwas Geld ausgeben, das Sie nicht lange tragen werden, weil Sie vielleicht schon im nächsten Jahr feststellen, dass die gekauften Handschuhe außer Mode geraten sind. Was halten Sie denn von diesen hier? Die sind aus echtem Gamsleder, weich und warm, aber nicht zu schwer.«

Die Raspigliosi gab ein Geräusch von sich, bei dem es sich ebenso gut um ein Zeichen der Zustimmung handeln konnte wie um ein unterdrücktes Rülpsen.

»Hm. Diese minderbemittelte Dienstbotin hier ist nicht dazu in der Lage, irgendetwas zu waschen, ohne es zu ruinieren. Eigentlich müsste ich ihr ja einen Tritt in den Allerwertesten geben und sie feuern, aber das geht schlecht, weil

144

in ihrem Dorf alle des Hungers sterben. Folglich nichts allzu Teures, Cavaliere.«

Die Backen des Mädchens wurden noch röter als vorher. Giulio bedachte sie mit einem mitfühlenden Lächeln, das die Bedienstete jedoch nicht erwiderte, weil sie weiterhin mit leerem Blick vor sich hin starrte. Vielleicht, dachte Colombo, hatte sie Glück und verstand gar nicht, was gesagt worden war.

Während er sich anschickte zu antworten und seine Aufmerksamkeit wieder der Ware zuwandte, zeichnete sich im hellen Rechteck der Tür die hochgewachsene Gestalt Enricas ab.

Giulio Colombo hatte die Entscheidung am vergangenen Abend getroffen. Lange hatte er darüber nachgedacht, er war nie ein zu impulsiven Handlungen neigender Mensch gewesen. Seit seine Tochter von ihrem Aufenthalt in jener besagten Ferienkolonie zurückgekehrt war, hatte sie kein einziges Mal mehr die Briefe erwähnt, die sie einander geschrieben hatten, die Tatsache, dass sie ihm aus der Ferne ihr Herz ausgeschüttet hatte, was ihn zutiefst gerührt hatte. Wie sehr sie sich ähnelten, Enrica und er!

Abgesehen vom Äußeren – beide waren groß, trugen wegen ihrer Kurzsichtigkeit eine dicke Brille, hatten einen dunklen Teint und ein offenes, strahlendes Lächeln – waren sowohl Vater als auch Tochter verschlossene und reservierte Wesen, die nur selten ihren Gefühlen Ausdruck verliehen. Giulio hatte seine Tochter nur bei wenigen Gelegenheiten weinen sehen, selbst als kleines Mädchen war sie reifer und vernünftiger gewesen als ihre Altersgenossinnen, ein bedachtes und nachdenkliches Kind. Zwischen den beiden herrschte ein tiefes Einverständnis, zu dem es keiner Worte bedurfte. Sie waren buchstäblich auf einer Wellenlänge, und meist genügte eine Geste, ein Seufzen, um dem einen mitzuteilen, wie dem anderen zumute war.

Giulios andere Kinder ähnelten mehr Maria, seiner Frau: Sie waren begeisterungsfähig und sprunghaft, brachen rasch in Tränen und dann wieder in Gelächter aus und waren immer in irgendwelche lautstarken Dispute verstrickt, bei denen es nur selten eine Annäherung oder gar eine Einigung gab. Enrica hingegen war ganz anders. Enrica lächelte, schwieg und machte ansonsten das, was sie für richtig hielt. Auch zum eigenen Schaden. Auch auf Kosten ihres eigenen Glücks.

Da der Gemütszustand seiner Tochter seinen eigenen widerspiegelte und er ihn deshalb gut kannte, hatte Giulio auch nie die Besorgnis seiner Gattin geteilt. Noch mit fast fünfundzwanzig Jahren war Enrica allein, weder verheiratet noch wenigstens verlobt, doch Giulio war sich dessen gewiss, dass sie, wenn irgendwann der Moment gekommen war und sie dem richtigen Menschen begegnete, ihn auch erkennen würde. Bis dahin jedoch war er selbst da, um sie zu beschützen und zu lieben und ihr schweigend zuzulächeln, so wie ein Papa es eben tut.

Doch dann waren da diese Briefe gewesen, in denen seine Tochter ihm die Offenbarung gemacht hatte, dass sie ebenjenem richtigen Menschen endlich begegnet war. Bloß dass dieser Mensch ihr gegenüber keinen der Schritte eingeleitet hatte, mit denen im normalen gesellschaftlichen Miteinander zu rechnen gewesen wäre: eine Einladung, miteinander ausgehen, die Vorstellung bei den Eltern, eine Verlobung. Stattdessen hatte sich jener Mann darauf beschränkt, sie von Weitem, durch das nächtliche Dunkel hindurch, zu betrachten, mit Katzenaugen, die dort in der Stille funkelten. Und so wie es ihrer Natur entsprach, hatte Enrica gewartet. Bis sie schließlich zu der Überzeugung gelangt war, dass der Mann sie in Wirklichkeit doch nicht wollte, und beschloss, das Weite zu suchen.

In jenen Briefen hatte Enrica – seine kleine, zerbrechliche und doch so willensstarke Enrica – ihm gestanden, wie sehr ihr das Herz blutete.

Und angesichts dieses Schmerzes hatte Giulio dann eine Entscheidung getroffen, zu der er sich niemals in der Lage geglaubt hätte. Er war auf jenen Mann zugegangen. Er musste einfach begreifen. Er musste diesem Menschen persönlich begegnen.

Viel hatten sie nicht geredet. Der Cavaliere war ein alter Liberaler und sich durchaus dessen bewusst, dass die Zeiten sich schneller wandelten, als er sich jemals würde anpassen können. Er gehörte nicht der Generation an, der es leichtfiel, einfach Kontakt zu einem jungen Mann aufzunehmen und ihn zu fragen, ob er die Tochter wollte, die sich in ihn verliebt hatte. Doch er war ein Vater, und einfach dabei zuzusehen, wie sich Enrica in ihrem Schmerz zerfleischte, ohne etwas zu tun, um ihr zu helfen, war für ihn undenkbar.

Der Mann hatte ihm auf eine seltsame Weise gefallen. Er war schweigsam, ein Mensch, der nicht viel Gewese um sich machte, offenbar jedoch aufrichtig war.

Doch der Cavalier Colombo musste sich bei der Einschätzung der seelischen Befindlichkeit seiner Tochter getäuscht haben, denn urplötzlich hatte Enrica sich erneut auf die Briefe beschränkt, die sie nach Hause schickte und in denen sie ihre Lieben nur kurz über ihren Gesundheitszustand und über das, was sie machte, in Kenntnis setzte. Und dann irgendwann hatte sie begonnen, von dem Deutschen zu schreiben.

Enrica war deutlich auf der Hut gewesen, kurz angebunden und nur wenig mitteilsam, und nichts in ihren Erzählungen ließ auf eine besondere gefühlsmäßige Beteiligung schließen. Doch, so hatte Maria verkündet, wenn ein Mädchen in ihrem Alter in solcher Häufigkeit einen Mann erwähnte, dann war da etwas. Ganz bestimmt.

Giulio hatte seiner Frau nicht geantwortet. Er kannte Enrica gut genug, um zu wissen, dass es nicht ihre Art war, so schnell das Objekt ihrer Aufmerksamkeit zu wechseln. Doch wenn sie nicht darüber sprach, sollte das wohl heißen, dass sie nicht das Bedürfnis danach hatte. Und das genügte ihm. Abgesehen davon, dachte er, war es gar nicht gesagt, dass Maria nicht recht hatte und dass es für seine Tochter wichtig war, sich aus einer Verliebtheit zu lösen, von der nur er wusste, und sich einer richtigen Beziehung zu öffnen, in der sie ihr Glück finden könnte.

Ihr Glück: Nichts anderes wünschte sich Giulio für sie.

Und doch war da etwas. Etwas, das er in einem kaum wahrnehmbaren Seufzer wahrgenommen hatte, in einem ins Leere gehenden Blick, der nur den Bruchteil einer Sekunde anhielt, in der Art, wie sie die Schultern sinken ließ, wenn sie glaubte, dass niemand sie sah.

Da war etwas. Und so hatte Giulio am Abend zuvor seinen ganzen Mut zusammengenommen und sie angesprochen.

Es hatte ihn überrascht, dass es ihm noch schwerer fiel, mit Enrica zu reden, als sich damals im Juli jenem Mann zu nähern. Damals war es um das Seelenheil seines kleinen Mädchens gegangen, und so hatte er die Zurückhaltung, die ihm so sehr zu eigen war, mit Leichtigkeit überwunden. In diesem Moment hingegen hatte er das Gefühl, als stünde er kurz davor, mit Gewalt in Enricas Innerstes einzudringen und sie zu zwingen, über etwas zu reden, was ihr möglicherweise Schmerzen bereiten würde. Der Gedanke, dass ausgerechnet er, der ihr so zärtlich zugetan war, ihr Leid zufügen sollte, war ihm unerträglich.

Und doch war es ihm nötig erschienen. Allein die Möglichkeit, Enrica könnte dabei sein, eine Wahl zu treffen, die sie ihr ganzes Leben bereuen würde, rechtfertigte seine Einmischung. Er hatte seine Entscheidung getroffen und sie gebeten, ihn am darauffolgenden Tag im Geschäft abzuholen. Zu Hause mit ihr zu reden, wo es allzu viele neugierige Ohren gab, die auf jede Veränderung in der häuslichen Stimmung reagierten, war nahezu unmöglich.

Nun jedoch, da sie vor ihm stand, mit diesem ruhigen, liebenswerten Blick, fühlte er sich wie ein viel zu barscher und brutaler Gendarm vor der Vernehmung eines Unschuldigen. Er nickte einer seiner Angestellten zu, damit diese an seiner Stelle den Ergüssen der Baronessa Raspigliosi lauschte, und ließ dieser eine gemurmelte Entschuldigung zukommen, um sich dann, gefolgt von den missgünstigen Blicken der Alten, davonzumachen. Diese würde mit Sicherheit unverrichteter Dinge wieder abdampfen, ohne einen Hehl zu machen aus ihrer Enttäuschung darüber, dass man sie so rüde hatte stehen lassen, obwohl sie doch erst am Anfang ihres Verkaufsgesprächs stand, welches gewiss über zwei Stunden gedauert und in dessen Verlauf sie sich die gesamte Ware hätte vorlegen lassen, wie gewöhnlich ohne etwas zu kaufen; doch das Seelenheil seiner Tochter überwog um ein Vielfaches den Wert von einem Paar Handschuhe.

Er nahm Enrica am Arm und machte sich mit ihr auf den Weg in Richtung Gambrinus.

XVII

Das Café war überfüllt, doch der Ober, ein älterer Herr, der den Cavalier Colombo schon seit Jahren kannte, fand sogleich ein Tischchen für sie.

Die milde Septemberluft lockte viele noch nach draußen, weshalb die Plätze im Freien alle belegt waren und sogar so mancher rauchend, plaudernd oder mit der Morgenzeitung in der Hand an der flachen Einzäunung lehnte und wartete, bis etwas frei wurde. Der Saal mit dem Klavier war hingegen nicht ganz so voll, und Giulio zog es vor, vor neugierigen Blicken oder Ohren geschützt zu ein, sodass er ungestört mit Enrica reden konnte.

Nach außen hin schien sich die junge Frau nicht zu fragen, aus welchem Grund ihr Vater sie hierhergebeten hatte. Doch in Wirklichkeit war sie innerlich in großem Aufruhr, weil sie nicht wusste, wie sie auf die unvermeidlichen Fragen antworten sollte. Auf die Befragungen durch die Mutter war sie vorbereitet, seit sie ein kleines Mädchen gewesen war: Sie wusste, wie man ein Gespräch in weniger tückische Bahnen lenkte, und mit ihrem Ungestüm lief Maria jedes Mal gegen die Mauer, die Enrica längst zu errichten gelernt hatte. Beim Vater hingegen reichte es schon, dass er ihr in die Augen schaute, die den seinen so ähnlich waren und auch so oft das auszudrücken schienen, was ihm selbst durch den Kopf ging. Ihn hatte sie nie anlügen können. Allerdings hatte er sie auch noch nie nach etwas gefragt, was sie ihm nicht sagen wollte.

Das hier war das erste Mal.

Der Cavaliere bestellte einen Kaffee für sich und ein Gläschen Rosenlikör für seine Tochter und schaute ihr dann forschend ins Gesicht, ohne etwas zu sagen.

Enrica rutschte unruhig auf ihrem Stuhl hin und her.

»Papa, ich muss Euch um Verzeihung bitten für die Briefe, die ich Euch diesen Sommer geschickt habe.«

Colombo war überrascht. »Verzeihung? Aus welchem Grund denn? Waren sie etwa nicht aufrichtig?«

»Doch, doch, das waren sie schon, und wie. Nur dass ich … Nun, ich hatte nicht das Recht, Euch mit meinem Kummer zu belästigen, das ist es. Ihr konntet nichts tun, und es war egoistisch von mir, Euch all das aus der Ferne zu gestehen, ohne Euch dabei in die Augen zu schauen.«

Giulio setzte zu Protest an. »Das solltest du nicht einmal im Scherz sagen. Ich bin dein Vater. Väter müssen so etwas tun – ihren Kindern so viel Last von den Schultern nehmen, wie es nur eben geht. Aber das ist nicht der Grund, warum ich dich sehen wollte.«

Nun war es an Enrica, überrascht zu sein. »Nein? Aber dann …«

»Hör mir zu, mein Schatz. Du musst nicht … Weißt du, deine Mutter will nur dein Bestes. Sie ist eine Frau, die manchmal … die manchen Dingen nicht auf den Grund geht, aber, nun ja, sie liebt euch über alles und würde für ihre Kinder durchs Feuer gehen.«

Enricas Gesicht begann zu leuchten. »Gewiss doch, Papa, gewiss. Sie hat es nur manchmal … so eilig. Mir scheint, sie will das Leben anderer nach ihrem Gutdünken lenken, und das kann ich …«

»Das kannst du nicht akzeptieren, das verstehe ich. Doch was deine Briefe angeht, so hast du das geschrieben, was du auf dem Herzen hattest. Und wenn man etwas auf dem

151

Herzen hat, dann braucht man jemanden, der einem zuhört. Nun… Du weißt doch, dass ich das Gymnasium nicht fertig gemacht habe.«

Enrica löste einen Moment lang den Blick von ihm.

»Ja, Papa. Ihr musstet arbeiten, weil der Großvater gestorben war.«

»Genau, dein Großvater war gestorben. Doch ich hätte darauf bestehen können, meine Ausbildung fortzusetzen, hätte vielleicht weiter auf die Schule gehen und nebenher arbeiten können. Harte Arbeit habe ich noch nie gescheut. Und ich war auch gut. Ich hätte Philosophie studiert, du weißt ja, politische Themen interessieren mich sehr. Vielleicht hätte ich eine Professorenstelle annehmen können. Das hätte mir gefallen.«

Enrica war erstaunt. Niemals hätte sie gedacht, der Vater könnte sich in seinem Leben etwas anderes gewünscht haben als die Leitung des Familienunternehmens.

»Aber… und das Geschäft? Ich dachte, Eure Arbeit gefalle Euch sehr gut. Das habt Ihr mir immer gesagt.«

Giulio schüttelte den Kopf mit einem Hauch von Melancholie. »Nein. Nicht besonders, um die Wahrheit zu sagen. Das Unternehmen warf auch gar nicht so viel ab, weißt du? Dein Großvater war Neuerungen gegenüber nicht sehr aufgeschlossen gewesen, war nicht mit der Zeit gegangen. Wir waren praktisch bankrott. Ich hätte das Ganze durchaus auch sein lassen können, meine Mutter und Schwester wären mit dem Geld aus dem Verkauf, das ich ihnen überlassen hätte, recht gut zurechtgekommen, sie hatten ja auch noch das Haus. Und ich wäre meinen eigenen Weg gegangen.«

Enrica wusste nicht, was sie denken sollte.

»Aber warum habt Ihr es dann nicht getan? Warum seid Ihr nicht weiter auf die Schule gegangen?«

Zerstreut schaute ihr Vater zwei Buben zu, die auf der Straße, jenseits der Glasscheibe, mit einem Reifen spielten. Er schien ganz in seinen Erinnerungen verloren zu sein.

»Weil ich deine Mutter kennengelernt und mich in sie verliebt hatte. Und sie hätte nicht gewartet, bis ich das Studium beendet und mir eine Arbeit gesucht hätte. Sie wollte heiraten und Kinder bekommen. Du weißt ja, wie sie ist.«

Die junge Frau spürte, wie ihr ganz bang ums Herz wurde.

»Wie schade, Papa. Wie traurig es doch ist, auf seine Träume verzichten zu müssen, nur weil…«

Colombo wandte ihr abrupt das Gesicht zu und schaute sie an.

»Nein. Nein. Schade wäre es gewesen und ein Fehler, nur im Namen der Konvention auf das zu verzichten, was mir am Herzen lag. Trotzdem habe ich lange den Zweifel mit mir herumgetragen, ich könnte einen Fehler begangen haben, und dieser Zweifel war wie eine schwere Last, schwer wie Stein. Alles in mir, meine Gefühle, meine Natur, mein Stolz ließen mich diese Arbeit hassen, bei der ich Höflichkeit, ja Ehrerbietung für dumme Menschen heucheln muss, nur weil es Geld bringt. Und weißt du, wann dieser Zweifel verschwunden ist? Weißt du, wann ich wusste, dass es richtig gewesen war, was ich getan hatte?«

Enrica spürte, wie ihre Augen hinter den Brillengläsern feucht wurden.

»Nein, Papa«, murmelte sie. »Wann denn?«

Auf kaum wahrnehmbare Weise wurde Colombos Stimme brüchig. Draußen war unter den beiden Kindern ein Zwist um den Reifen ausgebrochen.

»Als du auf die Welt kamst. Als man dich mir brachte und in die Arme legte. Und jedes Mal, wenn ich dich anschaue, so wie jetzt, jedes einzelne Mal, wenn ich dich oder deine

Geschwister anschaue, danke ich Gott dafür, die richtige Wahl getroffen zu haben. Keine Philosophie, keine Seminare mit Studenten, nichts hätte mir mehr Freude schenken können als die, die ich in diesem Augenblick empfinde.«

Niemals hätte Enrica gedacht, dass so viel Liebe im Herzen dieses scheuen und stillen Mannes war, der doch nie über eine flüchtige Zärtlichkeit hinauszugehen wusste. Nur mit Mühe unterdrückte sie die Tränen.

Als sie spürte, dass sich die Klammer der Rührung, die sich um ihre Kehle gelegt hatte, ein wenig lockerte, flüsterte sie: »Warum sagt Ihr mir all diese Dinge, Papa? Wieso?«

Giulio gab ein kurzes Hüsteln von sich, um einen Anflug von Rührung zu unterdrücken.

»Ich sage sie dir deshalb, mein Schatz, weil ich will, dass du dein Herz nicht zum Schweigen bringst. Dieser Deutsche… dieser Mann, von dem du geschrieben hast. Deine Mutter sagte mir, es könne sein, dass er zu uns nach Hause kommt, um mich zu bitten, dass ich ihm den Umgang mit dir erlaube. Ich will und muss wissen, was in dieser Angelegenheit dein Wunsch ist. Dein wirklicher Wunsch, will ich damit sagen. Wenn du Hilfe von meiner Seite benötigst, dann hab keine Angst. Niemand würde es erfahren. Die politische Entwicklung in Deutschland sehe ich nicht gern, übrigens ebenso wenig wie die in Italien. Mit diesem Argument könnte ich deiner Mutter gegenüber eine Zurückweisung dieses Mannes begründen; außerdem macht mich der Gedanke, dass jemand eines Tages mein kleines Mädchen weit weg von mir bringen könnte, in der Tat alles andere als glücklich. Wenn du also willst, dann kann ich…«

Abrupt legte Enrica die Hand auf Giulios Arm.

»Papa, ich bitte Euch. Sagt nichts mehr. Ich weiß, dass ich auf Euch zählen kann, denn wir sind uns so ähnlich, dass ich manchmal in Euren Worten das Echo meiner eigenen Gedanken höre. Doch er, der Mann, von dem ich euch geschrieben habe, will mich nicht. Ich bin ihm gegenüber fast dreist gewesen, und Ihr wisst, wie fern mir das liegt. Ich habe ihm klar und deutlich zu verstehen gegeben, was ich empfinde, was ich für ihn empfinde. Doch er will mich nicht, sonst wäre er auf mich zugekommen. Es gibt keine Schüchternheit, keine Zurückhaltung, mit der sich dieses Schweigen rechtfertigen ließe. Und Manfred ... er ist ein liebenswerter und guter Mensch, der schon so manches durchlebt hat und die Bedeutung eines Gefühls einzuschätzen weiß. Ich spüre, dass ich mit ihm ein Gleichgewicht in meinem Leben finden könnte, Unbeschwertheit. Und ich könnte die Mama froh machen.«

Giulio protestierte. »Siehst du? Und genau daran solltest du nicht denken. Was wir uns wünschen, zählt nicht, zählen tust du allein. Du setzt dein ganzes Leben aufs Spiel, begreifst du das nicht? Wenn du einen anderen liebst, dann solltest du doch nicht im Traum daran denken ...«

Enrica fiel ihm ins Wort, und auf einmal klang ihre Stimme hart. »Dann liebe ich ihn eben nicht genug, Papa. Ich werde niemals zulassen, dass jemand mit meinen Gefühlen spielt. Er weiß es, da bin ich mir sicher. Er weiß, was ich für ihn empfinde. Wenn er mich nicht aufgesucht hat, dann bedeutet das, dass ich ihn nicht interessiere. So einfach ist das. Und einer Sache bin ich mir gewiss. Ich will in diesem Leben einen Mann haben, ein Zuhause und Kinder. Ich bin dazu geboren, Mutter zu sein, das spüre ich jedes Mal, wenn ich Kinder unterrichte, jedes Mal, wenn ich meinen kleinen Neffen in den Arm nehme. Und wenn der Mann, den ich erwählt hätte, den ich erwählt habe, mich nicht will, dann werde ich mein Leben trotzdem leben.«

Enrica hatte zu weinen begonnen. Ohne Unterlass strömten ihr die Tränen über die Wangen und die zusammengepressten Lippen. Giulio spürte, wie ihm das Herz aufging.

Er beugte sich über den Tisch, um ihr das Gesicht mit einem Taschentuch abzutrocknen.

»Ist ja gut, mein Schatz. Nicht weinen. Ist ja gut. Doch denk daran: Solange ich hier bin, wirst du niemals etwas tun müssen, was du nicht willst. Wenn das so wäre, hätte ich meine Aufgabe als Vater verfehlt. Du wirst immer allein das tun, was du willst. Versprichst du mir das?«

Enrica zögerte, dann nickte sie stumm, weil sie kein Wort herausbrachte. So blieben sie sitzen und schauten sich in die Augen, voller Zärtlichkeit, voller Liebe.

Draußen schnappte sich einer der Buben den Reifen und lief davon. Und der andere folgte ihm in der Sonne.

XVIII

Die beiden ertrunkenen Jungen hielten sich eng umarmt.
Blau angelaufen lagen sie dort im Licht, nur wenige Meter
vom Eingang des Ruderklubs entfernt. Ricciardi war ganz in
der Nähe stehen geblieben und betrachtete sie mit den Händen in den Hosentaschen. Es sah so aus, als würde er aufs
Meer schauen, das sich träge und glitzernd bis zum Horizont erstreckte.

Für ihn war es immer ein seltsames Gefühl, ans Meer zu
gehen. Er, der aus dem gebirgigen Teil des Cilento stammte
und inmitten von bodenständigen Menschen aufgewachsen
war, die den tagtäglichen Überlebenskampf gegen die Natur gewohnt waren, stand immer wie benommen vor dieser
gewaltigen Wasserfläche, genannt Meer – immer gleich und
doch immer anders, in ewiger Bewegung und doch scheinbar reglos, eine brüchige Brücke zum Rest der noch unbekannten Welt und selbst unbekannt mit all seinen Tiefen, all
seinen Oberflächen. Mit seiner nach innen gewandten Seele
sah Ricciardi diese gewaltige und schreckliche Schönheit und
spürte durchaus ihren Zauber. Niemals jedoch hatte er genug Vertrauen zu diesem Meer geschöpft, um es zu mögen,
selbst nach all den Jahren nicht.

Und dann waren da natürlich auch die Toten, dachte er,
immer noch den Blick auf die beiden Kinderleichen gerichtet, die sich zitternd in die Umarmung schmiegten, die doch
ihr Tod gewesen war. All die Toten, die die Küste säumten
wie eine makabre Naht. Tote – Fischer im Winter, Badende
im Sommer, deren unheilvolle letzte Gedanken und Gefühle

mit der Gischt an Land gespült wurden, als hätten sie dort an den Felsen ihr Leben ausgehaucht und nicht Dutzende oder Hunderte Meter weit draußen auf dem Meer. Die Toten, durchscheinend und von Regen und Sonne verwaschen, die ihr schreckliches Lied für ein Publikum sangen, das nur aus einem einzigen Zuschauer bestand: ihm.

Einer der beiden Buben war ein wenig größer, der andere konnte nicht mehr als sieben oder acht Jahre alt gewesen sein. Der kleinere war bläulich angelaufen, vor seinen halb geöffneten Lippen standen Speichelbläschen, die aussahen wie ein schauriger Schaum, die Augen waren halb geschlossen. Er murmelte: »Komm, komm doch, hol mich raus, ich schaffe es nicht.« Der andere, mit stachelig nassen Haaren und Gänsehaut, hatte Augen, die in den Höhlen verdreht waren, Zunge und Lippen waren schwarz. Wieder und wieder sagte er: »Zieh doch nicht so, zieh doch nicht so.«

Ein Tag am Meer, dachte Ricciardi bitter. Sie sehen sich ähnlich, bestimmt waren es Brüder.

Er dachte an den Vater der beiden Jungen, wo auch immer er sich in diesem Moment befand, vorausgesetzt, er war noch am Leben und nicht vor Kummer gestorben, was durchaus sein konnte. Und er fragte sich, ob er nicht schon irgendwo auf ihn wartete, nachdem er einen Strick genommen und sich irgendwo auf einem Dachboden erhängt oder sich bei einem Sprung von der Brücke das Genick gebrochen hatte. Vielleicht war dem bemitleidenswerten Mann ja auch das Herz im Leibe zersprungen, vor Kummer darüber, dass er nicht dort am Meer gewesen war, um seine beiden Kinder zu retten.

Mit einem Ruck kehrte Ricciardi in die Gegenwart zurück und betrat durch einen übertrieben verzierten Torbogen hindurch den Ruderklub. Es dünkte ihn wie eine andere

Welt. Zwischen den sorgfältig angelegten und gepflegten Blumenbeeten flanierten elegante Paare in legerer Tageskleidung; auf den Bänken saßen feine Herren mit aufgeschlagener Morgenzeitung und weißen Hüten auf dem Kopf, die sich immer wieder voller Überdruss mit blütenweißen Taschentüchern den Schweiß von der Stirn wischten; Kellner in Livree eilten diskret umher und servierten Cocktails und Kaffee.

Ricciardi fühlte sich fehl am Platze, doch er war froh darüber.

Etwa eine Stunde zuvor hatte einer der wachhabenden Polizisten im Präsidium die ältere Frau zu ihm gebracht, die ihm im Hause Roccaspina die Tür geöffnet hatte. Ohne ein Wort und mit derselben gleichgültigen Miene, mit der sie ihn auch bei ihrer ersten Begegnung bedacht hatte, hatte sie ihm einen gefalteten Zettel gereicht und war ohne Gruß wieder gegangen. Auf dem Zettel stand in anmutiger Schreibschrift: »Ruderklub ›Zum goldenen Ruder‹. Advokat Attilio Moscato. Elf Uhr.« Nicht einmal ein Gruß, kein begleitendes Wort. Ein Lächeln stahl sich auf Ricciardis Gesicht. Nun, die Contessa war offenbar eine Frau, die sofort zur Sache kam, ganz gleich, worum es ging.

Er schaute sich um und wollte sich gerade fragen, wie er denn den Mann erkennen sollte, den er suchte, als ihn ein Herr mit Panamahut und weißer Jacke aus dieser Verlegenheit befreite, indem er ihm von einem Tischchen auf der dem Meer zugewandten Terrasse aus mit einem Taschentuch zuwinkte. Als Ricciardi auf ihn zuging, erhob sich der Mann und reichte ihm die Hand.

»Sie müssen Commissario Ricciardi sein. Avvocato Moscato, stets zu Ihren Diensten. Attilio Moscato.«

Ricciardi erwiderte den Händedruck.

159

Der Anwalt war ein Mann von etwa vierzig Jahren, mit feinen Zügen und schneeweißen, auffallend regelmäßigen Zähnen unter einem äußerst gepflegten Schnurrbart. Eine rote Blüte im Knopfloch und die Goldkette einer Taschenuhr, die aus der Westentasche lugte, vervollständigten die Eleganz der Kleidung. Der Anwalt wies für den Commissario auf einen Stuhl an dem Tischchen, das strategisch günstig unter einem Dach im Schatten stand. Wenige Meter von ihnen entfernt dümpelten mehrere Vergnügungsboote an der Anlegestelle; ein paar Matrosen waren gerade dabei, das Deck auf Hochglanz zu bringen.

»Setzen Sie sich doch, bitte. Hier prügelt man sich morgens fast um die Tischchen im Schatten, das muss man sich mal vorstellen; wie im Urwald. Was darf ich Ihnen anbieten? Einen Kaffee, etwas zu essen? Für einen Likör ist es wohl noch zu früh, was meinen Sie?«

Ricciardi schüttelte den Kopf. »Ein Kaffee wäre wunderbar, danke. Und danke auch für die Zeit, die Sie mir opfern.«

Der Anwalt musterte ihn einen Moment lang, als versuchte er einzuschätzen, ob der Commissario sich über ihn lustig machte, dann verwarf er offenbar diesen Gedanken wieder, winkte mit einem Lächeln den Ober herbei und gab eine Bestellung auf: einen Kaffee für seinen Gast, eine Blätterteigtasche für sich.

»Diese frische Meeresluft macht mir immer Appetit. Nun, Sie haben also Bianca kennengelernt. Eine bemerkenswerte Person, finden Sie nicht? Bildschön, eines der schönsten Frauenzimmer der Stadt. Aber auch ein wenig traurig, immer ernst. Insgesamt kein einfacher Mensch.«

Der Commissario war nicht zum Plaudern gekommen, was er sogleich auch klarstellte. »Avvocato, ich habe die Contessa gebeten, Ihre Bekanntschaft machen zu dürfen.

Wie Sie vielleicht wissen, ist sie überzeugt davon, dass sich ihr Ehemann des Verbrechens an Ludovico Piro bezichtigt, ohne es begangen zu haben. Die Contessa behauptet, der Conte sei in jener Nacht zu Hause gewesen und habe sich nicht vom Fleck gerührt. Was denken Sie darüber?«

Moscato ließ den Blick über die Boote wandern und nippte an dem Tee, der bei Ricciardis Eintreffen bereits vor ihm gestanden hatte.

»Ach, Commissario, was soll ich Ihnen sagen: Diese These hat Bianca vom ersten Moment an vertreten, aber angesichts eines ausführlichen und niemals widerrufenen Geständnisses, in dem es keinerlei Widersprüche gab und das in voller geistiger Zurechnungsfähigkeit abgegeben wurde, war einfach nichts zu machen. Und auch jetzt kann man nicht viel tun. Wenn Sie mich fragen, verschwenden Sie nur Ihre Zeit.«

Ricciardi war nicht geneigt, sich von jemandem sagen zu lassen, wie er am besten seine Zeit verbrachte.

»Ich möchte jedenfalls etwas mehr über diese Angelegenheit erfahren, auch wenn die Ermittlungen, wie Sie sicher wissen, abgeschlossen sind. Kennen Sie den Conte schon lange?«

»Aber ja, schon seit dem Gymnasium. Wer, wenn nicht ein vertrauter und ihm von ganzem Herzen zugetaner Freund hätte die Mühen einer Verteidigung übernommen, bei der die Gewissheit besteht, dass er auf den Kosten sitzen bleiben wird? Ich mag ihn gerne, diesen Haderlump. Und auch Bianca, die ich schon als kleines Mädchen kannte, weil meine Mutter und ihre Mutter miteinander Canasta gespielt haben, bin ich sehr herzlich zugetan. Aber das soll nicht heißen, dass auch ich an die Unschuld von Romualdo glaube.«

»Was ist er für ein Mensch?«

»Nun, Romualdo… Ich müsste Ihnen sagen, wie er mal

war, und was aus ihm geworden ist. Er war ein fröhlicher Junge, herzlich, immer für einen Spaß zu haben; jemand, der gerne lachte, Scherze machte. Kommt aus einer wichtigen, ja sehr wichtigen Familie. Sehr alt. Der Vater war eine der herausragenden Gestalten seiner Generation. Romualdo hatte eine große Zukunft vor sich. Auch er besitzt einen Universitätsabschluss in Jura, hat ihn jedoch nie genutzt, weil er viel zu sehr damit beschäftigt war, seinen Besitz durchzubringen.«

»Hatte er denn Laster?«

»Nicht mehrere Laster, sondern ein einziges: Romualdo spielt. Er hat immer gespielt, aber am Ende ist es zu einer Besessenheit geworden. Zuerst Pferderennen, dann Lotto, dann Karten. Schließlich alle drei zusammen. Er hat ein gewaltiges Vermögen verpulvert und auch Bianca, die selbst Rücklagen hatte, in den Ruin getrieben. Eine Tragödie.«

Ricciardi hakte nach: »Und sonst nichts? Was weiß ich: Luxus, Frauen…«

Moscato zeigte eine erstaunte Miene. »Frauen? Aber nein. Romualdo war schon in jungen Jahren mit Bianca verlobt, so wie es zwar nicht gerade von den Familien beschlossen, wohl aber nahegelegt worden war; im Übrigen waren sie ja auch beide eine ausgezeichnete Partie. Romualdo ist ein gebildeter und eleganter junger Mann, und Bianca haben Sie ja gesehen; wenn sie guter Dinge war, hatte man das Gefühl, als würde die Sonne aufgehen. Nein, keine Frauen. Nur jener Dämon. Aber der hat auch genügt, und es wurde immer schlimmer, glauben Sie mir. Nur dieser einzige Dämon. Wie eine unheilbare Krankheit.«

»Und sein Verhältnis zu Piro? Wie hatten sie sich kennengelernt, und wann?«

Der Anwalt holte tief Luft. Eine große Möwe, die auf einem Poller saß, stieß einen kurzen Schrei aus.

»Sehen Sie, Commissario, das hier ist eine kleine Welt. Nur ein paar Dutzend Menschen, vielleicht hundert. Wir gehen alle auf dieselben Schulen, besuchen zur selben Zeit dieselben Salons, dieselben Theater. So als wäre diese Stadt ein Zug, und wir sitzen alle im selben Abteil, ohne jemals auszusteigen. Nur ab und zu, vielleicht alle paar Jahre, kommt ein Moment, in dem sich, aus welchen Gründen auch immer, die Tür des Abteils öffnet, und jemand steigt aus und ein anderer ein.«

Er hielt inne, als hätte er gerade, mit vorgeblicher Beiläufigkeit, etwas sehr Wichtiges gesagt. Er biss von seinem Gebäckstück ab, kaute, schluckte und tupfte sich den Schnurrbart mit einer Serviette ab.

Ricciardi wartete geduldig, bis Moscato fortfuhr.

»Ludovico Piro war ein Emporkömmling. Ein Tunichtgut, der von so manchem hier, der aus dem einen oder anderen Grund dem Ruin entgegensah, profitiert hat, und Sie können mir glauben, wenn ich Ihnen sage, dass es viele sind. Sehen Sie all die Leute hier? Schauen Sie sie gut an. Sie lächeln, flanieren, kleiden sich sorgfältig, fahren in Winterurlaub ans Meer und im Sommer in die Berge, doch viele haben keinen Centesimo mehr. Sie schaffen es schlicht und ergreifend nicht, auf den Standard zu verzichten, den sie zeit ihres Lebens genossen haben. Piro war Geldverleiher. Das Geld nahm er aus irgendwelchen Unternehmen, deren Verwalter er war, und an den Zinsen verdienten alle, er natürlich an erster Stelle. Romualdo, der Ärmste, ist ihm ins Netz gegangen und fand keinen Weg mehr hinaus. Und aus diesem Grunde hat er ihn ermordet.«

»Dann sind also auch Sie überzeugt davon, dass er es war? Dass Roccaspina Piro umgebracht hat?«

Moscato schaute ihn ratlos an. »Commissario … warum hätte er denn sonst die Tat gestanden?«

Ricciardi schwieg lange, dachte nach. Offenbar war er der Einzige, den Bianca bisher hatte überzeugen können.

Schließlich sagte er: »Avvocato, ich möchte Ihren Mandanten kennenlernen. Ich müsste ein wenig mit ihm reden, und vor allem müsste ich ihm in die Augen sehen. Glauben Sie, das ist machbar?«

Moscato schien die Bitte zu überraschen. »Aber... Nun, ich denke schon. Sie könnten mit mir kommen, vielleicht sagen wir, Sie sind mein Assistent. Da die Ermittlungen abgeschlossen sind, ist es wahrscheinlich besser, wenn Sie dazu keine Erlaubnis auf dem Polizeipräsidium einholen.«

Ricciardi nickte. »Gewiss. Für mich ist es nur wichtig, ihn zu treffen, auch in Ihrer Anwesenheit. Ich möchte ihm ein paar Fragen stellen, dann ist die Sache erledigt.«

»In Ordnung. Im Übrigen hatte ich sowieso vor hinzugehen, auch um ihm ein wenig Trost zu spenden, dem armen Kerl. Leider gibt es von Verteidigungsseite nur wenig zu tun. Wenn ein Mandant gesteht, kann der bedauernswerte Anwalt nicht mehr viel ausrichten.«

Ricciardi erhob sich. »Ich danke Ihnen, Avvocato. Wenn Ihnen noch etwas einfällt, dann bitte ich Sie, mich rufen zu lassen. Und wenn Sie einverstanden sind, werde ich umgekehrt ebenso verfahren. Ich glaube, die Contessa hat das Recht, sich von dem Zweifel zu befreien, der sie quält.«

Moscato lächelte betrübt. »Manchmal hilft es auch, einen Zweifel zu haben, Commissario. Damit hält man sich die Wirklichkeit vom Leib, anstatt sie zu akzeptieren. Wer weiß, vielleicht tun Sie der armen Bianca gar keinen Gefallen, wenn Sie ihr den Zweifel nehmen. Noch einen schönen Tag.«

Und damit richtete er seine Aufmerksamkeit wieder auf die regungslose Möwe auf dem Poller.

Draußen, in der Sonne, waren nur noch die beiden ertrunkenen Brüder übrig, eng umschlungen.

Ricciardi hörte sie flüstern, doch er drehte sich nicht noch
einmal zu ihnen um.

XIX

Wie bei jedem anderen Mal begann Maione Bambinella spätestens dann zu verfluchen, wenn er bei der vorletzten Biegung der Treppe angelangt war, die zu dem kleinen Haus an der Via San Nicola da Tolentino führte.

Er war sich sicher, dass diese Laune der Natur nur deshalb beschlossen hatte, am Ende einer steilen Steigung zu wohnen, um ihn umzubringen – ein Angriff auf sein Leben, nicht etwa mit Waffen, sondern durch einen nach außen hin vollkommen normal wirkenden Herzinfarkt; auch weil jedes Mal ausgerechnet dann, wenn es notwendig war, sich dorthin zu begeben, aufgrund irgendwelcher zufälliger klimatischer Fügungen eine infernalische Hitze herrschte, welche in Kombination mit einer viel zu dicken Uniform dazu führte, dass der Brigadiere schon auf der Mitte des Weges schweißgebadet war.

Dazu kam noch eine weitere Quelle des Unbehagens, die rein psychologischer Natur war: Das alles – seine Kurzatmigkeit, der in Strömen laufende Schweiß, die zitternden Beine und die zunehmende Langsamkeit, mit der er vorankam – gemahnte ihn nur allzu schmerzlich an sein Alter, an die zahlreichen Kilos, die er zu viel auf die Waage brachte, und die Tatsache, dass er sich zu wenig bewegte. Drei Dinge, die auch den kleinsten Funken von guter Laune in ihm gründlich erstickten.

Aus all diesen Gründen war Maione, als er den allerletzten Teil der Steigung in Angriff nahm, welcher zu Bambinellas kleiner Dachwohnung mit Terrasse führte, gewohnt mieser

Laune und alles andere als in Plauderstimmung. Ganz gewiss war seinem Gemütszustand auch die Begegnung mit einem jungen Mann nicht zuträglich, der ihm, zeternd wie ein Rohrspatz und ohne auf den Weg zu schauen, auf der Treppe entgegenkam. Der Junge, der allerlei üble Beschimpfungen von sich gab, während er den schmalen Treppenabsatz überquerte, verpasste dem Solarplexus des Brigadiere einen kräftigen Kopfstoß, der ihm auch noch das letzte Restchen Luft, das ihm verblieben war, aus der Lunge katapultierte.

Der Junge rieb sich den Kopf, bückte sich, um seine herabgefallene Mütze aufzuheben, und wandte sich dann an die unbestimmte Masse Mensch, mit der er gerade kollidiert war.

»He, pass doch auf! Schaust du eigentlich hin, wenn du eine Treppe raufgehst, du Hornochse? Da zieh ich doch gleich mein Messer…«

Maione, dessen Herz sich halbwegs wieder beruhigt hatte, streckte träge eine Hand in den Halbschatten aus und packte den Jüngling am Schlafittchen, wodurch er ihn ein gutes Stück vom Boden hob. Dieser verdrehte die Augen, stellte überrascht fest, dass er sich einem Koloss von Polizisten gegenüberfand, der offenbar Anstalten machte, ihm mit einem Bissen den Kopf abzureißen, und begann sogleich um Gnade zu winseln.

Als Maione ihn wieder auf dem Boden abstellte, weil er sich für den Moment gegen eine sofortige Bestrafung entschieden hatte, hüstelte der junge Mann eingeschüchtert und begann zu stammeln: »Oh, Brigadiere, ver-verzeihen Sie mir… Wie konnte ich denn wissen, dass ich ausgerechnet hier auf Sie treffe… bloß dass dieser fette Scheißkerl mich nicht empfängt, dabei hatte ich so viel Mühe, das Geld zusammenzukratzen … aber der hat mich nicht mal reingelassen, also … aber seien Sie ganz beruhigt, Ihnen gegenüber wird er bestimmt Respekt walten lassen, bitte, gehen Sie doch nur! Sie kennen den Weg, oder?«

Angesichts dieser infamen Anzüglichkeit war Maione sogleich versucht, die zuvor erteilte Absolution für den Kopfstoß nicht nur aufzuheben, sondern die Strafe postwendend in eine Verurteilung zum Tode mittels ein paar kräftigen Ohrfeigen umzuwandeln.

»Wie bitte?«, schnaufte er empört. »Was erlaubst du dir? Ich bin doch nicht hier, um … Dieses eklige Zeug mache ich nicht, nur damit du's weißt …«

Auf dem Antlitz des Jünglings zeigte sich ein Ausdruck peinlich berührten Staunens. »Ach nein? Aber warum sind Sie dann hier, wenn ich fragen darf?«

Einen Moment lang brachte die Frage den Brigadiere vollkommen aus dem Konzept. »Wer, ich? Ich … Aber das geht dich einen Scheißdreck an. Ich bin dienstlich hier! Weißt du eigentlich, dass ich dich postwendend in den Knast bringen kann?«

Der junge Mann kicherte komplizenhaft. »Ha, ha, dienstlich, ja, ja! Aber Sie haben schon recht, Brigadiere, dieser Bambinella ist für gewisse Dienste wirklich einzigartig auf der Welt! Deshalb bin ich ja auch so enttäuscht, dass er mich nicht reinlassen wollte! Seien wir doch ganz ehrlich, wenn der erst mal anfängt, dir den …«

Leider konnte er seine anschauliche Beschreibung seiner Lieblingsdienstleistungen von Bambinella nicht vervollständigen, denn Maione war wieder genug zu Kräften gekommen, um den Burschen erneut am Schlafittchen zu packen und ihm einen solchen Tritt in den Allerwertesten zu verpassen, dass er zwei Meter weiter flog.

Kaum war er am Boden gelandet, nahm der Jüngling beide Beine in die Hand und suchte sein Heil in der Flucht. Allerdings nicht ohne vorher zu schreien: »Na dann viel Spaß, Brigadiere!«

Als Maione endlich vor Bambinellas Haustür stand, gab er ein dumpfes Geräusch von sich, das an einen heiß gelaufenen Motor erinnerte. Dann versetzte er der Tür, die ungewohnterweise verrammelt war, ein paar Fußtritte.

Prompt ertönte von der anderen Seite die tiefe, singende Stimme, die er so gut kannte. »Franco, gibt endlich Ruhe; ich hab dir doch gesagt, dass ich nicht mehr empfange, und damit hat sich der Fall. Geh jetzt endlich, sonst wirst du es noch bereuen!«

Maione brüllte: »Bambinella, wenn du mir nicht auf der Stelle die Tür aufmachst, dann trete ich sie ein und zerr dich an den Haaren aufs Präsidium, so wahr ich hier stehe!«

Das Echo seines Gebrülls war noch nicht verhallt, als die Tür aufging und Bambinella vor ihm stand, ein Bild schieren Staunens.

»Ach, Brigadiere, Sie sind's! Aber was für eine Überraschung! Bitte entschuldigen Sie, der kleine Junge, der sonst am Ende der Gasse steht und mir Bescheid sagt, wenn jemand kommt, ist krank, und der, der ihn vertritt, ist immer zu spät dran. Wie auch immer, kommen Sie doch herein! Aber warum sind Sie denn so wütend? Ich mache Ihnen gleich einen schönen Malzkaffee, der richtet Sie sofort wieder auf, und nicht nur Sie, wenn Sie wissen, was ich meine …«

Maione trat ein und wischte sich die Stirn. »Bambinella, fang mir bloß nicht mit diesen Anzüglichkeiten an. Heute ist der Tag, an dem ich dich endlich aus dem Fenster schmeiße, damit du ein für alle Mal kapierst, wie lang der Weg bis hier

169

oben ist. Aber kannst du mir mal erklären, warum du hier alles so verrammelt hast?«

Das sonderbare Wesen trat in den Lichtkegel, der durchs Fenster hereinfiel, und sogleich wurde der erste Eindruck – der einer groß gewachsenen und ein wenig hageren Frau – durch Einzelheiten zunichtegemacht, die im Halbdunkel verborgen geblieben waren. Gewiss waren es deutlich weibliche Züge – die großen, feuchten Augen, die langen Wimpern, die sorgfältig lackierten Nägel und das lange schwarze Haar, das zu einem fließenden Pferdeschwanz gebunden war –, doch sie mischten sich mit männlichen Merkmalen wie dem dunklen Haarflaum auf den Armen und dem Brustkorb, der nur notdürftig unter einem geblümten Morgenrock verborgen war, dem Bartschatten auf dem Gesicht, den breiten und kraftvollen Schultern. Die dicke Schminke trug ein Übriges zur Verwirrung bei, ebenso wie die Stimme, die zwar tief, aber auch kokett und weibisch war. Die großen, knochigen Füße steckten in einem Paar orientalisch anmutender Pantoffeln.

Maione musterte den *femminiello* von Kopf bis Fuß und breitete die Arme aus. »*Madonna*, Bambinella, du widerst mich an! Und wenn ich bedenke, dass dieser Volltrottel, dem ich da unten ein paar Tritte verpasst habe, auch noch traurig war, weil du ihn nicht reingelassen hast!«

Bambinella kicherte. »Ach, Brigadiere, solche Sachen sagen Sie immer! Als wüsste man es nicht auf der ganzen Welt: Wer über etwas schlecht redet, der will nur den Preis drücken: Das ist das Gesetz des Marktes. Francuccio haben Sie getroffen? *Mamma mia*, geht der mir auf die Nerven! Jetzt hat er endgültig den Verstand verloren. Und Sie haben gut daran getan, ihm ordentlich in den Hintern zu treten, da können Sie gleich als Türsteher bei mir anfangen!«

Maione ging zu einem chinesischen Sesselchen und begann es mit der Faust zu bearbeiten wie mit dem Hammer.

»Von wegen Türsteher, was erlaubst du dir! Ich bin kein Rausschmeißer, sondern ein Reinschmeißer – und zwar in den Knast! Und wenn du darauf bestehst, werde ich dir zeigen, wie das geht, verstanden?«

Bambinella zeigte sich in großer Sorge um das Wohlbefinden seines Sesselchens. »*Mamma mia*, seien Sie doch vorsichtig, Brigadiere, diese chinesischen Sachen sind nur schwer zu kriegen! Aber was soll's, mir gefallen sie! Und statt mir mein Sesselchen um die Ohren zu hauen, setzen Sie sich doch und geben Sie mir ein paar Minuten, dann mache ich Ihnen den Malzkaffee.«

Kurz überlegte Maione, ob er seine Drohung doch wahr machen und das Sesselchen kurz und klein schlagen sollte. Dann entschied er sich jedoch für die friedvolle Lösung und nahm Platz. Der tiefe Seufzer, den das Bambusteil unter seinem dicken Hinterteil von sich gab, deutete darauf hin, dass dem Sessel die andere Lösung vielleicht lieber gewesen wäre.

»Also, Bambinella, erklärst du mir bitte mal, was das alles soll? Warum hast du den Jungen weggejagt? Gibt es irgendein Problem?«

Der Transvestit, der sich immer noch in seiner kleinen Küche zu schaffen machte, antwortete mit einem Lachen, das an das Wiehern eines Esels erinnerte.

»Nein, kein Problem, Brigadiere. Im Gegenteil – zur Abwechslung ist es sogar was Schönes. Nehmen Sie Zucker?«

»Bambinella, ich hab dich was gefragt. Was ist los?«

Bambinella stellte eine Tasse vor Maione hin und nahm geziert ihm gegenüber Platz, ein breites Lächeln auf den Lippen.

»Brigadiere, ich habe mich verliebt.«

Maione seufzte und fuhr sich mit der Hand übers Gesicht. »Meine Güte, allein bei dem Gedanken wird mir schlecht. Aber was hat das mit einer geschlossenen Tür zu tun? Und vor allem ... wer ist denn die ... ich meine, der Glückliche?«

Bambinella errötete und richtete den Blick beschämt zu Boden. Auf einmal sah er aus wie die Parodie einer Schülerin, der jemand einen schmutzigen Witz erzählt hat.

Er murmelte: »Nein, Sie wissen ja, wie das ist, Brigadiere, bestimmte Dinge will man nicht mehr, wie soll ich sagen, nicht mehr beruflich machen. Verzeihen Sie, aber den Namen kann ich Ihnen nicht sagen, da gebe ich Ihnen ausnahmsweise mal keine Informationen. Er war eigentlich nur aus Spaß hergekommen, weil gewisse Freunde ihm gesagt hatten, ich sei berühmt dafür, dass ich ...«

Maione hob gebieterisch eine Hand. »Bitte, nein, Bambinella, keine technischen Details, verschone mich. Aber red weiter.«

»... jedenfalls kam er hierher. Im ersten Moment hielt ich ihn für niemand Besonderen, Sie wissen ja, dass hier oben alle möglichen Leute hinkommen. Aber dann habe ich entdeckt, dass er einen wirklich großen ... na ja ...«

Maione stöhnte auf und machte Anstalten, seinen Revolver zu ziehen. Bambinella beschloss, auf eine nähere Beschreibung der Vorzüge seines Angebeteten zu verzichten.

»Na ja, wie auch immer, so hat Amor mich eben voll erwischt. Und was soll ich sagen, seit dem Moment habe ich nicht mehr gearbeitet. In den letzten Jahren habe ich etwas beiseitelegen können, kaum der Rede wert, aber es ist immerhin etwas, und außerdem brauche ich nicht viel, wenn ich mir erst mal mein bisschen Lippenstift und Puder besorgt habe .... Nun, und jetzt ist das Problem, dass manche meiner Kunden sich nicht bescheiden wollen und trotzdem hier hochkommen, um zu sehen, ob ich beschlossen habe, doch wieder zu arbeiten.«

Der Brigadiere schüttelte verwundert den Kopf. »Na ja, was soll ich dazu sagen? Du bist zufrieden, alle sind zufrieden. Dann muss ich mir wenigstens nicht jedes Mal ein schlechtes Gewissen machen, weil ich dich für dein Treiben nicht festnehme. Bedeutet das denn auch, dass du mir keine Informationen mehr einholen kannst?«

Bambinella lachte sein übliches wieherndes Lachen und schlug kokett die Hand vor den Mund. »Aber nein, Brigadiere, wo denken Sie hin? Nachrichten für Sie sammele ich ja bei Freunden und Freundinnen, nicht etwa bei meiner Kundschaft. Seien Sie ganz beruhigt. Apropos: Welcher gute Wind hat Sie denn nun hierher zu mir geweht? In letzter Zeit ist doch niemand ermordet worden, oder täusche ich mich?«

Maione schüttelte den Kopf. »Nein, in der Tat handelt es sich nicht um einen Mord aus jüngster Zeit. Mich interessiert ein Todesfall, der weiter zurückliegt. Um genau zu sein, war es im Juni: ein Anwalt in Santa Lucia, der …«

Sichtlich begeistert sprang der Transvestit auf und klatschte in die Hände wie ein Kind, das bei einem Gesellschaftsspiel die richtige Antwort kennt.

»Ach ja, ich weiß, ich weiß! Piro hieß er, nicht wahr? Diesen Sommer haben doch alle darüber geredet! Aber der Mörder hat sich doch gleich gefunden, oder? Ich dachte noch, das müssen gute Polizisten sein, wenn sie schon wissen, wer's war, bevor sie mit den Ermittlungen begonnen haben … Ach, *Madonna mia*, was sag ich denn da, verzeihen Sie, Brigadiere …«

Maione war aufgesprungen und schaute Bambinella finster an.

»Jetzt hör mir mal zu. Für diesen Blödsinn, den du gerade gesagt hast, bring ich dich nur deshalb nicht gleich um, weil ich dir erklären will, wie blöd das war, was du gesagt hast. Blöd ist es nämlich aus zwei Gründen. Erstens: Dieser Volltrottel von De Blasio, der mit dem Fall betraut war, hat niemanden gefunden, weil der angebliche Täter, der Conte Romualdo Palmieri di Roccaspina, sich aus eigenem Willen gestellt hat. Zweitens: Vielleicht war er es gar nicht. Folglich denk zukünftig besser nach, bevor du dein hübsches Mündchen so weit aufreißt. Hast du mich verstanden?«

Bambinella faltete die Hände voller Bewunderung.

»Heilige Mutter Gottes! Dann war er es also gar nicht? Was für eine Neuigkeit!«

Maione machte sogleich wieder einen Rückzieher. »Das habe ich nicht gesagt. Ich habe gesagt, es ist möglich, dass er es nicht war. Wir stehen noch am Anfang der Ermittlungen, und diese finden auch unter dem Siegel der Verschwiegenheit statt, folglich achte darauf, niemandem gegenüber etwas verlauten zu lassen. Deshalb bin ich hier. Ich brauche Informationen über das Opfer und über den angeblichen Mörder. Alles, was du herausfinden kannst: Laster, Beziehungen, heimliche Schulden, alles. Und zwar dalli, dalli.«

Bambinella lächelte. »Aber natürlich, Brigadiere, da ich aus den genannten Gründen nicht arbeite, habe ich jetzt mehr Zeit. Ich mache also einen schönen Spaziergang nach Santa Lucia; dort habe ich eine Freundin, die im Haus des Toten ihren Dienst versieht. Sie war es auch, die mir von dem Fall erzählt hat. Und dann möchte ich auch noch jemanden befragen, den ich kenne und dessen Bruder ein illegales Spielkasino betreibt – wohlgemerkt, es ist ein guter Junge, der aber in schlechten Kreisen verkehrt, und in diesen Kreisen brauchte man jemanden, bei dem man spielen kann, und er hat da ein Kellerlokal, das …«

Maione stieß einen Seufzer aus, und Bambinella beeilte sich, wieder zum Thema zu kommen. »Jedenfalls habe ich einige Kontakte, auf die ich zurückgreifen kann. Morgen hoffe ich bereits, Sie etwas wissen lassen zu können, Brigadiere. Wenn Sie nichts dagegen haben, lasse ich Sie rufen ...«

Maione nickte mit bedrohlicher Miene. »Das wäre besser für dich. Denk dran, dass ich immer einen Grund finde, dich festzunehmen, auch wenn du nicht mehr arbeitest.«

Er machte Anstalten zu gehen, doch der Transvestit hielt ihn noch auf. »Ach, Brigadiere, bitte entschuldigen Sie, aber wenn Sie jemand fragt, wieso ich Sie reingelassen habe, obwohl ich doch ansonsten all meine Kunden wegschicke, könnten Sie dann vielleicht sagen, dass Sie wegen einer Ermittlung da waren? Wissen Sie, mein Liebster ist ziemlich eifersüchtig, und ich möchte nicht, dass er denkt ...«

Maione drehte sich ganz langsam um, mit wütend vorgeschobener Kinnlade und flammendem Blick. »Da kannst du ganz beruhigt sein. Ich werde sagen, ich sei wegen einer Ermittlung bei dir gewesen, und in der Tat habe ich ermittelt, dass du ein absoluter Volltrottel und Hornochse bist, aber das sind beides leider keine Verbrechen, weshalb ich dich vorerst habe laufen lassen. Gib mir bis morgen die Informationen, um die ich dich gebeten habe, sonst komme ich wieder. Und das wird dir nicht schmecken, glaub mir.«

Mit diesen Worten ging er, stocksteif, aber deutlich besserer Stimmung. Wenigstens führte sein Rückweg bergab.

XX

Nachdem sie fast gleichzeitig im Polizeipräsidium eingetroffen waren, berichteten Ricciardi und Maione einander von ihren Begegnungen und versuchten, ihr weiteres Vorgehen zu planen.

Für den Commissario stand bereits fest, was ihre nächsten Schritte sein würden. »Wir müssen uns den Ort des Geschehens ansehen. Sonst können wir uns kein genaues Bild machen.«

Maione war einverstanden. »Ja, Commissario. Aber das ist nicht nur gefährlich, sondern auch schwierig. Wie sollen wir uns im Hause des Opfers vorstellen, nachdem die Ermittlungen eingestellt sind und man nur noch auf den Prozess wartet? Was, wenn die Familie hier auf dem Präsidium anruft, sich an jemand Wichtigen wendet und fragt, wieso die Polizei doch noch ermittelt?«

»Das stimmt. Aber es stimmt auch, dass wir nicht weiterkommen, solange wir nicht begriffen haben, wie der Mörder es geschafft hat, mitten in der Nacht ungestört ins Haus hinein- und wieder herauszukommen, wie die Zimmer dort angeordnet sind und wie es sein kann, dass von der Familie niemand etwas gehört hat. Und wir müssen den Leuten ins Gesicht sehen und hören, woran sie sich erinnern. Vielleicht ergibt sich etwas, das nicht in den Polizeiberichten steht.«

Der Brigadiere war sehr froh, in Ricciardi endlich wieder den Ansporn und die Motivation zu spüren, die er bei seinen Fällen immer an den Tag gelegt hatte. Es war das erste

Mal seit Rosas Tod, dass er ihn mehr hatte sagen hören als ein paar einsilbig vorgebrachte Höflichkeiten.

»Wir könnten es so machen wie mit De Blasio und so tun, als ermittelten wir in einer Sache, die sich irgendwo in der Nähe abgespielt hat und vielleicht in Zusammenhang mit dem Mord steht.«

»Nein. Es würde uns trotzdem nicht zustehen, spezifische Fragen zur Tat und zu den vorangegangenen Tagen zu stellen. Vergiss nicht, die Familie geht davon aus, dass der Mörder im Gefängnis sitzt und der Fall folglich abgeschlossen ist.«

Ricciardi überlegte und ging dabei im Zimmer auf und ab. »Manchmal ordnet das Gericht zusätzliche Ermittlungen an, wenn es in der Anklageschrift Einzelheiten gibt, die noch nicht ganz geklärt sind. Etwas Derartiges könnten wir behaupten. Ich gehe allein hin, dann bekommst wenigstens du keine Schwierigkeiten.«

»Commissario«, erwiderte Maione, »wenn man Sie allein kommen sieht, dann lässt man Sie vermutlich nicht einmal rein. Da braucht es einen in Uniform. Also, entweder Sie verkleiden jemanden als Polizisten, oder Sie haben einen vertrauenswürdigen, präzisen und intuitiv begabten Assistenten an Ihrer Seite, der wie üblich den Fall löst, damit Sie dann die ganzen Lorbeeren einheimsen können. Was meinen Sie?«

Das Haus, in dem die Familie Piro lebte, war wohlbekannt und lag an einer der schönsten Straßen der Stadt. Direkt an der Uferpromenade gebaut, bekam es von drei Seiten Sonne; vor dem großen Eingangstor lockte ein ruhiger kleiner Platz mit Blumenbeeten und Bänken.

Alles roch förmlich nach Reichtum und Wohlstand.

An diesem heiteren Septembernachmittag schien der Lärm der Stadt nur eine ferne Erinnerung. Das Meer bereitete sich auf den Abend vor, indem es in ein dunkleres Gewand schlüpfte – ein tiefes Blau, das an das Papier von den Zuckerverpackungen erinnerte –, und am Himmel zogen gerade genug harmlose Wolken vorbei, um ihn von der gleichförmigen Masse des darunterliegenden Meeres abzuheben. In den Grünanlagen gingen Kindermädchen mit hochrädrigen Kinderwagen spazieren, und so mancher alte Herr mit Monokel musste beim Gehen den Stock zu Hilfe nehmen, ob er nun an einer Kriegsverwundung litt oder einfach nur an einem vielbeklagten Zipperlein.

Wie sehr erinnert der Juni doch an den September, dachte Ricciardi; der Unterschied liegt nur in der Perspektive des Kommenden. Wahrscheinlich hatte sich das Viertel auch am Tag der Tat ähnlich präsentiert. Vielleicht ein wenig heißer, vielleicht mit ein paar offenen Fenstern mehr.

Ein Automobil knatterte an ihnen vorbei; ein livrierter Chauffeur saß mit stolzgeschwellter Brust am Steuer, eine Dame mit elegantem Hut auf dem Rücksitz. Das laute Motorengeräusch durchbrach die Stille der verlassenen Straße und zog missgünstige Blicke von zwei Frauen auf sich, die plaudernd auf einer Bank saßen. Unmöglich, dachte Ricciardi, dass hier niemand etwas gehört haben sollte.

Der Portier des Hauses stellte ihnen keine großen Fragen; schließlich war der Vorfall vom Juni schwerwiegend gewesen und lag noch nicht lange zurück, weshalb der Mann sich auch, als er Maiones Uniform sah, nicht allzu sehr wunderte. Er begleitete sie in den zweiten Stock, wo sie von einem hübschen Dienstmädchen in Schürze und Häubchen willkommen geheißen wurden, das ihnen in ein elegant eingerichtetes Vorzimmer vorausging. Ricciardi verzichtete bewusst darauf, eine Visitenkarte zu hinterlegen, da er so wenig Spuren hinterlassen wollte wie möglich.

Sie schauten sich um. Es war eine elegante Wohnung mit einer überaus kostspieligen Tapete an der Wand und zahlreichen Silbergegenständen auf den edlen Möbeln. Das Vorzimmer hatte zwei Türen: Die eine war geschlossen, die andere führte zu einem Zimmer, von dessen Fenstern man einen Blick aufs Meer hatte.

Einige Minuten später betrat eine Frau mittleren Alters das Zimmer; sie war ganz in Schwarz und ungeschminkt. Ihre Züge waren von einem tiefen Schmerz geprägt, dessen Ursache nach Ricciardis Dafürhalten viel weiter zurückliegen musste als nur ein paar Monate.

»Guten Tag«, sagte die Frau mit tiefer und entschlossener Stimme. »Ich bin Costanza Piro. Mit wem habe ich das Vergnügen?«

Ricciardi erwiderte ihre Begrüßung mit einem Nicken. »Commissario Ricciardi aus dem Polizeipräsidium, Signora. Ich bitte um Verzeihung, dass wir Sie nicht vorher über unseren Besuch unterrichtet haben, es handelt sich nur um eine kleine Formalität, die, wie wir hoffen, nicht allzu viel von Ihrer Zeit in Anspruch nehmen wird.«

Maione hatte er absichtlich nicht vorgestellt, damit sich die Frau gegebenenfalls nicht an seinen Namen erinnern konnte, falls sie doch misstrauisch wurde und auf dem Präsidium nachfragte. Der Brigadiere, der sich sichtlich unwohl fühlte, nahm die Mütze ab und murmelte einen Gruß.

Die Frau musterte beide argwöhnisch. »Mir schien, die … die Sache sei abgeschlossen, nachdem eine Verhaftung vorgenommen wurde. Was gibt es denn noch?«

Ricciardi war vorbereitet. »Leider gibt es in den Formulierungen der Anklageschrift einige Unklarheiten, was während des Prozesses ein Risiko darstellen könnte. Niemand will doch, dass dies eintritt, vor allem, wo doch sehr klar ist, was geschehen ist. Finden Sie nicht?«

Der Gesichtsausdruck der Frau wandelte sich und nahm eine ganz neue Härte an. »Das ist ganz gewiss so. Dieser verfluchte Mörder muss für seine Tat büßen und den Rest seines Lebens hinter Gitter. Schließlich hat er mit dem feigen Mord an meinem Mann auch uns, die wir ihn geliebt haben, für den Rest unseres Lebens zum Kerker verdammt. Also?«

Maione zog betont auffällig ein Notizbuch nebst Stift aus der Tasche und befeuchtete den Stift mit der Zungenspitze, um zu zeigen, dass er jederzeit bereit war, sich Notizen zu machen. Ricciardi konnte nicht umhin, die schauspielerischen Fähigkeiten seines Untergebenen zu bewundern.

»Könnten Sie uns an den Ort begleiten, wo das Unglück geschehen ist?«

»Es war kein Unglück, Commissario«, korrigierte ihn die Frau trocken. »Es war Mord. Aber bitte, folgen Sie mir doch.«

Sie durchquerten das Zimmer mit dem Blick aufs Meer und gelangten in einen hübschen kleinen Salon mit einem Sofa und zwei Sesseln, von dem aus sie ein Esszimmer betraten. Dort standen sie am Ende vor einer geschlossenen Tür.

Costanza Piro öffnete sie, und sie fanden sich in einem Arbeitszimmer wieder, das im Halbdunkel lag, mit einem großen Schreibtisch aus altem Mahagoni und dahinter einem Balkon, der mit einem schweren Fensterladen geschlossen war. Als die Frau sich dem Fenster näherte und es aufstieß, bot sich ihnen ein herrliches Panorama des Golfs von Neapel.

Ricciardi ließ den Blick über den großen Bücherschrank mit den wuchtigen juristischen Schriften wandern, über die beiden mit grünem Leder bezogenen Sessel und das Tischchen vor dem Sofa, das an die Wand gegenüber dem Balkon gerückt war. Er wartete, doch das Bild des Toten wollte sich nicht einstellen. Zu viel Zeit ist vergangen, dachte er. Bestenfalls vermochte er in der frischen Brise, die vom Meer herüberwehte, die gewohnte Aura von Überraschung und Nostalgie zu erschnuppern, jene Mischung aus Distanz und der seltsam heiteren und zugleich schmerzlichen Erinnerung, die einen gewaltsamen Tod begleitete wie einen Modergeruch, den nur er allein wahrnehmen konnte. Doch vielleicht war das alles auch nur Einbildung.

Er konzentrierte sich auf den Schreibtisch und den hohen Sessel, der dahinterstand, auf dem früher Piro gesessen haben musste. Er versuchte, ihn sich vorzustellen, über der Fläche aus Mahagoni zusammengesunken, den Kopf auf der rechten Wange abgelegt, einen Arm daneben, den anderen zu Boden hängend.

Die Frau unterbrach die Stille. »Wieso ist denn eigentlich nicht Ihr Kollege gekommen, der damals mit dem Fall betraut war? De Blasio heißt er doch, wenn ich mich recht entsinne.«

Ricciardi antwortete mit betonter Beiläufigkeit. »Er hatte zu tun. Sagen Sie mir doch, Signora, ist der Weg, den wir gerade gegangen sind, der einzige, der ins Arbeitszimmer führt?«

»Gewiss. Vom Eingang bis hierher, ein direkter Weg. Und von dort aus«, sie zeigte auf eine geschlossene Tür, »gelangt man in den anderen Flügel der Wohnung, wo die Schlafzimmer liegen.«

Der Commissario richtete seine Aufmerksamkeit erneut auf den Schreibtisch. Eine Dokumentenmappe, eine Schreibtischunterlage, ein reich verziertes Tintenfass und zwei silberne Becher. Eine Bronzestatue, die einen jungen Fischer darstellte, ein Lederordner, der mit einem Band verschlossen war. Alles makellos, blitzsauber. Nicht einmal ein Hauch von Staub.

Zu sauber, dachte Ricciardi.

»War es denn normal, dass er so spät noch arbeitete?«

Costanza nickte. Es war beunruhigend, wie sparsam das Mienenspiel dieser Frau war; auch die Falten um den fest zusammengekniffenen Mund und die starren und leer blickenden Augen verstärkten diesen Eindruck.

»Mein Gatte, Commissario, war mit der Verwaltung der Güter mehrerer überaus wichtiger religiöser Einrichtungen betraut. Er kümmerte sich um die Investitionen, die Kontobewegungen. Er genoss das Vertrauen des Bischofs und mehrerer hoher Funktionäre des Staates. Er war eingetragenes Mitglied der Partei und hätte in der Politik so manch wichtige Funktion erfüllen können, wenn er das gewollt hätte. Er arbeitete viel, sehr viel, oft auch nachts. Ihm sei das sogar lieber, sagte er, denn die Ruhe und Stille halfen ihm dabei, sich zu konzentrieren.«

Noch bevor Ricciardi etwas erwidern konnte, ging die Tür auf, und ein junges Mädchen kam herein. Es ähnelte Costanza in der Statur und den Augen, hatte jedoch eine hellere Haut und feinere Züge als die Mutter.

Die Frau stellte sie vor. »Commissario, das ist meine Tochter Carlotta. Die Herren sind hier … um etwas aufzuklären, das mit dem Prozess zu tun hat.«

Das Mädchen deutete eine höfliche Verbeugung an. Carlotta trug ein einfaches, rot-weiß gestreiftes Kleid mit Faltenrock, das in der Taille von einem Gürtel zusammengehalten wurde und dessen braver runder Kragen an eine Schuluniform erinnerte. Ihre Haare waren zu zwei dicken Zöpfen geflochten, die sie am Hinterkopf zusammengesteckt hatte. Sie mochte sechzehn oder siebzehn Jahre alt sein.

Ein sehr schönes Mädchen, dachte Maione, wäre da nicht der zutiefst traurige Ausdruck in ihren Augen gewesen. Armes Ding. Vor dem inneren Auge des Brigadiere zogen Bilder seiner eigenen Töchter und der kleinen Benedetta vorbei, die er an Kindes statt angenommen hatte. Auf einmal lief ihm ein Schauder über den Rücken; für ihn selbst war ein Todesfall meistens einfach nur ein Rätsel, das es zu lösen galt, doch die Familie, die der Tote hinterlassen hatte, und den Schmerz, den er damit verursachte, vergaß man dabei allzu oft.

Das Mädchen sprach mit spröder Stimme. »Dann muss man den Herren auch helfen, Mama. Denn wer unser Leben zerstört hat, der muss dafür bezahlen.«

Ricciardi räusperte sich und wandte sich an Costanza. »Sie haben noch ein weiteres Kind, richtig, Signora?«

»Ja, Antonio. Er ist zwölf, aber er ist im Internat. Wir haben ihn … Nun, es war uns lieber, dass er dort ist, seit die Schule wieder angefangen hat, um ihn fernzuhalten von … von dieser Sache.«

»Aber in jener Nacht waren Sie ja vermutlich alle im Haus. Um wie viel Uhr haben Sie denn Ihren Mann zum letzten Mal gesehen? Ist er noch einmal zu Ihnen gekommen, um gute Nacht zu sagen, oder …«

»Ich habe ihm eine Tasse Milch gebracht und ihm gesagt, dass ich jetzt schlafen gehen würde. Das war um halb elf, vielleicht auch Viertel vor elf, ich hab nicht auf die Uhr geschaut. Ich hatte im Salon gesessen und gelesen und war irgendwann eingenickt. Als ich wieder aufwachte, dachte ich, dass er bestimmt noch arbeitet, und so war es auch.«

Ricciardi wandte sich an das Mädchen. »Und Sie, Signorina? Haben Sie ihn später gesehen oder früher?«

183

Carlotta zuckte mit den Achseln. »Ich schlief bereits seit mindestens einer Stunde, als meine Mutter sich zurückzog. Nach dem Abendessen war ich noch bei Papa gewesen, um ihm wie jeden Abend einen Gutenachtkuss zu geben, und bin dann auf mein Zimmer. Ich schlafe mit meinem Bruder zusammen, der immer ein bisschen braucht, bis er einschläft; später schlummert er dann aber so fest, dass ihn nichts und niemand mehr wecken kann. Er will immer, dass ich ihm was vorlese. Ich erinnere mich noch, dass ich ihm damals gerade aus der *Schatzinsel* vorlas. Nachdem er eingeschlafen war, bin ich dann auch ins Bett.«

Maione, der ganz in der Rolle des Ermittlers aufging, blickte eifrig in sein Notizbuch und sagte: »Entschuldigen Sie, Signora, Sie haben gesagt, dort drüben befinden sich die Schlafzimmer. Ist das weit weg?«

Costanza zeigte auf die geschlossene Tür. »Dahinter liegt ein Vorraum, dann kommt ein kleiner Salon, dann das Kinderzimmer und unser... mein Schlafzimmer. Entschuldigen Sie, aber ich habe mich noch nicht daran gewöhnt.«

Ricciardi spürte, wie die mühsam errichtete Fassade der Frau in sich zusammenbrach, und empfand Mitleid für sie.

»Signora«, bat er, »in den Berichten haben wir gelesen, dass der Conte di Roccaspina am Tag vor dem Mord eine Auseinandersetzung mit Ihrem Mann gehabt habe, hier im Haus. Können Sie uns darüber etwas erzählen?«

Die Frau schaute vor sich ins Leere. »Es war am Nachmittag. Es war nicht das erste Mal... dass er herkam. Sie hatten sich im Klub kennengelernt. Ludovico hatte ihm aus reiner Menschlichkeit Geld geliehen, doch zu den vereinbarten Terminen konnte der Conte seine Schulden nicht begleichen, und mein Mann hatte ihm schon mehrfach den Kredit verlängert. Das weiß ich deshalb, weil ich ihm bei der Buchführung half und folglich auch seine Bilanzen sah.«

»Wer war denn damals im Haus?«, fragte Ricciardi.

»Ich, das Dienstmädchen und der Chauffeur. Die Kinder waren in der Schule. Der Conte hatte keinen Termin; normalerweise hat mir Ludovico gesagt, wenn er jemanden erwartete.«

»Und wie ging es dann weiter?«

»Ich habe ihn nicht kommen sehen, da das Dienstmädchen ihn hereingelassen hat. Nach einigen Minuten hörte ich den Conte brüllen, dann die Stimme meines Mannes. Ich begab mich in die Nähe des Arbeitszimmers, weil ich mir Sorgen machte, doch noch bevor ich mir überlegen konnte, ob ich eintreten sollte, um nachzuschauen, was los war, ging die Tür auf und der Conte kam heraus. Er war sehr aufgeregt. Er hat mich nicht mal gegrüßt, sondern ist einfach gegangen.«

»Dieser elende Feigling«, murmelte das Mädchen zwischen zusammengekniffenen Lippen hindurch.

»Und Sie haben nicht gehört, was gesprochen wurde, Signora?«, mischte sich Maione ein.

»Nein, es hatte ja nur kurz gedauert. Ein paar Sätze, nicht mehr. Ich ging zu Ludovico rein, um zu schauen, ob alles in Ordnung war, und er saß ganz ruhig da und schrieb. Ich habe ihn gefragt, was denn gewesen sei, aber er hat nur mit den Achseln gezuckt und gesagt: Ach nichts, absurdes Zeug.«

Ricciardi wiederholte: »Absurdes Zeug? Nur das?«

»Nur das. Mein Mann sprach nicht gern über Geschäftliches.«

Der Commissario fragte: »Hatte Ihr Mann denn viele Schuldner? Kamen Auseinandersetzungen dieser Art häufiger vor?«

Noch bevor die Frau etwas sagen konnte, zischte die Tochter: »Das klingt fast so, als stünde mein Vater vor Gericht. Was sollen diese Fragen eigentlich? Dieser Scheißkerl hat meinen Vater umgebracht, und er hat es auch gestanden. Uns hat er das Leben zerstört, hat uns in die Situation gebracht, dass weder mein Bruder noch ich wissen, was aus uns wird, und da kommen Sie und wollen nach geschlagenen vier Monaten wissen, ob es noch weitere…«

»Signorina«, sagte Ricciardi mit ernster Miene, »wir wissen sehr wohl, dass Roccaspina das Verbrechen gestanden hat. Doch im Laufe des Prozesses hat sein Verteidiger durchaus die Möglichkeit, alternative Hypothesen aufzustellen, und hier ist die eines anderen Schuldigen vielleicht die wichtigste.«

Die junge Frau hielt dem Blick des Commissario mit trotziger Miene stand. Nur ihre leicht zitternde Lippe verriet, wie jung das Mädchen war.

»Aber das Geständnis ist ein definitiver Beweis, finden Sie nicht? Dieser verfluchte Mörder hat doch haarklein erzählt, was er getan hat, genau hier in diesem Zimmer.«

»Ein Geständnis kann bis zum allerletzten Moment widerrufen werden. Vielleicht hat das Gericht uns ja hierhergeschickt, um genau einem solchen Fall vorzubeugen.«

Hier mischte sich die Mutter voller Entschlossenheit ein. »Jedenfalls haben wir Ihnen gesagt, was wir wissen, und das ist ziemlich wenig. Sicher, Commissario, ist jedenfalls, dass mein Gatte tot ist. Und dass ein Mann zugegeben hat, ihn umgebracht zu haben, und dabei das Wie und Warum erklärt hat. Für die Welt ist die Sache damit erledigt.«

Die Tochter, die mit Tränen in den Augen auf die Schreibtischplatte starrte, fügte mit leiser Stimme hinzu: »Für die Welt vielleicht. Für mich wird sie das nie sein. Nie.«

Sie zog ein Taschentuch aus ihrem Kleid und presste es sich vor den Mund, dann lief sie aus dem Zimmer.

Maione trat von einem Fuß auf den anderen, wie immer, wenn er sich unbehaglich fühlte.

Plötzlich sagte Costanza, fast so, als spräche sie zu sich selbst: »Ich kann Gott gar nicht genug dafür danken, dass meine Kinder ihn nicht sehen mussten, wie er da lag, in seinem eigenen Blut. Vielleicht können wenigstens sie irgendwann Frieden finden. Ich werde das sicher nie.«

XXI

Na los, spornte Nelide sich selbst an. *L'acqua ca nu' camina, feti.* Wer rastet, der rostet.

In Wahrheit hätte man alles Mögliche über Nelide sagen können, nur nicht, dass sie dem Müßiggang frönte. Sie fand immer etwas zu tun, und wenn sie es nicht fand, so dachte sie sich etwas aus, oder sie fing wieder mit dem ewigen Kreislauf des Haushalts an, wusch das, was gewaschen war, strich längst Geglättetes glatt oder bügelte Kleidungsstücke, die bereits sauber gefaltet im Schrank lagen. Denn Nelide verfügte über eine geradezu erschreckende natürliche Energie, die noch verstärkt wurde durch ihre Angst vor dem Versagen und durch ihr junges Alter.

Dabei war es, wenn man sie so anschaute, gar nicht leicht, ihr wahres Alter zu schätzen. Sie war stämmig und korpulent, von niedriger Statur, aber mit breiten Schultern und bärenstarken Armen, die fast ein wenig länger waren als normal, hatte einen kurzen und breiten Hals, ein unregelmäßiges Gesicht mit lebhaften, schwarzen Augen, schmalen Lippen unter deutlich sichtbarem Bartflaum, dazu krauses, kastanienbraunes Haar, das sie in einem strengen Knoten zusammenfasste und mit einer blütenweißen Haube bedeckte. Wer jemals Rosa mit ihrer unverfälschten Weisheit kennengelernt hatte, kannte all diese Züge, denn Nelide war ihr sehr ähnlich. Das Mädchen freilich wusste, wie alt es war – gerade mal siebzehn –, ebenso wie es wusste, wie ungenügend es die Aufgabe, die man ihm zugewiesen hatte, bislang noch erfüllte.

Während Nelide mit größter Sorgfalt die Zutaten für das Abendessen auf dem Küchentisch ausbreitete, stieß sie einen Seufzer aus. *'A merola cecata, quann'è notte face 'u niro*, dachte sie, die blinde Amsel baut eben des Nachts ihr Nest.

Als die arme Tante begonnen hatte, sich schlecht zu fühlen, und begriff, dass ihr nur noch wenig Zeit zum Leben blieb, hatte sie den Lauf der Dinge beschleunigt und ihre Nichte zu sich gerufen, um sie in dem zu unterweisen, wofür Nelide eigentlich noch so viele Monate mehr gebraucht hätte.

Rosa war für die überaus zahlreichen Mitglieder der Familie Vaglio ein wichtiger Bezugspunkt gewesen. Diese arbeiteten allesamt auf den Anwesen der Familie Ricciardi di Malomonte und brachten ihre ganzen Fähigkeiten und absolute Treue ein, um deren Besitz zu mehren. Sie waren es, die sich um die Führung der Bauern, der Pächter und Hirten kümmerten, welche die Felder, Hügel und Obstgärten rund um das Schloss bestellten, dort unten in Fortino, im unteren Teil des Cilento. Und so treue Angestellte sie auch sein mochten – sie alle waren leicht ersetzbar, bis auf diejenige Person, die sich direkt um den Baron von Malomonte kümmerte. Die Person, die die ebenso flüchtige wie zarte Bindung zu demjenigen aufrechterhielt, dem das alles dort gehörte, ohne dass er sich auch nur im Geringsten für diesen Besitz interessierte.

'U Pateterno manna 'a frisa a chi nun tene 'i rienti, hieß es im Cilento: Gott schenkt demjenigen Brot, der keine Zähne mehr hat. Und so mancher der Bauern sagte dies gelegentlich auch von Ricciardi, wenn man gemütlich am Herd beisammensaß, jedoch stets nur leise, damit es bloß nicht eines von Rosas unzähligen Geschwistern oder einer ihrer vielen Neffen und Nichten hörte. Denn die Ergeben-

heit, ja die Anbetung der Vaglio für die Familie des Barons von Malomonte war so hündisch, dass in ihrer Anwesenheit nicht einmal die Andeutung einer negativen Bemerkung gestattet war.

Die Herren des Gutes hatten sich nie um ihren eigenen Besitz gekümmert, eine Tradition, die es bereits seit Generationen gab. Vielmehr fühlte man sich von immateriellen Dingen angezogen, man liebte Bücher, Gefühle, Leidenschaften. Die konkrete Arbeit hingegen, die Pflege und Mehrung des Besitzes, kam den Vaglio zu. So war es immer gewesen, und so musste es sein. Doch einfach war es nicht.

Das Problem, so dachte Nelide, war nicht das Kochen, das Waschen und Bügeln – in diesen Aufgaben war die junge Frau sogar noch besser als Rosa, weil sie über eine körperliche Kraft und eine Arbeitseinstellung verfügte, die ihresgleichen suchten. *Si 'a fatica fusse 'na cosa bbona, la facissiro li prieviti,* sagte man in ihrer Heimat – wenn harte Arbeit schön wäre, dann würden die Priester sie machen. Doch für Nelide war die harte Arbeit kein Problem. Schwierig für sie war vielmehr das Interpretieren, das Erspüren, das Vermitteln. Es war nicht leicht zu verstehen, das Mienenspiel dieses mageren, schmalen Mannes mit den fiebrigen Augen, deren geradezu absurdes Grün an einen Berghang im Frühling erinnerte, wenn bei Morgengrauen das erste Tageslicht auf die neuen Blätter fiel und sie zum Leuchten brachte, oder an die Tiefe der kleinen Pfützen, die sich nach einem schweren Regenguss auf den Wegen bildeten. Eines Mannes, der ihr einerseits Angst machte und andererseits den Wunsch in ihr weckte, ihn zu beschützen, ein Gefühl, von dem auch ihre Tante getragen gewesen war. Ihre Aufgabe, das spürte Nelide, war es, einen Weg zu finden, ihn froh zu machen, so gut dies eben ging.

Doch Nelide war erst siebzehn Jahre alt, nur ein junges Mädchen. Wie sollte sie diese Aufgabe meistern, ohne dass ihr jemand beistand und ihr Anweisungen gab?

Heute wollte sie zum Abendessen eine *ciauledda,* das typische Schmorgemüse ihrer Heimat, zubereiten. Jetzt im September war die ideale Zeit dafür, denn die dafür nötigen Gemüsesorten hatten genau zu Beginn des Monats den allerbesten Reifegrad. Die haltbar gemachten Zutaten ließ sich Nelide natürlich aus ihrem Dorf liefern, sei es, weil sie dort mit der besten Qualität rechnen konnte, sei es aus Sparsamkeit. Es war Rosas oberste Regel gewesen, dass die große Speisekammer stets bis zum Bersten gefüllt war und man nur im allergrößten Notfall auf Produkte zurückgriff, deren Herkunft man nicht genau kannte. Aus diesem Grund traf alle drei Monate ein Karren aus Fortino ein, beladen mit all dem, was man eine Weile gut aufbewahren konnte, ohne dass es verdarb.

Was nun aber die *ciauledda* anging, so brauchte man dafür frisches Gemüse, und so hatte sich Nelide am Nachmittag auf den Weg gemacht, um dieses bei Händlern in der Nachbarschaft zu besorgen. *Chi face ra sé fa pe' tre* – selbst ist die Frau, sagte man bei ihr zu Hause, und das galt eben auch fürs Einkaufen.

Nelide hatte sich bei einem Gemüsehändler, der lauter schrie als die anderen, in die Schlange gestellt, umgeben von anderen Frauen, die lachten und schwatzten. Zuerst hatte sie gedacht, die Schlange sei deshalb so lang, weil es sich um besonders gute Ware handelte, doch dann hatte sie festgestellt, dass diese gackernden Hühner nur den Gemüsemann auf sich aufmerksam machen wollten, einen braunhaarigen jungen Mann mit Locken und großen Augen, der permanent redete und lachte. Schon hatte sie sich abgewandt und

wollte woanders hingehen, als der Junge ihr hinterherrief:
»He, schönes Fräulein, wo wollen Sie denn hin? Das Gemüse von Tanino kriegen Sie nirgendwo sonst!«

Die gackernden Hühner um ihn herum hatten sich überrascht umgewandt, weil sie offenbar ihren Ohren nicht trauten: Der göttliche Tanino, auch Sarracino, der Sarazene, genannt, heimlicher Schwarm aller heiratswilligen Mädchen von Santa Lucia ebenso wie von vielen Damen, die bereits unter der Haube waren, wandte sich ausgerechnet an dieses Ding, das so hässlich war wie die Nacht?

Nelide war stehen geblieben, hatte sich dann ganz langsam umgedreht, die Augen fest auf den Sarazenen gerichtet und gesagt: »Ich habe keine Zeit zu verlieren. Ich arbeite. Guten Tag.«

Das Lächeln war auf Taninos Gesicht gefroren, und in der plötzlich eingetretenen Stille hatte er gekränkt gemurmelt: »Na und, arbeite ich etwa nicht? Schauen Sie doch, hier, das beste Gemüse im Viertel, und es verkauft sich wie geschnittenes Brot. Glauben Sie mir nicht?«

Nelide nahm ihn mit zusammengekniffenen Augen ins Visier und zog den Kopf zwischen die breiten Schultern – ein Abbild des Argwohns.

»*Terra comme lassi, usu comme truovi*«, murmelte sie vor sich hin, »andere Länder, andere Sitten. Bei mir daheim verkauft der Gemüsehändler Gemüse und ein Hanswurst macht den Hanswurst. Schönen Tag noch.«

Und mit diesen Worten war sie gegangen, während eines der schönen Dienstmädchen frech lachte und zu dem armen Tanino, dem der Mund offen stehen geblieben war, sagte: »Sarracino, die hat dir aber ordentlich den Kopf gewaschen!«
Nun jedoch stand Nelide vor ihrem Küchentisch und musterte ratlos die Zwiebeln, Paprika, Auberginen, Zucchini

und Kartoffeln, die sie bei einem anderen Händler im Viertel gekauft hatte und die nun vor ihr aufgereiht waren wie Soldaten, die auf die Befehle ihres Generals warten. Nein, es gefiel ihr nicht, dieses Gemüse. Es fehlte ihm an Persönlichkeit. Und für eine *ciauledda* war es unabdingbar, dass jede einzelne Zutat in dem Gericht ihren eigenen Charakter zum Ausdruck brachte, damit nicht am Ende ein unansehnlicher und wenig schmackhafter Brei herauskam. Vielleicht hätte sie ja diesem Hanswurst, der sich als Gemüsemann aufspielte, doch eine Chance geben sollen.

Ach, Tante Rosa, dachte sie, was hättet Ihr denn getan?

Nelide hatte es sich nämlich zur Gewohnheit gemacht, mit Rosa zu reden. Manchmal, um sie um Hilfe zu bitten, manchmal einfach nur, um sich in jenem Haus, das nach ihrem Dafürhalten viel zu groß und viel zu leer war, nicht so einsam zu fühlen.

Nu' mangià cucozza ca ti cachi, nu' passà lu mari ca t'annichi. Wer wagt, gewinnt: Die Antwort der Tante war so klar und deutlich ausgefallen, als würde sie dort vor ihr auf ihrem Stuhl sitzen, die plumpen Hände im Schoß, um ihr beim Kochen auf die Finger zu sehen.

Nelide war ein nüchterner und zupackender Mensch. Für sie existierte nur das, was sie hörte oder sah, und das akzeptierte sie, ohne zu murren oder unsinnige Fragen zu stellen. Rosa war tot, das wusste sie; schließlich hatte sie ihr zusammen mit dem jungen Herrn Baron das letzte Geleit ins Dorf gegeben, eine lange und schmerzliche Fahrt, und ihrer Beerdigung beigewohnt, ohne sinnlose Tränen um ein Ereignis zu weinen, das doch unabdingbar zum Kreislauf des Lebens gehörte. Dass die Seele dieser Tante, die ihr nähergestanden hatte als eine Mutter, sie niemals verlassen würde, davon war Nelide schon an jenem traurigen Tag auf dem Kirchhof mit absoluter Gewissheit ausgegangen. Aber ebenso felsenfest war sie damals davon überzeugt gewesen, dass sie niemals wieder ihre Stimme hören und ihre Nähe spüren würde.

Und doch war Rosa einfach wieder da gewesen, nur wenige Tage nach Nelides Rückkehr aus dem Dorf. Als wäre sie nur von einer kurzen, aber wichtigen Reise zurückgekehrt. Da saß sie neben Nelide, während diese mit dem Finger über einen Riss fuhr, den sie in einer Terrakottakasserolle gefunden hatte, und sich fragte, ob es wohl möglich wäre, diese zu flicken, anstatt eine neue zu kaufen. Aus dem Augenwinkel heraus hatte sie eine Bewegung wahrgenommen, als wäre gerade jemand durchs Zimmer gegangen, doch da war gar niemand. Dann hörte sie ein leises Flüstern hinter ihrer linken Schulter. »Stell den Topf auf eine große Flamme, mit ein wenig Wasser und Zucker. Gib diese Mischung dann über die kaputte Stelle: Sie karamellisiert und verschließt den Riss.«

»Danke, Tante Rosa«, hatte sie gesagt und war den Anweisungen der Tante gefolgt. Von jenem Moment an spürte sie immer wieder Rosas Nähe; und fast hatte es den Anschein, als wäre die alte Dame sogar gesprächiger geworden, als sie es zu Lebzeiten je gewesen war.

Nelide begann die Tomaten aufzuschneiden und überlegte, wie viel Käse der Baron wohl zu seiner *ciauledda* essen würde; der Käse war ein wichtiger Bestandteil.

»Reifer Pecorino, der vom mittleren Regal in der Speisekammer«, sagte Rosa. Nelide nickte ernst.

Sie würde es schaffen, dachte sie.

Sie würde es schaffen.

XXII

Ricciardi war noch spät im Büro, um seine neuen Informationen mit De Blasios Bericht abzugleichen. Maione hatte ihm eine Weile Gesellschaft geleistet und war dann der wiederholten Aufforderung seines Vorgesetzten, nach Hause zu gehen, gefolgt. Der Commissario hatte den Eindruck, dass der Brigadiere nicht allzu überzeugt von seiner Hypothese war, der Mörder sei nicht der Conte von Roccaspina. Er spürte seine Skepsis, vor allem auch deshalb, weil ja im Grunde als einziges Argument für diese These die Überzeugung von dessen Ehefrau in die Waagschale geworfen wurde.

Er hingegen, der im Allgemeinen der kühlere und rational denkende Kopf der beiden war, konnte sich nach wie vor des Eindrucks nicht erwehren, dass die Frau recht hatte. Während er beim Schein seiner Schreibtischlampe über den Mosaiksteinchen brütete, die er zusammengetragen hatte, wurde ihm bewusst, dass er im Grunde nicht viel mehr Material in der Hand hatte als das, was sein Kollege unmittelbar nach dem Verbrechen gesammelt hatte. Gewiss, eine Tatwaffe war nicht gefunden worden, und es kam ihm äußerst sonderbar vor, dass dies alles geschehen sein sollte, ohne dass irgendjemand etwas gehört hätte. Doch prinzipiell war es möglich, ebenso, wie möglich war, was Maione mit einem Hauch von Zynismus behauptete: nämlich dass sich jemand, der etwas gehört hatte, durchaus davor gehütet haben mochte, sich als Zeuge zu melden, um Unannehmlichkeiten aus dem Weg zu gehen.

Bevor die beiden Polizisten sich aus dem Hause Piro verabschiedeten, hatte Ricciardi die Witwe noch gefragt, ob sich denn das Arbeitszimmer in genau dem gleichen Zustand befinde wie an dem Tag, als der Anwalt zu Tode gekommen war. Lakonisch hatte die Frau ihm geantwortet, natürlich habe man die Papiere, über denen ihr Gatte zusammengebrochen war, entfernt, doch ansonsten sei der Hausrat der gleiche. Er hatte sie gefragt, ob etwas gefehlt habe, was sie jedoch verneinte. Dabei waren Ricciardi sowohl ein Brieföffner als auch zwei Schreibfedern und eine silberne Ahle aufgefallen: alles Objekte, die durchaus die tödliche Waffe hätten sein können, diese makabre Aufgabe jedoch nicht erfüllt hatten.

Ein weiterer obskurer Punkt, sagte sich der Commissario jetzt, während er die Tür seines Büros hinter sich zumachte und in Richtung Treppe ging: Wenn man so viele Dinge als Tatwaffe zur Hand hatte, warum sollte man sich dann einer anderen bedienen? Und warum sollte jemand stattdessen diese Waffe mitnehmen, um sie dann irgendwo in einen Graben, ins Meer oder in einen Gully zu werfen? Vielleicht hatte der Mörder im ersten Moment gar nicht daran gedacht, ein Geständnis zu machen. Möglicherweise hatte er diese Entscheidung ja erst nach einer schlaflosen Nacht getroffen, während er sich in seinem einsamen Zimmer im Bett herumgewälzt hatte, unweit der Ehefrau, die davon überzeugt war, dass er das Haus nie verlassen hatte.

Möglicherweise, dachte er, hatte Maione ja nicht unrecht. Vielleicht war ja doch der Conte der Mörder. Doch Ricciardi hatte seine Augen in die von Bianca versenkt – Augen von undefinierbarer Farbe – und dort die Entschlossenheit eines Menschen gesehen, der sich einer Sache absolut sicher war und die Wahrheit kannte. Er fragte sich, ob es nicht genau dieser unauslöschliche Eindruck gewesen war, der in ihm

Unbehagen ausgelöst und ihn zu der Überzeugung gebracht hatte, dass es in diesem Mordfall doch noch einiges gab, dem man nachgehen musste. Vielleicht spielte aber auch das Bedürfnis in ihm eine Rolle, sich in dieser schrecklichen Phase seines Lebens, in der er sich so sehr vor dem Morgen fürchtete, an etwas zu klammern wie an ein Stück Treibholz.

Um nicht unterzugehen.

Diese Gedanken gingen ihm durch den Kopf, als auf der großen Straße, die ihn nach Hause bringen würde, ein Mann aus dem Schatten trat. Er hielt eine Mütze mit Visier in der Hand, und jetzt entdeckte Ricciardi auch den Umriss eines großen schwarzen Wagens, der an der Straße geparkt war. Der Mann war Livias Chauffeur.

»Commissario, guten Abend. Bitte entschuldigen Sie, wenn ich ungelegen komme«, sagte der Mann mit deutlichem Unbehagen, »aber die Signora schickt mich und fragt, ob Sie mich bitte begleiten könnten.«

Ricciardi war überrascht. »Und wohin soll ich mitkommen? Es ist spät, ich hatte einen langen Tag, und…«

Der Chauffeur stieß einen tiefen Seufzer aus. Offenbar gefiel ihm das, was ihm aufgetragen worden war, selbst nicht.

»Die Signora sagte mir, sie habe einen triftigen Grund. So hat sie es gesagt. Und Sie sollen bitte mit mir mitkommen.«

Ricciardi schaute auf seine Uhr. »Richten Sie ihr aus, es sei Essenszeit, und ich…«

Wieder sagte der Mann wie eine kaputte Schallplatte: »Die Signora hat gesagt, Sie sollen bitte mit mir…«

»Mitkommen, das habe ich verstanden. Na gut, dann gehen wir.«

Sichtlich erleichtert öffnete der Chauffeur ihm dienstbeflissen den Schlag des Wagens. Nach nur wenigen Minuten Fahrt durch menschenleere Straßen hatten sie bereits das

Haus erreicht, in dem Livia lebte. Ein Dienstmädchen wartete vor dem Gebäude auf sie, hieß Ricciardi mit einem höflichen Nicken willkommen und begleitete ihn ins Haus, wo die Bedienstete bat, es sich im Salon gemütlich zu machen.

Ricciardi nahm auf dem Sofa Platz. Das Licht war gedämpft, im Radio spielte Orchestermusik. Nach einigen Minuten betrat Livia den Raum, wie immer von ihrem ganz eigenen Duft umhüllt.

Sie trug einen cremefarbenen Morgenrock aus Seide, der ihr bis zu den Knöcheln reichte und um die Taille mit einer Schärpe umschlossen war. Die Füße steckten in eleganten Pantoffeln mit halbhohem Absatz und einer rosa Quaste. Das anscheinend frisch gekämmte offene Haar lag wie eine duftige Wolke um das leicht geschminkte Gesicht. Ricciardi hatte den Eindruck, dass Livia nicht zum Ausgehen hergerichtet war, doch zweifellos hatte sie sich für seinen Besuch sorgfältig zurechtgemacht.

»Guten Abend, Livia. Was ist denn passiert?«

Die Frau lachte. »Hallo, Ricciardi! Muss denn unbedingt etwas passiert sein, damit du mich besuchst? Ich dachte einfach nur, statt zum hundertsten Mal zu versuchen, dich zu einem gemeinsamen Theaterbesuch zu überreden, nur um mir dann die übliche Abfuhr mit den üblichen Ausreden abzuholen, könnte ich es mal mit einer kleinen Entführung probieren.«

Ricciardi schüttelte den Kopf, amüsiert, ohne es zu wollen. »Aha. So weit ist es also mit mir gekommen, dass man mich entführen muss, damit ich nicht bloß zwischen Arbeit und zu Hause hin- und herpendele. Du müsstest dich mal mit Bruno Modo unterhalten, der ist derselben Meinung, was mich betrifft. Doch entschuldige, ich hatte einen schwierigen Tag, und …«

Livia näherte sich einem Tischchen, auf dem mehrere Flaschen und Gläser standen.

»Du hast doch immer schwierige Tage, Ricciardi. Aber wo du gerade vom Doktor redest, kommt mir eine Idee. Sagen wir, ich bin heute Abend dein Doktor, und ich werde dir eine Medizin verabreichen, durch die du dich sogleich besser entspannen kannst. Ist das in Ordnung? Du trinkst ein bisschen Cognac, und dann lass ich dich gehen.«

Ricciardi protestierte. »Livia, ich habe noch nicht zu Abend gegessen, und Alkohol auf nüchternen Magen tut mir sicher nicht gut. Hör mal, ich verspreche dir ...«

Livia hielt ihm das Glas hin, als duldete sie keine Widerrede. »Schluss jetzt. Ob mit leerem oder vollem Magen, ein Gläschen in Ehren kann niemand verwehren. Und du weißt ja, ich bin ein Dickkopf: Ich werde dich nicht gehen lassen, bevor du nicht deine Medizin genommen hast.«

Der Commissario seufzte und nahm das Glas entgegen. Brennend wie Feuer rann ihm die Flüssigkeit die Kehle hinunter und bescherte ihm einen leichten, aber sofort eintretenden Schwindel.

Livia hatte auf dem Sessel ihm gegenüber Platz genommen und schaute ihn an wie eine Löwin beim Anblick einer Gazelle, die sie sogleich verspeisen wird.

Ricciardi bemerkte, dass sich das Revers des Morgenrocks ein wenig geöffnet hatte und einen großzügigen Blick auf den Umriss ihres Busens freigab. Ohne den Blick über den Rand ihres Glases hinweg von ihm zu wenden, schlug Livia die Beine übereinander und wippte mit dem Pantöffelchen, das graziös von ihrem nackten Fuß baumelte.

Ricciardi nahm noch einen Schluck.

»Also, Ricciardi, wie geht es dir? Und fang mir bitte nicht von der Arbeit an, du weißt, dass ich die nicht meine.«

»Ich habe nicht viel anderes als die Arbeit, Livia. Sie hält mich auf Trab, und ich bin froh, dass das so ist.«

Livia nahm eine Zigarette aus dem silbernen Etui, das auf dem Tischchen lag, und zündete sie sich an. Anmutig blies sie den Rauch nach oben. Die Musik aus dem Radio plätscherte dahin, angenehm wie die laue Brise des Septemberabends, die durch das halb offene Fenster hereinkam.

»Ich meine dein Inneres. Ob es dir jetzt besser geht, wo du nach dem schweren Verlust, den du erlitten hast, wieder im Dienst bist. Übrigens, wie macht sich denn die neue Haushälterin, diese … mir fällt der Name nicht ein.«

»Nelide. Sie heißt Nelide. Sie ist sehr gut, manchmal kommt sie mir fast vor wie … nein, sie ist gut. Aber Rosa fehlt mir, sehr sogar. Wie ich es nie für möglich gehalten hätte.«

Livia erhob sich aus ihrem Sessel und ging mit einem leichten Hüftschwung zum Sofa hinüber, um sich neben Ricciardi zu setzen.

Jetzt schwirrte dem Commissario erst recht der Kopf.

»Ist doch logisch, dass du sie vermisst«, sagte ihm die Frau. »Du bist mit ihr aufgewachsen, sie hat sich seit deiner Geburt um dich gekümmert. Wie eine Mutter war sie dir ergeben, vielleicht noch mehr als eine Mutter. Doch das Leben hat seine Phasen, und diese Phase musste irgendwann ein Ende haben, findest du nicht?«

Ihre Stimme war leiser geworden, war fast nur noch ein Flüstern. Nun, da er sie so nahe neben sich sitzen hatte, wurde Ricciardi bewusst, wie betörend das Parfüm war, das Livia trug, und wie unwiderstehlich die Kurven ihres wohlgeformten Körpers, der sich unter dem Morgenrock abzeichnete.

Fast hätte er den Verdacht gehabt, sie habe ihn unter Drogen gesetzt, doch er wusste, dass Livia selbst eine Art Droge war: die schönste und verführerischste Frau, auf deren Bekanntschaft ein Mann nur hoffen konnte. Stocksteif auf dem Sofa sitzend nahm er noch einen Schluck Cognac.

Livia rückte noch näher, und ihr Flüstern war jetzt nur noch wenige Zentimeter von ihrem Ohr entfernt. »Hast du dir eigentlich jemals überlegt, dass du dir jetzt eine andere Art von Glück gönnen könntest? Und dein Leben ein wenig mit einem Menschen teilen?«

Ricciardi wollte aufstehen, doch es gelang ihm nicht. Plötzlich legte ihm Livia eine Hand aufs Bein. Er spürte die Wärme ihrer Haut, als wäre gar kein Stoff dazwischen. Als er diese Hand anblickte, erschien sie ihm auf einmal wie ein Tier, das ein Eigenleben hat: die langen Finger, die sorgfältig lackierten und gepflegten Nägel, die weiche, leicht getönte Haut. Ein Goldring mit einem verschlungenen Schmuckelement, ein Armband mit roten und blauen Steinen.

Er hob den Blick, und seine Augen begegneten denen von Livia, zwei schwarze Lichter, feucht und anziehend wie ein Abgrund. Die halb geschlossenen Lippen, die weißen Zähne, der nackte Hals mit der pulsierenden Ader. Sie strahlte Leben aus, Begehren, Liebe. Die Brust hob und senkte sich unter dem Morgenrock, nur einen Atemzug von seinem Arm entfernt. Ihre Schenkel berührten sich.

Auf einmal nahm ihr herbes Parfüm eine andere, feine Note an, wie ein bitterer Hauch, der eine ganz andere Geschichte erzählte.

Ricciardi sprang auf, das Herz klopfte ihm bis zum Hals. Herz und Verstand kämpften in ihm gegen jede Faser seines Körpers an, der doch nichts anderes wollte, als sich in diesen Abgrund zu stürzen.

»Livia, ich muss gehen. Jetzt muss ich wirklich gehen. Verzeih mir.«

Die Augen der Frau füllten sich mit Tränen. Die Zähne nagten an ihrer Unterlippe, ihre Wangen überzogen sich mit einem tiefen Rot.

»Aber... aber warum? Ich weiß es doch, und ich spüre es, dass du mich begehrst. Ich kenne mich aus mit dem Begehren der Männer, und das deine spüre ich. Warum nimmst du mich dann nicht? Warum?«

Ricciardi öffnete den Mund, schloss ihn wieder. Dann sagte er: »Ich... ich kann nicht, Livia. Ich bin nicht... ich kann nicht. Frag mich nicht, warum, ich bitte dich.«

Livia begannen die Tränen übers Gesicht zu strömen. »Es liegt an mir, stimmt's? Du hast keine Achtung vor mir. Du denkst, ich bin eine oberflächliche Person, ein Dummchen, das nichts von der wahren Liebe versteht. Eine, die nur kokettieren und tändeln kann, die...«

Er unterbrach sie. »Nein, nein, aber was sagst du denn da? Du bist absolut perfekt, wärst eine Freude für jeden Mann. Du bist wunderschön, gebildet und intelligent. Es ist bloß so, dass ich...«

Livia schien ihm gar nicht zuzuhören. »Du denkst, dass ich alles Mögliche von dir will. Aber so ist es gar nicht. Ich will keine Familie oder Kinder, ich will kein Haus oder Besitz. Ich will nur dich, denn in dich habe ich mich verliebt. Es ist der Gedanke an dich, der mich lebendig macht, der mir Lust zum Lachen macht, zum Singen. Nur du hast diese Macht, nicht ein Einziger von den Hunderten, die mir Blumen schicken oder den Hof machen, obwohl ich keinen von ihnen empfange.«

Ricciardi versuchte, sie zu beruhigen. »Ich habe es dir gesagt, aber du willst mir ja nicht zuhören. Ich habe es dir von Anfang an gesagt, habe dir nichts vorgespielt. Ich kann keine Frau in meiner Nähe haben. Ich kann nicht.«

Livia sprang auf. Jetzt war sie zur wilden Bestie geworden: Ihre schwarzen Augen funkelten im schummrigen Licht, ihre Fäuste waren geballt, das Mienenspiel erstarrt. Außer sich vor Wut, fauchte sie: »Du bist doch ein verdammter Lügner! In Wirklichkeit denkst du an eine andere, und ich weiß auch, wer das ist – dieses blasse Frauenzimmer, diese Null, diese tote Katze, an die du dein Herz verloren hast. Na, dann weißt du vielleicht noch nicht, dass sie verlobt ist. Sie will dich nicht. Also komm nicht her und erzähl mir solchen Blödsinn!«

Ricciardi blieb stumm, schaute ihr ins Gesicht. Das Bild Enricas, wie sie einen anderen Mann küsste, dort, hinter den Baumwipfeln, stand vor seinem inneren Auge, als wäre er noch immer auf Ischia, in der Nacht, als Rosa gestorben war. Genau dort hatte er es zum allerersten Mal verspürt: das Bedauern und die Reue darüber, dass er zu Enrica gefahren war, statt seiner alten Kinderfrau die Hand zu halten, während sie ihren allerletzten Atemzug tat.

Das Bedauern. Die Reue. Die Trauer um das Leben, das er gehabt hatte, und das Leben, das er nie haben würde. Die Vergangenheit, die Zukunft.

»Nein, Livia«, sagte er, und seine Stimme war wie ein kalter Hauch. »Nicht einmal sie. Ich will überhaupt keine Frau in meiner Nähe haben. Ich kann nicht.«

Und da waren sie wieder, die Worte jenes Liedes, das er manchmal des Nachts singen hörte. *Flieg, Falter, flieg. Verbrenn dich nicht an der Flamme.*

Er schaute Livia noch einmal an, ihren wundervollen Körper, die Brust, die sich beim Weinen hob und senkte, die von Schminke verschmierten Tränenspuren auf ihren Wangen. Eine Verheißung von vorübergehendem, trügerischem Glück.

»Es ist zu deiner Rettung, dass ich dich verschmähe. Begreifst du das nicht? Ich bin die Hölle, ich bringe die Hölle. Lauf weg, wenn du kannst.«

Du weißt es nicht, dachte er, aber das Glück ist immer eine Illusion. Es ist nur ein Traum, dem man hinterherläuft, und das Leben nichts anderes als dieser immer flüchtige Traum.

Für die anderen. Für mich nicht.

Ich habe nichts, dem ich hinterherlaufen könnte.

Er stellte das Glas ab, drehte sich um und ging.

Erstes Zwischenspiel

Der Alte beendet den Refrain mit einem sonderbaren Akkord. Einen solchen Akkord hat der Junge noch nie jemanden spielen sehen, und er hat ihn noch nie gehört; dabei halten ihn viele für einen Virtuosen, er hat bedeutende Lehrmeister gehabt und besitzt eine natürliche Begabung. Er ist hier, um etwas anderes zu lernen, ganz gewiss keine Technik. Doch so einen Akkord hat er noch nie jemanden spielen hören.

Der Klang, der aus dem Instrument kommt, ist sperrig, spröde, doch er ist auch schmerzlich, erfüllt von melancholischem Wissen. Es ist ein Akkord des Leids und des Mitleids, ein Klang, aus dem die Sehnsucht nach der Zukunft spricht. Dem Jungen bleibt der Mund offen stehen.

»Maestro, aber… der Akkord, den Sie da gespielt haben. Was für ein Akkord ist das? Wie haben Sie…«

Und er krümmt die Finger seiner Hand, als wollte er den Griff nachmachen.

Der Alte richtet den Blick ins Leere, folgt dem Lichtstrahl, der vom Meer durchs Fenster dringt. Er verzieht das Gesicht, wie aus Überdruss.

»Das zählt nicht. Nichts zählt. Es ist nur ein Geräusch, dieser Klang, wenn du der Geschichte nicht folgst. Hast du sie gehört, die Geschichte? Das, was in der ersten Strophe erzählt wird, wenn es auf den Refrain zugeht?«

Der Junge steht weiter mit gekrümmten Fingern da, als lausche er immer noch jenem Akkord. Es verwirrt ihn, dass der Alte in der Lage ist, ihn hervorzubringen und zugleich seinen Wert so herunterzuspielen.

»Ich ... ja, Maestro. Ich habe zugehört.«

Der Alte wendet sich ihm zu. Seine Augen blicken erzürnt, die Brauen sind finster zusammengezogen. »Und was hat sie gesagt, die Geschichte? Wiederhol mir das, was sie gesagt hat.«

Der Junge rutscht voller Unbehagen auf seinem Schemel herum. »Sie hat gesagt: Sieh nur, dieser Falter ...«

Der Alte schlägt mit der flachen Hand auf das Tischchen, das vor ihm steht. Das Wasserglas, das noch halb voll war, kippt um, und einige Blätter fallen zu Boden.

»Nicht wortwörtlich, verflixt noch mal! Die Worte kennen alle! Die Geschichte will ich hören! Sag mir, was sie erzählt!«

Bei dieser dröhnenden, wütenden Stimme, beim Klirren des Glases, beim Klatschen der Hand zuckt der Junge zusammen, und die Tauben in der Gaube fliegen mit einem lauten Flügelrauschen davon.

Der Junge empfindet eine Mischung aus Wut und Verwirrung. Wofür hältst du dich eigentlich, du vermaledeiter alter Mann, mit deinen Gichtfingern und deinen halb blinden Augen, dass du so mit mir redest? Weißt du denn nicht, dass gestern zweitausend Menschen da waren, um mich spielen und singen zu hören? Weißt du denn nicht, dass ich bald für eine Tournee unterschreiben werde, von der du nicht einmal träumen konntest?

Jetzt wird ihm bewusst, dass der Alte auf eine Antwort wartet, und er sagt tonlos: »Das, was er sieht. Er erzählt, was er sieht – einen Nachtfalter, der auf eine Flamme zuflattert. Und er versucht ihn zu verscheuchen, denn er weiß, dass der Falter sonst verbrennen wird. Das sagt er.«

Überrascht lächelt der Alte und nickt. »Ja, genau. Sehr gut. Er erzählt nur das, was er sieht. Damit lässt er es uns sehen,

die wir das Lied hören. Und wenn du singst, dann musst du
es auch denjenigen sehen lassen, der dir zuhört, du musst ihn
in ein Zimmer bringen, in einer Nacht Ende des Sommers, wo
mit dem Nachtwind Falter hereinkommen, die zum Licht fliegen.«

»Ja, Maestro. Und das Instrument erzählt das zusammen
mit mir.«

Wieder nickt der Alte und lächelt mit seinem zahnlosen
Mund. »Ja, zusammen. Es begleitet dich nicht, sondern es singt
mit dir die gleiche Geschichte. Hast du das verstanden?«

Der Junge seufzt tief. Er weiß nicht, warum, doch er spürt,
der Alte sagt ihm etwas sehr Wichtiges für seine Kunst. Bloß
diesen seltsamen Akkord will er ihm nicht erklären.

»Maestro, ich würde gern wissen – immer vorausgesetzt, dass
das möglich ist –, wie man einem Instrument eine Geschichte
entlocken kann. Ich verstehe schon, man soll erzählen, wenn
man singt, aber ich ...«

Der Alte streicht zärtlich über den Hals des Instruments.
Seine Fingerspitzen zittern.

»Nein, nein, darüber musst du dir keine Gedanken machen.
Ich hab dich spielen sehen. Du musst dir keine Gedanken machen. Du musst nur daran denken zu erzählen, an alles andere
denkt sie. Und jetzt hör mir zu.«

Der Junge denkt, dass er jetzt bestimmt wieder spielen wird,
und spitzt die Ohren. Doch der Alte erzählt weiter.

»Er – du erinnerst dich – antwortet auf den Brief der Frau.
Sie hat ihm gesagt, dass sie ihn liebt, dass sie ihn begehrt. Und
der Mann will ihr erklären, dass sie nicht zusammen sein können. Er hat ihr diesen kleinen Falter gezeigt, der durchs Fenster hereinkommt und der auf die Flamme zuflattert. Aber
warum hat er ihn ihr gezeigt? Was will er damit sagen? Weißt
du es?«

207

Der Junge seufzt mit aufgerissenen Augen. »Nein, Maestro, ich weiß es nicht.«

Der Alte nickt zufrieden wie ein Lehrer, dem sein Schüler die richtige Antwort gegeben hat.

»Nein, ganz richtig. Du weißt es nicht. Und deshalb sagt er es dir. Und wie sagt er es dir? Indem er von ihr spricht, und zwar direkt an sie gewandt. Das kommt jetzt, in der zweiten Strophe, wo er auf den Brief antwortet, wo seine Antwort beginnt. Nicht nur er kann ihr wehtun – vor allem könnte sie ihm das Herz aus der Brust reißen. Und warum?«

Der Junge ist ratlos, er weiß nicht, was er antworten soll. Flüsternd fragt er: »Warum, Maestro?«

»Weil sie zwar jung und unerfahren ist, aber auch eine Frau. Eine Frau, die ihren Launen folgt, die gerne spielt, schön und begehrenswert. Und er, der schon dem Herbst seines Lebens entgegensieht, der am Ende des Sommers vor einer Kerze steht, die langsam herunterbrennt, hat wohl nicht mehr genug Zeit, um von dem Tod wieder aufzuerstehen, den sie ihm mit diesen kleinen Händen bringen könnte. Deshalb.«

Ohne einen Grund fühlt sich der Junge auf einmal wie ein Stümper, und es ist ihm peinlich. Nachdenklich sitzt er da, während der Alte ihn mit einem feinen Lächeln auf dem Gesicht beobachtet. Und auf einmal kennt er den Grund.

Vielleicht fühlt er sich wie ein Stümper, weil er denkt, um über einen solchen Schmerz zu singen müsste er ihn selbst schon durchlebt haben. Und peinlich berührt ist er, weil er dieses Lied schon hundert Male gesungen und es doch nie wirklich gehört hat.

Jetzt singt der Alte wieder, mit leiser Stimme.

Mit der zweiten Strophe kommt auch wieder der Refrain, und es sind die gleichen Worte wie vorher. Doch ihre Bedeutung hat sich verändert. Sie ist anders. Und auch wir sind anders, während wir zuhören, denn wir schauen voller Angst und Schmerz dem Falter zu, der um die Kerzenflamme flattert. Der Mann sagt zu ihr: Ich kann auch ohne dich. Denn diese Liebe kann mich töten.

Der Alte richtet den Blick auf den schmalen, kleinen Hals dieses uralten Instruments, das er in den Händen hält.

Und er beginnt wieder zu singen.

Carulì, pe' 'nu capriccio,
Tu vuò fà scuntento a 'n'ato
E po', quanno ll'hê lassato,
Tu addu 'n'ato vuò vulà.

Troppe core staje strignenno
Cu 'sti mmane piccerelle;
Ma fernisce ca 'sti scelle
Pure tu te può abbrucià.

Vattenn' 'a lloco!
Vattenne, pazzarella!
Va', palummella, e torna,
E torna a 'st'aria
Accussì fresca e bella!
'O bbì ca i' pure
Mm'abbaglio chianu chiano,
E ca mm'abbrucio 'a mano
Pe' te ne vulè caccià?

Carolina, nur aus einer Laune
Willst du einen anderen unglücklich machen,
Und wenn du ihn dann verlassen hast,
Flatterst du einfach weiter.

209

Zu viele Herzen zerdrückst du
Mit diesen kleinen Händen,
Doch am Ende kannst auch du dir
Diese Flügel verbrennen.

Fort, flieg davon!
Fort, verrücktes Wesen!
Flieg, Falter, und komm dann zurück
In diese Luft, so frisch und rein!
Du siehst, auch ich
Lasse mich anlocken
Und verbrenne mir die Hand
Wenn ich versuche, dich zu verscheuchen.

XXIII

In der Nacht gibt es einen Moment, der wie eine Trennwand ist. Natürlich ist das nicht bei jedem so. Sie ist erreicht, wenn der Bereich des Bewussten verschwimmt, so wie der Nebel bei einem Spaziergang im Morgengrauen an einem Wintertag die Dinge verhüllt, wie im Traum.

In diesem Moment suchen sich die Ängste einen Weg inmitten der Entscheidungen und lassen sie zerbröckeln, einen Stein nach dem anderen, um die Träume entstehen zu lassen, die nun folgen und sich im Morgengrauen wieder in aller Stille auflösen.

In diesem Moment hören die Gewissheiten auf zu existieren, der Hunger ist weniger drängend, selbst der Schmerz macht Platz, um auch die entferntesten Leidenschaften durchzulassen, diejenigen, die wir hinter der Tür der Vernunft eingeschlossen haben.

Diesen Moment kennen die Mütter, die ihren Kindern über die Stirn streichen, damit sich ihre Augen und ihre Seelen entspannen, damit sie sich vorstellen, es sei ebendiese Mutter dahinten im Nebel, und man könne dorthin und sich von der Erinnerung an die Zärtlichkeit trösten lassen.

Es kommt vor, dass man sich in einem solchen Moment stark fühlt. Dass man den Eindruck hat, man könne mühelos alle Hindernisse überwinden und jede Frage ohne einen Zweifel beantworten. Oder aber man fühlt sich schwach, und ein jedes Hindernis erscheint einem wie ein trutziger Berg, den man niemals erklimmen kann. Und es kommt vor, dass man Angst davor hat, sich stark zu fühlen.

Angst davor hat, es nicht zu schaffen, eine Entscheidung zu treffen.

Oder noch mehr Angst davor hat, genau dies doch zu schaffen.

Ich werde ohne dich auskommen.

Ich werde ohne dein Gesicht auskommen und ohne dein Lachen, ohne deine Haut unter meiner Hand. Ich werde ohne dein Flüstern im Schatten unserer absurden Begegnungen am frühen Morgen auskommen, jener halben Stunde, die meinem ganzen schrecklichen Tag den entscheidenden Anstoß gibt.

Ich werde ohne dich auskommen, weil es nötig ist. Weil ich es dir schuldig bin.

Ich werde ohne dich auskommen, weil du an mich geglaubt hast, als niemand mehr an mich geglaubt hat, am allerwenigsten ich selbst. Weil du mir die Kraft gegeben hast, der Sonne zuzulächeln, den Kopf zu heben. Weil du mein Leben aus ein paar Würfeln herausgezogen hast, die im Schicksal herumrollten, aus dem Maul eines Pferdes, das nur einen Zoll breit vor einem anderen ins Ziel kommt. Weil du mir gesagt hast, das Schicksal sei nicht in jenen Karten zu entdecken, sondern in deinem Lächeln.

Ich werde ohne dich auskommen, weil sich niemand zwischen uns stellen kann. Und weil das Leben – wenn es denn eins geben soll – nicht aus der Gewalt entstehen kann, sondern aus der Zärtlichkeit, die du mir geschenkt hast.

Ich werde ohne dich auskommen, weil du diese Entscheidung getroffen hast, weil deine Hand die Hand meiner Freude ist und nicht die des Todes, den ich verursacht habe.

Ich werde ohne dich auskommen.

Und ich werde sterben, jeden einzelnen Tag, wenn ich in

212

die Flamme der Kerze blicke, von der ich dich verscheucht habe.

Eine Trennwand.

Ein zarter Schleier, der die Unschuld des Traumes zurückbringt, der das Wahre auf der einen Seite hält und das, was verrückt ist, auf der anderen.

Ein Vorhang, gewoben aus Erinnerungen und Hoffnungen.

Ich werde ohne dich auskommen.

Es wird mir nicht schwerfallen, weil du nicht der bist, den ich einmal kennengelernt habe – einen Mann, der hungrig nach dem Leben war und glücklich über alles, was ihm im Ansturm blauer Tage voller Sonne widerfuhr.

Ich werde ohne dich auskommen, denn es wird mir leichtfallen, mich an die langen Monate des Schweigens zu erinnern, als du aufgehört hast, absurde Rechtfertigungen zu suchen für das, was du tatest, und das, was aus dir geworden war. Es wird mir leichtfallen, mich daran zu erinnern, wie du immer nach Hause kamst, an die Unsicherheit deiner Schritte, wenn du betrunken warst, das ewige Papierrascheln und Gläserklirren von der anderen Seite der Wand.

Ich werde ohne dich auskommen, so wie ich es schon vor langer Zeit gelernt habe, als ich begriffen hatte, dass das Bild von dem Mann, der du bist, nur ein Trugbild ist, eine bleiche Lüge im Gewand des Antlitzes, das ich zu lieben geglaubt hatte. Denn das, was ich dir nicht verzeihe, was ich dir nicht verzeihen kann, ist, dass du in meiner Erinnerung nur dein Gesicht von heute zurückgelassen hast, während das aus unserer Jugend, als du noch der Spiegel meiner selbst warst, für immer zerstört ist.

Ich werde ohne dich auskommen, sobald ich begriffen habe, warum. Wenn ich endlich den Grund für das alles gefunden habe und mich bei Nacht endlich, endlich nicht mehr herumwälzen muss. Denn ich weiß, dass du gelogen hast. Ich weiß es.

Ich muss es begreifen. Ich muss es wissen. Dann endlich werde ich ohne dich auskommen.

Und werde mir anschauen können, wie leer mein Leben ist.

Nur ein Moment.

Ein winziger, kleiner Moment, ein kurzes Zucken der Klinge, weniger als ein einziger Atemzug.

Ein Gedankenblitz – lebendig, schrecklich, farbig –, der der Stille des Vergessens vorausgeht.

Ich werde ohne dich auskommen.

Es wird notwendig sein, und ich werde es schaffen. Langsam gewöhne ich mich daran, an den Tagen, die nach außen hin normal wirken, Tage, die ganz still ablaufen müssen, damit niemand auf die Idee kommt, dass es Tage meines neuen Lebens sind.

Ich werde ohne dich auskommen, und das tut mir leid, denn du warst der Traum einer anderen, einer glänzenden Zukunft, voller Fröhlichkeit und Abwechslung. Doch Träume währen nur kurz, das weiß man, und selbst der schönste geht dahin, wenn der Morgen dämmert.

Ich werde ohne dich auskommen. Außerdem habe ich schon von Anfang an gedacht, dass diese Zukunft uns vielleicht nicht gewährt sein würde. Doch es war schön, es sich vorzustellen, dieses Glück, wenn ich deine kundigen, zitternden Hände auf meiner Haut spürte, wenn ich dich von deinen zärtlichen Hirngespinsten flüstern hörte.

Damals vergaß ich, dass es unmöglich sein würde. Damals lauschte ich, so wie man einem Märchen lauscht und an die alte Geschichte glaubt, dass alle – wirklich alle – glücklich sein werden bis ans Ende ihrer Tage, und wenn sie nicht gestorben sind, dann leben sie noch heute.

Es gefiel mir, mir das alles einzureden und so zu tun, als würden wir ein Leben im Sonnenschein verbringen. Dass die Blicke der Leute nicht boshaft und missgünstig sein würden und dass am Ende auch wir unsere Chance bekommen würden.

Ich werde ohne dich auskommen und den Blick nach vorn richten. Und ich werde vergessen, dass ich einmal geträumt und gelächelt habe und dass mein Herz geklopft hat in einem Toreingang am frühen Morgen.

Ich werde das vergossene Blut vergessen und dieses lange, schlaffe, feuchte Seufzen, das in der Luft zirkulierte.

Ich werde ohne dich auskommen. Und mein Leben leben.

Wie lange dauert ein Augenblick eigentlich wirklich? Kann er sich nicht vielleicht bis ins Unendliche ausdehnen, wenn er durch eine schlichte Fantasie am Leben erhalten wird?

Wenn durch den Spalt eines offenen Fensters in einer Septembernacht die Worte eines fernen Liedes dringen, in einer alten und unbekannten Sprache, die von Flammen spricht, von Nachtfaltern und von Herzen, die von kleinen Händen zerquetscht werden.

Wenn diese Worte fallen, fast als würde der Wind sie hereinwehen, und wenn sie im Unbewussten eines Bewusstseins, das unter den Hieben des Schlafes dahinschwindet, Wurzeln schlagen. Und des Weinens.

Und wenn diese Tränen Knospen tragen und bittere Früchte.

Ich werde ohne dich auskommen. Jetzt weiß ich es. Du hast mir gesagt, dass ich es muss.

Endlich, vielleicht. Vielleicht gelingt es mir ja wiederaufzustehen.

Ich glaubte, am Leben zu sein, weil du da warst. Weil ich nach vorn schaute und es mir schien, als hieltest du deine und meine Zukunft in der Hand.

Ich glaubte, wir würden zusammen lachen können und auch zusammen weinen, wenn es uns gerade passte, einfach indem wir die Einsamkeit überlisteten. Ich glaubte, es würde mir gelingen, dich aus dem Gefängnis herauszuholen, in das du dich verkrochen hattest.

Ich wollte deine Haut spüren und die von keinem sonst, unter meinen Händen. Ich wollte dir Genüsse schenken, die du noch nicht kennst, wollte dir beibringen, wie man ins Paradies gelangt, ohne auf die Erde zurückzumüssen. Ich wollte dir von den Tagen erzählen, von denen du nicht wusstest, dass du sie erleben kannst, und dir dein Herz öffnen, für dich selbst. Und das meine.

Ich war mir sicher, sie würde heute Abend sein, unsere Nacht. Dass die Sonne – unsere Sonne – sich mit ihren Strahlen einen Weg durch deinen Schatten und meinen bahnen würde und es so warm werden lassen würde, dass weder du noch ich jemals wieder ohne sie auskommen könnten.

Ich hatte alles vorbereitet, weh mir. Ich hatte sogar an diese Leintücher gedacht, an die Kissen, die nun von den Tränen getränkt sind, die einfach nicht mehr versiegen wollen. Ich hatte an die Musik gedacht, an den Schnaps und an deine Müdigkeit.

Ich hatte gedacht, wenn erst einmal dieser sinnlose Traum hinweggefegt sein würde, den du angeblich hegst, würdest du begreifen, dass ich eine richtige Frau bin, eine Frau der

Blütenblätter und der Tränen und des Lachens, und würdest beschließen zu leben. Niemals bin ich deutlicher und direkter gewesen, niemals wusste ich besser, was ich wollte. Niemals war ich mir meiner selbst sicherer, meiner Schönheit und meines Begehrens.

Und jetzt, jetzt, wo ich weiß, dass ich ohne dich auskommen kann, hasse ich dich.

Ich hasse dich für das Urteil, das du über dich gesprochen hast und damit über mich. Ich hasse dich, weil du nicht der bist, von dem ich mir sicher war, dass du es bist.

Ich hasse dich für den Anblick deiner Schultern, die meinen Schmerz nicht spürten, als du dich umdrehtest und gingst. Ich hasse dich für die Kränkung, für die Demütigung.

Ich hasse dich dafür, dass ich dich einmal geliebt habe.

Ich werde ohne dich auskommen, denn nicht einmal die Möglichkeit einer Wiedergeburt kann dieses Leid wiedergutmachen. Ich werde ohne dich auskommen, denn so eine Liebe kann dich töten, dir die Flügel verbrennen an einer Kerzenflamme, die des Nachts brennen geblieben ist.

Ich werde ohne dich auskommen.

Dann lässt das Bewusstsein sich nieder, duckt sich in der Nacht. Und gibt den Weg frei für verwirrte Träume.

Und für verzweifelte Albträume.

XXIV

Ricciardi hatte es schon eine ganze Weile nicht mehr ins Gefängnis verschlagen.

Im Gegensatz zu vielen seiner Kollegen gefiel es ihm nicht, Menschen hinter Gitter zu bringen. Ja, er hielt das Gefängnis sogar für eine Niederlage.

Zu Beginn seiner Karriere hatte er sich lange gefragt, was es für ihn bedeutete, Polizist zu sein. Er, Zeuge des Schmerzes im allerletzten Moment des Lebens, wusste sehr wohl, dass es danach nichts mehr zu richten gibt und keine vorher bestehende Ordnung wiederhergestellt werden kann. Doch er wusste auch, dass die einzige Linderung, wenngleich ungenügend und flüchtig, die er seiner Seele zukommen lassen konnte, die war, denjenigen zu finden, der für jenen Schmerz verantwortlich war. Im Grunde tat er es mehr für sich selbst als für das Opfer, das ja mit einer solchen Linderung gar nichts mehr anfangen konnte.

Wenn er einem Menschen, der dem Leben eines anderen ein Ende bereitet hatte, gegenüberstand und ihm in die Augen sah, nahm er darin allerdings oft einen Schmerz wahr, der noch tiefer war. Ganz abgesehen von der Strafe selbst litt derjenige, der gemordet hatte, und würde an jedem einzelnen Tag, den er noch zu leben hatte, leiden.

Wahrscheinlich verzichtete Ricciardi auch aus diesem Grund darauf, die Verurteilten, die für ein Verbrechen verantwortlich waren und die er überführt hatte, persönlich ins Gefängnis zu bringen. Er wollte einfach nicht verstehen, wie man dies als einen Sieg interpretieren und es sogar mit der entsprechenden Geste feiern konnte, wenn man jemanden seiner Freiheit beraubte, möglicherweise sogar für immer. Sich über das Leid eines anderen zu freuen erfüllte ihn mit Schrecken.

Und so war es ihm auch jetzt, als er sich dem Zuchthaus von Poggioreale näherte, um dort Avvocato Moscato zu treffen, mehr als recht, dass er für die Gefängniswärter praktisch ein Unbekannter war.

Moscato erwartete ihn an der Ecke der Straße, die am Tor des Gefängnisses mündete. An diesem Morgen hatte er ihn angerufen und ihm mitgeteilt, durch eine glückliche Fügung sei es ihm gelungen, schon für heute die Erlaubnis für ein Gespräch mit dem Gefangenen zu erhalten, was man folglich nutzen müsse. Auch weil ihm Bianca, wie er hinzugefügt hatte, ziemlich zusetze.

Für Ricciardi war es sonderbar, den Anwalt in einer Umgebung zu sehen, die so ganz anders war als bei ihrer letzten Begegnung. Im Klub war er entspannt gewesen, hellwach, gut gelaunt. Heute jedoch wirkte er gehetzt, besorgt, fast so, als fühlte er sich unbehaglich.

»Ach, Commissario, guten Tag. Ich muss mich entschuldigen, dass das alles hopplahopp geht, doch um dieses Gespräch so schnell bewilligt zu bekommen, musste ich einige Strippen ziehen und konnte nicht wählerisch sein.«

Ricciardi zuckte mit den Achseln. »Für mich ist das in Ordnung, Avvocato. Wie gehen wir vor?«

»Wir sagen, dass Sie mich begleiten, so wie wir es bereits besprochen hatten. Ich werde am Eingang zu verstehen geben, dass Sie mein Assistent sind, ohne dies explizit zu sagen, sonst könnte man mir hinterher vorwerfen, jemandem unter Vorspiegelung falscher Tatsachen den Zugang zum Gefängnis verschafft zu haben, was, wie Sie wissen, ein schweres Vergehen ist. Meinen Sie, jemand könnte Sie erkennen?«

»Ich glaube nicht. Ich war schon sehr lange nicht mehr da, und auch früher habe ich dem Zuchthaus nur selten einen Besuch abgestattet. Ich lasse Gefangene immer von unseren Wachen überbringen. Und was sagen wir dem Conte?«

Moscato machte eine unbestimmte Handbewegung. »Das halte ich für irrelevant. Sie werden sehen, Romualdo … nun, es ist momentan nicht leicht, mit ihm zu reden. Ich bin vor zehn Tagen hier gewesen – nicht dass ich ihm etwas Besonderes mitzuteilen hatte, doch ich hoffte, er hätte es sich anders überlegt oder beschlossen, mir noch etwas mehr zu sagen. Doch er war … Na ja, es ist nicht leicht, mit ihm zu reden.«

Ricciardi hatte verstanden. Dann lag der Grund für das Verhalten des Anwalts, für sein offenkundiges Unbehagen, im Treffen mit seinem Mandanten selbst. Und er fragte sich, warum.

In der Nähe des Eingangs herrschte der übliche Menschenauflauf. Die Familien der Insassen hockten vor den hohen grauen Mauern, um ihren inhaftierten Verwandten zu zeigen, dass sie da waren, was auch mit lautem Rufen verbunden war. Ricciardi kam der Gedanke, das Fegefeuer – wenn es denn existierte – müsse eigentlich genau so aussehen: Verzweiflung und Leid, Menschen, die nur durch eine Mauer von ihren Liebsten getrennt sind und von ihnen ferngehalten werden. Frauen, Greise, Kinder mit vom Kummer gezeichneten Gesichtern, die auf dem Boden saßen und warteten – auf nichts.

Als sie sich den hohen Eisentüren näherten, versuchten mehrere Frauen, sie am Ärmel ihrer Jacken zu packen. Avvocato, Avvocato, riefen sie, bitte nehmen Sie uns mit rein.

Lassen Sie uns unseren Sohn sehen, unseren Mann. Lassen Sie uns sie streicheln, sie küssen, und wenn Sie uns nicht mit reinnehmen können, dann nehmen Sie doch wenigstens dieses Brieflein mit seinem Namen mit, das wir uns bei einem Schreiber haben schreiben lassen, ach, reden Sie doch mit uns, bitte. Sagen Sie ihnen, dass wir sie lieb haben und dass ohne sie hier draußen der wahre Kerker ist. Und sie sollen ganz beruhigt sein, denn wir warten auf sie und denken an nichts anderes als an sie. Sagen Sie es ihnen, Avvocato.

Bitte, sagen Sie es ihnen.

Eine Straßenbahn fuhr mit lautem Quietschen am Bürgersteig vorbei. Die Fahrgäste, die dicht gedrängt im Inneren saßen, vermieden es, in Richtung dieser Leute zu schauen. War es Gewohnheit? Scham? Vielleicht auch nur die insgeheime Freude darüber, nicht in derselben Lage zu sein wie sie.

Moscato drückte sich an einer jungen, ausgemergelten Frau vorbei, die ihn am Ärmel festhielt. »Ach nein, Signora, fassen Sie mich bloß nicht an! Sehen Sie nur die Fingerabdrücke auf dem Stoff, jetzt muss ich die Jacke gleich wieder waschen, was sind das denn für Manieren, immer dieses Theater hier draußen! Ich hab Ihnen schon tausend Mal gesagt, dass ich ihn nicht kommen lassen kann, Ihren Mann, ich kann niemanden treffen, redet doch selbst mit euren Anwälten, wenn ihr euch helfen lassen wollt!«

Ein zahnloser alter Mann zeterte: »Ach so, und was meinen Sie wohl, wenn wir uns einen Anwalt leisten könnten, würden wir dann hier stehen und darum bitten und betteln, dass Sie eine Nachricht mit reinbringen? Sie tun so, als wüssten Sie nicht, dass es zwei Gerechtigkeiten gibt – eine für die Armen und eine für die Reichen!«

Die verhärmte Frau wandte sich dem Alten zu, die Augen

vor Schreck aufgerissen: »Papa, so haltet doch den Mund! Avvocato, achten Sie gar nicht auf ihn, er ist alt und…«

Moscato winkte ab. »Lassen Sie gut sein, Signora. Ich hab nichts gehört. Aber sagen Sie Ihrem Vater oder Schwiegervater oder was auch immer er ist, er soll zuerst nachdenken, bevor er spricht, weil wir hier alle nur unsere Arbeit machen und unser täglich Brot damit verdienen müssen, und dass es ganz gewiss nicht unsere Schuld ist, wenn nicht alle uns bezahlen können.«

Die Tür ging mit einem traurigen Knarzen auf. Als sich der Wärter zeigte, traten drei Frauen mit Bündeln in der Hand nach vorn und baten darum, dass man deren Inhalt ihren Söhnen oder Ehemännern bringe. Jemand rief den Wärter beim Namen, als würde er ihn kennen, doch er erwiderte nicht einmal die Blicke der Bittsteller. Stattdessen begrüßte er Moscato und ließ ihn und Ricciardi herein.

Wie erhofft begegnete Ricciardi niemandem, den er kannte. Der Avvocato hatte ihm seine mit Unterlagen und Dokumenten prall gefüllte Ledertasche gegeben, damit er sie trug, als wäre er irgendein Mitarbeiter. Während sie darauf warteten, in die Anwesenheitsliste eingetragen zu werden, flüsterte er Ricciardi zu: »Im Gegensatz zu den Besuchsterminen mit der Familie hören bei den Treffen mit dem Anwalt keine Wärter zu. Sie sind anwesend, sitzen aber in gewisser Entfernung, wir können deshalb in aller Ruhe sprechen. Romualdo ist… beim letzten Mal war es schwierig, das Gespräch in Gang zu halten, um es mal so zu sagen. Was soll ich ihn denn fragen?«

Ricciardi dachte nach. »Nun, fragen Sie ihn nach dem Verbrechen. Er soll sagen, woran er sich erinnert, soll von seiner Beziehung zu Piro erzählen. Ich muss herausfinden, ob er sich in Widersprüche verwickelt, ob er zögert oder Zweifel zeigt. Und vor allem, wie er jetzt zu der Sache steht: ob sein Aufenthalt im Gefängnis ihn dazu gebracht hat, über die Möglichkeit nachzudenken, das Geständnis zu widerrufen.«

Moscato nickte, offenbar skeptisch. »Offen gestanden, Commissario, kommt mir das alles töricht vor. Hätte Bianca nicht so sehr darauf beharrt und würde es mich nicht so sehr dauern, sie in diesem Zustand zu sehen, hätte ich mir diesen Besuch gespart. Sehen Sie, ich glaube, dass der Wille eines Menschen respektiert werden muss. Wenn Romualdo es so will, dann soll es so sein.«

Ricciardi musterte ihn mit betrübter Miene. »Avvocato, ich verstehe, was Sie sagen, und zum Teil bin ich Ihrer Meinung. Doch ich glaube, dass auch die Wahrheit Respekt verdient. Und es ist an uns Polizisten, ihr diesen Respekt zu verschaffen.«

Ein Wärter kam, um sie zu rufen.

Während sie einen langen Flur entlanggingen, in dem unwirkliche Stille herrschte, murmelte der Anwalt Ricciardi zu: »Romualdo befindet sich nach eigenem Willen und durch meine Unterstützung in Einzelhaft, und zwar Tag und Nacht. Die Vorstellung, mit anderen Häftlingen untergebracht zu sein, machte ihm schreckliche Angst, und sowohl sein Name als auch meine Bemühungen und ein paar gute Bekannte an den richtigen Stellen haben dieses Problem gelöst. Ich war eigentlich nicht damit einverstanden, weil unter diesen Bedingungen ein wenig Gesellschaft, wenn auch nicht gerade die angenehmste, für die nötige Ablenkung sorgt; doch Romualdo war nicht davon abzubringen. Leider haben die Fakten mir dann recht gegeben.«

Noch bevor Ricciardi fragen konnte, was er damit meinte, standen sie vor einer Tür, die in ein rechteckiges Zimmer mit einem Tisch in der Mitte und zwei Bänken an der Seite führte. Hoch oben an den Wänden hingen ausgeschmückte Schriftrollen mit allerlei Sinnsprüchen in schöner Schrift, darunter Bilder von Bischöfen und Heiligen. An der Wand in der Mitte waren Konterfeis des Duce und des Königs zu sehen, Ersteres größer als Letzteres.

Der Avvocato ließ sich auf einer der Bänke nieder und bedeutete dem Commissario, neben ihm Platz zu nehmen. Durch das verstaubte Fenster fiel milchiges Licht. Es hing ein muffiger Geruch in der Luft, eine Mischung aus Moder und altem Papier, die an eine schlecht gepflegte Bibliothek erinnerte.

Wenige Minuten später ging die Tür auf, und es trat ein Wärter ein. Er führte einen Gefangenen herein, der Ketten an den Füßen hatte.

Ricciardi war Romualdo Palmieri, dem Conte von Roccaspina, vor circa zwei Jahren zum ersten Mal begegnet. Er hatte ihn als zerzausten und schlecht rasierten, jedoch gut aussehenden Mann in Erinnerung: fiebrig und geistesabwesend, wie von inneren Dämonen gejagt, in altmodischer, doch hochwertiger Kleidung und mit einem Spazierstock ausgestattet, den er mit allzu betonter Beiläufigkeit schwenkte. Und er hatte eine Fotografie von ihm gesehen, während seines Besuches bei der Contessa: Darauf war er noch ein wenig jünger und stand lächelnd neben einem Rennpferd, die Hand auf den Rücken des Tieres gelegt, das von einem Stallburschen am Zaum gehalten wurde.

Die trostlose Gestalt, die sich nun von jenseits des Tisches ihrer Bank näherte, mit kurzen, schlurfenden Schritten und klirrenden Ketten, war ein ganz anderer Mensch. Dem Commissario lief vor Entsetzen ein eisiger Schauder über den Rücken.

Da Romualdo bislang nur in Untersuchungshaft saß und

noch nicht verurteilt war, war ihm seine eigene Kleidung gestattet anstelle der sonst üblichen Kluft aus gestreiftem grobem Drillich. Und tatsächlich trug Romualdo ein Hemd, das einmal weiß gewesen sein musste, und eine schwarze Hose.

An den Füßen hatte er ein Paar Schuhe, auch sie schwarz, zerschrammt und ungeputzt, ohne Schnürsenkel.

Was jedoch noch mehr erschütterte, war die Größe der Kleidung im Vergleich zum körperlichen Zustand des Mannes. Er wirkte wie ein kleiner Junge, der in die viel zu großen Kleider seines Vaters geschlüpft war. Der breite Hemdkragen schlackerte um den ausgezehrten Hals, und die knochigen Handgelenke ragten wie Stecken aus den Manschetten, die an den Stellen, wo die Handschellen die runzlige und graue Haut aufscheuerten, blutig gerötet waren. Die Hose hätte überhaupt nicht gehalten, wäre sie nicht mit einem schmuddeligen Stück Schnur festgebunden gewesen, und selbst so sah es aus, als würde sie jeden Moment zu Boden rutschen.

Das Gesicht war wahrlich furchterregend und hatte nichts mehr mit dem Antlitz gemein, das Ricciardi in Erinnerung hatte. Kahl rasiert, wie es den Vorschriften des Zuchthauses entsprach, die Wangen eingefallen, die Lippen rissig und aufgesprungen. Die Augen lagen tief in den Höhlen und blickten wie erloschen ins Leere.

Der Wärter stützte den Gefangenen, während er sich setzte, tippte sich dann zum Gruß ans Visier seiner Mütze und wandte sich zur Tür, wo er auf der Schwelle stehen blieb und den Blick hinaus auf den Flur richtete. Dies war die größtmögliche Diskretion, die einem Häftling für ein Gespräch gewährt wurde.

Der Conte schwieg, die Augen auf einen Punkt vor sich

gerichtet. Der Anwalt schüttelte den Kopf, eine Geste der Hilflosigkeit, aber auch tiefsten Mitleids.

»Romualdo, ich begreife nicht, was du dir da in den Kopf gesetzt hast. Hast du denn beschlossen, hier des Hungers zu sterben? Ist dir das nicht bewusst? Es geht dir noch schlechter als vor zehn Tagen, und ich …«

Ruckartig hob der Mann die Hand und starrte den Anwalt böse an. »Nein. Nicht zehn Tage. Zwölf. Zwölf. Die Zeit ist wichtig, Attilio. Man muss richtig zählen. Und selbst wenn ich, wie du weißt, keine Uhr habe, bin ich durch den Sonnenstand dazu in der Lage, dir zu sagen, dass zwölf Tage und gut zwei Stunden seit deinem letzten Besuch vergangen sind.«

»Zehn, zwölf, was für einen Unterschied macht das schon? Du kommst mir wie ein Verrückter vor, weißt du das? Na ja, ganz normal bist du ja nie gewesen, schon als Junge hast du allerhand wirres Zeug geredet.«

Romualdo bleckte die vergilbten Zähne und gab den Blick auf geschwollenes Zahnfleisch frei. Offenbar sollte das ein Lächeln sein. »Ja, ja, als Junge. Als Junge hab ich gar nichts begriffen. Jetzt schon, jetzt begreif ich alles.«

Moscato schnalzte mit der Zunge. »Aber wenn du alles begreifst, dann musst du auch kapieren, dass du essen und bei Kräften bleiben musst. Ansonsten, das schwöre ich bei Gott, sorge ich dafür, dass man deine Einzelhaft wieder aufhebt, und dann siehst du, wie es ist, wenn's einem wirklich schlecht geht.«

Der Conte beugte sich erregt vor. »Nein! Nein! Wenn man mich zu den anderen Häftlingen verlegt, dann bringe ich mich um, das schwöre ich dir. Ich mache es, das weißt du doch, oder? Ich hab sogar schon darüber nachgedacht, wie. Aber jetzt sag doch mal, was gibt es Neues über den Prozess? Wo stehen wir?«

Der Anwalt holte Luft. »Ich hab mir die Unterlagen sowie einige Präzedenzfälle angeschaut, die Situation kennst du, und außerdem bist du ja selbst Anwalt, auch wenn du den Beruf nie ausgeübt hast. Die Ermittlungen sind abgeschlossen, das gerichtliche Verfahren wurde eingeleitet, und nun warten wir noch darauf, dass der Gerichtsschreiber die Vorladung vor Gericht beantragt. An diesem Punkt wird dann das Gericht zusammengerufen und ein Termin für die Anhörung festgesetzt. Dann werde ich auch eine Zeugenliste vorlegen müssen.«

»Zeugen? Was für Zeugen denn? Ich hab dir doch schon gesagt, dass es weder Zeugen noch eine Vorlage von entlastenden Beweisen geben wird. Du brauchst dir auch keine Theorien zu meiner Verteidigung auszudenken.«

»Romualdo, ich ...«

Der Conte fiel ihm so erregt ins Wort, dass einige Spucketröpfchen von seinen trockenen Lippen auf den Tisch fielen. »Du sollst gar nichts machen. Du sollst nur dafür sorgen, dass keine strafverschärfenden Umstände geltend gemacht werden und dass ich die Mindeststrafe bekomme.«

Der Anwalt breitete die Arme aus. »Das verstehe ich nicht und werde es nie verstehen. Du willst nicht, dass ich dich verteidige, du willst nicht, dass ich auf deinen Freispruch hinarbeite, aber du forderst die Mindeststrafe. Das heißt, du willst verurteilt werden, aber so früh wie möglich wieder freikommen.«

»Du musst es nicht verstehen, du sollst einfach nur machen, was ich dir sage. Es war ein Mord im Affekt, einen Vorsatz hat es nie gegeben. Und so viel sollen sie mir an Strafe geben. Ich werde immer auf gute Führung achten, und du hilfst mir auf dem Weg durch die Instanzen, damit die Strafe verkürzt wird. Ist das klar?«

»Du weißt, jemand könnte auf den nichtigen Grund pochen. Das ist ein strafverschärfender Umstand, der …«

Der Häftling schüttelte heftig den Kopf. »Nein, nein, das hab ich dir doch mindestens zehn Mal erklärt: Meine Schulden waren groß, wie es auch aus den Wechseln hervorgeht. Außerdem kannst du sagen, er habe mich beleidigt, meinen guten Namen in den Schmutz gezogen, meine Familie. Die Richter stammen alle aus der Aristokratie, das wird bei ihnen ankommen. Du musst dir keine Gedanken machen, alles wird glattgehen, du wirst schon sehen.«

Jetzt beschloss Ricciardi, sich einzumischen. »Vorausgesetzt, Sie sind noch am Leben, wenn es zum Prozess kommt. Mir scheint, Sie sind in einer sehr schlechten Verfassung.«

Bis zu diesem Zeitpunkt hatte Ricciardi den Eindruck gehabt, der Conte habe ihn noch gar nicht bemerkt – so sehr waren seine Augen, die zuvor starr ins Leere geblickt hatten, auf die von Moscato gerichtet gewesen, ohne sich auch nur einen Moment von ihnen abzuwenden. Nun jedoch drehte der Conte den Kopf ganz langsam in Richtung des neuen Gesprächsteilnehmers und verzog dabei das Gesicht zu einer Miene, die alles andere als herzlich war.

»Guten Tag, Commissario. Wie seltsam, Sie hier wiederzusehen. Darf ich fragen, wieso Sie sich für meine Belange interessieren, noch dazu mit dem Einverständnis des Mannes, der eigentlich mein Anwalt sein sollte?«

Eisiges Schweigen machte sich im Raum breit. Moscato brummelte: »Romualdo, die Sache ist die … Bianca … Aber woher kennt ihr beide euch denn?«

Der Häftling antwortete, ohne seinen finsteren Blick von Ricciardi abzuwenden: »Ach, hat er dir das nicht gesagt? Ich hatte vor fast zwei Jahren die Ehre, ihm über den Weg zu laufen, als er, wenn ich mich recht erinnere, mit dem Mord von Gaspare Rummolo befasst war. Hässliche Geschichte, damals, was, Commissario? Da mussten Sie den Schuldigen selber finden. Hier hingegen ist er von allein gekommen.«

»Kompliment für Ihr Gedächtnis, Conte. Wir haben damals nur wenige Minuten miteinander gesprochen, aber auch ich erinnere mich gut an Sie. Allerdings waren Sie damals in wesentlich besserem Zustand, wenn ich das sagen darf.«

Roccaspina grinste und wandte sich dann an Moscato. »Attilio, ich glaube, du schuldest mir ein paar Erklärungen. Du willst doch nicht, dass ich dir dein Mandat entziehe und mich selbst verteidige, oder? Das wäre keine gute Werbung für dich, zumal unser Fall, wie du mir gesagt hat, im Mittelpunkt des öffentlichen Interesses steht.« Er wandte sich wieder Ricciardi zu. »Ein vernachlässigtes Äußeres, Commissario, ist ein deutliches Zeichen für Kummer und Leid. Sie sind kein Anwalt, doch sicher können Sie erahnen, wie viel dies für die Richter zählt, wenn es um die Bemessung der Strafe geht. Seien Sie ganz beruhigt, ich werde mich danach rasch wieder erholen. Das alles folgt einem bestimmten Plan.«

Moscato massierte sich mit zwei Fingern die Nasenwurzel. »Romualdo, der Commissario ist hier auf Bitten deiner Frau. Du weißt ja, sie kommt einfach nicht von dem Gedanken los, dass du unschuldig bist. Diese Ansicht kann durchaus für Unruhe sorgen und das Gericht gegen dich aufbringen, wenn sie mit deiner eigenen Strategie in Konflikt gerät, die ich, dies soll klar sein, weder verstehe noch teile. Bianca...«

Der Conte unterbrach ihn und wandte sich hastig an Ricciardi.

»Meine Frau täuscht Sie, Commissario. Das hat sie schon mit Attilio hier probiert, ebenso wie mit Ihren Kollegen bei den sogenannten Ermittlungen, die angestellt wurden. Sogar zum Gericht ist sie gegangen, hat man mir gesagt, die Arme. Andererseits ist es auch verständlich: Die Einsamkeit, wissen Sie, treibt hässliche Blüten. Doch Sie werden sehen, am Ende wird sie begreifen, was passiert ist, und Ruhe geben. Außerdem ist es besser für sie, dass ich hier bin. Der gewaltige Schuldenberg, den ich angehäuft habe, wird ja nicht kleiner, und vielleicht kann sie auf diese Weise wenigstens das Haus retten.«

Ricciardi blieb regungslos sitzen und blickte voller Neugier auf diesen Mann in Ketten, der mit seinem kahl rasierten Kopf und dem eisigen Blick an einen seltsamen Vogel erinnerte.

»Warum tun Sie das, Conte? Ich verstehe es nicht. Es kann doch nicht wegen der Schulden sein.« Kurz hielt er inne und wandte den Blick ab. Dann fuhr er fast wie an sich selbst gerichtet fort: »Selbst ein Suizid wäre doch eine weniger schmerzliche Lösung. Und aus Liebe kann es nicht sein, denn dann würden Sie die Hilfe Ihrer Frau annehmen. Was ist Ihr Motiv?«

Romualdo schwieg. Auf einmal waren seine Augen von Tränen verschleiert, als hätte er sich gerade an etwas erinnert.

Schließlich räusperte er sich und antwortete: »Ich tue es, weil es wahr ist und ich es gewesen bin. Weil dieser zwielichtige Schuft, dieser unverschämte Scheißkerl durch meine Hand gestorben ist, und ich würde es niemals zulassen, dass ein anderer für eine Tat zur Rechenschaft gezogen wird, die ich begangen habe. Deshalb.«

Ricciardi beschloss, mehr Druck auszuüben. »Und doch hat niemand Sie rein- oder rausgehen sehen. Niemand hat Schreie gehört oder den Tumult einer körperlichen Auseinandersetzung. Und Ihre Frau …«

Der Conte schlug mit beiden Fäusten auf den Tisch. Es war ein lautes, plötzliches Geräusch, das durch das fast leere Zimmer und durch die klirrenden Ketten an den Handschellen noch verstärkt wurde. Der Wärter auf der Schwelle zuckte zusammen und lief zu Romualdo, versetzte ihm einen brutalen Stoß und packte ihn am Schlafittchen. »Was machst du denn da, du Schuft? Danke Gott, dass du hier in Einzelhaft bist, sonst …«

Moscato hob eine Hand. »Nein, nein, danke, lassen Sie nur. Meine Schuld, ich habe eine Diskussion angefangen, die …«

Der Wärter lockerte sichtlich ungern seinen Griff und warf dem Häftling einen argwöhnischen Blick zu. »Es ist jetzt sowieso an der Zeit, wieder in die Zelle zurückzukehren. Das Gespräch ist beendet.«

Bevor er sich erhob, lächelte Romualdo noch einmal. Wenn er seine Zähne zeigte, dachte Ricciardi, sah er noch heruntergekommener aus. Bei seinem Anblick musste der Commissario an einige der Leichen denken, denen er auf der Straße begegnete, Hungerleidern und Vagabunden, die vor lauter Schwäche unter die Räder von Straßenbahnen oder Automobilen kamen.

Romualdo schien sich an Ricciardi zu richten, als er nun sprach, doch schaute er dabei weder ihn an noch seinen Freund, den Anwalt.

»Sie kennen doch Kakerlaken, oder? Das sind sehr interessante Tiere. In meiner Zelle lebt eine ganze Familie. Sie leisten mir Gesellschaft, sind hervorragende Läufer. Ich überlege mir, ob ich sie nicht züchten oder gegeneinander kämpfen lassen soll, dann könnte ich mit mir selbst Wetten abschließen. Ich kann überhaupt nicht verstehen, dass man sie jagt oder einfach zerquetscht. Sie tun doch niemandem etwas zuleide.«

231

Der Wärter zog den Conte von seinem Stuhl hoch, als wäre er federleicht, und ging mit ihm in Richtung Tür. Als er den Raum verließ, kicherte der Conte Romualdo Palmieri di Roccaspina noch immer.

XXV

Moscato fächelte sich mit dem Hut Luft zu, als sie kurze Zeit später in einem Café in der Nähe des Zuchthauses saßen.

»Commissario, glauben Sie, er ist verrückt geworden? Die Einsamkeit, die Gewissensbisse … mir jagt er jedes Mal einen Schauder über den Rücken.«

Ricciardi nahm einen Schluck des dicken, heißen Gebräus, das vor ihm stand. »Ich weiß nicht recht. Ich sehe jedenfalls keine Anzeichen für Gewissensbisse; wenn er es war, dann ist er eher froh, es getan zu haben.«

Moscato überlegte. »Nun … Sein Verhalten war schon zu Beginn eher seltsam. Vor allem hat er mich vor seinem Geständnis nicht angerufen, ich hätte ihn ja begleiten können und die Tatsache ausnützen, dass die Bullen … entschuldigen Sie, Commissario, ich meine Ihre Kollegen, im ersten Moment im Dunkeln tappten. Stattdessen hat Bianca mir Bescheid gesagt, als Romualdo bereits festgenommen worden war.«

Jetzt merkte Ricciardi auf. »Wollen Sie damit sagen, dass der Conte am Anfang noch nicht einmal einen Anwalt wollte?«

»Nein. Aber Sie haben es ja gehört, er ist gewiss nicht unerfahren, was die juristische Seite angeht. Er weiß ganz genau, was ihm bevorsteht, und hat keinerlei Furcht davor. Heute hat er ja sogar gedroht, mir den Fall zu entziehen, doch das hätte uns gerade noch gefehlt und würde einen denkbar schlechten Eindruck vor Gericht machen.

Aber Sie … Warum haben Sie mir nicht gesagt, dass Sie ihm schon einmal begegnet sind? Das war kein sehr intelligenter Schachzug, denn wenn jemand erfährt, dass Sie inkognito mit mir reingekommen sind …«

Ricciardi schüttelte den Kopf. »Ich glaubte, ehrlich gesagt, das wüssten Sie. Wenn nicht – warum hätte die Contessa denn ausgerechnet mich aufgesucht? Außerdem überrascht es mich, dass er mich erkannt hat, wir waren uns ja nur ganz kurz begegnet, und das, wie der Conte richtig in Erinnerung hatte, vor zwei Jahren.«

Moscato nickte, etwas ratlos. »Diese Geschichte wird immer abstruser. Auch das Verhältnis zwischen Romualdo und Bianca: Gewiss haben Sie bereits erfahren, dass die beiden nicht mehr als Eheleute zusammenlebten, was mir Romualdo schon vor Monaten anvertraut hat. Außerdem, das haben Sie ja gerade eben gehört, könnte vom Ausgang dieser Sache auch die Rettung des Palazzos sowie der wenigen verbliebenen Besitztümer abhängen.«

»Aber die Gläubiger hätten doch das Recht, die Schulden bei der Contessa einzutreiben, oder?«

Der Anwalt lächelte. »Wenn es normale Gläubiger wären, gewiss, aber wir haben es hier mit einem ganz anderen Milieu zu tun. Leute, die überhaupt kein Interesse daran haben, aus der Gosse herauszukommen, in der sie leben. Nein, Romualdo hat recht. Bianca kann von seiner eventuellen Verurteilung nur profitieren.«

»Dann ist ja vielleicht das das Motiv dafür, dass er sich selbst des Verbrechens bezichtigt hat. Um seine Frau vor dem Ruin und der Schande zu bewahren.«

»Was sind Sie doch melodramatisch, Commissario. Sie meinen also, ein Mensch lässt sich, nur um ein paar üblen Spießgesellen zu entkommen, einen Mord anhängen, den er nicht begangen hat? Wissen Sie, wie vielen meiner Mandanten ich zu einer Passage auf dem erstbesten Handelsschiff in Richtung Amerika oder Australien verholfen habe oder zu einer Fahrkarte für den Nachtzug irgendwo nach Nordeuropa? Viel leichter, schmerzlos und mit den gleichen positiven Auswirkungen. Und dann, wenn Sie erlauben, bleibt ja noch eine andere Frage.«

»Und die wäre?«

Der Anwalt wirkte auf einmal hochkonzentriert. »Das habe ich mich schon von Anfang an gefragt: Nehmen wir mal an, dass Bianca recht hat und Romualdo aus irgendeinem unbekannten Grund verrückt geworden ist und einen Mord gestanden hat, den er gar nicht begangen hat. Na, und wie hat er dann überhaupt erfahren, was passiert war? Er wohnt nicht in der Nähe des Opfers, und die Nachricht von Piros Ableben war noch nicht öffentlich bekannt. Wie hätte Romualdo folglich von dem Mord erfahren, wenn er es nicht gewesen ist?«

Ricciardi musste sich eingestehen, dass er diesen Aspekt noch nicht in Erwägung gezogen hatte. »Nun«, sagte er, »dann muss er es ja gewesen sein, oder? Zumindest hätte er bei der Tat anwesend sein müssen. Was folglich die Contessa zur Lügnerin machen würde.«

Moscato zuckte mit den Schultern, ohne mit dem Luftzufächeln aufzuhören. »Vielleicht ist sie ja einfach eingeschlafen und hat Romualdo nicht gehört, wie er ausging und dann zurückkam. Oder sie täuscht sich mit der Zeit. Manchmal, Commissario, glauben wir das, was wir glauben wollen, und das mit aller Macht.«

Ricciardi dachte einen Moment lang über das Gesagte nach. Dann entgegnete er: »Sehen Sie, Avvocato, ich war immer der Überzeugung, dass alle Motive, die zu einem

Mord führen, in Wirklichkeit auf zwei – nur zwei – zu reduzieren sind. Ich glaube nicht daran, dass jemand plötzlich verrückt wird, ich glaube nicht an Perversion oder an Wahnvorstellungen. Ich glaube, man mordet entweder aus Hunger oder aus Liebe. Und dass zum Ergreifen einer tödlichen Waffe entweder der Wille zum Überleben gehört – sei es das eigene oder das der Personen, die man liebt – oder die Leidenschaft, die ein Herz bewegt.«

Moscato ließ den Hut in der Luft schweben und starrte den Commissario an, als sähe er ihn zum allerersten Mal.

»Interessante Theorie. Aber ich habe mit so vielen Menschen zu tun, wissen Sie, und erlebe wirklich seltsame Dinge. Manchmal gibt es tatsächlich kein Motiv. Ein andermal sieht jemand rot und weiß nicht mehr, was er tut. Sie haben doch gehört, was Romualdo gesagt hat. Eine unvorhersehbare Tat, und deshalb unvorhergesehen. Er fand sich einem Mann gegenüber, der ihn schon am Tag zuvor gekränkt und beleidigt hatte, der sich geweigert hatte, ihm seine Schulden zu stunden, der vielleicht sogar rundweg damit gedroht hatte, ihn bloßzustellen. Das sind doch alles Dinge, die dich dazu bringen können, den Verstand zu verlieren.«

Ricciardi schüttelte den Kopf. »Und einem anderen an den Kragen zu gehen oder ihm einen Faustschlag zu verpassen, ja. Aber können sie jemanden auch dazu bringen, ein spitzes Objekt zu packen und es einem anderen in den Hals zu rammen? Gewiss, wenn man verzweifelt ist, kann das passieren. Aber dann geht man nicht in aller Seelenruhe nach Hause zum Schlafen und begibt sich am nächsten Morgen zur Polizei, um ein Geständnis abzulegen.«

Der Anwalt hörte ihm aufmerksam zu. »Und was für eine Art von Hunger soll das sein, Ihrer Meinung nach, der zu einem Mord wie diesem führen könnte? Was für eine Art

Hunger kann jemanden überkommen, der bereits alles verloren hat, und noch dazu durch eigene Hand?«

Ricciardi gab keine Antwort, sondern folgte weiter seinem Gedankengang. »Avvocato, Sie kennen Roccaspina schon seit der Schule. Sie sind zusammen aufgewachsen, und man sieht, dass Sie vieles gemein haben. Sagen Sie mir: Ist er ein Mann, der leicht in Wut ausbricht? Ist er gewalttätig, ein Mann, der sich nicht unter Kontrolle hat? Haben Sie es jemals erlebt, dass er übertrieben agierte oder reagierte? Ich bitte Sie, strengen Sie Ihr Gedächtnis an.«

Moscato blieb ein paar Minuten gedankenverloren sitzen, ließ offenbar die Jahre seiner Freundschaft mit Romualdo Revue passieren. Am Ende schüttelte er den Kopf. »Nein, Commissario. Wenn ich ehrlich bin, sehe ich mich außerstande, Romualdo als gewalttätig zu bezeichnen. Instinktgelenkt, ja, und ein emotionaler Mensch ist er auch, jemand, der zu Gefühlsausbrüchen neigt, auch allzu großzügig und spontan – alles Eigenschaften, die in gewissen verzweifelten Situationen durchaus dazu führen könnten, dass jemand ausrastet. Trotzdem kann ich mich nicht an einen einzigen Zwischenfall erinnern, bei dem er die Hand gegen jemanden erhoben hätte.«

Ricciardi nickte ernst. »Sagen Sie mir noch eins. Ich frage Sie das, weil Sie, auch berufsbedingt, mit Umständen vertraut sind, die man von außen nicht sieht: In dem Milieu, in dem Sie verkehren, gab es da noch andere, außer dem Conte, die Gründe für Ressentiments gegenüber Piro gehabt haben könnten?«

Der Anwalt brach in Gelächter aus. »Commissario, machen Sie Witze? Piro war ein Emporkömmling, ein Halunke mit scheinbar weißer Weste, ein Mensch, der gelinde gesagt umstritten war. Um das Geld zu vermehren, das er bei der

237

Verwaltung von irgendwelchen Institutionen scheffelte, war ihm jedes Mittel recht, und am liebsten verlieh er es an diejenigen, die zu Sklaven ihrer Laster geworden waren. Um sein Geld dann wieder hereinzuholen, drohte er damit, die Informationen, die er hatte, zu benutzen, um einen Skandal zu provozieren.«

»Und?«

»Und, glauben Sie mir, es dürfte mindestens ein Dutzend Personen gewesen sein, die seinen Tod gefeiert haben. Doch wenn es einer von ihnen gewesen wäre: Warum hätte sich dann ausgerechnet Romualdo dieses Verbrechens bezichtigen sollen?«

Das stimmte, die Frage stand im Raum, und Ricciardi hatte keine Antwort darauf.

Jede Theorie lief früher oder später gegen genau diese Wand.

XXVI

Im Vergleich zur Hitze draußen herrschte im Inneren der Kirche San Ferdinando immer noch eine angenehme Frische. Das würde noch bis weit in den Oktober so sein, dachte Cavalier Giulio Colombo und tauchte die Finger ins Weihwasserbecken, um sich zu bekreuzigen.

Er schaute sich um, gewöhnte seine Augen ans Halbdunkel. Ein Lichtstrahl fiel durch das große Glasfenster der Fassade und malte einen bunten Streifen auf das Mittelschiff. Vor dem Bild der Heiligen Muttergottes betete ein Grüppchen alter Damen den Rosenkranz und erfüllte den Raum mit leisem Gemurmel. Ein durchdringender Duft nach Weihrauch und Kerzen hing in der Luft. Nichts konnte beruhigender sein, und doch fühlte sich Giulio aufgewühlt, unbehaglich und wäre am liebsten überall sonst gewesen, nur nicht hier.

Für ihn war es nie nötig gewesen, sich zu irgendetwas zu zwingen. Seine Arbeit, die Familie, die wenigen treuen Freunde bedurften genau des Menschen, der er war: ruhig, dem Leben zugewandt, mit Überzeugungen und gesunden Idealen, ehrlich, zu Opfern bereit, vielleicht ein wenig dickköpfig, jedoch immer für jemanden da, der seine Hilfe brauchte. Ja, manchmal machte es ihm seine Frau zum Vorwurf, dass er so schweigsam sei, doch schließlich redete sie für zwei, und damit genug.

Nichts hatte ihn bislang dazu veranlasst, seine Einstellung zum Leben zu hinterfragen. Alles war immer nach einem sorgfältig austarierten Plan verlaufen, und wenn der Cavaliere einmal Grund zur Sorge hatte, galt diese meist der Welt draußen, die derzeit eine Richtung einschlug, die ihn beunruhigte – sei es der wachsende Militarismus, seien es die Bekundungen von Größe durch eine Nation, die verzweifelt darum bemüht war, ihre glorreiche Vergangenheit wieder aufleben zu lassen. Gewiss, Giulio war zu alt, um noch an die Waffen gerufen zu werden, und sein ältester Sohn zu jung; was jedoch seinen Schwiegersohn Marco anging, würde es schwer werden, ihn, den glühenden Faschisten, im Zaum zu halten.

Nun jedoch war etwas im Gange, was möglicherweise ein Eingreifen seinerseits nötig machte, das den natürlichen Fluss der Dinge unterbrechen würde.

Das Gespräch, das er am Tag zuvor mit Enrica geführt hatte, hatte ihn zutiefst beunruhigt.

Hätte sie ihn um Hilfe gebeten, wäre sie in Tränen ausgebrochen oder hätte ihm vom Wunsch nach einem Ausweg berichtet, so wäre ihm auf der Stelle und ohne jeglichen Zweifel klar gewesen, was er zu tun hatte: Allen Widrigkeiten und anderen Meinungen zum Trotz hätte er für das Wohl und Wehe seiner Tochter gekämpft und sie gerettet – vor ihrer Mutter, vor den gesellschaftlichen Konventionen und vor der Armseligkeit einer Argumentation, die nur wenig mit Gefühlen zu tun hatte.

Andererseits – hätte er in jenen Augen, die den seinen so ähnlich waren, eine Entschlossenheit ohne Wenn und Aber gesehen, hätte er einen Menschen vor sich gehabt, der wirklich seinem Herzen folgt und nicht zurückblickt, so hätte auch er, wie der Rest der Familie, es nicht erwarten können, diesen berühmten bayrischen Offizier endlich kennenzulernen, und dafür auch seine eigenen Vorurteile gegenüber Deutschland und den Deutschen ad acta gelegt.

Das Problem, überlegte der Cavaliere nun schon zum hundertsten Male, während er mit seinen kurzsichtigen Augen in Richtung Altar blinzelte, war, dass Enrica ihn einfach nicht überzeugt hatte – weder im einen noch im anderen Sinne. Statt entschlossen hatte sie nur resigniert gewirkt. Und er war einfach nicht bereit zu akzeptieren, dass seine älteste Tochter, sein Augenstern, sein geliebtes kleines Mädchen, seine Seelenverwandte mit dem verschwörerischen und stillen Blick, sich ihrem Schicksal ergab.

Das Risiko, unglücklich zu sein, so dachte Giulio Colombo, und das Herz wurde ihm eng, war immer noch besser als ein erzwungenes Glück. Seltsam, dass ausgerechnet er einen solchen Gedanken hatte – er, der im Kokon einer Gelassenheit zu leben schien, die doch mühsam errungen war und mit Zähnen und Klauen verteidigt wurde. Doch die Zukunft, die er sich für Enrica wünschte, war etwas anderes, sie ließ kein Zögern zu, denn eines wusste der Cavaliere ganz genau: Von Herzen lachen, Schmetterlinge im Bauch haben und das Leben in vollen Zügen genießen, das gelingt nur jemandem, der die kleine, ordentliche Zelle der alltäglichen Sicherheiten verlassen kann.

Und deshalb war er in die Kirche gegangen. Die ganze Nacht hatte er darüber nachgedacht, hatte vorgegeben zu schlafen, damit Maria ihre Antennen nicht ausfuhr, mit denen sie oft schon am Rhythmus seines Atems seinen Gemütszustand erkannt hatte.

Giulio Colombo war kein besonders religiöser Mensch. Sein pragmatischer, liberaler Geist, seine Liebe zur Logik hatten ihn von den Gestaden des Glaubens weggespült, der ihm allerdings manchmal durchaus fehlte. Jeden Sonntag führte er seine Familie zur Messe, er überwachte die Erziehung seiner Kinder im katholischen Glauben und lebte nach

Prinzipien, die in vollem Einklang mit dem christlichen Gedankengut standen. Andererseits glaubte er auch fest daran, dass es dem Einzelnen überlassen sein sollte, sein Glück zu schmieden, wenn auch mit Respekt seinen Mitmenschen gegenüber. Er konnte sich einfach nicht vorstellen, dass es da jemanden gab, der die Geschicke der Welt nach unergründlichen Plänen lenkte wie einer der Puppenspieler auf der Villa Nazionale am Samstagnachmittag.

Gerade weil er auf die Menschen vertraute, befand er sich hier, denn er hatte sich gedacht, wenn es denn jemanden gab, der ihm sagen konnte, was er tun sollte, der ihm vielleicht sogar helfen würde, sich eine Strategie zurechtzulegen und in die Tat umzusetzen, dann wäre es Don Pietro Fava, der Gemeindepriester. Don Pierino, wie man ihn eigentlich nannte.

Die Nähe von Colombos Geschäft zur Pfarrkirche – es waren nur wenige Meter – und die Angewohnheit des zierlichen Gottesmannes, sich immer in Bewegung zu halten, hatten dazu geführt, dass die beiden Männer Freundschaft geschlossen hatten.

Die beiden ähnelten sich kein bisschen: der eine groß, beherrscht, schweigsam und weltlich geprägt; der andere von kleiner Statur, immer unterwegs, laut und vor allem von einer tiefen Liebe zu Gott durchdrungen, dessen Anwesenheit er allerorten spürte. Und doch hatten die beiden sofort ein Terrain gefunden, auf dem sie sich begegnen konnten – das Land der Kultur, der Musik, der Bücher, der Kunst, eine Welt aufrechter Menschen und Gefühle und auch einer Politik, die sich dem Frieden und dem Miteinander verschrieben hatte. Oft kam Don Pierino auf Besuch zum Cavaliere ins Geschäft und verwickelte ihn, sobald er sah, dass dieser gerade keine Kundschaft hatte, in ein langes und unterhaltsames Gespräch, das ebenso plötzlich wieder unterbrochen wurde, wenn der Blick des Priesters erschrocken auf die große Pendeluhr des Ladens fiel und er mit einem flüchtigen Gruß hinausstürzte, auf dem Weg zu jemandem, der keine Sekunde mehr auf seinen geistlichen Beistand warten konnte.

An diesem Tag nun war es Giulio, der dieses Beistands bedurfte.

Er traf den Priester in der Sakristei an, wo Don Pierino, mit der Brille auf der Nasenspitze, über eine Kutte gebeugt dasaß und versuchte, einen Riss zu nähen.

Colombo lächelte und schüttelte den Kopf. »Na, na, na, Don Pierino, habe ich Ihnen nicht schon tausend Mal gesagt, dass Sie mit solchen Flickarbeiten einfach zu mir kommen sollen? Wer Handschuhe und Hüte richtet, hat auch eine Schneiderin, die bei festem Salär nur allzu oft Däumchen dreht, weil es ihr an Arbeit mangelt. Die wäre sogar froh, wenn wir ihr etwas zu tun gäben.«

Der Gottesdiener hob den Blick über seine Brillengläser. »Oh, Cavaliere, was für eine Ehre! Aber Sie wissen doch, wie gerne ich nähe und bügele, ich habe die Seele einer Hausfrau! Aber was führt Sie denn hierher? Hat eine plötzliche Eingebung Sie etwa zu dem Entschluss gebracht, das Schweigegelübde abzulegen, und Sie wollen wissen, wie Sie das Ihrer verehrten Gattin beibringen sollen?«

Colombo nahm sich einen Stuhl, der an die Wand gerückt war, und setzte sich.

»Nicht ganz, aber vielleicht ein anderes Mal, jedenfalls klingt die Aussicht recht vielversprechend. Ich bin wegen einer anderen Sache gekommen, Don Pierino. Einer Sache, die mir wie eine Last auf dem Herzen liegt.«

Mehr als die Worte war es der Ton, der den Priester sofort

aufhorchen ließ. Besorgt legte er die zerrissene Kutte, Nadel und Faden nieder und nahm die Brille ab.

»Was ist denn los, Giulio? Sie machen ein Gesicht, wie ich es noch nie an Ihnen gesehen habe.«

Der Cavaliere seufzte, fuhr sich mit der Hand übers Gesicht. Jetzt, wo er vor seinem Freund saß, kam ihm der Gedanke, dass es vielleicht egoistisch, ja sogar sinnlos sein könnte, ihn in die Sache hineinzuziehen: Was konnte er – ein Priester – ihm schon über ein Problem sagen, das die Gefühle einer Frau betraf?

»Ich weiß nicht. Vielleicht war es ja ein Fehler hierherzukommen, bitte entschuldigen Sie. Es ist nur… manchmal habe ich das Bedürfnis, mit jemandem über das zu reden, was mir im Kopf herumgeht. Einfach so.«

Don Pierino lächelte. »Glauben Sie denn, dass ich das nicht weiß? Die Dinge sind so lange nicht wahr, bis wir sie aussprechen. Das ist notwendig. Worte sind wie Fleisch und Blut; wer wüsste das besser als wir Priester? Wir predigen das Wort Gottes. Und von morgens bis abends hören wir beim heiligen Sakrament der Beichte, wie Menschen die Tragweite ihres Handelns erst dann begreifen, wenn ihnen jemand dabei zuhört, wie sie mit ihrer eigenen Stimme darüber sprechen.«

»Dann sollte ich also eine Beichte ablegen, meinen Sie?«

Sein Gegenüber antwortete ihm mit engelsgleicher Miene. »Nein, um Himmels willen. In der Beichte sind Sie sterbenslangweilig, nie ein Vergehen, nie ein schlechter Gedanke. Dabei seid ihr Kaufleute doch alle Seelenräuber. Nein, erzählen Sie einfach, und basta.«

Und Giulio Colombo erzählte.

Er begann ganz von vorne. Natürlich kannte Don Pierino Enrica seit Jahren, doch Giulio verspürte trotzdem das Be-

244

dürfnis, ihren Charakter zu beschreiben, ihr Verhalten. Er erzählte ihm vom vergangenen Sommer, von den Briefen, seinen Sorgen. Er erzählte ihm, dass er auf den Mann, von dem ihm seine Tochter geschrieben hatte, zugegangen sei, berichtete von dem kurzen Gespräch, das die beiden geführt hatten. Und er erzählte von dem, was dann passiert war, das heißt von Enricas Bekanntschaft mit Manfred, von ihrer Rückkehr und von der Unterredung zwischen Vater und Tochter am vorigen Tag.

Und schließlich verlieh er seiner tiefen, instinktiven Überzeugung Ausdruck, seine Tochter sei – entgegen ihrer Behauptungen und weil sie ihn vielleicht nicht beunruhigen wolle – dabei, sich im tiefsten Inneren ihrer Seele zu einem dumpfen, ungesunden und andauernden Unglück zu verdammen.

Don Pierino schwieg die ganze Zeit. Wenn er in den vielen Jahren seiner Tätigkeit als Seelsorger etwas gelernt hatte, dann war es die Erkenntnis, dass die Menschen angehört werden wollen. Am Ende streckte er die Hand aus und legte sie seinem Freund auf den Arm, dem es so schwer zu schaffen machte, über einen Menschen zu sprechen, den er über alles liebte, dass er gar nicht gemerkt hatte, wie sich seine Augen vor Rührung röteten. Und ohne zu wissen, warum, einfach indem er einem Impuls folgte, der in seinem Inneren schlummerte, fragte er Giulio nach dem Namen des Mannes, in den Enrica verliebt war.

Und Giulio Colombo folgte einem lange verdrängten Gedanken und beschloss, auch die letzte Mauer seiner Reserviertheit einzureißen.

Der Name fiel in ein gedankenverlorenes Schweigen hinein. Hinter der angelehnten Tür der Sakristei war noch immer das monotone Gemurmel der Betschwestern zu hören.

Don Pierino nickte nachdenklich. »Ich kenne ihn. Ich kenne Commissario Ricciardi. Und das erklärt so manches.«

XXVII

Mittlerweile war es später Nachmittag, als ein kleiner barfüßiger Junge in einem zerschlissenen Hemd, das ihm mindestens vier Nummern zu groß war, im Laufschritt die Wache
im Erdgeschoss des Polizeipräsidiums betrat.

Der Junge war außer Puste, erreichte die Wache jedoch
immerhin gute zwanzig Sekunden vor Amitrano, dem Polizisten, der heute den Eingang bewachte. Der Knirps schaute
sich um. Seine Haut war braun gegerbt wie altes Leder, seine
Knie zerschrammt. An den Füßen hatte er alte Verfärbungen
von Frostbeulen, und er starrte vor Dreck.

»Brigadiere Raffaele Maione!«, rief er keck. »Wer von
euch ist das?«

Amitrano packte ihn am Schlafittchen und hielt ihn keu-
chend hoch. »Frecher Bengel! Dir werd ich's zeigen, was
passiert, wenn man am Eingang nicht stehen bleibt! Das
nächste Mal schieß ich dir ins Knie …«

Maione, der gerade den Dienstplan für den nächsten
Tag schrieb, hob zögernd die Hand. »Amitrano, lass gut
sein. Möchte bloß mal wissen, was passieren würde, wenn
sich hier wirklich einer mit bösen Absichten reinschleichen
wollte, vielleicht um wegen einer Festnahme oder Inhaftie-
rung Rache zu nehmen. An der Tür ist es eigentlich schon
egal, ob einer von euch da steht oder nicht.«

Der Junge, offenbar nicht im Geringsten eingeschüchtert,
krähte mit rauer Stimme: »Das stimmt, hier gehen wir rein,
wann wir wollen. Und ihr könnt uns überhaupt nichts tun,
ätsch!«

Jetzt erhob Maione die Stimme. »Untersteh dich, du Knirps! Sonst verpass ich dir eine solche Tracht Prügel, dass du dich nie mehr setzen kannst. Amitrano, lass ihn einen Moment los, damit ich mir anhören kann, was er zu sagen hat. Und anschließend schmeiß ihn zwei Monate ins Gefängnis, dann werden wir ja sehen, wer hier Angst vor wem hat!«

Der Bursche rieb sich den Hals und schaute den Schutzmann scheel an, der ihn nicht aus den Augen ließ. »Ach ja, glaubt ihr denn etwa, ich bin blöd? In den Knast könnt ihr mich überhaupt nicht bringen, weil ich nichts angestellt habe. Ich bin bloß hier, weil ich einem gewissen Brigadiere Raffaele Maione eine Nachricht überbringen soll, und bezahlt hat man mich schon dafür. Freiwillig wäre ich nicht hierhergekommen, bei dem Gestank, der hier herrscht!«

Maione machte ein paar Schritte auf den Bengel zu, den er wie ein Turm überragte, doch dieser zeigte noch immer kein bisschen Furcht.

»Ach, dann ist es dir also lieber, wenn ich dir ein paar mit dem Knüppel überziehe, statt dich ins Gefängnis zu bringen? Ich könnte ja hinterher sagen, du bist die Treppe runtergefallen, während wir dir hinterherliefen, weil du dir Zutritt zum Präsidium verschafft hattest, ohne auf das ›Halt!‹ von Amitrano zu achten. Na los, wollen wir wetten?«

Der leise Ton und die entschlossene Miene von Maione trugen, mehr noch als seine Körperfülle, dazu bei, dass der Junge beschloss, den Bogen nicht zu überspannen. »Also, sind Sie denn nun Brigadiere Raffaele Maione oder nicht?«

Maione nickte argwöhnisch. »Ja. Und ich weiß auch schon, wer mir diese Nachricht schickt. Aber jetzt red nur, auf geht's.«

Der Knirps zog lautstark die Nase hoch und deklamierte:

»Lieber Brigadiere. Die Person, die Sie kennen, will, dass Sie zu diesem Café kommen, das Sie kennen. Es ist aber nicht das Café vom letzten Mal, weil der Kellner dort heute keinen Dienst hat, sondern das andere, wo Sie sich getroffen haben, als es regnete. Die betreffende Person – Sie wissen schon, wen – werden Sie auf der Stelle erkennen, weil es der schönste Mensch im ganzen Café ist. Und sie erwartet Sie voller Vorfreude. Aber noch eine Bitte: Sollte jemand anders vorher da sein, dann tun Sie bitte so, als würden Sie sie nicht kennen, sonst sitzen Sie alle beide in der Tinte.«

Diese kleine Litanei hatte er heruntergeleiert wie ein Weihnachtsgedicht, laut und in genauem Wortlaut. Der Junge war gut vorbereitet worden.

Amitrano, der sich offenbar überlegte, ob es denn möglich sei, dass sein Vorgesetzter zu einem Rendezvous gebeten wurde, machte ein listiges Gesicht und zwinkerte verschwörerisch; als dann jedoch sein Blick auf den Brigadiere fiel, der aussah, als würde er ihm jeden Moment an die Gurgel gehen, schluckte er und schaute verlegen an die Wand.

Maione hatte sich schnell von seiner Verblüffung erholt. »Ich weiß weder, wer dich schickt, noch warum, du Lümmel, und ich hab nichts von dem kapiert, was du da sagst. Was ich dir aber garantieren kann, ist, dass unser Amitrano dich hier festhalten wird, bis ich wieder da bin, und wenn mir das nicht gefällt, was ich dort vorfinde, und mir schwant schon, dass es mir nicht gefallen wird, dann wirst du hier eine so hässliche Viertelstunde verbringen, dass du für den Rest deines Lebens einen großen Bogen um dieses Gebäude machst, wenn du in der Gegend bist, das schwör ich dir. Hast du kapiert?«

Der Junge salutierte zackig und schlug mit dem Hacken so fest auf den Boden, dass die verhornte Fußsohle klang wie ein Absatz. »Zu Befehl, Commandante!«, rief er, drehte sich dann aber mit jäher Behändigkeit um und rannte aus dem Raum, wobei er buchstäblich zwischen den Beinen von Amitrano durchwitschte, der immer noch auf den Punkt an der Wand starrte, wo nichts war.

»Was hältst du denn Maulaffen feil, du Hornochse?«, schrie Maione dem Schutzmann zu. »Schnapp ihn dir, aber dalli!«

Jetzt kam wieder Leben in Amitrano, der zu einer eher sinnlosen und tollpatschigen Verfolgungsjagd ansetzte und dabei prompt das Tischchen mit der Muckefuck-Kanne umstieß, die ihren Inhalt plätschernd auf den Boden ergoss.

Jetzt kam eine klare Stimme aus dem Hof: »Brigadiere Raffaele Maione!«, gefolgt von einem langen, lauten und deutlichen Furzgeräusch, das die Luft des frühen Abends durchdrang.

Maione fuhr sich mit der Hand übers Gesicht und murmelte: »*Madonna mia*, wie sehr ich diese Stadt hasse! Wie sehr ich sie hasse.«

Und dann machte er sich mit schweren Schritten zu dem Café auf, das er kannte, und es war nicht das vom letzten Mal.

Das winzige Lokal an der Ecke der Gasse, die sich um die Quartieri Spagnoli wand, hatte, wie alle Polizisten wussten, ein Hinterzimmer. In diesem Kabuff hieß der Besitzer der Bar, der von allen Peppe genannt wurde, obwohl niemand wusste, wie sein richtiger Name lautete, seine Gäste zu den Beschäftigungen willkommen, für die der eigentliche Gastraum nicht geeignet war. Manchmal spielte man hier Karten, ein anderes Mal ließ man die Würfel rollen; gelegentlich übernachteten auch Leute hier, die sich draußen gerade nicht blicken lassen konnten, oder Pärchen, die sich aus den verschiedensten Gründen keine der Pensionen in der Stadtmitte leisten konnten, trafen sich zum Schäferstündchen. Ab und zu wollte sich auch einer ungestört hier betrinken, übergab sich dann in den Innenhof und schlief anschließend auf der Pritsche seinen Rausch aus. Diese vielseitige Nutzung des Kämmerchens ließ Peppe zu, weil er ein guter Kerl war, und er garantierte jedem der Nutzer, dass er hier in Sicherheit war und nicht mit einer strafrechtlichen Verfolgung rechnen musste. Peppes Kaffee war im Übrigen ausgezeichnet, und bei ihm konnte man bis spät in die Nacht über das sportliche Auf und Ab der erst kürzlich gegründeten städtischen Fußballmannschaft diskutieren, deren Erfolge von immer größer werdenden Anhängerscharen frenetisch gefeiert wurden.

Maione hatte sofort begriffen, dass der Straßenjunge sich in seiner etwas obskuren Rede auf dieses Lokal bezogen hatte; hier hatte er die Person, die nach seiner starken Vermutung die Nachricht geschickt hatte, im vergangenen Herbst nach einer unangenehm feuchten Wartezeit im Regen getroffen, als sie zum Mord eincs armen Waisenjungen ermittelt hatten, kurz bevor Ricciardi in jenen Unfall verwickelt worden war.

Diese Erinnerung rief Maione auch die Signora Rosa wieder ins Gedächtnis. Unglaublich, wie sehr sie auch ihm fehlte, obwohl er ihr doch nur wenige Male begegnet war; er wagte gar nicht, sich vorzustellen, wie groß erst der alltägliche Kummer seines Vorgesetzten sein mochte, der zudem nur wenig die Neigung dazu verspürte, seinem Herzen Luft zu machen.

Als Maione das Lokal betrat, warf er dem Besitzer, der hinter dem Tresen stand und Tassen mit einem Küchentuch abtrocknete, einen fragenden Blick zu. Der Mann machte ein komisch wirkendes ratloses Gesicht, zuckte mit den Achseln und nickte in Richtung der Tür, die in das berüchtigte Kämmerchen führte. Maione schaute sich verstohlen um, schlüpfte rasch hinein und machte die Tür hinter sich zu.

Der Raum war nur spärlich möbliert, mit einem Tischchen, vier Stühlen, einer Pritsche sowie einem Stapel leerer Holzkisten an der Wand. Mittendrin, in einem langen schwarzen Kleid, einem Hut derselben Farbe und einem Schleier vor dem Gesicht, stand Bambinella. Staunend fiel der Blick des Brigadiere auf ein Paar Schuhe aus Rindsleder mit schwindelerregendem Absatz und in einem so grellen Rot, dass es aussah, als würden sie von innen beleuchtet.

»Ich wusste, dass du das bist. Aber wie hast du dich denn ausstaffiert?«

Bambinella hob den Schleier mit einer graziösen Bewegung der behandschuhten Hand. »Ach, Sie meinen die Schuhe, Brigadiere? Die verraten mich, stimmt's? Ich weiß, eigentlich hätte ich was Schlichteres anziehen sollen, aber was soll ich machen, schlichtere Schuhe besitze ich nicht, und außerdem konnte ich einfach nicht widerstehen: Dieses schwarze Kleid mit den roten Schuhen ist zu schön! Und dann habe ich auch noch diese hübsche Unterwäsche angezogen, die mit den …«

»Ich dreh dir gleich hier drinnen den Hals um, wenn du weiterredest«, unterbrach ihn Maione, »damit wir gar nicht mehr dran denken müssen, was für seltsame Dinge hier in diesem Zimmer passieren, sondern es gleich absperren lassen können, und dann stellen wir draußen einen schönen Stein auf, auf dem steht: Hier hat der tapfere Maione Bambinella erwürgt! Hältst du mich eigentlich für einen dieser Polizis-

ten, die Schmiergeld nehmen, damit ihr eure Arbeit machen
könnt? Ist dir nicht klar, dass ich auf meinen Ruf achten
muss? Du lässt mich von einem zerlumpten Tropf hierher-
rufen, der mich auf dem Präsidium mit Furzgeräuschen ver-
äppelt, bestellst mich in diese schmuddelige Spelunke und
erzählst mir dann auch noch von deiner Reizwäsche?«

Bambinella ließ ein geziertes, kehliges Kichern hören.
»Ach, hat sich Gioacchiniello schlecht benommen? Tut mir
leid, Brigadiere, aber dieser Bursche hat allen Grund dafür,
schlecht auf euch zu sprechen zu sein, denn ihr habt ihm sowohl den Vater als auch drei Brüder und sogar den Großvater verhaftet, was euch verständlicherweise nicht gerade
beliebt macht.«

»Na, dann richte ihm aus, wenn du ihn siehst, dass es mein
größtes Bestreben ist, ihn bald wieder mit seiner Familie zu
vereinen – und zwar alle schön beieinander, geschützt vor
Regen und Sonne und auf Staatskosten. Und nun sag mir
schnell, was du willst, damit die Leute nicht wer weiß was
denken, was wir zwei hier drinnen allein treiben.«

Bambinella legte sich theatralisch eine Hand auf die Brust.
»Ach ja, wie aufregend, unser erstes kleines Liebesnest, Brigadiere! Verflixt, wenn ich nicht verlobt wäre, dann würde
ich Ihnen was Nettes vorschlagen, damit die da draußen mit
ihren Vermutungen recht haben…«

Maione ließ sich mit gespielter Verzweiflung auf einen
Stuhl fallen. »Weißt du was? Du hast mich überzeugt, Bambinella. Dann erschieß ich mich einfach selber. Ich schaff das
einfach nicht mehr, so weiterzumachen, und wie's aussieht,
wirst du mich noch im Tode verfolgen, wenn ich dich um-
bringe, und sei es im Traum.«

»Wie romantisch Sie doch sind, jetzt träumen Sie sogar
von mir! Doch was für hässliche Gedanken, Brigadiere. Das

Leben ist so schön, voller Liebe und Glück, hören Sie auf mich und erschießen Sie sich nicht. Lieber erzähle ich Ihnen ein paar interessante Neuigkeiten, deshalb dachte ich mir ja auch, ich komme lieber zu Ihnen, um Ihnen den Weg zu meinem Haus zu ersparen, was sogar nicht ungefährlich ist, weil mein Verlobter, ich weiß nicht, ob ich Ihnen das schon erzählt habe, sehr eifersüchtig ist, und …«

»Um Himmels willen, ja, das hast du mir gesagt. Und was hast du nun für Neuigkeiten, darf man die endlich erfahren?«

Bambinella nahm seinerseits auf einem Stuhl Platz, setzte sich vor Maione und schlug anmutig die Beine übereinander.

»Also, dann hören Sie mir mal gut zu. Dieser Roccaspina, der den Mord gestanden hat, ist kein schlechter Mensch. Ja, er ist dem Glücksspiel verfallen und hat sein gesamtes Vermögen durchgebracht, hat praktisch jedem Spielhöllenbesitzer der Stadt und jedem Buchmacher für Pferdewetten ein kleines Vermögen beschert und ist vielen, vielen Leuten Geld schuldig, aber andere Laster hat er nicht.«

Maione verzog das Gesicht. »Das scheint mir aber auch schon ein beachtliches Laster zu sein, findest du nicht? Was muss denn einer noch alles anstellen, damit er sich lasterhaft schimpfen lassen darf?«

»Ach nein, Brigadiere, da täuschen Sie sich. Normalerweise hat einer, der ein Laster hat, auch noch andere, weil er seine Prinzipien verloren hat oder sie nie hatte. Und so geht er zu leichten Mädchen, er säuft, raucht Opium und so weiter. Als ich noch meinem Beruf nachging, hatte ich viele Kunden, die nach dem Kasino zu mir kamen, weil sie sich dafür trösten wollten, dass sie so viel Geld verloren hatten, oder um das gewonnene Geld zu verjubeln. Dieser Roccaspina hingegen ging immer gleich nach Hause, wenn er kein Geld mehr hatte, was häufig vorkam. Und hier kommt das Interessante.«

»Was denn?«

»Zu Hause sitzt seine Angetraute, eine wunderschöne Frau, die früher einmal in ihrer Gesellschaftsschicht als die beste Partie der Stadt galt. Allerdings eine ernste Frau, und einen Geliebten gab es nicht; glauben Sie mir, wenn da was gewesen wäre, hätte ich es erfahren. Na ja, und eine Bekannte von mir arbeitet bei einem Doktor dort in der Nachbarschaft und ist mit dem Dienstmädchen der Signora befreundet, dem sie schon seit Jahren kein Gehalt mehr zahlen, aber sie ist trotzdem bei ihnen geblieben, weil sie nicht weiß, wohin; sie ist schon älter und hängt an der Signora, weil sie sie aufgezogen hat. Stellen Sie sich mal vor, sie …«

Maione gab ein ungeduldiges Stöhnen von sich, das Bambinella richtig deutete. »Jedenfalls hat die Signora einen Verehrer. Einen Wichtigtuer, der sich in einem Riesenautomobil samt Chauffeur herumkutschieren lässt, ein gewisser Duca Marangolo von Schlagmichtot, der ab und zu bei ihr auftaucht, tonnenweise Blumen mitbringt und im Vorzimmer wartet, bis sie ihm sagen lässt, sie habe Migräne, und dann geht er wieder mit eingezogenem Schwanz. Anscheinend war der Knabe genau an dem Abend da, als das Verbrechen begangen wurde; wüsste nicht, was Ihnen diese Information bringen sollte, aber es ist die einzige seltsame Sache aus diesem Haus, auf die ich gestoßen bin. Abgesehen von der Tatsache, dass Roccaspina schon seit geraumer Zeit jeden Morgen um halb acht das Haus verließ – wenn das Dienstmädchen ihn fragte, wohin er gehe, antwortete er, er sei auf dem Weg zur Messe, weil er darum beten wolle, eine schöne Summe zu gewinnen, damit er endlich seine Finanzen in Ordnung bringen kann. Die Bedienstete hält das für wahr, weil sie sagt, er glaube sehr an den bösen Blick, an das Schicksal und solche Sachen; Spieler sind oft abergläubisch.«

Maione hörte ihm konzentriert zu. »Und was ist mit Piro? Hast du da was rausgefunden?«

Bambinella verschränkte die langen Finger. »Dort war es noch viel einfacher, weil in Santa Lucia viele meiner Kolleginnen bedienstet sind. Zudem ist in dem Haus direkt neben Piro ein privates Bordell, wo sieben Mädchen und sogar ein paar Konkurrentinnen von mir arbeiten – die braucht man deshalb, weil es Freier gibt, denen es gefällt, sich unters Bett zu legen, während oben… Au! Was sind denn das für Manieren, Brigadiere, müssen Sie mir denn gleich den Arm ausrenken, ich bin doch so ein zartes Wesen! Jedenfalls, dieser Piro verlieh Geld. In seinem Büro gingen Leute der höchsten Gesellschaft ein und aus, Männer von unzweifelhaftem Ruf. Eine der Huren hatte unter denen einen Freier: Sie sagte, Piro habe seinen Schuldnern gedroht, sie alle anzuschwärzen und herumzuerzählen, sie stünden vor dem Ruin. Kurz gesagt, er hat sie erpresst.«

»Und weißt du was über den persönlichen Gesichtspunkt? Ich meine, Liebschaften und solche Sachen…«

Bambinella schüttelte den Kopf. »Nein, nein. Das war einer, der nur ans Geld dachte, Brigadiere. Die Frau war immer schon ein Trauerkloß und hat sich seit dem Tod des Mannes auch nicht verändert, und die Tochter ist ein halbwüchsiges kleines Ding, ein bisschen lebhafter als die Mutter, mit der sie ab und zu streitet, aber immer noch ein Mädchen aus gutem Hause; der Junge hingegen ist noch ein Kind. Insgesamt ein ruhiges Haus, aber es gibt nicht viele Leute, die auch nur eine Träne um Piro vergossen haben. Er war schon ein ziemlicher Mistkerl.«

256

Der Brigadiere dachte nach, verglich Bambinellas Ergebnisse mit den Eindrücken, die er selbst bei ihrem Besuch im Hause des Opfers gewonnen hatte. »Wenn das so unauffällige Leute sind, wieso gibt es dann so viel Gerede? Wer hat dir denn gesagt, was die Mutter für einen Charakter hat, oder die Tochter …«

»Sagen wir mal, das war Glück. Eines der Mädels, die in dem Bordell arbeiten, versteht sich gut mit dem Chauffeur. Da gab's manchmal was umsonst, weil der kein Geld hat und sich einen solchen Liebesdienst gar nicht leisten konnte. Aber jetzt kann er sowieso nichts mehr in Erfahrung bringen, weil sie ihn gefeuert haben.«

»Wie, sie haben ihn gefeuert?«

Bambinella zuckte mit den Schultern. »Na ja, Brigadiere, jetzt, wo der alte Gauner tot ist, benötigen sie natürlich auch keinen Chauffeur mehr. Außerdem haben sie ihm gesagt, sie bräuchten jetzt das Geld und könnten sich ihn nicht mehr leisten, aber seiner Meinung nach sind sie steinreich, und den Wagen haben sie auch noch nicht verkauft, deshalb bräuchten sie eigentlich nach wie vor einen Chauffeur. Jedenfalls ist der ziemlich schlecht auf die Piros zu sprechen, auch weil er jetzt keine Ausrede bei seiner Ehefrau hat und sich nicht mehr mit meiner Freundin treffen kann. Der tut das ziemlich leid, weil sie sagt, er, der Exchauffeur, hätte einen besonders schönen, großen …«

Maione sprang auf. »Lass gut sein, Bambinella, wenn's sonst nichts mehr gibt, dann gehe ich jetzt. Tu mir den Gefallen und halt in dieser Sache weiter die Ohren offen.«

Bambinella stand auf und strich sich das Kleid glatt.

»Ja, aber irgendwann müssen wir uns einen anderen Treffpunkt suchen. Mein Verlobter hat jede Menge Freunde, und wenn die mich sehen, wie ich völlig zerknittert hier mit

Ihnen das Lokal verlasse, wer weiß, was die ihm alles erzählen. Und wenn ich mich schon so aus der Fasson bringen lasse, dann soll es doch wenigstens von etwas sein, das wirklich passiert ist.«

Und er lachte wieder sein wieherndes Lachen.

XXVIII

Bevor Falco die Initiative ergriff, hatte er lange nachgedacht. Schließlich ging es darum, die Verantwortung für ein großes Risiko zu übernehmen, und Risiken, das hatte man ihm immer gesagt, galt es zu vermeiden. Mit allen Mitteln zu vermeiden.

Andererseits war er wirklich besorgt. Im Grunde, dachte er, war die Aufgabe, die man ihm übertragen hatte, ganz klar: Soweit es möglich war – und natürlich mit der größtmöglichen Diskretion –, galt es zu verhindern, dass die Signora Livia Vezzi Lucani in Gefahr geriet, und für ihr Wohlergehen zu sorgen.

Das war keine Aufgabe wie jede andere, dessen war sich Falco sehr wohl bewusst. Im Allgemeinen überwachte er Menschen, die einer subversiven Tätigkeit oder eines Verbrechens verdächtigt wurden, oder beides. Dazu gehörten lange Beschattungen, zum Beispiel auf einer Parkbank an der Sonne, mit einer Zeitung in der Hand; bei Regen an der Ecke einer Gasse unter geöffnetem Schirm; oder auf einer Brücke, den Hut mit beiden Händen festhaltend, um zu verhindern, dass der Wind ihn mit sich fortriss. Immer in der Erwartung, dass eine Tür aufging und jemand herauskam, damit man sich eine Uhrzeit notieren und endlich nach Hause gehen konnte, den Tag verfluchend, an dem man jener Versetzung an eine andere Dienststelle oder in eine andere Funktion zugestimmt hatte.

Eine Arbeit wie jede andere auch, sagte sich Falco. Er wusste sehr wohl, dass dieser Spruch in seinem Fall nicht stimmte, doch ihm gefiel der Gedanke, ihn zumindest sagen zu können. Nein, es war keine Arbeit wie jede andere auch, und je mehr Tage, Monate und Jahre darüber ins Land gingen, umso weniger war sie es.

Sich mit Livia zu befassen war von Anfang an sonderbar gewesen. Als sein Vorgesetzter ihn zu sich gerufen und ihn mit der Aufgabe betraut hatte, war es ihm fast ein wenig peinlich gewesen. Damals hatte Falco jenes Büro – das Hinterzimmer eines Geschäfts, das damals dem Schein nach Körbe verkaufte, doch die Ware änderte sich von Tag zu Tag – in dem Glauben betreten, er solle eine Gruppe von Verbannten überwachen, die man im Verdacht hatte, eine geheime Organisation gegen die Partei gründen zu wollen. Falco war sich durchaus dessen bewusst gewesen, dass er zu den allerbesten Agenten gehörte, er war geschätzt und beliebt und hatte bislang all seine Aufträge mit der größten Genauigkeit und Pünktlichkeit ausgeführt, ohne übers Ziel hinauszuschießen, und vor allem stets unter Wahrung der größten Geheimhaltung. Falco, so hieß es ringsum, sei vertrauenswürdig, diskret und unsichtbar. Sein letzter Einsatz zum Beispiel hatte zur Festnahme von acht Personen geführt, die nach außen hin keinerlei Kontakt zueinander hatten, in Wirklichkeit jedoch schriftlich rege miteinander verkehrten und sich sogar trafen, wofür sie aus den kleinen Dörfern, in denen sie lebten, in der Stadt zusammenkamen. Es war ein beachtlicher, aber natürlich nur im Verborgenen wahrgenommener Erfolg gewesen, für den es Hunderter von mühsamen Beschattungen und Nachforschungen bedurft hatte, die anderthalb Jahre andauerten. Aus diesem Grunde hatte Falco auch diesmal von seinem Vorgesetzten – einem Mann ohne Namen und ohne Alter, der sich stets im Hintergrund hielt und nur wenig Worte machte, der fast vollkommen austauschbar wirkte, wenn man von der kommaförmigen Narbe auf seiner Stirn und den kleinen, flinken Augen absah, die beständig von einer Zimmerecke zur anderen huschten – erwartet, dass er für ihn eine Aufgabe in petto hatte, die wichtig war, sehr wichtig sogar.

Falco erinnerte sich gut an jenen Abend. Die Aufforderung, sich einzufinden, hatte wie immer in einem bestimmten Briefkasten gelegen; ein Straßenverkäufer von Süßigkeiten in Villa, den er um ein buntes Bällchen gebeten hatte, hatte ihm einen bedeutsamen Blick zugeworfen, und dann hatte es nur noch einer flüchtigen, aber ebenso bedeutsamen Handbewegung bedurft, und Falco wusste, dass er sich sogleich und allein bei jenem Namenlosen einzufinden hatte. Ohne Umschweife und ohne ihn dabei anzusehen, hatte der Mann ihm kurz berichtet, wie überaus zufrieden man in Rom mit seiner Arbeit sei.

Falco hatte sich des Eindrucks nicht erwehren können, dass der Vorgesetzte ihm diese Komplimente nicht gerne machte, was in ihm allerdings einen leichten Schauder der Genugtuung geweckt hatte, denn dieser nur mühsam verborgene Unmut ihm gegenüber konnte nur bedeuten, dass der Mann mit der Sichelnarbe auf der Stirn fürchtete, er könne ihm seine Position streitig machen.

Und dann hatte er ihm seinen neuen Auftrag erklärt.

Zuallererst wollte Falco seinen Ohren nicht trauen, und es hatte ihm einige Mühe bereitet, seine sprichwörtliche Ungerührtheit aufrechtzuerhalten; das sei wahrscheinlich nur die tausendste Probe, der man ihn unterzog, sagte er sich. Er hatte von so manchem Kollegen gehört, den es die Karriere gekostet hatte, dass er gewagt hatte, einen Befehl oder eine Strategie infrage zu stellen. Genau deshalb hatte er einfach

261

nur genickt, gedankt und sich voll und ganz darauf eingestellt, dem zu lauschen, was man von ihm wollte.

Es handele sich um eine Sängerin, so hieß es, genauer um
eine ehemalige Sängerin und die Witwe eines berühmten
Tenors. Diese sei in die Stadt gezogen, weil sie sich ausgerechnet in einen hiesigen Polizisten verguckt habe, einen seltsamen Kommissar, der schon seit einer Weile unter Überwachung stehe; einer, der immer entgegen den Regeln agierte,
über den man ansonsten jedoch, wie Falco bestimmt in den
Berichten gelesen habe, nichts Anomales herausgefunden
habe, außer dass er eine verdächtige Neigung zum Einzel-
gängertum aufwies und keinerlei Laster hatte.

Diese Dame nun müsse beschützt werden, hatte ihm sein
Vorgesetzter erklärt, weil sie bestimmten Personen auf allerhöchster Ebene am Herzen liege, weshalb Falco auch keinerlei Risiko eingehen dürfe. Man sei sich durchaus der Einzig-
artigkeit dieses Falles bewusst, sagte sein Vorgesetzter, habe
ihm aber empfohlen, einen seiner allerbesten Leute auf den
Fall anzusetzen. Falco hatte durchaus überlegt, ob in diesen
letzten Worten nicht eine gewisse Ironie lag, konnte diese jedoch wie so oft nicht feststellen. Und so hatte er die wenigen
Daten, die auf einem einzigen Blatt Papier Platz hatten, sowie die Akte der Dame entgegengenommen, war mit einem
kühlen und formellen Gruß gegangen und hatte die Nacht
mit dem Aktenstudium verbracht, wobei er sich an jenem
einzigen Satz festhielt: dass diese Frau »bestimmten Personen auf allerhöchster Ebene am Herzen liege«. Erst später
hatte er herausgefunden, dass Livia zu den engsten Freundinnen der Tochter des Duce gehörte.

Wie vorgeschrieben hatte er sich im Dunkeln gehalten,
um den Umzug der Dame und deren Einleben in der Stadt
zu überwachen. Er hatte um sie herum ein schützendes Netz

errichtet, damit ihr in einer Stadt, die doch niemals das war, was sie schien, nichts Schlimmes geschah. Und dann, infolge bestimmter, unvorhersehbarer Ereignisse, war er gezwungen gewesen, sie um einen direkten Kontakt zu bitten.

Dies war etwas, das es, wenn möglich, zu vermeiden galt. Auch wenn über die Existenz seiner Organisation viel und auch immer eingehender gemunkelt wurde, durfte diese niemals bekannt werden, erst recht nicht demjenigen, der selbst Objekt der Überwachung war. Doch in jenem Fall war Falco auf die Mitarbeit der Dame angewiesen gewesen, um zu verhindern, dass sie sich selbst in Schwierigkeiten brachte.

Daran dachte er jetzt zurück, während er die Treppe zu dem prachtvollen Haus emporstieg, das Livia zu ihrem Zuhause auserkoren hatte. Er dachte an jene erste Begegnung zurück und an seine Nervosität, die er nur kraft seiner langen Erfahrung und des harten Trainings, dem man ihn unterworfen hatte, unter einer Maske der Ungerührtheit hatte verbergen können.

Zuvor hatte er sie des Öfteren aus der Ferne beobachtet, abgesehen von mehreren Gelegenheiten, wenn er auf der Straße so tat, als begegneten sie sich zufällig, oder im Theater einen Platz in der benachbarten Loge einnahm. Und er hatte sie auf den zahllosen Fotos betrachtet, die anlässlich irgendwelcher Empfänge, feierlicher Eröffnungen oder Premieren in den Zeitungen erschienen, wo Livia meist an der Seite von hohen Funktionären der Faschisten abgelichtet wurde. Falco wusste, wer sie war, und glaubte zu wissen, wie sie war.

Und dann hatte er sie persönlich kennengelernt.

Schönheit, so dachte Falco, während er an der Tür läutete, kann man nicht definieren, solange man sie nicht vor Augen hat. Oft ist sie nur eine Frage des feinen Muskelspiels in einem Gesicht, eines Wimpernschlages oder der Bewegung der Finger. Die Schönheit, dachte Falco, bewegt sich durch den Äther wie Radiowellen, und wenn du zu weit weg bist, kannst du sie nicht mehr als das wahrnehmen, was sie ist. Die Schönheit, sie rührt dein Herz wie ein plötzlicher Schlag, und die Erinnerung daran ist wie ein Echo, das für den Rest deines Lebens in Schwingung bleibt.

Falco war über seinen Auftrag, den er doch am Anfang eher als berufliches Fegefeuer empfunden hatte, zunehmend glücklich gewesen, nachdem er Livia kennengelernt hatte; nachdem er ihr ganz eigenes, seltsames Parfüm erschnuppert hatte, seine Augen jenem dunklen, tiefen Blick begegnet waren und er die weichen, sinnlichen Bewegungen dieses perfekten Körpers gesehen hatte – Verheißung eines Paradieses, dessen Zutritt ihm doch auf immer verwehrt war.

Von jenem Moment an war es ihm ganz natürlich erschienen, sie zu beschützen. Und es war jedes Mal ein Vergnügen, sie zu sehen, mit ihr zu reden. Dass dahinter ein tieferes Gefühl stecken mochte, hatte er erst in dem Moment begriffen, als er sie singen hörte.

Falco war ein großer Musikliebhaber, das war seine einzige Schwäche und die letzte Botschaft der Schönheit, die ihn aus einer Vergangenheit erreichte, die er hatte vergessen müssen, ohne dies freilich allzu sehr zu bereuen. Er erinnerte sich an den Besuch einer Oper, bei der Livia mitgewirkt hatte, doch damals hatte er noch nicht dieses Beben in der Brust verspürt wie in dem Moment, als er gerade ihre Terrasse betreten wollte und die Stimme dieser Frau hörte, die ein Lied anstimmte, welches noch nie zuvor gesungen worden war. In jenem Moment hatte sein verhärtetes Herz einen Schlag ausgesetzt, um dann wie wild loszustürmen; im selben Moment hatte er zum ersten Mal dieses Gefühlsgemisch aus Verlorenheit und Unschuld, aus Verstörung und Benommenheit verspürt; und zugleich hatte er fast ungläubig gemerkt, wie sich seine Augen mit Tränen füllten.

Zwei Monate waren seither vergangen. Zwei Monate, in denen er sich mit dem Bewusstsein konfrontiert sah, dass da ein neues Gefühl in ihm war, das aller Wahrscheinlichkeit nach in Widerspruch zu seiner Aufgabe stand. Zwei Monate, in denen er versucht hatte, zu einem wenngleich nur unsicheren Gleichgewicht zwischen seinem Beruf und seinem Fühlen und Streben als Mann zu finden. Indem er sein Bedürfnis nach mehr Gelegenheiten, Livia zu treffen, zügelte und sich stattdessen den Ausdruck vagen Abscheus ins Gedächtnis rief, den er bei jeder ihrer Zusammenkünfte auf Livias Gesicht sah. Indem er es sich zur vorrangigen Aufgabe machte, sie Schritt für Schritt davon zu überzeugen, dass er sie nur beschützen und von den Gefahren fernhalten wollte, in die sie selbst und ihre launenhafte Gefühlswelt sie stürzen könnten.

Alles in dem schmerzlichen Bewusstsein, dass sie einen anderen liebte. Einen anderen, der sich ohne erkennbaren Grund unerreichbar machte, der vielleicht seinerseits in einen anderen Menschen verliebt war.

Und nun hatte eine Recherche, die er nur angestellt hatte, um Livia einen Gefallen zu tun, eine einfache Recherche, die eigentlich reine Routine sein sollte, ihn vor eine Situation gestellt, mit der er nie und nimmer gerechnet hatte. Seine Bemühungen, Livia zu schützen, hatten auf indirekte und eher zufällige Weise dazu geführt, dass man auf die Anwesenheit eines mutmaßlichen deutschen Militärspions gestoßen war.

Die Akte war streng geheim, und sein Amt hatte er noch nicht davon in Kenntnis gesetzt, doch Falcos gut ausgebildete Augen und Ohren konnten nicht irren. Der Major von Brauchitsch, gerade erst zum Kulturattaché des deutschen Konsulats ernannt, war bereits mit der höchsten Alarmstufe versehen worden und wurde exklusiv vierundzwanzig Stunden überwacht; und er führte seit anderthalb Monaten eine intensive Korrespondenz mit der jungen Frau, die im Haus neben Ricciardi wohnte, ebender Frau, die mit dessen verstorbener Haushälterin Rosa Vaglio befreundet gewesen war und aller Wahrscheinlichkeit nach das Objekt der Aufmerksamkeit des Commissario war.

Diese Neuigkeit, die es einerseits komplizierter machte, Livia zu schützen, weil ein eventueller Kontakt der Witwe Vezzi mit dem Deutschen Konsequenzen von unermesslicher Tragweite haben konnte, eröffnete Falco andererseits interessante neue Dimensionen. Das Einholen von Informationen von seiner Seite über den Mann – sei es darüber, was er tat oder mit wem er verkehrte – würde ganz gewiss nicht unbemerkt bleiben. Einer seiner Leute hatte zum Beispiel gerade erst erfahren, dass der Major bei einem Blumenladen gewesen war und ein Bukett Rosen bestellt hatte, die dann an Enricas Mutter geschickt worden waren. Auf dem beiliegenden Grußkärtchen war sein Besuch an diesem Abend angekündigt worden; das hatte ihnen der Händler verraten, bei dem es sich, wie ein glücklicher, wenn auch nicht seltener Zufall es wollte, um einen Informanten seiner Organisation handelte.

Falco plante, einen Bericht abzufassen, in dem er seine Vorgesetzten darüber informieren würde, er habe einen Kanal aufgetan, über den sich das Tun von Brauchitschs noch besser beobachten ließ; eine Modalität, durch die man einerseits diskret und unauffällig vorgehen könne, andererseits aber deutlich näher an das Objekt herankomme als durch die üblichen Beschattungen und das Abfangen von Post. Für sich selbst hoffte er, dadurch eine unerwartete Sichtbarkeit zu erlangen, die ihn möglicherweise sogar mit einem Aufstieg in den geheimnisvollen Hierarchien seiner Einheit belohnen könnte.

Dazu musste er sich allerdings zunächst vergewissern, dass Livia sich der Risiken bewusst war, die sie einging, selbst wenn sie nur indirekt und am Rande mit den Aktivitäten des Majors zu tun hatte. Dieser Ricciardi war mit Sicherheit eine Gefahr, in der einen wie in der anderen Hinsicht. Einerseits konnte er die Festigung der Beziehung zwischen dem Major und Enrica behindern, wenn er das Mädchen bäte, diesen nicht mehr wiederzusehen; andererseits konnte er auch in der Annäherung Falcos an Livia ein unüberwindbares Hindernis darstellen, wenn er sich stattdessen dazu entschloss, auf die Aufmerksamkeiten der schönen Sängerin einzugehen.

Aus all diesen Gründen, dachte Falco, wäre es durchaus hilfreich, zweckmäßig und angenehm, eine Möglichkeit zu finden, Ricciardi loszuwerden, womöglich sogar für immer.

Zu diesem Behufe hatte er dafür gesorgt, dass die Überwachung des Polizeibeamten verstärkt wurde. Vielleicht ergab sich ja dadurch ein Ansatzpunkt, ihn hinter Gitter zu bringen oder in die Verbannung zu schicken. Die Hoffnung starb bekanntlich zuletzt.

Clara, Livias Hausmädchen, öffnete die Tür; doch statt des üblichen Lächelns trug sie eine fassungslose und betrübte Miene zur Schau. Falco hatte sogar den deutlichen Eindruck, dass sie geweint hatte. Auf seine Frage, ob denn alles in Ordnung sei, schüttelte Clara den Kopf. Ihre Lippen bebten, doch sie brachte keinen Ton heraus.

Auf einmal bekam Falco es mit der Angst zu tun. War Livia vielleicht etwas zugestoßen? Immer noch schweigend ließ ihn Clara direkt in den kleinen Salon vor, der im abendlichen Halbdunkel lag. Normalerweise war das Mädchen immer zu einem Schwatz aufgelegt und musste mit dem Hinweis, es könne jetzt gehen, deutlich in seine Schranken verwiesen werden. Heute jedoch schien die Bedienstete es eilig zu haben, ihn allein zu lassen. Ohne auch nur das Licht einzuschalten, huschte sie davon.

Falco streckte die Hand nach dem Schalter aus, doch eine krächzende Stimme aus dem Dunkel hielt ihn davon ab.

»Bitte nicht.«

Als er die Augen zusammenkniff, erkannte er Livia, die auf dem Sofa lag. In der Luft hingen Rauchschwaden und der Dunst von Alkohol. Einem Impuls folgend ging er zum Fenster und öffnete es, ließ die Fensterläden jedoch angelehnt. Livia hatte einen Hustenanfall.

»Was haben Sie denn, Signora? Geht es Ihnen schlecht?«

Livia gab keine Antwort. Stattdessen trällerte sie mit belegter Stimme eine Melodie, die nicht zu erkennen war. Erst jetzt wurde Falco bewusst, dass sie betrunken war.

Er schaltete die Lampe ein, die auf einem Tischchen stand. Livia trug einen Morgenmantel, der vorn klaffte und mit Schnaps besudelt war. Auf dem Boden neben ihr standen ein voller Aschenbecher, daneben zwei Flaschen, die eine umgekippt, sodass sich eine kleine Pfütze auf den Teppich ergossen hatte, die andere halb leer. Über die Sofakante ragte eine Hand, darin, in gefährlichem Winkel, ein Glas.

»Ach, da sind Sie ja, mein geliebter Falco, der Mann ohne Gesicht und ohne Namen. Man hat Sie geschickt, damit Sie mich wieder nach Rom bringen, stimmt's? Sie sollen diesen Scherbenhaufen einer Frau einsammeln, nicht wahr?«

Trotz ihrer Trunkenheit, trotz ihrer unordentlichen, beschmutzten Kleidung, trotz ihres traurigen und entwürdigten Zustandes war Livia in Falcos Augen faszinierend und wunderschön. Und er spürte, dass sie Hilfe brauchte. Dass es ihr so schlecht ging, ließ sie eine Schwäche ausstrahlen, die ihn noch zärtlicher stimmte als sonst.

»Signora, Sie sind doch alles andere als ein Scherbenhaufen. Kommen Sie, stellen Sie dieses Glas ab. Seit wann liegen Sie schon hier? Haben Sie etwas gegessen?«

Er stützte sie, damit sie sich aufrichten konnte. Sie ließ ihn gewähren und begann leise zu weinen. Ganz allmählich wurde ihr Schluchzen heftiger, wurde unkontrolliert, ebbte dann ab und mündete in einen schier unversiegbaren Fluss aus Tränen, die über ihr Gesicht strömten, sodass ihr das zerstörte Make-up in dunklen Streifen über die Wangen lief. Sie sah aus wie ein Kind, das untröstlich ist.

»Ich bitte Sie, Signora, sagen Sie mir doch, was passiert ist. Hat Ihnen jemand etwas...«

Livia riss die Augen auf und schaute ihn entgeistert an, als sähe sie ihn zum ersten Mal. Dann fauchte sie mit wütender, bissiger Stimme: »Ja. Ja. Jemand hat mir etwas angetan. Jemand tut mir weh, er verletzt mich, er kränkt mich, er bringt mich um. Wenn Sie mich verteidigen wollen, wenn Sie mich retten wollen, wenn es stimmt, dass Sie da sind, um mich zu beschützen, dann sorgen Sie dafür, dass ich ihn in meinem Leben nie mehr wiedersehen muss.«

»Signora, aber was ist denn...«

»Er ist ein Perverser. Ein verfluchter Kinderschänder, ein Homo. Frauen interessieren ihn nicht, weil er ihnen Männer vorzieht. Das ist mir jetzt klar geworden, und es erklärt alles. Ich blöde Kuh habe es nicht gemerkt.«

Die Worte prasselten zwischen ihnen hernieder wie ein glühend heißer Regen. Falco schwieg, den Arm immer noch um sie gelegt. Er spürte ihren Atem auf sich, der nach Tabak und Schnaps roch. Ja, sie war betrunken, eindeutig, aber was machte das schon?

»Sind Sie sich sicher, Signora?«

Sie nickte, mehrfach. Dann brach sie erneut in Tränen aus, schluchzte bebend in ein Taschentuch, das er ihr gereicht hatte.

Fast für sich murmelte Falco: »Das erklärt alles. Machen Sie sich keine Sorgen, Signora, ich bin hier, um Sie zu beschützen.«

XXIX

Maione und Ricciardi hatten soeben ihren Austausch der über Tag gesammelten Erkenntnisse beendet. Sie waren sich einig, dass es aufgrund der bisherigen Ergebnisse ihrer Ermittlungen schwer sein würde, die Hypothese aufrechtzuerhalten, Piros Mörder könnte jemand anders gewesen sein als der Conte di Roccaspina.

»Erklären Sie mir eins, Commissario: Er gibt zu, ihn umgebracht zu haben, und bestätigt sein Geständnis, möchte aber so schnell wie möglich wieder aus dem Knast. Wieso kommt Ihnen das so komisch vor?«

Ricciardi ging im Zimmer auf und ab. »Weil es – alles zusammengenommen, wenn man einmal von dem Streit am Tag zuvor und seinem Geständnis absieht – keine Beweise dafür gibt, dass er es gewesen ist. Wie wäre man denn überhaupt auf ihn gekommen? Er hätte sich doch ebenso gut auf die Zeugenaussage seiner Frau berufen können, die behauptet, er sei in jener Nacht zu Hause gewesen.«

»Und?«

»Und – wenn einer nicht im Gefängnis bleiben will, warum will er dann überhaupt erst rein?«

Maione, der auf seinem üblichen Stuhl saß, überlegte. »Ein Mensch hat doch ein Gewissen, Commissario. Vielleicht hat der Conte ja gedacht: Wenn ich mich nicht melde, dann geht ein anderer an meiner Stelle ins Gefängnis. Bambinella hat mir gesagt, im Grunde sei Roccaspina, abgesehen von seiner Spielbesessenheit, ein anständiger Kerl. Vielleicht fehlte ihm in diesem Moment der klare Durchblick, und ihm

271

war nicht bewusst, dass er für lange, lange Zeit seine Freiheit einbüßen würde.«

Ricciardi schüttelte den Kopf. »Mir kam er eigentlich ziemlich klar vor, um ehrlich zu sein. Ich weiß nicht, irgendwie habe ich das Gefühl, etwas übersehen zu haben.«

Der Brigadiere folgte diesem Gedankengang vor dem Hintergrund der Informationen, die er von Bambinella erhalten hatte.

»Was mir komisch vorkommt, ist diese plötzliche Entlassung des Chauffeurs. Gut, der Tote ist tot und muss nicht mehr durch die Weltgeschichte gefahren werden, aber andererseits achten doch Menschen dieses Schlages besonders auf ihre Wirkung nach außen und wollen alle glauben machen, dass sie immer noch reich sind und nichts weiter passiert ist. Wer würde denn ansonsten dieses Mädchen noch heiraten? Vielleicht sollten wir uns diesen Fahrer mal anhören. Möglicherweise hat er doch was Interessantes zu sagen.«

»Einverstanden, dann lassen wir morgen den Chauffeur kommen. Das Problem ist, dass es sich um eine Sache handelt, die so lange zurückliegt und die alle für abgeschlossen halten. Es wird schwierig sein, jemanden zu finden, der noch bereit ist, sich zu erinnern. Ich zum Beispiel würde gern unsere Auftraggeberin, die Contessa, besser begreifen. Was hatte denn eigentlich ihr Verehrer, dieser Duca Marangolo, am Mordabend im Hause Roccaspina zu suchen? Seltsamer Zufall.«

Noch bevor Maione antworten konnte, ging die Tür auf, ohne dass jemand angeklopft hatte.

»Ach, ach, ach, es gibt Menschen, die arbeiten noch, obwohl es schon Abend ist! Gut so! Ich freue mich sehr, das zu sehen, denn es bedeutet – was ich immer schon sage –, dass es in dieser Stadt nicht bloß Arbeitsscheue gibt.«

Maione, der mit dem Rücken zum Eingang saß, sprang auf und ließ dabei seine Mütze fallen, hob diese dann mit einer unterdrückten Verwünschung auf und setzte sie sich rasch auf den Kopf, wobei der Schirm zuerst nach hinten und dann nach vorn zeigte.

»Guten Abend, Dottor Garzo«, sagte Ricciardi. »Ich hätte nicht gedacht, dass heute Abend noch jemand da wäre. Wir waren gerade dabei, den Dienstplan für morgen durchzugehen.«

Der Mann hatte seinen Mantel über den Arm gelegt, woraus zu schließen war, dass er im Aufbruch war. Mit dem Handrücken strich er sich über den feinen, überaus gepflegten Schnurrbart, eine Geste, die auf dem Präsidium mittlerweile berühmt war und über die sich alle insgeheim lustig machten.

»Gewiss, gewiss. Denn wie wir wissen, ist alles unter Kontrolle, und es sind keine schwerwiegenden Ermittlungen im Gange. So ist es doch, oder?«

Garzo, der direkte Vorgesetzte Ricciardis, hatte die Aufgabe, alle Ermittlungsarbeiten der Polizeibehörde zu koordinieren. Großspurig und anmaßend, wie er war, sonnte er sich in dem Glauben, die Situation voll im Griff zu haben. In Wirklichkeit war er zwar in den Beziehungen zu seinen Vorgesetzten ein funktionierender Bürokrat, jedoch vollkommen unfähig in der eigentlichen Polizeiarbeit.

Maione und Ricciardi verachteten ihn zutiefst, waren aber bemüht, dies zu verbergen.

»Gewiss, Dottore, gewiss. Alles in Ordnung.«

Garzo nickte noch immer und sagte, mit einem Blinzeln hinter seinen dicken Brillengläsern: »Und wie ich sehe, wird hier immer noch empfangen. Vielleicht sollte der Brigadiere Sie ja allein lassen, Ricciardi, jetzt, da Sie Besuch haben.«

Ricciardi und Maione schauten sich an. »Nein, Dottore, ich erwarte keinen Besuch. Wir waren schon dabei, uns zu verabschieden, der Dienstplan ist fertig, und ...«

Garzo zog eine Grimasse, die offenbar als schlaues Lächeln gedacht war, aber aussah wie das Grinsen eines Idioten.

»Dann teile eben ich Ihnen mit, dass zwar Sie niemanden erwarten, umgekehrt aber jemand auf Sie wartet. Draußen sitzt eine verschleierte Frau.«

Maione tauschte einen Blick mit Ricciardi und ging auf die Tür zu. Der Commissario tat so, als fiele es ihm jetzt erst ein, und schlug sich mit der Hand an die Stirn. »Wie dumm. Es handelt sich um einen persönlichen Besuch, Dottore. Eine Freundin, die ...«

Garzo setzte eine weltmännische Miene auf. »Ricciardi, Ricciardi. Ich verstehe. Aber ich bitte Sie um eins: Das Büro ist zum Arbeiten da und sonst nichts. Lassen Sie mich keine Klagen darüber hören, dass Sie in Ihrem Büro empfangen, denn es könnte Sie jemand dabei sehen, der wesentlich weniger nachsichtig in solchen Dingen ist als meine Wenigkeit. Da es momentan sehr ruhig ist, bitten Sie mich doch ruhig, ein wenig früher gehen zu dürfen, wenn Sie ein ... einen Termin haben. Einverstanden?«

Ricciardi holte tief Luft und zählte innerlich bis zehn. Das hatte er sich für solche Situationen angewöhnt.

»Danke, Dottore. Es handelt sich nur um eine Nachricht, auf die ich warte, das kann ich Ihnen versichern, sonst hätte ich ganz bestimmt nicht ...«

Garzos Lächeln wurde breit. »Ist schon gut. Wir haben uns verstanden. Und ich verspreche hoch und heilig, dass ich es niemandem sagen werde, vor allem nicht der Witwe Vezzi. Bis morgen. Heute Abend gehe ich ins Theater.«

Er rauschte von dannen wie ein Schiff, das mit vollen Segeln den Hafen verlässt, blieb aber noch einen Moment auf der Schwelle stehen, um einen letzten neugierigen Blick auf die mysteriöse Besucherin zu werfen, die Maione gerade ins Büro geleitete.

Als die Tür sich geschlossen hatte, wandte sich Ricciardi an die Frau. »Contessa, es war kein intelligenter Schachzug, weiterhin hierherzukommen. Der Mann, den Sie gerade haben herausgehen sehen, könnte uns von einem Moment auf den anderen vom Dienst suspendieren und uns so daran hindern, weiter in einem Fall zu ermitteln, der für die Polizei schon seit Monaten abgeschlossen ist. Ich dachte, in diesem Punkt klar und deutlich gewesen zu sein.«

Bianca hob den Schleier und schaute Ricciardi ungerührt an. »Auch Ihnen einen guten Abend, Commissario. Ich muss mich entschuldigen, aber ich hatte keine Ahnung vom heimlichen Charakter unserer Treffen. Naiverweise ging ich davon aus, es sei das Recht einer Bürgerin, sich an die Polizei zu wenden, wenn es darum geht, Licht ins Dunkel eines Falles zu bringen, der noch in vielen Dingen ungeklärt ist.«

Ricciardi bereute sofort seine harten Worte. Das war sehr unhöflich gewesen. »Ich bitte um Verzeihung, Contessa. Guten Abend. Sie haben recht, natürlich stünde es Ihnen zu, dass man sich mit dem Fall befasst, doch wie Sie wissen, ist die Beweisaufnahme abgeschlossen, und …«

Maione hüstelte und scharrte mit den Füßen, was er immer tat, wenn er auf sich aufmerksam machen wollte.

»Commissario, bitte entschuldigen Sie, wenn ich unterbreche, aber vielleicht ist es besser, wenn Sie zusammen mit der Signora das Haus verlassen. Wenn es diesem Deppen … Ich meine, wenn es Dottor Garzo einfallen sollte zurückzukehren, um nachzuschauen, ob wir immer noch da sind, könnte er eine Erklärung verlangen.«

Ricciardi nickte. »Du hast recht, Raffaele. Kommen Sie, Signora. Wir reden unterwegs.«

XXX

Der schöne Septemberabend lud zum Spaziergehen ein, und auf der Straße flanierten viele Menschen vor den Auslagen der Geschäfte, deren Besitzer in Erwartung eines besseren Umsatzes die abendliche Schließung ihrer Läden hinauszögerten.

Ricciardi ging mit der Contessa di Roccaspina an seiner Seite auf die große Piazza zu, wo alle ihre Schritte verlangsamten, um die frische Brise vom Meer zu genießen. Sie sahen auch nicht anders aus als die vielen Paare, die miteinander spazieren gingen, um sich besser kennenzulernen, doch waren Inhalt und Zweck ihres Gesprächs ganz anders geartet, als man es auf den ersten Blick geahnt hätte.

»Also, Commissario, dann haben Sie heute offenbar den Anwalt getroffen. Und sind Sie denn auch… Waren Sie in Poggioreale?«

»Ja, Signora«, antwortete Ricciardi. »Ich war dort. Und ich muss Ihnen gestehen, dass dieser Besuch für mich nicht gerade zu einer Klärung geführt hat.«

Bianca betritt das Sprechzimmer und nimmt auf der anderen Seite des breiten Metallgitters Platz. An ihrer Seite sitzt eine magere Frau mit einem kleinen Jungen auf den Knien. Der Junge weint.

»Wie… wie geht es ihm?«

Es sind viele Leute da. Alle Plätze sind belegt. Zum größten Teil sind es Frauen und Kinder. Aber auch alte Männer, alte Frauen. Jemand trocknet sich nervös die Tränen, andere lachen, als fühlten sie sich pudelwohl.

»Ich kann es Ihnen nicht sagen, Signora. Vom Äußeren her macht er nicht gerade einen guten Eindruck.«

Bianca ringt die Hände in den zerschlissenen Handschuhen. Sie hat ein schlechtes Gewissen, weil sie viel lieber wieder draußen wäre, weil sie wünschte, gar nicht gekommen zu sein. Jetzt werden die Häftlinge von den Wärtern hereingeführt.

»Dort… Es ist schrecklich dort, finden Sie nicht auch?«

Es herrscht ein unerträglicher Gestank. Nach Rauch, nach Schimmel. Dreck. Schweiß, Körper, Körpersäfte. Bianca drückt sich ein Taschentuch auf die Nase, atmet ihr Parfüm ein, um sich zu wappnen. Sie spürt, dass viele sie missgünstig aus dem Augenwinkel beobachten. Für diese Leute ist sie ein Eindringling, eine Fremde, unwillkommen, unpassend, denn sie hat nichts mit diesem Ort hier zu schaffen, hat nichts mit den Menschen hier gemein. Dabei stimmt das gar nicht.

»Ja, ja, das verstehe ich. Auch wenn ich mit dem Anwalt hineingegangen bin, kann ich mir vorstellen, dass die Situation für Familienangehörige ganz anders ist. Das glaube ich zumindest.«

Bianca beobachtet die Häftlinge, die die Hand ausstrecken, das Gitter berühren, versuchen, wenigstens die Fingerspitzen ihrer Angehörigen durch das verrostete Gitter zu ertasten. Die Wärter lassen es zu, richten ihren gelangweilten Blick woandershin. Als Letzter tritt Romualdo ein, setzt sich mit gesenktem Blick vor sie hin. Er schweigt.

»Als ich ihn das letzte Mal gesehen habe… Ich war nicht oft dort. Vielleicht nicht so oft, wie ich gesollt hätte.«

»Und warum nicht, wenn ich fragen darf?«

Lange hebt er nicht den Blick. Bianca weiß nicht, was sie sagen soll. Sie wartet. Beim vorigen – einzigen – Mal war auch Attilio dabei, und es hat fast ausschließlich er geredet, aber nur wenige, einsilbige Antworten bekommen. Jetzt würde sie ihren

Mann gerne fragen, wie es ihm geht, bringt aber keinen Ton heraus.

»Ich weiß nicht. Ich glaube, ich habe mich unwohl gefühlt. Wir hatten ja schon draußen kaum mehr miteinander geredet, und ihn dort drinnen zu sehen, so …«

Mager. O Gott, wie dünn du geworden bist, denkt Bianca. Dieser dünne Hals, der aus dem Hemdkragen ragt, der kahl rasierte Kopf, der Schnurrbart, der nicht mehr da ist. Er sieht jünger aus, denkt sie, und zugleich viel älter. »Was willst du eigentlich hier? Wer sagt dir, dass ich dich sehen will?«

»Und dann hatte ich auch den Eindruck, dass es ihm keine Freude bereitet, dass ich ihn besuchen komme.«

»Das glaube ich nicht, Signora. Wissen Sie, manchmal schämt man sich dafür, in solchen Umständen gesehen zu werden.«

»Ich bin immer noch deine Frau«, antwortet sie ihm. Ihre Stimme klingt leise, ausdruckslos, härter, als sie es eigentlich gewollt hätte. Die magere Frau neben ihr wirft ihr einen verständnisvollen Blick zu und wendet sich wieder dem alten Mann zu, der vor ihr sitzt. Das muss ihr Vater sein, denkt sie. Romualdo hebt den Blick und starrt sie an. Er faucht: »Wir haben uns nichts zu sagen. Wir hatten uns nie etwas zu sagen.«

»Und Ihnen – hat er Ihnen etwas mitgeteilt?«

»Er hat mich erkannt. Ich hätte nicht gedacht, dass er sich an mich erinnert, auch angesichts der Situation, doch er erinnerte sich sehr gut.«

»Romualdo hat ein ausgezeichnetes Gedächtnis. Nur will er manchmal vergessen.«

Nicht weit von ihnen, an einem der Tische draußen vor dem Café, spielte ein großer junger Mann mit großer Virtuosität und Leidenschaft Mandoline, schmetterte ein Lied dazu.

Der alte Mann neben Romualdo weint und lächelt dabei dem Kind zu. Ab und zu wischt er sich nervös eine Träne ab, als würde er ein Insekt verscheuchen. Er redet und redet, und die ausgezehrte Frau nickt angestrengt, auch sie weint. Romualdo wirft einen Blick hinüber und sagt: »Siehst du den? Ein Alter, stimmt's? Du denkst, das ist der Vater, aber es ist der Ehemann. Er hat etwa mein Alter, nur ist er schon seit zehn Jahren hier drinnen. Ich werde nicht so enden, da kannst du sicher sein. So werde ich nicht enden.«

»Was ist es denn, das er vergessen will? Erklären Sie es mir, alles kann wichtig sein.«

»Er … er ist sich dessen bewusst, was er getan hat. Er weiß es. Und er wollte es ändern, glaube ich. Alles ändern.«

»Und du? Wie bist du denn geendet?«, fragt er sie. »Früher hast du gelacht, weißt du das? Du lachtest, nahmst Anteil. Weißt du noch, wie wir mal im Park bei der Villa deiner Eltern spazieren waren und ein kleines Hündchen gesehen haben? Du erinnerst dich nicht mehr, stimmt's? Ich schon. Es war krank und winselte, dass es einem das Herz brach. Du fingst an zu weinen, konntest dich gar nicht mehr beruhigen. Ich musste dich von dort wegbringen. Jetzt jedoch hast du es verloren, das Herz. Verhalten hast du dich immer untadelig, das stimmt, aber was für eine Frau bist du mir gewesen? Ich hatte nie das Gefühl, dass du mir nahestehst. Immer wie aus Eis. Immer weit weg.«

»Was wollte er denn verändern, Ihr Ehemann? Hatte er Pläne? Etwas, das ihn dazu gebracht hätte, nicht mehr …«

»Nein, nein, Commissario. Jedenfalls glaube ich das nicht. Er war sich nur dessen bewusst, was aus seinem Leben geworden war.«

Der Junge mit der Mandoline schien eine Geschichte über sich selbst zu erzählen, während er spielte. Ein paar junge

Mädchen an einem Tischchen schauten ihn an und kicherten. Er war schlecht gekleidet und unterernährt, doch er sang aus ganzem Herzen, mit verzückter Miene, als dächte er an etwas, das weit weg ist.

Er fährt fort zu reden, den Blick fest auf sie gerichtet, die Lippen angewidert verzogen. »Ich bin lebendiger als du«, sagt er zu ihr. »Lebendiger – ich, den man seiner Freiheit beraubt hat, der kein anständiges Essen hat, keine Kleider, keine Seife, um sich zu waschen. Lebendiger, obwohl er keinen Namen und keine Würde mehr hat, keinen Frieden und keinen Schlaf. Lebendiger als du, weil ein Herz in mir schlägt. Schlägt in dir ein Herz, Bianca? Wie lange hörst du ihn schon nicht mehr, den Schlag deines Herzens?«

Herzzerreißend flehte der junge Mann einen Falter an wegzufliegen, um nicht zusammen mit seiner Hand zu verbrennen.

»Signora, ich kann mir das Verhalten Ihres Mannes nicht erklären. Er schien entschlossen, sein Geständnis zu bekräftigen und eine Strafe dafür zu bekommen. Dann jedoch sagte er zu dem Anwalt, er solle alles daransetzen, eine Strafminderung zu erzielen, damit er so kurze Zeit wie möglich im Gefängnis bleiben muss. Das ist doch ein Widerspruch, meinen Sie nicht?«

»Hat er das gesagt? Das verstehe ich nicht, Commissario. Das verstehe ich überhaupt nicht.«

Sie sagt zu ihm: »Warum, Romualdo? Warum hast du das getan? Ich weiß, dass du es nicht gewesen bist. Ich weiß, dass du zu Hause warst, in deinem Bett, in jener Nacht.« Er lacht, ein furchterregendes Lachen, weil er ohne Fröhlichkeit lacht, mit verzweifelter Wut, als würde er weinen. Der Alte neben ihm dreht einen Moment lang den Kopf zu ihm und schaut ihn an, redet dann wieder mit seiner Frau. Romualdo sagt: »Und wo-

281

her weißt du, wo ich war? Und wo ich jetzt bin, wo mein Herz ist? Du weißt gar nichts über mich. Du kannst nur urteilen, bist kalt wie Marmor, in eine Gruft eingeschlossen, obwohl du noch gar nicht tot bist. Die Liebe hast du nie gekannt, Bianca. Ich schon, und das ist mein Glück. Ich schon. Und ich habe noch lange zu leben.«

»Bitte hören Sie nicht auf, nach dem Grund zu suchen, Commissario. Ich bitte Sie. Ich weiß, dass es schwierig ist, ich weiß, dass es problematisch ist, Antworten zu bekommen, wenn man nicht die Mittel einer offiziellen Ermittlung einsetzen kann, aber ich bitte Sie, geben Sie nicht auf. Denn ich weiß, dass er es nicht gewesen ist. Ich liebe ihn nicht mehr, das stimmt, und mein Wunsch nach Klarheit entspricht nicht dem, was er will, aber ich muss begreifen, was Romualdo im Schilde führt. Denn er ist nicht verrückt, auch wenn er sich wie ein Verrückter verhält. Er ist nicht verrückt.«

Ricciardi schien ganz versunken dem Jungen mit der Mandoline zu lauschen, seine Stirn war gerunzelt, als versuchte er, sich krampfhaft zu erinnern, wo er dieses Lied schon einmal gehört hatte.

»Nein, ich werde nicht aufhören, Signora. Denn ich weiß, was es heißt, sich wie ein Gefangener zu fühlen, obwohl man doch auf freiem Fuß ist. Ich weiß, was es heißt, Gefangener seiner selbst zu sein. Ich weiß, was es heißt, den Blick an die Decke zu richten und darauf zu warten, dass es Morgen wird oder dass der Schlaf kommt, und dann kommt keins von beiden.«

Bianca dachte, schon lange habe sie sich jemandem nicht mehr so nahegefühlt wie jetzt diesem Unbekannten mit den grünen Augen.

Er sagt: »*Jetzt ist alles in Ordnung, Bianca. Du wirst unsere*

*paar Habseligkeiten retten können. Das Haus, die paar un-
nützen Möbel, die uns geblieben sind, den Schmuck, den du vor
mir versteckt hast ... Du hast gut daran getan, denn sonst hätte
ich auch das noch verloren bei dem Versuch, den Prunk von damals zurückzuholen, ebenso wie die Liebe in deinen Augen.
Sinnloserweise. Du wirst mir das Leben lassen, ein neues Leben.
Das ich mir ganz allein werde aufbauen können.«*

»Es geht mir einfach nicht aus dem Kopf, dass er es für
mich getan haben könnte«, sagte die Contessa mit gedämpfter Stimme. »Um mich vor seinen Schulden zu retten, um
das in Ordnung zu bringen, was noch in Ordnung zu bringen war, und dann zu verschwinden. Nicht aus Liebe, dessen
bin ich mir sicher, sondern um mich für das Leben zu ent-
schädigen, das er mir genommen hat.«

Ricciardi nickte, ohne den Blick von dem Mandolinen-
spieler zu nehmen. »Das könnte sein, auch wenn es eine verrückte Lösung wäre. Wie Ihr Anwalt gesagt hat, hätte er
ebenso gut das Weite suchen können und damit denselben
Effekt erzielt. Wir können jedenfalls nur herausfinden, was
passiert ist. Zu ergründen, warum, das ist Ihre Aufgabe.«

Der Junge mit der Mandoline beendete sein Spiel mit
einem letzten herzzerreißenden Akkord. Ein Mann erhob sich
und reichte ihm etwas Geld, während seine Begleiterin sich
die Augen mit einem Taschentuch abtupfte. Von den Café-
tischchen erhob sich ein kurzer, etwas verlegener Applaus.

Bianca sagte: »Danke, Commissario. Ich sage danke aus
tiefstem Herzen.«

Ricciardi wandte sich ihr zu. Sein Gesicht war versteinert.
»Danken Sie mir nicht, Signora. Ich muss auch noch einige
Dinge begreifen, die Sie betreffen, um mir ein komplettes
Bild der Situation zu machen. Wo kann ich denn einen ge-
wissen Duca Marangolo finden, um mit ihm zu reden?«

*Der Wärter sagt: »Die Zeit ist um. Ihr müsst wieder rein.«
Der Alte hält sich mit beiden Händen am Gitter fest, und seine
Frau tut das Gleiche. Das Kind weint verzweifelt. Romualdo
erhebt sich hastig und sagt: »Komm nicht wieder, Bianca.
Komm nie mehr wieder. Ich will dich nicht sehen, es kostet mich
zu viel, mich von deiner Verachtung zu erholen. Bau dir ein
neues Leben auf und vergiss all das, was zu unserer Zeit war.«
Und dann geht er, ohne sich noch einmal umzudrehen.*

Die Contessa blinzelt überrascht. »Carlo Maria? Aber was
wollen Sie denn von ihm? … Nein, richtig, ich soll mich nicht
einmischen. Ich lasse ihm gleich morgen früh eine Nachricht
zukommen, zur Aperitifstunde können Sie ihn in demselben
Klub antreffen wie Attilio. Er wird auf all Ihre Fragen antworten. Aber ich bitte Sie, kommen Sie nicht auf die Idee,
ich hätte ein Motiv, um … Carlo Maria ist ein guter Freund.
Wenn Sie es für nötig halten, sprechen Sie gerne mit ihm.«

Ricciardi schaute sie lange an. »Ja, Signora. Ich halte es für
nötig. Ich weiß, dass sich dieser Mann am Abend der Tat bei
Ihnen zu Hause aufhielt, während der Conte nicht da war.«

Diese Worte hatte er ihr hingeworfen wie eine Beleidi-
gung. Bianca errötete unter ihrem dunklen Schleier. »Das
stimmt, Commissario. Aber ich habe ihn nicht empfangen.
Vielleicht haben Ihre Informanten nicht alles gesagt, was es
zu sagen gibt.«

Und mit diesen Worten ging sie, ohne sich noch einmal
umzudrehen.

XXXI

Manfred erzählte, und alle Augen der Familie waren auf ihn gerichtet.

Fast alle Augen.

Giulio Colombo schaute Enrica an.

Der Tag war ganz anders gewesen als sonst. Das Eintreffen von Blumen gleich am frühen Morgen, begleitet von einem unauffälligen Kärtchen, in dem der Offizier für die Einladung zum Essen dankte, welche er mit Freuden annehme, hatte eine ganze Kette von Vorbereitungen in Gang gesetzt, die fast panische Züge aufwiesen. Zu seinem Glück hatte Giulio selbst angesichts solch außergewöhnlicher Ereignisse immer noch das Geschäft, um das er sich kümmern musste, weshalb es ihm gelungen war, dem familiären Chaos, das durch die gewaltige Vorfreude seiner Frau angefacht wurde, weitestgehend zu entfliehen.

Es war nicht das erste Mal, dass die Colombos einen potenziellen Ehemann für eine ihrer Töchter bei sich zu Gast hatten. Die Eltern von Marco, Susannas Mann, waren vor der Hochzeit mehrere Male bei ihnen eingeladen gewesen, doch in dem Fall war alles gemäß einem Kanon abgelaufen, der sich durch lange Tradition eingebürgert hatte, und Susanna selbst hatte sich, trotz ihres jungen Alters, mit ganzer Kraft für das reibungslose Funktionieren jenes weltlichen Vorganges eingesetzt, der sich Verlobung nannte. Im Gegensatz zu ihrer älteren Schwester, betonte Maria, an Enrica gerichtet, wann immer sich die Gelegenheit dazu bot, war Susanna nämlich eine Tochter, um die man sich keine Sor-

gen machen musste. Eine richtige Frau, schon zu Backfisch-
zeiten, die in der Ehe, dem Aufziehen von Kindern und
einem eigenen Heim den Traum und das Bestreben ihres
Lebens sah.

Ein eigenes Heim hat sie doch gar nicht, hätte ihr Enrica
geantwortet, wäre sie ihrer Schwester nicht so herzlich zugetan, denn schließlich wohnte Susanna immer noch im elter-
lichen Haus, und es stand in absehbarer Zeit kein Umzug
zur Debatte. Allerdings hatte Susanna auch, obwohl sie die
Jüngere war, bereits einen kleinen Jungen von zwei Jahren
und befand sich nach fünf Jahren Verlobungszeit schon drei
Jahre im Stand der Ehe. Während Enrica diese ganze Zeit
damit verbracht hatte, an einer Aussteuer zu sticken, die sie
möglicherweise nie brauchen würde.

In der Zwischenzeit hatte Maria versucht, Begegnungen
mit Familien in der Bekanntschaft zu organisieren, welche
einen Sohn im richtigen Alter hatten, in der Hoffnung, der
Funke würde überspringen. Bei einem dieser jungen Männer, Sebastiano, hatte Enrica sogar eingewilligt, einen Kaffee
mit ihm trinken zu gehen, doch am Ende war die Sache, wie
immer, im Sande verlaufen.

Jetzt jedoch war alles anders. Jetzt war sie selbst, Enrica,
es gewesen, die einen Mann kennengelernt, mit ihm geredet
und sogar einen Briefwechsel begonnen hatte, und die ihrer
Mutter gesagt hatte: Weißt du, Mama, ich hab da jemanden
kennengelernt, er lebt woanders, kommt aber der Arbeit wegen in die Stadt, und da glaube ich, wenn es euch nichts aus-
macht, dann würde ich ihn gerne hierher einladen. Vielleicht
zum Abendessen. Weißt du, Mama, er ist alleinstehend, wir
haben uns auf Ischia angefreundet, wo er Anwendungen in
den Thermen hatte. Und, Mama, er ist ein deutscher Offizier.

Und ich glaube, er interessiert sich für mich.

Diese paar Sätze, die Enrica im Verlauf des vergangenen Monats, nach der Rückkehr aus der Ferienkolonie, wo sie unterrichtet hatte, in wenigen Momenten der Vertrautheit ihrer Mutter hingeworfen hatte wie Brotbrocken, hatten ein kleines Erdbeben im Hause Colombo verursacht. Schon von der allerersten, noch zaghaften Andeutung an hatte Maria begonnen, Enrica zu belauern und zu belagern und mit ihrer Neugier und Aufregung alle angesteckt. Dass ihre älteste Tochter, deren Zurückhaltung und Schüchternheit wohlbekannt waren, einen Mann kennengelernt hatte und diesen zum Essen einladen wollte, war ein Ereignis von epochaler Bedeutung.

Manfred war in Uniform erschienen und mit einem zweiten Blumenstrauß in der Hand, der diesmal für Enrica bestimmt war. Blendend aussehend, blond, gut gebaut und lächelnd – und dabei auch so auskunftsfreudig – hatte er mit großem Appetit gegessen und bei jedem Gang zufrieden gebrummt und die Gastgeberin mit Komplimenten überhäuft. Dann hatte er aus einer geräumigen Ledertasche Geschenke für jedes einzelne Mitglied der Familie zutage gefördert, ohne jemanden zu vergessen: geschnitzte Holztierchen für die Kleinsten, eine reich ziselierte Pfeife für Giulio, einen Schal für Susanna, Zigarren für Marco. Enrica hatte er eine Silberkette mit kleinen Männchen als Anhänger mitgebracht, die alle bayrische Tracht trugen, und Maria überreichte er ein handillustriertes Buch über seine Heimat.

Manfred hatte sich als interessanter Gesprächspartner erwiesen und mit seinem perfekten Italienisch, das durch den fremden und ein wenig harten Akzent geradezu exotisch wirkte, einer tiefen Zuneigung zur Kunst und Kultur der Stadt Ausdruck verliehen. »Ihr könnt euch wirklich glücklich schätzen«, hatte er gesagt, »in einem so wundervollen Land zu leben, das eine so große Vergangenheit und Zukunft hat.«

Dann hatte er ihnen auseinandergesetzt, welch große Gunst das neue Deutschland dem italienischen Modell entgegenbringe; dafür sei seine Anwesenheit in der Stadt Beweis genug, fügte er hinzu. Er würde mehreren deutschen Archäologen zur Seite stehen, die mit Ausgrabungen in der Nähe des Vulkans beschäftigt waren, dabei jedoch gewiss auch die Zeit finden, seine Neugier auf die unzähligen anderen Kunstschätze der Gegend zu befriedigen, die er leider nur oberflächlich kenne. Jeden dieser Sätze begleitete er mit einem betonten Blick zu Enrica und weckte damit eine immer größere Begeisterung in Maria, die positiv überrascht von der Tatsache war, dass ihre Tochter, eine eher gewöhnliche junge Frau, was sie sich insgeheim eingestehen musste, die Aufmerksamkeiten eines solch außergewöhnlichen Mannes auf sich zog.

Wie üblich zeigte das Mädchen absolute Gelassenheit. Enrica lächelte über Scherze, hörte zu, wartete gelegentlich mit einer eigenen Beobachtung auf. Schließlich hatte sie am Nachmittag dem Druck nachgegeben und sich in Schale geworfen: Sie trug eine Bluse aus rotem Musselin mit einem Blumenmotiv, das sie selbst darauf gestickt hatte – auch das der Mutter zu Gefallen, die es sich gewünscht hatte, dass das Mädchen seine besonderen handwerklichen Fähigkeiten, ganz beiläufig, hervorhob. Dazu trug Enrica eine Perlenkette und dazu passende tropfenförmige Ohrringe; damit sollte – wiederum nach dem Dafürhalten von Enricas Mutter – auf die Bedeutung dieses Wiedersehens im engen Rahmen der Familie hingewiesen werden, weit weg von dem Ort, an dem sich die beiden kennengelernt hatten.

Wie auch immer, Enrica verhielt sich genau so, wie man es von ihr erwartet hätte. Mit einer offenen Zurschaustellung ihrer Gefühle war bei ihr nicht zu rechnen gewesen, doch Giulio, dem auch die kleinste Regung nicht entging, hatte durchaus ein echtes Interesse an ihrem Gast feststellen können.

Er hatte seine Tochter die ganze Zeit sehr aufmerksam beobachtet, weil er herausfinden wollte, ob und in welchem Maße dieser Mann im Mittelpunkt von Enricas zukünftiger Gefühlswelt stehen und sie zu einer glücklichen Ehefrau und Mutter machen konnte. Das war nicht leicht zu erspüren, selbst für jemanden wie Giulio, der sie so gut kannte und, weil sie einander so ähnlich waren, oft genug auch das erahnte, was das Mädchen eigentlich gar nicht preisgeben wollte.

An dem ganzen Abend gab es nichts auszusetzen, dachte Giulio. Das Essen war hervorragend verlaufen, und ganz bestimmt würde Maria noch bis spät in die Nacht und an den darauffolgenden Tagen in den allerhöchsten Tönen von dem Ereignis schwärmen. Auch mit dem Verhalten ihrer Tochter würde sie bestimmt zufrieden sein; gerade lachte diese gemeinsam mit der übrigen Tischrunde über die Erzählungen des Majors von seinen ersten, von zahlreichen Stürzen begleiteten Reitversuchen, nachdem er schon als kleiner Junge beschlossen hatte, zur Kavallerie zu gehen.

Einen Moment – einen einzigen – hatte es allerdings gegeben, der Giulio nicht entgangen war.

Es war nach dem Nachtisch gewesen, einer geradezu spektakulären Zuppa Inglese auf neapolitanische Art. Maria lobte in höchsten Tönen die Kochkünste Enricas – deren Meisterwerk just in dem Moment genüsslich verspeist wurde – und hatte versucht, sie dazu zu bringen, das Rezept zu verraten. Natürlich zierte sich Enrica ein wenig, und so hatte ihre Mutter damit begonnen, selbst die Zubereitung aufs Genaueste zu erläutern, während Manfred, Marco und Giulio sich noch eine Portion des göttlichen Gerichts nahmen. Ricotta, Schokoladensplitter, in Rum getränkter Biskuit sowie zwei Gläschen des berühmten Kräuterlikörs der deutschen Firma Henry in die Cremefüllung; Maria beschrieb, und ihr deutscher Gast lauschte, mit sichtbarem Genuss kauend.

Enrica war aufgestanden, um die leeren Teller abzutragen und in die Küche zu bringen, als sie im Vorübergehen blitzschnell einen Blick zu dem Fenster auf der anderen Straßenseite geworfen hatte. Es war eine kurze und fast nicht wahrnehmbare Geste gewesen, bei der Giulio sich sicher war, dass sie völlig unbewusst stattgefunden hatte. Er jedoch hatte sie durchaus bemerkt, und er hatte auch das winzige Beben ihrer Schultern gesehen, als sie bemerkte, dass hinter den vorgezogenen Vorhängen dort drüben Licht brannte.

Bei seiner Rückkehr trug das Mädchen erneut ein hübsches Lächeln auf den Lippen und lauschte aufmerksam dem Diskurs am Tisch, der in der Zwischenzeit durch die schmunzelnde Bemerkung Marcos an Fahrt gewonnen hatte, das einzig Falsche an diesem Nachtisch sei die Bezeichnung *inglese,* englisch.

Von diesem Punkt an hatte sich eine politische Diskussion entsponnen, bei der Susannas Ehemann seine üblichen extremen Positionen über das Leiden Europas an der inakzeptablen Vorherrschaft Englands vertrat, eine Meinung, die Manfred, wenngleich etwas abgemildert, teilte. Wären die Umstände andere gewesen, so hätte sich Giulio eingemischt und gegen den Militarismus Partei bezogen, von dem die italienischen Faschisten und die neue Regierung des deutschen Reiches durchdrungen waren, doch diesmal schwieg er.

290

Abgesehen davon, dass es unhöflich ihrem Gast gegenüber gewesen wäre, der doch immerhin Soldat und ein Vertreter des deutschen Reiches in Italien war, war der Cavaliere abgelenkt. Er versuchte zu erspüren, was denn nun eigentlich wirklich in seiner Tochter vorging. Und ob vielleicht genau dort bereits ein Krieg im Gange war – in jenem so empfindsamen und unerfahrenen Herzen.

Er fragte sich, was Don Pierino gemacht hätte, und er fragte sich auch, welche Gefühle wohl hinter jenen zugezogenen Vorhängen auf der anderen Straßenseite im Verborgenen lagen.

Doch Gott wollte es, dass auch dieser Abend irgendwann zu Ende ging, obwohl die Kinder immer noch um Manfred herumsprangen und ihn anbettelten, doch noch ein paar mehr Geschichten über sein kleines Dorf am Ufer des Sees zum Besten zu geben, dort unten im fremden Bayern mit seinen seltsamen Gebräuchen. Der Major entschuldigte sich für sein Eindringen und den allzu langen Besuch, fügte dann jedoch mit einem Blick zu Enrica hinzu, dies sei nur deshalb geschehen, weil er vollkommen sein Zeitgefühl verloren habe.

Mit leiser und ernster Stimme wandte er sich dann an Maria. »Wissen Sie, Signora: Ich bin Witwer und kinderlos. Allein bin ich seit vielen Jahren und immer dienstlich unterwegs. Manchmal bin ich traurig. Doch ich träume immer noch davon, eine eigene Familie zu gründen, genauso eine wie die Ihre. Und Kinder zu haben, die genauso fröhliche kleine Schelme sind wie dieser hier.«

Mit diesen Worten nahm er Susanna den kleinen Corrado vom Arm und kitzelte ihn zu dessen großem Entzücken. Als er ihn wieder abstellte, flüchtete sich der Kleine zu den Eltern und lutschte am Daumen, ließ den großen Fremden dabei aber keine Sekunde aus den Augen.

Dieser fuhr fort: »Manche Leute haben Vorurteile gegenüber Offizieren wie mir. Man hält uns für oberflächlich, karrierebesessen und immer von dem Willen beseelt, unser Leben auf dem Schlachtfeld aufs Spiel zu setzen. Doch das stimmt nicht, glauben Sie mir. Ein Offizier ist ein Mensch wie jeder andere auch und ein Mensch, der ein Zuhause braucht, in das er heimkehren will. Sonst ist sein Leben nicht vollkommen.«

Mit dieser Ansprache, kurz bevor er sich verabschiedete, erklärte Manfred den eigentlichen Grund für seinen Besuch. Und es war haarklein genau das, was Maria hatte hören wollen.

Die Signora Colombo schenkte Manfred ein breites Lächeln. »Major, Sie werden bestimmt schon gemerkt haben, dass Sie in diesem Haus ein sehr willkommener Gast sind. Solange Sie in der Stadt sind, seien Sie sich dessen gewiss, können Sie immer auf unsere Familie zählen, als wäre es Ihre eigene; und wenn Sie möchten, kommen Sie gerne jeden Abend hierher. Wir alle werden uns darüber freuen – zuallererst natürlich Ihre Freundin Enrica, der wir dafür danken müssen, dass sie Sie hierhergebracht hat, und natürlich auch mein Ehemann. Stimmt's, Giulio?«

Derart auf den Plan gerufen antwortete der Cavaliere höflich: »Gewiss, gewiss. Kommen Sie gerne, wann immer Sie wollen.«

Enricas Lächeln sah genauso aus wie das der Mona Lisa.

Giulio fragte sich zum wiederholten Male, was sie dachte. Und vor allem – an wen.

XXXII

Manche Abende waren schlimmer als andere, dachte Ricciardi.

Nicht dass es dafür einen Grund gab. Vielleicht lag es einfach in der Luft. Eine ganz besondere Melancholie, die ihm unter die Haut ging, mit ihren langen Fingern nach seinem Herzen griff und so fest zudrückte, dass schon das Atmen schwerfiel.

Aus diesem Grunde hatte er auch die freundschaftliche Verpflichtung, die Bruno Modo ihm auferlegt hatte, nämlich mit ihm essen zu gehen, mit Erleichterung angenommen. Als er Nelide davon in Kenntnis setzte, hatte diese mit unveränderter Miene begonnen, die Zutaten für das Essen, das sie geplant hatte, wieder wegzuräumen. Auf die Frage des Commissario, was sie denn jetzt, wo sie allein war, essen würde, hatte sie nur mit den Achseln gezuckt und auf ihre übliche rätselhafte Weise verkündet: *Chi cucina allecca e chi fila secca,* womit sie wohl sagen wollte, sie habe bereits beim Kochen genascht und keinen Hunger mehr.

Um die Wahrheit zu sagen, bedeutete das genannte Sprichwort auch noch etwas anderes (nämlich dass einem beim Kochen der Mund wässrig würde, beim Spinnen jedoch eher trocken, weil man den Baumwollfaden ständig befeuchten müsse), doch Ricciardi hatte es durchaus verstanden. Nelides Angewohnheit, sich in Sprichwörtern auszudrücken, hatte ihn dazu veranlasst, den vergessen geglaubten Dialekt seiner Heimat neu zu entdecken, und das war ihm durchaus nicht unangenehm.

Was ihm von Rosa fehlte, war nicht ihre Fürsorge – es war ihr Blick, mit dem sie ihm folgte; und ihm fehlte ihre Anwesenheit, die in jedem Winkel des Hauses spürbar gewesen war.

Allerdings war er an diesem Abend wegen einer anderen Sache beunruhigt.

Geistig war er mit dem Fall beschäftigt, den er verfolgte, einem Fall, den es vielleicht gar nicht gab, mit einem Menschen, der wegen Mordes saß und vielleicht tatsächlich der Schuldige war. Immer wieder versuchte der Commissario, den Gedanken zu entfliehen, die um diese Sache kreisten, doch es gab keinen Ort, an dem er Zuflucht nehmen konnte. Bis er dann beim Anziehen bemerkt hatte, dass die Fenster im Hause Colombo alle hell erleuchtet waren.

Und so hatte er den Vorhang einen Spalt zurückgezogen und hinübergeschaut.

Sehr oft in der Vergangenheit – als die Frau, in die er sich verliebt hatte, nur ein einfaches Bild gewesen war, eine Stickerin, die durch das mangelnde Licht und die Ferne nur undeutlich zu erkennen war; lange bevor er benennen konnte, was für eine Augenfarbe Enrica hatte; lange bevor er bei jenem unvorhersehbaren, flüchtigen Kuss in jenem fast undenkbaren Schnee den Geschmack ihrer Lippen gekostet und den Klang ihrer Stimme gehört hatte – hatte er sich Gedanken über diese Familie gemacht.

Und hatte sich vorgestellt, wie schön es wäre, an ihrer heiteren Unbeschwertheit teilhaben zu dürfen.

Doch an diesem Abend aßen sie nicht wie sonst in der Küche. Sie speisten im Esszimmer.

Über den Balkon hinweg, dessen Tür angelehnt war, um eine wenig frische Septemberluft hereinzulassen, hatte Ricciardi einen Kopf mit blondem Haarschopf erspäht und eine Uniform.

Und da hatte sie ihn wieder eingeholt, die Erinnerung an eine fiebrig heiße Nacht auf Ischia. Das Bild eines Blondschopfs, den er durch das dichte Blattwerk gesehen hatte, wie er sich Enricas Gesicht näherte. Und sie küsste.

Wegen dieses Kusses hatte Ricciardi genauso gelitten wie unter dem Tod seiner Tata. Es war ein anderer Schmerz, doch er war genauso unerträglich.

Das alles war irrational, vollkommen absurd, doch so war es.

Dann war diese Sache also weitergegangen. Dann entwickelte sich jene Beziehung also tatsächlich so, wie es der natürliche Lauf der Dinge war. Und die Familie, die den Mann in ihrer trauten Häuslichkeit als Gast empfangen hatte, hieß damit den Willen der Tochter gut.

Es überraschte ihn nicht, noch schmerzte ihn der Anblick so wie vorher. Doch das Gefühl, ausgeschlossen zu sein, brannte in ihm wie eine glühend heiße Messerspitze.

Wieder einmal warf er einen Blick aufs Leben, so wie ein Passant etwas in einem Schaufenster betrachtet.

Rasch verließ er das Haus und schlug den Weg zum Krankenhaus ein, doch so weit musste er gar nicht gehen. Bruno kam ihm bereits entgegen, die Hände in den Hosentaschen, ein fröhliches Liedchen auf den Lippen, den Hut keck aus der Stirn geschoben und mit dem unvermeidlichen Hund im Schlepptau, der ihm in einigen Metern Entfernung folgte.

»Ach, da bist du ja. Man braucht bloß bei Nacht spazieren zu gehen, und schon trifft man auf Vampire. Für die einen ist es Graf Dracula, für die anderen der Barone di Malomonte; jeder hat die Ungeheuer, die er verdient. Na ja, in Transsilvanien haben die ein anderes Kaliber, aber wir müssen uns wie immer mit den Imitationen begnügen.«

Die Erwiderung Ricciardis ließ nicht auf sich warten.

»Hör mal, wenn du eine bessere Begleitung willst, kannst du immer noch dorthin gehen, wo du immer hingehst, ich bin mir sicher, dort findest du angenehmere Gesellschaft.«

Modo lachte. »Daran besteht kein Zweifel, sicher. Aber das würde mich zu viel kosten, während ja heute, wie vereinbart, du derjenige bist, der zahlt, weil du so reich bist. Und so werde ich eben nicht den glockenhellen Klang eines Frauenlachens hören, sondern mir auf deine Kosten den Bauch vollschlagen. Wenn ich Glück habe, kann ich mich sogar betrinken.«

Ricciardi grinste. »Ja, ja. Ich bin überzeugt davon, dass du gerade an ebendiesen glockenhellen Klang eines Frauenlachens gedacht hast. Und es stand nie in Zweifel, dass ich die Zeche übernehme. Komm, zeig mir diese neue Trattoria, von der ich dich hab reden hören. Schauen wir mal, ob der Wein wirklich so grottenschlecht ist, dass man schon nach weniger als einem halben Liter betrunken ist.«

Der Doktor legte den Kopf schief und schaute seinem Freund mit zusammengekniffenen Augen prüfend ins Gesicht. »Was hast du denn? Wir kennen uns gut genug, dass ich sogar die feinsten Nuancen in deiner ständigen nervtötenden Traurigkeit ausmachen kann. Und das beunruhigt mich: Habe ich also meine diagnostischen Fähigkeiten so weit ausgebaut, dass ich die verschiedenen Stadien einer seelischen Krankheit zu erkennen vermag?«

Der Commissario antwortete nicht sofort. Er machte einige Schritte und sagte dann: »Weißt du, es gibt einfach Tage, an denen das Leben schwerer ist als an anderen. Ich verfolge diesen Fall, der keiner ist, und noch dazu klammheimlich; die Geschichte vom Juni, mit dem ermordeten Anwalt und Wucherer.«

»Interessant … Komm, erzähl mal. Dann öffne ich einfach

meinen Geist für dich, und du kannst mit meiner Hilfe den Fall lösen. Manchmal denke ich, es ist wirklich eine große Tragödie für alle anderen Berufszweige, dass ich ein so geschätzter Arzt geworden bin: Ich hätte eigentlich alles werden können, sogar Polizist.«

Sie blieben vor einer halb offenen Tür stehen, aus der das unverwechselbare Geräuschgemisch aus Gelächter und Musik einer beliebten Trattoria drang.

Ricciardi seufzte. »Kein Zweifel: Ich werde mit einem Mordskopfweh hier wieder rauskommen, das auf den schlechten Wein, die üble Musik und deine sprichwörtlichen Albernheiten zurückzuführen ist. Aber egal: Bringen wir's hinter uns.«

Modo streichelte dem Hund über den Kopf, und der tapste davon, um an einem interessanten Laternenpfahl ganz in der Nähe zu schnuppern. Er würde jetzt eine Weile die Gegend unsicher machen, dann jedoch, im richtigen Moment und wie durch Zauberhand, vor der Tür des Lokals auftauchen, wenn sein Herr und Meister wieder gehen wollte.

Der Doktor flüsterte: »Ciao, Hund. Du verstehst sie schon, die Menschen. Nicht umsonst hast du dir den besten von allen zum Herrchen auserwählt.«

Während des Abendessens, das sich als viel besser herausstellte als erwartet, erzählte der Commissario Modo von Bianca und ihrem Mann. Es geschah nicht oft, dass er seine Überlegungen zu einem Fall mit jemandem teilte, doch dieser hier war so anders als alle anderen, dass es ja vielleicht hilfreich sein konnte, mit jemandem außer Maione darüber zu reden, um den Kopf freizubekommen.

Der Arzt hörte ihm aufmerksam zu und schien ihn dann erneut einer genauen Prüfung zu unterziehen. »Ich frage mich, was dich eigentlich dazu gebracht hat, dich mit dieser Angelegenheit zu befassen. In Ordnung, ich verstehe, dass du etwas brauchst, um nicht mehr an Rosas Tod zu denken, und dummerweise hältst du einen Besuch im Bordell ja für eine unpassende Ablenkung – aber ein alter Fall, der längst begraben und vergessen ist, mit einem geständigen und uneinsichtigen Mörder, scheint mir doch selbst für dich eine eher blödsinnige Ablenkung zu sein. Was zieht dich an Piros Tod so an?«

Auch der Wein entpuppte sich wider Erwarten als gut und süffig. Ricciardi vertrug ihn erfahrungsgemäß hervorragend; er erinnerte sich nicht, jemals betrunken gewesen zu sein. Da er jedoch in der Regel eher noch deprimierter wurde, wenn er trank, versuchte er das Trinken meist zu vermeiden. Außerdem hatte er den unangenehmen Eindruck, Alkohol verstärke seine unselige Gabe, ein weiterer guter Grund, die Finger von berauschenden Substanzen zu lassen.

Dieser Abend jedoch war anders als die anderen. An diesem Abend hatte er einen blonden Haarschopf durch ein Fenster gesehen.

Er kippte ein weiteres Glas herunter und goss Modo von der bernsteinfarbenen Flüssigkeit ein. »Ich weiß nicht. Da ist einiges, was für mich nicht zusammenpasst: Kleinigkeiten, Petitessen. Das fängt schon beim Verhalten des Conte di Roccaspina an. Und bei dem seiner Frau.«

Der Dottore trank und lächelte, ein wenig gedankenverloren.

»Genau, auf diese Signora Contessa würde ich auch gerne mal näher eingehen. Denn wenn ich dich so über sie reden höre, dann hat es für mich fast den Anschein, als wärst du böse auf sie. Und trotzdem bist du ihrer Bitte gefolgt und ermittelst, um das, was sie behauptet, zu bestätigen oder zu widerlegen. Wieso eigentlich?«

Ricciardi schwieg und starrte auf den leeren Teller vor ihm auf dem Tisch. Schließlich sagte er leise: »Sie leidet, weißt du. Sie hat wunderschöne Augen, ist eine junge Frau und hat einen guten Namen. Aber sie leidet. Und nicht etwa aus Liebe; Liebe kann ich nicht herauslesen aus ihren Worten, ihren Blicken. Sie hasst ihn nicht, aber ganz gewiss liebt sie ihn nicht. Und doch leidet sie und ist allein. Das kann ich mir nicht erklären.«

Jetzt grinste Modo über beide Ohren, lehnte sich zufrieden auf seinem Stuhl zurück und leerte mit Genuss sein Weinglas.

»Aaahh, jetzt haben wir's. *Cherchez la femme!* Die Contessa fasziniert dich, Ricciardi. Genauer, sie gefällt dir. Dann schlägt unter dieser Hemdenbrust also doch immer noch ein Herz!«

Ricciardi musste wider Willen lächeln und beeilte sich, seinem alten Freund noch ein Glas einzuschenken, um seine Betroffenheit zu überspielen.

»Red keinen Unsinn, Bruno. Du weißt doch, dass gewisse Dinge nichts für mich sind. Es ist nur so, dass ich es hasse, Gefühle nicht entziffern zu können, weil ich dann nicht begreife, was Menschen antreibt. Mich interessieren die Motive, die hinter ihrem Handeln stecken: was die Contessa dazu gebracht hat, all diese Mühen auf sich zu nehmen, um die Unschuld ihres Mannes zu beweisen, und was ihn dazu gebracht hat, sich der Tat zu bezichtigen, dann aber so kurz wie nur möglich hinter Gittern bleiben zu wollen.«

Modo trank, und diesmal schenkte er sich selbst hastig noch einmal nach. »Du hast doch da eine Theorie, Ricciardi, die du mir schon vor langer Zeit einmal erklärt hast: dass die Menschen entweder aus Hunger morden oder aus Liebe. Wobei mit Hunger ein materielles Bedürfnis gemeint ist und mit Liebe alle nur erdenklichen Gefühle. Woraus wurde dann dieser Mord geboren? Aus Hunger oder aus Liebe?«

Ricciardi grübelte lange. Er hob sein Glas und bewunderte die Farbe des Weins im Gegenlicht. Dann flüsterte er: »Ich glaube, aus Hunger. Der Ermordete war ein Halsabschneider, der Geld verlieh und seine Gläubiger dann mit der Drohung erpresste, einen Skandal zu verursachen. Es ist ein Verbrechen des Hungers, der Arroganz und der Macht, der Unterwerfung und der Verzweiflung.«

Modo hatte in etwa so viel getrunken wie Ricciardi, wirkte jedoch im Unterschied zum Commissario schon ziemlich beschwipst. Lallend sagte er: »Dann such nach dem Hunger. Versuch zu begreifen, warum und auf welche Weise der Hunger der Ursprung dessen sein kann, was vorgefallen ist. Dieses Milieu der Reichen, der Adligen ist voller armseliger Gestalten, wie jedes andere auch. Nur dass sie sich verstecken. Man muss sie aus ihrem Bau locken. Bring sie zum Reden, Ricciardi. Geh dorthin, wo sie sich aufhalten: in den Klub, ins Theater, in die Cafés. Wenn du wüsstest, wie viele von ihnen ich in den Bordellen sehe, und was für traurige Perversionen sie pflegen. Geh zu ihnen, schau sie dir an.«

Ricciardi nickte traurig. »Das mache ich. Du weißt ja, dass ich mich an solchen Orten nicht wohlfühle, aber ich werde trotzdem hingehen, gleich morgen.«

Der Arzt kicherte und legte das Kinn auf den verschränkten Händen ab, um seinen Freund zu betrachten. »Komm schon, vielleicht findest du ja was Interessantes. Ach übrigens, was ist denn eigentlich aus der schönen Witwe Vezzi geworden? Du weißt ja, dass man sich in der ganzen Stadt das Maul über dieses herrliche Geschöpf zerreißt, das sich auf vollkommen unerklärliche Weise in einen trüb- und armseligen Polizisten verliebt hat.«

Der Gesichtsausdruck des Commissario wurde noch betrübter. »Ach, sei ganz beruhigt, das Thema ist erledigt. Ich habe dieses Missverständnis ein für alle Mal ausgeräumt. Ein weiterer Nachtfalter, der vor dem Feuer gerettet wurde.«

Modo blinzelte überrascht. »Was für einen Stuss erzählst du da? Missverständnis, Nachtfalter... Mir scheint, du hast ordentlich einen sitzen. Ich weiß nicht, wie du es schaffen willst heimzukommen – ich werde dich jedenfalls nicht begleiten, ich kann mich selber kaum auf den Beinen halten. Ich glaube vielmehr, es ist besser, du begleitest mich.«

Ricciardi bestellte die Rechnung beim Wirt, dann half er Modo beim Aufstehen, legte sich den Arm des Freundes um die Schulter, um diesen vor dem Umfallen zu bewahren, und stützte ihn, indem er ihm den Arm um die Taille schlang.

Der Doktor sang aus voller Kehle, den ganzen Weg entlang, von bleichen Fräuleins, Notaren in schwarzen Umhängen, von schmachtenden Blicken aus dem Fenster und Liebesbrieflein, die man nach vielen Jahren im Lateinbuch findet, was allerdings in keiner Weise zur Aufheiterung der Stimmung beitrug.

Und als wäre das nicht genug, wollte das Hündchen nicht aufhören zu knurren, blieb ständig stehen und blickte nach hinten. Mehrfach mussten sie ihre Schritte verlangsamen und nach ihm rufen.

Zu allem Überfluss hatte der Commissario auf ihrem Weg auch noch das Klagen und die Verwünschungen einer ganzen Familie ertragen, die bei einem Autounfall ums Leben gekommen war: der Vater, von der Lenksäule seines Automobils durchbohrt, der seine Tochter anbrüllte, endlich ihre Händchen von seinen Augen zu nehmen, weil sie doch nicht spielen könne, während er am Steuer saß; die Kleine, vom

Aufprall fast geköpft; und die Mutter sowie ein kleinerer Junge, die abwechselnd auf sie alle einschrien.

Nein, er hätte besser nicht all diesen Wein getrunken.

Unter dem Toreingang seines Hauses fiel ihm Modo, der mittlerweile der Besinnungslosigkeit nahe war, um den Hals, versuchte, ihn auf die Lippen zu küssen, und nannte ihn sein Liebchen, vielleicht weil er ihn mit einem seiner leichten Mädchen verwechselte. Ricciardi konnte sich nur mit Mühe freimachen und brachte ihn ins Bett, wo er ihn der Obhut des Hundes überließ.

Aus dem Dunkel heraus hatten zwei kalte Augen das ganze Geschehen beobachtet.

XXXIII

Nach dem gewohnten Gedankenaustausch mit Brigadiere Maione machte sich Ricciardi am nächsten Morgen auf den Weg zum Klub, wo er den Duca Carlo Maria Marangolo treffen wollte.

Er erwartete sich nicht allzu viel von diesem Treffen zur Aperitifstunde am späten Vormittag, denn er hatte schon seit geraumer Zeit begriffen, dass die feine Gesellschaft der Stadt nur wenig zu Vertraulichkeiten neigte. Außerdem hatte er den Verdacht, den Angehörigen jener Welt wäre es lieber gewesen, den Mord an Piro schnell ad acta zu legen; die Tatsache, dass der Täter einer der ihren gewesen sein sollte – auch wenn er in Ungnade gefallen war –, war eine unangenehme Vorstellung, mit der man das gewohnte Leben der Cocktailempfänge und glanzvollen Abende lieber nicht belasten wollte.

Genau, die Eile, dachte Ricciardi in einem plötzlichen Geistesblitz, während er das angenehme Gefälle zum Meer hinabschlenderte. Es war die Eile, die ihn beim Fall Piro störte. Alle Beteiligten hatten es viel zu eilig gehabt. So als wäre jeder von ihnen froh gewesen, die Aufmerksamkeit von jenem Mord abzulenken und zur Tagesordnung überzugehen.

Eine Eile, die offenbar nicht Teil einer Strategie war, von etwas abzulenken, sondern eher das Zusammenspiel verschiedener Interessen.

Da war die Familie Piro, der es ganz gewiss keine Freude machte, wenn jemand ermittelte, wie der Anwalt zu seinem Vermögen gekommen war. Da war die Polizei, die vermeiden wollte, dass ein Verbrechen lange in den Schlagzeilen der Zeitungen ausgeschlachtet wurde, während die Regierung in Rom alles daransetzte, das Bild eines Landes zu propagieren, in dem Ordnung und Wohlstand herrschen. Und da war die höhere Gesellschaft, die auf einen Schlag sowohl einen widerlichen Wucherer losgeworden war als auch einen in Ungnade gefallenen und verarmten Grafen.

Diesmal ohne anzuhalten, kam er erneut an dem Trugbild der beiden Kinder in ihrer allerletzten Umarmung vorbei. Wenn es mehr als ein Toter war, verlängerte sich die Zeit, in der sie für Ricciardi sichtbar waren; er fragte sich, wie lange dieses traurige Monument der Liebe und des Schmerzes noch wahrnehmbar sein würde. Vielleicht so lange, bis auch der Sommer nur noch eine Erinnerung sein und der jetzt so liebliche Strand von herbstlichen Regenfällen und Wind gepeitscht würde.

Auch recht, dachte er mit bitterer Ironie. Ich bin sowieso der einzige Verrückte, der sie sieht.

Kaum hatte er einen Fuß auf die sonnenbeschienene Terrasse gesetzt, kam ihm schon ein livrierter Ober entgegen. »Guten Tag, Signore. Bitte folgen Sie mir.«

Der Mann hatte ihn nicht mit Namen angesprochen, und Ricciardi konnte sich nicht erinnern, ihm beim vorangegangenen Mal begegnet zu sein. Dann wurde er also erwartet. Er wusste, dass die Contessa Marangolo von seinem Kommen in Kenntnis gesetzt hatte, und er fragte sich, ob sie dem Duca auch vorgeschlagen hatte, was er sagen sollte. Es war folglich durchaus mit Zurückhaltung seinerseits oder sogar mit Lügen zu rechnen; dennoch war die Anwesenheit des Duca im Hause Roccaspina am Abend des Mordes – zusätzlich zur angeblichen Abwesenheit des Conte – ein Umstand, der eine nähere Betrachtung verdiente.

304

Der Kellner geleitete Ricciardi einen Flur entlang, an dessen Wänden, in glänzend polierten Vitrinen, abwechselnd die Trophäen ausgestellt waren, welche die dem Klub angehörenden Mannschaften errungen hatten, und Fotografien von ebendiesen Gewinnern. Schwimmen, Segeln, Kanufahren, Wasserball. Der Verein, den er soeben betreten hatte, gehörte zu den ältesten der Stadt und war folglich besonders ruhmreich, doch andere Vereinigungen, die in der Nähe der Parks am Meer entstanden waren, begannen offenbar, ihm Konkurrenz zu machen, sowohl in sportlicher Hinsicht als auch im Prunk und der Eleganz ihrer gesellschaftlichen Empfänge.

Das wusste der Commissario sehr gut, denn er hatte auf Drängen Livias an mehreren solcher Abende teilgenommen. Dabei hatte er sich zu Tode gelangweilt und sich nach Kräften bemüht, Livia davon abzuhalten, Ricciardi in dem Versuch, ihn als ihren offiziellen Begleiter in die Gesellschaft einzuführen, allen möglichen Leuten vorzustellen.

Während der Kellner mit der behandschuhten Hand an einer schweren Mahagonitür klopfte, überkam Ricciardi beim Gedanken an Livia ein Anfall von Traurigkeit. Er hatte ihr, in vollem Bewusstsein, einen großen Schmerz zugefügt und sie gedemütigt; er wusste, dass diese Frau von außergewöhnlicher Schönheit und Talent in ihn verliebt war, und alles, was geschehen war, musste sie in ihrer Weiblichkeit zutiefst verletzt haben.

Doch es war einfach unvermeidlich gewesen. Gerade weil auch er Livia mochte, hatte er sie zurückweisen müssen.

Damit sie sich nicht an seiner Flamme verbrannte.

Sie betraten ein abgeschiedenes kleines Zimmer, das im Halbdunkel lag. Nur ein wenig Licht, das durch die angelehnten Läden einer Balkontür hereinsickerte, ließ die Umrisse der Wände erahnen.

»Signor Duca«, sagte der Kellner unterwürfig, »hier ist der Herr, den Sie erwartet haben.«

Aus dem Dunkel kam eine tiefe und klangvolle Stimme. »Danke, Ciro. Mach doch bitte die Läden ein wenig auf und bring uns zwei Kaffee und etwas Gebäck.«

Beflissen öffnete der Kellner die Läden und zog sich dann zurück.

Ihnen bot sich eine herrliche Aussicht.

Es waren nicht mehr als drei Meter bis zum Wasser, und vor ihnen erstreckte sich die Seepromenade, so weit das Auge reichte, bis hin zu dem Hügel, der am Meer endete und auf den Umriss der fernen Insel zu weisen schien.

Ganz gewiss handelte es sich hier um einen Raum, in den sich Menschen, die in der Öffentlichkeit wohlbekannt waren, zurückzogen, wenn sie einmal für sich sein wollten. Eine Art Separee. Wandteppiche, ein Diwan mit zwei Sesseln und einem Tischchen und dazu, gleich am Fenster, ein grüner Tisch mit vier Stühlen, Spielkarten und Spielmarken.

Ricciardi schaute sich seinen Gastgeber genauer an.

Mager, die Haut straff über den Schädel gespannt, dunkel gekleidet, saß der Duca mit übergeschlagenen Beinen auf einem der Sessel. Er hätte jedes Alter zwischen fünfunddreißig und sechzig haben können: Einerseits wirkten seine Gesichtszüge noch recht jung, und die schwarzen Augen blickten lebhaft, andererseits waren seine Haare spärlich und glanzlos, und die zahlreichen Flecken auf dem Gesicht und die tiefen Falten waren die eines älteren Mannes.

»Ich muss mich entschuldigen«, sagte der Mann. »Ich mag kein starkes Licht und halte mich auch nicht gern unter Menschen auf. Wenn ich mich denn nun, was nur selten vorkommt, mit jemandem treffe, ziehe ich mich gern in diesen

Raum zurück. Er ist klein und ganz gewiss nicht besonders prunkvoll, doch das Gemälde dort an der Wand« – er wies mit einem Nicken auf das Panorama hinter dem Fenster – »macht diese kleine Unannehmlichkeit wett, hoffe ich. Ich bin Carlo Maria Marangolo. Unsere gemeinsame Freundin, Bianca di Roccaspina, hat mich gebeten, zu Ihrer Verfügung zu stehen, und das tue ich gern. Bitte, nehmen Sie doch Platz.« Er zeigte auf den freien Sessel vor ihm.

Die Stimme des Duca war leise und akzentfrei, und aus seinen Worten sprachen Intelligenz und Ironie. Als er ihn näher betrachtete, bemerkte Ricciardi, was ihm zuvor nicht aufgefallen war: seine gelbliche, ungesunde Gesichtsfarbe.

Marangolo war krank. Das war der Grund für die vielen Falten, für die Flecken, seine Magerkeit. Vielleicht auch für dieses reservierte Zimmer und das Dunkel, in dem der Duca sich buchstäblich zu verstecken schien.

Ricciardi setzte sich. »Vielen Dank, dass Sie sich die Zeit nehmen, Duca. Wie Sie vermutlich wissen, versuche ich auf Bitten der Contessa, etwas über die Angelegenheit herauszufinden, in die ihr Mann verwickelt ist. Allerdings muss ich gleich klarstellen, dass es sich nicht um eine offizielle Untersuchung handelt; sollten Sie also beschließen, meine Fragen zu beantworten, tun Sie dies nur aus Gefälligkeit. Ist das für Sie in Ordnung?«

Marangolo musterte seinerseits den Commissario, ohne etwas zu sagen. Der Kellner trat ein, stellte den Kaffee und das Gebäck auf den Tisch und ging lautlos wieder hinaus.

»Ricciardi, Ricciardi… Ich habe mal einen Baron Ricciardi di Malomonte gekannt: alter Adel aus dem Cilento, wenn ich mich recht erinnere. Er war ein Freund meines Vaters, ein bemerkenswerter Mann, leidenschaftlicher Jäger und Reiter. Sind Sie zufällig mit ihm verwandt?«

Der Commissario bestätigte ihm tonlos: »Das war mein Vater. Nun, die Contessa…«

Der Duca folgte einfach weiter seinem Gedankengang, als hätte Ricciardi keine Antwort gegeben. »Sie ähneln ihm aber nicht. Er war ein großer, korpulenter Mann, sehr jovial. Hatte ein offenes und ansteckendes Lachen. Mein Vater war eher wählerisch mit seinen Bekanntschaften, aber ihn liebte er. Körperlich sind Sie ein ganz anderer Typ, und Sie erscheinen mir auch… reservierter.«

Ricciardi zuckte mit den Achseln. »Ich wüsste nicht. Ich erinnere mich kaum an ihn, weil er starb, als ich noch ein Kind war. Ich ähnele, glaube ich, mehr meiner Mutter. Darf ich Ihnen denn nun ein paar Fragen stellen, Duca? Ich möchte Ihre Freundlichkeit nicht über Gebühr beanspruchen.«

Marangolo nickte mehrmals mit einem verhaltenen Lächeln, als würden sich seine Theorien bestätigen.

»Seltsam… Dieses begrenzte, enge Milieu ist der Traum von so vielen Menschen, die alles tun würden, um Zugang dazu zu bekommen. Und ausgerechnet jemand wie Sie, der allein durch seinen Titel diesen Zugang hätte, verbirgt sogar einen Teil seines Namens.«

Der Commissario musterte den Duca mit kaltem Blick, denn er war sich durchaus dessen bewusst, dass dieser ihn provozieren wollte. »Man darf doch davon ausgehen, dass jeder in dem Milieu verkehrt, das er sich aussucht, oder etwa nicht? Angesichts dessen, was passiert ist, hätte allerdings auch Piro vielleicht seine Meinung geändert. Aber er schien mir zunächst gut aufgenommen worden zu sein in Ihrer… wie soll ich sagen? Gemeinschaft.«

Marangolo nahm den Gegenschlag mit dem gleichen verhaltenen Lächeln entgegen. »Ich habe nie behauptet, dass es ein schönes Ambiente ist. Und ich denke, meine Neigung, mich ihm eher etwas fernzuhalten, beweist dies. Also, sagen Sie mir doch, was wollen Sie wissen?«

»Meiner Information nach haben Sie sich an dem Abend vor der Nacht, in der das Verbrechen begangen wurde, ins Haus Roccaspina begeben, als der Conte nicht da war. Können Sie mir sagen, aus welchem Beweggrund?«

Marangolo musterte seinen Gesprächspartner. »Sie reden nicht lange um den heißen Brei herum, was? Das hat mir Bianca schon gesagt. Ich frage mich nach dem Grund für diese fixe Idee von ihr – warum sie die Tatsache nicht akzeptiert, dass Romualdo Ludovico Piro ermordet hat. Jedenfalls, um auf Ihre Frage zurückzukommen: Ich wollte nicht den Conte treffen, ich war wegen der Contessa dort. Und so sage ich Ihnen ohne große Umschweife, wie es ja auch Ihre Art ist, dass ich wusste, er würde um diese Uhrzeit nicht da sein. Den Moment hatte ich nicht zufällig gewählt.«

Ricciardi nippte an seinem Kaffee. Er war ausgezeichnet. Es wäre allerdings auch seltsam gewesen, an diesem Ort, der seine ganz eigenen Regeln hatte und an dem es nur das Beste vom Besten gab, bloß Ersatzkaffee serviert zu bekommen.

»Bitte entschuldigen Sie die Frage. Ich bin indiskret und werde es noch weiter sein, aber das gesamte Szenario zu erfahren ist die Bedingung, die ich der Contessa gestellt habe, wenn ich mich der Sache annehmen soll. Deshalb beharre ich darauf: Aus welchem Grund wollten Sie die Contessa treffen?«

Marangolo erhob sich von seinem Sessel und ging mit mühevollen Schritten in Richtung Fenster. Er war ein Mann mittlerer Statur und ging ein wenig gebückt. Doch eher sechzig als fünfzig, präzisierte Ricciardi insgeheim seinen ersten Eindruck.

Der Mann bewunderte ein paar weitere Minuten schweigend die Aussicht, während der Commissario sich auf Marangolos scharfes, leidendes Profil konzentrierte. Dann sprach er.

»Wissen Sie, Signor Barone, ich bin reich. Sehr reich. So reich, dass ich in meinem Leben noch so verschwenderisch leben könnte, und mein Vermögen wäre trotzdem nicht verbraucht. Das ist kein Verdienst von meiner Seite, wohlgemerkt. Das alles habe ich geerbt, durch eine lange Reihe von arrangierten Heiraten meiner Vorfahren, die den einzigen Zweck hatten, ein ohnehin schon gewaltiges Vermögen zu mehren. Dieses Haus hier zum Beispiel gehört mir. Ich habe es dem Klub überlassen, weil es mir gefällt, gelegentlich hierherzukommen, um einen guten Kaffee zu trinken, und es mich traurig machte zu sehen, dass so viele Zimmer darin leer standen. Der einzige Beitrag, den ich für das Vermögen meiner Familie geleistet habe, ist, dass ich keine Laster habe. Für das Glücksspiel habe ich nichts übrig, ich betrinke mich nicht und nehme keine Drogen, ganz anders als viele der liederlichen Menschen, die gerade eben auf dieser Terrasse herumspazieren.«

Er unterbrach sich, um zu dem Tischchen zu gehen, bückte sich unter Mühe, nahm Tasse und Unterteller und ging damit ans Fenster zurück. Dann fuhr er fort: »Ich bin reich und krank. Die Leber... daher die gelbliche Farbe meiner Haut. Seltsam, wenn Sie bedenken, dass ich praktisch abstinent lebe und keine Bordelle besuche, in denen man sich, entgegen den Aussagen der Behörden, die mit der medizinischen Kontrolle der Liebesdamen befasst sind, durchaus alles Mögliche holen kann. Vielleicht hat es ja unter meinen Vorfahren einmal eine fragwürdige Vermählung unter Vettern und Basen gegeben, oder es ist einfach Schicksal. Ich

310

habe die besten Ärzte der Welt, die sich um mich kümmern und gerne hierherkommen, um sich auf meine Kosten ein paar schöne Tage am Meer zu gönnen. Sie geben mir eine neue Medizin, und dann fahren sie wieder nach Hause. Es heißt, es würde mir besser gehen, aber den Eindruck habe ich nicht. Auf Kaffee will ich allerdings nicht verzichten.«

Ricciardi fiel ihm mit gedämpfter Stimme ins Wort. »Duca, warum sagen Sie mir diese Dinge? Ich habe Sie nicht gebeten …«

Marangolo unterbrach ihn und sagte tonlos: »Barone, wenn ich Ihnen gewisse Dinge sage, dann hat das einen bestimmten Grund. Wir sind doch beide intelligente Menschen, ich bitte Sie: Keiner von uns ist hier, um Zeit zu verplempern – Sie nicht, weil Sie arbeiten müssen, ich nicht, weil ich leben muss. Beide Dinge sind sehr, sehr dringend. Eben habe ich Ihnen gesagt, dass ich keine Laster habe, doch da war ich nicht ganz ehrlich. Ein Laster habe ich nämlich doch. Mein Laster ist Bianca Palmieri di Roccaspina.«

Als Baron angesprochen zu werden, war Ricciardi unangenehm, denn es gab ihm das Gefühl, etwas unterlassen zu haben, als hätte er eine Aufgabe, die ihm das Schicksal gegeben hatte, nicht angemessen erfüllt.

»Signor Duca, um diese Dinge zu erfahren, bin ich nicht hier, so etwas müssen Sie mir nicht sagen. Ich will nur wissen, warum Sie an jenem Abend …«

»Und wissen müssen Sie es doch, Barone. Bianca war heute Morgen hier und hat mich gebeten, absolut offen mit Ihnen zu sein und Ihnen das, was vorgefallen ist, in allen Einzelheiten zu berichten. Denn, wissen Sie, auch ich habe bei alldem eine Rolle gespielt. Eine wichtige Rolle. Und wenn ich nicht alles von Anfang an erkläre, werden Sie etwas übersehen, oder ich werde es übersehen, und dann wird diese Ihre ›nicht offizielle‹ Ermittlung, wie Sie selbst sie genannt haben, sinnlos.«

Ricciardi war verwirrt. »Ich bin bereit, Ihnen zuzuhören, aber wenn es etwas ist, was für den Fall von Relevanz ist, warum haben Sie dann damals keine Erklärung abgegeben? Es hätte geholfen, damit man über den Fall noch einmal nachdenkt und die Ermittlungen nicht gleich abschließt.«

Marangolo hielt den Blick auf jenen Hügel gerichtet, der sich weit draußen dem Meer zuneigte. Der wolkenlose Himmel sah aus wie eine Tafel aus Pappmachee.

Oben blau, unten blau.

»Es hätte nichts geändert. Aber für mich ändert es alles, für mein Gewissen. Denn sehen Sie, Malomonte, dieses Geld, das Piro an Romualdo di Roccaspina verliehen hatte, kam nicht aus den Einrichtungen, die er verwaltete. Dieses Geld gab ich ihm.«

XXXIV

Brigadiere Maione las gerade den Bericht der Schutzmänner Camarda und Cesarano über einen mutmaßlichen Selbstmord, der sich am Tag zuvor nur wenige Meter von der Via Toledo, mitten in der Stadt, zugetragen hatte. Angewidert verzog er das Gesicht, während er die dunkle Brühe schlürfte, die Kollege Mistrangelo sich erdreistete, Kaffee zu nennen, die in Wirklichkeit aber tagtäglich einen tätlichen Angriff auf den Verdauungsapparat des gesamten Personals im Polizeipräsidium darstellte. Rasch kippte er den Rest der Tasse hinunter, schob sie außer Sichtweite und schwor sich wohl zum tausendsten Male, dieses entsetzliche Gebräu nie wieder zu trinken.

Bei dem Toten handelte es sich um einen pensionierten und verwitweten Gymnasiallehrer. Laut dem Bericht war der Mann am helllichten Tage, als alle Geschäfte geöffnet hatten und die Straße voller Menschen war, ohne auch nur einen Schrei der Vorwarnung über die Brüstung seines Balkons im vierten Stock eines alten Mietshauses geklettert, welches auch schon bessere Zeiten gesehen hatte, und hatte sich mit ausgebreiteten Armen hinuntergestürzt, als wäre er eine Möwe, eine Taube oder ein Adler; nur dass er natürlich weder Federn noch Flügel hatte und am Boden zerschellte, wobei es ein reines Wunder war, dass er an diesem belebten Nachmittag auf dieser seiner letzten Reise nicht auch noch drei oder vier Passanten mit in den Tod gerissen hatte.

Camarda und Cesarano, die beiden Schutzmänner auf

Posten, hatten sich an das übliche Prozedere gehalten, stellte der Brigadiere beim Lesen des Berichts fest. Bei der Ankunft des Arztes waren sie mit ihm zusammen in die Wohnung des Toten gegangen und hatten einen Abschiedsbrief gefunden, in dem der Selbstmörder, an seine verstorbene Frau gerichtet, schrieb, heute Abend würden sie endlich wieder vereint sein. Dann hatten die beiden Polizisten auf die Totengräber gewartet, und die Sache war erledigt.

Maione kam der Gedanke, was er wohl tun würde, sollte das Schicksal es wollen, dass er Lucia überlebte. In dem Bericht stand nichts von Kindern. Vielleicht hätte der arme Tropf ja in seinen Nachkommen einen Grund gefunden weiterzuleben; der fliegende Lehrer hatte diesen vermutlich nicht gehabt.

Während er diesen düsteren Gedanken zu verscheuchen suchte, merkte er, dass jemand an die Tür des Dienstraums geklopft hatte, und zwar so leise, dass es kaum zu hören gewesen war.

»Herein«, rief er.

Die Tür öffnete sich einen Spalt, und Amitrano, der Polizist, der am Tag zuvor so kläglich darin gescheitert war, jenem von Bambinella geschickten Straßenjungen Manieren beizubringen, streckte verschüchtert den Kopf herein.

»Amitrano«, sagte Maione, »wenn ich nicht so gute Ohren hätte, könntest du klopfen bis zum Sankt-Nimmerleins-Tag, ist dir das klar? Was zum Henker willst du denn?«

Der Schutzmann war offenbar völlig verängstigt: Er schwitzte und hatte die Augen weit aufgerissen.

»Nein, Brigadiere, ich wollte Sie doch nicht stören. Ich wusste ja, dass Sie gerade Ihren Malzkaffee trinken, und wollte Sie nicht mit Arbeit belästigen.«

Maione runzelte die Stirn. »Aber was redest du denn,

Amitrano, jetzt scheinst du ja endgültig eine Schraube locker zu haben! Ich bin hier bei der Arbeit, und du willst mich nicht mit Arbeit belästigen? Jetzt mach aber mal einen Punkt! Was ist denn los?«

Der Mann antwortete so leise, dass Maione nur einzelne Wörter aus seinem Gestammel verstand. »… am Tor … einer, der behauptet … Chauffeur … nicht mehr …«

Der Brigadiere sprang auf. »Amitrano, wenn du jetzt nicht gleich Tacheles redest, dann setzt es was! Sprich laut und deutlich, damit ich dich verstehe! Und komm endlich rein, verflucht noch mal, was willst du denn halb drinnen und halb draußen?«

Der Schutzmann machte einen gewaltigen Satz ins Zimmer, als hätte ihm jemand von draußen einen Tritt in den Allerwertesten gegeben, knallte die Hacken zusammen und salutierte zackig und gleich zwei Mal.

»Jawohl, Brigadiere, stets zu Diensten. Da draußen an der Tür ist jemand, der zu Ihnen will. Oder jedenfalls hab ich das so verstanden, dass er zu Ihnen will … auch wenn … na ja, den Namen wusste er nicht, aber aus der Beschreibung hab ich geschlossen, er kann nur Sie meinen. Jedenfalls sagt er, er ist Chauffeur, aber er ist es nicht mehr. Er wäre es gern noch, wenn sie ihn ließen, aber offenbar haben sie ihn rausgeschmissen, und …«

Langsam riss Maione der Geduldsfaden. »Amitrano, tu mir einen Gefallen und red ganz langsam und deutlich, damit man dich verstehen kann. Ich weiß, dass du das kannst, auch wenn du ein so ausgemachter Hornochse bist, dass man sich wirklich fragen muss, wie du es eigentlich zur Polizei geschafft hast. Wie hast du denn genau begriffen, dass dieser arbeitslose Fahrer zu mir will?«

Der Schutzmann starrte konzentriert auf den Boden und

strich mit dem Fuß an der Fuge zwischen zwei Kacheln entlang.

»Brigadiere, ich bitte Sie, glauben Sie mir einfach. Er will zu Ihnen. Bitte zwingen Sie mich nicht zu sagen, was ich nicht sagen will.«

Maione stand ganz langsam auf. Mit seinen eins neunzig überragte er seinen verwirrten Kollegen um ganze zwanzig Zentimeter.

Seine Stimme war jetzt sehr leise und damit noch bedrohlicher. »Amitrano, red endlich. Siehst du, ich sag es dir ganz ruhig. Red, es ist besser für dich.«

Jetzt bekam der Mann endgültig Schnappatmung und rang nach Luft. Er war grau im Gesicht. Schließlich stieß er hervor: »Er hat gesagt: Ich suche einen großen Brigadiere mit einer Mordswampe, schon ziemlich alt und ohne Haare. Das hat er gesagt.«

Maione stand stumm vor ihm und starrte dem Schutzmann von oben auf die Mütze, während dieser immer noch angestrengt auf den Boden schaute und mit eingezogenem Kopf auf den Todesstoß wartete.

Der Brigadiere nickte, ganz langsam. Dann zischte er: »Und du hast das natürlich gleich kapiert, oder? Du hattest keinerlei Zweifel. Und bist sofort hergekommen, um mich zu suchen.«

Weinerlich antwortete Amitrano: »Brigadiere, was sollte ich denn machen? Sollte ich ihn fortjagen? Und wenn es was Wichtiges ist? Außerdem, wer sollte das denn anderes sein, dieser Brigadiere mit der Mordswampe? Der Brigadiere Cozzolino ist kleiner als ich; der Brigadiere Ruotolo ist klapperdürr, und Brigadiere Velonà hat jede Menge Haare auf dem Kopf. Bitte, bitte verzeihen Sie mir!«

Maione fuhr sich in seiner Verzweiflung mit der Hand

übers Gesicht. »Amitrano, ich hasse dich. Wirklich, ich hasse dich! Und irgendwann bringe ich dich um die Ecke, großes Ehrenwort; ich weiß schon gar nicht mehr, wie du das gestern überlebt hast, als du diesen kleinen Saukerl hast entwischen lassen und er draußen im Hof Furzgeräusche gemacht hat. Meinst du etwa, ich hätte das nicht gehört? Und nicht einmal fangen und zurückbringen konntest du ihn! Wie auch immer, jetzt hol endlich diesen Chauffeur rein, und denk dran: Ich hab keine Wampe, sondern bin nur kräftig gebaut; und es ist nicht wahr, dass ich keine Haare mehr auf dem Kopf habe, ich trage sie bloß aus praktischen Gründen sehr kurz, nur dass du's weißt. Und jetzt geh, geh. Und lass dich hier nie wieder blicken.«

Der Schutzmann huschte hinaus, dem Schicksal dankbar, dass es ihn noch einmal verschont hatte. Weniger als eine Minute später ging die Tür auf, und ein schmächtiges Männlein mit großen, wässrigen blauen Augen trat ein. Der Mann hielt eine Chauffeursmütze in den Händen.

»Darf ich? Sind Sie der Brigadiere, der nach mir gefragt hat?«

Maione musterte ihn von Kopf bis Fuß. »Ich weiß nicht. Kommt drauf an. Wer hat Ihnen denn gesagt, dass ich ausgerechnet Sie suche?«

Woraufhin der Mann folgendes Sprüchlein aufsagte, als rezitierte er ein Gedicht: »Also: Mein Name ist Salvatore Laprece, und bis vor drei Monaten war ich Chauffeur bei Avvocato Ludovico Piro, den es ja aufgrund seiner Ermordung nicht mehr gibt. Jedenfalls hat eine … eine Bekannte von mir, die Signorina Elvira Durante, welchselbige in dem nicht genehmigten Freudenhaus der Madame Sonia in Santa Lucia zu Diensten ist und die ich heute durch Zufall getroffen habe, mir gesagt, dass eine Freundin von ihr, die Signorina Bambinella aus San Nicola da Tolentino, die privat von zu Hause aus arbeitet, momentan aber offenbar gar nicht mehr, weil sie verlobt ist, sich nach mir erkundigt hätte.«

Maione betrachtete den Mann mit offenem Mund. »Und?«

»Und, da diese Signorina Bambinella der Elvira Durante gesagt hat, ein Brigadiere, mit dem sie befreundet sei, hätte sich nach mir erkundigt, hat die Elvira Durante zurückgefragt, ob sie denn zufällig was mit diesem Freund habe oder nicht. Und da hat die Signorina Bambinella zu lachen angefangen und gesagt, um Gottes willen, nein, wie käme sie denn auf die Idee, der sei schon uralt, hätte keine Haare mehr auf dem Kopf und eine Mordswampe. Da hab ich beschlossen, ich geh jetzt selber mal aufs Präsidium und schau nach, wieso sich denn dieser Brigadiere für mich interessiert und ob er mir vielleicht helfen kann, dass ich wieder eine Arbeit finde, denn seit ich ungerechterweise entlassen worden bin, kriege ich keine Stelle mehr, weil die mir noch nicht einmal ein Zeugnis gegeben haben.«

Der Brigadiere zog ernsthaft in Erwägung, Piros ehemaligem Chauffeur all das heimzuzahlen, was Bambinella, der Schutzmann Amitrano und dieser freche kleine Furzer aus der Gosse ihm angetan hatten, beschloss dann aber, ihm die Strafe zu erlassen und ihn lieber persönlich zu befragen, um möglicherweise einige Informationen von ihm zu bekommen, die ihm bei den heimlichen Ermittlungen zusammen mit Ricciardi dienlich sein könnten.

»Na gut, Laprece, lassen wir mal beiseite, wie Sie erfahren haben, dass wir Informationen von Ihnen brauchen. Ja, das war genau ich, der die Signorina… äh, ebenjene Person danach gefragt hat. Auch wenn ich, wie Sie ja nun mit eigenen Augen sehen, weder alt noch kahlköpfig bin, und erst recht habe ich keine Wampe. Jedenfalls sagen Sie mir doch:

Wie lange waren Sie als Fahrer bei der Familie Piro angestellt?«

Jetzt setzte der Mann eine träumerische Miene auf. »Drei
Jahre, Brigadiere. Ich habe mich um die gesamte Pflege des
Autos, eines schwarzen Fiat 525 mit achtundsechzig Pferde-
stärken, gekümmert, ein Wagen, so schön wie die Sonne.
Und Sie müssen mir glauben, Brigadiere, dieser Wagen fehlt
mir so sehr, als gehörte er zur Familie.«

»Und wie sah Ihr Dienst aus?«

»Ich fuhr den Anwalt, wohin er wollte. Sobald der Wagen
fahrbereit war, habe ich den Rest der Zeit auf Anweisungen
gewartet; deshalb habe ich mich auch immer in der Nähe
aufgehalten.«

Maione grinste. »Aha. Und während Sie da in der Nähe
blieben, haben Sie auch die Signorina Elvira Durante kennengelernt, die sich ebenfalls in der Nähe herumtrieb. Und
haben sich mit ihr angefreundet. Na gut, weiter. Wieso sind
Sie denn entlassen worden? Haben Sie etwas gemacht, was
nicht in Ordnung war?«

Laprece zeigte sich entrüstet. »Aber nein, Brigadiere,
wieso das denn? Ich war doch auf der Arbeit immer… wie
sagt man doch gleich? Ohne Tadel und Fehler?«

Maione seufzte. »Ohne Fehl und Tadel, sagt man. Und
aus welchem Grund hat man Sie dann wohl entlassen, Ihrer
Meinung nach?«

Der Mann zuckte mit den Achseln. »Brigadiere, das hab
ich mich tausend Mal selbst gefragt. Geld haben die wie
Heu, und den Wagen brauchen sie auch, obwohl der Anwalt
umgebracht wurde. Mir haben sie gesagt, sie wollten sich das
Geld sparen, jetzt, wo der Vater nicht mehr da ist.«

Maione dachte einen Moment lang nach und sagte dann:
»Erinnern Sie sich noch, ob in den letzten Tagen vor Piros

Tod irgendwas Seltsames vorgefallen ist? Was weiß ich, ein ungewöhnlicher Termin, vielleicht hat ja er selbst etwas zu Ihnen gesagt, hat Ihnen was anvertraut …«

Der Fahrer schüttelte heftig den Kopf. »Nein, Brigadiere, wie denn auch? Friede seiner Asche, aber der Avvocato war schon ein besonderer Charakter, unvorstellbar, dass der mit mir geplaudert hätte. Ich bin gefahren, und er saß hinten und las in seinen Unterlagen. Gelegentlich sagte er zu mir, ich solle langsamer fahren, aber ich erinnere mich nicht, dass wir mal über was anderes gesprochen hätten. Und wir haben auch niemanden getroffen.«

Der Brigadiere kratzte sich am Kopf. »Dann war also insgesamt nichts Außergewöhnliches.«

Laprece dachte einen Moment lang nach und murmelte dann: »Wenn ich recht drüber nachdenke, war da doch eine seltsame Sache an dem Tag, als der Avvocato starb.«

»Und zwar?«

»Also: Einen Tag zuvor waren wir zum Nonnenkloster der Madonna Incoronata gefahren; Sie wissen doch, hinter Pomigliano d'Arco gibt es dieses Kloster mit Internat. Der Avvocato war dort der Verwalter und bat mich alle drei oder vier Monate, ihn dorthin zu fahren. Er sprach dann mit der Äbtissin, und ich hab mich ein bisschen ausgeruht; die Refektoriumsschwester machte mir einen ausgezeichneten Kaffee und gab mir sogar von ihren hausgebackenen Keksen dazu, die ganz besonders lecker sind. Auch dieser Besuch ging wie immer vonstatten. Am Tag darauf jedoch befahl mir der Herr Anwalt, ihn gleich wieder hinzufahren, als hätte er irgendwas vergessen. Es kam nie vor, dass wir zwei Tage hintereinander an denselben Ort fuhren.«

»Und hat er Ihnen einen Grund genannt, warum er noch mal hinwollte? War er nervös oder wütend oder …«

»Nein, nein, er war schweigsam wie immer. Und ich habe ihn nicht gefragt. Aber ich hab mich natürlich gefreut, wieder von den Keksen der Nonnen kosten zu können. Der Besuch dauerte allerdings nur kurz, eine halbe Stunde, dann fuhr ich ihn wieder heim.«

Der Brigadiere hatte sich Notizen auf einen Zettel gemacht, um Ricciardi später alles genau berichten zu können. Ganz unten notierte er auch Lapreces Adresse.

»Laprece, seien Sie so gut und halten Sie sich zu unserer Verfügung, falls wir Sie noch etwas fragen müssen.«

Das Männlein breitete die Arme aus. »Brigadiere, mehr zur Verfügung stehen als so kann ich gar nicht. Sehen Sie? Ich laufe immer noch mit der Chauffeursmütze herum für den Fall, dass mich jemand sieht und anstellen will. Aber wie soll einer auf die Idee kommen, dass ich Chauffeur bin, wenn ich zu Fuß gehe? Jedenfalls, schauen Sie doch mal, ob Sie mir helfen können, ich könnte zum Beispiel für Sie fahren.«

Maione schaute ihn scheel an. »Tut mir leid, kein Bedarf. Ich bin ein ausgezeichneter Fahrer. Na, dann gehen Sie jetzt und sagen Sie der Signorina Elvira viele Grüße.«

Laprece seufzte. »Ach, aber wann sehe ich die denn wieder, wenn ich keine Arbeit mehr habe? Da haben Sie mehr Glück, denn weil Sie eine Arbeit haben, können Sie es sich auch leisten, zur Signorina Bambinella zu gehen. Elvira hat mir erzählt, was sie besonders gut kann, nämlich…«

Noch bevor Maione ihn zu fassen bekam, hatte das Männlein erahnt, was er im Schilde führte, und war mit einem kurzen Gruß aus dem Zimmer gehuscht. Einen Wimpernschlag später war er schon durchs Tor verschwunden.

Ganz schön schnell für einen Chauffeur zu Fuß, dachte der Brigadiere wütend.

XXXV

Marangolo erzählte mit leiser Stimme. Er schien zum Meer und zum Hügel zu sprechen, zu den Wellen, die an den Klippen leckten, und zu den Booten, die träge im Wasser schaukelten.

Er spricht zu sich selbst, dachte Ricciardi.

»Als ich sie zum ersten Mal sah, war sie sechzehn. Es war ihr Geburtstag, der 7. Juli; ihre Eltern veranstalteten ein Fest in ihrer Villa auf dem Vomero, wo sie den Sommer verbrachten. Unsere Eltern waren miteinander befreundet, sogar entfernt verwandt; wir sind ja alle irgendwie miteinander verwandt, wie Sie wissen. Ich war achtunddreißig, eine Art ewiger Junggeselle, und alle fragten sich, wen ich einmal heiraten würde. Ich amüsierte mich darüber, aber ich dachte nicht weiter darüber nach; der Gedanke, dass mein Vater über mein Leben bestimmte, gefiel mir nicht, und das sagte ich ihm auch ins Gesicht. Eigentlich hätte ich gar nicht dort sein sollen, ich hatte mit Freunden nach Posillipo ans Meer fahren und den ganzen Tag auf dem Boot verbringen wollen. Doch es kam anders. Stattdessen gab ich den Bitten meiner Mutter nach, wir nahmen die Kutsche und fuhren auf den Vomero hoch, zum Fest der kleinen Tochter der Borgati di Zisa, der Signorina Bianca.«

Einen Moment lang schwieg er, seine Augen waren halb geschlossen. An seiner Kinnlade zuckte ein Muskel. Draußen gluckerte leise das Meer.

»Ich hatte sie seit ihrer Geburt praktisch nicht mehr gesehen. Ich kannte ihren großen Bruder, der im Krieg gefallen war, und die Schwester, die in Rom lebt. Von ihr hatte ich nur die vage Erinnerung, dass ich sie einmal auf dem Arm gehabt hatte, als sie noch Windeln trug. Bei dem Empfang waren viele Leute. Die Damen hatten kleine Schirmchen, um sich vor der Sonne zu schützen, und hielten den Saum ihrer langen Kleider mit der behandschuhten Hand hoch, um ihn nicht mit Gras zu beschmutzen; die Männer schwitzten in ihren Fräcken und unter Zylindern. Ich hatte mich bereits damit abgefunden, einen sterbenslangweiligen Tag zu verbringen. Ich wusste nicht, dass sich innerhalb weniger Minuten mein Leben für immer verändern würde.«

Der Duca nahm einen Schluck aus seiner Tasse, verzog das Gesicht und bediente einen Klingelzug. Mit einem knappen Nicken bedeutete er Ciro, dem Ober, ihm noch einen Kaffee zu bringen, und als der Mann ihn ihm kredenzt hatte, fuhr er in seiner Erzählung fort, ohne sich zu vergewissern, ob Ricciardi ihm zuhörte.

»Einige Minuten nach unserer Ankunft kam sie heraus. Noch heute gehört sie zu den schönsten Frauen hier, doch an jenem Tag, als ich sie die Treppe vor der Villa herunterkommen sah, fühlte ich mich auf einmal wie in einem Traum. Alle Geräusche um mich herum verstummten, die Luft blieb stehen, die leichte Sommerbrise flaute ab. Selbst mein Herz hörte auf zu schlagen, um die Vollkommenheit dieses Moments nicht zu stören. Sie war nicht nur schön – sie war ein Engel, der auf die Erde kommt. Die Sonne spielte auf ihrem Haar und setzte es in Flammen. Ihr Hals war schwanengleich. Die Lippen, die Nase, alles schien wie von einem alten Meister gemalt. Und ihre Augen, Barone. Diese Augen. Sie kennen sie doch, diese Augen, oder? Bei einer Reise in den Orient habe ich einmal einen Edelstein in einer Königskrone gesehen, der hatte genau die gleiche Farbe, da

war ich mir sicher. Ich habe damals ein Vermögen dafür aus-
gegeben, mir einen solchen Stein zu kaufen, doch als ich ihn
dann mit diesen Augen vergleichen konnte, wurde mir klar,
dass er nur eine blasse und schwache Imitation war. Es gibt
sie sonst nirgendwo, diese Farbe. Ohne das Lächeln in diesen Augen zu sehen, ist das Leben nichts wert. Nichts.«

Marangolos Stimme hatte einen hypnotischen Klang angenommen. Ricciardi hatte das Gefühl, selbst an der Seite
des Duca zu stehen, in dem Moment, als Bianca erschien.
Er fragte sich, wie es wohl war, wenn ein Blick, ein einziger
Blick, einen Menschen packt und mit sich fortreißt. Auch
ihm war das ein paarmal passiert, wenn er hinter einem Fenster stand und zu einem anderen Fenster hinüberschaute.
Zwei Seelen, nur durch eine durchsichtige Scheibe aus Glas
voneinander getrennt, zerbrechlich und doch unüberwind-
lich.

Der Duca fuhr in seiner Erzählung fort.

»Sie war jung. Sie war zu jung. Ich sprach mit ihr, versuchte, den Zauber auszuspielen, den mein großer Reichtum ausübte. Wie sehr ich mich täuschte. Wie sehr. Es gibt
Frauen, Barone, denen solche Dinge nichts bedeuten. Es
gibt Frauen, die an einem Mann seine Schwächen lieben,
nicht seine Stärke. Ich wollte es nicht begreifen. Und mir
fehlte der Mut, ihr offen den Hof zu machen; der Altersunterschied war zu groß. Als ich begriff, dass ich es hätte tun
sollen, war es zu spät. Da war Romualdo schon da.«

Noch ein Schluck Kaffee. Jetzt schien die Sonne gleißend
hell durchs Fenster, und die unnatürliche Gesichtsfarbe des
Duca trat deutlicher zutage.

»Auch er war schön; ich musste zugeben, dass sie ein wun-
dervolles Paar abgaben. Bianca wirkte glücklich auf mich,
und das hinderte mich daran, für mein eigenes Glück zu

kämpfen. Sehen Sie, Barone, für mich zählte nur ihr Wohlergehen. Für mich zählte, sie lächeln zu sehen. In all diesen Jahren habe ich viel für Bianca getan, und sie glaubte, ich tue es aus Großzügigkeit. Doch das stimmt nicht. Ich handelte aus großem Egoismus, denn ich kaufte mir zum Schleuderpreis die nötige Nahrung für meine Seele: jenes Lächeln. Sie haben es gesehen, oder? Sie zieht ein kleines bisschen die Oberlippe hoch, dann legt sie den Kopf schief, und in ihren Augen leuchtet ein seltsames Licht auf, wie das am späten Nachmittag, wenn die Sonne ihre letzten Strahlen auf die Erde schickt, bevor es Abend wird. Ich war dabei, als sie sich verlobte. Ich war bei der Hochzeit dabei. Und ich war dabei, als Romualdo begann, all das zu verzehren, was er um sich hatte. Einschließlich Biancas Seele.«

Ricciardi hörte ihm aufmerksam zu. Eine Möwe flog am Fenster vorbei und hockte sich auf ein Stück Felsen, wo sie eine Weile saß und ausdruckslos aufs Meer starrte.

Der Duca und der Vogel ähnelten sich. Es war eine seltsame, eine groteske Ähnlichkeit.

»Ich war bei Romualdos Ruin dabei. An einem gewissen Punkt habe ich versucht, mit ihm zu reden, ich wollte begreifen, was einen Mann, der das unaussprechliche Glück gehabt hatte, eine solche Frau zu heiraten, dazu brachte, so einen Blödsinn zu machen. Doch er hat mir bloß mit harter Miene gesagt, ich solle mich um meine eigenen Angelegenheiten kümmern. Vielleicht hätte ich damals seinem Schicksal ein Ende bereiten sollen. Nein, Barone, nicht ihn umbringen, um Gottes willen, nein. Das ist nicht meine Art. Ich hätte all seine Schulden tilgen und ihn dazu zwingen sollen aufzuhören. Aber ich konnte der Versuchung nicht widerstehen zu sehen, wie weit er kommen würde.«

Ricciardi murmelte: »Und wie weit ist er gekommen?«

325

Marangolo drehte sich um, ein wenig überrascht, als hätte er vollkommen vergessen, dass der Commissario da war.

»Er hat alles verspielt, was er besaß. Dann auch das, was er nicht besaß. Und als man an den Spieltischen der Gesellschaft seine Wechsel nicht mehr annahm, begann er, bei Leuten zu verlieren, die einem nicht verzeihen, wenn man nicht zahlen kann.«

»Und danach?«

Der Duca wandte sich erneut in Richtung Meer. »Das ist eine Geschichte aus jüngerer Zeit. Mehr oder weniger ein Jahr her. Bianca kam zu mir; das tat sie selten, etwas öfter, seit ich krank bin. Auf ihre Weise mag sie mich gern, und diese etwas mitleidige Zuneigung kränkt mich mehr, als wenn sie mich hassen würde.«

Er hustete in ein Taschentuch.

»Sie sagte mir, man habe ihn geschlagen. Sie hätte ein zerrissenes Hemd und ein Taschentuch mit Blutflecken gefunden. Sie schliefen schon eine ganze Weile nicht mehr im selben Zimmer, aber sie hörte, wenn er kam und ging. Während jener Nacht hatte Bianca ihn jammern hören, und er hatte fast zwei Tage versucht, ihr nicht über den Weg zu laufen, bis sie ihm irgendwann doch gegenüberstand und das zerschlagene Gesicht und den Arm sah, der steif an seiner Seite herunterhing. Sie bekam es mit der Angst zu tun und lief zu mir. Ich ging der Sache nach und erfuhr, mit welchem Pack er sich eingelassen hatte. Er riskierte sein Leben und wusste keinen Ausweg mehr. Da habe ich beschlossen, ihm zu helfen: Als ich sah, wie das Lächeln auf Biancas Gesicht für immer erstarb.«

Ricciardi nickte. Er hatte verstanden.

»Und hier tritt Ludovico Piro auf den Plan.«

Der Duca drehte sich nicht um, doch die Muskeln auf seinem Gesicht zuckten.

»Genau. Da war dieser kleine armselige Wucherer, der
verzweifelt versuchte, endlich in die bessere Gesellschaft aufgenommen zu werden. Einer von denen, die wie verhext
vom Tinnef einer Welt sind, die sie nicht begreifen und von
der sie immer ausgeschlossen sein werden. Und er sah seine
Chance gekommen, endlich seinen brennendsten Traum zu
verwirklichen, als ich ihn hierherbat, in genau dieses Zimmer. Ich sagte ihm, er solle auf Romualdo zugehen und ihm
Hilfe anbieten, indem er auf ihr gemeinsames Interesse hin-
wies. Ich würde das Ganze finanzieren, und er könnte die
Gewinnspanne einstreichen. Und natürlich würde ich, wenn
und falls Romualdo seine Schulden nicht einlösen konnte,
für den Wechsel bürgen. Einzige Bedingung war, dass niemand – wirklich niemand – jemals erfahren durfte, woher
das Geld kam.«

Die Möwe auf dem Felsen stieß einen schrillen Schrei
in Richtung Meer aus. Bei diesem lauten, plötzlichen Geräusch fuhr Ricciardi auf seinem Sessel zusammen. Marangolo schien ihn gar nicht bemerkt zu haben.

»Ganz allmählich, Wechsel um Wechsel, wurde Ludovico zum einzigen Gläubiger Romualdos. Ihm blieb der Palazzo, dessen Wert geringer ist als die Höhe seiner Schulden, aber ich konnte nicht zulassen, dass Bianca auch noch
das Haus verlor, in dem sie lebte. Gelegentlich ging ich sie
besuchen, doch irgendwie hatte sie etwas geahnt, ich weiß
nicht, wie. Bei den letzten Malen hat sie versucht, ein Treffen mit irgendeiner Ausrede zu verhindern, indem sie Unpässlichkeit oder einen Termin vorschützte. Es war schmerzlich, doch wenigstens konnte ich mich damit trösten, dass
ich sie vor dem Ruin gerettet hatte. Das ist doch immerhin
etwas, oder?«

Ricciardi antwortete nicht. Stattdessen fragte er: »Und so

kommen wir nun zu jenem schicksalsschweren Abend, Duca. Was ist geschehen?«

Marangolo wandte sich um und setzte sich in den Sessel. Jetzt sah man seinem Gesicht deutlich an, dass sein Tod nicht mehr fern war.

»Piro hatte beschlossen, die Stundung von Romualdos Wechseln nicht mehr länger hinzunehmen. Ich weiß nicht, warum. Ich bat ihn zu mir, aber er kam nicht. Ich ging zu ihm nach Hause, doch er empfing mich nicht. Ich schickte ihm eine Nachricht, dass ich die Schuld komplett bei ihm begleichen wolle, doch er ließ mich wissen, dass er daran nicht interessiert sei. Er wollte Romualdo ruinieren. Er wollte, dass er für seine Schulden hinter Gitter kam oder dass er sich umbrachte. Die Wechsel liefen auf seinen Namen, ich konnte nichts tun.«

Ricciardi betrachtete den Duca über seine verschränkten Hände hinweg, eine Haltung, die er oft einnahm, wenn er höchst konzentriert war.

»Im Lichte der Geschichte, die Sie mir gerade erzählt haben, könnte man meinen, dass Sie den Ruin des Conte wollten. Sie, der endlich Gewissheit hatte, dass sich seine Parabel dem Ende zuneigte, ob nun durch seine Verhaftung oder eine Pistolenkugel. Dann hätten Sie doch endlich das haben können, was Sie sich ein ganzes Leben lang gewünscht hatten.«

Der Duca fuhr zusammen, und im Halbdunkel des Zimmers sah sein Gesicht aus wie ein Totenkopf. Mit wehmütiger Miene streckte er sich.

»Ja, das könnte man denken, wäre da nicht die Tatsache, dass ich bald sterben werde. Und dass meine Leber beschlossen hat, mir nicht mehr viel Zeit zu lassen, auch wenn die Ärzte, die ich so reichlich entlohne, anderes behaupten, um mir noch mehr Geld aus den Rippen zu schneiden. Und wäre da nicht Bianca, die ich gut kenne und von der ich weiß, dass sie sich nie und nimmer nur aus Dankbarkeit oder Mitleid mit einem Mann einlassen könnte. Sehen Sie, Barone, Bianca ist nur noch ihr guter Ruf geblieben und die Meinung, die sie von sich selbst hat. Etwas anderes hat sie nicht. Einen Namen und ihr Spiegelbild. Deshalb werde ich Bianca niemals besitzen, aus dem einfachen Grunde, weil sie mich nicht liebt.«

Ricciardi erhob sich. »Warum hat Piro dieser Scharade ein Ende bereitet? Er hatte doch gewaltige und sichere Einnahmen dadurch. Er hätte ewig so weitermachen können, und nichts wäre passiert. Warum hat er das getan?«

Marangolo knetete seine Hände, verschränkte die Finger. »Ich weiß es nicht. Ich schwöre, ich habe nicht die blasseste Ahnung. Tausend Mal habe ich es mich gefragt, und es will mir einfach nicht einleuchten, aus welchem Grund ein so käuflicher, armseliger und feiger Mann wie er seinem Goldesel den Garaus machte.«

»Dann sind Sie also davon überzeugt, dass der Conte di Roccaspina Piro ermordet hat. Stimmt das?«

Marangolo wirkte vollkommen erschöpft. »Ja, Baron. Er war es. Wer sonst hätte ein Interesse daran gehabt? Piro wollte sich die Wechsel auszahlen lassen, der Name Roccaspina wäre in den Schmutz gezogen worden, und das wäre der Ruin gewesen. Die Alternative wäre gewesen, sich selbst umzubringen.«

»Und warum sind Sie an jenem Abend bei der Contessa gewesen?«

»Um sie zu warnen. Um ihr zu sagen, dass sich die Dinge überstürzen könnten; sie solle mich nicht nach dem Grund fragen, doch ich wisse, nein, sei mir sicher, dass ihr Mann möglicherweise zum letzten Mittel greifen würde. Bloß dass ich damals an einen Selbstmord dachte, nicht an eine Ermordung Piros. Ich muss zugeben, Romualdo hat mich überrascht; ich hatte ihn einer solchen Tat nicht für fähig gehalten.«

Ricciardi nickte. Die Möwe flog mit einem weiteren lauten Schrei davon und verschwand außer Sicht. Noch immer wogte draußen das Meer, so wie es das immer tat, doch jetzt machte es einem Angst.

Der Commissario verabschiedete sich vom Duca, doch schon auf dem Weg hinaus drehte er sich noch einmal zu ihm um und sagte: »Eine letzte Frage. Wie Sie sagten, wussten Sie, dass die Contessa Sie nie gewollt hätte; und Sie hatten mehr als gute Gründe, den Conte di Roccaspina zu hassen, weil er Ihnen die Chance nahm, Bianca zu besitzen, und ihr dann auch noch die Jugend ruiniert hat. Aus welchem Grunde haben Sie ihm überhaupt geholfen?«

Wieder lächelte Marangolo. »Begreifen Sie es wirklich nicht, Malomonte? Ich liebe sie. Ich werde sie lieben bis zu meinem Tod. Und auch danach.«

XXXVI

Enrica verspürte auf einmal das dringende Bedürfnis, ans Meer zu gehen.

Das kam nicht oft bei ihr vor. In der Regel blieb sie stattdessen – wenn sie ihre Unterrichtsstunden gegeben hatte und sich weder um ihre jüngeren Geschwister noch um den Haushalt kümmern musste – lieber zu Hause. Außerdem war da noch die Vorbereitung auf den Jahreszeitenwechsel, eine geradezu zyklopische Unternehmung, zu der die Einmottung der Sommerkleidung und die Bereitstellung der Winterkleidung gehörte, wobei vieles von Letzterer noch gewaschen und gebügelt werden musste. Diesmal jedoch hatte sie, einem Impuls folgend, ihren Hut genommen und war, ohne jemandem Bescheid zu sagen, aus dem Haus gegangen.

Sie brauchte ein wenig Horizont vor den Augen und ein wenig Blau.

Blau ist die Farbe dieser Stadt, sagte ihr Vater immer. Siehst du, mein Schatz? Blau ist der Himmel, und zwar fast das ganze Jahr lang. Blau ist das Meer, das oft ganz unerwartet hinter einer Biegung der Straße hervorlugt oder am Ende einer Steigung. Blau ist das Licht, das zu den Häusern hereinscheint, durch die Fenster und auch durch die Türen, kaum hast du sie geöffnet. Eine blaue Stadt. Und deshalb suche das Blau, sagte er zu ihr, wenn dir nach Ausgleich und Heiterkeit ist. Es wird dir sogleich besser gehen.

Brauchte Enrica denn einen Ausgleich? War sie etwa nicht heiter? Und warum hatte sie überhaupt das Verlangen danach? Von Kindesbeinen an war es ihr nie schwergefallen, ihr Gleichgewicht zu finden. Auch wenn alles um sie herum im Umbruch war, wenn alles sich veränderte oder wandelte, war ihr Charakter stets in der Lage, ihren Blick auf eine neue Perspektive zu richten. Das war eine Gabe, das wusste sie; sie war nicht der Typ Mensch, der verzweifelt, der dem Schnee von gestern nachweint, der sich unnötig den Kopf darüber zerbricht. Enrica war gefühlvoll und einfühlsam, doch zugleich auch sehr vernunftbetont. Veränderungen wusste sie anzunehmen, wenn sie nicht selbst die Kraft hatte, sie umzulenken.

Sie passte sich an.

Und warum – so dachte sie nun, während sie auf der langen, leicht abschüssigen Straße unterwegs war, die von der großen Piazza zum Meer führte – fühlte sie sich dann jetzt so unruhig?

Hing das vielleicht mit Manfred zusammen?

Sie hatte jenes Abendessen gefürchtet, zu dem sie sich gezwungen gefühlt hatte, um der Mutter zu Gefallen zu sein. Sie hatte es gefürchtet, das neuerliche Zusammentreffen mit jenem Offizier eines fremdländischen Heeres, an den man sich noch immer als den Feind erinnerte; einem Witwer und einem Deutschen, der stolz auf sein Land war, das doch viele mit Argwohn betrachteten. Sie hatte die tiefe Kluft gefürchtet zwischen seinen Ansichten und denen des Vaters, die so grundlegend verschieden waren. Sie hatte gefürchtet, ihre Mutter würde sich, in ihrem hartnäckigen Bestreben, die immer noch unverheiratete Tochter endlich unter die Haube zu bringen, wie eine Kaufmannsfrau benehmen, die selbst ihre ältesten Ladenhüter in den höchsten Tönen lobt, um ihn doch noch an den Mann zu bringen. Sie war besorgt gewesen ob ihrer jüngeren Geschwister, hatte gefürchtet, diese könnten Manfred mit all dem Klatsch und Tratsch aus der Nachbarschaft vollplappern und ihm lästig werden.

Sie hatte gefürchtet, der Abend würde in einem Desaster enden.

Hatte sie es gefürchtet oder aber insgeheim gehofft?

In ihr war eine hartnäckige Stimme, die sich immer mehr Platz in ihrem Denken zu schaffen versuchte und mit den entgegengesetzten Gefühlen spielte, die in ihr herrschten, aber sie brachte sie zum Schweigen.

All ihren Befürchtungen zum Trotz war gar nichts passiert. Manfred hatte allen gefallen – was, wenn man ihn kannte, auch nicht anders zu erwarten gewesen war –, allen einschließlich des Vaters, dessen Vertrauen nur schwer zu erringen war; Enrica hatte seine Blicke gedeutet und Erleichterung herausgelesen. Natürlich war ihre Mutter verrückt nach ihm und redete von nichts anderem mehr; gleich am darauffolgenden Morgen hatte sie die gesamte Nachbarschaft zu sich gebeten, um dieser haarklein zu erzählen, wie der Abend verlaufen war, einschließlich einer deutlich übertriebenen Nachahmung der Genusslaute, mit denen ihr Gast Marias Essen quittiert hatte. Was ihre kleinen Geschwister anging, so gaben sie die kleinen holzgeschnitzten Spielzeuge, die Manfred ihnen geschenkt hatte, keine Sekunde aus der Hand, während sich Susanna in überaus verzwickten und lästigen Hypothesen darüber erging, wem wohl Enricas Kinder ähnlich sehen würden, die sie sicher bald bekommen würde, nach ihrer mittlerweile als unausweichlich betrachteten Eheschließung mit jenem überaus gut gebauten, gut aussehenden und sympathischen Major der Reichswehr, jener »Staatsverteidigung«, wie er sie genannt hatte, mit der er im Grund nichts anderes meinte als die deutsche Armee.

Vielleicht, überlegte Enrica, als sie endlich an der Uferpromenade angelangt war und einen tiefen Atemzug der frischen, salzigen Meeresluft nahm, war es ja weniger die Sehn-

sucht nach Blau gewesen, die sie nach draußen getrieben
hatte, als das Verlangen nach Ruhe und Stille.

Und sie? Was hatte sie dabei empfunden, Manfred von
ihren Tellern essen und aus ihren Gläsern trinken zu sehen,
während er inmitten ihrer Familie im Salon saß? Hatte sie ihn
als Eindringling empfunden, so wie das bei Sebastiano und
den anderen möglichen Heiratskandidaten gewesen war, mit
denen ihre Mutter versucht hatte, sie zu verkuppeln?

Nein. Sie musste ehrlich sein. Es hatte ihr Freude bereitet und ihr geschmeichelt, dass ein Mann, dem es an nichts
fehlte, um begehrenswert und anziehend zu sein, Interesse
an ihr zeigte. Manfred war gebildet, einfühlsam, intelligent,
ja sogar ein schöner Mann. An ihm war nichts Fragwürdiges
oder Mysteriöses: Manfred war das, was man sah, und was
man sah, war mehr als zufriedenstellend.

Es hatte Enrica gefallen, wie er sprach und wie er alle Themen, die dem Vater möglicherweise unangenehm waren,
umschifft hatte, obwohl ihr Schwager immer wieder versucht hatte, ihn mit extremen Positionen aus der Reserve
zu locken. Vielleicht mochte Manfred gewisse Meinungen ja
sogar teilen, doch Giulio gegenüber hatte er große Einfühlsamkeit an den Tag gelegt. Und es hatte sie beeindruckt, wie
Manfred mit den Kindern umzugehen wusste, indem er sie
an sich herankommen ließ. Er wäre ein wundervoller Vater.

Von welchen Kindern eigentlich?, mischte sich da erneut
diese quälende Stimme ein. Von deinen? Ja, antwortete sie,
von meinen, und warum auch nicht? Habe nicht auch ich das
Recht, glücklich zu sein? Kann ich nicht ein Haus und eine
Familie haben? Wo? In Deutschland?, fragte die Stimme. In
Bayern? Und werden sie blond sein, deine Kinder? Werden
sie eine andere Sprache sprechen?

Es liegt ganz bei mir, die Kinder in die Welt zu setzen, die ich mir wünsche, sagte sie sich voller Stolz. Und es liegt an mir, ob ich sie als Italiener aufwachsen lasse.

Sie ließ den Blick über die Felsen schweifen, während das Meer den Sand liebkoste wie Samt. Wo bist du?, dachte sie urplötzlich. Wo bist du in diesem Moment? Warum bist du nicht hier bei mir, um mir alles zu erklären?

Es war Mittagszeit, und die Promenade hatte sich geleert. Die gleißenden Sonnenstrahlen schienen in Enricas Augen und blendeten sie kurz. Die leichte Brise, die vom Meer aufkam, zwang sie dazu, mit einer Hand den Hut festzuhalten, in der anderen hatte sie die Handtasche. Sie drehte sich um.

Und sah ihn.

Ihr war, als hätten sich Herz und Verstand in ihr zusammengetan, um ihr einen Streich zu spielen. Ihr Herz machte einen Satz und noch einen. Dann schien es die verlorene Zeit aufholen zu wollen und begann zu galoppieren, schlug ihr wie wild in der Kehle, in den Ohren. Mein Gott, dachte sie. Mein Gott, wie komme ich jetzt hier weg?

Auf einmal stand sie direkt vor ihm, während Ricciardi gerade den Klub verließ, den Kopf voller Wind und Sand, als befände er sich mitten in der Wüste, in einem Sandsturm. Das Gespräch mit Duca Marangolo hatte ihn getroffen, hatte tief in seinem Inneren Wurzeln geschlagen, an einem Punkt, den er nie hatte anrühren wollen. Die Erwähnung des Vaters, seiner Familie und einer Vergangenheit, von der er sich nie erholt hatte – und daran war er selbst schuld. Mit seinem Titel und dem Namen angesprochen zu werden, dem er schon seit Jahren den Rücken gekehrt hatte; zum ersten Mal zu begreifen, dass er wahrscheinlich nicht der Mensch geworden war, den sich seine Eltern gewünscht hatten: Das alles hatte ihn zutiefst aufgewühlt.

Und die Liebe. Dort im Gespräch mit dem kranken Duca

war er mit einem gewaltigen und extremen Gefühl konfrontiert worden, einem Gefühl, das dessen Leben erfüllt hatte wie nichts anderes. Das Bild eines jungen Mädchens an einem Julimorgen hatte das Leben dieses Mannes für immer verändert. Und doch war klar gewesen, dass Marangolo auf jene unerfüllte Liebe niemals hätte verzichten wollen. Er klammerte sich an sie, er bereute nichts, es sei denn, nicht noch mehr für eine Frau getan zu haben, die ihn nicht hatte haben wollen.

Und Ricciardi hatte an sich selbst gedacht. An die Strafe, die er sich tagtäglich auferlegte, und an die Liebe, die er für Enrica empfand. An die Gewissheit, dass auch er nur Zeuge der Zukunft der Frau sein würde, die er liebte, einer Zukunft, von der er selbst ausgeschlossen war.

Beim Hinausgehen hatte er Livia gesehen. Jenseits einer großen Fensterfront, beschienen von der Sonne auf der Terrasse des Klubs, hatte sie lachend inmitten eines Grüppchens von sechs Verehrern gesessen, die bezirzt von ihrer Schönheit versuchten, ihre Aufmerksamkeit auf sich zu ziehen. Einen Moment lang hatten sie und Ricciardi sich angesehen, und das Lachen der Frau war auf einmal erloschen, dort unter dem roten Hütchen und dem nach der neuesten Mode frisierten Haar, unter all der Schminke und dem Lippenstift hatte man deutlich die Zeichen ihres Kummers und der schlaflosen Nächte gesehen. Ein Ausdruck von tiefem Schmerz und Traurigkeit war in ihre Augen getreten, doch das alles hatte nur einen Moment lang gedauert; dann hatte sie wieder gelacht, mit ihren Verehrern geschäkert und sich so manch neidischen Blick von Frauen der Umgebung eingehandelt.

Ricciardi war eilig hinausgegangen und hatte gespürt, wie ein gewaltiges Unbehagen in ihm aufstieg; es war Überdruss, sich selbst gegenüber, und das Bewusstsein, weder der Welt Livias noch der Enricas anzugehören.

Livia und Enrica jenseits einer Glasscheibe, und er immer auf der falschen Seite.

Und dann hatte sich auf der Straße, während er versuchte, sich wieder auf den Fall Roccaspina zu konzentrieren, eine Frau zu ihm umgedreht – das einzige andere menschliche Wesen, das sich in dem Moment auf diesem Teil des Weges befand.

Und es war Enrica.

Sie standen da und schauten sich an, alle beide erschüttert über dieses Zusammentreffen von Gedanken und Wirklichkeit, alle beide sich auch der Tatsache bewusst, dass es keine Fluchtwege gab und ihnen folglich eine Begegnung bevorstand, auf die sie beide nie vorbereitet gewesen waren, beide mit dem Kopf voller Wind und Sand und ohne die Fähigkeit, auch nur einen einzigen klaren Gedanken zu fassen, geschweige denn ein Wort zu sagen.

Beiden klopfte das Herz bis zum Hals.

Ricciardi kam näher. Wenigstens in diesem einen Moment hätte er gerne einen Hut aufgehabt, denn dann hätte er ihn gelüpft, um sie zu grüßen, aber wie immer war er ohne Kopfbedeckung aus dem Haus gegangen.

»Guten Tag. Ich… Ich bitte um Verzeihung. Ich hatte nicht damit gerechnet, Sie hier zu treffen, und ich… Verzeihung.«

Enrica hätte so gern liebenswürdig gelächelt. So gern hätte sie einfach seinen Gruß erwidert, wäre dann weiter ihres Weges gegangen und hätte den Moment verflucht, an dem sie Lust auf einen Spaziergang am Meer verspürt hatte.

Stattdessen ergriff ihr Herz Besitz von ihrem Mund. »Verzeihung? Sie bitten mich um Verzeihung? Und wofür bitten

Sie mich um Verzeihung? Dafür, dass Sie mir geschrieben haben, dass Sie mich... all die Zeit angeschaut haben und dass Sie dann einfach gegangen sind? Dafür, dass Sie nie und nie zu mir gekommen sind? Dafür, dass Sie mich glauben gemacht haben, Sie... Sie und ich könnten...«

Ihre Augen füllten sich mit Tränen, ihre Brille beschlug. Sie biss sich auf die Unterlippe, holte tief Luft. Nicht weinen, Dummchen. Nicht weinen, verdammt noch mal.

Hinter ihm saß eine Möwe, die gelangweilt aufs Meer schaute.

Ricciardis Augen waren weit aufgerissen, als hätte er Angst, als befände er sich in einem Albtraum, aus dem er nicht erwachen konnte.

Hinter ihrem Rücken hielten sich die beiden toten Kinder im Arm.

»... ein Anderer.«

Das hatte er ganz leise gemurmelt. Sie wusste nicht, was das heißen sollte.

»Was sagen Sie da? Was – ein Anderer?«

Er stieß die Luft aus.

»Ein Anderer. Es gibt doch einen Anderen in Ihrem Leben. Ist es etwa nicht so? Ich... ich...« Er tippte sich wieder und wieder mit dem Zeigefinger an die Brust. »Ich habe Sie gesehen. Ich habe gesehen, dass Sie... Ich habe Sie beide gesehen.«

Enrica dachte an das erleuchtete Fenster, das sie am vorangegangenen Abend bemerkt hatte, als sie den Tisch abgeräumt und das Geschirr in die Küche getragen hatte, und sie dachte an den kalten Hauch, den sie in ihrer Brust verspürt hatte. Auf einmal war da eine unendliche Wut in ihr, die immer größer wurde, eine Wut darüber, dass er auf ihrem Stolz herumgetrampelt hatte.

Dieser Mann, der sie getäuscht und im Stich gelassen hatte; dieser Mann, den sie so oft mit dieser fremden Frau gesehen hatte; dieser Mann, der sie hatte glauben lassen, er sei in sie verliebt: Er machte es ihr jetzt zum Vorwurf, dass sie jemanden zum Essen eingeladen hatte. Gemessen an dem bisschen, was er von ihr wusste, hätte er ebenso gut ein Freund ihres Schwagers oder ein entfernter Verwandter sein können; wie konnte er es wagen, ihr einen Vorwurf zu machen?

Sie biss die Zähne zusammen. Dann zischte sie: »Was erlauben Sie sich eigentlich, mir zu sagen, dass es einen Anderen gibt? Wer gibt Ihnen das Recht? Haben Sie mir jemals gesagt oder geschrieben, dass Sie mich gernhaben? Ich hätte immer auf Sie gewartet, begreifen Sie das nicht? Es hätte eine Geste genügt, eine einzige Geste, und ich… Aber wozu ist das gut? Wozu ist das alles gut, dieses…« Sie machte eine Handbewegung, die irgendwie alles um sie herum zu umfassen schien. Die Tränen liefen ihr die Wangen hinunter, ein steter, unaufhaltsamer Strom. »Wozu ist es gut, dieses Meer, können Sie mir das sagen? Wozu ist es gut, das Meer?«

Mit dieser letzten absurden Frage drehte sie sich um und machte Anstalten zu gehen. Doch nach wenigen Schritten drehte sie sich noch einmal um und sagte: »Bitte entschuldigen Sie. Und ich möchte Ihnen zum Tod der Signora Rosa mein herzliches Beileid aussprechen. Sie wissen ja, ich hatte sie sehr gern.«

Ricciardi stand da, die Hand halb erhoben, und schaute sie mit aufgerissenen Augen an.

Er wusste auch nicht, wozu dieses Meer eigentlich gut war.

XXXVII

Maione konnte es nicht erwarten, Ricciardi von Laprece, dem allzu hastig entlassenen Chauffeur, zu erzählen, und war neugierig darauf zu erfahren, wie denn sein Treffen mit dem berühmten Duca Marangolo verlaufen war, dem Mann, der am Abend vor dem Mord im Hause Roccaspina gewesen war. Und so lief er seinem Vorgesetzten die Treppe hinab entgegen, als man ihm meldete, dieser sei im Präsidium angekommen.

Mittlerweile war es Abend, und langsam wurde der Brigadiere nervös; der Commissario war am Morgen gegen zehn ausgegangen, und Maione hatte bereits einmal bei einem dieser sinnlosen Zusammentreffen mit dem Hornochsen Garzo Ricciardis Abwesenheit erklären müssen. Schnell hatte er sich einen Anruf aus dem Krankenhaus von Dottor Modo ausgedacht, bei dem ein verdächtiger Verletzter eingeliefert worden sei, und den Freund des Commissario dann am Telefon vorgewarnt für den Fall, dass jemand auf die glorreiche Idee kam nachzuhaken. Der Doktor hatte ein Lachen unterdrücken müssen; verdächtige Verletzte habe er jede Menge, deshalb könne man sich einfach einen aussuchen, und schlimmstenfalls dürfe man alles auf sein Schädelweh schieben, von dem Ricciardi bestimmt wusste, wie er dem Brigadiere etwas nebulös mitteilte.

Maione hatte eingehängt, ohne nachzufragen. Doch die innere Unruhe war ihm geblieben: Nach wie vor verhielt sich der Commissario seltsam und war nicht der, von dem Maione immer gedacht hatte, ihn gut zu kennen.

Seine Besorgnis wuchs auf ein Höchstmaß an, als er, nachdem er bei Ricciardi geklopft und vergeblich auf ein »Herein!« gewartet hatte, beschloss, einfach selbst die Tür zu seinem Büro zu öffnen. Ricciardi saß an seinem Platz und hatte den Kopf tief über den Schreibtisch gebeugt, als würde er etwas lesen. Nur dass da nichts vor ihm lag.

Maione hob die Jacke seines Vorgesetzten auf, die vor dem Kleiderständer auf dem Boden lag, und hängte sie an den Haken.

»Commissario … Commissario, alles in Ordnung mit Ihnen? Soll ich Ihnen was bringen, ein Glas Wasser oder einen Malzkaffee? Ach nein, Malzkaffee wohl besser nicht. Bitte, Commissario, antworten Sie mir doch, sonst mach ich mir Sorgen.«

Ricciardi hob langsam den Blick zu ihm. Seine Haut war fahl, die Augen eingesunken, das Haar klebte ihm in Strähnen an der Stirn, als wäre er lange im Regen gewesen. Der Brigadiere spürte, wie ihm das Herz schier zersprang in der Brust.

»Commissario, was haben Sie denn? Ich gehe gleich einen Arzt rufen, vielleicht haben Sie Fieber, oder…«

Ricciardi bot ihm mit einer erhobenen Hand Einhalt. »Nein, nein, sei ganz beruhigt, Raffaele. Ich hab… ich hab einen langen Spaziergang gemacht, musste mal den Kopf freibekommen. Es ist heiß, draußen ist es immer noch heiß, und ich hab ein bisschen geschwitzt. Sei ganz beruhigt.«

Maione musterte ihn. »Commissario, verzeihen Sie mir, aber ich kann einfach nicht beruhigt sein. Der Verlust der Signora Rosa war schlimm, das verstehe ich schon. Aber Sie müssen wieder auf die Beine kommen und ein bisschen fröhlicher sein; dass Sie nie was sagen, das tut Ihnen nicht gut. Machen wir es so: Heute Abend kommen Sie zum Essen zu uns, und Sie werden sehen, dass es Ihnen gleich wieder besser geht.«

Ricciardi starrte ihn an, als spräche der Brigadiere eine andere Sprache. Dann lächelte er sanft, was seinen Untergebenen – sofern das überhaupt möglich war – nur noch mehr in Unruhe versetzte. »Das ist nicht nötig, glaub mir. Ich wollte nur einen schönen Septembertag genießen. Und, was gibt es Neues?«

Nach einem Moment perplexen Schweigens beschloss Maione, klein beizugeben und zu dem Fall, in dem sie ermittelten, zurückzukehren.

Endlich konnte er ihm von dem Besuch Lapreces erzählen, wobei er keine Einzelheit ausließ und die Worte des Chauffeurs getreulich wiedergab. Am Ende nickte Ricciardi. Maione wurde allerdings noch immer nicht den unangenehmen Eindruck los, dass es seinem Vorgesetzten schlecht ging oder dass er betrunken war. Oder beides.

»Hat er das so gesagt? Dass sie ihn nicht mehr bräuchten, weil der Vater tot sei? Und hatte es für dich den Anschein, dass er die Wahrheit sagte? Wirkte er ehrlich? Das meine ich.«

Der Brigadiere zuckte mit den Achseln. »O ja, Commissario, ich glaube schon. Und bei Ihnen, wie ist es da gelaufen? Was hat der Duca Ihnen gesagt?«

Ricciardi erzählte Maione von der Unterredung mit Marangolo, ohne etwas auszulassen. Seine Stimme klang eintönig, ausdruckslos; die grünen Augen blickten ins Leere. Das mulmige Gefühl des Brigadiere wuchs.

Am Ende sagte Maione: »Jedenfalls, Commissario, holen wir zwar jede Menge interessanter Informationen ein, aber trotzdem ist es uns noch nicht gelungen, uns von der wahrscheinlichsten Hypothese wegzubewegen, nämlich dass Roccaspina Piros Mörder ist. Selbst der Duca ist dieser Meinung, und der Fahrer hat weiter nichts Interessantes gesagt.«

Ricciardi murmelte: »Das stimmt nicht, Raffaele. Etwas hat uns der Chauffeur schon gesagt: Piro ist an zwei aufeinanderfolgenden Tagen zum Nonnenkloster Madonna Incoronata hinausgefahren, und das war etwas, was er sonst nie getan hat. Und wie du weißt, glaube ich nicht an Zufälle. Wir werden noch einmal mit der Signora sprechen müssen. Wir müssen herausfinden, ob sie etwas verschwiegen hat.«

Maione zog seine Taschenuhr hervor. »Aber ist es jetzt nicht schon zu spät, Commissario? Vielleicht morgen.«

Ricciardi erhob sich ruckartig hinter dem Schreibtisch. »Nein, besser, wir machen es gleich. Sonst kommen die irgendwie dahinter, dass wir mit dem Chauffeur geredet haben, und sprechen sich ab. Denk daran, dass wir uns auf nicht offiziellen Pfaden bewegen und uns von einem Moment auf den anderen die Hände gebunden sein können. Aber mach dir keine Gedanken, geh du nur nach Hause, ich erledige das allein.«

Maione war schon an der Tür und hielt Ricciardi die Jacke auf. »Kommt gar nicht infrage, dass ich Sie allein gehen lasse, Commissario. Und mir wird klar, dass es auch heute Morgen ein Fehler war, dass ich Sie nicht begleitet habe. Gehen wir.«

Sie trafen die Signora Piro wenige Meter vor ihrem Hauseingang an, als sie gerade nach Hause kam. Ihr Gesicht wirkte angespannt, die Augen waren rot, als hätte sie gerade erst mit dem Weinen aufgehört.

Ein wenig verlegen sagte Ricciardi: »Guten Abend, Signora. Wir wollten mit Ihnen sprechen, aber vielleicht ist es besser, wir kommen ein anderes Mal vorbei.«

»Nein, nein, wo denken Sie hin; ich muss mich allmählich an Widrigkeiten gewöhnen. Kommen Sie mit rauf?«

Der Commissario schüttelte den Kopf. »Nein, das ist nicht nötig, es geht ganz schnell. Wir brauchen höchstens eine Minute.«

Die Frau zog ein Taschentuch aus ihrem Ärmel und putzte sich die Nase. »Dann fragen Sie nur.«

»Die Geschäftsbeziehungen Ihres Mannes mit dem Conte di Roccaspina, welcher Natur waren die?«

Die Frau verzog das Gesicht. »Dieser verdammte Mörder schuldete meinem Mann jede Menge Geld. Ich habe Ihnen ja gesagt, dass ich Ludovico bei der Buchhaltung behilflich war.«

»Und Ihr Mann, was sagte er über diesen großen Kredit? Hatte er Angst, das Geld nicht wiederzubekommen?«

»Nein. Diese Angst hatte er nie. Jedes Mal, wenn er die Summe wieder erhöhte, fragte ich ihn, ob es nicht besser wäre aufzuhören, doch er lachte nur und sagte: Das ist das am sichersten angelegte Geld, das wir haben. Warum, das habe ich nie erfahren. Wissen Sie, mein Mann sprach nicht gern über gewisse Dinge. Aber Papierkram war nicht seine Sache, und so brauchte er mich für die Buchhaltung.«

»War das bis zum Schluss so?«, warf Maione ein. »Bis zu dem Streit am Tage vor der Tat?«

»Gewiss. Bis zu jenem Streit, dessen Motiv ich, wie bereits gesagt, nicht kenne, war Roccaspina der beste Kunde meines Mannes, zumindest behauptete Ludovico das.«

Ricciardi versuchte nachzuhaken. »Und Sie wissen nicht, woher Ihr Mann das Geld nahm, das er Roccaspina lieh, richtig?«

Costanza Piro runzelte die Stirn. »Was wollen Sie damit sagen, Commissario? Mein Mann investierte das Geld aus den Einrichtungen, die er verwaltete, zahlte die Zinsen zurück und lebte von der Differenz. Ein riskantes und gefährliches Geschäft, doch Ludovico war ein Mann von großem Mut und überdurchschnittlicher Intelligenz. Er hatte jede Lira, die er einnahm, redlich verdient; und all seine Gedanken galten der Familie. Und ich bin jetzt allein und weiß nicht, was ich machen soll.«

Sie begann zu weinen, schluchzte in ihr Taschentuch. Maione und Ricciardi wechselten einen Blick, dann verabschiedete sich der Commissario.

»Danke, Signora. Wir werden Sie nicht weiter stören. Guten Abend.«

Die Frau neigte kurz den Kopf und wandte sich dann zum Hauseingang, doch bevor sie hineingehen konnte, rief Ricciardi: »Noch eine letzte Sache, Signora. Können Sie mir sagen, aus welchem Grunde Ihr Mann sich, am Tag seines Todes und an dem davor, von Ihrem Fahrer zum Kloster der Madonna Incoronata bringen ließ?«

Die Piro blieb abrupt stehen, eine Hand an den Türflügel gelegt und wie zur Salzsäule erstarrt. Nur mit einer winzigen Drehung des Kopfes sagte sie dann trocken, ohne die beiden Polizisten auch nur eines Blickes zu würdigen: »Wenn ich es mir recht überlege, meine Herren, stören Sie mich doch. Sie stören mich ziemlich. Und ich möchte Sie bitten, nicht mehr hierherzukommen, denn unser Schmerz ist schon groß genug, da brauchen wir Sie nicht, um den Finger auch noch in die Wunde zu legen. Ich hoffe, Sie nicht wiederzusehen, sonst sehe ich mich gezwungen, einen der hochgestellten Freunde meines Mannes – und glauben Sie mir, davon gibt es genug – zu bitten, dafür zu sorgen, dass man unsere Familie in Frieden lässt. Guten Abend.«

Und sie verschwand im Haus.

345

Zweites Zwischenspiel

Am Ende des Refrains hört der alte Mann auf zu spielen. Der Junge betrachtet seine Hände.

Es ist unglaublich, die Verwandlung dieser Hände zu sehen, sobald sie sich nicht mehr auf dem kleinen Instrument bewegen. Wenn der Alte spielt, flattern sie über die Saiten wie Schmetterlinge, jede einzelne Bewegung ist klar und präzise, niemals zeigt der Druck der Finger eine Unsicherheit. Doch kaum ist der letzte Ton der alten Weise verklungen, sind die Hände wieder krumme Klauen, von einem leisen Zittern durchlaufen.

Wieder wird der Junge gewahr, dass er den Atem angehalten hat, und stößt mit einem leisen Schnaufen die Luft aus. Pe' te ne vulè caccià, *denkt er. Er verbrennt sich selbst die Hand, als er den Falter zu verscheuchen sucht.*

Während der zweiten Strophe ist etwas geschehen. Er hat aufgehört, an die Technik des Spiels zu denken, an die Abfolge der Akkorde, an die musikalische Ausführung. Er ist ihm nicht mehr mit den Händen gefolgt, indem er den Lauf der Finger über den Griff des Instruments nachahmte, als spielte er selbst, als begleitete er den Alten.

Damit hat er aufgehört.

Er ist der Geschichte gefolgt. Der Geschichte des Mannes von vierzig Jahren, der in der ersten Strophe einen Nachtfalter im Lichtkreis seiner Lampe beobachtet, wie dieser unwiderruflich seinem eigenen Ruin entgegenflattert, angezogen von etwas, das zugleich auch der Brief ist, den ihm dieses wunderschöne junge Mädchen geschickt hat. Ich liebe Sie, verstehen Sie das *nicht? Ich liebe Sie. Der Mann, der diese Liebe für unmöglich hält, versucht in der ersten Strophe, sie zu beschützen, er sagt ihr: Falter, das ist eine Kerze, keine Blume. Sie kann dich mit ihrem Licht anziehen, aber sie wird dir keine Nahrung geben. Stattdessen wird sie dich töten. Unter schrecklichen Qualen wirst du sterben.*

Das war die erste Strophe, und jetzt kommt dem Jungen der Gedanke, dass dieser zweite Teil etwas ganz anderes bedeutet.

Der alte Mann legt das Instrument in sein Gehäuse und steht vom Sessel auf. Der Junge macht Anstalten, sich vom Schemel zu erheben, um ihm zu helfen, doch der Alte schüttelt den Kopf. Er schlurft zum Fenster und öffnet den Fensterladen. Das ganze Blau der Welt ergießt sich in den Raum, überflutet das graue, staubige Halbdunkel des Zimmers. Von seinem Platz aus betrachtet der Junge das scharfe, ausgezehrte Profil des alten Mannes, das dichte Netz der Falten, die Augen, die er zum Schutz gegen das Licht zusammenkneift. Mit seinen zitternden Händen, die sich an die Fensterbank klammern, sieht er noch mehr aus wie ein Vogel, ähnelt den Tauben, die in der Nähe auf einer Dachrinne sitzen und gurren.

Mit leiser Stimme fragt er: »Wozu ist es eigentlich gut, dieses Meer?«

Der Junge ist in Gedanken noch immer bei dem Lied, dem er gerade gelauscht hat. Jahrelang hat er es jeden Abend gesungen, doch gespürt hat er es erst heute.

»Maestro«, sagt er, »er hat Angst. Ist es so? Er hat Angst. Er schützt sich selbst, nicht das Mädchen. Zumindest nicht sie allein.«

Der Alte wendet den Blick nicht vom Meer, doch er antwortet ihm: »Ja, sehr gut. Langsam beginnst du die Geschichte zu begreifen. Die zweite Strophe erklärt nicht die erste, sie bringt nicht den Vergleich des Schmetterlings in die reale Welt. Das Mädchen und der Falter sind zwei vollkommen verschiedene Dinge. Beide fliegen – der Falter von Blume zu Blume, das Mädchen von Mann zu Mann. Denn sie, das Mädchen, ist gar nicht so unbedarft und zerbrechlich, zumindest glaubt sie es nicht zu sein. Er hingegen schon, er hat Angst um sich selbst, so wie er Angst um sie hat. Aber weißt du, was er sagt?«

Der Junge murmelt: »Ja, ich weiß es. Glaube ich zumindest. Er sagt, dass er nichts machen kann. Dass er sie nicht daran hindern kann, dass ihm dazu die Kraft fehlt. Er bittet sie zu gehen, weil er es nicht schaffen wird, sie zu vertreiben.«

Der Alte dreht sich um und lächelt ihn an, und das faltige Gesicht wird noch runzliger.

»Genau«, sagt er. »Er erklärt ihr oder versucht, ihr zu erklären, dass sie mit einer Sache spielt, die sie in Wirklichkeit verbrennen kann, die sie verletzen und am Ende sogar töten kann.«

Der junge Mann richtet seine schwarzen Augen auf den Alten, der sich vor dem Fenster klar abhebt, mit diesem ganzen unnützen Meer dahinter.

»Aber wie ist es weitergegangen, Maestro? Der Brief, hat er… Hat er ihr geantwortet? Wollte er sie? Ist sie weggegangen? Ist sie geblieben? Wie ging es aus?«

Der Alte antwortet nicht gleich. Er schleppt sich zum Sessel, setzt sich mit einem leisen Klagelaut. Seine Knochen knirschen. Mit zitternder Hand greift er erneut nach dem Instrument und legt es sich auf den Schoß, als wäre auch dieser Schoß ein Gehäuse.

Und er sagt mit tiefer Stimme: »Das ist unwichtig. Wichtig ist nur das Lied, denn das ist die Geschichte. Aber es ist schön, dass du fragst, was aus den beiden geworden ist, wie es ausge-

gangen ist. Es ist schön, weil du begriffen hast, dass das Lied eine Geschichte ist. Gut gemacht.«

Er schlägt einen Akkord an: süß und verzweifelt, voller Leid und Mitleid. Es ist ein Hilferuf, die Geschichte einer Wunde, die niemals heilt. In einem einzigen, einsamen Akkord. Der Junge denkt: Das werde ich nie schaffen. Niemals werde ich so gut sein können; und er schafft das sogar mit diesen Händen. Ich werde nie so spielen können. Und wenn ich nicht so spiele, dann kann ich auch keine Geschichte erzählen.

Er hat es nur gedacht, ein paar kurze Gedankenblitze in seinem Kopf, doch der Alte hält plötzlich inne und schaut ihn mit diesen Augen inmitten des Meers aus Falten an.

»Nein, das sollst du nicht einmal denken. Du musst nur ein paar Mauern einreißen, dazu braucht es ein wenig Zeit, doch wenn du erst einmal begriffen hast, dass du mit deinen Händen eine Geschichte erzählst, wirst du sehr gut sein. Sogar besser als ich, denn deine Hände zittern nicht.«

Dem Jungen läuft ein Schauder über den Rücken. Ich muss aufpassen, was ich denke, grübelt er absurderweise. Der hört genau, was ich denke.

Und der Alte erzählt weiter seine Geschichte mit den Händen. Die letzte Strophe.

Torna, va', palomma 'e notte,
Dint'a ll'ombra addo' si' nata!
Torna a 'st'aria 'mbarzamata
Ca te sape cunzulà!

Dint' 'o scuro e pe' me sulo
'Sta cannela arde e se struje,
Ma c'ardesse a tutt' e dduje,
Nun 'o ppozzo suppurtà!

Vattenn' 'a lloco!
Vattenne, pazzarella!
Va', palummella, e torna,
E torna a 'st'aria
Accussí fresca e bella!
'O bbí ca i' pure
Mm'abbaglio chianu chiano,
E ca mm'abbrucio 'a mano
Pe' te ne vulè caccià?

Kehr zurück, du Schmetterling der Nacht,
In den Schatten, in dem du geboren bist!
Kehr zurück in jene Luft,
Die wie ein Balsam dich zu trösten weiß!

Im Dunkeln und nur für mich
Brennt diese Kerze und verzehrt sich,
Doch dass sie alle beide verbrennt,
Das kann ich nicht ertragen.

Fort, flieg davon!
Fort, verrücktes Wesen!
Flieg, Falter, und komm dann zurück
In diese Luft, so frisch und rein!
Du siehst, auch ich
Lasse mich anlocken
Und verbrenne mir die Hand
Wenn ich versuche, dich zu verscheuchen.

XXXVIII

Nach einer fast schlaflosen Nacht ging Ricciardi die große Straße entlang, die zum Büro führte.

Es war schwer gewesen, auf das Morgengrauen zu warten, mit all den Bildern, den Gesichtern und Mienen, die ihm im Kopf herumgingen, mit der Sonne und dem Meer und jenen toten Kindern, die sich umarmt hielten und ihn an den Schmerz erinnerten. Und auch das, was er gehört hatte, stürzte ihn in Verwirrung – die Worte des Duca, der Frau von Piro und vor allem die von Enrica. All diese Gedanken und Gefühle drehten sich in seinem schlaflosen Hirn wie ein Karussell, zermahlten Vergangenheit und Zukunft und setzten sie neu zusammen, zu einer Gegenwart, die keinen Sinn ergab.

Er konnte es kaum glauben, dass er sie getroffen hatte. Er hatte sie getroffen, nachdem er sie erst am vorigen Abend durch einen Spalt im Vorhang beobachtet hatte, ja, er hatte sie sogar auf jenen Mann angesprochen, den er damals in jener Nacht auf Ischia gesehen hatte, dort hinter den Bäumen, und sie hatte ihm die Schuld an allem gegeben. Aber was war genau seine Schuld? Er war allein. Niemand war mehr da, der an ihn dachte. Während Enrica ein ganzes Heer von Familie hatte. Und jemanden, der sie unter dem Sternenhimmel küsste.

Und was, zum Teufel, sollte das heißen: Wozu ist es eigentlich gut, dieses Meer? Was hätte er ihr darauf antworten sollen?

Ricciardi marschierte vor sich hin, den Kopf tief gebeugt,

die Hände in den Hosentaschen. Er marschierte und hatte im Kopf den gleichen Wind und den gleichen Sand wie am Tag zuvor. Und der Wind wirbelte auch die wenigen, wirren Ideen durcheinander, die ihm zum Fall Roccaspina gekommen waren, ein Fall, bei dem er das deutliche Gefühl hatte, sich ihm nicht genug gewidmet zu haben. Das Leid der Contessa, die doch so gefasst war und ihn um Hilfe gebeten hatte, hätte die Klarheit einer Ablehnung verdient gehabt statt der mangelnden Aufmerksamkeit, mit der er ihr begegnete.

Allmählich wurde es belebter auf der großen Straße, ein wenig später als im umliegenden Gassengewirr, das sich wie ein Netz über das hügelige Land zog. Der Commissario hörte, wie sich die Menschen von Haus zu Haus etwas zuriefen, hörte das Klappern der Fensterläden, die geöffnet wurden, um den neuen Tag willkommen zu heißen. So war es immer um sieben Uhr morgens: eine andere Welt, ein winziger Kosmos aus Gesichtern und Gefühlen.

Ein munteres Grüppchen Schuljungen mit Ranzen auf dem Rücken kreuzte seinen Weg. Einige Schulen hatten bereits Kinder in Vorbereitungskurse für das kommende Schuljahr aufgenommen; es war genau die Übergangszeit, in der die letzten Badegäste in kurzer Hose und bloßen Füßen den ersten Schülern in Uniform begegneten.

Sein Blick fiel auf eine Gestalt ganz in der Nähe, die von ihrer kleinen Statur her gut zu den jungen Leuten gepasst hätte, welche entweder auf dem Weg ans Meer oder in die Schule waren, doch die Kleidung des Mannes ließ keinen Zweifel an seiner wahren Profession. Als er näher kam, blieb Ricciardi, neugierig geworden, stehen.

»Don Pierino, guten Morgen. Wie kommt es, dass Sie schon in aller Herrgottsfrühe in dieser Gegend unterwegs sind?«

Der kleine Priester bedachte ihn mit einem breiten Lächeln. »Ganz einfach, Commissario. Ich hab auf Sie gewartet. Hätten Sie eine Minute Zeit für mich?«

Ricciardi war Pierino vor anderthalb Jahren zum ersten Mal begegnet, als er zum Mord an Livias Ehemann ermittelte. Sie waren sich auf Anhieb sympathisch gewesen, obwohl sie doch verschiedener kaum hätten sein können. Der Priester war ein fröhlicher, nach außen gewandter Mann mit einer Leidenschaft für die Oper, und der Polizeibeamte, der einen gewissen Überdruss für die fiktive Darstellung von Gefühlen hegte, genau das Gegenteil. Was sie einte, war ein aufrichtiges und tiefes Mitgefühl für andere Menschen und ihren Schmerz, eine Gemeinsamkeit, aus der zwar womöglich keine echte Freundschaft entstehen konnte, wohl aber eine tiefe Verbundenheit und Vertrautheit.

»Aber gewiss doch, Padre«, sagte Ricciardi deshalb. »Was gibt's denn? Brauchen Sie Hilfe?«

Don Pierino hob die Hand. »Oh, Hilfe könnte ich jede Menge brauchen. Da sind Leute, die krank sind, Kinder, die nichts zu essen haben, Familienväter, die ins Gefängnis kommen und nicht das Geld haben, um sich vor Gericht gegen irgendwelche abstrusen Anklagen zu verteidigen; arme Frauen, die ihren Körper verkaufen müssen, um ihre Familie durchzufüttern, Opfer von Wucherern oder anderen Schurken, die den Hals nicht voll genug bekommen können. Doch das sind alles Dinge, die Sie bereits kennen, und wenigstens kämpfen wir auf der gleichen Seite, hab ich recht?«

»Wir tun alle unser Bestes, Padre. Aber nun sagen Sie mir doch, was ich für Sie tun kann.«

Der Priester hängte sich bei Ricciardi ein und zeigte auf die Straße, die zum Präsidium führte.

355

»Ich begleite Sie bis dort an die Ecke, wenn es Ihnen recht ist. Ich möchte mit Ihnen über etwas sprechen.«

Sie setzten sich in Bewegung.

Die beiden gaben wirklich ein sonderbares Paar ab. Gelegentlich begegneten sie jemandem, der den einen oder den anderen kannte, und die Reaktionen waren entsprechend sehr unterschiedlich. Ricciardi musste sich eingestehen, dass Don Pierino allem Anschein nach wesentlich mehr geschätzt wurde als er selbst. Gewiss bringt man einem Priester mehr Sympathie entgegen als einem Polizisten, dachte er, doch vielleicht trug auch sein eigenes, etwas finsteres Gebaren zu seiner eher geringen Beliebtheit bei.

»Commissario«, sagte der Gottesmann, »ich muss Sie bitten, ein wenig Ihre Fantasie zu bemühen. Stellen Sie sich einen Priester vor, sagen wir den stellvertretenden Vorsteher einer Gemeinde, gut aussehend und von tadellosem Wesen, groß und blond, fast ein Heiliger. Können Sie sich das vorstellen?«

Ohne es zu wollen, und trotz der schlechten Nacht, die hinter ihm lag, musste Ricciardi lachen.

»Nein, ich habe keinerlei Schwierigkeiten, mir den vorzustellen, vor allem nicht in diesem Moment. Sprechen Sie nur weiter.«

»Gut. Nehmen wir also mal an, eines Tages bekommt dieses Musterbeispiel an gutem Aussehen und Tugend in der Sakristei Besuch von seinem Freund, einem anständigen und respektablen Menschen, allerdings sehr zurückhaltend vom Charakter her: einer von denen, die man nur auf der Folterbank dazu bringt, jemandem etwas anzuvertrauen. Und nehmen wir auch an, dieser Mensch fängt an zu reden und redet, wie es noch nie der Fall war, und der Priester merkt, dass sich hinter diesen vielen Worten großes Leid verbirgt. In Ordnung?«

Ricciardi war neugierig geworden, doch er hatte nicht die geringste Ahnung, worauf Don Pierino hinauswollte.

»Ja, Padre«, antwortete er.

»Gut«, sagte Don Pierino und verlangsamte seine Schritte. »Was nun sollte dieser große, blonde Gemeindepfarrer und Heilige Ihrer Meinung nach tun? Soll er das, was ihm sein Freund anvertraut hat – wohlgemerkt nicht in der Beichte –, anhören und versuchen, ihm Trost zu spenden, oder soll er die Initiative ergreifen und versuchen, ihm zu helfen?«

Der Commissario blieb abrupt stehen.

»Padre, wenn es etwas ist, das mit meiner Arbeit zu tun hat, dann bitte ich Sie, haben Sie keine Scheu. Wir können mit größter Diskretion vorgehen und müssen nicht preisgeben, woher wir unsere Erkenntnisse über ein Verbrechen beziehen …«

Don Pierino schüttelte heftig den Kopf. »Nein, nein, Commissario, wo denken Sie hin? Es gibt kein Verbrechen, das hätte noch gefehlt! Ich weiß, in diesem Fall hätte ich mich natürlich an Sie wenden können, doch dann wäre ich zu Ihnen ins Büro gekommen. Stattdessen habe ich mich jedoch, wie Sie sehen, an die Straße gestellt und auf Sie gewartet. Mir war eingefallen, wie oft ich Ihnen zu dieser frühen Zeit am Morgen begegne, wenn ich zu einem Kranken unterwegs bin, der meiner Hilfe bedarf.«

»Aber worum handelt es sich dann, Padre?«

Don Pierino setzte seinen Weg fort. »Also, Commissario, die Angelegenheit ist ein wenig delikat. Und ich weiß nicht recht, wie ich anfangen soll, das müssen Sie mir glauben. Wissen Sie, es ist schon irgendwie komisch, aber ein Priester mischt sich nicht von Natur aus gerne in die Angelegenheiten anderer Menschen ein. Wir müssen es tun, weil es unser Beruf ist, aber gern tun wir es nicht. Ich jedenfalls nicht.«

Vor dem Hauseingang eines Palazzos nahm vor Ricciardis Augen jetzt der fliegende Selbstmörder von vor zwei Tagen Gestalt an. Er war plastisch und wie echt; fast hatte es den Anschein, als bräuchte Ricciardi nur eine Hand auszustrecken und könnte den zertrümmerten Schädel und den deformierten Leib mit den gebrochenen Rippen berühren. Auf Knien lag der Tote an dem Punkt auf der Straße, wo er gestorben war, über einen braunen Fleck gebeugt, der noch nicht weggewischt worden war, und sagte wieder und wieder: *Meine Liebste, ich werde keine einzige Minute mehr ohne dich verbringen.*

Überrascht zuckte Ricciardi zusammen. Don Pierino folgte seinem Blick und blieb auf der blutbesudelten Straße stehen.

»Sie haben davon gehört, oder? Professor De Stefano. Als die Frau noch am Leben war, kam er immer in die Messe, doch kaum war sie gestorben, hat er sich nicht mehr blicken lassen. Oft dachte ich, ich gehe ihn mal besuchen, aber dann war einmal das und das nächste Mal etwas anderes …«

Ricciardi hörte die Stimme des Ärmsten, die in seinem Kopf pulsierte. Die Liebe, die tötet, die Liebe, die alles dem Erdboden gleichmacht, die Liebe, die zerstört. Zwei junge Mädchen gingen lachend an ihnen vorbei, ihre Faltenröcke flatterten, während sie raschen Schrittes und voller Leben vorüberschritten. Ihre Absätze klapperten auf dem Pflaster, die Umhängetaschen baumelten über ihren Hüften. Das Leben. Der Tod.

Meine Liebste, ich werde keine einzige Minute mehr ohne dich verbringen.

»Kommen Sie doch bitte zur Sache. Ich muss ins Büro.«

Don Pierino schaute ihn bestürzt an. Der Wechsel in Ricciardis Ton und die Kälte seiner Worte stürzten ihn offenbar in Verwirrung.

»Aber… habe ich denn etwas gesagt, was Ihnen nicht recht ist, Commissario? Wenn das so ist, so bitte ich um Verzeihung. Ich rede und rede, manchmal merke ich das gar nicht.«

Ricciardi fuhr sich mit der Hand über die Augen.

»Nein, Padre. Und bitte entschuldigen Sie. Ich schlafe in letzter Zeit schlecht und habe immer ein wenig Migräne.«

»Ja, ja, ich verstehe schon. Wir haben uns ja nicht mehr gesehen, seit ich Ihnen einen Kondolenzbesuch für die arme Signora Rosa abgestattet habe, und wenn ich ehrlich bin, sehen Sie in der Tat nicht gut aus. Das bestätigt mir auch, dass es vielleicht wirklich eine gute Idee war, das Gespräch mit Ihnen zu suchen. Ich muss Ihnen eine Frage stellen, Commissario. Eine einzige Frage.«

»Bitte.«

»Wie lange wollen Sie sich eigentlich noch zu diesem Schmerz verdammen, den Sie, aus welchem Grund auch immer, in sich tragen?«

Ricciardi blieb erneut stehen und sah den Priester an. Direkt hinter ihm sagte das schreckliche Abbild des Selbstmörders immer noch seine wahnwitzige Litanei der Liebe auf. Hoffen wir, dass du auch in der Hölle irgendwo den Trost findest, nach dem du suchst, dachte er.

»Padre, drücken Sie sich etwas klarer aus.«

Don Pierino zögerte und beschloss dann fortzufahren.

»Dieser große, blonde Gemeindepriester aus meiner kleinen Geschichte mag seinen Freund sehr gern. Und dieser Freund liebt seine Tochter über alles, ein liebes, aber zartes Mädchen mit einer verletzlichen Seele. Eine junge Frau, die – weil sie sich dem Mann, den sie wirklich liebt, entfremdet fühlt – dabei ist, eine Entscheidung für ihr Leben zu treffen, die möglicherweise nicht richtig ist, die sie dereinst bereuen könnte und für die sie mit ihrem Unglück bezahlen müsste. Und deshalb würde dieser Gemeindepriester dem Mann, der das Herz des jungen Mädchens in Händen hält, gerne sagen, er soll damit aufhören, Mauern zu errichten, in denen er am Schluss selbst eingeschlossen werden könnte. Und er möchte ihm sagen, er soll sich dem Leben und den Gefühlen öffnen.«

Ricciardi wandte sich ab und blickte ins Leere, das für ihn gar nicht leer war.

Meine Liebste, wiederholte der Tote.

»Und was, Padre, würde Ihrer Meinung nach dieser Mann dem großen, blonden Gemeindepriester antworten? Würde er ihm nicht vielleicht sagen, dass diese Mauern existieren und dass nicht er sie errichtet, sondern das Leben, das Schicksal? Würde er ihm nicht sagen, dass man sich manchmal etwas wünscht, sehr wünscht, es aber unüberwindbare Hindernisse gibt?«

Don Pierino schüttelte entschlossen den Kopf. »Nein, das könnte er nicht sagen. Denn nichts ist unüberwindbar, wenn man guten Willens ist. Das Glück muss man sich erobern, man kann nicht darauf warten, als würde es einem zustehen. Der Herr hat uns die Möglichkeit der Wahl gegeben, Commissario. Das ist das größte Geschenk, das er der Menschheit gemacht hat.«

Ich werde keine einzige Minute mehr ohne dich verbringen.

»Jemanden zu lieben bedeutet, ihm zu wünschen, dass es ihm gut geht, Padre. Das müssten Sie wissen. Und wenn man sich sicher ist, dass man selbst schlecht ist, muss man diesem Menschen fernbleiben. Um zu verhindern, dass dieser Mensch sich an der Flamme der Kerze verbrennt.«

Vom Ernst der letzten Worte Ricciardis bestürzt, verstummte Don Pierino ein paar Augenblicke lang. Als er wieder das Wort ergriff, klang er sehr bewegt. »Sehen Sie, Commissario, die Seelen der Menschen sind zerbrechlich. Es sind wundervolle Wesen, doch sie sind zerbrechlich wie Kristall, sie lassen Licht durch und Wärme, doch wenn man ihnen zu sehr zusetzt, bekommen sie Sprünge und geben falsche Reflexe. Unterschätzen Sie die Seele nicht, Commissario. Haben Sie den Mut, in ihr Inneres zu schauen, denn ihre Oberfläche ist durchsichtig und lässt es zu.«

Ricciardi löste seinen Blick vom Bild des Selbstmörders.

»Sagen Sie dem großen, blonden Gemeindepriester Folgendes: Jeder liebt, wie er kann, und auf die Weise, die er für richtig hält. Guten Tag.«

Und damit ging er davon.

Don Pierino blieb allein an der Straßenecke stehen und flüsterte nur wenige Worte. Sein Mund war bitter verzogen.

»Ich werde jeden Tag für Sie beten, Commissario Ricciardi. Jeden einzelnen Tag.«

XXXIX

Bianca Borgati aus der Familie der Marchesi von Zisa, verheiratete Contessa Palmieri di Roccaspina, hatte noch drei Lire und fünfundsiebzig Centesimi in ihrer Geldbörse. Was bedeutete, dass sie sich eine Rückfahrkarte für die Straßenbahn nach Poggioreale leisten konnte.

Lange hatte sie hin und her überlegt, bevor sie sich zu dieser Fahrt entschlossen hatte. Sie wusste nicht, ob sie dem Rätsel auf die Spur kommen würde, doch eines wusste sie: dass sie ihrem Mann von Angesicht zu Angesicht sagen wollte, dass es zwischen ihnen aus war. Und dass er sie, ganz gleich, was er vorhatte und wie er sich verhalten würde, nicht am Ausgang vorfinden würde, wenn er einst das Zuchthaus verließ.

Den Blick streng nach vorn gerichtet und kerzengerade wie ein Zollstock, als trüge sie eine königliche Robe statt des üblichen zerschlissenen schwarzen Kleides und der Schuhe, deren Oberleder durch das viele Wienern nur noch hauchdünn war, trat sie aus ihrem Haus und ging die Gasse entlang. Wie immer hatte sie sich vor dem Ausgehen dem strengen Blick Assuntas unterziehen müssen, des betagten Dienstmädchens, das sich bereits seit ihren Kindertagen um sie kümmerte. Alles kontrollierten sie, diese strengen Augen, von der Nadel, mit der Bianca das Hütchen auf den Haaren feststeckte, bis zum Verschluss ihrer Ohrringe. Weder ihr wirtschaftlicher Ruin und gesellschaftlicher Niedergang noch die Geldknappheit hatten die Haltung der Bediensteten verändern können: Für sie war die Signora Contessa immer noch die Signora Contessa, auch wenn sie in Armut lebte. Und als Contessa musste sie sich der Öffentlichkeit präsentieren.

Bianca wusste sehr wohl, dass dem nicht so war. Sie spürte sie deutlich auf sich, die Blicke der Kaufleute und fliegenden Händler, der Frauen aus dem Viertel und all der Müßiggänger, die den ganzen Tag nichts anderes taten, als zu tratschen. Und sie glaubte ihr Flüstern zu hören, spürte die boshafte Genugtuung dieser Leute angesichts des tiefen Falls des Mitglieds einer Familie, die immer für ihren Reichtum und ihre hohe Stellung in der Gesellschaft gestanden hatte. Auch das hatte sie Romualdo zu verdanken.

Mittlerweile war sie auf der großen Straße angekommen, wo sie sich besser unter die vielen emsigen Menschen mischen konnte, die ihren Geschäften nachgingen. Es war seltsam, doch sie war ihrem Mann weder wegen seines Lasters böse noch ob der verheerenden Wirkung, die dieses auf ihr Leben gehabt hatte. Schließlich hatte er als Allererster für die Fehler, die er begangen hatte, den Kopf hingehalten. Was Bianca anging, so hatte Carlo Maria Marangolo ihr einmal gesagt, er halte sie deshalb für außergewöhnlich, weil sie die Fähigkeit besitze, die wichtigen Dinge von den unwichtigen zu unterscheiden, und das inmitten von Leuten, die nicht einmal wussten, dass es diesen Unterschied überhaupt gab. Bianca hatte ihm damals geantwortet, auch darin – wie in allem anderen – überschätze er sie, doch gefreut hatte sie sich über die Worte ihres Freundes dennoch.

Eng an der Mauer bleibend, kam sie an einem der Plätze vorbei, die aufgrund umfangreicher Sanierungsarbeiten in der Gegend in eine Baustelle verwandelt worden waren. Bianca dachte oft über die Arbeiten nach, mit denen das Regime in der Stadt begonnen hatte – ob sie denn nun wirklich ein Gutes hatten, wie alle sagten, und diese Stadt irgendwann in eine Art kleines Paradies verwandeln würden. Bianca hatte keine Antwort auf diese Frage, doch ein wenig tat es ihr leid um all die kleinen Läden und ebenerdigen Wohnungen, um die Gassen und die alten Gebäude, die man nun dem Erdboden gleichmachte, um Raum zu schaffen für Plätze und kantige weiße Mietskästen mit strengen, rechteckigen Fensterreihen aus Marmor. Ein bisschen jagte diese Architektur ihr einen Schauder über den Rücken, weil sie in ihren Augen an gewaltige kollektive Särge erinnerte.

Einen Anteil an dieser jähen Verwandlung hatte bestimmt auch das Erdbeben gehabt, das im Juli vor zwei Jahren die Gegend erschüttert hatte. Die Gebäude der Stadt, hauptsächlich aus gelbem Tuffstein erbaut, hatten diesen Schicksalsschlag eigentlich recht gut verkraftet, doch die Tatsache, dass dabei viel zu Bruch gegangen war, stellte trotzdem eine gute Ausrede dar, das Projekt zu beschleunigen. Die Lust am Zerstören begünstigte die Lust am Neuaufbau.

Und war es im Übrigen nicht genau das, was auch Bianca heute vorhatte?

Nein, dachte sie, während sie sich einen Weg vorbei an den Obst- und Gemüseständen eines kleinen Nachbarschaftsmarktes bahnte. Ich will nichts zerstören. Ich will einfach nur ein normales Leben.

Sie überquerte die Piazza del Municipio und genoss den angenehmen Schatten, den die Bäume in ihrer Mitte spendeten. Der dunkle Umriss der Burg überragte alles wie ein starker und sanfter Beschützer. Unter den wachsamen Blicken ihrer Mütter oder Kindermädchen spielten Kinder mit dem Reifen oder Ball. Genau das, dachte Bianca. Ein normales Leben. Kinder, ein Haus: Nicht mehr und nicht weniger als das, was diese Frauen haben, die den Vormittag in einem der öffentlichen Parks an der frischen Luft verbringen. Ohne Luxus, ohne Urlaub in den Bergen, ohne Empfänge, Schmuck, Kutschen oder Automobile.

Allerdings, so dachte sie bei sich, wäre ein Automobil in diesem Moment durchaus bequem für sie gewesen, um darin nach Poggioreale zu fahren. Bei dem Gedanken musste sie lächeln: wie sie sich von einem Chauffeur dort am Zuchthaus absetzen lassen würde, um ja keine Aufmerksamkeit zu erregen …

Die Trambahnhaltestelle, die sie gewählt hatte, war die an der Via Depretis. Genauso gut hätte sie auch an der Piazza Dante einsteigen können, was von ihrem Haus aus etwa genauso weit gewesen wäre, doch diesen Weg hätte sie unter den Augen der Nachbarn in der Gasse zurücklegen müssen, die sich alle miteinander an dem Gedanken ergötzt hätten, wie Bianca kurz darauf zusammen mit anderen Frauen und Müttern, die irgendwelchen hartgesottenen Verbrechern, Mördern und Dieben einen Besuch abstatten wollten, Schlange stehen würde, dort am Eingang dieser schrecklichen Festung, in der für die kommenden Jahrzehnte Romualdo nach eigenem Willen sein Leben fristen würde. Denn in einem hegte sie nicht den geringsten Zweifel: Es war eine bewusste Wahl gewesen, die er getroffen hatte. Ihr Mann war unschuldig.

Die Haltestelle war überfüllt, doch niemand ähnelte auch nur im Geringsten dieser großen, vornehmen, stolzen Frau, die in ihrer Kleidung eher aussah wie eine Lumpenkönigin, deren Schönheit jedoch kein bisschen gelitten hatte. Die anderen Fahrgäste waren Studenten, Mütter mit Kindern, Männer mit hellen Hüten und Fliege. Bianca hielt sich ein wenig abseits und richtete sich auf eine Wartezeit ein, die dann zum Glück doch nicht lang war. Mit lautem Kreischen der Bremsen hielt der Wagen, und ein kleiner Strom Fahrgäste ergoss sich ins Innere, wo bereits großes Gedränge und Geschiebe herrschte.

Nur mit Mühe gelang es auch der Contessa einzusteigen, denn sie war es nicht gewohnt, sich mit den nötigen Ellbogenremplern Platz zu verschaffen. Sie bezahlte ihren Obulus von fünfzig Centesimi an den Schaffner, der ihr einen Blick voll träger Neugier zuwarf. Als ein eleganter Mann mittleren Alters die Contessa erblickte, erhob er sich prompt und bot ihr seinen Platz an, worauf sie ihm mit einem Lächeln und einem Kopfnicken dankte und sich setzte. Vom Platz neben ihr warf ihr eine fette Frau mit zwei Kindern auf dem Arm einen feindseligen Blick zu; eines der Kinder, das nur notdürftig gewickelt war, verströmte einen grässlichen Geruch. Bianca zog ein Taschentuch aus ihrer Handtasche und hielt es sich vor den Mund.

Der Kommentar der Frau ließ nicht lange auf sich warten. Mit lauter Stimme sagte sie: »Wenn die Signora ein empfindliches Näschen hat, kann sie ja zu Fuß gehen oder draußen mitfahren, wie die da!«

Und in der Tat beförderte die Straßenbahn auch einige blinde Passagiere: ein dichtes Grüppchen von Straßenjungen, die hinten am Waggon und auf den seitlichen Trittbrettern mitfuhren und bei jeder Kurve und beim Bimmeln der charakteristischen Glocke laut aufkreischten. Langsam bahnte sich das Gefährt seinen Weg durch Automobile, Droschken und Karren, welche von Eseln, Pferden und Menschen gezogen wurden und allerlei Waren transportierten. Ganz allmählich wandelte sich die Umgebung; bald hatten sie das Zentrum hinter sich gelassen und kamen durch dicht bevölkerte Wohngebiete, vorbei an Reihen von Baracken, die so baufällig waren, dass sie jeden Augenblick inmitten einer großen Staubwolke in sich zusammenzukrachen drohten. Davor spielten nackte und barfüßige Kinder zwischen Gänsen und Hühnern.

Wer weiß, aus wie vielen Städten diese Stadt gemacht ist, dachte Bianca und versuchte, sich von den Gerüchen und den bitterbösen Blicken ihrer Sitznachbarin abzulenken. Wer weiß, wie viele Gefühle hier brodeln, wie Bodensatz in einem Tümpel, der bei einem Gewitter aufgewirbelt wird und dann langsam wieder zum Grund sinkt.

Auf einmal kam ihr Ricciardi in den Sinn. Vielleicht, dachte, sie, weil ihrer Vorstellung nach auch ein Polizist naturgemäß mit dem Bodensatz von Gefühlen befasst war. Indem sie den Commissario gebeten hatte herauszufinden, aus welchem Grunde Romualdo sich eines Verbrechens bezichtigte, das er nicht begangen hatte, hatte sie ihn dazu bemächtigt, ungestraft in seinem Leben herumzustochern, folglich auch in dem ihren.

Sie wusste, dass Ricciardi bei Carlo Maria gewesen war, und fragte sich noch immer, was bei diesem Gespräch zwischen den beiden Männern erörtert worden war.

Er war ein guter Freund, Carlo Maria. Ein alter, lieber Freund. Bianca war sich dessen gewiss, was er für sie empfand, und das schon seit Langem; es waren delikate und starke Gefühle, eine Frau bemerkt es immer, wenn sich ein Mann in sie verliebt, doch sie hatte nie gewollt, dass er sich ihr offen erklärte, denn sie schätzte den Duca so sehr, dass sie ihm eine Abfuhr ersparen wollte.

Jetzt, wo ihr alter Freund krank war, hätte sie ihn gerne getröstet, befürchtete jedoch, falsche Hoffnungen in ihm zu wecken und ihn zu kränken. Allerdings war es nicht zu vermeiden gewesen, dass Ricciardi erfuhr, welche Rolle der Duca in der Angelegenheit gespielt hatte. Viel wollte Bianca darüber gar nicht wissen, doch sie war davon überzeugt, dass Carlo Maria als ihr Schutzengel agierte und auf seine Weise versuchte hatte, Romualdo vor einem noch größeren Ruin zu bewahren.

Zumindest, so hatte ihr Mann ihr gesagt, würde er dafür sorgen, dass ihnen der Palazzo blieb.

Jeden Morgen bekam Assunta frische Lebensmittel geliefert, und zu Beginn jeder Jahreszeit kam auch neue Bett- und Tischwäsche ins Haus. Bianca war sich sicher, dass Carlo Maria diese Lieferungen veranlasste, doch nie hatte ihnen jemand den Namen ihres Gönners verraten.

Mein armer Freund, dachte sie, du tust, was du kannst, doch gewisse Dinge liegen trotzdem jenseits der Macht deines Geldes.

Während die Straßenbahn mit lautem Kreischen auf die große Straße einbog, an deren Ende das Zuchthaus lag, dachte Bianca, dass ja möglicherweise Ricciardi, dieser so einzigartige, düstere Mann mit den seltsamen grünen Augen, es schaffen würde aufzudecken, was wirklich geschehen war, und ihr damit die – vielleicht einzige – Möglichkeit schenken würde, wieder froh zu sein. Vielleicht würde ihr das aber auch ganz allein gelingen, wenn sie in Kürze und zum letzten Male ihrem Mann gegenüberstehen würde.

Sie stellte sich zusammen mit den anderen Besuchern in die Warteschlange, den Blick starr vor sich gerichtet; auch hier spürte sie die neugierigen Blicke aus der Menge.

Alle hier – ob Wärter, Familienmitglieder oder Häftlinge – gehörten derselben Schicht an.

Alle außer ihr.

Mit der behandschuhten Hand reichte sie dem Wärter die auf Antrag von Attilio bewilligte und vom Gefängnisdirektor unterschriebene Besuchserlaubnis. Bis zuletzt hatte der

Anwalt davon abgeraten, diesen Besuch zu unternehmen, weil Romualdo sie nicht sehen wolle, dann hatte er angeboten, sie zu begleiten, auf Biancas klare Ablehnung hin jedoch nicht darauf beharrt.

Bianca hatte den Verdacht, dass Moscato alles andere als erpicht darauf war, Romualdo zu treffen, und sich gefragt, warum – vielleicht weil er wusste, dass er für dieses Mandat nicht bezahlt werden würde und dieses folglich als Tribut an eine alte Freundschaft zu betrachten habe.

Man ließ Bianca zum Besuchszimmer vor, das wie üblich mit Menschen überfüllt war. Diesmal empfand sie jedoch keinerlei Ungewissheit und nahm in dem Bewusstsein Platz, ganz genau zu wissen, was dort jenseits des verrosteten Gitters gleich auf sie zukommen würde.

So glaubte sie jedenfalls. Doch als Romualdo dann den Raum betrat, stockte ihr vor Entsetzen der Atem. In den zwei Monaten, die seit ihrem letzten Besuch – bei dem er sie aufgefordert hatte, nie wieder herzukommen – vergangen waren, hatte Romualdo die Hälfte seines Gewichts verloren. Er war nur noch ein Schatten seiner selbst, wie ein Skelett, das man noch einmal aus dem Grab geholt und in menschliche Kleider gesteckt hatte.

Im Vergleich zu ihm wirkte Marangolo mit seiner Krankheit im Endstadium wie ein Athlet.

Das kurz geschorene Haar bedeckte nur teilweise den Kopf, immer wieder durchbrochen von kahlen Stellen. Die Haut zog sich straff über die Jochbeine und hing schlaff von den Wangen, die Augen lagen tief in den Höhlen. An den aufgesprungenen Lippen klebte geronnenes Blut.

Der Mann blieb vor seiner Frau stehen. Als der Wärter ihm mit einem Nicken bedeutete, sich zu setzen, weigerte er sich.

»Die Signora bleibt nicht lange, keine Sorge. Dauert nur eine Minute.«

Bianca saß mit offenem Munde da. Sie begann zu weinen, nestelte an ihrem Ärmel auf der verzweifelten Suche nach dem Taschentuch, das sie dort aufbewahrte.

Romualdo schnaubte verächtlich. »Erspar mir dein Mitleid, Frau. Das kann ich nicht brauchen. Warum bist du hier? Ich dachte, ich hätte mich klar ausgedrückt, und mir blieben hier wenigstens deine Besuche erspart.«

Der Wärter, der durch das Reglement dazu angehalten war, bei dem Gespräch zugegen zu sein, fühlte sich sichtlich unbehaglich. Offenbar war er an Gespräche mit liebevollerem Grundtenor gewöhnt.

Bianca gewann mit Mühe ihre Sprache zurück. »Romualdo, darf man erfahren, was du da machst? Willst du dich umbringen? Willst du hier im Gefängnis krepieren wie irgendein… irgendein…«

Der Ehemann beendete den Satz für sie. »Wie irgendein Mörder, ganz genau so. Das bin ich nämlich, irgendein Mörder. Und ich möchte, dass du das nicht vergisst.«

Bianca wusste nicht, was sie sagen sollte. Sie hatte sich die Worte genau zurechtgelegt, doch kein einziges wollte ihr einfallen.

Sie versuchte sich zu sammeln. »Ich weiß, du wolltest nicht, dass ich komme, und jetzt sehe ich auch, warum. Selbst dein Anwalt geht einem Besuch bei dir aus dem Wege. Aber ich muss es dir sagen: Ich habe beschlossen herauszufinden, aus welchem Grunde du das hier gemacht hast.«

Romualdo lachte bitter. »Ja, ich hab diesen Handlanger gesehen, den du damit beauftragt hast, sich in Dinge einzumischen, die ihn und dich nichts angehen. Es interessiert mich nicht, denn es gibt nichts herauszufinden, und es wird sich auch nichts ändern. Ich habe dich gebeten, dich nicht mehr mit meinem Leben zu befassen, Bianca. Und ich werde mich nicht mehr mit dem deinen befassen. Such dir einen Mann. Vielleicht wird ja mein geliebter Winkeladvokat einen Weg finden, dass du den armen Marangolo ehelichen kannst. Na los, schenk ihm ein bisschen Freude, bevor seine kaputte Leber ihn in die Hölle schickt.«

Diese geschmacklose Bemerkung über Carlo Maria war wie ein Messerstich mitten in Biancas Herz.

»Das ist gemein und undankbar von dir. Du willst mich verletzen und lässt deinen ganzen Grimm am einzigen Menschen aus, der versucht hat, dir zu helfen.«

Wieder lachte Romualdo hemmungslos. »Mir zu helfen? Indem er einen Halsabschneider finanziert und es zulässt, dass er mich endgültig in den Ruin stürzt? Würde nicht schon die Natur dafür sorgen, hätte ich vielleicht besser auch deinen alten Verehrer umgebracht. Aber es interessiert mich nicht, was du denkst. Ich will nur, dass du nicht mehr hierherkommst.«

Bianca stand auf. Eine eisige Wut stieg aus ihrer Magengrube auf wie bittere Galle. Jetzt bereute sie, Mitleid mit diesem Teufel empfunden zu haben.

»Du hast recht. Ich bin auch nur gekommen, um mich von dir zu verabschieden. Ich werde dieser Sache auf den Grund gehen, weil ich wissen will, warum du das alles getan hast. Aber was auch immer dahintersteckt – und ich werde es herausfinden, da kannst du sicher sein –, es wird nichts an der Tatsache ändern, dass du das genaue Gegenteil des Mannes bist, von dem ich glaubte, ich wollte ihn für den Rest meines Lebens an meiner Seite haben. Und ich danke Gott im Himmel, dass ich keine Kinder von dir bekommen habe.«

Romualdo schaute sie verächtlich an und sagte: »In mir,

der ich das getan habe, was ich getan habe, ist mehr Würde, als du sie je gehabt hast – eine Frau, die von der Liebe jenes Mannes weiß und von ihr lebt, ohne ihm auch nur ein Gramm davon zurückzugeben. Und weißt du, warum, Bianca? Weil du keine Liebe hast. Du kennst sie nicht, die Liebe. Und du wirst sie auch nie kennenlernen. Jetzt lass mich bitte zu meinen zahlreichen Verpflichtungen zurückkehren: In der Zelle hab ich ein paar Kakerlaken, die mir wesentlich lieber sind als du.«

Bianca biss sich auf die Lippe, um nicht in Tränen auszubrechen, und wandte sich zum Gehen. Romualdo sah ihr hinterher, wie sie sich durch die Menge armer Menschen drängte, die alle gekommen waren, um einem Verwandten im Kerker ein Lächeln zu bringen.

Erst als sie den großen Saal verlassen hatte, erst da gestattete sich der Conte di Roccaspina zu weinen.

Dann bat er den Wärter, ihn wegzubringen.

XL

Maione und Ricciardi beobachteten von einem Haustor aus den Eingang des Gymnasiums Vittorio Emanuele II. Es war fast eins, und gleich würden die Schüler herauskommen, die an den Vorbereitungskursen teilnahmen.

An diesem Morgen hatten die beiden lange über den Fall Piro beratschlagt, wobei sie nicht zuletzt von der immer noch anhaltenden außergewöhnlichen Flaute in ihrem Metier profitierten. Eine solche Periode hatte es ihrer Erinnerung nach noch nie gegeben: keine schweren Gewaltverbrechen, kein konkreter Fall, der ein sofortiges Eingreifen der Kriminalpolizei erforderte, nicht einmal ein Zwischenfall aus den Vierteln des einfacheren Volkes, wo normalerweise die *omertà,* das Gesetz des Schweigens herrschte, Streitigkeiten mit dem Messer geregelt wurden und Menschen selbst mit schweren Verletzungen nur selten zum Arzt oder ins Krankenhaus gingen, weil man dort verpflichtet war, den Fall zu melden.

Seit zwei Wochen geschah praktisch gar nichts.

Ein paar Schlägereien hatte es gegeben, bei denen sogar der eine oder andere liegen geblieben war, doch nichts, das einer polizeilichen Ermittlung bedurft hätte: Es wurde einfach ein Bericht verfasst, nach dem dieser oder jener Schutzmann an diesem oder jenem Ort zu dieser oder jener Stunde jemanden wegen Körperverletzung festgenommen hatte, und das war's.

Und so konnten sich Ricciardi und Maione, nachdem sie rasch ihre alltäglichen Aufgaben hinter sich gebracht hatten, wieder ihrem inoffiziellen Fall zuwenden; der Brigadiere im vergeblichen Bemühen, den Commissario abzulenken, und dieser im ebenso vergeblichen Bemühen, sich die besorgte Aufmerksamkeit seines Untergebenen vom Leib zu halten.

Einig waren sie sich in der Beurteilung der seltsamen Veränderung im Verhalten der Frau des Opfers am vorangegangenen Abend, kaum hatten sie den ungewohnten doppelten Besuch des Anwalts im Kloster Madonna Incoronata erwähnt. Eine unerklärliche Reaktion, die einem bis dahin mehr als höflichen, wenn nicht gar kooperativen Gespräch ein abruptes Ende bereitet hatte.

Gewiss musste man die Drohung der Witwe, sich an eine höhergestellte Person zu wenden, ernst nehmen, doch laut Maione, und hier war Ricciardi seiner Meinung, hatte die Frau hier vermutlich ein wenig geflunkert; besäße sie nämlich tatsächlich diese Kontakte, so hätte sie diese vermutlich sogleich, schon nach dem ersten Besuch, genutzt. Hingegen war es wahrscheinlicher, dass ebenso wie die finanziellen Fragen auch die Kontakte mit Honoratioren ausschließlich Aufgabe des Verblichenen gewesen waren.

Jedenfalls lohnte sich die Mühe, der Sache ein wenig mehr auf den Grund zu gehen.

Maione hatte mit dem Pförtner des Hauses der Piros gesprochen, der ihm irgendwie bekannt vorkam. Und tatsächlich hatte sich der Mann in jungen Jahren einen kleinen Diebstahl zuschulden kommen lassen, von dem er glaubte, er sei in Vergessenheit geraten, und es hatte genügt, dass der Brigadiere eine Erwähnung jenes Vergehens bei den Besitzern des Hauses in Aussicht stellte, um bei dem Mann die Zunge zu lösen und sich gleichzeitig seiner Diskretion zu versichern.

Und so hatten sie erfahren, dass die Tochter der Piros

nach den Sommerferien bereits wieder zur Schule ging und eines der bedeutendsten Gymnasien der Stadt besuchte. Genauer gesagt handelte es sich dabei um eine Lehranstalt mit angeschlossenem Internat von gutem Renommee, die sich allerdings deutlich der im Lande propagierten Erneuerung verschrieben hatte; erst kürzlich hatte der neue Direktor, nach eigenen Angaben ein »ehemaliger Weltkriegsteilnehmer und Faschist der ersten Stunde«, eine rigorose Angleichung des Lehrinhalte des Instituts an die Prinzipien des Regimes in die Wege geleitet.

Mittlerweile besuchten bereits mehr als tausend Schüler das Gymnasium, von denen fast alle Mitglieder der faschistischen Jugendorganisation waren, darunter zweihundert Mädchen. Und unter diesen eben auch Carlotta Piro.

Die angebotenen Aktivitäten waren vielfältig, wie Maione bei einem Telefonat im Sekretariat erfahren hatte; neben den eigentlichen Schulfächern gab es noch Kurse in Musik, Theater sowie verschiedenen Turndisziplinen. Bereits jetzt, noch vor dem Beginn des Schuljahres, waren die Schülerinnen und Schüler dazu angehalten, einen der zahlreichen Aufsätze zu schreiben, die auf dem Lehrprogramm standen.

Wie es schien, war Carlotta durchaus eifrig dabei. So nahm sie zum Beispiel an diesem Tag am Training für einen Gymnastikwettbewerb mehrerer Schulen teil. Mit verschwitztem Gesicht und sehr darum bemüht, dem Brigadiere zu Gefallen zu sein, hatte der Pförtner des Hauses Piro keinerlei Schwierigkeiten gehabt, den beiden Polizisten zu verraten, wann das Mädchen aus der Schule kam: um eins, denn vor zwei war es immer bereits zu Hause.

Die Idee, mit Carlotta zu reden, war von Ricciardi gekommen. Auch wenn sie bei ihrer ersten Begegnung sehr emotional reagiert hatte, schien sie doch bereitwilliger zu sein als die Mutter, das zu sagen, was ihr im Kopf herumging. Und vielleicht erinnerte sich das Mädchen ja wirklich an etwas, das dem Vater, möglicherweise auch nur zufällig, über das Kloster Madonna Incoronata entschlüpft war, etwas, das seiner Mutter entfallen war oder das diese nicht preisgeben wollte.

Einen Versuch war es jedenfalls wert: Sie waren an einem toten Punkt angelangt, und jede neue Erkenntnis konnte nützlich sein, um frischen Wind in ihre so ungewöhnlichen Ermittlungen zu bringen.

Jetzt gingen die Türen der Lehranstalt auf, und zahlreiche Jungen kamen herausgelaufen, alle ganz in Schwarz gekleidet und trotz der immer noch herrschenden Hitze in Anzug und Krawatte. Danach kamen die Mädchen in einem deutlich bescheideneren Grüppchen. Carlotta war die Einzige, die wegen des kürzlich erlittenen Trauerfalles ein schwarzes Kleid trug, doch wie die anderen lachte und plauderte auch sie ausgelassen.

Ein junges Mädchen, das glücklich sein wollte, dachte der Commissario. Das schnell den Tod zu vergessen suchte, der in sein Haus eingedrungen war.

Aus dem Schatten, in dem sie auf der Lauer lagen, sahen die beiden Polizisten, wie Carlotta mit ein paar Freundinnen an der Straßenecke stehen blieb; mehrere Jungs traten zu ihnen und begannen ein Gespräch. Einer sagte offenbar etwas sehr Lustiges, denn alle brachen in Gelächter aus. Ein anderer zog Zigaretten aus der Tasche, von denen auch Carlotta eine nahm.

Nur wenig erinnerte in diesem Moment an das Mädchen, das zu Hause, in Anwesenheit der Mutter, geweint hatte.

Mit einer anmutigen Geste zog Carlotta ihre Haarnadel

aus dem Haar und ließ die kastanienbraune Flut sich über ihre Schultern ergießen; als eine der Freundinnen sie an einer Strähne zog, schubste sie sie lachend von sich.

Fast tat es Ricciardi und Maione leid, ihr dieses Lächeln gleich wieder vom Gesicht zu nehmen.

Nach einer Weile löste sich das Grüppchen auf und verabschiedete sich gut gelaunt.

Als Carlotta an dem Hauseingang vorbeikam, riefen sie nach ihr. Sie zuckte zusammen und schaute sie etwas verwirrt an.

»Ach… ich grüße Sie. Aber was machen Sie denn hier? Wollten Sie zu mir?«

Gutmütig, wie er war, versuchte Maione, sie sogleich zu beruhigen. »Da haben wir aber Glück gehabt, dass wir Sie treffen, Signorina. Wir haben noch eine Frage, die wir mit Ihnen klären wollten, vielleicht können Sie uns helfen.«

Das Mädchen kniff argwöhnisch die Augen zusammen.

»Ich habe alles gesagt, was ich zu sagen hatte. Und Sie haben doch auch mit meiner Mutter gesprochen, deshalb begreife ich wirklich nicht, was Sie von mir wollen.«

Ricciardi warf ein: »Ihre Mutter, Signorina, scheint nicht davon überzeugt zu sein, dass wir den Mord an Ihrem Vater aufklären wollen. Und mit ihrer etwas störrischen Haltung hindert sie uns daran, einige Aspekte zu durchleuchten, die uns noch unklar sind. Jedenfalls wäre jetzt die Gelegenheit, dass Sie uns auf ein paar Fragen antworten. Natürlich nur, wenn Sie nichts zu verbergen haben. In diesem Falle werden wir anders vorgehen.«

Die junge Frau zuckte zusammen; die Behauptung, sie könne etwas zu verbergen haben, kränkte sie sichtbar.

»Mein Vater wurde ermordet. Und der Mann, der ihn getötet hat, dieser feige Hund, hat gestanden und wird bis ans

Ende seiner Tage hinter Gittern bleiben. Was gibt es da noch zu klären?«

Der Moment nachzuhaken war gekommen, beschloss Ricciardi.

»Ihr Vater hat sich an zwei aufeinanderfolgenden Tagen vor dem Mord ins Kloster Madonna Incoronata bringen lassen. Kennen Sie zufällig den Grund für diesen doppelten Besuch?«

Carlotta wirkte verwirrt. »Aber… mein Vater sprach mit niemandem darüber, was er tat oder wie er seine Arbeit verrichtete. Ich glaube, das Internat des Klosters der Incoronata war eines der Anwesen, dessen finanzielle Verwaltung ihm übertragen war, und…«

Maione ließ sie nicht aussprechen. »Das wissen wir, Signorina. Was wir nicht wissen, ist, warum er zwei Tage hintereinander dort hingefahren ist.«

Das Mädchen bedachte ihn mit einem kalten Blick. »Und wieso sollte ich das wissen, Brigadiere? Oder meine Mutter oder mein Bruder? Warum lassen Sie uns nicht in Frieden? Haben Sie denn gar keinen Respekt für den Schmerz einer Familie, die vielleicht keine Zukunft mehr hat?«

Ricciardi wechselte das Thema. »Dann bitte ich Sie, noch einmal Ihr Gedächtnis zu bemühen. Sprechen wir über den Streit, den Ihr Vater mit Roccaspina hatte. Können Sie uns über diese Begebenheit etwas sagen?«

Jetzt loderte eine neue Entschlossenheit in den Augen des Mädchens. »Ich war hier in der Schule, doch meine Mutter und das Dienstmädchen haben mir alles erzählt. Sie berichteten, dieser Mörder habe gebrüllt wie ein Verrückter. Ich glaube, mein Vater hatte ihm irgendetwas verweigert, vielleicht Geld oder eine Stundung seiner Schulden, und er schrie, das würde nie aufhören, und wenn mein Vater sich weiterhin so verhalten würde, zwinge er ihn dazu, etwas zu unternehmen. Ja, so hat er gesagt.«

Ricciardi wirkte auf einmal gedankenverloren. Schließlich nickte er. »Das entspricht auch unserem Kenntnisstand. Vielleicht ist das alles. Sie waren uns eine große Hilfe, Signorina.«

Carlotta wirkte sichtlich erleichtert, aber immer noch skeptisch. »Meine Mutter und ich billigen es nicht, wenn jemand die Tatsache in Zweifel zieht, dass dieser verdammte Roccaspina meinen Vater umgebracht hat. Er ist ein feiger Mörder, hat sich mitten in der Nacht in unser Haus geschlichen und ist dann geflohen. Wir schliefen, während mein Vater starb. Meine Mutter dachte, er sei noch auf, um zu arbeiten, und ich ging am Morgen in dem Glauben in die Schule, er schlafe noch, dabei war er tot. Wir konnten uns nicht einmal mehr verabschieden. Es missfällt uns, dass jemand versucht, den Mörder zu retten, bloß weil er ein Adliger ist und die richtigen Freunde an der richtigen Stelle hat.«

Das kann man nicht so stehen lassen, dachte Maione. »Da machen Sie sich mal keine Sorgen, Signorina. Es ist ganz gewiss nicht der Fall, dass irgendwelche wichtigen Personen uns sagen, wir sollten nur in einer Richtung ermitteln. Wenn es Roccaspina war, dann wird er seine Strafe absitzen.«

Sie blickte ihn finster an. »Und in der Tat wird es so sein, Brigadiere. So und nicht anders.«

Mit diesen Worten ging sie davon, und die Nachmittagssonne lag schimmernd auf ihrem jungen Haar.

XLI

Falco notierte sich die genaue Uhrzeit, als er sah, wie sich Ricciardi mit Maione in Richtung Polizeipräsidium auf den Weg machte, nachdem sie mit dem Mädchen gesprochen hatten.

Nein, seine Arbeit war wirklich keine »Arbeit wie jede andere auch«, wie er sich einzureden versucht hatte. Wenn man einer bestimmten Route folgte, durfte man sich niemals von diesem Weg abbringen lassen. Auch wenn dies ein verbreitetes Risiko war, vor allem in einer Stadt wie dieser, in der die Beziehungen und Verhältnisse sich ständig neu miteinander verflochten; doch ablenken lassen durfte man sich nicht, und niemals durfte man sein Ziel aus den Augen verlieren. Gewiss, wenn man einen dicken Fisch an der Angel hatte, musste man seine Vorgesetzten so schnell wie möglich davon in Kenntnis setzen, doch in keinem Fall – niemals – durfte man lockerlassen.

Im Moment jedoch war Falco nicht bei der Arbeit. Er verfolgte eine Idee.

Er stand von seinem Tischchen im Café auf, klappte seine Zeitung zusammen und streckte sich ein wenig, als er in die noch warme Luft des Septembernachmittags hinaustrat. Dann wollte der Sommer also immer noch nicht das Feld räumen, dachte er. Er verlängerte sich in Richtung Winter, verkürzte damit den Herbst. Dabei war das eigentlich gar nicht gut, denn Regen erleichterte Falcos Arbeit: Er machte diejenigen, die berufsmäßig auf Beobachtungsposten waren, unter ihren Regenschirmen unsichtbar, während die Beschatteten unter den wenigen Passanten, die unterwegs waren, leichter auszumachen waren, zumal wegen der Kälte die meisten der zu belauschenden Gespräche sowieso im Schutz der Cafés stattfinden mussten.

Folglich lieber Regen.

Momentan jedoch war das Wetter trotzdem perfekt für eine Beschattung; bei der angenehmen Wärme gefährdete man seine Gelenke nicht und konnte sich seine Ecken zum Beobachten und Belauschen frei wählen.

Falco war froh, dass Livia reagierte. Er hatte versucht, sie aufzurütteln, sie davon zu überzeugen, dass sie sich wieder schminken und ankleiden sollte, um auszugehen. Dabei hatte er sich ihren Stolz als Frau zunutze gemacht, hatte ihr gesagt, sie dürfe denjenigen, die ihr von einem Umzug in eine Provinzstadt abgeraten hatten, weil sie weder ihren Verzicht auf das glamouröse gesellschaftliche Leben in der Hauptstadt guthießen noch die Tatsache, dass sie einem Mann hinterherreiste, der sie nicht verdient hatte und möglicherweise dem schönen Geschlecht überhaupt nicht zugetan war, nicht die Genugtuung verschaffen, dass sie in eine schmerzliche Depression verfiel.

Bis jetzt war Falco stets sehr bedacht darauf gewesen, Livia gegenüber nicht schlecht über Ricciardi zu sprechen. Das wäre ein verhängnisvoller Fehler gewesen, denn Falco wäre damit das Risiko eingegangen, dass sie sich ihm gegenüber verschloss, weil sie sich in ihrem Stolz gekränkt fühlte. Im Moment jedenfalls genügte es, ihr recht zu geben und sie dazu zu bringen, die entsprechenden Konsequenzen zu ziehen.

Allerdings war da auch noch das Problem mit von Brauchitsch. Darüber dachte er nach, während er aus der Ferne den Gestalten des Commissario und des Brigadiere folgte, schmal und breit, wie Don Quichotte und Sancho Pansa.

Der deutsche Major – Objekt höchsten Interesses, dem sich auf effiziente Weise zu nähern bisher noch keinem von Falcos Kollegen gelungen war – war zum Abendessen im Hause Colombo gewesen, und man hatte auch in Erfahrung gebracht, dass er Enrica für genau diesen Nachmittag zu einem Eis eingeladen hatte. Und ebendiese Enrica hatte darüber hinaus Ricciardi am gestrigen Tag vor dem Segelklub am Meer getroffen.

Ein Zufall? Eine günstige Gelegenheit? Falco wusste es nicht, aber es bestand kein Zweifel daran, dass man diese Sache verfolgen musste, und zwar mit höchster Aufmerksamkeit.

Und so hatte er bei einer kurzen Unterredung den Mann mit dem Komma an der Stirn um Erlaubnis gebeten, sich höchstpersönlich um das Treffen zwischen der jungen Frau und dem deutschen Offizier kümmern zu dürfen, und diese auch erhalten. Bei dieser Gelegenheit hatte er auch von einem sonderbaren Spaziergang Manfreds an den Hafen erfahren, der diesen in die Nähe verschiedener militärischer Gebäude geführt hatte; etwas, das zumindest ungewöhnlich für einen Kulturattaché war, der eigentlich mit den archäologischen Ausgrabungen am Vesuv betraut war. Der Kommamann hatte ihm berichtet, von Brauchitsch habe sich für diesen Spaziergang zwar nicht gerade verkleidet, aber dennoch eine zumindest ungewöhnliche Bekleidung gewählt, denn laut dem überwachenden Beamten sei er wie der Matrose eines Handelsschiffes aus nordischen Gefilden gewandet gewesen, mit blauer Bluse, einer Schlaghose und einem tief in die Stirn gezogenen Schiffchen, das seine blonden Haare verdeckte. Außerdem sei er genau in dem Moment in die Nähe der Mole gelangt, als dort der Kreuzer *Goffredo da Buglione* vor Anker gegangen war, und sei, offenbar unter dem

382

Vorwand, sich verlaufen zu haben, direkt in die Nähe des Schiffes geschlendert. Als dann ein Wachposten, etwas verspätet, auf ihn zugetreten war und ihn gefragt hatte, wer er sei, habe er sich sofort in einer Sprache, bei der es sich offenbar um Norwegisch handelte, entschuldigt, um dann ohne weitere Umwege in seine Pension zurückzukehren.

All dies schien zusammengenommen auf eine Bestätigung des anfänglichen Verdachts hinzuweisen, dass der Major sich keineswegs nur deshalb in der Stadt befand, um die Gruppe von deutschen Archäologen logistisch zu unterstützen. Und dies habe, so der Mann mit der Narbe, zur Folge, dass die Überwachung noch deutlich verstärkt werden müsse.

Allerdings hatte der Kommamann betont, Rom ziehe derzeit ein Eingreifen nicht in Erwägung. Vielmehr gelte es herauszufinden, wie die Informationen, die der deutsche Offizier zusammentrug, nach Deutschland gelangten, und umgekehrt, wie er von dort seine Anweisungen bekam. In der Zwischenzeit dürfe man sich auch seine kleinsten Unternehmungen und Schritte nicht entgehen lassen, weder in der Öffentlichkeit noch, umso weniger, im Privaten.

Dies stand im Einklang mit dem, was auch Falco sich wünschte: nämlich Ricciardi so bald wie irgend möglich loszuwerden. Enrica, ein wichtiges Bindeglied für die Kontrolle über Brauchitsch, war wegen ihrer früheren und vielleicht auch immer noch aktuellen Verliebtheit in den Commissario ein Risiko; und Livia würde niemals einem neuen Leben entgegensehen, wenn sie Ricciardi noch für erreichbar hielt. Mittlerweile kannte er sie ein wenig, und sie kam ihm nicht wie eine Frau vor, die sich einer Niederlage in Gefühlsdingen leicht ergab. Nein, die Entfernung des Mannes musste gründlich sein.

Aus sicherem Abstand beobachtete Falco den Rücken Ricciardis, seinen Mantel, der ihm um die Beine flatterte, und stellte sich müßig die Frage, was dieser Mann eigentlich an sich hatte, das die beiden Frauen so sehr interessierte. Die junge Colombo konnte Falco durchaus verstehen: Es lag auf der Hand, dass ein junges Mädchen, das auf die fünfundzwanzig zuging und auf der Suche nach einem Verlobten war, um eine Familie zu gründen, sich in den Erstbesten verliebte, der sie aus einem Fenster anschaute. Doch Livia? Eine Frau, die jeden haben konnte, die schönste und faszinierendste Vertreterin ihres Geschlechts, der Falco je begegnet war, noch dazu eine Frau voll künstlerischem Talent, intelligent, gebildet?

Während er im Weiterlaufen dem leichten Gefälle der Straße folgte, fragte er sich, was er selbst eigentlich für Livia empfand. Der Schutz, den er ihr garantieren musste, war zu einer persönlichen Aufgabe geworden, die weit über seine Arbeit hinausging, die seine Gedanken viel mehr erfüllte, als dies für seine berufliche Pflichterfüllung nötig gewesen wäre.

Na und?, fragte er sich. Gab es etwa einen Moralkodex, den es zu respektieren galt, wenn man seinem Beruf nachging? Es konnte doch gewiss nicht schaden, der Pflicht ein wenig Würze zu verleihen. Ja, vielleicht würde dies ja sogar seine Sensibilität erhöhen und zu einem besseren Ergebnis führen.

Falco fragte sich, ob das, was Livia ihm, unter Tränen und halb betrunken, über Ricciardi gesagt hatte, eigentlich stimmte. Nicht dass dies in Wirklichkeit etwas bedeutet hätte; viel wichtiger war es, daraus etwas zu konstruieren, das plausibel war. Falco hatte schon früh gelernt, dass vor allem in einem Metier wie seinem, in dem es viel um Hypothesen und deren Überprüfung ging, das, was man von der Wirklichkeit wahrnahm, oft fundamentaler war als die Wirklichkeit selbst.

Hindernisse, dachte Falco und verschanzte sich hinter den zahlreichen mehr oder weniger geschäftigen Passanten, die auf der Straße unterwegs waren, müssen aus dem Wege geschafft werden, ganz gleich wie. Und je wichtiger das ist, was hinter dem Hindernis steht, desto mehr Überzeugung und Entschlossenheit müssen dafür zum Einsatz kommen. Du, Commissario Ricciardi von der Kriminalpolizei Neapels, bist objektiv kein sehr großes Hindernis, aber du befindest dich auf einer wichtigen Straße und musst deshalb aus dem Weg geräumt werden. Und vielleicht wissen wir auch schon, wie.

Am Abend zuvor hatte Falco einen Blick in die Akten zum Mordfall Ludovico Piro geworfen. Ihn hatte neugierig gemacht, mit welchem Eifer Ricciardi, mit Maione an seiner Seite, in diesem Fall zu Werke ging, der außerhalb seiner Kompetenzen lag und seit Monaten abgeschlossen war. Falco wusste, dass es die Contessa di Roccaspina gewesen war, die sein Interesse daran geweckt hatte, weil sie, wie aus den Akten hervorging, immer an die Unschuld ihres Mannes geglaubt hatte; möglicherweise verspürte der Commissario in einer besonders ruhigen Zeit das Bedürfnis, sich mit etwas zu beschäftigen. Vielleicht hatte er aber auch Mitleid mit der Contessa, von der es hieß, sie befinde sich wirtschaftlich in einer verzweifelten Situation.

Insgeheim wusste Falco diese mitleidige Haltung Ricciardis zu schätzen: Der Commissario war sicher kein böser Mensch, und wären die Umstände anders gewesen, hätte er ihn sogar bewundert. Der Mann war ein überaus fähiger Polizist, hatte aber Probleme mit seinen sozialen Beziehungen – etwas, an dem auch Falco selbst nur wenig lag.

Doch Ricciardi war ein Hindernis. Und er musste entfernt werden.

Urplötzlich drehte sich Maione herum und spähte in die Menge von Passanten, die alle in eine Richtung unterwegs waren. Offenbar hatte sein Instinkt ihm gesagt, dass da irgendwo mitten unter diesen Leuten jemand war, der sie beschattete.

Er ließ ein paar Sekunden verstreichen und fuhr dann noch einmal herum, sah aber niemanden. Offenbar beruhigt setzte er seinen Weg fort.

XLII

Nach dem wenig ertragreichen Gespräch mit Carlotta Piro standen Ricciardi und Maione vor einer dürftigen Alternative. Entweder sie nahmen zur Kenntnis, wie absurd es war, Ermittlungen von dieser Komplexität fortzusetzen, obwohl sie dabei immer wieder gegen eine Mauer des Schweigens stießen und von niemandem außer ihrem eigenen Gewissen autorisiert worden waren; oder sie setzten sie fort, allem und allen zum Trotz.

Maione ließ sich auf den Stuhl vor dem Schreibtisch seines Vorgesetzten fallen. »Wissen Sie, was das Schlimmste ist, Commissario? Dass bei dieser privaten Ermittlung, die wir auch noch im Verborgenen durchführen müssen, ausgerechnet diejenigen, denen die Wahrheit am meisten am Herzen liegen müsste, am schwierigsten zu befragen sind. Zum Beispiel scheint die Familie Piro ein reges Interesse daran zu haben, dass nichts dabei herauskommt.«

Ricciardi blickte grübelnd aus dem Fenster. »So ist es. Ich glaube, dass unser Opfer jede Menge Dreck am Stecken hat, und je mehr wir herausfinden, umso mehr Angst haben die Hinterbliebenen. Ins Leben zurückrufen können sie ihn nicht, aber sie können die Erinnerung an ihn schützen.«

»Und dann ist da noch das Geld, das sie beiseitegeschafft haben, Commissario. Jemand könnte vor Gericht gehen und etwas davon einklagen, und meiner Meinung nach ist die größte Angst der Signora und ihres Töchterchens, dass sie ohne einen Centesimo dastehen könnten. Deshalb haben sie auch den Chauffeur entlassen, stimmt's?«

Ricciardi schüttelte den Kopf. »Nein. Nein, das glaube ich nicht. Ich glaube, der Chauffeur wurde entlassen, um etwas anderes zu verbergen – möglicherweise genau die Tatsache, dass Piro zwei Mal hintereinander in das Kloster der Incoronata gefahren ist. Weißt du übrigens, Raffaele, wo das ist?«

»Na klar, Commissario. Ich wäre doch kein Sohn dieser Stadt, wenn ich das nicht wüsste. Warum, wollen Sie, dass ich hinfahre?«

»Wir fahren zusammen. Wahrscheinlich werden wir damit keinen Hund hinter dem Ofen hervorlocken, aber versuchen müssen wir es, denn wir haben nichts anderes. Auch wenn ich sagen muss, dass ich das Gefühl habe, diese ganzen Informationen passen irgendwie nicht richtig zusammen.«

Maione sprang auf. »Das Gefühl habe ich auch, Commissario. Sonst hätte ich Ihnen schon längst den Vorschlag gemacht, das Ganze zu lassen. Wissen Sie, was ich jetzt mache? Ich schaue, ob der Wagen verfügbar ist, wenigstens der 501.«

Ricciardi bereute sogleich, davon gesprochen zu haben, denn wenn es eines gab, vor dem er große Angst hatte, war es eine Autofahrt mit Maione am Steuer, der, gelinde gesagt, einen grauenvollen Fahrstil hatte. Doch es war zu spät: Der Brigadiere war bereits aus dem Zimmer gelaufen. Ricciardi blieb nur zu hoffen, dass der Wagen bereits anderweitig genutzt wurde.

Kurz darauf hörte er ein leises Klopfen an der Tür, stieß einen Seufzer der Erleichterung aus und ging aufmachen, während er sich innerlich darauf gefasst machte, dass sie die öffentlichen Verkehrsmittel würden nehmen müssen. Stattdessen stand die Contessa di Roccaspina vor ihm.

Das Gesicht der Frau war verweint und von Kummer gezeichnet. Ricciardi warf einen raschen Blick in den Flur, um sich zu vergewissern, dass niemand da war, und ließ sie herein.

»Contessa, was ist denn los? Wir hatten uns doch darauf geeinigt, dass es besser ist, wenn Sie nicht mehr hierherkommen.«

Bianca starrte ihn mit geröteten Augen und bebenden Lippen an; sie schien kurz vor einem Zusammenbruch zu stehen.

»Entschuldigen Sie, Commissario. Ich … Ich weiß einfach nicht, wo ich hinsoll. In diesem Zustand wollte ich nicht nach Hause, die Leute … Ich hab nur noch meine Würde, wissen Sie. Es ist das Einzige, was mir geblieben ist.«

Ricciardi spürte, wie sich sein Herz zusammenzog. »Das tut mir leid. Das tut mir sehr leid. Sagen Sie mir doch, ist etwas passiert?«

Bianca seufzte. Sie wirkte noch jünger als sonst, aber auch müder. »Ich bin im Zuchthaus gewesen. Ich wollte … Attilio hatte mir davon abgeraten … Er hatte mir gesagt, Romualdo wolle mich nicht sehen, und eigentlich war ich auch nicht sehr erpicht darauf. Aber, wissen Sie … ich wollte ihm sagen … Ich hielt es für richtig, ihm zu sagen, dass es zwischen uns aus ist. Dass ich ihn nicht mehr liebe und dass ich mit ihm keine Minute mehr zusammen sein will, wenn sich diese Sache aufklärt und er wieder in Freiheit ist. Verstehen Sie, Commissario? Ich musste es ihm sagen.«

Ricciardi dauerte diese Frau sehr und auch ihr Mann, den er dort im Zuchthaus gesehen hatte. Hinter all dem steckte ein rätselhaftes Motiv, das noch immer im Dunkeln lag und einfach nicht zum Vorschein kommen wollte.

»Contessa, warum sagen Sie mir das alles? Ich …«

Die Frau fuhr fort, als hätte er sie nicht unterbrochen. »Und als ich ihn sah, war ich entsetzt. Er ist nur noch ein

Schatten seiner selbst: niedergeschlagen, ausgezehrt. Nichts mehr an ihm erinnert an den Mann, den ich einmal gekannt habe. Ich bekam es mit der Angst zu tun.«

Der Commissario dachte an die Augen des Conte zurück, tief eingesunken in ihren Höhlen, und nickte.

Jetzt liefen Bianca die Tränen ungehemmt übers Gesicht. »Diese Stimme, Commissario. Diese Stimme. Es war, als hätte jemand anders von seinem Körper Besitz ergriffen und fräße ihn von innen auf. Wie ist das möglich? Wie ist es möglich, jahrelang mit einem Menschen zu leben und nicht zu wissen, wer er ist? Sagen Sie mir, wie das möglich ist, ich bitte Sie.«

Sie ist erschüttert, dachte Ricciardi. Verängstigt, verloren und erschüttert. Allein, verlassen, arm und noch dazu Opfer ihrer eigenen Würde. Auf einmal sah er statt Bianca Livia vor sich, auch sie gefangen in ihrer Verzweiflung, wunderschön und mit gebrochenem Herzen, mit schwarzen Tuschestreifen, die ihr übers Gesicht liefen. Und dann sah er Enrica, dort am Meer, wie sie mit einer Hand das Hütchen festhielt, die Brillengläser beschlagen von Tränen.

Gott, dachte Ricciardi, was für ein Verbrechen hast du begangen, als du die Liebe erfunden hast.

»Ich hätte so gern Hass gespürt, glauben Sie mir. Den hätte ich so viel lieber in seinem Blick gesehen statt dieser höhnischen Verachtung, dieser eisigen Gleichgültigkeit. Die Gleichgültigkeit kannte ich noch nicht. Und das Schlimmste ist, dass ich sie tief in meinem Herzen auch empfinde. Bis heute hatte ich das nicht einmal mir selbst eingestanden. Was mache ich jetzt? Was soll ich nur tun?«

Bianca starrte ihn an, die Lippen zusammengekniffen, die Hände krampfhaft fest um den Griff ihrer Handtasche geschlossen. Sie starrte ihn an, als hätte er eine Antwort auf diese Frage.

Doch Ricciardi, der Mann mit dem Kopf voller Wind und voller Sand, der Mann mit der Seele aus Glas, die so leicht in tausend Stücke zerspringen könnte, hatte keine Antworten. Weder für sich selbst noch für andere.

»Contessa, ich bitte Sie. Geschichten werden ebenso geboren wie Menschen, und ebenso altern sie und sterben am Ende. Ich weiß nicht, was ich Ihnen sagen soll, denn mein eigenes Leben… Ich weiß nicht, was ich Ihnen sagen soll. Aber ich gebe Ihnen ein Versprechen: Ich werde alles tun, um eine Erklärung für das zu finden, was vorgefallen ist. Nur, bitte, bitte, versuchen Sie, nicht so sehr zu leiden. Sie sind eine junge Frau, Sie haben doch jede Möglichkeit…«

Bianca hob die Hand. »Ich bitte Sie, Commissario. Hier, hier, in diesem Moment, spüre ich, dass ich keine Zukunft mehr habe. Und dass ich allein bin, so wie ich es nie war. Ich weiß nicht einmal mehr, ob ich noch eine Seele besitze.«

In diesem Moment spürte er, wie sehr das alles auf seinen Schultern lastete: die vielen schlaflosen Nächte, das tägliche Fehlen Rosas, die schreckliche Einsamkeit seines Lebens, Livias Wut auf ihn, die Distanziertheit, die er in Enricas Augen gelesen hatte. Und absurderweise fragte er sich erneut, im Nebel eines dumpfen Schmerzes, was das denn eigentlich sollte, dieses ganze Meer.

Wie im Traum, ganz entgegen seiner verschlossenen und reservierten Art und jenseits jeglicher Vernunft, streckte er die Hand aus und näherte sie Biancas tränenüberströmter Wange.

Ihre Haut war glühend heiß und seidig glatt, voller Leben und voller Verwirrung. Biancas schwarz behandschuhte Hand hob sich und legte sich auf die seine, als wollte sie ihn zum Innehalten bringen. Bianca sehnte sich danach, sich lebendig zu fühlen. Und danach sehnte sich Ricciardi auch.

So verharrten sie ein paar Sekunden, die veilchenblauen Augen tief in jenen grünen versunken, die eine am Abgrund der Einsamkeit des anderen stehend, und in diesem Moment waren sie eins, zutiefst und bei vollem Bewusstsein eins.

Die Magie wurde unterbrochen durch ein lautes Klopfen an der Tür. Sie lösten sich gerade rechtzeitig voneinander, ehe Maione hereintrat, ein breites Lächeln auf dem Gesicht.

»Oh, guten Abend, Contessa.« Einen Augenblick musterte er die Frau neugierig, doch dann beschloss er, keine Fragen zu stellen, und sagte, an seinen Vorgesetzten gewandt: »Wir hatten Glück, Commissario: Der Wagen steht im Hof. Amitrano sagt, keiner habe ihn nehmen wollen, weil die Bremsen nicht gut funktionieren. Ich hab gesagt, ich mache eine Probefahrt, dann müssen wir uns vor niemandem rechtfertigen. Gut gemacht? Dann also los, wenn wir uns beeilen, schaffen wir es noch vor dem Ende der Schicht!«

XLIII

Nicht einmal eine halbe Stunde später stieg Ricciardi im Hof des Klosters Madonna Incoronata mit einem Gefühl leichter Benommenheit aus dem Dienstwagen. Er konnte sich nicht erklären, wie und warum er immer noch am Leben war.

Allein schon der Fahrstil Maiones war tödlich, das wusste er, doch in Kombination mit dem Bremssystem der Rostlaube, eines dreizehn Jahre alten Fiat 501, der seit Ewigkeiten im Dienste der Kriminalpolizei stand, wurde die Möglichkeit, eine Fahrt nicht zu überleben, beinahe zur Gewissheit.

Während der Fahrt hatten sie zwei Karren umgestoßen, den Beiwagen eines Motorrads mit dem Kühler gerammt und mindestens drei Radfahrer in den Graben befördert. Die Fußgänger, welche sowohl beweglicher als auch mehr auf der Hut waren, hatten sich allesamt in Sicherheit bringen können, während einer Henne dieses Glück nicht beschieden gewesen und diese unter ihrem linken Vorderrad verendet war, unter den Schreien und Verwünschungen der Besitzerin, die Ricciardi noch bis zur nächsten Kurve die Faust hinter ihnen herschütteln sah. Von all dieser Unbill schien Maione jedoch nichts zu bemerken; er hielt den Blick starr auf die Fahrbahn gerichtet, in voller und absoluter Konzentration, was man an der aus dem Mundwinkel ragenden Zungenspitze ablesen konnte. Der Brigadiere pflegte einen eher ruckartigen Fahrstil, der weder mit der Strecke in Einklang stand noch mit den Schlaglöchern, die allmählich immer zahlreicher wurden, je weiter sie aufs Land kamen. Ricciardi hatte sich mit beiden Händen an der Halteschlaufe festgeklammert, war aber trotzdem mehrfach so hart mit dem Kopf gegen das Dach gestoßen, dass er mittlerweile nicht nur eine heftige Migräne hatte, sondern auch mit einer unerträglichen Übelkeit kämpfte. Das Ende war nah, als Maione mit einem entsetzlichen Knirschen von Metall auf Metall im Hof des Klosters in die Bremsen stieg, und der Commissario sprang mit einem erleichterten Satz aus dem Teufelsgefährt und konnte nur mit Mühe der Versuchung widerstehen, wie ein glücklich an Land gegangener Seefahrer des Entdeckerzeitalters auf die Knie zu sinken und den Boden zu küssen.

Lächelnd zog Maione seine Taschenuhr hervor. »Zweiundzwanzig Minuten, Commissario. Da haben wir es schwarz auf weiß: Beim Autofahren macht mir einfach keiner im Polizeipräsidium etwas vor. Schon damals in der Fahrschule war ich immer der Beste, und das bin ich immer noch.«

Ricciardi fand erst allmählich die Sprache wieder. »Erinnere mich daran, dass ich mal ein Wörtchen mit dem Fahrlehrer rede, sofern wir es heil bis nach Hause schaffen.«

Wenigstens eine Wirkung hatte ihre dramatische Anfahrt gehabt. Nachdem sie zunächst hastig im Inneren des Klosters Zuflucht gesucht hatten, streckten nun gleich zehn Schwestern beziehungsweise junge Mädchen in der Tracht der Klosterbediensteten vorsichtig den Kopf aus der Tür.

Der Brigadiere wies sich aus und bat darum, zusammen mit Ricciardi bei der Mutter Oberin vorsprechen zu dürfen.

Eine Nonne bedachte die beiden mit einem überaus argwöhnischen Blick, geleitete sie dann durch ein Labyrinth aus Fluren und Treppen bis zu einer Tür aus dunklem Holz und klopfte. Eine Frauenstimme bat sie energisch und ohne Umschweife einzutreten.

Bei der Mutter Oberin handelte es sich um eine kleine, rundliche Frau mit roter Gesichtsfarbe und sehr lebhaften blauen Augen; sie saß hinter einem gewaltigen, mit Papieren übersäten Schreibtisch. Als sie die beiden Männer erblickte, erhob sie sich.

»Ich bin Schwester Caterina«, sagte sie.

Ricciardi und Maione stellten sich ihrerseits vor, dann sagte der Commissario: »Mutter Oberin, bitte verzeihen Sie, dass wir ohne Voranmeldung gekommen sind. Wir sind dabei, einige zusätzliche Ermittlungen zum Mord an dem Anwalt Ludovico Piro vom vergangenen Juni anzustellen. Unsere Recherchen dienen zur Beweisaufnahme für den Prozess. Wären Sie so freundlich, uns einige Fragen zu beantworten?«

Kurz blitzte es in den Augen der Nonne auf, dann lächelte sie. »Aber natürlich! Wenn es uns möglich ist, helfen wir Ihnen gern. Schwester Carla, du kannst dann wieder an deine Arbeit zurück, danke.«

Die Schwester, die die beiden begleitet hatte, warf ihnen einen letzten scheelen Blick zu und ging dann grußlos hinaus. Schwester Caterina nahm wieder hinter dem Schreibtisch Platz.

»Ich muss mich für das Benehmen meiner Mitschwester entschuldigen; hier draußen bekommen wir nicht sehr viel Besuch. Dann also zu Ludovico, dem Ärmsten. Eine hässliche Geschichte, ziemlich hässlich. Ich möchte Ihnen nicht verschweigen, dass wir sehr besorgt waren; unsere Generaloberin hat uns mehrfach geschrieben und um eine genaue Rechnungslegung gebeten. Zum Glück war Piro sehr genau, und wir haben die finanzielle Situation zur Gänze rekonstruieren können. Gewiss, jetzt müssen wir einen anderen Verwalter finden, der Avvocato war ja bereits eine Weile für uns

395

tätig gewesen; und wie Sie an der Unordnung hier auf diesem Schreibtisch sehen, versuche ich vorerst, mich selbst darum zu kümmern, doch ich befürchte, sehr viel ausrichten kann ich nicht.«

Ricciardi wollte keine Zeit verlieren. »Dessen sind wir uns bewusst, und wir können uns vorstellen, dass es in allen Einrichtungen, um die sich der Anwalt kümmerte, ähnlich zugeht. Laut unseren Informationen war er am Tag vor seinem Tode hier. Können Sie das bestätigen?«

Schwester Caterina hörte nicht auf zu lächeln. »Gewiss. Ich habe mich sogar gewundert, dass niemand hierherkam, um sich nach Ludovicos Besuch zu erkundigen. Vermutlich deshalb, weil der Mörder – Gott möge ihm vergeben – sogleich gefunden war.«

»Und darf ich Sie fragen, was Piro hierherführte?«

Die Äbtissin machte sich mit ihren dicklichen Händen auf dem Schreibtisch zu schaffen.

»Aber gewiss, ich habe mir doch gerade eben den Kassenbericht angeschaut.« Sie öffnete ein großes Heft. »Da haben wir's. Das hier brachte er uns an jenem Tag zusammen mit einigen anderen Dokumenten; er legte immer einen Stichtag fest, von dem aus man weitermachen konnte. Hier … Bankeinlagen, Immobilien … Ich muss es noch einmal sagen, Piro war peinlich genau.«

Ricciardi warf einen kurzen Blick auf die Tabellen. Und tatsächlich schien alles in Ordnung zu sein.

»Sagen Sie mir, ehrwürdige Mutter, wussten Sie denn, in welche Unternehmungen Piro das Geld investierte?«

Schwester Caterina errötete kaum wahrnehmbar, doch sie verzog keine Miene. »Eigentlich nicht, und das liegt in der Natur der Sache. Piro war unser Treuhänder, aus genau diesem Grund hatten wir auch Vertrauen in ihn.«

Maione schnaubte und verbarg einen Seufzer der Entrüstung hinter einem Hüsteln. Heuchelei konnte er nicht ertragen.

»Und entschuldigen Sie, Mutter Oberin, erinnern Sie sich an etwas Ungewöhnliches bei jenem Besuch?«

Die Nonne schüttelte mit engelhafter Miene den Kopf. »Nein, nichts. Piro hielt sich etwa eine Stunde bei uns auf, zeigte mir die Abrechnung, umriss die finanziellen Pläne für die kommenden Monate, die er leider nicht mehr in die Tat umsetzen konnte, und ging wieder.«

Ricciardi nickte nachdenklich. »Aber wie kam er Ihnen vor? Damit meine ich: ruhig, nervös, oder…«

Schwester Caterina antwortete auffallend schnell. »Ruhig, absolut ruhig. Ein ganz normaler Besuch, wie alle anderen.«

Maione warf ein: »Und wie oft kam Piro eigentlich zu Ihnen, um Sie über die Investitionen in Kenntnis zu setzen, von denen Sie nichts wussten?«

Die Mutter Oberin schien die Ironie in seinen Worten nicht wahrzunehmen. »Am Ende jedes Vierteljahres. Er war immer sehr pünktlich.«

»Und er ließ auch nichts in der Schwebe, oder? Die Informationen, die Sie von ihm bekamen, waren vollständig.«

»Natürlich.«

Ricciardi tauschte einen raschen Blick mit Maione. Jetzt war es an der Zeit, die Daumenschrauben ein wenig anzuziehen. »Dann war es doch auch seltsam und ungewohnt, dass er am nächsten Tag noch einmal kam, oder?«

Die Schwester schien aus allen Wolken zu fallen. Offenbar hatte sie nicht damit gerechnet, dass Piros zweiter Besuch der Polizei bekannt war.

Sie errötete und senkte den Blick auf ihre Papiere. »Ich kann mich nicht recht erinnern, aber ich bezweifle, dass…«

Maione unterbrach sie rüde. »Ehrwürdige Mutter, wir sind uns sicher, dass Piro auch an dem Morgen des Tages, an dem er ermordet wurde, hier war. Das kann sein Chauffeur bezeugen, der ihn hierherbrachte. Der Mann sagte uns, Piro habe sich nur kurz aufgehalten. Ich bitte Sie, denken Sie gut nach.«

Schwester Caterina verlor kein bisschen ihrer rötlichen Gesichtsfarbe, doch ihre Haltung war nun eine andere. Auf einmal wirkte sie eiskalt. Die Augen fest auf Maione gerichtet, nickte sie und sagte: »Ja. Jetzt weiß ich es wieder. Es stimmt, Ludovico kam am nächsten Tag noch einmal.«

Ricciardi beugte sich vor. »Und können Sie uns sagen, warum?«

Die Frau hielt seinem Blick stand. »Nein, Commissario. Ich kann Ihnen nicht sagen, warum. Es handelt sich um eine persönliche Angelegenheit, und wir sind es nicht gewohnt, die Angelegenheiten unserer treuen Freunde an die große Glocke zu hängen. Auch, oder umso mehr, wenn sie verstorben sind.«

Ricciardi und Maione wechselten rasch einen Blick. »Ehrwürdige Mutter, es handelt sich um wichtige Informationen, die Licht ins Dunkel dieses Falles bringen könnten…«

Die Nonne stand auf. »Das bezweifle ich. Ich sage es noch einmal, es handelte sich um etwas Persönliches, das rein gar nichts mit dem zu tun haben kann, was später vorgefallen ist. Außerdem hat er nur Erkundigungen eingeholt.«

Maione versuchte nachzuhaken. »Aber könnten Sie uns wenigstens sagen, ob ein Name fiel, oder…«

Die Nonne ging mit raschen kleinen Schritten auf die Tür zu und öffnete sie. »Ich habe Ihnen bereits erklärt, dass ich Ihnen darüber nichts sagen kann und nichts sagen will. Und ich muss Sie bitten, uns auf der Stelle zu verlassen, denn sowohl im Kloster als auch im Internat gibt es jede Menge Arbeit, und wir können mit sinnlosen Unterhaltungen keine Zeit verlieren. Außerdem bin ich mir sicher, es gibt im Prozess genug Anklagepunkte gegen den Mörder. Auf Wiedersehen.«

Als sie wieder im Auto saßen, hieb Maione mit der Faust aufs Steuer. »Verflixt und zugenäht, Commissario, wir waren so nah dran. Haben Sie gesehen, erst tat sie so, als könnte sie sich nicht erinnern, und dann musste sie es zugeben, wollte aber nichts verraten. Ich sage Ihnen, dieser Pinguin weiß was, da können Sie Gift drauf nehmen.«

Ricciardi ließ den Blick über den Hof des Klosters schweifen, wo Schwestern und Klosterschülerinnen in Grüppchen herumstanden und sie neugierig beäugten.

Dann schaute er Maione an und sagte, fast liebevoll: »Wenn wir es heil bis nach Hause schaffen, woran ich nicht glaube, dann gibt es einige Dinge, denen ich nachgehen will. Mir ist plötzlich eine Idee gekommen.«

XLIV

Unnötig zu erwähnen, dass die Einladung von Manfred ein regelrechtes Tohuwabohu in der Familie Colombo ausgelöst hatte. Gewiss, man hatte damit gerechnet, jedoch nicht so schnell.

Diese Deutschen verschwenden einfach keine Zeit, wenn sie mal ein Ziel im Visier haben, hatte Maria zu ihrem Mann gesagt, und das mit Genugtuung, denn bei diesem Ziel handelte es sich um ihre Tochter. Der Vergleich hatte allerdings einen beunruhigenden militärischen Beigeschmack, bei dem Giulio ein Schauder über den Rücken lief.

Enrica wäre dankbar gewesen, wenn diese Einladung sie auf etwas diskretere Weise erreicht hätte, denn dann hätte sie das Treffen verschieben können; seit mehr als vierundzwanzig Stunden hatte sie nämlich praktisch nicht das Zimmer verlassen, wofür sie ein leichtes Unwohlsein, bedingt durch den Wetterwechsel, vielleicht aber auch durch einen Anfall von Grippe, ins Feld führte, die sie von einem ihrer Schüler aufgeschnappt haben mochte.

Der Vater war mehrere Male in ihrem Zimmer aufgetaucht und hatte sie gefragt, ob sie etwas brauche; wie sie litt auch er des Öfteren an Migräne, und so wusste er, wie schmerzhaft ein solcher Anfall sein konnte. Vielmehr wollte er jedoch herausfinden, wie es um den Gemütszustand seiner Tochter bestellt war. Für jemanden mit seinem detektivischen Spürsinn war es nämlich durchaus mehr als verdächtig, dass Enricas Unpässlichkeit ausgerechnet nach dem langen, einsamen Spaziergang am Tag zuvor eingetreten war.

400

Doch diskret war Manfreds Einladung keinesfalls gewesen. Vielmehr war sie am Tag zuvor in Gestalt eines offenen Briefkärtchens eingetroffen, welches zusammen mit einem gigantischen Blumenstrauß abgegeben wurde. Diesen hatten Mutter und Schwester vor den Augen der gesamten Nachbarschaft des Stockwerks entgegengenommen, die sich gerade zu einem gemütlichen Plausch zusammengefunden hatte. Folglich war Enrica buchstäblich die Letzte, die davon erfuhr.

Manfred hatte sie gebeten, ihm eine Stunde am darauffolgenden Nachmittag zu widmen. Wäre das nicht möglich, so bat er sie, dem Boten sogleich eine entsprechende Nachricht mitzugeben, doch hoffe er, so fügte er mit seiner seltsam geraden, fast ein wenig gotisch anmutenden Schrift hinzu, von ganzem Herzen auf eine positive Antwort.

Da besagte Antwort direkt vom Empfangskomitee der Blumen gegeben worden war, dem das Mädchen ja nicht angehört hatte, fiel sie natürlich positiv aus, und wie. Und die Verabredung war mittels des Boten auf vier Uhr nachmittags festgesetzt worden.

Schon von Beginn hatte nur eine einzige Frage im Raum gestanden: Was ziehst du an? Bei dem großen Gewese, das um die Wahl der passenden Kleidung gemacht wurde, begleitet von einem wahren Meer an Änderungsvorschlägen, mit denen man eines der vollkommen unpassenden Kleidungsstücke aus Enricas spärlichem Fundus aufbessern könnte, war niemandem aufgefallen, wie wenig Begeisterung die zum Rendezvous Geladene selbst an den Tag legte. Bis auf Giulio, natürlich, dem dafür allerdings die Rechtfertigung einer anhaltenden Migräne geliefert wurde.

Er persönlich fragte sich weiterhin, was denn bloß auf jenem Spaziergang geschehen war, von dem Enrica vollkommen verändert und kaum wiederzuerkennen zurückgekehrt war.

Das Mädchen seinerseits war, gelinde gesagt, mit den Gedanken ganz woanders. Das zufällige Zusammentreffen mit Ricciardi, so absurd und unerwartet, hatte Enrica zutiefst erschüttert. Sie war nicht darauf vorbereitet gewesen, und statt ihm gegenüber ein förmliches und distanziertes Verhalten an den Tag zu legen, hatte sie drauflosgeplappert, ohne nachzudenken, was für sie so peinlich war, als hätte man sie splitterfasernackt auf der Straße spazieren sehen.

Stundenlang hatte sie über das nachgedacht, was sie gesagt hatte und was er, aber sie wurde einfach nicht schlau daraus. Wozu ist es denn nun gut, dieses Meer, hatte sie ihn gefragt. Was war das eigentlich für eine Frage? Was bedeutete sie? Enrica hatte nicht die blasseste Ahnung, und doch war es ihr in jenem Moment als das einzig Sinnvolle erschienen, was sie sagen könnte.

Ausschlaggebend für das wenige, dessen sie sich in diesem Moment gewiss sein konnte, war der Gesichtsausdruck des Mannes gewesen. Hätte er Gleichgültigkeit gezeigt, sich höflich oder einfach freundlich verhalten, so wäre es ihr leichtgefallen, ihn zu grüßen, vielleicht mit einem Kopfnicken oder einem Lächeln, und sich zurückzuziehen, mochte ihr Herz noch so sehr im Aufruhr sein. Doch so war es nicht: Ricciardi war verwirrter gewesen als sie selbst.

Das Bild dieser aufgerissenen Augen, dieses offen stehenden Mundes, dieser Haartolle, die ihm ins Gesicht fiel, war in ihr noch immer lebendig und unmissverständlich. Was ihm im Gesicht stand, waren Überraschung, Erschütterung gewesen; sogar Angst. Und dann diese absurden Worte: Ich habe euch gesehen. Aber wen hatte er gesehen? Wen hatte er denn sehen können, wenn nicht irgendeinen Gast, der an einem Septemberabend bei ihrer Familie am Tisch saß?

Für sich musste sie allerdings zugeben, dass es sich bei Manfred keineswegs um irgendeinen Besucher an einem Septemberabend handelte – er war der Mann, der sie an einem Juliabend im Mondenschein geküsst hatte und den sie nicht zurückgewiesen hatte, bei all ihrem Schmerz und ihrer Angst vor dem Leben, das ihr bevorstand, und bei allem, was gewesen war und noch sein würde.

Aber jenen Kuss, den konnte Ricciardi doch ganz gewiss nicht gesehen haben.

Mit dem Kopf anderswo und ohne einen Funken Begeisterung hatte sie folglich die Erregung des weiblichen Teils ihrer Familie über sich ergehen lassen, zu der die Nachbarinnen eine Art griechischen Chor bildeten. Einer der schlimmsten Momente war dabei das Angebot der Nachbarsdamen, der jungen Eheanwärterin allerlei schrecklichen Schmuck und noch geschmacklosere Accessoires zu leihen, die jedoch allesamt höflich abgelehnt wurden.

Was ihre Kleidung anging, so votierte das Komitee schließlich für einen Rock mit Bluse und einer getüpfelten Jacke in Ecru mit passendem Hütchen im gleichen Stoff sowie Handschuhen, dazu eine beige Tasche und ebensolche Schuhe; außerdem durfte ihre Mutter die Bluse an der Taille ein wenig nach unten ziehen, damit der Busen besser zur Geltung kam, immerhin ein Plus von Enrica. Das Mädchen hatte nicht einmal die Kraft zu reagieren, geschweige denn Einspruch zu erheben.

Pünktlich um vier Uhr nachmittags am Tag darauf meldete ihre Schwester Susanna, die am Fensterladen Posten bezogen hatte, Manfreds Ankunft. So sind sie, die Deutschen, sagte sie voller Bewunderung für diese Pünktlichkeit, als handelte es sich hierbei um eine Frage des Nationalstolzes. Enrica ging hinunter, und ihr Verehrer begrüßte sie sehr zum Entzücken der Zuschauertribüne auf dem Balkon mit einem formvollendeten Handkuss.

Nur Giulio hätte – wäre er nicht im Geschäft gewesen – den raschen Blick bemerkt, den Enrica zu einem der Fenster im Haus gegenüber warf. Einem geschlossenen Fenster.

Zum Glück wurde der Spaziergang am Arme Manfreds nicht sehr anstrengend, denn der Major hatte so viel über seinen ersten Aufenthalt in der Stadt zu erzählen, dass es für Enrica leicht war, sich hinter höflichen und interessierten einsilbigen Reaktionen zu verschanzen. Er erzählte ihr von der Stimmung im Konsulat, von der Sympathie der Angestellten und der italienischen Kellner und von der Wichtigtuerei des Konsuls. Während sie in Richtung Innenstadt schlenderten, einer leichten Brise entgegen, die vom Meer kam, wartete er mit allerlei unterhaltsamen Anekdoten von seinem Tag bei den archäologischen Ausgrabungen auf; so erzählte er zum Beispiel von einem deutschen Professor, der felsenfest davon überzeugt war, bestes Italienisch zu sprechen, den allerdings niemand verstand, was zu allerlei absurden Missverständnissen mit den Arbeitern vor Ort führte, die sich nur im Dialekt verständigten.

Es dauerte nicht lange, und Enrica spürte, wie in ihr die Ruhe und Gelassenheit aufstiegen, die Manfred ihr schon immer geschenkt hatte. Es war, als bewegte man sich auf einem Territorium, das neu und doch auch bekannt war, angenehm und nahe der Heiterkeit, nach der Enrica so sehr strebte. Sie lachte sogar und zog damit die neugierigen und gefälligen Blicke der Menschen auf sich, die ihnen begegneten. Manfred war in Uniform, sah fesch und fremdländisch aus, und viele Mädchen warfen ihm unmissverständliche Blicke zu. Enrica freute sich darüber, allerdings nur auf sehr unbestimmte Weise; eifersüchtig machte es sie kein bisschen, dabei hätte es doch eigentlich so sein sollen. Auch das, sagte sie sich, war ein Anzeichen für etwas, doch sie hätte nicht sagen können, wofür.

Ohne dass es ihm bewusst war, beging Manfred den Fehler, sie ausgerechnet ins Gambrinus zu bringen, einen Ort, der für Enrica viele Bedeutungen hatte, positive wie negative. Hierher kam sie mit ihrem Vater, hier war sie mehrfach Ricciardi begegnet, hatte jene Frau gesehen. Livia, diese wunderschöne und selbstbewusste Frau, der Enrica niemals das Wasser reichen konnte. Als sie darauf warteten, dass ein Kellner für sie ein Tischchen freimachte, fiel ihr Blick auf ein Stück Meer, das in der Ferne in der nachmittäglichen Sonne glitzerte, wie eine Drohung. Wozu bist du denn nun gut?, dachte sie. Wozu nur?

Sie nahm Platz, Manfred rückte ihr formvollendet den Stuhl zurecht. Für sie bestellte er ein Sahneeis, für sich ein Glas Weißwein. Aus dem Gastraum drinnen drangen gedämpft Klavierklänge, doch direkt in ihrer Nähe spielte ein magerer Junge, dessen Finger flink über die Mandoline huschten, ein ganz anderes Lied.

»Über diese Stadt kann man alles Mögliche sagen«, bemerkte Manfred, »aber nicht, dass es ihr an Musik fehlt.«

»Wieso, was kann man denn so alles über diese Stadt sagen?«, wollte Enrica wissen.

Der Major zuckte mit den Achseln, machte eine vage Geste in Richtung des leichten Anstiegs, der zum Monte di Dio führte. »Ach nichts, weißt du, das Übliche.«

»Was ist denn das Übliche?«, fragte sie. Hinter der Glasfront sah sie einen Tisch, der nicht belegt war. Schon ganze zwei Mal hatte sie Ricciardi hier sitzen sehen, den gedankenverlorenen Blick nach draußen gerichtet, während er seinen

Kaffee schlürfte, vor sich einen Teller mit einem halb gegessenen Blätterteigteilchen.

Manfred lächelte ein wenig verlegen. »Na ja, die Unordnung, der Dreck. Die Kriminalität. Was man halt so sagt.«

Enrica kniff die Augen hinter den Brillengläsern zusammen. Nur etwas mehr als einen Meter entfernt saßen drei Mädchen, die lachend versuchten, die Aufmerksamkeit dieses gut aussehenden blonden Soldaten auf sich zu lenken, indem sie ihm Blicke zuwarfen und kokett die Beine übereinanderschlugen.

»Aha, das sagt man also über die Stadt.«

Der Offizier rutschte auf seinem Stuhl herum, ohne mit dem Lächeln aufzuhören. »Aber das sind Leute, die sie nicht kennen, die nur darüber reden, ohne jemals hier gewesen zu sein.«

Enrica spürte, wie eine seltsame Wut in ihr aufstieg. Sie wusste, Manfred hatte sie eingeladen, um über etwas anderes zu reden, um erneut den Kontakt aus jener Nacht im Mondenschein zu festigen, und sie begriff, dass sie sich mit ihrer überzogenen Reaktion auf eine harmlose Bemerkung vielleicht nur am erstbesten Vorwand festklammern wollte, um eine Situation aufzuschieben, von der sie nicht wusste, wie sie mit ihr umgehen sollte.

Wenigstens noch nicht.

»Und du«, erwiderte sie, »der du die Stadt kennst, kannst du dann nicht erklären, dass viel mehr an ihr dran ist? Dass sie so viel außergewöhnlich Schönes hat?«

Ein Schatten fiel über Manfreds Lächeln, doch das währte nur einen Moment. »Du bist ungerecht«, erwiderte er. »Du weißt, dass ich keinen Urlaub vergehen lasse, ohne hierherzukommen, und dass ich mich unter den vielen Möglichkeiten, die sich mir boten, für diese hier entschieden habe. Und du weißt auch, dass zu den Gründen, die mich dazu bewogen haben, du gehörst.«

Das Tischchen hinter der Glasfront. Ein leerer Stuhl, auf dem ein Hirngespinst saß, Kaffee trank und sie anschaute, ausgerechnet sie.

»Das hat damit nichts zu tun«, sagte sie. »Hörst du diese Musik? Die Mandoline, nicht das Piano. Man meint, der Junge würde für die Touristen spielen, um später ein paar Centesimi zu sammeln. Doch so ist es nicht: Es ist eine Art, sich auszudrücken, es ist der Gesang der Stadt. Es ist eine Geschichte, etwas, das erzählt wird. Diese Stadt erzählt Geschichten, Manfred. Sie erzählt sie mit Worten, mit Klängen, indem sie singt, und auch nur mit ihren Farben. Und ihr, in dem kalten Grau, in dem ihr lebt, könnt immer nur von der Unordnung reden, von den Dieben und den Verbrechern. Und die Luft? Und die Lieder?«

Und das Meer?

Manfreds Stimmung verfinsterte sich sichtlich. Er begriff nicht, welche Wendung dieser Nachmittag genommen hatte, aber es gefiel ihm kein bisschen.

»Ich denke nicht so, Enrica. Ich mag deine Leute, und ich liebe diese Stadt, wenn du sie liebst. Ich bin hierhergekommen, um …«

»Du musst sie nicht lieben, weil ich sie liebe, Manfred. Du musst sie um ihrer selbst lieben. Weil sie schön ist und verzaubert, und auch wenn sie manchmal verzweifelt ist und Hilfe braucht, bleibt sie doch der einzige Ort, an dem man ganz und gar glücklich sein kann. Verstehst du das nicht?«

Der kleine Tisch jenseits der Glasfront. Die Mandoline mit ihrem süßen Klagelied. Die Farben der Kleider der Frauen, die Kellner im Frack, die herumsausen und auf ihren kundigen Händen geschickt volle Tabletts balancieren.

407

Enrica erhob sich ruckartig.

»Entschuldige mich«, sagte sie. »Mir geht es momentan nicht gut. Ich hab Kopfweh. Bringst du mich nach Hause?«

Auch Manfred stand auf. Seine Miene war bestürzt. »Gewiss, Liebes, gewiss. Bitte entschuldige. Wir vertagen das alles, aber wisse, ich werde wiederkommen, um dich einzuladen, vielleicht morgen oder übermorgen. Wir leben im Grau und in der Kälte, aber grau und kalt sind wir nicht, und wenn wir auf etwas stoßen, was wichtig ist, lassen wir nicht mehr so schnell locker.«

Galant bot er ihr den Arm und ließ ein paar Münzen auf dem Tisch liegen. Die Mädchen nebenan bedachten diese gestrenge und große Frau, die viel weniger schön war als jede von ihnen, mit einem giftigen Blick, weil sie offenbar über die Macht verfügte, einen so attraktiven Mann herumzukommandieren wie ein Hündchen. Reich wird sie sein, murmelte eine von ihnen und brachte damit alle zum Lachen.

Die Mandoline des mageren Jungen erzählte noch immer ihre herzzerreißende Geschichte von Liebe und Schmerz.

Bevor sie sich auf den Rückweg machten, dankte Enrica jener blauen Meerzunge am Horizont, die sich im Abendlicht zu einem dunklen Braun verfärbte.

Schließlich, sagte sie sich, weiß ich jetzt endlich, wozu es gut ist, dieses Meer.

XLV

Canta lu addu e tocola la cora: iamo a mangià cà è benuta l'ora. »Man muss die Feste feiern, wie sie fallen«, murmelte Nelide. Manchmal glaubte sie sie noch zu hören, die Stimme ihres Vaters, der immer kämpfte, auf den Feldern, ob es eisig war oder brütend heiß, ohne ein Wort der Klage. Auch ihr Vater hatte immer in Sprichwörtern gesprochen. Tante Rosa hatte ihn dafür aufgezogen, doch Nelide erinnerte sich gern an all seine klugen Sprüche und verwendete sie genauso wie er.

Hinter ihr, nur knapp in ihrem Gesichtsfeld, nahm sie eine Bewegung wahr und nickte; Rosa war da. In ihrer Anwesenheit fühlte sich Nelide sicherer und ruhiger, weil sie wusste, wenn sie einen Fehler gemacht hätte, dann hätte ihre verstorbene Tante keine Zeit verloren und ihr das in der einen oder anderen Weise mitgeteilt, hätte sie korrigiert, bevor der Schaden nicht mehr wiedergutzumachen war.

Die Haushaltsführung war kein Problem. Das Problem – und zwar das Einzige, das sie hatte – war der Barone di Malomonte.

Rosa hatte ihn den *signorino* genannt, den kleinen Herrn, weil sie ihn schon als Knirps auf den Knien geschaukelt hatte und weil für sie Ricciardis Vater der Baron war, ein gutmütiger Mann, von dessen Heldentaten man im Dorf noch immer schwärmte. Für Nelide jedoch, für ihre Verwandten und für alle Bewohner von Fortino, war der wahre und einzige Herr von Malomonte dieser schmale und schweigsame Mann mit den großen, traurigen grünen Augen: Luigi

Alfredo Ricciardi. Und sie war die Person, die sich um ihn kümmern musste.

Das Problem war, dass es dem Baron nicht gut ging. Es ging ihm überhaupt nicht gut.

Hinter ihrem Rücken stieß Rosa einen leisen Seufzer aus. Das Mädchen kniff die Augen zusammen und rief sich rasch noch einmal die Zutaten für das Abendessen ins Gedächtnis. Tante Rosa, dachte sie, macht Euch keine Sorgen. Vielleicht geht es wieder vorbei. Vielleicht fehlt Ihr ihm einfach. So wie mir.

Doch es musste weitergehen, und diese Aufgabe fiel ihr zu. Gewiss, Fehler konnte sie machen, doch wie man bei ihr zu Hause sagte: *Sulo chi nun face nienti nun sbaglia nienti.* Nur wer nichts macht, kann auch keine Fehler machen.

Und was man auch sagte, war: Damit es ihm besser geht, muss ein Mensch essen. *Panza chiena core cuntento* eben. Und so hatte sie sich mit der Tante beraten und folgenden Speisezettel beschlossen: Kürbis mit Käse und Ei, Borretsch-Pizza und überbackene Auberginen.

Wie sonst auch, hatte sie gut überlegen müssen, woher sie die Zutaten bekommen konnte.

Was den Pecorino, das Öl und den typischen Frischkäse ihrer Heimat, den Cacioricotta, anging, so konnte Nelide auf ihre Speisekammer zurückgreifen, in der all das auf die Zubereitung wartete, was mit dem Karren aus ihrem Dorf herangeschafft wurde.

Der Borretsch jedoch, die Zwiebeln und vor allem der Kürbis mussten irgendwo im Viertel besorgt werden.

Auf einmal war Nelide wieder der von Frauen umschwärmte Gemüsemann, dieser Sarazene eingefallen, wie sie ihn genannt hatten; doch sie brauchte Gemüse, keine albernen Kunststückchen. Und so war sie mit ihrer Einkaufstasche hinuntergegangen, die Augen immer geradeaus gerichtet und entschlossen, niemandem ihr Vertrauen zu schenken, ehe sie wieder zu Hause war. Ihr stämmiger Körper, die breiten Schultern und kräftigen Unterarme, zu denen sich noch kleine Äuglein und ein ausladendes Kinn gesellten, ermutigten freilich sowieso niemanden dazu, sie in ein Gespräch zu verwickeln, diese seltsame junge Frau, die noch niemand hatte lächeln sehen und die so stolz darauf war, eine *cafona* zu sein, stolz auf einen Dialekt, den man kaum verstand.

Tanino, der kecke Gemüsemann, hatte sie schon von Weitem entdeckt und über die Köpfe der Mädchen hinweg, die so taten, als interessierten sie sich für sein Grünzeug, nach ihr gerufen. »Signorina, und wohin gehen Sie mit dieser leeren Tasche? Wer kann die Ihnen füllen, wenn nicht Ihr Tanino?«

Alle hatten hemmungslos gelacht, weil sie aus dem Gesagten eine Anzüglichkeit herausgehört hatten, die der Junge vielleicht gar nicht beabsichtigt hatte. Nelide blieb stehen, drehte sich um und bedachte den forschen Gemüsemann mit einem beinharten Blick. Dann sagte sie: »*Nun c'è 'ngnuranza senza presunzione.* Einbildung ist auch eine Bildung, so sagt man bei mir zu Hause.«

Sie hatte es nur leise gesagt, wie zu sich selbst, doch alle hatten es gehört. Auf Taninos Gesicht erstarb das Lächeln, während die anderen Straßenhändler sich erst recht auf die Schenkel klopften. Ein betagter Pastaverkäufer fragte höflich: »Was brauchen Sie denn, Signorina? Sie sind neu hier, also lassen Sie den Sarazenen besser links liegen, der hat nur Unsinn im Kopf.«

Nelide knurrte in tiefstem Dialekt: »*Vurraina, cocozza e cepudde.* Borretsch, Kürbis und Zwiebeln.«

»Die bekommen Sie in etwa einer Stunde, dann ist Vittorio da, ein Gemüsemann, der mit Wein, Weib und Gesang weniger am Hut hat. Vielleicht fühlen Sie sich wohler bei ihm. Kommen Sie später wieder.«

Nelide hatte nur kurz genickt und sich umgedreht, um wieder nach Hause zu gehen, begleitet vom Gemurmel der Gasse: Das war ein harter Brocken, diese neue Haushälterin von Commissario Ricciardi. Die alte Tante, Gott sei ihrer Seele gnädig, hatte ja sogar manchmal gelächelt; diese hier hingegen nie.

Eine halbe Stunde später hörte sie es an der Haustür klopfen. Sie trocknete sich die Hände an der Schürze ab und ging, um zu öffnen. Vor der Tür stand jemand, mit dem sie nie gerechnet hätte.

Es war Tanino, ein wenig kurzatmig und lächelnd, mit einer Tasche in den Händen. Hinter ihm hatte sich etwa ein halbes Dutzend neugieriger und aufgeregt plappernder Dienstmädchen versammelt.

»Signorina«, sagte der junge Mann, »bei Ihnen hatte ich bisher ein bisschen Pech. Sie lachen nicht, und mit Frauen, die nicht lachen, kann ich nicht plaudern.«

»Reden ist Silber, Schweigen ist Gold«, brummte Nelide vor sich hin. Und sagte dann zu ihm: »Ich habe keine Zeit zu verlieren, junger Mann. Meine Herrschaft kommt jeden Moment heim, und ich muss noch kochen.«

Der Sarazene lächelte. »Und genau deshalb bin ich hier, Signorina. Das ist noch nie vorgekommen, dass Tanino der Sarazene eine Kundin einem anderen Gemüsemann überlassen hätte. Mein Grünzeug ist das Beste weit und breit, schauen Sie hier: Borretsch, wie reine Seide, ein Kürbis wie Gold, und erst diese Zwiebeln da...«

Nelide grunzte. »Ja, ja, ist schon recht. Was kriegen Sie?«

Tanino spielte den zutiefst Gekränkten. »Signorina, das ist mein ganz persönliches Geschenk an Sie, um Ihnen zu zeigen, wie herzlich wir Sie hier willkommen heißen…«

Nelide schaute ihn argwöhnisch an. »Das heißt, Sie wollen nichts dafür?«

Der Junge nickte. »Nichts!«, verkündete er stolz.

Nelide überlegte ein paar Sekunden und sagte dann: »Na gut. Auf Wiedersehen.«

Und ohne einen Dank griff sie nach der Tasche und schlug Tanino die Tür vor der Nase zu. Die Mädchen hinter ihm lachten.

Fröhlich sagte der junge Mann, an das dunkle Holz gerichtet: »Denken Sie dran, Signorina, Sie haben gesagt: Auf Wiedersehen!«

Lucia hatte einen Rollbraten zubereitet: ein kleines Ereignis außer der Reihe für ihre Familie, das im Allgemeinen entsprechend gewürdigt und gefeiert wurde.

Die Zubereitung erforderte Zeit, und die Kosten waren beträchtlich, wenn man bedachte, welch hungrige Wölfe sie da in Gestalt harmloser Kinder heranzog. Zusätzlich in Betracht gezogen werden musste auch der gewaltige Kohldampf von Raffaele, der sich jeden Abend vor Erschöpfung kaum mehr auf den Beinen halten konnte und am liebsten einen ganzen Ochsen verputzt hätte. Doch was sein musste, musste sein, und da der Brigadiere in diesem herrlichen September auf Vorschlag von Ricciardi eine schöne Gehaltserhöhung bekommen hatte, hielt Lucia es für angebracht, dies mit der ganzen Familie zusammen zu feiern; an eine zweite Feier, nur für sie beide, würde sie später denken, wenn die Kinder satt und zufrieden in ihren Betten lagen und schliefen und Lucia und Raffaele sich endlich allein in ihr Schlafzimmer ganz am Ende des Flurs zurückziehen konnten, das mit dem hohen Bett und der Kommode mit der Glasglocke und der Madonna, die, darauf zählte Lucia, Verständnis für die Situation haben und beide Augen zudrücken würde.

Aus diesem Grunde hatte sie den ganzen Nachmittag mit den Zutaten zugebracht, aus denen in Bälde ihr berühmter Rollbraten werden würde, unter den aufmerksamen Blicken Benedettas und Marias, der Töchter, die sie beobachteten, als wären sie dabei, das Hausfrauen- und Mütterabitur zu machen. Lucia hatte es sich zur Angewohnheit gemacht, alles Schritt für Schritt zu erzählen, was sie gerade tat.

»Also, ihr nehmt dieses Stück mageres Fleisch, seht ihr? Es muss schön groß, aber zart sein. Das müsst ihr gut klopfen, aber passt auf, dass ihr die Fasern nicht zerstört. Würzen mit Salz und Pfeffer. Gleichzeitig hackt ihr ganz, ganz fein Schinken, Knoblauch, Petersilie und ein bisschen Majoran. Nicht zu viel; Majoran ist schrecklich, wenn man da übertreibt, schmeckt man nichts anderes mehr. Dann Semmelbrösel, in Wasser eingeweicht und gut ausgedrückt, und zwei Eigelb dazu. Alles gut durchmischen, bis es sich verbindet, auf dem Fleisch verstreichen und mit Pinienkernen und Rosinen bestreuen.«

Es war herrlich, die beiden Mädchen anzusehen, wie sie mit aufgerissenen Augen und offenem Mund lauschten. Maria, die recht verfressen war, streckte ab und zu den Finger aus, um zu kosten, während Benedetta, ihr angenommenes Kind, den Kochunterricht ihrer Ziehmutter wie ein Schwamm aufsog.

»Nun rollt ihr das Fleisch zusammen und wickelt Garn darum. Aber noch sind wir nicht fertig; jetzt muss man die

Pfanne vorbereiten. Schweineschmalz, Speck, ein paar Zwiebelringe, Sellerie und Karotten. Das war's. Dann mit etwas Wasser und einem Teelöffel gekörnter Brühe ablöschen.«

Bei Tisch war das mit so viel Mühe zubereitete Gericht so rasch verspeist, dass es die Köchin fast reute; trotzdem freute sie sich über die begeisterten Ahs und Ohs ihrer Esser.

Lucia bemerkte allerdings, dass Raffaele abgelenkt war. Zwar schlang er alles hinunter, was man ihm vorsetzte, wie nicht anders zu erwarten, doch er war ungewohnt schweigsam, und der Ausdruck auf seinem Gesicht gefiel Lucia ganz und gar nicht.

Als wäre er traurig.

Als das Abendessen zu Ende und die Kinder im Bett waren, fragte Lucia, während sie das Geschirr abtrocknete und er Zeitung las: »Raffaele, darf ich erfahren, was mit dir los ist? Den ganzen Abend hast du keinen Ton gesagt, da hat sich die Mühe ja wirklich gelohnt, einen Rollbraten zu machen, wenn du ihn dann so lieblos in dich reinstopfst.«

Maione fuhr aus seiner Versunkenheit hoch und faltete die Zeitung zusammen. »Bitte entschuldige, Lucia, du hast recht. Ich bin bloß in Gedanken wegen des Commissario.«

Lucia schüttelte lächelnd den Kopf. »Du schaffst es einfach nicht, stimmt's? Nicht den Vater zu spielen, meine ich. Deine väterliche Art ist eigentlich das, was mir an dir am allerbesten gefällt, deshalb kann ich mich nicht beschweren. Aber mit Ricciardi kannst du das nicht machen, und das weißt du. Der ist einfach so, schweigsam. So wie du, wenn ich einen Braten mache.«

»Ja, ja, mach du nur Witze. Jedenfalls ist er nicht wie sonst, und ich kenne ihn gut. Er hat was auf dem Herzen, hier«, er klopfte sich auf die Brust, »und er kriegt es irgendwie nicht los. Nicht einmal mit der Signora Livia trifft er sich mehr; dabei hatte ich gehofft, na ja, so eine schöne Frau...«

Lucia warf mit einem Lappen nach ihm. »Jetzt hör mal auf mit diesem Unsinn, verstanden? Schön, schön – Schönheit ist doch nicht alles. Mag sein, dass sie wunderschön ist, aber das sagt gar nichts, und eine andere ist vielleicht weniger schön, und du verliebst dich trotzdem in sie.«

Raffaele protestierte lachend. »Was verstehst du schon davon? Du bist wunderschön, und ich habe mich trotzdem in dich verliebt, also haben wir doch alles doppelt gut gemacht. Er hingegen scheint es gar nicht in Betracht zu ziehen, eine Familie zu gründen. Dabei ist er schon über dreißig.«

»Siehst du? Du redest schon wieder über ihn wie über einen Sohn. Aber er ist nicht dein Sohn, und er hat das Recht, sich so durchs Leben zu schlagen, wie er will. Es gibt einfach Leute, die interessieren sich nicht für ein Familienleben, vielleicht ist er ja auch so.«

»Nein. Wenn er glücklich wäre, ich bitte dich, dann wäre ich doch auch glücklich für ihn. Aber er ist nicht glücklich, das kann mir einfach keiner weismachen. Und wer weiß, was ihn bedrückt.«

Lucia kam mit wogenden Hüften auf ihn zu. »Was er auf dem Herzen hat, weiß ich nicht, aber du hast einen halben Rollbraten im Bauch, und weißt du, was das bedeutet? Dass du verdauen musst. Und hier im Hause Maione kümmern wir uns ebenso ums Essen wie ums Verdauen. Natürlich nur, wenn du Interesse hast...«

Maione sprang auf, nahm mit einer schwungvollen Bewegung Lucia in den Arm und trug sie in Richtung Bett. Sie lachte, aber er brachte sie zärtlich zum Schweigen. »Psst, wenn diese kleinen Teufel aufwachen, ist es mit dem Verdauen gleich wieder vorbei!«

Er trug sie weiter und dachte, wie glücklich er sich doch schätzen konnte, dass er sie getroffen hatte, an einem Morgen vor fast vierzig Jahren in der Nähe eines gewissen Brunnens.

Und lächelnd murmelte er: Ich liebe dich.

XLVI

Weinend sagte er sich: Ich hasse dich.

In dieser Nacht der Gespenster, die ihre verfluchten Liebeslieder singen, hasse ich dich. Ich hasse dich mit aller Kraft, die ich in mir habe, mit jeder Faser meines Körpers, die dazu in der Lage ist, jemandem wehzutun und zu schreien.

Ich hasse dich, weil ich immer und immer an dich denken muss und weil ich keinen Platz mehr habe, um in diesem Leben auch nur einen Schritt weiterzugehen.

Ich hasse dich, weil du die Einzige geblieben bist, die mich leiten könnte, wie ein einzelner Stern im Dunkeln; dabei weiß ich nicht einmal, ob du dich noch an mein Gesicht erinnern wirst oder an meine Augen, wenn dich dein Leben einst weit weg von dieser Zeit des Zorns gebracht hat.

Ich hasse dich für die Stille, die ich dir geschenkt habe und in die ich mich hülle, um nicht verrückt zu werden. Ich hasse dich, weil ich längst verrückt geworden bin, und ich kann nicht mehr zurück, seit ich dich jenes erste Mal gesehen habe.

Ich hasse dich.

Weinend sagte sie sich: Ich liebe dich.

Jetzt, wo ich in mir die Hoffnung ausgelöscht habe, dich zu besitzen, weiß ich, dass ich dich liebe. Und mag die Trauer noch so tief in mir sitzen – ich liebe dich.

Ich liebe dich für die wehmütige Sehnsucht nach mir selbst, die du mir geschenkt hast, denn ich war in die Idee von mir und dir verliebt, in die Idee, eine Frau am helllichten Tag zu sein statt in dieser ewigen Nacht der Pailletten, des Rauchs und des Weins, wenn ich auf hohen Absätzen an den Blicken der Männer vorbeiging und ihr Begehren ohne Freude, ohne Lächeln spürte.

Ich liebe dich für diese Einsamkeit, für die Schönheit, mich selbst zu erkennen, ohne falsche Blumen, ohne Briefe und Kelche. Dafür, dass du mir mich selbst geschenkt hast, so wie ich war, bevor ich mich vergaß, bevor ich mich der Illusion hingab, die Kontur eines Bauches nachzuziehen und die einer kleinen, toten Wange.

Ich liebe dich, weil du mir das Gefühl gabst, eine Frau zu sein, weil du mir die Möglichkeit geschenkt hast, mich um dich zu kümmern, und den Traum, diesem deinem grünen Schmerz Frieden zu schenken, der in der Seele und der Leere wächst wie eine starke, tödliche Pflanze. Ich liebe dich für den Schmerz, den ich erfahren habe, für die Größe, ihm ins Gesicht zu blicken, ohne vor mir selbst fliehen zu müssen, mit der großen Last meines Lebens auf den Schultern, die mich erdrückt.

Ich liebe dich, weil du mich die Liebe gelehrt hast, ohne sie selbst zu kennen, weil du mir ohne Worte erklärt hast, dass es keinen Frieden außerhalb des Todes gibt. Ich liebe dich in dieser Wüstenei, wo das einzige Geräusch das meiner Verdammnis ist, ein verzweifeltes Lied, das ich nicht kenne, doch das ich begreife, so wie man einen Zauber begreift.

Ich liebe dich für die Musik, die du mir wiedergegeben hast. Und ich liebe dich dafür, dass du mir den Rücken zugewandt hast, indem du gegangen bist.

Ich liebe dich.

Weinend sagte sie sich: Ich hasse dich.

Ich hasse dich im Dunkel eines Hauses und in einem Körper, von dem ich glaubte, er habe dich in sich aufgenommen, doch es war nicht so. Ich hasse dich wegen der Straßen, durch die du ohne mich gegangen bist, ohne mir auch nur zu erklären, warum du fortgingst.

Ich hasse dich, weil ich noch jung bin und weil ich im Frühling dieses Ziehen im Bauch verspüre, wenn ich den schweren Duft der Blumen und der reifen Früchte rieche und des Nachts das Rauschen des Meeres höre. Ich hasse dich wegen der Hände, die du mich nicht auf mir spüren ließest, und dafür, dass ich mich alt fühle.

Ich hasse dich, weil es mir nicht einmal mehr gelingt, dir Böses zu wünschen, im Namen eines Gefühls, von dem ich den Namen kenne, aber nicht das Gesicht, und das einer anderen Zeit und einem anderen Raum angehört.

Ich hasse dich für den Kerker, in dem du sitzt und in den du auch mich gesperrt hast, Gefangene eines Namens, den ich nicht mehr will, von dem ich mich jedoch nicht mehr befreien kann.

Ich hasse dich, weil du mir nur einen Weg gelassen hast, den ich Schritt für Schritt hinter mich bringe, ohne zu wissen, wohin er mich führt, und ohne zu wissen, ob es für mich ein Zurück gibt.

Ich hasse dich.

Weinend sagte sie sich: Ich liebe dich.

Ich liebe dich, und Gott weiß, wie sehr ich wünschte, es wäre nicht so, damit ich endlich in einem Leben wiedergeboren werden könnte, das ich verdiene und das mein Dasein lautstark von mir fordert, das ich tief in mir drin jedoch nicht will.

Ich liebe dich, weil niemand ist wie du und weil ich das auch von keinem will, sosehr ich auch versuchen könnte, mich davon zu überzeugen und es mir vorzustellen, es mir einzubilden, sosehr ich auch dazu in der Lage bin, das zu tun, was ich mir vornehme, ganz ruhig und entschlossen wie in allen Dingen meines Lebens. Ich liebe dich im Licht und im Dunkeln, wenn ich mich umdrehe, um mich anzuschauen, und sehe, dass ich allein bin, nackt inmitten eines Zimmers mit Spiegelwänden, ohne eine Lüge, an der ich mich festhalten kann.

Ich liebe dich jedes Mal, wenn ich ein Lied höre, ich liebe dich jedes Mal, wenn ich ein Kind lächeln sehe, ich liebe dich, wenn ich auf der Straße einen Hund streichele.

Ich liebe dich ob meines Herzens, das wie verrückt schlägt, wenn es nur an einem Fenster vorbeigeht.

Ich liebe dich ob meiner Augen, die sich mit Tränen und Wut füllen, jedes Mal, wenn ich an dich denke, der du so fern bist.

Ich liebe dich, auch wenn ich dich nie mehr wiedersehen sollte, auch wenn meine Beine sich um andere Hüften schlingen sollten und meine Arme um einen anderen Körper.

Ich liebe dich so sehr, dass ich sterben könnte, ohne dich jemals besessen zu haben.

Ich liebe dich.

Weinend sagte sie sich: Ich hasse dich.

Ich hasse dich, weil ich dich in die Irre führen musste, während das graue Morgenlicht jene gerade vorübergegangene Blutnacht zum Schweigen brachte.

Ich hasse dich wegen der Gewissensbisse, die ich habe, wenn ich an dich denke, wegen der verschlossenen Türen und der offenen Fenster, wegen des Meeres, das nicht aufhört, an die Tür des Morgengrauens zu klopfen, und wegen dieses schrecklich langen Sommers, der sich einfach weigert, zu Ende zu gehen.

Ich hasse dich für dieses Lächeln, das du mir geschenkt hast, dafür, dass du mein Böses genommen und es dir übergestreift hast wie das bequemste deiner Kleidungsstücke, und dafür, dass du es immer noch trägst.

Ich hasse dich, weil ich dich anlügen musste, und für dein Warten auf mich, jenseits jener Mauern, und für den Gedanken, du könntest mich finden, doch das wirst du nie.

Ich hasse dich dafür, dass ich tun musste, was ich getan habe, nur um dich zu lieben. Und ich hasse dich, weil ich es Tausende und Abertausende Male wieder tun würde, wegen des Blutes, das ich vor Augen hatte, und wegen der Wut, die meine Hand lenkte wie ein Zügel.

Ich hasse dich.

Ich liebe dich, dachte Lucia, nachdem sie sich geliebt hatten. Ich liebe dich, Brigadiere Raffaele Maione.

Und ich werde dich immer lieben.

XLVII

Die Lösung war Ricciardi im Hof des Klosters der Incoronata eingefallen, während er mit der Schicksalsergebenheit eines dem Tode Geweihten der Heimfahrt zum Präsidium in dem alten Fiat, mit Maione am Steuer, entgegensah.

Wie jedes Mal handelte es sich um eine plötzliche und vollkommene Umkehrung seiner bisherigen Sicht auf die Dinge. Es genügte eine andere Interpretation, und das, was zuvor noch widersprüchlich und unstimmig gewesen war und keinen Sinn zu ergeben schien, fügte sich auf einmal zusammen und ergab ein Bild, das gut lesbar und ohne jegliche Ungereimtheiten war.

Während der Fahrt hatte er kaum auf die vielen Beinaheunfälle und die Flucht der Passanten vor dem sich nähernden Gefährt geachtet; wieder und wieder setzte er die Bausteine dieses Falles zusammen, die er bis dahin immer nur als Einzelteile betrachtet hatte, in der Hoffnung, früher oder später könnten sie doch noch zu etwas dienlich sein. Und so absurd ursprünglich alles gewirkt hatte, am Schluss ging alles in seiner Rechnung auf.

Maione sagte er nichts. Er wollte noch weiter nachdenken, und das tat er auch viele Stunden lang, um am Ende, mitten in der Nacht, in einen tiefen, traumlosen Schlaf zu verfallen. Schon beim Dämmern des Morgens war er jedoch wieder wach und bereit für den Versuch, seine Hypothese auf ihre Richtigkeit zu überprüfen.

Allerdings würde er diesmal ganz anders vorgehen müssen als sonst. Hier ging es nicht darum, einen Schuldigen festzunehmen und zu einem Geständnis zu bringen. Auch gab es keine Zeugenaussagen, mit denen der Verdächtige konfrontiert werden musste. Es bestand keine Fluchtgefahr, der es vorzubeugen galt. Und vor allem war hier nicht mit einer offiziellen polizeilichen Ermittlung zu rechnen, bei der man den Schuldigen ohne jeglichen Zweifel überführen und seiner gerechten Strafe zuführen könnte. Diesmal war der Fall längst abgeschlossen, und niemand würde begeistert davon sein, eine Ordnung über den Haufen zu werfen, die doch so spontan durch Roccaspinas Geständnis errichtet worden war.

Nein, niemand würde begeistert sein. Nicht einmal die Contessa, die ihn gebeten hatte, die Wahrheit herauszufinden. Denn wenn es einen Toten gibt, liebe Contessa, dann lindert die Wahrheit keinen Schmerz. Dies hatte er vor so langer Zeit gelernt, dass ihm schien, als hätte er es schon immer gewusst.

Mit schnellem Schritt begab er sich im milchigen Licht des frühen Morgens zum Hause Roccaspina. Dort am Hauseingang angekommen, klopfte er jedoch nicht, sondern lehnte sich an die Mauer und schaute auf die Uhr; ein Fischverkäufer, der seine Ware in großen Holzbottichen feilbot und immer wieder mit Wasser benetzte, schaute ihn argwöhnisch an. Ricciardi wartete zehn Minuten. Punkt halb acht setzte er sich in Bewegung, in die Richtung, bei der er davon ausging, dass auch der Conte sie eingeschlagen hatte, als er noch frei war, bei jenen sonderbaren morgendlichen Spaziergängen, die sich niemand erklären konnte.

Zunächst durchquerte er mehrere Gassen in einem anderen Teil der Stadt, der sich gerade auf den neuen Tag vorbereitete. Ab und zu hob jemand den Blick und schaute Ricciardi an, senkte ihn dann wieder, wenn er in ihm keinen der

gewohnten Passanten erkannte. Ein einzelner Mann, gut gekleidet, wurde hier immer als Eindringling und potenzielle
Gefahr empfunden.

Anonym wurde er wieder auf der großen Straße, wo bereits viele Arbeiter mit dem Fahrrad auf dem Weg zu neuen
Baustellen oder den Fabriken am Stadtrand unterwegs waren, außerdem Frauen mit großen Körben auf dem Kopf, in
denen sich Gemüse, Käse oder Obst stapelten, die rundum
auf den Plätzen und in den Höfen zum Verkauf angeboten wurden. Ricciardi setzte seinen Weg fort, immer noch
über den Einzelheiten des Falles brütend, die ihn letztend-
lich auf das gebracht hatten, von dem er glaubte, es könnte
die Lösung sein.

Er wusste jetzt, was geschehen war. Vernunftgemäß war
er sich dessen sicher, weil es die einzige Erklärung war, die
mit dem in Einklang zu bringen war, was man ihm berichtet
und was er gesehen hatte. Was er jedoch noch nicht wusste,
war der Grund. Er wusste, welche Wirkung gewisse Gedanken und gewisse Leidenschaften auf die Menschen haben
konnten, und er konnte sich auch vorstellen, welcher Beweggrund die Mörderin zum Handeln gebracht hatte, doch
genau der kam ihm wahrlich absurd vor.

Er blieb stehen. Das musste genau der Punkt sein, an dem
die beiden Straßen zuammenliefen, folglich die erste brauch-
bare Stelle, an der man sich unter vier Augen treffen konnte.

Lange musste er nicht warten. Kaum fünf Minuten später
sah er diejenige, auf die er gewartet hatte, mit eiligen Schritten auf sich zukommen. Diejenige, die seiner Meinung nach
den Avvocato Ludovico Piro ermordet hatte, dessen leidendes Abbild Ricciardi bedauerlicherweise nicht dabei hatte
hören können, wie es seinen letzten Gedanken formulierte,
in einer heißen Nacht des vergangenen Juni.

Er trat aus dem Schatten und grüßte sie.

»Guten Tag, Signorina Carlotta. Es ist nicht das erste Mal, dass an dieser Ecke ein Mann auf Sie wartet, stimmt's?«

Das Mädchen wirkte nicht überrascht, eher irritiert. Carlotta biss die Kiefer aufeinander und schaute sich rasch um, als zöge sie die Möglichkeit in Betracht, Hilfe zu rufen.

»Was zum Teufel wollen Sie? Ich bin auf dem Weg in die Schule.«

Ricciardi blickte ihr in die Augen. »Das weiß ich. So wie in den Monaten vor Juni. Wie viele? Zwei? Drei? Monate, in denen der Conte di Roccaspina jeden Morgen hierherkam, um Sie zu treffen. Worüber haben Sie geredet? Was hatten Sie gemeinsam, mit einem so großen Altersunterschied?«

Die junge Frau nahm die mit einem Gürtel zusammengehaltenen Schulbücher von einer Hand in die andere.

»Ich weiß nicht, was Sie mir sagen wollen, und wenn Sie nicht auf der Stelle aufhören, mich zu belästigen, schreie ich. Sie haben keinerlei Recht…«

»Wirklich? Dann machen wir es so: Entweder Sie sind damit einverstanden, offen mit mir zu reden, oder ich gehe auf der Stelle zum Gericht, das den Prozess vorbereitet, und lasse mich als Zeugen aufrufen. Es ist nicht gesagt, dass ich das nicht sowieso mache; aber zuerst will ich verstehen, was das Motiv für den Mord war.«

Carlotta öffnete den Mund und schloss ihn plötzlich wieder. Ihre Augen wurden schmal. »Na gut. Dann hören wir mal, was für absurdes Zeug Sie sich da ausgedacht haben. Auch wenn ich immer noch nicht begriffen habe, mit welcher Berechtigung Sie sich eigentlich mit dem Tod meines Vaters beschäftigen. Ich denke, ich werde mit einem seiner Freunde reden, um das klären zu lassen.«

Ricciardi zuckte mit den Achseln. »Wie Sie meinen. Aber

426

jetzt gehen wir erst einmal in das Café dort. Es wird nicht lange dauern.«

Carlotta drehte sich um, begab sich schnurstracks ins Innere des Lokals und steuerte auf einen Tisch zu, der etwas abseits des Geschehens lag. Die Selbstsicherheit, mit der sie den Platz gewählt hatte, bestätigte Ricciardis Verdacht, dass sie Roccaspina genau hier getroffen hatte.

Er bestellte einen Kaffee, und Carlotta wollte ein Glas Milch. Ricciardi betrachtete sie genauer. Carlottas Züge verloren zunehmend das Kindliche, und man erkannte bereits die Frau, die sie einmal sein würde: willensstark, selbstsicher, sich der eigenen Schönheit bewusst. Jetzt, wo er sie in Fleisch und Blut vor sich hatte, erschien ihm das Bild, das er im Geiste gezeichnet hatte, sogar noch überzeugender als vorher.

»Ich werde es in Hypothesen formulieren, Signorina. Ich stelle es mir nur vor. Und zwar folgendermaßen: Ich stelle mir vor, dass Sie eine Liebesbeziehung mit Romualdo Palmieri di Roccaspina begonnen haben; vielleicht hatten Sie ihn im Arbeitszimmer Ihres Vaters kennengelernt oder im Segelklub. Ein fröhlicher, sympathischer, romantischer Mann, der leidenschaftlich gern spielt. Auch ein schöner Mann. Sehr faszinierend für ein junges Mädchen, das sich nicht mehr wie ein Kind fühlt und als Frau leben will. Sie haben begonnen, einander zu treffen, und nutzten dabei die wenigen Gelegenheiten, die sich Ihnen als Schulmädchen boten. Zum Beispiel, so wie jetzt, gleich frühmorgens; vielleicht in genau diesem Café hier und an diesem Tisch. Um ein paar Blicke auszutauschen, Worte der Liebe. Vielleicht eine Zärtlichkeit.«

Ricciardis Stimme floss leise dahin. Carlotta blickte ins Leere; sie sah aus, als würde sie träumen.

»Dann muss etwas geschehen sein. Für Ihren Vater war Roccaspina das beste Geschäft von allen; das Geld kam von Duca Marangolo, der ihm sogar garantierte, dass er es wieder zurückbekommen würde. Kein Risiko: ein steinreicher und todkranker Mann, der einem Geld zur Verfügung stellt, das man dann zu Höchstzinsen verleihen kann. Und tatsächlich ging lange Zeit alles gut, die Besuche waren regelmäßig, die Beziehungen ausgezeichnet. Dann, urplötzlich, beschließt der Herr Anwalt, der mit allen Wassern gewaschene Geschäftsmann, der nur daran denkt, mit seiner Wucherei Geld zu machen, und deshalb weder Skrupel noch Bedenken hat, seinem Goldeier legenden Huhn den Hals umzudrehen. Er hört auf, den Mittler zu spielen, und unterbricht auch den Kontakt zu Marangolo.«

Carlotta schüttelte leicht den Kopf. Ricciardi fuhr fort: »Was geschehen war? Er hatte euch ertappt. Und wie? Hat er euch gesehen, zufällig getroffen? Hat er euch belauscht? Oder hat ihm gar Roccaspina in einem Anflug von Ehrlichkeit alles gesagt?«

Das Mädchen antwortete nicht. Ricciardi sprach weiter: »Jedenfalls hörte an diesem Punkt Ihr Vater damit auf, Rückzahlungen zu stunden und weiteres Geld zu verleihen. Roccaspina stand mit dem Rücken zur Wand und kam am Morgen vor dem Verbrechen zu Ihnen nach Hause. Sie waren in der Schule, vielleicht hatte er den Zeitpunkt genau deshalb so gewählt. Es kam zu einem heftigen Streit. Alle hörten sie schreien, doch niemand konnte hören, worum es ging. Aber die Rede war von Ihnen beiden, stimmt's?«

Stille. Draußen wurde der Strom der jungen Leute auf dem Weg in die Schule immer stärker und verbreitete mit seinem Lachen und Geplauder eine unbeschwerte Stimmung.

Der Commissario sprach weiter. »Ich glaube, Ihrer Mutter hat er nichts gesagt; nein, da bin ich mir ziemlich sicher. Er wollte das Problem allein lösen. Wer weiß, vielleicht wollte er ihr einfach Kummer ersparen. Er beschloss, ins Kloster der Incoronata zu fahren, dessen Verwalter er war und das er, wie es der Zufall will, erst am Tag zuvor geschäftlich besucht hatte. Madonna Incoronata ist ein Kloster, gewiss; ein altes, berühmtes Kloster. Doch es ist auch ein Internat. Und während der Anwalt Piro einen Tag zuvor in seiner Funktion als Verwalter dort gewesen war, ging er am nächsten Tag als Vater hin.«

Zum ersten Mal hob Carlotta die Augen zu Ricciardi; es war ein flammender Blick. Der Commissario sah den puren Hass, der diesen Menschen beherrschte, doch er hatte keine Angst davor. Er fuhr fort: »Ich habe das erst spät begriffen, ich war dumm. Ich habe es einfach nicht gesehen. Dabei haben sogar Sie selbst gestern, als ich Sie nach dem Grund für diese zweifache Fahrt fragte, von der Incoronata als *Internat* gesprochen. Ebenso Laprece, der Chauffeur, den Sie sofort entlassen haben, um zu verhindern, dass er etwas ausplaudert. Und *Sie* haben ihn entlassen, nicht Ihre Mutter, denn als er bei Brigadiere Maione war, hat er gesagt: Da war der *Vater* schon tot, und ich wurde nicht mehr gebraucht. Sie haben eine starke Persönlichkeit, Signorina. Ihre Mutter, die etwas geahnt haben muss oder der Sie sogar ins Gesicht gesagt haben, was geschehen ist, hat Angst vor Ihnen.«

Das Mädchen verzog das Gesicht. Es zog eine Zigarette aus der Tasche seines Kleides, zündete sie in aller Seelenruhe an und rauchte, den Blick nach draußen gerichtet.

Ricciardi ließ sich nicht aus dem Konzept bringen. »An jenem Abend, als Sie nichts ahnend zu Ihrem Vater gingen, um ihm Gute Nacht zu sagen, hat er Ihnen mitgeteilt, dass er Sie auf jenes Internat schicken würde, um die Beziehung zum Conte zu unterbinden. Das Gleiche hatte er am selben Morgen auch zu Roccaspina gesagt. Seine radikale Art, das Problem zu lösen, machte Sie wütend. Er sprach, nüchtern und entschlossen, und Sie gingen im Zimmer auf und ab, vielleicht leugneten Sie, vielleicht rechtfertigten Sie sich auch. Als er Ihnen dann den Rücken zudrehte, neben dem Fenster, haben Sie zugestochen. Ein einziges Mal hat gereicht, die Wunde war tödlich. Sie wären niemals damit einverstanden gewesen, dass man Sie in ein Internat einschloss.«

Carlottas Miene war unverändert. Den Ellbogen auf den Tisch gestützt, die qualmende Zigarette in der Hand, schaute sie ungerührt auf die Straße hinaus.

»Niemand hat etwas gesehen, niemand etwas gehört. Unmöglich, dass sich zu dieser Stunde und bei dieser Hitze, in einer so ruhigen und dicht bewohnten Gegend, jemand von außen unbemerkt Zugang verschafft haben konnte. Und tatsächlich kam ja auch niemand von draußen: Die Mörderin war bereits im Hause. Und die Tatwaffe, die man nie gefunden hat? Da habe ich auch eine Idee.«

Mit einer blitzschnellen Bewegung beugte sich Ricciardi über den Tisch und zog die lange Haarnadel, die Carlottas Knoten zusammenhielt, aus ihrem Haar. Befreit fiel das Haar wie ein Wasserfall über die Schultern des Mädchens, das sich keinen Zentimeter gerührt hatte. Der Commissario betrachtete den Haarschmuck, hielt ihn auf halber Strecke zwischen ihm und dem Mädchen: eine Silbernadel, zugespitzt und etwa zwanzig Zentimeter lang, mit einer geometrischen Form geschmückt.

Wie beim Mord an Rummolo. Wieder eine Nadel. Wieder die Roccaspinas.

»Etwas in der Art. Die Wut, die Verzweiflung, da hat es Sie überkommen. Sie sind auf Ihr Zimmer gegangen, ohne zu schlafen; wer weiß, wie lange Sie darüber nachgedacht haben, was Sie machen sollen. Die Minuten und Stunden vergingen, und der Augenblick kam näher, in dem Ihre Mutter aufwachen, Ihren Vater nicht vorfinden und nach ihm suchen würde. Und so haben Sie die einzige Person aufgesucht, die alles tun würde, um Sie zu retten. Alles.«

Carlotta drückte ihre Zigarette aus und begann sich in aller Seelenruhe die Haare wieder so herzurichten, wie sie sie immer trug. Dann nahm sie die Haarnadel vom Tisch und steckte sie damit zusammen.

»Sie gingen zu seinem Haus, oder Sie warteten hier, am gewohnten Platz und zur gewohnten Stunde. Sie sagten ihm alles, vielleicht dass Sie es für ihn getan hätten, für Sie beide. Um Ihre Liebe weiter leben zu können. Ist er selbst auf die Idee gekommen, oder haben Sie ihm gegenüber angedeutet, wenn die Wahrheit ans Licht käme, wäre Ihr Leben vorbei? Eine Vatermörderin, eine Verbrecherin ohne Rechtfertigung… Er hingegen könnte, wenn er ein Geständnis ablegte, auf mildernde Umstände hoffen, denn er hatte ein ernstes Motiv, konnte behaupten, er sei provoziert worden und aus Wut tätlich geworden: Alle hatten den Streit gehört, alle wussten von den großen Schulden und der Tatsache, dass Ihr Vater den Conte in der Hand hatte. Und auch sein Name würde ein gewisses Gewicht haben, der Ruf seiner Familie. Der Conte sah es ein, oder vielleicht haben Sie ihn auch überredet. Und so legte er das Geständnis ab.«

Er schwieg. Das Mädchen holte tief Luft und richtete seine kalten Augen auf Ricciardi; dann begann es langsam und zynisch zu applaudieren.

»Bravo. Gut gemacht, Commissario. Sie haben eine blühende Fantasie. Ich weiß sie wirklich sehr zu schätzen, diese neumodischen Romane, die Sie offenbar auch gelesen haben und in denen es von Mördern und Komplotten nur so wimmelt und von schlauen und gewieften Polizisten, die die Fälle in Windeseile lösen. Haben Sie jemals darüber nachgedacht, selber einen zu schreiben? Vielleicht könnte ich Ihnen helfen. Was Sie mir da erzählt haben, ist wirklich eine tolle Geschichte, aber sie bedarf noch einiger Änderungen. Was meinen Sie, wollen wir uns zusammensetzen?«

Nun war es an Ricciardi zu schweigen. Das Mädchen fuhr fort: »Also, schauen wir mal. Zunächst müssen die Figuren besser entwickelt werden, finden Sie nicht? Zum Beispiel der Vater der Protagonistin. Den haben Sie schon richtig dargestellt, ein Mann ohne Skrupel, der nur ans Geld denkt. Aber Sie müssten noch hinzufügen, dass ihn das Glück seiner Familie nicht im Geringsten kümmert: ein Emporkömmling, einer, der sich gar nicht vorstellen kann, den Menschen eine Wahl zu lassen. Und wenn der Adlige, der dann ein Geständnis ablegt, statt arm in Wirklichkeit reich gewesen wäre, dann hätte der Altersunterschied nicht gezählt. Ebenso wenig wie die Tatsache, dass er bereits verheiratet ist. In unserer Geschichte könnten wir ihn die Tochter dem Duca Marangolo vorstellen lassen, einem alten Mann kurz vor dem Tode, in der Hoffnung, dass der sich in sie verguckt; vielleicht ist es ja genau bei dieser Gelegenheit, dass sie den Conte kennenlernt. Was meinen Sie? Gut, nicht? Das Mädchen, das der Vater einem alten, reichen Adligen in die Arme treiben will, wirft sich stattdessen in die eines verarmten Conte. Mir scheint das eine interessante Entwicklung zu sein. Ebenso wie die Idee, das Mädchen in ein frommes Internat zu schicken, vielleicht noch mit der Aussicht, dass die Kleine das Gelübde ablegt und Äbtissin des Etablissements wird, das dem Vater so viel Geld einbringt. Ja, genau, das Gelübde, das passt wie die Faust aufs Auge.«

Sie zündete sich wieder eine Zigarette an und lächelte zufrieden, als wäre sie wirklich dabei, sich eine Geschichte auszudenken.

»Und auch der Conte muss erzählerisch noch verbessert werden. Man muss erklären, dass er zwar verheiratet ist, aber schon seit vielen Jahren keine Beziehung mehr mit seiner Angetrauten führt. Und warum wohl – machen wir sie zu einer harten Frau, unnachgiebig wie Holz, eine Frau, die zum Lachen in den Keller geht und keine Träume hat. Sie hat es nie gelernt, ihm nahe zu sein, hat ihm nie geholfen, hat ihn seinem Schicksal überlassen. Genau, so ist sie perfekt.«

Sie nahm einen langen, genüsslichen Zug von ihrer Zigarette.

»Aber zurück zum Conte. Er hat in dem Mädchen, in seiner Freude am Leben und seiner Lust auf eine Zukunft, eine neue Hoffnung gefunden. Was meinen Sie, das könnte doch ein toller Titel sein: *Eine neue Hoffnung.* Wenn wir das nicht erzählen, ist die Figur unverständlich. Alles bricht in sich zusammen. Und auch die Mutter des Mädchens muss dargestellt werden – eine schwache Frau, zerbrechlich und klein, eine Ignorantin, die dem Ehemann hündisch ergeben ist. Leicht zu manövrieren, das ist sie, ein Mensch, der sich immer an anderen orientieren muss, damit er weiß, was er tun soll. Vom Vater zur Tochter. Vielleicht wäre das ja die Moral von der Geschichte, und vielleicht ähneln sie sich mehr, als sie bereit ist zuzugeben.«

Sie lachte ironisch und fuhr dann, wie besessen, fort: »Auch die Nebenfiguren sind in einer Geschichte wie dieser sehr wichtig. Der Chauffeur zum Beispiel. Ein verfluchter Faulpelz, der seine Nase immer in Sachen steckt, die ihn nichts angehen, und vielleicht sogar mit dem Anwalt darüber geredet hatte, warum der zwei Tage in Folge zum Kloster gefahren war…«

Nun hatte Ricciardi mehr als genug gehört. Tonlos unterbrach er sie: »Was haben Sie ihm denn gesagt, um ihn zu überzeugen? Wie haben Sie ihn dazu gebracht, an Ihrer Stelle ins Gefängnis zu gehen?«

Das Mädchen lächelte, blies Zigarettenrauch in Richtung des Commissario. »Na, na, na, Commissario. Jetzt verlassen Sie aber die fiktive Ebene und wechseln ins wahre Leben, das macht man nicht. Ein Risiko, das Schriftsteller oft eingehen, auf das man jedoch achten muss. Im Roman allerdings hat das Mädchen dem Conte vielleicht gesagt, dass es auf ihn warten wird, wenn er herauskommt. Dann wird die Kleine eine Frau sein, die immer noch jung ist, sie wird ihn noch mehr lieben als zuvor und wird ihm so dankbar sein, dass sie ihm eine Zukunft bietet, die er sonst nicht gehabt hätte. Der verrückte Conte muss einfach nur so kurz wie möglich hinter Gittern bleiben.«

Ricciardi erhob sich brüsk. Er hatte das Gefühl, keine Luft mehr zu bekommen. »Mir scheint, ich habe begriffen, dass Sie nicht die Absicht haben, ein Geständnis abzulegen, Signorina. Und dass Sie nicht gewillt sind zu sagen, wie die Dinge stehen, um damit vielen Menschen Frieden zu schenken, die für das, was Sie getan haben, leiden und noch lange leiden werden.«

Carlotta erhob sich anmutig und hob das Bücherbündel auf, das sie auf einem Stuhl abgelegt hatte. »Aber wir sprechen doch von einem Roman, Commissario. Haben Sie das vergessen? Ich habe rein gar nichts zu gestehen. Im Gefängnis sitzt derjenige, der in Wirklichkeit meinen armen Vater umgebracht und mein Leben ruiniert hat. Und ich wünsche mir, dass er keine mildernden Umstände bekommt, sondern zum Tode verurteilt wird, denn genau das hätte er verdient. Und jetzt entschuldigen Sie mich bitte, aber ich muss in die Schule. Wissen Sie, ich muss mir eine Zukunft aufbauen.«

XLVIII

Sicher, Maione würde bestimmt beunruhigt sein, wenn er ihn nicht im Büro antraf, doch Ricciardi beschloss, direkt zur Contessa di Roccaspina zu gehen.

Er war unschlüssig. Er musste Bianca erzählen, was er entdeckt hatte, wollte ihr aber den Schmerz ersparen, den es unweigerlich mit sich bringen würde, wenn sie die wahren Beweggründe erfuhr, die ihren Mann dazu gebracht hatten, einen Mord zu gestehen, den er nicht begangen hatte.

Und da war noch etwas anderes. Er musste erneut Roccaspina gegenübertreten und ihm sagen, dass jemand in Erfahrung gebracht hatte, wie die Sache wirklich vor sich gegangen war. Er musste ihm dabei helfen, seinen Realitätssinn zurückzugewinnen und ihn dazu zwingen, über die Konsequenzen für sich selbst und für seine Frau nachzudenken, wenn er es zuließ, dass dieses junge Mädchen ihn manipulierte.

Bianca empfing ihn sofort, wie stets in Schwarz gewandet. Sie wirkte müde, als hätte sie in der vergangenen Nacht überhaupt nicht oder nur sehr schlecht geschlafen. Beim Anblick ihres gezeichneten Gesichts schien es Ricciardi, als sähe sie viel zerbrechlicher aus als die Halbwüchsige, mit der er erst vor ein paar Minuten gesprochen hatte, mit der er in einem Kaffeehaus in der Innenstadt über den Tod und über Mord geplaudert hatte, als wären sie Hirngespinste, obwohl sie doch nichts anderes waren als die Wirklichkeit.

Beide waren befangen.

Die zärtliche Berührung von gestern auf dem Präsidium hatte bei Ricciardi die Erinnerung an ihre Haut zurückgelas-

436

sen, die heiß und brennend vor Tränen und vom Schmerz dieser Frau war. Und ihr, die seiner Hand mit ihrer eigenen gefolgt war, hatte sie eine Nähe und einen Halt vermittelt, von dem sie geglaubt hatte, sie würde ihn nie wieder in ihrem einsamen Leben verspüren.

Nun jedoch würde der Commissario der Contessa etwas sagen müssen, das sie vielleicht niemals hätte hören wollen; und wurde verwundert dessen gewahr, dass er selbst dabei fürchtete, diese Enthüllung könnte sie von ihm entfernen.

Doch es war seine Pflicht, mit ihr zu sprechen.

Er berichtete ihr von der Idee, die ihm im Kloster gekommen war, erzählte ihr, wie er den ganzen Abend und den größten Teil der Nacht versucht hatte, alle Indizien unter einen Hut zu bringen und zu einem Gesamtbild zusammenzusetzen, und wie er auf eine Reihe von Bestätigungen gestoßen war, durch die sich der Kreis geschlossen habe, sodass ein Irrtum praktisch unmöglich sei.

Er erzählte ihr, dass er Carlotta getroffen habe, indem er ihr an derselben Ecke auflauerte, an der wahrscheinlich Romualdo morgens auf sie gewartet hatte, und er sah, wie Bianca zusammenzuckte, als er ihr enthüllte, wahrscheinlich habe sie an jenem Morgen um sieben vor seiner Haustür auf ihn gewartet.

Er schilderte ihr das Gespräch mit dem Mädchen und auch, wie es darauf reagiert hatte; wie es eiskalt seinen Enthüllungen gelauscht und dann der Rekonstruktion der Wahrheit entgegengehalten hatte.

Er sagte ihr, die Signorina Piro habe nicht die geringste Absicht gezeigt zu gestehen, ja, sie habe sogar der Gewissheit Ausdruck verliehen, der Conte würde sein Geständnis sowieso nicht widerrufen und sie folglich weiterhin in Sicherheit belassen.

Als er dann schwieg, schaute Bianca ins Leere und schüttelte den Kopf. Ricciardi hatte gefürchtet, er würde sie mit seinen Enthüllungen zutiefst erschüttern, doch sie schien sich einfach nur noch mehr in ihren Kummer und Schmerz zurückzuziehen.

»Ein Kind. Sie ist nur ein Kind. Ich habe sie von Weitem gesehen, beim Begräbnis des Vaters: Sie wirkte verzweifelt – stark, aber verzweifelt. Sie stützte die Mutter, hielt den kleinen Bruder an der Hand. Wie kann man so schauspielern? Ich bitte Sie, Commissario, erklären Sie es mir. Wie kann man das?«

Ricciardi versuchte, behutsam vorzugehen, um Bianca vielleicht doch noch aus dem Schneckenhaus ihres Leids hervorzulocken.

»Das habe ich schon oft erlebt, Signora, glauben Sie mir. Sehr oft. Und im Grunde ähnelt Carlotta ihrem Vater, wenn es denn stimmt, dass er ein Mann mit so wenig Skrupeln war, dass er sie sogar zur Geliebten Marangolos machen wollte.«

Jetzt öffnete sich Bianca ein wenig. Sie lächelte traurig.

»Armer Carlo Maria. Er ist immer Opfer seines Vermögens gewesen. Geld macht einsam – ob man nun keins hat oder zu viel davon. Jetzt, wo ich weiß, was passiert ist, fühle ich mich einfach nur leer, Commissario. Ich hatte geglaubt, Erleichterung zu verspüren, und sei es auch nur deshalb, weil sich bestätigt hat, dass ich nicht verrückt bin. Stattdessen fühle ich mich wie eine Versagerin, sowohl als Frau als auch als Ehefrau. Und auch als Freundin, nachdem ich dem Duca so viel Schmerz zugefügt habe, dafür, dass er sich mit diesen Leuten abgeben musste, um mir zu helfen.«

Ricciardi musterte sie voller Mitgefühl. »Ganz gewiss sind nicht Sie es, die versagt hat. Es war Ihr Mann, der in ein Netz gestürzt ist, aus dem er sich nicht mehr befreien konnte. Und ich will, dass er das wenigstens begreift.«

Bianca schaute ihn verwirrt an. »Aber… aber wie ist das möglich, Commissario? Wir kennen die Wahrheit, wir wissen bis ins letzte Detail, was passiert ist; reicht das nicht, um Romualdo freizubekommen?«

Ricciardi schüttelte den Kopf. »Leider nicht, Contessa. Wenn Ihr Mann das Geständnis nicht widerruft, ist es unmöglich, die Ermittlungen erneut aufzunehmen. Wir haben keine objektiven Beweismittel, nur eine Rekonstruktion des Hergangs, die auf Vermutungen und vagen Zeugenaussagen basiert. Carlotta Piro hat nichts zugegeben und hat auch nicht die Absicht, dies zu tun, und ganz sicher wird sich die Familie schützend vor sie stellen. Ich glaube nicht, dass wir nach all den Monaten mehr erreichen können. Ich habe Ihnen ja von der Weigerung der Mutter Oberin erzählt, eine Aussage zu machen, und ich glaube, auch eine Zeugenaussage von Marangolo würde nicht viel bringen. Die einzige Möglichkeit, die bleibt, ist, dass Ihr Mann es sich anders überlegt.«

Die Frau fuhr sich mit den Händen übers Gesicht.

»Commissario, ich… Sie sollen wissen, dass ganz gleich, was Romualdo tun wird, das nichts an meiner Entscheidung ändern wird, in Zukunft nicht mehr als seine Frau leben zu wollen. Zwischen uns ist es aus, und dass das Wissen um diese seine Beziehung mich nicht verletzt, ist ein weiterer Beweis dafür, dass er mir nichts mehr bedeutet. Doch der Gedanke, dass ein Unschuldiger sich so manipulieren lässt und sein Leben ruiniert, belastet mich schrecklich. Auch weil mir, als ich ihn sah, klar geworden ist, dass er eine lange Haft nicht überleben wird.«

Ricciardi nickte. »Das fürchte ich auch, Contessa. Und ich

habe deshalb auch vor, sogleich zu ihm zu gehen und mit ihm zu reden. Könnten Sie bitte Kontakt zu Avvocato Moscato aufnehmen und ihn bitten, dass er die Erlaubnis für ein Gespräch mit mir einholt? Ich gehe ins Büro und warte auf seine Nachricht.«

Bianca erhob sich und schaute Ricciardi mit ihren seltsamen und wunderschönen Augen ins Gesicht.

»Commissario, ich kann niemals wiedergutmachen, was Sie für mich getan haben. Sie haben mich von der Obsession von etwas Unverständlichem befreit, das mich irgendwann erstickt hätte. Und Sie haben mir das Vertrauen in mich selbst und in die Menschen um mich herum zurückgegeben.«

Ricciardi konnte ein Lächeln nicht unterdrücken.

Dann nickte er ihr zu und ging.

XLIX

Ricciardi war mit seiner Erzählung gerade fertig, und Maione kam aus dem Staunen gar nicht mehr heraus.

Kopfschüttelnd sagte der Brigadiere: »Commissario, bitte entschuldigen Sie, aber ich kann das alles gar nicht glauben. Dieses Mädchen ist so alt wie mein Giovanni, sechzehn, der noch mit seinen Kumpels Ball spielt, ständig aufgeschlagene Knie hat und dem ich regelmäßig eine Kopfnuss geben muss, damit er nicht vergisst, sich vor dem Essen die Hände zu waschen. Wie kann man sich das nur vorstellen, dass so ein junges Ding eine Beziehung mit einem erwachsenen Mann anfängt, ob er nun ein Dummkopf ist oder nicht, dass es dann seinen Vater ermordet und sogar noch schlau genug ist, die Polizei, die Mutter, die Anwälte und das Gericht an der Nase herumzuführen?«

Der Commissario verzog das Gesicht. »Nein, Raffaele. Carlotta hat nicht diese ganzen Leute an der Nase herumgeführt. Ihr hat es genügt, einen einzigen Menschen für dumm zu verkaufen, und das ist Romualdo Palmieri di Roccaspina. Den Rest hat dann er besorgt. Aber weißt du, Mädchen werden immer früher reif als Jungs, mach dir bei deinem Sohn also keine Sorgen.«

»Na, Commissario, ein großer Trost ist mir das nicht, aber ansonsten … wie Sie vorhin gesagt haben, können wir wirklich nur wenig tun. Das Einzige wäre, den Conte davon zu überzeugen, dass er sein Geständnis widerruft.«

Ricciardi zuckte mit den Achseln. »Ich werde versuchen, mit ihm zu reden. Die Contessa bittet seinen Anwalt um einen dringenden Besuchstermin im Gefängnis, mal sehen, was er sagt. Aber hier ist nach wie vor alles ruhig, oder?«

Maione breitete die Arme aus. »Buchstäblich totenstill, Commissario. Und warum? Da gibt es nur zwei Möglichkeiten: Entweder sind die Gauner noch im Urlaub, oder man wird uns in Kürze alle feuern, und wir werden private Ermittler, so wie in Amerika. Aber uns kann das doch recht sein, oder?«

Noch bevor Ricciardi etwas erwidern konnte, hörte er, wie es an der Tür klopfte. Es war Amitrano.

»Commissario, am Eingang steht ein gewisser Avvocato Moscato und bittet darum, dass Sie herunterkommen.«

Bianca konnte nicht weinen.

Sie hatte sich im Dunkel ihres Zimmers eingeschlossen und Assunta davon überzeugt, dass sie Kopfschmerzen habe und deshalb nichts essen wolle. Und so saß sie da, sinnierte über ihr Leben, über den Glanz vergangener Tage und das Elend, in dem sie jetzt lebte, doch weinen konnte sie trotzdem nicht.

Dabei hätte sie wahrlich allen Grund dazu gehabt. Nicht zuletzt deshalb, weil ihr Mann sie betrogen hatte.

Betrogen?

Konnte sie sich denn wirklich guten Gewissens als betrogene Ehefrau bezeichnen, wo sie doch schon seit Jahren keine richtige Ehefrau mehr gewesen war?

Die Antwort lautete nein.

Mit gelindem Erstaunen stellte sie fest, dass sie Romualdo ein wenig beneidete, der es immerhin geschafft hatte, wieder die Kraft eines Gefühls zu entdecken und etwas von seiner Energie zurückzuerlangen. Und diese Energie war stark genug gewesen, um ihn dazu zu bringen, ein gewaltiges Opfer zu leisten – den Verzicht auf ebendieses Gefühl.

442

Würde ihr jemals ein solches Glück beschieden sein?

Sie fühlte sich durchaus noch imstande, Liebe zu empfinden; ihr Herz gierte danach, sich wieder zu füllen, ihre Haut sehnte sich danach, berührt zu werden, und ihr Mund wollte so gerne wieder lachen.

Sie fühlte sich immer noch lebendig, doch zugleich auch wie begraben in diesem Palazzo, der wie ein Museum ihrer Erinnerungen war.

Vielleicht würde sie ihn ja verkaufen müssen. Wenn sie ihn erst vor Romualdos Dämon gerettet hatte, würde sie sich davon trennen müssen und mit dem Geld, das sie dafür bekam, ein neues Leben aufbauen. Im Grunde war ihr Ruf immer noch intakt. Sie würde ihr Schicksal selbst in die Hand nehmen und einfach noch einmal von vorn beginnen.

Während sie noch vor sich hin grübelte, klopfte es an der Tür ihres Schlafzimmers. Sie hörte die Stimme ihres Dienstmädchens: »Signora, da ist der Duca Marangolo. Er sagt, es ist dringend.«

Während der Fahrt nach Poggioreale informierte Ricciardi Avvocato Moscato darüber, was er herausgefunden hatte.

Der Mann zeigte sich fassungslos. »Was für ein armseliger Dummkopf. Ich habe es Ihnen ja gesagt, Commissario, der Mann ist nie erwachsen geworden. Er ist kein böser Mensch, aber tief in seiner Seele ist er immer noch ein Junge: Er hält sich für unsterblich. Jetzt hat er aufgehört zu essen, Sie haben ihn ja gesehen. Er denkt, dann werden die Richter Mitleid mit ihm haben und ihm eine geringere Strafe aufbrummen.«

»Man muss ihm klarmachen, dass das alles absurd ist. Dass er ein gewaltiges Opfer bringt für nichts, während das Mädchen aufgrund seines Alters nur wenige Jahre in einer Strafanstalt für Jugendliche verbringen müsste.«

Moscato verzog den Mund zu einer Grimasse. »Commissario, der ist einfach verrückt. Er redet nur noch von mildernden Umständen, irgendwelchen Spitzfindigkeiten, und will freikommen, so schnell es nur möglich ist. Ich dachte eigentlich, er wolle das für Bianca, auch wenn er jedes Mal das Thema gewechselt hat, wenn ich ihn darauf ansprach: Davon wollte er nichts wissen. Stattdessen ist es wegen dieser kleinen Schlange, der Tochter von Piro. Beeindruckend: Wenn eine schon mit sechzehn so ist, muss man sich fragen, was das mal für eine Erwachsene wird.«

Carlo Maria erwartete Bianca im Salon. Er sah furchtbar aus, seine ungesunde Gesichtsfarbe unterstrich noch die Züge seines leidenden Gesichts. Er stützte sich mit beiden Händen auf einen Spazierstock.

»Hallo, Bianca. Endlich empfängst du mich.«

Sie blickte ihn betrübt an. »Du weißt, warum ich dich hier nicht empfangen wollte. Weil mir dein Wohl mehr am Herzen liegt als all den anderen, die dich umgeben.«

Hastig antwortete ihr Gegenüber: »Dich sehen. Dich zu sehen macht für mich den Unterschied zwischen Leben und Tod aus. Begreifst du das nicht? Nur dich zu sehen. Ich könnte mir niemals vorstellen, mir deine Nähe zu wünschen, jedenfalls nicht mehr, seit ich krank bin. Doch dich zu sehen ist solch eine Freude! Ich hab das Gefühl, mein Herz … platzt gleich.«

Vor lauter Ergriffenheit versagte dem Duca am Ende des Satzes fast die Stimme.

Bianca spürte, wie ihre Augen sich mit Tränen füllten. »Carlo, ich …«

Der Mann schüttelte den Kopf. »Ich bin nicht gekommen, um dir das zu sagen, Bianca. Es gibt eine sehr ernste und dringende Angelegenheit, mit der wir uns befassen müssen, und zwar unverzüglich.«

Die Contessa war sofort besorgt. »Aber was sagst du da? Was ist passiert? Etwas mit Romualdo …«

Marangolo wischte den Namen des Conte beiseite wie eine lästige Fliege.

»Nein, diesmal hat dieser Dummkopf von deinem Ehemann nichts damit zu tun. Etwas sehr Ernstes ist im Gange, und wir müssen überlegen, ob wir eingreifen oder nicht. Die Entscheidung liegt allerdings bei dir …«

»Dann erklär mir bitte, was los ist«, sagte Bianca.

Marangolo holte tief Luft. »Wie du weißt, habe ich viele Freunde. Auch an Stellen, wo man es nicht erwarten würde; Leute, die du besser nicht mit Namen kennst. Leute, die mich gelegentlich im Klub besuchen und vertraulich mit mir reden. So erfahre ich oft sehr, sehr interessante Dinge; es ist eine Methode wie jede andere, sich auf dem Laufenden zu halten.«

»Carlo, ich begreife nicht, was …«

Der Duca unterbrach sie. »Hör mir zu. Dann wirst du entscheiden, was wir machen.«

Als Romualdo di Roccaspina Ricciardi an der Seite Moscatos erblickte, verhärtete sich sein Gesicht, und er wandte sich an seinen Anwalt.

»Attilio, offen gestanden verstehe ich nicht, warum du darauf beharrst, mir ständig diesen Menschen hierherzubringen. Ich will nicht mit ihm reden. Meine Frau und ihre absurde Idee …«

Moscato wartete, bis der Wärter sich entfernt hatte,

und wandte sich dann mit harter Miene an den Conte. »Romualdo, halt den Mund. Mir reicht es jetzt mit diesem verrückten Gerede. Der Commissario ist nicht hier, um dich reden zu hören, sondern um dir ein paar ernste Dinge zu sagen. Also setz dich hin und hör zu.«

Dieser harsche Ton war an Moscato etwas ganz Neues, und Roccaspina sah deutlich überrumpelt aus.

Ricciardi nutzte die Gunst des Moments und ging zum Angriff über. »Conte, ich weiß jetzt, was passiert ist. Ich weiß es bis ins kleinste Detail, ich kenne die Hintergründe und die Entwicklungen. Hören Sie mir zu und lassen Sie sich überzeugen.«

Er sprach voller Kälte und Präzision. Er erzählte alles, rekonstruierte bis ins kleinste Detail die Geschehnisse, die zu dem Verbrechen geführt hatten, schilderte die Stunden, die ihm vorangegangen waren, und die danach.

Während dieser Schilderung, die nur wenige intensive Minuten andauerte, hielt der Häftling die Augen auf Ricciardis Antlitz gerichtet, ohne dass sich in den ausgemergelten und von Kummer gezeichneten Zügen irgendeine Veränderung zeigte bis auf ein winziges Beben der Lippen. Moscato hingegen hatte den Blick gehoben, schaute voller Interesse an die Mauer des Sprechzimmers und las die dort angebrachten Inschriften. Direkt über Roccaspinas Kopf stand zum Beispiel: »Disziplin muss sein, erst recht, wenn sie Opfer und Verzicht kostet.«

Als Ricciardi geendet hatte und schwieg, mischte sich der Anwalt ein: »Es hat keinen Sinn mehr, diese Position beizubehalten, Romualdo. Es ist ein Mädchen, das nicht einmal weiß, was es morgen will, wie soll man sich da auch nur vorstellen, sie würde noch in zwanzig Jahren da sein und auf dich warten? Da es sich um eine Minderjährige und eine

Frau handelt, wird sie keine große Strafe bekommen. Wahrscheinlich läuft es auf die Mindeststrafe hinaus, man wird sagen können, der Vater sei ein Mann gewesen, der daran gewöhnt war, sich die Menschen in seiner Umgebung gefügig zu machen. Zieh dein Geständnis zurück, Romualdo. Noch heute werde ich beantragen, dass der Fall neu aufgerollt wird.«

Romualdo schwieg einen Augenblick lang, ohne Ricciardi aus den Augen zu lassen. Dann antwortete er resolut: »Wenn das alles wahr wäre, und wenn ich wirklich mein Geständnis widerrufen würde, könnt ihr mir dann sagen, was aus ihr würde? Ein Mädchen, das für immer als Vatermörderin gebrandmarkt ist. Eine ruinierte junge Frau, ohne die Möglichkeit, Freundschaften zu schließen, ein gesellschaftliches Leben zu führen. Die sich zu allem Überfluss mit einem Habenichts eingelassen hat, einem Mann, der am Pranger steht und viel älter ist als sie. Einer, der aus Liebe ins Gefängnis gehen wollte, denkt doch nur, was für ein Verrückter. Sie würden sie hinter Gitter bringen, sie, die zarter ist als ein Schmetterling und freier als die Luft. Sie, die das Lächeln in Person ist, würde nie wieder lächeln, sie, die nur aus Liebe zu mir getötet hat und weil man sie in einem Kloster einsperren wollte. Wenn das alles wahr wäre und ich deinen Vorschlag, Attilio, akzeptieren würde, was für ein Leben wäre das für mich? An der Seite einer Frau, die ich hasse und die mich jede Sekunde schweigend verurteilt? Jetzt, wo ich die Liebe kennengelernt habe und die Kraft hatte, darauf zu verzichten, sie auszuleben, mit dem einzigen Akt des Mutes in einem sinnlosen Leben. Wenn das alles wahr wäre.«

Mit überraschendem Elan richtete er sich auf und gab dem Wärter, der am anderen Ende des Raumes wartete, ein Zeichen, dass er ihn abholen möge.

»Aber zum Glück für alle, in erster Linie für meine liebe Frau, die endlich ein neues Leben führen kann, ohne die Bürde meiner Schulden, ist das alles nicht wahr. Ich bin der Mörder von Ludovico Piro, dem infamen Halsabschneider, und ich werde meine Strafe absitzen. Und noch eine letzte Sache sage ich Ihnen, Commissario: Ich weiß sehr wohl, dass sie nicht auf mich warten wird. Ich will auch nicht, dass sie es tut. Ich will, dass sie frei und glücklich lebt, denn ich liebe sie.«

Und er verließ den Raum am Arm des Wärters.

Auf eine seltsame Weise sah er trotz der viel zu großen Kleidung, die ihm am Leibe schlackerte, fast königlich aus.

Als er in der Nähe des Polizeipräsidiums angelangt war, fühlte sich Ricciardi seltsam verwirrt. »Opfer und Verzicht«, hatte an der Wand des Sprechzimmers gestanden. War es denn möglich, dass man, um zu lieben, wirklich bereit sein musste, so sehr zu leiden?

Während er darüber nachdachte, kam ihm Enrica in den Sinn, Livia, Bianca und ihre vielen, vielen Tränen. Und auch Rosa und ihre Sorge um ihn.

Wer weiß, ob es sich lohnt, fragte er sich.

Er war so sehr in Gedanken, dass er zunächst ebenso wenig den schwarzen Wagen bemerkte, der an der Straßenecke im Schatten stand, wie die beiden Männer, die, kaum war er aufgetaucht, ausstiegen und ihn in ihre Mitte nahmen.

Der ältere von beiden sagte mit leiser Stimme: »Commissario Luigi Alfredo Ricciardi, richtig? Ich muss Sie bitten, mit uns zu kommen.«

L

Sie befanden sich nur wenige Meter vom Polizeipräsidium entfernt, doch Ricciardi kam es weder in den Sinn, um Hilfe zu rufen noch die Flucht zu ergreifen oder eine andere Art von Widerstand zu leisten. Das höfliche Auftreten der beiden Männer, ihre selbstsichere Stimme und die Dringlichkeit, mit der sie ihn gebeten hatten mitzukommen, hatten ihn überrumpelt. Als ihm bewusst wurde, dass er sich in Gefahr befinden könnte, hatte sich das große, dunkle Automobil bereits in Bewegung gesetzt.

Am Steuer saß der jüngere von beiden; er fuhr ruhig und nicht allzu schnell. Der Ältere hatte neben Ricciardi auf dem Rücksitz Platz genommen. Er wirkte entspannt, doch unter seiner Jacke war deutlich eine Ausbeulung zu sehen.

Eine Pistole. Dieser Mann hatte eine Pistole, und die Haltung seiner rechten Hand ließ darauf schließen, dass er bereit war, sie zu benutzen. Als Ricciardi das bewusst wurde, machte sich ein flaues Gefühl in seiner Magengrube breit.

»Wer sind Sie? Wohin fahren wir?«

Seine Stimme hatte etwas schrill geklungen. Man hörte, dass er Angst hatte. Das missfiel ihm.

Der Mann neben ihm lächelte auf eine Weise, die alles andere als beruhigend war, und antwortete in einem Ton, der so gar nicht zum Inhalt des Gesagten passte: »Nur eine Spazierfahrt, Commissario. Sie haben nichts zu befürchten. Nur eine kleine Spazierfahrt unter Freunden.«

Ricciardi ließ den Blick über die Autotür neben ihm wandern: Sie hatte weder einen Griff zum Öffnen noch eine Kurbel, um das Fenster herunterzudrehen.

»Haben Sie mich entführt, oder bin ich festgenommen?«

Die Frage war ironisch gemeint und sollte nur die Absurdität der Situation unterstreichen, doch der Mann dachte offenbar ernsthaft über seine Antwort nach.

»Keins von beiden«, erwiderte er. »Wir fahren zu jemandem, der Sie sprechen möchte. Mehr kann ich Ihnen nicht sagen.«

Das Automobil bahnte sich einen Weg durch Karren und öffentliche Verkehrsmittel und ließ allmählich die Innenstadt hinter sich. Einmal begegnete Ricciardi dem Blick eines Kindes, das ihm zunächst zuwinkte und dann mitten in der Geste innehielt, als es die Verzweiflung in seinen Augen las. Sie haben nichts zu befürchten, wiederholte er für sich selbst. Er hatte nichts Böses getan.

Selbst er, der nicht die Angewohnheit hatte, sich lange auf dem Flur des Präsidiums aufzuhalten und mit Kollegen zu plaudern, hatte schon von Personen gehört, die über Nacht verschwunden waren und über deren Verbleib die entsprechenden Stellen im Ministerium des Inneren ein beunruhigender Mantel des Schweigens gebreitet hatten. Doch dabei handelte es sich größtenteils um Dissidenten, um Individuen, welche in irgendwelche subversiven politischen Aktivitäten verwickelt waren und in der Öffentlichkeit ebenso wie in der Zeitung Meinungen vertraten, die gegen das Regime gerichtet waren. Ricciardi interessierte sich für derlei nicht und hielt sich von solchen Diskussionen meistens fern.

Sogleich kam ihm Bruno Modo in den Sinn. Er war der Einzige unter den Menschen, mit denen er vertraut war, der mit lauter, ja, auch zu lauter Stimme seine Gedanken äußerte, welche meistens alles andere als systemkonform waren. Schon des Öfteren hatte er Bruno gebeten, vorsichtig zu sein, sich nicht zu weit aus dem Fenster zu lehnen. Noch vor wenigen Monaten hatte er ihm aus einer durchaus gefährlichen Situation herausgeholfen, und die Personen, mit denen er damals hatte sprechen müssen, hatten ihm bestätigt, dass er, Ricciardi, für seine politische Indifferenz bekannt war.

Doch was wollten dann diese Leute von ihm? Handelte es sich möglicherweise um eine Form von Straßen- oder Bandenkriminalität? Jemand, der von ihm verhaftet worden war und sich rächen wollte?

Nein. Die beiden Männer im Auto hatten nichts von solchen Kriminellen. Sie waren schweigsam, von beliebigem Aussehen, gut rasiert, gekämmt. Sie trugen Kleidung guter Machart und neue Hüte. Es hätten Geschäftsleute sein können oder zwei Universitätsprofessoren – wäre da nicht diese Ausbeulung unter der Jacke gewesen.

Mittlerweile waren sie zum östlichen Stadtrand unterwegs. Die breite, unbefestigte Straße war zur Rechten von den hohen Mauern des Handelshafens flankiert, links davon mussten irgendwo die endlosen Reihen von Baracken liegen, in denen die Familien der Arbeiter in den Fabriken untergebracht waren, welche in der Ferne zu erkennen waren.

»Wir sind fast da«, sagte der Mann.

Das Automobil bog auf eine Seitenstraße ab, dann in eine weitere und so fort, offenbar ein Netz aus lauter gleichen Sträßchen. Sie fuhren im Kreis, das begriff Ricciardi. Offenbar wollten sie ihn verwirren, damit er hinterher Schwierigkeiten hätte zurückzufinden. Am Ende, und eher plötzlich, kamen sie an einem nichtssagenden Zaun heraus, dahinter ein Hof, der vielleicht zu einer aufgelassenen Fabrik gehören mochte. Es war niemand da, noch schienen sich hinter den verstaubten Glasfenstern irgendwelche Büroräume zu verstecken.

Der Fahrer stieg aus und öffnete von außen den Schlag seines Kollegen, der dann wiederum dem Commissario die Tür aufmachte. Ricciardi trat auf den staubigen Platz hinaus. Es herrschte vollkommene Stille. Ihm schlug das Herz bis zum Halse: Hätten sie ihn jetzt erschossen und einfach dort liegen lassen, würde niemand etwas davon erfahren.

Enrica kam ihm in den Sinn, dann Maione. Wer weiß, was sie sich denken würden, wenn er einfach verschwände. Wer weiß, ob sie sich treffen würden, um seiner zu gedenken. Bei der Absurdität dieser Vorstellung musste er fast lächeln, doch dann stieg eine kalte Wut in ihm auf: Was wollten die von ihm? Wie konnten sie es sich erlauben, ihn so zu behandeln?

Der ältere Mann nahm ihn am Arm, als wollte er ihn abführen. Ricciardi schob die Hand des Mannes mit einer brüsken Geste von sich und klopfte sich demonstrativ den Ärmel ab, als wäre er staubig. Der Mann zeigte eine Art Grinsen und wies etwas maniert auf eine Tür.

Drinnen war es kühl, der Raum lag im Halbschatten. Es roch muffig und nach Schimmel. Sie durchquerten einen großen Saal, der offenbar früher, als in der Fabrik noch gearbeitet wurde, die Fertigungshalle gewesen war. Schließlich blieben sie vor einer anderen Tür stehen, die am Ende einer Treppe lag.

Der jüngere der beiden Männer klopfte diskret.

Von drinnen antwortete eine Stimme: »Herein.«

Der Raum war von mittlerer Größe und besaß außer der Tür weder Fenster noch sonstige Öffnungen. Der junge Mann blieb vor der Tür stehen, breitbeinig und mit verschränkten Armen. Der andere führte Ricciardi vor einen

452

Tisch, an dem vier Männer saßen, und nahm dann an seiner rechten Seite Aufstellung.

Ganz links saß ein Mann mit finsterer Miene und einer Narbe auf der Stirn, daneben ein Dicker, der an einer überaus übel riechenden Zigarre paffte. Neben ihm saß ein sehr eleganter, distinguierter Herr mit weißem Haar; und ganz rechts außen ein junger Mann, kaum mehr als ein Halbwüchsiger, im schwarzen Hemd. Nein, das hier waren keine Kriminellen. Ricciardi dachte, eigentlich hätte ihn das beruhigen sollen, doch stattdessen stieg auf einmal eine große Angst in ihm auf.

Er beschloss, die Flucht nach vorn anzutreten und seinen Gegenübern zuvorzukommen. »Signori, ich weiß weder, wer Sie sind, noch, was Sie von mir wollen. Doch ich muss Sie davon in Kenntnis setzen, dass ich Polizeibeamter bin und meine Abwesenheit mit Sicherheit bei meinen Kollegen nicht unbemerkt bleibt, deshalb …«

Der Mann mit den weißen Haaren unterbrach ihn. »Wir haben Sie hierherkommen lassen, gerade weil wir wissen, wer Sie sind. Und das in jeder Hinsicht.«

Die anderen drei grinsten, als hätten sie gerade einen lustigen Witz gehört. In Ricciardi stieg großer Ärger auf.

»Dann erklären Sie mir doch bitte mal, Signor …«

Der Mann schüttelte den Kopf. »Nein, Commissario. Unsere Namen sind nicht von Interesse für Sie.«

Ricciardi hatte nicht vor, sich so schnell abspeisen zu lassen. »Ich denke, es ist mein gutes Recht zu wissen, mit wem ich rede, finden Sie nicht?«

Jetzt antwortete ihm der dicke Mann mit der Zigarre. Er sprach mit einem starken norditalienischen Akzent, den Ricciardi nicht näher benennen konnte.

»Wir sind allesamt Männer, denen die Sicherheit unserer Nation am Herzen liegt, verehrter Herr. Und wir sind überzeugt davon, dass es bei dieser Sicherheit auch um Anstand und die Gesundheit der Sitten geht.«

Ricciardi betrachtete ihn perplex. »Ich verstehe nicht, was Sie damit andeuten wollen. Ich glaube, hier muss ein Irrtum vorliegen.«

Der junge Mann im Schwarzhemd ergriff plötzlich das Wort. Seine Miene war hart, die Augen argwöhnisch zusammengekniffen. »Hier liegt kein Fehler vor, Ricciardi. Eher handelt es sich hier um eine Straftat, eine Reihe von Verhaltensweisen, die gegen das Gesetz sind und die zu unterbinden sind, und zwar auf der Stelle. Die faschistischen Städte sind Horte der Ordnung, voller römischem, männlichem Stolz. Und wir werden kein Verhalten dulden, das dem Umsturz dieser Ordnung dient, auch moralisch.«

Ricciardi drehte sich der Kopf: Das alles kam ihm wie ein Albtraum vor. »Und was soll ich getan haben? Was für ein Verhalten meinen Sie...«

Der Mann mit dem weißen Haarschopf schnipste mit den Fingern in Richtung des Narbigen, der mit heller, fast fisteliger Stimme das Wort ergriff.

»Nun, uns liegen einige Berichte der Überwachung vor. Ich muss vorausschicken, dass Letztere notwendig wurde, nachdem bei einem unserer Mitarbeiter eine entsprechende Meldung einging. Aus diesen Berichten geht klar und deutlich hervor, dass Sie der Päderastie zugeneigt sind.«

Das Wort fiel wie eine Bombe in die Stille hinein.

»Wie bitte?«, sagt Ricciardi. »Seid ihr denn verrückt geworden?«

Der Mann im schwarzen Hemd antwortete nüchtern: »Nein. Der Abartige, der Kranke, der sich gegen die Natur versündigt, bist du. Und als solchen wird man dich entfernen, so wie man das eben mit Eitergeschwüren macht.«

Nun kam der Mann mit der Narbe an der Stirn wieder zu Wort und sagte, mit einigen Papieren hantierend, die vor ihm auf dem Tisch lagen: »Anscheinend hatten Sie seit sechs Jahren keinerlei Beziehungen zu Frauen mehr. Niemand hat Sie beim Aufsuchen eines Bordells gesehen oder den Besuch eines Freudenmädchens bei Ihnen zu Hause beobachtet. Sie sind weder verlobt, noch waren Sie es allem Anschein nach überhaupt jemals.«

»Und was hat das damit zu tun?«, fragte Ricciardi.

Der Mann fuhr mit seinem hohen Stimmchen fort: »Dafür frequentieren Sie häufig einen Mann, einen gewissen Bruno Modo, Arzt am Pellegrini-Krankenhaus, der bereits unter Bewachung durch uns steht, weil er der politischen Aktivitäten gegen unseren Staat verdächtigt wird. Mit diesem Mann treffen Sie sich ohne weitere Begleitung, und erst vor zwei Abenden waren Sie bei ihm zu Hause, auch dort allein mit ihm.«

Ricciardi brüllte: »Aber er war sturzbetrunken! Ich musste ihm ins Bett helfen, er konnte nicht mehr gerade stehen!«

Der fette Mann mit der Zigarre lachte anzüglich. »Ach, dann geben Sie es also zu! Sie haben ihm ins Bett geholfen – und konnte er denn dann stehen?«

Der Mann mit dem weißen Haarschopf, der von denen am Tisch offenbar den höchsten Rang hatte, ergriff erneut das Wort. Diesmal klang sein Ton geradezu versöhnlich.

»Wie es so üblich ist, Ricciardi, gehen wir in solchen Fällen mit der größten Diskretion vor; wenn jemand jenem schrecklichen Laster frönen will, dabei aber Stillschweigen bewahrt, kein großes Aufhebens darum macht und eine offene Zurschaustellung, wie wir Sie Ihnen vorwerfen, vermeidet, dann neigen wir dazu, ein Auge zuzudrücken. Sie jedoch sind ein Vertreter des Staates, ja sogar Kriminalkom-

455

missar. Männer wie Sie müssen mit gutem Beispiel vorangehen.«

Der junge Mann im Schwarzhemd führte diesen Gedankengang zu Ende. »Und genau aus diesem Grunde haben wir nicht vor zuzulassen, dass diese Schande fortgesetzt wird. Ebenso wenig können wir einen öffentlichen Prozess anstrengen und damit die Institution, der du dreckige Schwuchtel angehörst, ins Lächerliche ziehen. Lieber schlagen wir so lange auf dich ein, bis du wieder normal bist, falls du das überhaupt jemals warst.«

Ricciardi konnte es nicht glauben. Er machte einen Schritt auf den Jungspund zu, doch der Mann an seiner Seite hielt ihn brutal am Arm fest.

»Das könnt ihr nicht ohne einen Beweis! Das sind doch alles nur Hirngespinste und Wahnvorstellungen! Wer…«

Das Männlein mit der Narbe an der Stirn überflog das Dokument, das er in Händen hielt.

»Uns liegt die Zeugenaussage einer angesehenen Vertreterin der Gesellschaft unserer Stadt vor, einer Frau, die sogar die Ehre hat, eine persönliche Freundschaft mit der Familie des Duce zu pflegen. Diese Frau hat einem unserer Mitarbeiter gegenüber erklärt, sie habe eine Beziehung zu Ihnen angestrebt, sei aber von Ihnen zurückgewiesen worden. Stimmt das?«

Livia. War es etwa Livia gewesen, die das gesagt hatte? Wie konnte das möglich sein?

»Ich… ja, aber das war eine ganz besondere Situation; sie hatte getrunken, und…«

Der junge Mann im Schwarzhemd fuhr ihm mit verächtlicher Stimme über den Mund. »Ich finde, wenn sie besoffen sind, kann man sie besonders gut flachlegen. War sie vielleicht hässlich, die Madame? War sie vielleicht nicht attraktiv?«

Der Mann mit den weißen Haaren zeigte ein Lächeln. »Nein, nein. Ganz im Gegenteil. Ich würde sagen, momentan ist die Signora die schönste Frau der Stadt.«

Der mit der Zigarre blaffte: »Signori, worauf warten wir eigentlich noch? Schicken wir diesen Perversling auf das erstbeste Schiff, ihr wisst schon wohin, und vergessen wir, dass es ihn je gegeben hat. Übrigens werden Sie dort, wo wir Sie hinschicken, jede Menge Männer treffen, die so geartet oder besser entartet sind wie Sie. Es wird Ihnen dort ausgezeichnet ergehen, glauben Sie mir.«

Noch bevor Ricciardi etwas erwidern konnte, ging die Tür auf. Der Mann, der ihn im Automobil hierhergefahren hatte, trat ein, näherte sich dem mit dem weißen Haarschopf und murmelte ihm etwas ins Ohr, woraufhin dieser eine verärgerte und auch ein wenig beunruhigte Miene aufsetzte. Nach einem kurzen Moment der Überlegung sagte er: »Na gut. Wenn es wirklich so dringend ist, lasst sie herein.«

Die anderen schauten ihn neugierig an, doch er ließ nichts weiter verlauten.

Jetzt ging die Tür wieder auf, und herein kam, auf seinen Stock gestützt, Carlo Maria Fossati Berti, der Duca di Marangolo.

Und an seiner Seite Bianca di Roccaspina.

LI

Der Anblick der Neuankömmlinge verschärfte in Ricciardi das Gefühl, sich mitten in einem Albtraum oder einer lästigen Wahnvorstellung zu befinden. Was machten denn Bianca und der Duca hier? Woher wussten sie, dass man ihn hierher zu diesem absurden Prozess geschleppt hatte, in dem es weder eine Verhandlung noch Beweise gab und dessen Ausgang bereits beschlossene Sache war? Wer hatte sie informiert, und warum?

Er wollte etwas sagen, bekam aber keinen Ton heraus. Der Blick der Contessa war ruhig, als wäre es die normalste Sache der Welt für sie, ihn hier an diesem Ort zu treffen. Bei Marangolo hingegen hatte es den Anschein, als hätte er den Commissario noch gar nicht gesehen. Er hielt die Augen auf den Mann mit den weißen Haaren gerichtet, der sich erhoben hatte, um ihn zu begrüßen. Die anderen am Tisch blieben sitzen: Der Mann mit der Narbe auf der Stirn beugte sich zu dem mit der Zigarre und flüsterte ihm etwas zu.

Jetzt sagte der Mann mit dem weißen Haarschopf: »Lieber Freund, wie du siehst, sind wir noch beschäftigt, doch wir sind fast fertig, und ...«

Marangolo hob eine Hand, um ihn zu unterbrechen: »Genau deshalb bin ich hier, Iaselli. Ihr begeht einen Fehler, und das will ich vermeiden.«

Der Weißhaarige errötete. »Keine Namen, ich bitte dich. Das hier ist eine geheime Zusammenkunft, und ...«

Marangolo ließ ein Lachen hören. »Ach ja, eure geheimen Zusammenkünfte. Ich weiß sehr wohl, wie die funktionieren. Na gut, wenn du es nicht machst, dann tu ich es. Ich stelle mich vor: Ich bin Carlo Maria Marangolo. Duca Marangolo. Wenn ich hier bin, dann aus dem Grunde, weil mich eine sehr wichtige Person dazu ermächtigt hat, hier zu sein, deshalb werde ich auch weder Ihre noch meine Zeit verschwenden, um mich auszuweisen; später, wenn wir diese Angelegenheit erledigt haben, können Sie das gerne über-prüfen, vielleicht mit einem kurzen Anruf bei der Nummer in Rom, die Sie alle kennen.«

Der junge Mann im Schwarzhemd sprang auf und wandte sich mit wütender Miene an Iaselli. »Kann mir mal jemand erklären, was hier vorgeht? Wenn der Ort der Zusammen-kunft allgemein bekannt ist, hätten wir ebenso gut gleich aufs Präsidium gehen können! Ich habe keine Zeit für solche Spielchen, also, wer sind diese Leute?«

Marangolo bedachte ihn mit einem harten Blick.

»Jüngelchen, ich habe mich bereits vorgestellt. Und glau-ben Sie mir, ich bin keiner, der gerne in der Weltgeschichte herumfährt, erst recht nicht an Orte wie diesen hier. Aber um eins klarzustellen: Ich kann jederzeit dafür sorgen, dass Sie von dieser Aufgabe hier, zu der Sie sich ein wenig vor-schnell zusammengefunden haben, auf der Stelle abgezogen werden, Colonnello Sansonetti.«

Als er sich von diesem Unbekannten mit Namen ange-sprochen sah – und noch dazu in leisem und bedrohlichem Ton –, setzte sich der junge Mann sogleich wieder, mit fins-terer Miene.

Iaselli war unsicher geworden. »Ich bitte dich, Maran-golo, keine Namen. Und niemand zieht deine Autorität in Zweifel, aber...«

Ohne auf die Unterbrechung zu achten, fuhr der Duca, freilich in versöhnlicherem Ton, fort: »Na gut. Wie ich

Ihnen gesagt habe, bin ich hier, um zu verhindern, dass ein Fehler begangen wird. Und in diesem Sinne teile ich Ihnen mit, dass der Vorwurf der Homosexualität, den Sie bezüglich des Barons von Malomonte diskutieren ...«

Der Mann mit der Zigarre wandte sich an Iaselli. »Und wer soll das sein, dieser Baron von Malomonte? Reden wir nicht von dem hier, Ricciardi?«

Marangolo schenkte ihm ein mildes Lächeln. »Es ist ein und dieselbe Person. Mein Kompliment, dass Sie so ausgezeichnet informiert sind, Eccellenza Rossini.«

Iaselli war untröstlich. »Keine Namen, ich bitte dich ...«

Der Mann mit der Narbe errötete und sagte: »Wir sind ausgezeichnet informiert, mein Herr. Nur wurden nicht alle Informationen weitergetragen, weil wir dies nicht für nötig hielten.«

Marangolo wandte sich abrupt an ihn, als hätte er die Anwesenheit des Mannes erst in diesem Moment bemerkt.

»Wer Sie sind, weiß ich nicht, aber ich kann es mir vorstellen. Und ich nehme zur Kenntnis, dass Sie über den Namen und die Identität dieses absurderweise beschuldigten Mannes hier geschwiegen haben, während all die anderen Mutmaßungen – das weiß ich aus sehr berufener Quelle, genau derselben, die mir auch gestattet, hier zu sein – mit Sorgfalt zusammengetragen wurden. Und ich frage mich nach dem Grund dafür.«

Das Männlein schlug mit der flachen Hand auf die Papiere.

»Es ist alles dokumentiert, Signore, alles. Wir verfügen über ein exzellentes Überwachungssystem, nichts kann uns entgehen, und ...«

»Ich kenne Ihr System. Ich war dabei, als es aufgebaut wurde; und es basiert auf Denunziation, nicht auf Überwachung. Aber lassen wir das. Die Sache verhält sich so: Wenn ich Ihnen mein Wort gebe, dass Commissario Luigi Alfredo Ricciardi, der Baron von Malomonte, nicht der Homosexualität schuldig ist, genügt das? Glauben Sie mir?«

Der Mann mit der Narbe protestierte. »Nein, natürlich glauben wir Ihnen nicht! Wir haben Beweise: Berichte, Überwachungen, Aussagen!«

Auch der junge Colonnello zeigte sich zwar nachdenklich, schüttelte aber den Kopf. »Mir scheint, das Gesamtbild spricht eine deutliche Sprache. Wir können es nicht zulassen, dass ein Päderast diese Arbeit macht und den Staat repräsentiert. Wir tragen doch Verantwortung.«

Der Mann mit der Zigarre fügte hinzu: »Nein, das genügt nicht. Ich möchte Ihre Worte nicht in Zweifel ziehen, Duca, aber… könnten Sie sich nicht getäuscht haben? Wir haben schon… wir sind schon gegen Leute vorgegangen, obwohl wir weniger in der Hand hatten.«

Iaselli, der immer noch stand, schien sich äußerst unbehaglich zu fühlen. »Schau, Marangolo, hier sind viele verschiedene… Strukturen anwesend. Und ich kann dir garantieren, dass wir unsere Aufgabe, das Land sauber zu halten, ernst nehmen, sehr ernst.«

Das schien Marangolo nicht zu überraschen.

»Ich hatte damit gerechnet, dass ihr so reagiert. Schade. Nun gut, dann bin ich gezwungen, die Contessa Bianca Palmieri di Roccaspina zu bitten, uns zu sagen, warum sie mich hierherbegleitet hat.«

Die Aufmerksamkeit aller richtete sich auf Bianca, die aus dem Halbdunkel einen Schritt nach vorn trat und jetzt in dem Lichtkegel stand, den eine Deckenlampe warf.

Ricciardi, der dem Wortwechsel mit wachsender Hoffnung und zunehmender Aufmerksamkeit gefolgt war, um dann am Ende doch enttäuscht zu werden, bemerkte ein neues Strahlen auf dem wunderschönen Antlitz der Contessa. Heute trug sie nicht ihr gewohntes schwarzes Kleid, sondern ein himmelblaues mit Knopfleiste und einem Gürtel, der ihrer schmalen Taille schmeichelte und ihr eine tiefe und ungekannte Sinnlichkeit verlieh, welche durch die hochhackigen Schuhe noch verstärkt wurde. Das blaue Glockenhütchen brachte die kupfernen Reflexe auf ihrem Haar besonders zur Geltung. Sie schien vollkommen verwandelt zu sein.

Den Unterschied machte jedoch vor allem ihr Gesichtsausdruck, dachte Ricciardi, denn auf ihrem dezent geschminkten Gesicht lag eine neue Selbstsicherheit. Niemals hatte der Commissario sie so gesehen – sich ihrer eigenen Schönheit ebenso bewusst wie ihrer natürlichen Eleganz, die sie trug wie eine Krone.

Sie lächelte Marangolo zu, der ihren Blick verzückt erwiderte. Dann sagte sie: »Guten Tag, Signori. Ich bin hier, um Ihnen etwas mitzuteilen, was mich angeht und von dem ich nie geglaubt hätte, es öffentlich machen zu müssen, doch soweit ich sehe, ist das leider notwendig. Nun, Commissario Ricciardi und ich haben eine Beziehung. Eine Liebesbeziehung.«

Sie hatte diese Worte in aller Seelenruhe ausgesprochen, als würde sie vom letzten Pferderennen schwärmen, das sie besucht hatte. Auch der Ton, in dem sie es sagte – warmherzig und gedämpft – ließ in keiner Weise auf Unsicherheit oder innere Zweifel schließen.

Der Erste, in den Bewegung kam, war das Männlein mit der Narbe, der Einzige mittlerweile, der immer noch namenlos war. Er blätterte erneut in den Unterlagen vor ihm auf dem Tisch und stammelte: »Davon steht hier nichts. Gar nichts. Es ist unmöglich. Ihre Zusammenkünfte mit Ricciardi haben erst in den vergangenen Tagen stattgefunden, und…«

Marangolo fiel ihm ins Wort. »Ist doch klar, dass euer famoses System, dieses perfekte Netz der Überwachung, dessen ihr euch so brüstet, seine Lücken hat.«

Bianca lächelte und wandte sich Ricciardi zu, der mit offenem Munde dastand. »Siehst du, mein Schatz? Wir haben uns gut im Verborgenen gehalten.«

Die Augen des Männleins mit der Narbe wurden zu zwei schmalen Schlitzen. Der Argwohn quoll ihm buchstäblich aus den Poren.

»Und wie lange hält die schon an, diese angebliche Beziehung?«

Die Frau war die Ruhe selbst, als sie erwiderte: »Zwei Jahre sind es jetzt, stimmt's, Luigi Alfredo? Ich muss zugeben, dass ich die Geheimnistuerei allmählich satthabe, aber bis jetzt blieb uns nichts anderes übrig.«

Den Mann namens Rossini, der sich eine frische Zigarre angezündet hatte, schien die Sache durchaus zu amüsieren. »Und die andere, die diesen Vorwurf der Homosexualität aufgebracht hat? Die, die er nicht gewollt hat…«

Bianca warf ihm einen erzürnten Blick zu. »Ich meine, die Erklärung ist denkbar einfach. Luigi Alfredo weiß sehr wohl, dass ich ihm eigenhändig die Augen auskratzen würde, wenn ich erführe, dass er mich betrügt.«

Ricciardi versuchte, rasch nachzudenken. Was Bianca da für ihn tat, war ein Opfer unvorstellbaren Ausmaßes. Sie verzichtete auf das Einzige, was ihr noch geblieben war, auf das, worauf sie ihre ganze Hoffnung auf eine neue Zukunft gebaut hatte: ihren guten Ruf. Aus welchem Grund tat sie das? Und vor allem: Konnte er das zulassen?

»Bianca«, sagte er, »es ist nicht nötig, dass Sie das tun. Bitte nicht.«

Die Contessa wandte sich ihm zu und schenkte ihm ein zärtliches Lächeln. »Luigi Alfredo, danke, dass du dir Gedanken um mich machst. Doch ich kann einfach nicht zulassen, dass du dich nur zu meinem Schutz einer solchen Ungerechtigkeit aussetzt.«

Der junge Colonnello, der sich noch immer nicht damit abfinden mochte, seine Zeit verschwendet zu haben, sah den richtigen Zeitpunkt gekommen, um einzugreifen. »Eine Contessa, ausgerechnet. Und wenn ich mich recht erinnere, eine Contessa, deren Gemahl wegen Mordes einsitzt, richtig? Schönes Beispiel für den liederlichen Adel in dieser abscheulichen Stadt. Jedenfalls macht das, was Sie da sagen, Sie zur Ehebrecherin, ist Ihnen das klar? Der Ehebruch ist auch so eine Schande, der wir gründlich den Garaus machen werden.«

Marangolo erbleichte, als hätte er eine Ohrfeige bekommen.

»Verdammter Idiot, wie wagen Sie es eigentlich, mit einer Frau wie der Contessa zu sprechen? Übrigens müssten Sie so gut wissen wie ich, dass nach unseren Verordnungen Ehebruch nur strafbar ist, wenn der Ehemann Anzeige erstattet, und wir sind uns mehr als sicher, dass der momentan ganz andere Sorgen hat. Jedenfalls werde ich nicht zulassen, dass ein Hanswurst im schwarzen Hemd sich solche Beleidigungen herausnimmt. Vielleicht darf ich Sie ja an den Vorfall von vor gerade mal drei Jahren erinnern, als Ihr werter Vater während einer Polizeirazzia unter den Gästen eines heimlichen Bordells angetroffen wurde. So viel zum Thema Sünde und Tugend.«

Die Tirade des Duca fiel mitten ins verlegene Schweigen

der Anwesenden. Der junge Colonnello lief dunkel an, seine Augen blitzten vor Wut. Schließlich sprang er auf, kippte dabei seinen Stuhl um und lief hinaus, die Tür hinter sich zuschlagend.

Rossini lachte erneut und wandte sich dann an den Mann mit der Narbe. »Na gut, mir scheint, dann können wir gehen, oder? Und mir scheint auch, dass Ihr Informationssystem einmal gründlich überprüft werden muss. Ich denke, dass ich mal mit Rom reden und dort auf die Zeit hinweisen werde, die wir heute verplempert haben. Guten Tag allerseits. Duca…«

Einer nach dem anderen verließen die Mitglieder dieses unplanmäßig einberufenen Tribunals das Zimmer. Der Letzte war der Mann mit dem weißen Haarschopf, Iaselli, der Marangolo zum Abschied die Hand hinstreckte. Der Duca ergriff sie nicht.

Als sie ganz allein zurückgeblieben waren, wandte sich Ricciardi an seinen Retter. »Marangolo, ich weiß nicht, wie ich Ihnen danken soll. Es ist unglaublich, wie man unschuldig vor Gericht gestellt werden kann, ohne die Möglichkeit zu haben, seine Unschuld zu beweisen.«

Der Mann lächelte traurig. »Nein, Commissario. Unglaublich ist, dass etwas so Privates und Persönliches, das niemandem schadet, als Verbrechen angesehen wird. Die Liebe, wissen Sie, ist doch immer noch die Liebe. Sie muss nicht verwirklicht und erfüllt werden, um das zu bleiben, was sie ist. Sie ist Liebe und basta.«

Bianca streichelte ihm über den Arm. »Carlo Maria, wenn du nicht gewesen wärst…«

Der Duca winkte ab. »Lass gut sein. Das hier sind alles Idioten und nicht die Macht wert, die man ihnen gibt. Zum Glück gibt es noch Menschen in Rom, die gute Gründe haben, mir dankbar zu sein, und dies auch nicht vergessen. Und jetzt muss ich gehen, ich glaube, Iaselli wartet auf mich. Ich lasse euch mein Automobil da, damit ihr in die Stadt zurückkehren könnt.«

Er verabschiedete sich mit einem Lächeln und ging, leicht hinkend, von dannen.

LII

Als sie im Wagen des Duca in die Stadt zurückkehrten, fühlte sich Ricciardi auf einmal sehr abgekämpft.

Dieser Tag war in der Tat erschütternd gewesen; in Gedanken war der Commissario alle Menschen durchgegangen, die er eines Verbrechens bezichtigt oder aufgrund von Mutmaßungen und Rückschlüssen hinter Gitter gebracht hatte. Er hielt sich für einen gewissenhaften Polizisten, der niemals grundlos jemanden vor den Kadi brachte, nur um einen Erfolg zu erzielen; nachdem er heute jedoch die gewaltige Frustration erlebt hatte, sich nicht verteidigen zu können, fragte er sich, ob er nicht doch irgendwann einmal, wenn auch ohne sich dessen bewusst zu sein, selbst im Gewand des unsensiblen Gesetzeshüters und borniertem Anklägers agiert hatte.

Neben ihm saß Bianca, den Blick auf die Straße vor ihnen gerichtet und ein halbes Lächeln auf dem Antlitz, auf dem noch immer das Licht schimmerte, durch das sich erst vor Kurzem ihre Verwandlung vollzogen hatte, dort in jenem dunklen Zimmer, wo Ricciardis Leben sich in ernster Gefahr befunden hatte. Der Commissario konnte nicht aufhören, sie anzuschauen.

»Contessa, ich weiß nicht, was ich sagen soll. Sie sind … ohne Sie hätte es für mich keinen Ausweg gegeben, und mittlerweile befände ich mich auf einem Schiff, wer weiß wohin, ohne auch nur die Chance gehabt zu haben, mich von denen zu verabschieden, an denen mir liegt. Ich werde Ihnen für immer dankbar sein.«

Bianca hängte sich bei ihm ein, eine fast kokette Geste, und schaute ihn schelmisch an.

»Jetzt, wo wir eine Liebesbeziehung haben, Barone, die freilich nur diesen Idioten bekannt ist, könnten wir uns doch auch duzen, findest du nicht?«

Ricciardi war ein wenig eingeschüchtert. »Gewiss, danke auch dafür. Ich weiß nicht, ob dir bewusst ist, was du da getan hast, oder ob du dem Impuls eines Moments gefolgt bist. Du hast dich einer Straftat bezichtigt und sowohl deinen Namen als auch deinen guten Ruf für eine Unbekannten aufs Spiel gesetzt. Erklärst du mir warum?«

Die Contessa richtete ihren Blick wieder aufs Autofenster und lächelte dabei.

»Als junges Mädchen wollte ich zum Theater. Manchmal haben wir im Freundeskreis kleine Stücke aufgeführt, rein zum Spaß. Menschen wie ich, die aus gewissen Familien kommen, können ihren Weg nicht frei wählen, doch ich hätte sie gerne betreten, die Bretter, die die Welt bedeuten. Einmal hat ein Bekannter meines Vaters, ein berühmter Schauspieler, ihn gebeten, mich doch einmal vorsprechen zu lassen, vielleicht unter falschem Namen. Er sagte, ein so unverkennbares Talent sei ihm noch nie untergekommen. Heute hast du mir die Gelegenheit gegeben, diese kleine Neigung von mir aus der Mottenkiste zu holen, und es hat mir großen Spaß gemacht. Deshalb bin ich es, die dir danken sollte. Aber habe ich dir denn gefallen? War ich gut?«

Auf einmal lag kein Schatten mehr auf Ricciardis Gemüt. Er schenkte ihr ein Lächeln reinster Bewunderung. »Gut? Du warst großartig. Ich selbst hätte dir geglaubt, wenn ich es nicht besser wüsste. Aber ich hätte dich davon abgehalten. Ich wundere mich nur, dass Marangolo …«

Bianca unterbrach ihn. »Es war ja gerade Carlo Maria, der

mich gewarnt und mich gebeten hat, auf die Weise, wie ich es getan habe, zu intervenieren. Er hatte das, was da lief, von irgendeinem mysteriösen Freund erfahren und kam gleich zu mir. Es sei die einzige Lösung, sagte er, und wir müssten uns beeilen. Denk nur, er hat mir sogar das Kleid und den Hut gebracht, und Schuhe und Tasche noch dazu. Apropos: Wie steht mir das?«

Sie nahm eine schmachtende Haltung ein, wie eine Diva, und legte kokett die behandschuhte Hand an ihr Hütchen.

Ricciardi ging gern auf das Spiel ein. »Diese Herren da werden sich immer noch fragen, wie es möglich ist, dass eine so schöne Frau etwas mit mir hat.«

»Du schmeichelst mir, Commissario.«

»Aber ich wiederhole es noch einmal: Ist dir bewusst, was du getan hat? Hast du keine Angst, es könnte Konsequenzen haben?«

Bianca wurde ernst und schwieg eine Weile. Dann sagte sie: »Weißt du, ich habe an Romualdo gedacht. An das, was er getan hat. Er hat die Schuld für etwas auf sich genommen, das er nicht zu verantworten hat, und dadurch wurden die Karten auf dem Tisch ganz neu gemischt; eine Metapher, die ihm bestimmt gefallen würde. Ich weiß, dass er im Gefängnis ist und dass er vielleicht nicht mehr lebend herauskommt. Doch wenn das seine einzige Möglichkeit war, einen Traum zu hegen, den Traum eines neuen Glücks mit einem Menschen, den er liebt, dann hat er das Richtige getan. Das würde ich ihm sagen, wenn ich könnte; ich würde ihm sagen, dass ich ihn verstehe. Eine Chance auf Glück, auch durch Leiden, ist viel mehr wert als die Gewissheit des Unglücks. Also habe auch ich das Richtige getan.«

Ricciardi leuchtete ein, was die Contessa da sagte. Es war wirklich wahr.

Die Frau fuhr fort: »Ich habe heute das Gleiche getan. Sicher, auch aus Dankbarkeit dir gegenüber: Du bist es gewesen, ohne Entlohnung und auch ohne Grund, der Ermittlungen angestellt hat, um mir endlich eine Erklärung für das zu geben, was geschehen ist, mir zu zeigen, welche Motivation dahintersteckte. Und diese Motivation ist zum Aufhänger meines neuen Lebens geworden. Das ist nicht wenig. Doch ich wäre eine Lügnerin, wenn ich sagte, ich hätte es nur für dich getan. Ich habe es auch für mich getan.«

»Ich glaube, das verstehe ich nicht.«

Bianca wandte ihm ihr Gesicht zu. Und wieder einmal versank Ricciardi in diesen veilchenblauen Seen, so vertraut und fremd zugleich.

»Siehst du, der Name, der gute Ruf, die Seriosität eines Menschen können zu einem erstickenden Käfig werden. Doch jetzt, wo bekannt ist, dass ich eine Beziehung habe – und das wird bekannt, denn selbst wenn die Herren in jenem Zimmer nicht bis ins Detail erzählen können, was dort vorgefallen ist, werden sie doch der unwiderstehlichen Versuchung erliegen, diese Nachricht durchsickern zu lassen –, werde ich keine trauernde Witwe mehr sein. Und vielleicht kann ich wieder leben. Ein bisschen.«

Sie waren in der Nähe des Präsidiums angelangt, und der Chauffeur lenkte den Wagen an den Straßenrand, damit Ricciardi aussteigen konnte.

Der Commissario nahm die Hand der Contessa und küsste sie formvollendet, ohne sie mit den Lippen zu berühren.

»Und was kann ich dir dann sagen, Bianca? Danke. Von tiefstem Herzen, danke. Ich hoffe, dich bald wiederzusehen.«

Die Contessa schien von innen zu leuchten.

»Aber sicher wirst du mich wiedersehen. Wir haben eine

470

Beziehung, weißt du noch? Eigentlich sind wir insgeheim verlobt. Du schuldest mir ein wenig Aufmerksamkeit, Barone di Malomonte; vielleicht könnten wir ja an einem der kommenden Abende ausgehen. Gewiss, du wirst bezahlen müssen, du weißt ja, dass ich nicht so reich bin wie deine schöne römische Freundin.«

Ricciardi verspürte einen Anflug von Melancholie. An Livia hatte er gar nicht mehr gedacht, auch nicht an die schmerzliche Entdeckung, wessen sie ihn bezichtigt hatte. Dennoch, dachte er, würde er sie vielleicht treffen müssen, um eine Erklärung von ihr zu verlangen. Er konnte es einfach nicht fassen, dass sie ihn nur aus Rache so sehr in Schwierigkeiten gebracht hatte. Und wofür diese Rache eigentlich? Nur weil er ihre Situation an jenem Abend nicht ausgenutzt hatte?

Er lächelte Bianca zu und sagte: »Es wird mir eine große Ehre sein, Contessa. Ich brauche eine Freundin, weißt du. Die Frauen sind mir ein wahres Rätsel, und du könntest mir helfen, ein wenig mehr von ihnen zu begreifen.«

Sie wackelte zum Abschied mit den Fingern. »Vielleicht bringe ich dich aber auch noch ein bisschen mehr durcheinander. Ciao, Commissario. Denk dran, ich rechne mit deiner Einladung.«

Sie klopfte an die Scheibe, die den Rücksitz von der Fahrerkabine trennte. Ricciardi sah ihr hinterher, wie sie lachend davonfuhr.

LIII

Enrica kam langsamen Schrittes und mit gesenktem Kopf von ihrem Spaziergang zurück, wie versunken in den Fragen, die sie bewegten.

Eigentlich hätte gar keine Notwendigkeit bestanden auszugehen, doch wenigstens einen Vorteil hatte das Auftauchen von Manfred bewirkt: Wenn sie jetzt sagte, sie müsse einkaufen oder ein wenig allein sein, hatte niemand den Mut, etwas dagegen einzuwenden. Und so hatte sie es sich zur Angewohnheit gemacht, am Nachmittag auf der großen Promenade ein wenig zu lustwandeln und mit der Menschenmenge zu verschmelzen, wie in einem Kokon, in dem sie niemand fragte, wer sie war oder wohin sie wollte.

Und sie tat auch nichts Besonderes: Sie sah sich die Schaufenster an, trank einen Kaffee, blieb stehen, um einem Straßenmusiker zu lauschen, der Geige, Ziehharmonika oder Mandoline spielte. Sie atmete die Stadtluft ein, sah den Hausfrauen dabei zu, wenn sie Bettlaken zum Trocknen von einem Haus zum anderen spannten und sich dabei etwas zuriefen; Familien, die durch ein Wäscheseil und einen Flaschenzug vereint waren, eine Methode wie jede andere, um sich seinen Mitmenschen verbunden zu fühlen.

Enrica wusste, dass ihre Mutter sie gerne auf diesen Spaziergängen begleitet hätte, um ein paar Luftschlösser zu bauen, was die Hochzeit und die gigantischen Extraausgaben für ihre Aussteuer anging, doch sie war mittlerweile mit allen Wassern gewaschen, wenn es darum ging, ihre Gesellschaft zu meiden. Dieser Art von Gesprächen ging sie lieber aus dem Wege.

Manfred gefiel ihr, dessen war sie sich sicher. Er sah blendend aus, war gut gebaut und gebildet. Der Altersunterschied war überhaupt kein Problem, im Gegenteil, er verlieh der Sache eine gewisse Würze und garantierte ihr eine endlose Anzahl von Anekdoten und Erinnerungen, denen sie mit Vergnügen lauschen würde; denn in der Tat verstand Manfred es, mit seinen Erzählungen zu verzaubern.

Enrica fühlte sich geschmeichelt von den Blicken der Mädchen, wenn sie an seinem Arm spazieren ging; sie, die immer für sich gewesen war und an das ebenso stillschweigende wie offensichtliche Mitleid ihrer wenigen Freundinnen, der Schwester und vor allem der Mutter gewöhnt war, bloß weil sie in ihrem Alter noch immer keinen Verlobten oder Ehemann vorweisen konnte, ausgerechnet sie wurde urplötzlich beneidet, und zwar selbst von Leuten, denen sie einfach nur auf der Straße begegnete.

Manchmal fragte sie sich, was wohl an ihr sei, das jemanden wie Manfred so anzog. Sie wusste, dass sie intelligent war, weit über das Mittelmaß anderer Frauen hinaus, die nur an die häuslichen Angelegenheiten dachten; und dass sie weder unansehnlich war noch einer gewissen Eleganz entbehrte. Doch ganz gewiss war sie keine Frau, nach der man sich umdrehte, so wie nach der berühmten Signora, in deren Begleitung sich Ricciardi manchmal blicken ließ.

Wohl zum tausendsten Male dachte sie an jene absurde Begegnung am Meer zurück. Doch war ihre Beziehung zu diesem Mann nicht immer schon absurd gewesen? Und war nicht auch jenes Gefühl absurd, das sie ohne jeden Grund hegte und pflegte wie ein zartes Pflänzchen, aus der Ferne, in der Stille und im Traum?

Vielleicht waren ihre Gedanken an Ricciardi ja die eines Kindes, sagte sie sich. Vielleicht war ja er der Traum und Manfred die Wirklichkeit, auf die man trifft, wenn man aufwacht. Und im Grunde war das doch auch gar nicht so schlecht, oder? Genauer gesagt war es doch, objektiv betrachtet, sogar besser als der Traum.

Ich muss noch ein wenig daran arbeiten, dachte sie, während sie sich der letzten Biegung vor ihrem Elternhaus näherte. Sie war gut im Hausaufgabenmachen und immer diszipliniert. Wenn sie eine Entscheidung traf, dann gelang es ihr auch, dabei zu bleiben. Sie musste sie nur treffen, und dann...

Genau in dem Moment, als sie all das dachte, trat Ricciardi aus dem Halbdunkel und baute sich vor ihr auf. Seine Haartolle klebte an seiner Stirn, als hätte er geschwitzt, und er keuchte leicht. Er war sehr blass, sein Hemdkragen aufgeknöpft unter der gelockerten Krawatte, und seine Hände steckten tief in den Taschen seines Mantels.

Verblüfft und ein wenig erschrocken blieb sie stehen. Es war beinahe Zeit zum Abendessen, und auf der Straße war keine Menschenseele. Sie öffnete den Mund, um etwas zu sagen, doch er kam ihr zuvor.

»Nein, nein. Jetzt sollen Sie mir mal zuhören. Jedes Mal bleibe ich stumm und weiß nicht, was ich sagen soll, aber jetzt sind es mal Sie, die mir zuhört. In Ordnung? Darf ich?«

Enrica wusste nicht, was sie darauf sagen sollte. Sie nickte.

»Gut. Also: das Opfer. Denn wenn ein Mensch einen anderen gernhat, dann würde er doch auch wollen, dass es ihm gut geht, oder? Wenn nicht, hat es keinen Sinn. Und wenn er will, dass es ihm gut geht, dann könnte es auch sein, dass er die Entscheidung treffen muss, diesem Menschen fernzubleiben. Das ist doch natürlich, oder? Ja, es ist natürlich. Aber dann darf es einem auch nicht schlecht gehen, und wenn es einem schlecht geht und der anderen Person auch, dann muss man sich fragen: Hat sich die Mühe gelohnt? Und die Seele wird immer noch aus Glas sein, und manchmal kann sie auch zerbrechen. Man verbrennt sich die Hand, und der Falter flattert trotzdem nicht davon. Oder man spürt, dass er einem fehlt, dieser Falter.«

Enrica schaute ihn mit aufgerissenen Augen an.

»Und folglich müsste man verzichten und müsste sich beinahe wieder gut fühlen. Aber so ist es nicht, nein, es wird immer schlimmer. Es ist so, als befände man sich zu zweit in einem Zimmer, und der eine redet und hat recht, und dann redet der andere und hat auch recht. Und deshalb sieht es so aus, als wäre man verrückt, und vielleicht ist man das auch wirklich. Und man fasst die tollsten Beschlüsse der Welt, doch dann ist man am Meer, und …«

Seine Stimme brach, als bekäme er keine Luft mehr.

Sie schüttelte langsam den Kopf, doch er unterbrach sie noch einmal, bevor sie etwas sagen konnte.

»Nein. Nein. Weil ich es wirklich nicht weiß, wozu es gut ist, dieses Meer. Ich weiß es nicht. Aber ich kann versuchen, es herauszufinden, wissen Sie? Genau das ist mein Beruf: Dinge herauszufinden. Und ich werde es schon herausfinden, wozu es gut ist, dieses Meer. Ich werde es herausfinden.«

Er hielt die Luft an, und dann, vollkommen unerwartet, lächelte er. Es war das allererste Mal, dass Enrica ihn lächeln sah, und wie ein Blitz kam ihr der Gedanke, dass Manfred, mit seinen blonden Haaren und seinem gut gebauten Körper, mit seiner Uniform und dem fremdländischen Charme, den er versprühte, doch nie und niemals auch nur halb so schön hätte sein können wie dieses eine Lächeln aus diesen Augen, so grün wie das Meer.

Ricciardi nickte ihr ein letztes Mal zu und verabschiedete sich. Dann drehte er sich um und machte sich auf den Weg nach Hause.

Enrica blieb stocksteif stehen und fragte sich, was da gerade geschehen war, und ob es überhaupt geschehen oder doch nur ein Traum gewesen war.

Und dann dachte sie an das Meer.

Epilog

Der Junge fragt sich, wie lange er noch warten soll, ehe er aufstehen und gehen kann. Der Alte hat mittlerweile schon seit mehr als zehn Minuten mit dem Spielen aufgehört, doch in der Abendluft hängt noch immer die unglaubliche Schönheit seiner Musik und der verzehrende Schmerz der Geschichte, die er gerade erzählt hat.

Dann hat er sein Instrument weggepackt, ohne ein Wort den Kopf an die Lehne seines Stuhles gelehnt und die Augen geschlossen.

Der Junge betrachtet immer noch das Profil des alten Mannes, das halb versunken im Schatten liegt. Die krumme Nase, die eingefallenen Wangen. Die Härchen der Brauen, die kleine, offenbar erst in jüngster Zeit entstandene Schnittwunde an seinem Hals, der Bartwuchs, den er sich bald mit diesen zitternden Händen abrasieren wird.

Der Junge fragt sich, wie das möglich ist. Wie es sein kann, dass einer, der dazu in der Lage ist, so starke Gefühle zu vermitteln, und jeden, der ihm zuhört, mitten ins Herz zu treffen, beschließt, nicht mehr vor Publikum zu spielen. Das hat er auch denjenigen gefragt, der ihm den Kontakt vermittelt hatte, und als Antwort nur ein Achselzucken und ein sonderbares Lächeln erhalten.

Langsam schlägt das Herz wieder in seinem gewohnten Rhythmus, nach dem Lied. Jetzt hat er begriffen.

In den vergangenen Minuten, während er dem regelmäßigen Atem des alten Mannes nachspürte, hat der Junge gedacht, dass er lernen will. Dass er es mit all seiner Kraft will, um so singen und spielen zu können, und wenn es nur ein einziges Mal ist. Es ist notwendig, denn dieses vage Gefühl der Unvollkommenheit, das er bisher verspürt hat, ist nichts im Vergleich zu der Gewissheit, die er jetzt hat.

Während er sich erhebt, um zu gehen, beginnt der Alte zu reden, wie im Traum.

»Das Opfer«, sagt er. »Der Verzicht. Das, was man gerne hätte, das, was man tun müsste. Aber was man nicht kann. Zum Glück nicht kann.«

Er macht die Augen auf und dreht sich um.

»Der Dichter und das Mädchen kamen am Schluss doch zusammen. Unter allerlei Eifersucht, Leid und schrecklichem Streit, die zur Legende wurden, blieben sie zusammen, elf Jahre waren sie verlobt und achtzehn verheiratet. Bis er starb und sie vor Kummer den Verstand verlor. Der Falter war am Ende nicht weggeflogen. Die Hand hatte ihn nicht verscheuchen können.«

Der Junge murmelt: »Maestro, danke. Danke für diese Geschichte, danke für dieses Lied.«

Der Alte kichert und sagt: »Es ist ja nicht mein Lied. Und auch nicht die Geschichte. Ich hab sie dir nur erzählt.«

Er lehnt den Kopf wieder an die Lehne und schließt die Augen. Der Junge steht auf und geht zur Tür. Als er sie öffnen will, dringt noch einmal die Stimme des Alten durchs Dunkel, und es ist kaum mehr als ein Wispern.

»Das nächste Mal sprechen wir über Eifersucht. Wie sie dir die Haut zerreißt und nach deinem Herzen greift. Und wir reden über die Qualen einer alten Liebe.«

Er schließt die Augen, der alte Mann.

Und beginnt lächelnd zu träumen.

Danksagung

Ricciardis Welt hat viele Schöpfer: Ohne die Aufmerksamkeit Francesco Pinos und die Zuneigung Aldo Putignanos hätte er nie existiert.

Die Stadt, die Dinge und die Luft um ihn herum sind das Werk der sanften und kundigen Hand Annamaria Torroncellis. Seine Familie und die Menschen, die ihn umgeben, sind alte Bekannte von Stefania Negro. Seine Ermittlungen, einfach und doch verschlungen wie das Leben, entstanden aus Plaudereien mit Antonio Formicola. Die Toten, die er bei ihrem makabren Tanz wahrnimmt, wurden in den Worten Giulio Di Mizios geboren. Mein unendlicher Dank geht an all diese Menschen, ohne die ich ihn mir nicht vorstellen könnte, meinen Commissario mit den grünen Augen.

Insbesondere schmeckt diese Geschichte nach den herrlich duftenden Gerichten, die Sabrina Prisco von der *Osteria Canali* in Salerno und Giovanni Serritelli, der *Cuoco Galante* aus Neapel, erschaffen. Sie beschäftigt sich mit dem Strafvollzug jener Zeit, wie er von Titti Perna rekonstruiert wurde. Sie versetzt dem Opfer den Todesstoß so, wie Roberto de Giovanni es beschrieben hat. Sie entfaltet sich in der warmherzigen, ideensprühenden Fantasie Severino Cesaris und Francesco Colombos und in der behutsamen Aufmerksamkeit Daniela La Rosas.

Doch geboren wird sie in meinem Herzen, sie wächst auf, ohne dass ihr eine Pause vergönnt ist, und sie endet, ohne zu enden, begleitet vom Gefühl und vom Lächeln derjenigen, die viel mehr ihre Schöpferin ist als ich: meiner geliebten Paola.